Der Rivale

Weltbild

Titel der nordamerikanischen Originalausgabe:
The Rival

Published by arrangement with
St. Martin's Press, New York

Konzeption/Gestaltung: fredeboldpartner.network, Köln
Umschlaggestaltung: pecher und soiron, Köln
Titelabbildung: by GettyImages, München; akg-Images, Berlin
Satz: Berger Grafikpartner, Köln
Druck und Bindearbeiten: Ebner und Spiegel, Ulm
Printed in Germany
ISBN 3-89941-122-6

Genehmigte Sonderausgabe
für Verlagsgruppe Weltbild GmbH,
Steinerne Furt, 86167 Augsburg

Deutsche Hardcover-Erstausgabe 2004

Cora Verlag GmbH & Co. KG,
Axel-Springer-Platz 1, 20350 Hamburg

Brenda Joyce

Der Rivale

Roman

Aus dem Amerikanischen von
Roy Gottwald

Weltbild

PROLOG

CAEDMON CRAG, 1746

„In Gottes Namen, was ist los mit dir, Junge? Schieß!“ brüllte der Earl of Stanhope.

Garrick zwinkerte. Der Entenschwarm, der soeben auf der Heide von den Hunden aufgescheucht worden war, stob zum wolkenverhangenen grauen Himmel, und sein erschrecktes Geschnatter mischte sich in das Geräusch der heftig schlagenden Flügel. Garrick strengte sich an, klar sehen zu können, doch die sich hoch über ihm vor dem Himmel abzeichnenden Vögel waren eigenartig verschwommen. Erneut feuerte neben ihm sein Bruder die fünf Fuß lange Luntenschlossmuskete ab und erlegte die vermutlich sechste Ente. Garricks Handflächen waren schweißnass.

„Zum Teufel mit dir, Junge! Schieß!“ schrie sein Vater.

Garrick legte den Abzugshahn um, während ihm der Schweiß in die Augen rann und ihn blendete. Die Kugel löste sich aus der gegen die Schulter gehaltenen langen Muskete, und der Rückstoß warf ihn fast von den Füßen.

„Du hast nicht getroffen!“ rief der Vater verächtlich aus.

Garrick senkte die Muskete, wischte sich mit dem Ärmel der abgetragenen Wolljacke das Gesicht ab und stützte sich schwer auf den Schaft der Waffe. Er war sich bewusst, dass sein Vater ihm in höchster Missbilligung den Rücken zugekehrt hatte, derweil Lionel, der seine Muskete nachgeladen hatte, einen letzten Schuss abgab. Eine weitere Ente trudelte vom Himmel und prallte dumpf auf den Heideboden.

Danach herrschte absolute Stille. Das verstörte Schnattern der Enten war nicht mehr zu hören. Die Waffen schwiegen, und das Hochmoor war übersät mit toten Vögeln.

„Trefflich geschossen, Lionel“, sagte Richard De Vere, der zwölfte Earl of Stanhope, und klopfte lächelnd dem ältesten Sohn auf die Schulter. „Ich wette, in dieser Gegend bist du trotz deines zarten Alters schon der beste Schütze."

Garrick wünschte sich, im Erdboden versinken zu können.

Lionel lachte und strich sich das volle goldblonde Haar aus der Stirn, das wie das seines Bruders nicht gepudert, schulterlang und zu einem Zopf geschlungen war. Mehr Ähnlichkeit zwischen den Brüdern gab es jedoch nicht. Der eineinhalb Jahre jüngere Garrick war größer und hatte einen dunkleren Teint und schwarzes Haar. Lionel trug einen Gehrock aus hellblauer Wolle, dazu ein Hemd, dessen Spitzenbesatz unter den Ärmeln hervorlugte, Garrick hingegen eine braune Jacke und ein am Morgen hastig übergestreiftes schlichtes weißes Leinenhemd.

„Weißt du, Vater, mit vierzehn Jahren ist man kaum noch ein Kind. Wenn ich mittlerweile nicht im Stande wäre, eine Ente zu schießen, gäbe es nicht viel Hoffnung für mich, nicht wahr?" fragte Lionel grinsend.

Garrick bohrte die Stiefelspitze in den Erdboden. Der Himmel war grau. Die Wolken trieben im scharfen Wind dahin, wurden aufgetürmt und zerrissen. Wenngleich fast überall in England der Frühling eingesetzt hatte, war davon an der Küste Cornwalls kaum etwas zu spüren. Die Hochmoore wirkten kahl, verlassen, ausgesprochen abweisend, und der Stechginster blühte noch nicht. Von der See her wehte eine raue Brise. In der Ferne konnte man das Donnern der starken Brandung hören, die an die Südwestküste der Halbinsel schlug.

Der in einen prächtigen grünblauen Gehrock und silbrigweiße Breeches gekleidete Earl of Stanhope, dem die langen Locken seiner Perücke auf die Schultern fielen, pflichtete seinem älteren Sohn bei: „Du warst schon mit zwölf ein ausgezeichneter Schütze. Ich erinnere mich noch gut daran", sagte er und warf dem zwölfeinhalbjährigen Garrick einen geringschätzigen Blick zu.

Garrick beschäftigte sich damit, seine Muskete zu inspizieren, als könnte er auf dem Lauf oder dem Schaft der Waffe etwas Neues und Aufregendes entdecken. Einer der gefleckten Hunde kam zu ihm und stupste ihn mit der feuchten Nase an den Handrücken. Er verzog das Gesicht und gab vor, den Hund nicht zu bemerken.

Sein Vater drehte sich zu ihm um und fragte: „Und wie viele Enten hast du geschossen, Garrick?“

Langsam hob Garrick den Kopf. Ihm brannten die Wangen, und er wusste, sein Vater war sich sehr wohl über die Tatsache im Klaren, dass er keinen Vogel erlegt hatte. „Keine.“

Sekundenlanges verärgertes Schweigen folgte seiner Antwort. „Keine!“ wiederholte der Earl verächtlich. „Lionel hat gut ein halbes Dutzend Enten heruntergeholt, und du hast nicht eine getroffen!“

Garrick schaute dem Vater in die blauen Augen. Sie hatten die gleiche Farbe wie Lionels. „Ganz recht, Vater“, erwiderte er.

„Du solltest vielleicht hier bleiben und deine Schießkünste verbessern, statt mit uns nach London zurückzukehren“, sagte der Earl entschieden.

Garrick zuckte die Schultern und brachte ein gleichgültiges Lächeln zu Stande. Der Hund stieß ihn erneut mit der Nase an. Garrick konnte nicht widerstehen und strich ihm über den glatten Kopf. Das Tier konnte ihm die Aufregung jedoch nicht nehmen. Er hasste die Jagd, und zwar nicht nur, weil sein verdammt schlechtes Sehvermögen ihn immer im Stich zu lassen schien. Er fand die Jagd übermäßig grausam, da er Tiere schon immer gemocht hatte. Sein Vater warf ihm stets vor, er würde zu sehr an ihnen hängen. Als ob die Tatsache, dass er Gefallen an ihnen fand, ihn weniger Mann sein ließ!

„Erinnerst du dich an den letzten Winterjahrmarkt, Vater?“ fragte Lionel ernst. „Garrick wurde beim Boxen nicht besiegt und beim Ringen nur von dem Bauern aus Wickham zu Boden gezwungen. Ist es denn so wichtig, dass er nicht schießen kann?“ Er ging zum Bruder und legte lächelnd den Arm um ihn. „Und alle Frauen mögen ihn lieber, wenngleich ich den Grund dafür nicht erkennen kann, da ich eindeutig der besser Aussehende von uns beiden bin!“ Lionel zwinkerte Garrick zu.

Auch das war eine Lüge. Garrick war dem Bruder jedoch dankbar, weil dieser ihm wieder einmal zu Hilfe geeilt war.

„Das wird sich ändern. Du bist der Erbe." Der Earl of Stanhope beäugte seinen zweiten Sohn. „Boxen und Ringen sind kein passender Zeitvertreib. So etwas eignet sich höchstens für Bauern, Garrick", fuhr er reichlich kühl fort, wandte sich ab und gab seinem wartenden Gefolge ein Zeichen. Sogleich wurden von den livrierten, Perücken tragenden Dienern, die sich einige Schritte abseits gehalten hatten, die Pferde gebracht. Die Bediensteten beeilten sich, damit die Herrschaften aufsitzen konnten, während der Hundeführer die Setter zusammenrief und seinen Gehilfen befahl, die erlegten Enten einzusammeln.

„Ich will nicht, dass du dich wieder solchen gemeinen Betätigungen hingibst." Richard gab seinem Wallach die Sporen.

Steif vor innerer Anspannung, schwang Garrick sich in den Sattel und folgte dann mit Lionel langsam dem Vater. Linker Hand, etwa einhundert Schritte entfernt, kam die zerklüftete Felsküste in Sicht. Der Strand war nicht sonderlich sauber. Der Sandstein war verfärbt, und aus der Brandung ragten große schwarze Steinbrocken. Man ritt nicht weit von den Klippen entfernt, auf denen sich die kahlen Ruinen eines aus dem zwölften Jahrhundert stammenden Turms befanden, von dem die Einheimischen behaupteten, dort spuke es.

Lionel hielt seinen Braunen zu langsamerem Schritt an, und sein Bruder tat es ihm gleich. „Gib gut Acht", sagte Lionel halblaut. „Wenn wir das nächste Mal zur Jagd wollen, solltest du behaupten, krank zu sein. Täusch um Himmels willen eine Magenverstimmung vor."

„Als ob Vater mir das abnehmen würde", murmelte Garrick.

Lionel seufzte.

Einige Zeit später näherten sie sich Caedmon Crag, dem zweistöckigen aus Stein errichteten Herrenhaus, das ungefähr eine Meile von den normannischen Ruinen entfernt auf einer baumlosen Anhöhe stand. Der Besitz wurde selten vom Vater aufgesucht, und dann auch nur, um die Arbeiten in der Zinnmine von Caedmon zu inspizieren. Es handelte sich um eine befestigte Anlage, die vor vier Jahrhunderten erbaut und seither kaum verändert worden war. Zwei Türme bewachten den Zugang in der Mauer und das Vorwerk. Die Jungen ritten über die hölzerne Zugbrücke, die nie hoch gezogen wurde, durch das Torgewölbe und in den mit Kopfsteinen gepflasterten Hof. Das Herrenhaus selbst stand ein gutes Stück von den äußeren Gebäuden entfernt mit der Rückseite zu den gefährlichen Klippen und dem tosenden Meer.

Es war Zeit zum Abendessen, und die Jungen folgten dem Vater in die Große Halle, in der alte Waffen an den Wänden und Banner von den Deckenbalken hingen. Die Mutter saß in einem dunkelgrünen Seidenkleid und mit Smaragden geschmückt vor dem wuchtigen Kamin und hielt einen Gedichtband in den Händen. Sie war eine beeindruckende Frau, die blondes Haar und blaue Augen hatte. Mit ernster Miene sah sie die Neuankömmlinge fragend an, während sie das dünne Buch beiseite legte und sich langsam erhob.

„Es war ein schöner Nachmittag", äußerte Richard herzlich. Ein Diener erschien mit einem Bierkrug, den Richard entgegennahm und auf einen Zug leerte. „Lionel hat sich wieder einmal selbst übertroffen. Ich bin sehr stolz auf ihn."

Garrick verwünschte sich im Stillen, weil er wieder rot wurde. Sein Vater hätte sich nicht deutlicher ausdrücken können, und das tat weh. Er ahnte, dass alle Blicke auf ihn gerichtet waren, und hob, finster die Stirn runzelnd, den Kopf.

Eleanor näherte sich. „Ich freue mich für dich", sagte sie weich und küsste Lionel auf die Wange. Unsicher wandte sie sich dann Garrick zu.

Es gab nicht viel zu sagen, und daher schwieg Garrick, sich innerlich noch mehr verkrampfend.

„Er hat nicht eine einzige Ente erlegt", verkündete der Earl mürrisch. „Ich glaube, er benimmt sich absichtlich so unbeholfen, um mich zu ärgern."

Das entsprach nicht der Wahrheit. Garrick schaute der Mutter in die ihn mitfühlend ansehenden Augen, drehte sich abrupt um und kehrte zu der massiven Eingangstür zurück. Er strich sich die dichten schwarzen Locken aus der Stirn und hätte am liebsten geschrien, dass auch er der Sohn seines Vaters sei.

„Wohin willst du?“ fragte der Earl scharf. „Habe ich dir erlaubt, dich zu entfernen?“

Garrick biss die Zähne zusammen und schwieg.

Als er die Tür öffnete, hörte er den Vater äußern: „Seine Manieren müssen dringend verbessert werden. Sein Betragen stellt meine Geduld auf eine harte Probe.“ Das war eine unverhohlene Warnung gewesen.

Garrick warf das Portal hinter sich zu und rannte davon. Er stürmte über den Hof und durch das Vorwerk. Dienstboten beobachteten ihn, doch keiner von ihnen war sonderlich neugierig. Er wusste, dass ihn alle wegen seines verschlossenen Wesens etwas seltsam fanden. Aber er selbst hielt sich nicht für seltsam. So schnell er konnte, lief er über die alte, verrottende Zugbrücke zur Straße.

Tränen brannten ihm in den Augen. Er hasste sich, weil er so schwach wie ein Kind war, und redete sich ein, der heftige, raue Wind habe ihm das Wasser in die Augen getrieben. Warum, um alles in der Welt, war er nicht mehr wie sein Bruder – gescheit, stark, in allem erfolgreich und so beliebt? Da ihm nichts daran lag, ins Dorf oder auch nur in dessen Nähe zu gelangen, schlug er einen anderen Weg ein. Er wollte allein sein.

Als die Ruinen des Turms vor ihm auftauchten, verlangsamte er keuchend seine Schritte. Der Wind wehte jetzt noch stärker, blies ihm ins Gesicht und veranlasste ihn, hastig zu blinzeln. Er dachte an die toten Enten und den Vater. Wurde er von ihm verachtet? Warum konnte er ihm nie etwas recht machen? Weshalb hielt der Vater ihm ständig seine Schwächen vor? Er hatte wirklich versucht, das Ziel zu treffen, doch aus irgendeinem verdammten Grund waren die Enten ihm vor den Augen verschwommen, als sie zum Himmel aufstoben. Er hatte sich bemüht, sein Bestes zu geben, auch wenn man ihn nun beschuldigte, kläglich versagt zu haben.

Manchmal wünschte er sich, Lionel zu sein. Der Bruder war nicht nur ein vorzüglicher Schütze, sondern auch ein ausgezeichneter Fechter, dazu im Lesen, Schreiben und Rechnen viel kundiger als Garrick, und Französisch sprach er beinahe fließend. Garrick freute sich, dass Lionel so begabt war. Solange er sich erinnern konnte, war er stolz auf den älteren Bruder gewesen, den Erben des Grafentitels. Lionel war ein Held.

Heftig trat Garrick gegen einen Stein, der über den Rand der Klippe rollte und irgendwann einhundert Fuß tiefer auf den Sandstrand fiel. Vielleicht musste er sich der Tatsache stellen, dass er nie wie sein Bruder sein würde und der Vater Recht hatte. Zum Teufel, er war ein elender Taugenichts und würde seinem Vater nie Ehre machen!

Erneut strich er sich die Locken aus der Stirn und wanderte in den Turm, von dem nur noch die Wände existierten. Sie waren geborsten und an manchen Stellen noch zwei oder drei Stockwerke hoch, an anderen kaum mehr als fünf Fuß. Der Himmel verdunkelte sich. Unkraut wuchs zwischen Steinen und überwucherte den Erdboden. Garrick starrte den rußgeschwärzten Teil der Mauer an, wo einst eindeutig die Feuerstelle gewesen war, atmete mehrmals tief durch und fuhr sich mit dem Ärmel des Gehrocks über die Augen. Erst jetzt merkte er, dass er zitterte, doch das Beben ließ allmählich nach. Er malte sich aus, wie die mit William dem Eroberer ins Land gekommenen normannischen Ritter gerüstet und blutig vom Kampf vor dem Feuer standen und sich die Hände wärmten. Nach einem Moment wandte er sich ab, ging zu einer Bogenschießscharte und blickte auf das stürmische graue Meer hinab.

Wellen donnerten an die Küste, und die Gischt spritzte hoch über riesige, schimmernde schwarze Felsbrocken. Der Lärm war ohrenbetäubend. Am Horizont war der Himmel Unheil verkündend dunkel und verdüsterte sich zunehmend.

Garrick entspannte sich langsam. Er liebte diesen wilden, einsamen Ort und hatte nichts dagegen, zurückgelassen zu werden, wenn seine Familienangehörigen nach London reisten.

„Garrick?“

Er wirbelte herum und sah seinen Bruder beim Eingang zum Turm stehen. Lionels Zopf hatte sich gelöst, und Garrick strich sich ein weiteres Mal das widerspenstige Haar aus der Stirn. „Was machst du hier?“ wollte er wissen, freute sich indes, den Bruder zu sehen.

„Das sollte ich dich fragen“, antwortete Lionel lächelnd, ging zu ihm und schaute mit ihm aufs Meer hinunter. „Heute wird es ein Unwetter geben“, meinte er.

„Ja“, stimmte Garrick zu und schmunzelte. „In einigen Stunden kann man gut schmuggeln.“

Jedermann wusste, dass die Einheimischen im Schutz der Dunkelheit oder bei schlechter Witterung Konterbande ins Land brachten. Vor Jahren hatten die Jungen in den Klippen unter dem Turm eine Reihe von Höhlen entdeckt und in einer von ihnen ein Dutzend nasser Fässer voll französischen Cognacs vorgefunden. Das unterirdische Labyrinth war zu einem ihrer bevorzugten Spielplätze geworden.

„Wir könnten uns nach dem Abendessen davonstehlen.“ Lionel grinste, und seine blauen Augen leuchteten auf. Er spielte mit der goldenen Münze, die er an einer Kette um den Hals trug. „Wer weiß, was wir finden, falls wir die Schmuggler überraschen können.“

„Ja, das könnten wir tun“, stimmte Garrick zu. „Aber falls Vater uns erwischt, wird er uns auspeitschen, selbst dich.“

Plötzlich schwand Lionels Lächeln, und seine Miene wurde sehr ernst. Er streifte die Kette über den Kopf und sagte: „Das solltest du an dich nehmen.“

Garrick schaute die ihm hingehaltene Münze an, die der Bruder und er in einer Höhle gefunden hatten. Sie stammte aus Spanien, und Lionel betrachtete sie seit Jahren als Talisman. „Das kann ich nicht.“

„Ich möchte, dass du sie bekommst“, erwiderte Lionel ernst. „Vielleicht bringt sie dir Glück, so wie sie mir Glück gebracht hat.“

Garrick schüttelte den Kopf, bückte sich und hob einen Stein auf, den er so weit wie möglich über die Mauer in Richtung Meer schleuderte. Beide Jungen sahen dem Stein hinterher. „Du hast die Münze gefunden. Sie gehört dir. Außerdem bist du der Erbe. Weiß Gott, vielleicht bist du eines Tages auf Glück angewiesen.“

„Aber ich möchte wirklich, dass du sie behältst“, beharrte Lionel nachdrücklich.

Sein sonderbarer Tonfall ließ Garrick zusammenzucken. „Sie gehört dir. Trotzdem, vielen Dank“, äußerte er schließlich und blickte den Bruder an.

„Wie du willst.“ Lionel hängte sich die Kette wieder um den Hals, hob einen Stein auf und warf ihn mit aller Kraft von sich. Er traf weiter auf als Garrick.

Garrick schnitt eine Grimasse, hob einen anderen Kiesel auf, einen runden, glatten, und konzentrierte sich voll und ganz auf das Geschoss. Er lächelte, als er sah, dass er den Bruder übertroffen hatte.

„Guter Wurf“, räumte Lionel ein.

Der Wind begann zu heulen.

„Aus dieser Schießscharte hat man Brandpfeile abgeschossen“, sagte Garrick.

Lionel schaute ihn an, und dann gingen die Jungen zu der Maueröffnung. Sie spähten hindurch und die Klippen hinunter. „Wie konnten Eindringlinge heraufkommen? Das ist unmöglich.“

Garrick betrachtete die vom Turm zur schäumenden, tosenden See abfallende Felswand. „Die Klippe ist steil, aber nicht unüberwindbar. Es gibt Vorsprünge, wo man Halt finden kann. Man könnte heraufklettern. Komm, sehen wir uns das genauer an.“

„Nein, lieber nicht“, wehrte Lionel ab.

„Warum nicht? Du hast doch keine Angst, oder?“

„Wovor sollte ich mich fürchten?“ fragte Lionel, sah jedoch blasser denn zuvor aus.

Garrick schaute ihn an und trat an die andere Seite der Schießscharte, wo der Wall geborsten und nicht einmal mehr so hoch wie er war.

Erschrocken riss Lionel die Augen auf. „Was hast du vor?" rief er.

Garrick kletterte über die Steine und blieb außerhalb des Turms auf einem schmalen Felsvorsprung stehen, der nur einige Fuß breit und lang war. Unter ihm fielen die zerklüfteten Klippen zum Meer hin ab. Es war ein wenig beunruhigend, so nahe am Rande des Abhanges zu stehen, so weit über dem Strand, wenngleich ihn der Blick in die Tiefe nicht störte. Er wusste jedoch, dass Lionel Höhenangst hatte, auch wenn er dies vehement leugnete.

„Was hast du vor?" rief Lionel noch einmal.

Garrick gab ihm keine Antwort. Es begann zu regnen. Er schloss die Augen, reckte das Gesicht in den heftigen Wind und hatte plötzlich das Gefühl inneren Friedens. Er liebte diese wilde Gegend, und wahrscheinlich machte ihn das in den Augen des Vaters und sogar in Lionels seltsam. Sonst hatte niemand, den er kannte, etwas für den gottverlassenen Süden Cornwalls übrig.

Unvermittelt kletterte Lionel ebenfalls über die geborstene Mauer und blieb neben ihm stehen. Er war weiß im Gesicht. „Ich habe keine Angst", beteuerte er. „Verrat mir, was du damit bezweckst."

Das Gefühl inneren Friedens schwand und wurde durch Gewissensbisse ersetzt. Garrick hätte den Bruder nicht herausfordern dürfen, dessen Furcht jetzt offenkundig war. Sie standen nun Schulter an Schulter vor der dem Meer zugewandten Seite des Turms. In diesem Moment begann der Wind erneut zu heulen. Eine heftige Bö presste Lionel und Garrick mit dem Rücken an die Ruine.

„Es regnet. Wir sollten heimkehren, ehe das Unwetter richtig einsetzt", schlug Lionel vor.

Garrick drehte sich ein wenig, um besser gegen den Sturm gefeit zu sein, und glitt unversehens auf einem losen Felsbrocken aus.

Der Stein brach ab und polterte in die Tiefe. „Geh ruhig“, erwiderte er. „Ich will mit niemandem zu Abend essen.“

„Und was hast du vor? Willst du während des Unwetters hier auf der Klippe herumstehen?“ Lionel wirkte plötzlich verärgert.

„Genau das werde ich tun, falls es mir genehm ist“, antwortete Garrick gereizt.

„Warum machst du es nicht wie ich?“ Lionel kletterte über den Wall zurück in den Turm und blieb dahinter auf dem sicheren, ebenen Boden stehen. „Warum tust du nicht so, als wärst du mit allem einverstanden, was Vater sagt, und denkst dir deinen Teil? Weshalb musst du dich gegen ihn auflehnen? Du kannst diesen Machtkampf nicht gewinnen. Er ist unser Vater.“

„Ich bin kein dummer Lakai, der sich keine Gedanken macht“, hielt Garrick dem Bruder wütend entgegen.

„Willst du meine Meinung dazu hören?“ fragte Lionel harsch. „Du bist ein Narr, weil du Vater bei jeder Gelegenheit vor den Kopf stößt!“ Er wandte sich ab und stapfte davon. Der Regen war inzwischen stärker geworden.

Garrick fröstelte, schob die geballten Hände in die Taschen seines abgetragenen Jagdrocks und lehnte sich an den Turm, ohne auf das unter ihm tosende Meer zu achten. Seine in diesem Moment dem Bruder geltenden Gedanken waren nicht gerade freundlich. Auch wenn Lionel nur vortäuschte, die Ansichten des Vaters zu teilen, war er im Grunde doch nur dessen Marionette, da er tat, was er geheißen wurde. Auf diese Weise konnte und wollte Garrick nicht leben. Er war ungemein froh, nicht der älteste Sohn zu sein.

In seinem Trotz erwog er, vielleicht die ganze Nacht hier auszuharren. Und falls er Fieber bekam und im Sterben lag, würde der Vater vielleicht endlich begreifen, dass er zwei Söhne hatte und nicht nur ein Kind.

Entweder dies, oder Lionel würde dem Vater noch kostbarer sein.

Und nun setzte der Regen richtig ein.

Garrick fror in der Kälte, drehte sich um und griff nach der Turmmauer. Er kletterte hinüber, schob die Fäuste in die Taschen seines Jagdrocks und begann, zum Herrenhaus zurückzutrotten. Kaum hatte er die Ruine hinter sich, fing er zu rennen an. Der Himmel war schwarz geworden, und die schweren Tropfen prasselte unaufhörlich auf den Knaben nieder. Irgendwo über dem Meer zuckten Blitze über den Himmel.

Als Garrick das Portal des Herrenhauses hinter sich zuwarf, war er triefnass und durchgefroren. Er bereute, so lange im Freien verweilt zu haben. Der Vater stand vor dem im großen Kamin lodernden Feuer, ein Glas in der Hand, während die Mutter neben ihm in einem der hochlehnigen, thronartigen und reich geschnitzten Sessel saß. Er zuckte beim Geräusch der sich schließenden schweren Tür zusammen. Die Mutter stand auf und drehte sich um.

„Garrick!“ rief sie aus und eilte zu ihm. Jäh blieb sie stehen und sagte zu einem vorbeigehenden Hausmädchen: „Bessie, lauf zu Larkin, und richte ihm aus, er solle sofort ein heißes Bad herrichten lassen. Und bring unverzüglich Decken!“

Langsam hatte der Vater sich umgewandt und starrte Garrick an. Die Mutter fragte erschrocken: „Was hast du gemacht, Garrick? Wo warst du? Du hättest dir den Tod holen können!“

Garrick zögerte, nicht gewillt, sich den Eltern zu nähern. „Ich bin zum Turm gegangen“, antwortete er gepresst und warf dem Vater einen unsicheren Blick zu.

„Ein trefflicher Einfall“, sagte Richard mit unverhohlener Ironie. „Wo ist Lionel?“

Schon im Begriff, etwas auf die boshafte Bemerkung des Vaters zu erwidern, besann Garrick sich eines anderen und erstarrte. „Er ist kurz vor mir aufgebrochen“, erwiderte er. „Ist er nicht hier?“

Einen Moment lang herrschte Schweigen. Die Mienen der Eltern veränderten sich und spiegelten Besorgnis wider. „Lionel ist nicht nach Hause gekommen“, erklärte die Mutter. „Oh, auch er wird sich den Tod holen!“

„Es regnet nur", warf der Vater in beißendem Ton ein. „Ich bin sicher, dass Lionel jeden Augenblick hier sein wird."

Eleanor errötete und nickte. Das Hausmädchen war mit den Decken gekommen. Die Mutter nahm eine an sich und hüllte Garrick darin ein. „Nun, bringen wir dich nach oben und ins Bett. Und Richard ... lass es mich bitte sofort wissen, wenn Lionel zurück ist."

Auf der Treppe zauderte Garrick, weil ihn plötzlich Unbehagen erfasst hatte. „Lionel hätte schon vor zehn Minuten zurück sein müssen, Mutter. Irgendetwas stimmt nicht."

„Es ist alles in Ordnung", versicherte Eleanor, doch das Lächeln war ihr vergangen.

Garrick hielt sich am Geländer fest und sah unverwandt auf die fest geschlossene Eingangstür. Er wusste jetzt genau, dass etwas ganz und gar nicht in Ordnung war.

„Komm", forderte die Mutter ihn auf und zog ihn an der Hand.

Widerstrebend gehorchte er und warf einen letzten Blick zurück, bestürzt und sich um den Bruder ängstigend.

Die Suchmannschaft kam mit Fackeln und Laternen, Pferden, Reitern und Hunden. Der Weg zu den Ruinen war taghell erleuchtet, während ein Dutzend Männer mitten in der stockfinsteren Nacht und bei strömendem Regen in der Umgebung des Turms eintraf.

Richard drehte sich zu seinem Zweitgeborenen um. „Wo?" fragte er. „Wo hast du Lionel zuletzt gesehen?"

Der Bruder war nicht heimgekehrt. Eine Stunde war verstrichen, doch er war nicht im Herrenhaus eingetroffen. Einige Dienstboten hatten ihn kurz vor dem Unwetter auf der Suche nach Garrick fortgehen sehen, aber seither fehlte jede Spur von ihm.

Garrick war der Letzte, der ihn zu Gesicht bekommen hatte.

Er war den Tränen nahe, bemühte sich jedoch verzweifelt, nicht zu weinen. Wo war Lionel? War er im Morast ausgerutscht, gestürzt und ohnmächtig geworden? War mit ihm alles in Ordnung? Vielleicht war er tot! Garrick ängstigte sich schrecklich um ihn, und überdies fürchtete er sich vor seinem Vater, der ihm für Lionels Verschwinden die Schuld zu geben schien.

Er glitt aus dem Sattel und rannte am Vater vorbei zu der Stelle, wo der Bruder und er außerhalb des Turms auf den Klippen gestanden hatten.

„Ich habe dort auf der Felsnase gestanden“, brachte er mühsam heraus. Im Stillen betete er darum, mit Lionel möge alles in Ordnung sein. „Lionel war bei mir. Dann ist er über die Mauer zurückgeklettert. Ich habe ihn nicht fortgehen sehen.“

Der Vater ritt näher, schaute auf das Meer hinab und bedachte Garrick mit einem Blick, der angetan gewesen wäre, hundert Erwachsene zu töten oder sie zumindest in winselnde Feiglinge zu verwandeln. Dann wendete er sein Pferd und ritt zu den versammelten Männern. „Ausschwärmen! Wir werden jeden Fußbreit Boden zwischen dem Herrenhaus und dem Turm absuchen. Lionel kann nicht verschwunden sein. Wir werden ihn bald finden. Er kann sich nicht in Luft aufgelöst haben.“

Doch genau das war der Fall.

Lionel De Vere, Viscount Caedmon Crag, Erbe des Grafentitels von Stanhope, wurde nie mehr gesehen.

ERSTER TEIL
Die Rückkehr

1. KAPITEL

ASHBURNHAM, WEST SUSSEX, 1760

Nicht gewillt, ins Haus zurückzukehren, stand Olivia im Schatten der vor dem Mond hängenden Wolken. Es war eine angenehm kühle Juninacht. Ein leichte Brise fächelte Olivia die bloßen Arme und fing sich in den silberblonden Haaren, die sich aus dem um den Hinterkopf geschlungenen Zopf gelöst hatten und sie im Gesicht und an den Wangen kitzelten. Der zarte Klang eines Cembalos drang durch die Terrassentüren, die man nicht geschlossen hatte, damit die Gäste durch den blühenden Garten und über den weitläufigen Rasen schlendern konnten. Das Haus, ein solides Gebäude aus Stein mit eindrucksvollen ionischen Säulen, zahlreichen Balkonen und dreieckigen Giebeln an der Vorder- und Rückseite, war zehn Jahre zuvor vom gegenwärtigen Earl of Ashburn erbaut worden. Eine Steintreppe führte von der Terrasse, auf der Olivia sich befand, zu dem nicht mehr zeitgemäß üppig gehaltenen Garten und dem Wildpark. Die melodischen Laute des Cembalos wurden jäh misstönig, als die Vortragende einen falschen Akkord griff, und danach herrschte einen Moment lang absolute Stille.

In diesem Moment empfand Olivia Furcht, Schmerz und Verzweiflung – Gefühle, die ihr zuwider waren.

Sie schloss die Augen, als die Musikerin wieder zu spielen begann, diesmal korrekt, doch ohne die Virtuosität des geborenen Künstlers. Den ganzen Tag hindurch hatte Olivia, derweil sie auf die Ankunft der Besucher wartete, sich geängstigt, ganz so, als wäre mit der Ankunft ihres Gatten und der Gäste ein schreckliches Ereignis verbunden. Nun hatte sie Schmerzen in den Schläfen. Bis jetzt war nichts passiert. Es hatte kein Malheur gegeben. Bestimmt hatte sie sich diesmal geirrt, und ihre Angst war nur auf die Rückkehr des Gatten und sonst nichts zurückzuführen.

Wie sehr sie ihre hellseherischen Fähigkeiten hasste!

Wie sehr wünschte sie sich, wie jeder andere Mensch zu sein!

Sie wusste, sie musste sich wieder zu Arlens Gästen gesellen. Ihr Herz klopfte heftig, während sie mehrere Ausflüchte erwog, die es ihr ermöglicht hätten, nach oben zu gehen, und zwar nicht nur, um sich zurückzuziehen.

Brannten die Kerzen noch immer in Hannahs Zimmer? Erst vorgestern hatte das einfältige irische Hausmädchen die Kerzen herunterbrennen lassen und überdies versucht, mit Olivia darüber zu streiten, ob es vernünftig sei, das Zimmer des Kindes nachts zu beleuchten. Hätte Miss Childs, Hannahs Gouvernante, nicht ihre Eltern besucht, wäre das Fiasko nicht passiert. Bestimmt waren heute Abend die Kerzen nicht gelöscht worden. Bestimmt schlief Hannah inzwischen fest und träumte von schönen Dingen, zum Beispiel von gefleckten Ponys und Bonbons und dem Puppentheater, das man in der vergangenen Woche auf dem Jahrmarkt besucht hatte.

Bestimmt empfand die achtjährige Tochter nicht das, was Olivia fühlte. Hätte sie sonst nicht etwas gesagt? Olivia verdrängte diesen Gedanken sogleich und nahm sich zusammen. Sie war froh darüber, dass Arlen in wenigen Tagen nach London zurückkehren würde. Dann waren sie und ihre Tochter erneut sich selbst auf dem Land überlassen, und ihre Geheimnisse wurden sicher bewahrt. Sie trug ein schönes pastellfarbenes Seidenkleid mit einem zarten Streifen- und Blumenmuster. Die schmale Taille wurde durch den von ausladenden Reifen gebauschten Glockenrock betont. An den Ohren und um den Hals glitzerten Diamanten und Perlen, die der Gatte Olivia vor Jahren sichtlich widerstrebend geschenkt hatte. Anmutig bewegte sie sich über die Terrasse, vorbei an einer Brunnenfontäne, und begab sich in den getäfelten und vergoldeten Salon, wo die Gäste ihres Mannes sich versammelt hatten.

Die Dame am Cembalo spielte weiter, Olivia den schmächtigen Rücken zugewandt, die schmalen Schultern fest gestrafft. An der

Haltung erkannte Olivia, dass die Interpretin es hasste, den Anwesenden vorspielen zu müssen. Olivia ging weiter in den Raum und bemerkte, dass ihre Schwägerin, die als eine der größten Schönheiten des Landes galt, fragend eine schwarze Braue hob und ihre kleine, perfekte Nase leicht in die Luft reckte. Elizabeths Miene war eindeutig. Die Schwägerin wusste, dass Olivia sich nicht nur in diesem Kreis, sondern allgemein in Gesellschaft unbehaglich fühlte, und bekundete offen ihre Verachtung.

Wenn sie auf Ashburnham weilte, übernahm sie Olivias Pflichten als Gastgeberin. Das störte Olivia nicht, aber ihr missfiel die Art, wie es geschah.

Während sie die blauen Augen der Schwägerin auf sich gerichtet sah, fragte sie sich, wie schon so oft in den vergangenen neun Jahren, was sie verbrochen haben mochte, dass Arlens Schwester sie derart ablehnte. Früher hatte sie sich bemüht, freundlich zu sein, doch nun mied sie Elizabeth Wentworth wie die Pest. Das war einfach, weil die Schwägerin das Land ebenso sehr hasste, wie Olivia die Stadt verabscheute.

Susan Layton, die am Cembalo saß, hatte das Stück beendet. Olivia ließ sich neben ihrem Gatten in einem kleinen vergoldeten Korbsessel nieder. Die Anwesenden applaudierten höflich. Susan, ein blasses blondes Mädchen, kaum älter als siebzehn Jahre, drehte sich lächelnd zu ihnen um.

Olivia klatschte heftig Beifall. „Bravo!“ rief sie so laut, dass die schüchterne junge Dame sie hören konnte, und fand, sie sei sehr mutig.

Susan warf ihr einen dankbaren Blick zu, stand auf und knickste leicht vor der Gesellschaft. Ihre Wangen waren gerötet.

„Spielt sie nicht gut?“ Sir John Layton, ein hünenhafter Mann von so kräftiger Statur, dass seine breiten Schultern die Nähte des dunkelblauen Samtrocks zu sprengen drohten, strahlte seine Tochter an. Seine gepuderte Perücke saß schief, und seine Hängebäckchen waren gerötet. Er war Brauer und vor ungefähr zwölf Jahren irgendeines Dienstes wegen, den er der Krone erwiesen hatte, geadelt worden. Das von ihm erworbene Vermögen war so immens, dass er den Preis für die Grafschaft Ashburn mühelos mehrfach hätte zahlen können. Jedenfalls hatte Arlen das behauptet.

Trotz seiner Herkunft und der Tatsache, dass seine Perücke dauernd verrutschte, mochte Olivia Sir John gern. Er hatte das sprichwörtliche Herz aus Gold. Sie wusste, dass Arlen nur vortäuschte, dessen Freund zu sein, musste jedoch noch herausfinden, welchen Nutzen Sir John für den Mann hatte, mit dem sie verheiratet war.

„Ausgesprochen gut", warf Elizabeth glatt ein. Ihre gelangweilte Miene strafte ihre Worte jedoch Lügen.

Lady Layton, Susans Mutter, eine zierliche, attraktive und lebhafte Frau, lächelte dankbar, wenngleich auch reichlich nervös. Seit sie auf dem Besitz eingetroffen war, hatte sie noch nichts geäußert. Henry Wentworth, Marquis of Houghton, saß schlafend neben ihr. Er war halb so groß wie Sir John, aber doppelt so breit. Seine Beine waren von der Gicht stark geschwollen, und seine Füße quollen aus den Schnallenschuhen.

Elizabeth klappte laut den Fächer zusammen, und der Marquis schrak hoch. „Wollt Ihr mich nicht spielen hören, Sir?" fragte sie, während sie sich erhob.

Plötzlich ergriff Arlen Olivia am Handgelenk, beugte sich nah zu ihr und sah sie mit braunen Augen eindringlich an. „Wo warst du?" raunte er ihr zu.

Er tat ihr weh, doch sie versuchte nicht, sich ihm zu entziehen. „Ich brauchte frische Luft."

Die anderen Anwesenden fuhren fort, Susan Laytons Fähigkeiten auf dem Cembalo zu diskutieren. Elizabeth nutzte die Gelegenheit und setzte sich graziös und mit größter Selbstsicherheit an das Instrument.

Mit flammendem Blick schaute Arlen die Gattin an und hielt die Stimme gesenkt. „Wenn ich Gäste habe, brauchst du ständig frische Luft. Das passt mir nicht, denn ich bin nur zwei Monate im Jahr auf dem Land!"

Olivia zwang sich, den Gemahl anzulächeln. Sie fand, zwei Monate seien weitaus besser als drei. „Ich leide schlimmer denn je unter Kopfschmerzen", erwiderte sie ausweichend.

Arlen betrachtete sie. Er war schlank und hatte ein ebenso perfekt geschnittenes Gesicht wie seine Schwester. Vor einiger Zeit hatte er sich entschieden, der Mode zu folgen und keine Perücke mehr aufzusetzen. Stattdessen trug er sein dunkles Haar gepudert und im Nacken zu einem Zopf geflochten.

Olivia wusste, dass die Damen in London vom Anblick ihres Gatten entzückt waren. Ihr war auch geläufig, dass er eine Schauspielerin aus Vauxhall zur Geliebten hatte. Sie hatte sogar gehört, seine Mätresse sei schwanger. Nicht, dass ihr das etwas ausmachte. Sie wünschte sich, er möge nie aufs Land kommen, und hoffte inständig, seine Geliebte möge ihm einen Sohn gebären. Wie oft hatte sie sich ausgemalt, auf dem Land allein gelassen zu werden und nur mit Hannah und den wunderbaren Domestiken leben zu können.

Arlen Grey, Earl of Ashburn, sah sie kühl an. „Und welche Hirngespinste hast du jetzt? Welche Wahnvorstellungen? Welche Albträume?"

Sie schluckte und log: „Keine. Absolut keine. Diese ... Krankheit ... ist vorbei."

Er beäugte sie voller Verachtung und vielleicht sogar mit echtem Abscheu. So war es nicht immer gewesen. Sie hatte im Alter von sechzehn Jahren geheiratet, und wenn sie an die zurückliegende unglückliche Zeit ihrer Ehe dachte, vermochte sie kaum zu fassen, dass sie je so naiv, einfältig und vertrauensvoll gewesen war. Wie schnell sich das alles geändert hatte! Und die zärtlichen Gefühle, die Arlen ihr anfänglich vielleicht entgegengebracht hatte, waren in dem Moment geschwunden, als er, noch vor der Geburt ihrer Tochter, erkannt hatte, wie anders sie war. Ihr war klar, dass er ihre Lüge durchschaut hatte.

Schließlich zupfte er die unter den Ärmeln der türkisfarbenen Jacke hervorlugenden Spitzenmanschetten zurecht. Der Saphir seines Siegelrings blitzte im Licht der von der Decke hängenden Kristallleuchter auf. „Ich verlange wenig genug von dir“, sagte Arlen. „Achte darauf, dass deine Träume nur Träume bleiben.“

Olivia nickte, verschränkte fest die Hände und sehnte sich jetzt mehr denn je danach, in die obere Etage flüchten zu können. Sie wusste jedoch, dass sie das nicht tun konnte. War mit Hannah alles in Ordnung? Und wie würde Arlen reagieren, falls er von Olivias augenblicklichem „Traum“ Kenntnis hätte? Er nannte ihre Intuition und ihre Vorahnungen, die eigenartig zutreffend waren, stets Träume. Olivia beobachtete Susan, die leise mit ihrer Mutter sprach. Sie war offensichtlich äußerst unglücklich.

Olivia war sicher, dass die Verzweiflung und die Angst durch Susan ausgelöst worden waren. Das hatte sie bereits in dem Augenblick erkannt, als sie einander vorgestellt worden waren. Wie sehr sie sich wünschte, ihr helfen zu können! Aber welches Unheil drohte?

Plötzlich schaute Susan sie an, als hätte sie Olivias Blick auf sich gespürt. Olivia schenkte ihr ein aufmunterndes Lächeln, weil sie wusste, dass sie sich mit dem jüngeren Mädchen anfreunden musste, um eine Katastrophe zu verhindern. Worauf dieses Wissen sich gründete, vermochte sie selbst nicht zu sagen. Es war einfach so. Und so war es immer. Sie hatte diese ihr unerwünschte Gabe, wusste um Dinge, die ihr nie vollständig klar waren.

„Elizabeth wird uns nun etwas vortragen“, sagte Arlen, Olivia in den Gedanken unterbrechend. Er lehnte sich im Sessel zurück und fuhr stolz zu allen Anwesenden fort: „Meine Schwester ist eine der besten Musikerinnen, die ich kenne, und sie hat eine unübertreffliche Stimme.“

„Hört, hört“, äußerte der Marquis. „Meine Gattin ist stets in allem unübertrefflich.“

Elizabeth nahm das Lob als ihr gebührend auf, und nicht einmal ein Hauch von Röte zeigte sich auf ihren weißen Wangen, als sie graziös den Kopf neigte.

„Ja, wir alle haben von Lady Houghtons Talent gehört“, warf Sir John überschwänglich ein. „Bitte, Mylady, spielt für uns.“ Die

Wirkung seiner freundlichen Worte wurde jedoch jäh gestört, weil er unvermittelt rülpste.

Olivia lächelte ihn an.

Huldvoll nickte Elizabeth den Anwesenden zu und begann dann zu spielen. Sie meisterte das Cembalo tatsächlich mehr als geschickt. Note auf Note perlte lieblich in den Raum. „Oh ja, entzückend!“ Sir John seufzte hingerissen. Die Art jedoch, wie er Elizabeth betrachtete, bewies Olivia eindeutig, dass er sich nicht auf das Stück, sondern die Künstlerin bezogen hatte. Ihr fiel auf, dass der Marquis wieder einmal eingeschlummert war.

Und dann vernahm sie den gellenden Schrei eines Kindes und sprang aus dem zierlichen Hepplewhite-Sessel auf.

Elizabeth saß mit dem Rücken zu ihr und spielte unbeirrt weiter. Alle anderen Anwesenden starrten Olivia jedoch an, als hätte sie den Verstand verloren. Erst jetzt dämmerte ihr, dass sie die Einzige war, die Hannahs Schrei gehört hatte, und zwar in Gedanken.

Sie wusste, dass die Kerzen verloschen waren.

Wut und das Bedürfnis, zu ihrer Tochter zu eilen, überkamen sie.

„Ist etwas nicht in Ordnung, Lady Ashburn?“ erkundigte Sir John sich besorgt und erhob sich ebenfalls.

„Es ist alles in Ordnung“, versicherte Arlen unwirsch, stand auf und packte Olivia am Handgelenk. „Setz dich hin!“ befahl er drohend.

Sie gehorchte ihm nicht. „Arlen, ich muss nach oben.“

„Ich habe dir gesagt, du sollst dich hinsetzen.“

Elizabeth unterbrach den Vortrag und drehte sich um. „Nanu, was stimmt nicht, liebe Schwägerin?“

„Du wirst dich hinsetzen!“ wiederholte Arlen streng.

„Die Kerzen sind verloschen“, erwiderte Olivia und zuckte angesichts der Wut in seinem Blick zusammen. Sie befürchtete, er könne vergessen, dass er nicht mit ihr allein war, und sie schlagen. Er sprach nie in der Öffentlichkeit über seine Tochter. Mehr noch, nur wenige Peers wussten überhaupt von ihrer Existenz.

„Ach, geht es darum?“ Elizabeth näherte sich mit raschelnden lavendelfarbenen Röcken, drängte sich trotz deren Fülle zwischen Olivia und Arlen und legte ihm graziös die Hand auf den Arm. „Verhätschelst du Hannah immer noch?“ fragte sie Olivia leise. „Du meine Güte, besteht sie nach wie vor darauf, bei Kerzenlicht zu schlafen?“ fuhr sie belustigt fort. „Du darfst dich von dem Kind nicht tyrannisieren lassen, Olivia, meine Liebe. Wie sehr du es verziehst!“

Arlen warf Elizabeth einen warnenden Blick zu. „Spiel weiter, Elizabeth.“

Sie zuckte die Schultern, doch ehe sie sich umdrehen konnte, fragte Olivia mühsam beherrscht: „Und wie viele Kinder hast du, Elizabeth?“ Sie stritt sich selten mit ihr, doch jetzt lagen die Dinge ganz anders.

Elizabeth riss die blauen Augen auf, die sich vor Ärger verdunkelt hatten. „Nun, wenn ich die Lebensumstände deines Kindes in Betracht ziehe, bin ich froh, dass ich keine Kinder habe.“

Olivia verstand die Bedeutung dieser Bemerkung genau und hätte der Schwägerin am liebsten das Gesicht zerkratzt. Hass, ein Gefühl, das ihr eigentlich fremd war, wallte jäh in ihr auf. „Hannah hat es verdient, verwöhnt zu werden“, entgegnete sie leise und gepresst.

„Ist ein Kind im Haus?“ erkundigte Sir John sich verwundert. „Es tut mir Leid, aber ich habe das zufällig mitbekommen. Ein Kind ist etwas Wundervolles! Großer Gott, ist es ein Geheimnis, dass Ihr und Eure Gattin ein Kind habt, Arlen?“

Schweigend schaute Arlen Sir John an.

Olivia fuhr sich nervös mit der Zungenspitze über die Lippen. Sie wusste, sie würde für diese Enthüllung zahlen müssen, auch wenn sie daran keine Schuld trug, oder doch? „Eigentlich ist das kein Geheimnis“, antwortete sie schließlich unsicher.

„Das Kind ist ein Mädchen“, stellte Sir John überrascht fest.

„Ja“, bestätigte Arlen endlich.

Olivia schaute erst ihn und dann Elizabeth an. Die Schwägerin unterdrückte ein schadenfrohes Lächeln, wandte das Gesicht ab und fächelte sich Luft zu. „Unsere Tochter ist vor kurzem acht Jahre alt geworden", erklärte sie.

„Acht Jahre!" Sir John wirkte verblüfft. „Ich hatte ja keine Ahnung! Wie eigenartig! Aber ich bin sicher, dass wir alle Bescheid gewusst hätten, wäre es ein Sohn." Sein freundliches Benehmen war geschwunden, und seine Miene war nachdenklich geworden. Er hätte sein Vermögen nicht erworben, wäre er ein Dummkopf gewesen.

„Es ist kein Geheimnis, Sir John. Aber für eine Unterhaltung ist Hannah kaum das geeignete Thema." Arlen schwitzte und wurde rot. Er wandte sich Olivia zu und befahl: „Dann geh!" Sein wütender Blick zeigte ihr jedoch, dass die Angelegenheit längst noch nicht erledigt war und er sie am nächsten Vormittag für alles, was sich an diesem Abend ereignet hatte, in irgendeiner Form bestrafen würde.

Bekümmert verabschiedete sie sich von den Gästen. Er schämte sich seiner Tochter, und das würde Olivia ihm nie verzeihen können. Sie fing Elizabeths Blick auf und hatte den Eindruck, dass die Schwägerin erfreut zu sein schien.

Mit pochenden Schläfen verließ sie den Salon, hastete die Treppe hinauf und stolperte in der Eile. Das Kinderzimmer lag in der zweiten Etage, dem Stockwerk, wo auch Olivia schlief, wenn Arlen nicht daheim war. Sie hörte Hannah weinen und leise wimmern, als sie sich der offenen Zimmertür näherte. Der Raum wurde von brennenden Kerzen hell erleuchtet.

Das irische Hausmädchen, dessen Sommersprossen sich krass von der kreidebleichen Haut abhoben, saß mit Hannah auf dem Himmelbett. Die Bedienstete sprang auf, als Olivia in das Kinderzimmer stürmte. „Ich bitte um Entschuldigung, Madam", sagte Megan betreten.

„Mama!" rief Hannah gleichzeitig und streckte die Arme aus. Ihre Augen, die die gleiche silbergraue Farbe wie Olivias hatten, waren weit geöffnet und ausdruckslos, da sie von Geburt an blind war.

Olivia eilte zu ihr, nahm sie in die Arme und drückte sie an die Brust. Wütend schaute sie das junge Hausmädchen an, das jetzt nervös vor der Tür stand.

„Sie haben zugelassen, dass die Kerzen verloschen!" rief sie. Gott sei Dank würde Miss Childs in zwei Tagen zurück sein.

„Eine Blinde braucht kein Kerzenlicht", erwiderte Megan.

„Lassen Sie uns allein!" befahl Olivia und drückte die Tochter fest an sich. Sie würde nichts erklären, denn das wäre zwecklos gewesen. Hannah war zwar blind, fürchtete sich jedoch vor der Dunkelheit und bestand darauf, dass Kerzen brannten, wenn sie schlief. „Es ist jetzt vorbei, Liebling."

Hannah hatte zu weinen aufgehört und klammerte sich an Olivia. „Verzeih, Mama. Ich wollte dir keinen Ärger machen", flüsterte sie. „Es tut mir Leid, dass ich ein solcher Feigling bin."

„Du bist kein Feigling! Du bist unglaublich mutig", versicherte Olivia erschüttert und strich der Tochter über das rabenschwarze, zu einem hüftlangen Zopf geflochtene Haar. Tränen brannten ihr in den Augen. Im Geist sah sie Arlens wütenden Blick auf sich gerichtet. Sie war ein friedlicher Mensch, hasste den Gatten jedoch beinahe.

„Warum habe ich dann solche Angst, wenn ich schlafen gehe?"

„Viele Leute lassen eine Kerze brennen, wenn sie schlafen", antwortete Olivia.

Im Stillen stellte sie sich jedoch die Frage, ob die Tochter, da sie sich vor der Dunkelheit der Nacht fürchtete, nicht auch Angst vor der Finsternis hatte, in der sie jede Sekunde des Tages verbrachte. Das Herz wurde ihr schwer. Sie lebte mit ihrer Traurigkeit, so wie Hannah mit der Blindheit lebte. Bewegt schmiegte sie die Tochter an sich und wiegte sie in den Armen.

„Sei nicht traurig, Mama", sagte Hannah plötzlich und lehnte sich zurück, ganz so, als wollte sie der Mutter in die Augen schauen. Olivia sah ihr in die schönen silbergrauen, blinden Augen, ohne dass die Tochter im Stande war, den Blick zu erwidern. Aber sie teilte mit ihr andere Dinge, die weitaus bewegender waren als ein Blick.

„Ich bin nur ein wenig traurig“, flüsterte Olivia und rang sich ein Lächeln ab.

Es dauerte einen Moment, bis Hannah erwiderte: „Vater ist wütend.“

„Schon gut, Hannah. Du hast mir keinen Ärger gemacht, überhaupt nicht. Ich werde mit deinem Vater fertig.“ Zitternd holte Olivia Luft. Sie und ihre Tochter hatten wesentlich mehr als nur das große Einfühlungsvermögen in die Gedanken und Empfindungen anderer Menschen gemein. Auch Hannah war mit der Gabe des zweiten Gesichts belastet, begriff das im Alter von acht Jahren indes noch nicht richtig. „Dein Vater wird in zwei Tagen abreisen. Es gibt nichts, worüber du dir Sorgen machen müsstest. Und wenn er fort ist, werden wir wieder jeden Tag am See zusammensitzen, gemeinsam Bücher lesen und Beeren und Blumen pflücken. Wenn er nicht mehr da ist, sind wir wieder frei.“

Hannah schwieg, und ihre Miene wirkte zweifelnd.

„Was hast du?“

„Was ist, wenn er es merkt?“

Olivia erschrak. „Er darf es nicht merken, Hannah, niemals! Und er wird es nicht herausfinden, vorausgesetzt, du bist vorsichtig. Versprich mir das! Versprich mir, dass du immer sehr, sehr vorsichtig sein wirst!“

Hannah nickte und legte sich zurück aufs Bett. „Ich verspreche es.“

Olivia entspannte sich nicht. Sie wusste nicht, wie Arlen reagieren würde, sollte er je erfahren, dass seine Tochter ebenso anders war wie seine Frau und ebenfalls das zweite Gesicht besaß.

Weinen – leise und von Angst erfüllt.

Olivia schreckte aus dem Schlaf. Hatte sie geträumt? Nein, sie konnte jemanden hören, der weinte. Eine Frau. Langsam richtete sie sich auf. Das Schlafzimmer war dunkel, da sie keine Kerze brennen gelassen hatte. Sie wusste, dass es unmöglich war, Geräusche aus einem der Gästezimmer zu hören, die allesamt am anderen Ende des Korridors lagen. Hatte sie das Weinen geträumt?

Nein, denn sie konnte es noch immer vernehmen, wenngleich nur ganz schwach. Voller Unbehagen schlug sie die Bettdecke zurück. Das Schluchzen klang verzweifelt.

Es handelte sich um Susan. Olivia war sich ganz sicher.

Sie zündete eine Kerze an und zog den leichten Morgenmantel aus Linon an. Die bereits den ganzen Tag andauernde dunkle Vorahnung, es werde etwas Schreckliches geschehen, überkam sie erneut, diesmal stärker denn zuvor. Unschlüssig blieb sie stehen. Plötzlich kam ihr in den Sinn, dass die Frau sterben würde.

Erschrocken über diesen Gedanken, der nicht von ihr weichen wollte, erstarrte sie. Das war kein Gedanke, den sie haben wollte. Aber sie wollte nie diese Visionen haben, die Gott ihr so oft einflößte. Wer würde sterben? Bestimmt nicht Susan Layton, das junge Mädchen!

Barfuß tappte Olivia zur Tür und machte sie klopfenden Herzens auf. Die getäfelte Tür zum auf der anderen Seite des Ganges liegenden Schlafgemach des Gatten war geschlossen. Olivia wusste, dass Arlen sich schon zurückgezogen hatte, und dafür war sie dankbar. Nun konnte sie nur hoffen, dass er fest schlief.

Sie lauschte angestrengt. Das Weinen war noch zu hören, aber es schien aus keinem bestimmten Raum zu dringen, und ganz gewiss nicht vom anderen, weit entfernten Ende des Korridors, wo die Zimmer der Laytons waren.

Sie erkannte, dass sie das Weinen nur in Gedanken vernahm, wenngleich es sehr echt klang.

Wieder hatte sie die absolute Gewissheit, dass der Tod nicht weit entfernt lauerte. Panik erfasste Olivia, und sie fragte sich, warum Hannah nichts geäußert hatte. Die Schwingungen waren so stark und die hellseherische Begabung der Tochter viel ausgeprägter als ihre. Warum hatte Hannah nichts dergleichen erwähnt?

Erneut blickte Olivia auf die geschlossene Tür zu Arlens Zimmer. Falls er sie dabei ertappte, dass sie ihre Suite verlassen hatte, würde sie am nächsten Vormittag in einer noch schwierigeren Situation sein, als sie es ohnehin schon war. Aber sie musste Susan finden. Sie wandte sich dem anderen Ende des Korridors zu und hörte das verzweifelt klingende Weinen jetzt lauter.

Die Frau würde sterben.

Olivia holte tief Luft, vernahm Schritte und wirbelte herum. Blindlings rannte Hannah tränenüberströmt auf sie zu. Sie weinte jedoch stumm.

Der erste Gedanke, der Olivia in den Sinn kam, war, dass die Kerzen irgendwie verloschen sein mussten. Ihre Besorgnis um Susan schwand. Sie eilte auf die Tochter zu und schloss sie in die Arme. Hannah klammerte sich an sie. Sanft zog Olivia die Kleine in ihr Schlafzimmer und schloss die Tür.

„Mama, wir müssen der Frau helfen", jammerte Hannah flüsternd und ergriff die Hände der Mutter. „Sie wird sterben, wenn wir sie nicht zurückhalten." Sie versuchte, Olivia wieder in den Flur zu zerren. „Ich habe es gesehen! Mama, bitte!"

„Miss Susan?"

Hannah nickte, und ihre silbergrauen Augen wirkten übernatürlich groß in dem blassen Gesicht. „Der See. Sie ist zum See gegangen."

Und nun sah es auch Olivia: Der zierliche Körper der Frau trieb mit dem Gesicht nach unten im flachen Uferwasser, das helle weiße Musselinkleid bauschte sich um ihren Leib.

„Bleib hier!" befahl sie erregt.

„Nein!" weigerte sich Hannah. „Verlass mich nicht!"

Olivia warf einen Blick auf sie und sah, dass die Tochter nicht mehr weinte. Bedeutete das, dass Susan bereits tot war? Du lieber Gott, es galt, keine Zeit zu verlieren! Olivia ergriff die Tochter bei der Hand, rannte mit ihr aus dem Raum, die Treppen hinunter und durch das Haus. Der See war fast eine Viertelmeile entfernt. Wie konnte man rechtzeitig dort sein, um die Tragödie zu verhindern?

Aber jetzt umgab sie beide nur noch Stille, lautlose, eisige Stille.

„Schneller!" rief Olivia aus.

Sie hastete mit der Tochter weiter. Der häufig benutzte Weg war eben und trocken, da es seit einiger Zeit nicht mehr geregnet hatte, doch hin und wieder bohrten Steine sich in Olivias und Hannahs bloße Füße. Zum Glück war der Himmel sternenklar, und der zu drei Vierteln volle Mond erhellte den Weg. Keuchend erreichten sie die Kuppe eines Hügels, und in der Senke sah Olivia den schimmernden See, der dunkler war als der Nachthimmel. Und dann bemerkte sie eine weiße Gestalt.

Die weiße Gestalt ging quälend langsam, Schritt für Schritt, ins Wasser ...

„Nein!“ rief Olivia, ließ Hannahs Hand los und rannte, das Nachthemd und den Morgenrock bis zu den Knien raffend, so schnell wie nie in ihrem Leben. Sie knickte mit einem Fuß um, und ein scharfer Schmerz durchzuckte ihr Bein, doch sie blieb nicht stehen. Beim Atmen verspürte sie Stiche in den Lungen, rang aber dennoch nach Luft. Vor ihr schwappte das Wasser des Sees ans sandige Ufer. Susan stand jetzt bis zur Brust im schimmernden schwarzen Nass. Und dann war sie nicht mehr zu sehen.

Olivia schrie gellend auf und stürmte hinter ihr her. Die nassen Kleidungsstücke behinderten sie, so dass sie den Eindruck hatte, wie in einem Albtraum kaum von der Stelle zu kommen. Trotzdem kämpfte sie sich vorwärts. Das Wasser reichte ihr bis zum Kinn, und sie tauchte an der Stelle ein, wo Susan verschwunden war. Da sie nicht schwimmen konnte, hoffte sie inständig, der See würde nicht noch tiefer werden.

Unter Wasser war es stockfinster. Olivia bekam jedoch sogleich Susans Kleid zu fassen, tastete sich weiter und stieß gegen das Mädchen. Sie schlang den Arm um Susan und zerrte die schlaffe Gestalt mit sich an die Oberfläche.

Verzweifelt schnappte sie nach Luft. Noch ehe sie wieder zu Atem kam, drehte sie sich zu Susan um, deren Kopf schlaff auf der Schulter lag. Die Augen waren geschlossen, die Wangen bleich. Dann öffnete Susan flatternd die Lider und rang keuchend nach kostbarer, Leben spendender Luft.

Olivia hielt sie auch dann noch fest, als ihre Füße im brusthohen Wasser festen Grund gefunden hatten. Susan ächzte halb erstickt und hustete, und Olivia klopfte ihr auf den Rücken, bis das Husten aufhörte.

Benommen schaute Susan sie an. Gleich darauf änderte sich ihre Miene und spiegelte pures Entsetzen wider. „Lasst mich los!" schrie sie und wollte sich losreißen.

Olivia schlug ihr hart ins Gesicht.

Susan schnappte nach Luft, brach in Tränen aus und klammerte sich an Olivia. Olivia hielt sie umfangen, streichelte sie und raunte ihr tröstende Worte zu. Nach einem Moment blickte sie auf der Suche nach Hannah zum Ufer. Die Tochter stand bis zu den Fußgelenken im Wasser, schaute zu ihr und Susan herüber und lauschte angestrengt.

„Mit uns ist alles in Ordnung", rief Olivia ihr zu.

Hannah nickte. „Das weiß ich. Ich habe es gehört!" erwiderte sie.

Olivia legte der Geretteten den Arm um die Taille, und plötzlich wichen jegliche Kraft und Energie von ihr, die sie bislang aufrecht gehalten hatten. Sie fühlte sich so erschöpft wie nie zuvor. Bedächtig brachte sie Susan ans Ufer und brach, sobald sie dort angelangt waren, auf dem Sand zusammen. Hannah eilte zu ihnen und schlang fest die Arme um die Mutter.

Susan weinte.

Olivia küsste Hannah auf die Wange, drehte sich um und ergriff Susan an den Schultern. „So schlimm ist es nicht", sagte sie und schüttelte sie. „Was Ihr zu tun versucht habt, war schrecklich! Ich bitte Euch, Miss Layton, nehmt Euch zusammen!"

Susan schüttelte den Kopf. „Ihr hättet mich sterben lassen sollen. Ich wollte sterben. Oh Gott, der Tod wäre bei weitem besser, als mein Los es ist!"

Olivia verzog das Gesicht und strich Susan Strähnen nassen Haars aus der Stirn. „Mein liebes, liebes Kind! Ich bin überzeugt, dass Ihr ein langes und glückliches Leben vor Euch habt", behauptete sie, ohne sich dessen tatsächlich sicher zu sein.

„Nein! Vor mir liegt ein schreckliches Leben, und der Tod wäre besser gewesen!“ Erneut brach Susan in Tränen aus, und ihre Schultern bebten.

„Sie hat Angst“, raunte Hannah der Mutter zu und wies mit dem Kopf in Susans Richtung.

Olivia nickte, denn Susans Furcht und Sorgen waren ebenso unverkennbar wie nun auch ihre Resignation. „Was ist denn so schrecklich, dass Ihr Euch deshalb das Leben nehmen wolltet?“ erkundigte sie sich sanft.

Zunächst war Susan so aufgewühlt, dass sie nur stumm den Kopf schütteln konnte. Sie schluchzte immer noch. Schließlich schaute sie Olivia an und antwortete in bitterem Ton: „Ich wurde mit einem Mann verlobt, den keine Frau im ganzen Land haben will. Mein Vater hat mich verschachert, damit sein Enkel eines Tages Earl wird.“ Sie fuhr sich mit der Hand über die Augen.

„Und das ist ein Los schlimmer als der Tod?“ fragte Olivia erstaunt.

„Ja, und zwar dann, wenn Euer Verlobter Garrick De Vere, Viscount Caedmon Crag, ist.“ Blankes Entsetzen sprach aus Susans Blick. „Und das ist der Grund, weshalb ich sterben wollte, Mylady.“

Olivia sah in Gedanken das düstere, schmerzerfüllte Bild eines Mannes, den sie noch nie getroffen hatte. Es stand ihr mit verblüffender Deutlichkeit vor Augen. Sie konnte die markanten Gesichtszüge des Mannes erkennen, die gerade Nase, die hohen Wangenknochen, das energisch geschnittene Kinn, ja, sogar die hellbraune Farbe seiner Augen. Verstört durch das erschreckende Gefühl, ihn zu kennen, überlegte sie, ob sie ihm nicht doch schon einmal begegnet war. Und dann empfand sie noch mehr, viel mehr: seinen Schmerz, seinen Kummer, sein Leid. Die Intensität seiner Gefühle war mehr als nur erschreckend. Sie war beunruhigend.

„Ist der Viscount nicht der Sohn des Earl of Stanhope?“ erkundigte sie sich zögernd. Jetzt war sie ganz sicher, dass sie ihn noch nie getroffen hatte.

„Ihr habt also von ihm gehört?“ Susan hob den Kopf.

„Bei dem, was ich gehört habe, handelt es sich lediglich um Gerüchte“, antwortete Olivia langsam. „Ich dachte, er sei auf eine der Zuckerinseln verbannt worden.“

„Er musste vor zehn Jahren nach Barbados ins Exil gehen, aber gegenwärtig hält er sich in London auf.“ Susan lächelte bitter. „Er ist zurückgekommen, um mich zu heiraten.“

„Ist das kein Anlass zum Feiern, meine Liebe?“

„Ich soll einen Mann heiraten, der seinen Bruder ermordet hat. Das ist wahrlich kein Grund zum Feiern!“ Susans Blick war anklagend auf Olivia gerichtet.

Olivia sah sich außer Stande, eine passende Erwiderung zu finden.

2. KAPITEL

Der Mond schien heller als zuvor. Olivia hielt Hannahs Hand, während sie mit ihr und Susan zum Haus zurückkehrte. Trotz der Tatsache, dass Susan davor bewahrt worden war, sich das Leben zu nehmen, zeigte die junge Frau sich mutlos. Sie ließ den Kopf hängen und wischte sich hin und wieder eine Träne von den Wangen.

Olivia hatte jetzt jedoch größere Sorgen. Das imposante, aus soliden Steinquadern erbaute Haus kam in Sicht. Bei ihrem überstürzten Aufbruch hatte sie keinen Gedanken daran verschwendet, wie sie unbemerkt wieder ins Innere gelangen sollten. Was würde Arlen sagen, wenn er Susan, Hannah und sie jetzt sah, die Tochter und sie in Nachtkleidung, triefnass und barfuß? Er würde eine Erklärung verlangen. Olivia verstärkte den Griff um die Hand der Kleinen.

Vor der zur Terrasse führenden Treppe blieben sie stehen. „Miss Susan, Ihr geht vor uns hinein. Versucht, niemanden zu wecken." Olivia brachte ein Lächeln zu Stande und umarmte Susan Layton. „Ich finde, von dem, was sich vorhin ereignet hat, braucht niemand etwas zu erfahren – auch nicht Eure Eltern." Bedeutungsvoll schaute sie Susan an.

Susan zuckte die Schultern. „Falls mein guter Ruf gelitten haben sollte, kann ich keine gute Partie mehr machen, oder?"

„Der Viscount ist nicht so schlimm." Olivia hatte das spontan geäußert und war selbst über ihre Bemerkung überrascht.

„Woher wisst Ihr das?" fragte Susan. „Es tut mir Leid! Ihr seid eindeutig eine der freundlichsten Damen auf dieser Welt. Vermutlich würdet Ihr jedermann in Schutz nehmen, selbst einen Mörder." Sie rieb sich die Schläfen. „Ich werde kein Geräusch machen. Und ..." Sie hielt inne und fuhr nach kurzer Pause fort: „Vielleicht können wir zusammen frühstücken? Wir reisen morgen nach London ab." Sie schürzte die Lippen und war wieder den Tränen nahe. „Ich muss meinen Verlobten treffen."

„Ich würde gern mit Euch frühstücken", erwiderte Olivia. „Versucht, guten Mutes zu sein, meine Liebe." Sie schaute der sich entfernenden, unter der Last der nassen Röcken fast zusammenbrechenden Miss Layton hinterher, bis diese schließlich im Haus verschwunden war.

Hannah klammerte sich an ihre Hand. „Vielleicht ist Vater wach", meinte sie unsicher.

„Sei nicht albern", entgegnete Olivia gezwungen fröhlich, spähte jedoch zu den oberen Stockwerken hinauf. Hatte sie nicht soeben einen flackernden Lichtschein bemerkt? Sie hoffte inständig, man möge sie und die Tochter jetzt nicht entdecken. Welche Entschuldigung hätte sie vorbringen können? Ihr Herz klopfte heftig. Wie sehr sie sich danach sehnte, Arlen möge in die Stadt zurückkehren!

„Komm", flüsterte sie.

Gemeinsam mit Hannah eilte sie die Freitreppe hinauf, über die Terrasse und durch die Tür, die Susan für sie beide offen gelassen hatte. Da im Salon fast völlige Dunkelheit herrschte, ging Olivia der Tochter voran. Mühelos gelangten sie am Sofa, zwei Sesseln und einem kleinen Beistelltisch vorbei in den Korridor.

Arlen hob den Leuchter höher. Der Kerzenschein warf flackernde Schatten auf sein grimmiges Gesicht.

Olivia blieb wie angewurzelt stehen.

Er starrte sie an, nahm jedes Detail ihres derangierten, durchnässten Äußeren zur Kenntnis und ließ den Blick dann über seine Tochter schweifen. „Was geht hier vor?" verlangte er zu wissen und konzentrierte seine Aufmerksamkeit wieder auf Olivia.

Hannah drängte sich an die Mutter. Schützend legte Olivia den Arm um sie. „Hannah ist geschlafwandelt. Ich bin in ihr Zimmer gegangen, um nach ihr zu sehen, und fand sie nicht vor. Sie ist in den Springbrunnen gefallen, Arlen. Ich bin froh, dass sie nicht ertrunken ist." Die Lüge war Olivia mühelos über die Lippen gekommen. Außerdem konnte die Tochter nicht schwimmen.

Arlen betrachtete unverwandt die Gattin. Ihr Unbehagen und ihre Angst wuchsen. Plötzlich wurde sie sich bewusst, dass die feuchten Sachen ihr am Körper klebten. Sie holte tief Luft und merkte, wie durchsichtig der Morgenrock und das Nachthemd geworden waren. Ihre Angst veränderte sich. Der Gatte war seit Jahren nicht mehr mit ihr zusammen gewesen, doch jetzt starrte er auf ihre Brüste.

Er hob den Kopf, und ihre Blicke trafen sich. „Du bist also hinter Hannah ins Wasser gestiegen“, stellte er mit ausdrucksloser Miene fest.

Olivia zitterte und sehnte sich danach, ihre Blößen zu bedecken. Sie hielt sich vor, der Gatte habe kein sinnliches Interesse an ihr. Das hatte er nie gehabt, jedenfalls nicht mehr nach Hannahs Geburt. Aber in diesem Moment erinnerte Olivia sich seiner Aufdringlichkeiten, mit denen er sie im Jahr vor Hannahs Geburt belästigt hatte, und ihr wurde übel.

„Du bist reifer geworden, Olivia“, sagte er plötzlich. „Du bestehst nicht mehr nur aus Haut und Knochen.“

„Falls du die Absicht hast, das Gespräch fortzusetzen, möchte ich zuvor nach oben gehen und mich umkleiden“, entgegnete sie.

„Nein!“ Er schaute die Tochter an. Die beiden waren sich sehr ähnlich. Hannah war auffallend schön, so wie ihr Vater ein ausgesprochen gutes Aussehen hatte. Olivias Ansicht nach wurde sein attraktives Äußeres indes durch sein kaltes Wesen geschmälert. „Und wie lange leidet Hannah schon unter dieser sonderbaren Krankheit?“ erkundigte er sich kühl.

Olivia war alarmiert und presste Hannah enger an sich. „Es handelt sich um keine Krankheit“, widersprach sie nervös. „Hannah ist nur ein Kind, das gelegentlich schlafwandelt.“

Der Blick des Gatten war durchdringend. „Wirklich? Aber sie ist deine Tochter, Olivia.“ Und diesmal schaute er sehr dreist auf Olivias Brüste. Olivia war sich nur zu bewusst, dass die festen Knospen sich deutlich unter dem nassen Nachtgewand abzeichneten.

„Sie ist auch deine Tochter, Arlen, oder hast du das vergessen?“

Er schlug sie ins Gesicht, nicht sonderlich hart, aber dennoch schmerzhaft. „Sprich nicht in diesem Ton mit mir! Hast du verstanden?“

Olivia hielt sich die Wange, nickte und spürte, dass Hannah zitterte. Sie nahm sich zusammen, damit der Gatte nicht merkte, wie wütend sie war. Nicht zum ersten Mal war sie von ihm geschlagen worden, weil sie ihre Zunge nicht im Zaum gehalten hatte, und es würde auch nicht das letzte Mal sein. Die Erfahrung hatte sie gelehrt, dass er sie noch heftiger züchtigen würde, falls sie ihm Widerworte gab. Kein Streit war das wert, erst recht nicht im Hinblick darauf, dass sie Arlens Charakter nicht ändern konnte.

„Komm her, Hannah!“ befahl er.

Olivia versteifte sich, genau wie die Tochter.

„Ich sagte, du sollst herkommen!“ herrschte er Hannah barsch an. Olivias Herz klopfte, als wollte es zerspringen, das Atmen fiel ihr schwer. „Arlen ...“, begann sie ängstlich. Sie hatte nicht die leiseste Ahnung, was er tun würde, was sie von ihm zu erwarten hatte.

Er packte Hannah bei der Schulter und riss sie von Olivia fort. Tränen standen dem Kind in den Augen. Drohend stand er vor seiner Tochter, hielt den Leuchter hoch und fragte: „Wie oft wandelst du im Schlaf?“

Hannah war kreidebleich geworden. „Es war nur dieses eine Mal“, wisperte sie.

„Falls du mich belügst, wirst du ausgepeitscht“, erwiderte er.

Hannah strömten die Tränen über die Wangen. „Ich lüge nicht.“

„Arlen“, bat Olivia inständig. Sie wusste, dass er das Kind tatsächlich auspeitschen würde, falls er befand, es habe gelogen. Und dann würde sie ihn umbringen.

Er ignorierte ihr Flehen und nickte. „Gut!“ Unverwandt blickte er der Tochter in die blinden grauen Augen. „Morgen werde ich dich von einem Arzt untersuchen lassen. Ich will die Sache ergründen.“

„Hannah ist nicht krank, Arlen."

Jäh wandte er ihr das Gesicht zu. „Dir soll ich trauen?" fragte er beinahe schreiend. „Dir, die du schon vor unserer Hochzeit von deiner verfluchten Abnormität gewusst hast? Dir, die mich und meine Familie absichtlich getäuscht hat? Dir, die genau wusste, dass die Gesellschaft dich ausstoßen würde, falls du dein Geheimnis preisgibst?" Seine Stimme war zunehmend lauter geworden. Er würde die Dienstboten aufwecken, vielleicht sogar die Gäste.

Olivia wusste, wann sie den Rückzug antreten musste. „Es tat mir damals schon genauso Leid wie heute. Ich hatte nie vor, dich zu täuschen." Sie hielt den Blick zu Boden gesenkt.

Das war eine ungeheure Lüge gewesen. Ihre Eltern hatten tatsächlich die Absicht gehabt, den Bräutigam und seine Familie zu hintergehen, und das war ihnen auch gelungen. Olivia hatte sich an der Täuschung beteiligt, außer Stande, sich gegen den Earl of Oldham, ihren Vater, aufzulehnen. So behütet sie gewesen war, hatte sie doch gewusst, dass Unehrlichkeit ein Fehler war und weit reichende Folgen haben würden. Weder der Vater noch die Mutter hatten indes über die geplante Hochzeit reden wollen. Man hatte ihr weder die Wahl des Bräutigams überlassen noch ihr die Möglichkeit gegeben, Arlen gegenüber ehrlich zu sein. Die Eltern hatten sie nur verheiratet wissen wollen, ehe die Wahrheit über sie offenbar wurde.

Inzwischen war Olivia gegen die schmerzlichen Erinnerungen gefeit. Seit dem Hochzeitstag hatte sie die Eltern nicht mehr gesehen. Sie waren nicht einmal nach Hannahs Geburt gekommen, um die Enkelin in Augenschein zu nehmen. Selbst einen kurzen Brief hatten sie für überflüssig erachtet.

„Ich habe diese Eigenart damals nicht begriffen", behauptete sie. Der Tonfall hatte selbst ihr harsch in den Ohren geklungen. Aber Heuchelei, auch wenn sie dem Selbstschutz diente, fiel ihr nicht leicht.

„Nun, jetzt ist es zu spät, nicht war?" fragte Arlen mit schneidender Ironie. „Und wir beide zahlen für deinen Makel." Er deutete mit dem Kopf auf die Tochter.

Wütend schwieg Olivia. Hannah war ein Geschenk, keine Heimsuchung! Wie sehr Olivia den Gatten hasste! Unwillkürlich wünschte sie sich sekundenlang, er möge vor ihr sterben, damit sie und ihre Tochter endlich von ihm befreit waren.

Er näherte sich ihr einen Schritt. „Wenn wir das nächste Mal Gäste haben, wird sie in der Hütte des Wildhüters schlafen."

Olivia traute ihren Ohren kaum.

Arlen schaute Hannah an und befahl: „Geh ins Bett!"

Sie zögerte und wandte der Mutter das Gesicht zu.

Olivia eilte zu ihr und äußerte rasch: „Ich bringe sie nach oben. Das heißt, falls du nichts dagegen hast."

Er betrachtete sie mit unverhohlenem Abscheu. „Ja, ich habe etwas dagegen."

Sie zuckte zusammen.

Er schob die Tochter zur Treppe. Mit ausdrucksloser Miene stieg Hannah die Stufen hinauf.

„Gute Nacht, Liebling", rief Olivia ihr schweren Herzens hinterher. „Zieh dir trockene Sachen an."

„Ja, Mama. Gute Nacht", erwiderte Hannah mit belegter Stimme.

Es brach Olivia das Herz. Die Tochter würde zu Bett gehen und sich in den Schlaf weinen. Olivia musste zu ihr. Sie riss den Blick von ihr los und sah, dass der Gatte sie beobachtete.

„Weißt du, ich habe so viel Wein getrunken", sagte er mit kaltem Lächeln, „dass ich überlege, mit dir intim zu werden."

Ihr stockte der Atem, und sie war nicht im Stande, sich zu regen.

„Heute Abend bist du sehr verführerisch, Olivia."

Sie verschränkte die Arme vor der Brust und entgegnete voller Angst: „Du willst nicht noch ein Kind haben."

„Nein. Ich will nicht noch so ein missgebildetes Kind wie Hannah haben. Aber wie du weißt, gibt es Möglichkeiten, das zu vermeiden."

Olivia zögerte. „Bitte ..."

Arlen machte große Augen. „Du bittest mich?“ Plötzlich lachte er spöttisch auf. „Ich hätte nie gedacht, dass ich diesen Tag erleben würde! Sei unbesorgt. So verrückt bin ich nicht.“ Er bedachte die Gattin mit einem hässlichen Blick, drehte sich brüsk um und ging die Treppe hinauf.

Als er verschwunden war, gaben die Knie unter Olivia nach. Hastig setzte sie sich auf die unterste Stufe, legte den Kopf auf die über den Knien verschränkten Arme und begann zu schluchzen. Sie weinte um all das, was ihr fehlte, und alles, was hätte sein sollen.

STANHOPE SQUARE, LONDON

Es war fast elf Jahre her, seit Garrick durch die Flure von Stanhope-on-the-Square gegangen war. Erinnerungen überkamen ihn, als er in der offenen Tür des Frühstückszimmers stand, einem gelb gestrichenen Raum, der eine vergoldete Vertäfelung und eine mit Fresken geschmückte Decke hatte. In Gedanken sah er die in einen Morgenrock gekleidete, an der Kaffeetasse nippende Mutter, den die Tageszeitung studierenden Vater, derweil er und der Bruder sich unter dem Tisch Fußtritte versetzten, halblaut scherzten und schließlich darum baten, sich entfernen zu dürfen.

Unwillkürlich straffte er die Schultern.

„Mylord? Das Frühstücksbuffet ist angerichtet“, verkündete ein Bediensteter und riss Garrick aus den Erinnerungen.

„Danke, ich möchte nur Kaffee“, erwiderte er abwesend.

Der rötlichfarbene Setter, der neben ihm stand, stupste ihn mit der kalten Nase am Handteller. Gütiger Himmel, einen Augenblick lang, einen unglaublich intensiven Moment lang, hatte er sich in diesem Haus wieder als Junge gefühlt. Und sein Bruder war noch am Leben gewesen.

Lionel war nie gefunden worden. Seit jenem stürmischen Nachmittag, an dem er plötzlich verschwunden war, ganz so, als hätte er sich in Luft aufgelöst, hatte man ihn nicht mehr zu Gesicht bekommen oder etwas von ihm gehört.

Verärgert verdrängte Garrick die Gedanken. Er war ärgerlich auf sich, denn schließlich trug er die Schuld daran, dass Lionel nicht mehr lebte. Gefolgt vom Hund betrat er den Raum, schenkte sich eine Tasse Kaffee ein und trank einen Schluck. Das Gebräu erwies sich als so wässrig und schwach, wie es aussah. Finster die Stirn furchend, stellte Garrick das Gedeck ab und gelangte zu dem Schluss, dass es ein Fehler gewesen war, nach England zurückzukehren.

Aber der Vater hatte ihm zum vierten Mal in fünf Jahren geschrieben und ihm diesmal von seinem chronischen Leiden berichtet. Er litt an Glieder- und Herzschwäche, und die Ärzte gaben ihm nur noch ein, höchstens zwei Jahre zu leben. Garrick war von ihm mit dem Hinweis, er habe mit ihm wichtige Dinge zu besprechen, gebeten worden, nach England zurückzukehren. Die früheren Briefe hatte Garrick nicht beantwortet, da sie weder höflich gewesen waren noch eine Bitte enthalten hatten. Vor fünf Monaten war er von der Insel, die in den vergangenen zehn Jahren seine Heimat gewesen war, in See gestochen.

Der Vater wurde jeden Moment in der Stadt erwartet. Garrick war zwei Tage zuvor eingetroffen und hatte sogleich einen Boten nach Surrey geschickt, der den Vater von seiner Ankunft informieren sollte.

„Komm“, sagte er.

Er verließ das Frühstückszimmer, ging den Korridor hinunter und öffnete eine Tür. Der Setter rannte in den Park, und gemächlich folgte Garrick ihm. Die Luft war kühl, klar und frisch, und er atmete tief durch. Er war an Gluthitze gewöhnt. Der Hund hielt sich in seiner Nähe und blickte ihn fragend an.

Garrick schmunzelte. „Lauf!“

Fröhlich bellend sprang der Setter davon. Garrick setzte sich auf eine niedrige Backsteinmauer, die von Rosen umgeben war. Der Garten ließ die Hand der Mutter erkennen, auch wenn er sich verändert hatte. Früher war er voller Blumen gewesen, jetzt jedoch wurde er von sorgsam gestutzten Hecken und hohen schmalen Bäumen dominiert. Man hatte einen Teich mit einer kleinen Brücke angelegt. Was die Landschaftsgärtnerei betraf, hatte sich der Geschmack eindeutig verändert.

„Garrick!"

Seine Mutter hatte ihn gerufen. Er stand auf und wandte sich ihr zu. Seit mehr als zehn Jahren hatte er sie nicht mehr gesehen, und sein Herz klopfte unwillkürlich schneller. Sie eilte über die kleine Terrasse zu ihm und schmiegte sich ihm in die Arme.

„Oh, mein Lieber!" sagte sie und löste sich von ihm. „Warum bist du so lange fortgeblieben?"

Sie war gealtert, aber immer noch eine beeindruckend schöne Frau. „Hallo, Mutter! Wie schön, dich wiederzusehen." Garrick meinte es ehrlich. Er wünschte sich, ihr noch mehr sagen zu können, da er nie aufgehört hatte, sie zu lieben, und wusste, dass sie unter seinem langen, selbst auferlegten Exil gelitten hatte. Es war nicht seine Absicht gewesen, ihr Kummer zu bereiten.

Sie betrachtete ihn prüfend. „Du bist ein so eindrucksvoller Mann geworden, Garrick. So groß und dunkel. Aber du musst dein Haar pudern, Liebling. Weißt du, bei jungen Männern ist das jetzt Mode. Und du solltest zu einem Schneider gehen."

Garrick lächelte. „Auf der Insel haben wir keine Verwendung für Puder. Und weshalb soll ich zum Schneider? Sehe ich so schrecklich altmodisch aus?"

„Nun, ehrlich gesagt, trägt niemand mehr einen so langen Gehrock, und Farbe ist der letzte Schrei", antwortete Eleanor De Vere sehr ernsthaft. „Aber keine Angst! Ich werde dafür sorgen, dass Mr. Loggins sich heute Nachmittag bei dir einfindet. Wir werden uns gemeinsam beraten."

Die Mutter musterte seine Breeches und die Stiefel. Garrick nahm an, er hätte sich wohl besser Schuhe und Strümpfe anziehen sollen.

„Ich finde, du solltest Karmesinrot tragen, mein Lieber. Vielleicht wäre das für eine Weste passend. Und Gold würde sich sehr gut für einen neuen Gehrock eignen. Meinst du das nicht auch?" Plötzlich berührte Eleanor die Wange des Sohnes. „Ich bin so glücklich, dass du wieder daheim bist", flüsterte sie, und ihre Augen füllten sich mit Tränen.

Er hatte nur halb hingehört. Der Vater stand in der offenen Fenstertür und war noch nicht auf die Terrasse getreten. Er beobachtete Garrick mit seinen faszinierenden und doch so hart blickenden blauen Augen. Diesen Blick hatte Garrick nie vergessen.

Garrick wurde von Emotionen überwältigt. Obgleich er nicht gewillt war, sich den widerstreitenden Gefühlen zu stellen, kam ihm unwillkürlich die unsäglich vorwurfsvolle Miene des Vaters in den Sinn, die dieser vor vierzehn Jahren gemacht hatte, als er, Garrick, sich von dem Felsvorsprung beim Turm abgewandt und geäußert hatte: „Ich habe dort auf der Felsnase gestanden. Lionel war bei mir. Dann ist er über die Mauer zurückgeklettert. Ich habe ihn nicht fortgehen sehen."

Er erinnerte sich genau an jedes der Gerüchte, die in den Wochen nach Lionels Verschwinden kursierten.

Alle Leute hatten geflüstert, dass er der Erbe des Earl of Stanhope sein werde, falls man Lionel De Vere nicht aufspürte oder dieser tot aufgefunden würde.

Er hatte den Bruder jedoch nicht getötet. Und hatte nie den Wunsch gehabt, der Erbe des Vaters zu sein. Unvermittelt schloss er die Augen. Hatte er sich jedoch an dem Tag von Lionels Verschwinden nicht einen schrecklichen Moment lang gewünscht, er möge Lionel sein? Das Schuldgefühl war niederschmetternd.

Grimmig ergriff er die Mutter beim Arm und sagte leise: „Lass uns ins Haus gehen." Er pfiff einmal kurz, während er sich mit ihr dem Vater näherte. Der Setter erschien und trottete neben ihm her.

„Das hätte ich mir denken können." Die Mutter lächelte, streckte die Hand aus und tätschelte dem Hund den Kopf. „Was für ein schönes Tier, mein Lieber."

„Hallo, Garrick", begrüßte der Earl ihn ruhig.

Er lächelte nicht, und auch Garrick versagte sich ein Lächeln. „Vater." Er verneigte sich leicht. Der Vater benutzte einen Spazierstock, auf den er sich stützte. Für jemanden, der nur noch ein, höchstens zwei Jahre zu leben hatte, sah er ansonsten jedoch bemerkenswert gut aus.

Er musterte den Sohn von Kopf bis Fuß und bemerkte zweifellos, dass dessen Haar die natürliche Farbe hatte und der wollene Rock verschlissen war. „Wir haben viel zu besprechen", sagte er und drehte sich um.

Garrick folgte ihm, und nachdem er die Mutter ins Haus geleitet hatte, küsste er sie auf die Wange. „Kann ich dich später durch den Hyde Park fahren?" erkundigte er sich.

Ihre blauen Augen leuchteten auf. „Ja, gern", antwortete sie lächelnd. Sie holte Luft und fuhr fort: „Ich habe dich so vermisst und bin sehr froh, dass du heimgekehrt bist, mein Lieber."

Er fühlte sich schuldig. „Auch ich freue mich, wieder daheim zu sein." Das entsprach nur teilweise der Wahrheit. Er wandte sich ab und begab sich zum Vater, der in die Bibliothek vorausgegangen war.

Der Vater nahm hinter seinem wuchtigen, lederbezogenen Schreibtisch Platz. Garrick setzte sich ihm gegenüber in einen Sessel. Der Setter ließ sich ihm zu Füßen nieder. Der Raum war voller Bücher und trotz der im Kandelaber brennenden Kerzen düster.

„Ich nehme an, deine Rückreise war ereignislos?" fragte Richard und hob eine Braue, die im Gegensatz zu der von ihm getragenen gepuderten weißen Perücke grau war. Die Perücke war viel kürzer als jene, die er noch vor zehn Jahren bevorzugt hatte.

„Ganz recht", antwortete Garrick. „Du siehst keineswegs krank aus, Vater", fügte er freimütig hinzu.

Richard lehnte sich zurück. „Ich habe dich zwei Mal heimbefohlen. Du hast mir nicht gehorcht. Die List war erfolgreich, nicht wahr?"

Mühsam beherrschte sich Garrick. „Ja, aber ich habe nicht die Absicht, mich hier längere Zeit aufzuhalten. Ich gedenke, in zwei Wochen nach Barbados zurückzukehren."

Erstaunt sah Richard ihn an. „Aber du bist doch soeben erst angekommen! Du warst zehn Jahre fort!"

„Auf deinen Befehl hin!“ erinnerte Garrick ihn kalt und entsann sich des Tages, an dem er wegen der angeblichen Verführung einer jungen Adligen aus seinem Heim verbannt worden war.

„Du hattest eine Affäre und dich trotzdem geweigert, der Ehre Genüge zu tun und die Frau zu heiraten!“ herrschte Richard ihn an.

„Ich war wohl kaum der erste Mann in ihrem Leben.“

„Sie hat das Gegenteil behauptet.“

„Sie hat gelogen. Aber du hast eher ihr, einer Fremden, geglaubt, als dem Wort deines eigenen Sohnes“, erwiderte Garrick.

„Ehrlich gesagt, ich habe gewusst, dass sie gelogen hat. Aber du warst stur, hast dich gegen meine Autorität aufgelehnt und brauchtest eine Lektion“, erklärte Richard verärgert. „Allerdings habe ich nicht von dir verlangt, dass du so lange fortbleibst. Wir beide wissen, dass du dich fünf Jahre lang geweigert hast zurückzukommen. Wie ich merke, hast du dich auch nicht verändert. Du glaubst noch immer, mir bei jeder Gelegenheit trotzen zu müssen, oder?“

Garrick zögerte einen Moment. „Eigentlich denke ich überhaupt nie an dich und schon gar nicht daran, ob ich mich gegen dich auflehnen soll oder nicht.“

Richard stieß den Spazierstock auf den Fußboden und stand auf. „Du bist mein Erbe. Du hast hier, wohin du gehörst, Dinge zu erledigen. Hast du kein Pflichtbewusstsein?“

„Sehr wenig“, antwortete Garrick grimmig und erhob sich ebenfalls. Auch der Setter stand auf.

Der Vater war rot im Gesicht. „Ich war ein Narr, als ich dachte, ich könnte dich ändern, indem ich dich fortschicke. Du wirst nie so werden wie Lionel.“

Die Bemerkung war völlig unerwartet gekommen. Garrick empfand sie wie einen Fausthieb in den Magen und war einen Augenblick lang verblüfft, atemlos, um Worte verlegen.

Der Vater ging um den Schreibtisch, ohne sich sonderlich auf den Stock zu stützen. „Das Erste, woran ich nach dem Erwachen denke, ist Lionel, und mein letzter Gedanke, bevor ich einschlafe, gilt ihm. Verdammt, du bist mein Erbe, und ich verbiete dir, in dieses gottverlassene Land zurückzukehren!"

„Du kannst mir alles verbieten, was du willst, Vater", entgegnete Garrick bedächtig und leise, „aber ich bin jetzt erwachsen und werde tun, was mir gefällt."

„Und wenn ich mich dieser elenden Zuckerplantage entledige? Was willst du dann tun? Willst du wie ein gewöhnlicher Freisasse auf dem Land eines anderen Mannes arbeiten?"

„Ich werde nach Amerika fahren und mir einen eigenen Besitz zulegen."

„Womit?"

Garrick lächelte nur.

„Wie? Hast du Gelder aus den Einkünften meiner Plantage veruntreut?" rief Richard aus.

„Das ist eine sehr ernste Anschuldigung", warnte Garrick. „Aber eins solltest du wissen. Seit ich auf Sugar Hill eingetroffen bin, haben die Erträge sich im Verlauf von zehn Jahren verzehnfacht. Die Plantage wirft zwanzigtausend Pfund im Jahr ab, Vater, und das ist kein kleiner Betrag. Das hast du allein mir zu verdanken, und von diesem Gewinn erhältst du fast jeden Penny."

„Fast, aber offenbar doch nicht jeden!"

Garrick zog es vor zu schweigen.

„Willst du wenigstens einräumen, dass du hier Verpflichtungen hast?" Der Ton des Vaters hatte sich geändert. „Gütiger Gott, Garrick, du bist mein Sohn und wirst eines Tages einen der größten und reichsten Besitze des Landes erben. Wir haben wirklich viel zu besprechen."

Garrick war unschlüssig, rang mich sich und verlor den Kampf. „Ich gebe zu, dass ich hier Verpflichtungen habe, und ich hoffe, dieses Eingeständnis freut dich. Aber du siehst aus, Vater, als würdest du noch mindestens zehn Jahre leben. Wieso musstest du mich unbedingt unter einem Vorwand nach Hause locken? Behaupte nicht, die ernsten Angelegenheiten, die wir zu besprechen haben, seien der Grund gewesen. Und erzähl mir auch nicht, dass du mich vermisst hättest." Er sah den Vater an, von dem er dieses Bekenntnis nie zu hören bekommen würde.

Richard lehnte sich an den Schreibtisch. „Ich beabsichtige, noch zehn Jahre zu leben – oder doppelt so lange, falls es mir möglich sein sollte. Aber du bist mein einziges Kind, Garrick."

„Dessen bin ich mir voll bewusst", erwiderte er und ahnte, was jetzt kommen würde.

„Du brauchst eine Frau und, was noch wichtiger ist, einen Erben."

Garrick lächelte humorlos. „Ich habe noch viel Zeit."

„Ich will die Erbfolge so schnell wie möglich abgesichert wissen."

„Ich glaube nicht, dass das möglich ist."

Richard hob eine Augenbraue. „Nein? Im Leben sind die meisten Dinge möglich, sofern man zu kleineren Zugeständnissen bereit ist."

„Und weshalb sollte ich jetzt nachgeben?"

„Weil ich dir, wenn du mir gibst, was ich haben will, dann das geben werde, was du haben willst", antwortete Richard lächelnd.

Garrick schlug das Herz schneller.

„Ich habe dich bereits verlobt", verkündete sein Vater, „und das wird morgen in allen Zeitungen bekannt gegeben."

Garrick fühlte sich vor Zorn erröten. „Diesmal bist du zu weit gegangen. Du warst zu anmaßend."

„Sir John, der Vater der Frau, ist einer der reichsten Männer des Landes und wurde vor dreizehn Jahren vom König wegen eines Dienstes mit einem Titel belohnt. Ich glaube, er hat einem sehr engen Freund äußerst diskret aus einer finanziellen Notlage geholfen. Die Familie dieser Frau ist zwar nicht von altem Adel, aber es war auch keine leichte Aufgabe, eine Braut für dich zu finden. Alte Gerüchte verstummen nicht so schnell, Garrick." Richard hielt inne und blickte den Sohn erwartungsvoll an.

Garrick war indes so verärgert – insbesondere über den letzten Seitenhieb –, dass er sich nicht zu einer Erwiderung aufgelegt fühlte.

Der Vater lächelte flüchtig und fuhr fort: „Das Mädchen ist nicht nur jung und hübsch, sondern auch fügsam. Du kannst also tun, was dir beliebt, ohne Erklärungen abgeben zu müssen, und darfst gleichzeitig sicher sein, dass deine Gattin keinen Schritt ohne deine Einwilligung machen wird. In deinem Fall hielt ich das für äußerst wichtig."

„Wie konntest du darüber entscheiden, ohne dich vorher mit mir abzusprechen?" fragte Garrick gefährlich leise.

Der Setter knurrte.

Garrick schaute ihn an, streckte den Zeigefinger aus und befahl: „Sitz!" Der Setter ließ sich zu Boden fallen, wo er in angespannter Haltung liegen blieb.

„Es hätte wenig Sinn gehabt, dich zu früh über meine Pläne zu informieren. Ich wusste, du würdest dich zu heiraten weigern, wenn ich dich dazu aufforderte."

„Erstens brauche ich keine Gattin, und zweitens verachte ich gefügige Frauen."

Richard zog die grauen Augenbrauen hoch. „Deine Ansichten sind wie immer höchst eigenartig. Wir befinden uns nicht in einer Novelle von Chaucer, mein Junge. Niemand heiratet aus Zuneigung oder Liebe, und erst recht nicht in unseren Kreisen. Wonach steht dir der Sinn? Du lieber Gott, falls du davon träumst, einen temperamentvollen Hitzkopf zu ehelichen, dann garantiere ich dir, dass euer Haus über euch zusammenbrechen wird." Der Vater näherte sich dem Sohn und legte ihm die Hand auf die Schulter. „Ich lebe schon sehr lange und kenne das Leben und die Menschen. Susan Layton ist genau die richtige Gattin für dich. Nimm dir eine rothaarige Mätresse. Miss Layton wird kein Wort darüber verlieren."

„Ich nehme an, das ist deine Art!" entrüstete sich Garrick und dachte an die Mutter, die sich nie gegen ihren Gatten aufgelehnt hatte.

Richards Miene wurde abweisend. „Mein Leben steht hier nicht zur Debatte. Es war aufgrund der Gerüchte nicht einfach, eine Ehe für dich zu arrangieren, und ich empfehle dir dringlich, das zu bedenken."

Garrick fühlte sich elend und wandte sich ab. Die Gesellschaft verdammte ihn noch immer ob Lionels Verschwinden und Tod, denn mit der Zeit hatte jedermann angenommen, sein Bruder wäre nicht mehr am Leben. Wenngleich er mit sich haderte, weil er nicht mit Lionel zusammen die Turmruine verlassen hatte, und genau wusste, dass der Bruder noch leben würde, wenn er mit ihm fortgegangen wäre, beschuldigte die Gesellschaft ihn, Garrick, dennoch des Mordes an seinem Bruder, seinem besten Freund.

Treve, der Setter, spürte offenbar den Kummer seines Herrn und winselte.

„Susan Layton rechnet damit, dass du ihr die Aufwartung machst. Sie kehrt morgen in die Stadt zurück", sagte der Vater.

Garrick verzog das Gesicht.

„Du hast diese Sache noch nicht richtig durchdacht, Garrick. Ich verlange lediglich, dass du einen Sohn mit Miss Layton zeugst. Danach kannst du tun, was dir genehm ist."

Er drehte sich zum Vater um. „Willst du damit andeuten, dass ich frei bin, sobald ich sie geschwängert habe?"

„Ich rate dir, sie unverzüglich zu heiraten, deinen ehelichen Pflichten nachzukommen und Susan dann, falls dir das lieber ist, bei mir und deiner Mutter zu lassen, wenn du nach Barbados zurückreist. Sollte das Kind ein Junge sein, hast du deine Verantwortung mir gegenüber erfüllt und brauchst dir nie mehr Sorgen zu machen", antwortete Richard gelassen.

Das war ein weiterer unerwarteter Schlag gewesen. Dem Vater war es gleich, ob Garrick abreiste und nie mehr zurückkehrte, vorausgesetzt, sein Enkel blieb in London und wurde als zukünftiger Erbe des Grafentitels erzogen. Eigentlich hätte Garrick sich das denken können! Der Vater verachtete ihn. Das war stets der Fall gewesen.

Als Garrick sich wieder gefasst hatte, erwiderte er harsch: „Dein Vorschlag widert mich an!"

„So ist der Lauf der Welt!" Richard hob gelangweilt die Hände.

„Falls ich Miss Layton heirate, wird sie mich nach Barbados begleiten", erklärte Garrick wütend.

Der Vater schwieg. Aus seinen Augen sprach jedoch flüchtig Zufriedenheit, als ahne er, dass der Sieg nahe war.

Garrick gelang es, seinen Zorn und Schmerz zu unterdrücken. „Ich will nichts mit dieser Sache zu tun haben!" verkündete er kategorisch.

„Du musst mir einen Enkel geben", beharrte der Vater nachdrücklich. „Selbst dir ist das klar. Das bist du mir schuldig!"

Garrick spürte das Blut aus den Wangen weichen.

„Das bist du mir schuldig!" wiederholte der Vater. „Verdammt! Gäbe es dich nicht, wäre Lionel noch am Leben und ich hätte inzwischen mehrere Enkelkinder!"

3. KAPITEL

ASHBURNHAM

Wenn der Gatte auf Ashburnham weilte, nahm Olivia das Frühstück in ihren Räumlichkeiten ein. Entgegen den Gepflogenheiten der feinen Gesellschaft stand sie zeitig auf – kurz nach Sonnenaufgang. Allerdings zog sie es auch vor, früh zu Bett zu gehen. Das war ihr möglich, weil man sie kaum als lebenslustige Gastgeberin bezeichnen konnte, deren Festlichkeiten bis in die frühen Morgenstunden dauerten. Nachdem sie Susan Layton vom Selbstmord abgehalten hatte, wachte sie an diesem Morgen jedoch später als sonst auf und sah durch die geöffneten Vorhänge, dass die Sonne schon hoch und strahlend am Himmel stand. Einen Moment lang blieb sie reglos liegen und merkte, wie erschöpft sie war. Erinnerungen an den vergangenen Abend gingen ihr durch den Sinn.

Olivia fühlte sich angespannt, schlug die Bettdecke zurück und richtete sich langsam auf. Sie dachte daran, auf welch schamlose Weise der Gatte sie gemustert hatte, entsann sich des furchtsamen Gesichtes der Tochter, schloss die Augen und erinnerte sich, wie sie die sich sträubende Susan Layton aus dem Wasser gezogen hatte. Was für ein Abend war das gewesen! Sie hoffte, nie mehr einen ähnlichen erleben zu müssen.

Sie stand auf, ging zum Waschstand und riskierte dabei einen Blick in den Spiegel. Unter den ungewöhnlich hell wirkenden grauen Augen lagen dunkle Schatten. Ihr Teint war leicht gebräunt, weil sie und Hannah so viel Zeit im Freien verbrachten. Sie betrachtete ihr ebenmäßig geschnittenes Gesicht, das nicht sonderlich bemerkenswert war. Lediglich ihre hellen grauen Augen und das silberblonde Haar waren etwas ungewöhnlich.

Am vergangenen Abend hatte ein Fremder ihre Gedanken beschäftigt, ein Mann, dem sie noch nie begegnet war. Garrick De Vere ging sie nichts an, oder gewann er für sie durch Miss Laytons

Selbstmordversuch an Bedeutung? Beruhte diese eigenartige Verbundenheit mit einem Fremden nur auf der Tatsache, dass Olivia dazu neigte, Menschen in Not zu helfen? Sie konnte sich des Eindrucks nicht erwehren, dass der Herr von Caedmon Crag gänzlich zu Unrecht verurteilt wurde, und zwar nicht nur von Susan Layton. Andererseits wusste sie aus eigener Erfahrung, dass es im Leben selten sachlich und gerecht zuging.

Jemand klopfte an die Tür, und einen Moment später sah Olivia die dunkelhaarige Tochter lächelnd auf der Schwelle erscheinen. „Mama? Es ist schon so spät. Miss Childs ist zurück. Sie sagte, ich solle dich nicht stören. Bist du krank?" setzte sie ängstlich hinzu.

Olivia lächelte, ging zu ihr und umarmte sie. „Ich habe nur verschlafen, mein Liebes."

Hannah war erleichtert. „Die Laytons werden heute Nachmittag abreisen. Susan ist unten und hat solche Angst, Mama. Sie tut mir so Leid." Die besorgt gefurchte Stirn ließ sie älter als acht Jahre wirken.

Olivia hatte das untrügliche Gefühl, als würden sie und die Tochter unerbittlich in Miss Laytons Leben gezogen. „Liebes, manchmal müssen wir Dinge geschehen lassen", erwiderte sie behutsam. „Vielleicht kommt am Ende mit Miss Layton und ihrem Verlobten alles ins Lot." Aber sie brachte es nicht fertig, beruhigend zu lächeln. Miss Layton und Garrick De Vere würden eine schreckliche Verbindung eingehen, die für jeden Beteiligten in einer Katastrophe enden würde.

Eine Katastrophe!

Olivia holte Luft und wurde von dem plötzlichen, beinahe überwältigenden Drang erfasst, einzugreifen und die Verlobung zu verhindern, obwohl sie das nichts anging.

„Mama, es wird schrecklich werden, falls die beiden heiraten", meinte Hannah und unterbrach die Mutter in den Gedanken.

Olivia schaute die Tochter verwundert an. Hannah war so beunruhigt wie sie. „Liebling", flüsterte sie und berührte das Mädchen. Sie wollte nicht, dass ihre Tochter sich so fühlte. Wie hätte sie sich das wünschen können?

„Was hast du, Mama?“ flüsterte Hannah ängstlich.

Olivia hatte sie kaum gehört. Sie dachte nicht mehr an Miss Layton und Garrick De Vere. Stattdessen sah sie sich in Gedanken als dünnes blondes Kind, das nur wenig jünger war als Hannah jetzt. Sie schlenderte zwischen mit Früchten beladenen Obstbäumen umher, derweil ihre Gouvernante, eine säuerliche alte Jungfer, die sie nicht ertragen konnte, mit einem Buch auf einer Decke saß. Der Himmel war strahlend blau und wolkenlos, und die Sonne schien ihr warm auf den Rücken. Ihr Kaschmirschal war zu Boden gefallen.

Schreie. Sie kamen aus dem Nichts, plötzlich und unerwartet. Schreckliche, endlose verstörte Schreie. Olivia hielt sich die Ohren zu.

Und Blut. Da war so viel Blut. Zerraufte weiße Bettlaken, durchtränkt von Blut.

Sie schrie auf, verstört über den Schmerz, die Furcht, das Blut, den Tod. Sie wirbelte herum und versuchte, die Quelle der Schreie, das Bett, zu finden. Miss Farrell las immer noch. Die Brille rutschte ihr von der langen Nase. Olivia begriff das nicht. Hatte die Gouvernante die grauenvollen Schreie nicht gehört? Hatte sie das dunkelrote Blut nicht bemerkt?

„Miss Farrell“, flüsterte Olivia. Auf einmal erkannte sie, dass die Gouvernante gar nicht mitbekam, was geschah. Aber wie konnte das sein?

Verblüfft, verwirrt, sich immer noch verzweifelt umschauend, begriff sie, dass die sterbende Frau ihre ältere Schwester Marianne war.

Marianne, die vor einem Jahr geheiratet hatte und in diesen Tagen ihr erstes Kind erwartete.

Olivia begann zu rennen.

Miss Farrell zuckte zusammen und ließ das Buch fallen. „Lady Olivia!“ rief sie tadelnd. „Wohin wollt Ihr, junge Dame?“

Die Schwester starb. Die schöne ältere Schwester, deren Schwangerschaft so weit fortgeschritten und die dennoch immer noch in ihren schneidigen jungen Gatten verliebt war. Die schöne, freundliche, lachende Marianne, die trotz des Altersunterschiedes von zehn Jahren Olivias einzige Freundin auf dieser Welt war.

Olivia stürmte durch den Obstgarten, von Panik ergriffen, blind vor Schmerz und Angst und Grauen vor dem bevorstehenden Tod.

„Mama!“ Heftig zerrte Hannah an der Hand der Mutter. „Mama! Hör auf! Du machst mir Angst!“

Jäh wurde Olivia aus den Erinnerungen an die Vergangenheit gerissen, einer schmerzerfüllten Vergangenheit, die sie nie wieder durchleben wollte. Zitternd, mit weichen Knien, sank sie in einen Sessel. Marianne war es gut gegangen, als Olivia sich in der Residenz der Oldhams eingefunden hatte. Doch genau zwei Wochen nach diesem Tag hatten bei der Schwester die Wehen eingesetzt. Sie hatte starke Blutungen bekommen, das Kind verloren und war gestorben. Wenngleich Olivia nicht gestattet worden war, bis zum Ende bei ihrer Schwester zu sein, hatte ihr ein letzter Blick genügt. Mariannes Tod war genau so erfolgt, wie sie ihn vorausgesehen hatte.

„Mama? Was ist nicht in Ordnung?“

Tränen stiegen Olivia in die Augen. Sie streckte die Hände aus und zog die Tochter an sich. „Ich habe mich an das erste Mal erinnert, als ich begriff, dass ich die Gabe habe, die Zukunft zu sehen“, flüsterte sie unsicher. „Damals war ich ungefähr in deinem Alter.“

„Deine Schwester“, sagte Hannah, und ihr Gesicht spiegelte Besorgnis und Traurigkeit wider. „Du hast mir von ihr erzählt.“

Olivia nickte und wünschte sich, die Vergangenheit vergessen zu können, oder doch zumindest Mariannes viel zu frühen, tragischen Tod. Sie strich der Tochter über das Haar. „Ich war so verwirrt“, erklärte sie leise. „Ich begriff nicht, was ich gesehen hatte, und als ich versuchte, über das zu sprechen, was geschehen würde, wollte niemand mir zuhören.“ Später, nachdem bei anderen Gelegenheiten ihre Prophezeiungen sich als wahr erwiesen hatten, war sie gemieden worden, von Miss Farrell, die ihre Stelle aufgegeben hatte, von ihren Eltern, von den Dienstboten in Oldham Way.

Hannah nickte ernst. „Wir müssen der armen Miss Layton helfen, Mama", meinte sie. „Sie braucht uns."

Olivia zögerte. „Wir dürfen uns nicht in das Leben der Laytons mischen", erwiderte sie nach einer Weile und hoffte, dass die bösen Vorahnungen nur ein Produkt ihrer Phantasie waren. Sie wusste jedoch, dass es nichts dergleichen war.

Leeren Blicks schaute Hannah sie schweigend an.

„Kannst du mir helfen, mich anzuziehen, meine Liebe?" fragte Olivia. Sie fühlte sich jetzt sehr schlecht, und das hatte nichts mit dem zu tun, was vor achtzehn Jahren in ihrem Leben geschehen war. Vielmehr hing das Gefühl der Übelkeit mit ihrer geliebten Tochter, der unglücklichen Miss Layton und dem Fremden zusammen, dem sie nie begegnet war, dem Mann, mit dem Susan Layton verlobt war.

Eine Stunde später ging Olivia in einem weißen Kleid, das mit grünen und gelben Ranken bestickt war, die Treppe hinunter. Hannah war oben bei Miss Childs geblieben.

Olivia traf die Gäste im Speisezimmer an. Arlen, Sir John Layton und der Marquis spielten Whist; Elizabeth las einen Roman, und Lady Layton war mit einer Handarbeit beschäftigt. Susan saß in einem Sessel und schaute bedrückt in den Park hinaus.

Olivia empfand grenzenloses Mitgefühl für sie. „Ich werde jetzt meinen Morgenspaziergang machen. Möchtet Ihr Euch mir anschließen, Miss Layton?"

Susan drehte sich um. „Oh, darf ich?" fragte sie sichtlich erfreut.

„Natürlich", antwortete Olivia lächelnd.

Nachdem man sich weit genug im Park befand, blickte Olivia Miss Layton eindringlich an. „Fühlt Ihr Euch heute etwas besser, meine Liebe?"

Prompt brach Susan in Tränen aus und schüttelte den Kopf.

„Oje!“ Olivia tätschelte ihr den Rücken und reichte ihr ein Taschentuch. „Möchtet Ihr Euch mir anvertrauen?“

„Es ist entsetzlich! Sobald ich in die Stadt zurückgekehrt bin, wird Lord Caedmon mir seine Aufwartung machen, und dann gibt es eine Verlobungsfeier“, rief Susan aus. „Er wird mir einen Ring schenken, und danach ist unsere Verlöbnis offiziell.“ Sie blieb stehen und schaute Olivia an. „Ich habe Euch sehr lieb gewonnen, Lady Ashburn. Bitte, wollt Ihr nicht mit uns in die Stadt reisen?“

Olivia war verdutzt. Noch während sie sich eine Ausrede überlegte, hatte sie eine Vision. Sie sah einen sie finster anblickenden Mann vor sich, der dieses unschuldige Geschöpf so leicht zerstören konnte. Der sie beide vielleicht vernichten würde.

Ihre Weigerung blieb unausgesprochen. Ihr letzter Gedanke entsetzte sie, und sie wünschte sich, ihn nie gehabt zu haben. War das die bevorstehende Katastrophe? Würde sie nicht nur Susans Untergang bedeuten, sondern auch Olivias?

„Bitte, kommt mit uns in die Stadt“, bat Susan noch einmal. „Wir sind doch schon befreundet, nicht wahr? Ich habe keine echten Freunde, Lady Ashburn“, fügte sie errötend hinzu. „Die Damen des ton sind nicht sehr nett zu der Tochter eines Brauereibesitzers, obwohl mein Vater zu einem Zeitpunkt geadelt wurde, als ich noch so jung war, dass ich mich nicht einmal an unser früheres Leben erinnern kann.“

Olivia schlug das Herz schneller. Eine innere Stimme riet ihr dringend, mit Susan Layton in die Stadt zu fahren. Sie schloss die Augen und merkte, dass ihr der Schweiß ausgebrochen war. Sie hatte genügend eigene Probleme und brauchte keine weiteren. Es würde zweifellos gefährlich sein, enge Beziehungen zu Susan Layton zu haben.

„Ihr seid so blass, Mylady. Ich habe Euch aufgeregt, weil ich viel zu freimütig war. Das tut mir Leid“, sagte Susan bedauernd.

Olivia schüttelte den Kopf und erwiderte: „Ich mag London nicht besonders gern, meine Liebe. Aber Euch finde ich nett, und deswegen meine ich, dass es vielleicht für mich an der Zeit ist, in die

Stadt zurückzukehren, zumindest für eine Weile." Sie hatte nicht vorgehabt, Miss Laytons Bitte zu entsprechen, und war selbst erstaunt über ihre Einwilligung.

Susan klatschte in die Hände. „Lasst uns zurückgehen und jedermann die Neuigkeit mitteilen. Ihr werdet heute Nachmittag mit uns abreisen?" erkundigte sie sich eifrig, lächelte und zog Olivia zum Herrenhaus.

Sie kehrten in den Salon zurück, und ehe Olivia etwas äußern konnte, verkündete Susan: „Mutter, Vater! Ich habe Lady Ashburn gebeten, uns nach London zu begleiten, und sie hat zugestimmt! Ich bin so froh! Jetzt kann sie an der Verlobungsfeier teilnehmen, nicht wahr? Vielleicht hat sie sogar den Wunsch, bei uns zu wohnen."

Olivia schaute den Gatten an, der eine undurchdringliche Miene aufgesetzt hatte. „Das ist sehr seltsam", sagte er und starrte sie an, als wäre ihr plötzlich ein zweiter Kopf gewachsen. „Meine Gattin ist eine Landmaus und hasst die Stadt."

„Miss Layton hat mich eingeladen, und ich möchte gern mitfahren", erwiderte Olivia bedächtig. Sie war sich bewusst, dass er sie nicht in London haben wollte. Ihr Weg lag jedoch klar vor ihr, selbst wenn es einer war, den sie nicht hätte beschreiten sollen.

„Ich finde, das ist ein ausgezeichneter Einfall", meinte Sir John und stand strahlend auf. „Ihr müsst bei uns wohnen, das heißt, falls Euer Gatte nichts dagegen hat."

„Ich glaube, sie braucht etwas Zeit, um über diesen Vorschlag nachzudenken", warf Arlen nachdrücklich ein.

Olivia ließ den Blick in die Runde schweifen. Die Laytons lächelten, wohingegen Elizabeths Blick offenkundige Erheiterung ausdrückte. Olivia konnte kaum fassen, dass sie so wagemutig gewesen war, Miss Laytons Vorschlag anzunehmen. Es war so, als hätte eine unsichtbare Macht sie gezwungen, eine andere Person für sie gesprochen. „Ich muss darüber wirklich nicht nachdenken, Arlen", entgegnete sie. „Ich würde gern in London sein und nehme Sir Johns Gastfreundschaft mit Vergnügen für zwei Wochen an."

Arlens Lächeln wirkte falsch. „Das ist eine wunderbare Einladung, nicht wahr? Aber du lässt doch nie deine Tochter allein, Olivia! Das wäre das erste Mal“, fügte er warnend hinzu.

Olivia zuckte zusammen und schaute die Laytons an. Sie konnte nicht wegfahren, falls das bedeutete, Hannah zurücklassen zu müssen. Seit Hannahs Geburt hatte sie sich keinen einzigen Tag lang von der Tochter getrennt. Für sie war das ein Ding der Unmöglichkeit. „Ich habe nicht die Absicht, Hannah hier zu lassen, Arlen“, erwiderte sie leise und heftig klopfenden Herzens.

„Unsinn! Hier auf dem Land ist sie zufrieden. In der Stadt würde es ihr nicht gefallen. Außerdem darfst du dich Sir John nicht aufdrängen“, fügte Arlen mit einem scheinheiligen Lächeln hinzu.

„Hannah ist ein entzückendes Kind“, warf Susan überschwänglich ein. „Bestimmt kann sie sich uns anschließen, nicht wahr, Vater?“

Er zuckte die Schultern. „Ich habe keinen Einwand. Wann hast du sie kennen gelernt?“

Susan erbleichte. Ehe sie jedoch etwas sagen konnte, antwortete Olivia rasch: „Gestern Nacht hat Hannah geschlafwandelt. Eure Tochter hat, ehe sie sich zu Bett begab, etwas frische Luft geschnappt. So einfach ist die Sache.“

„Oh, ich würde gern wieder ein Kind im Haus haben!“ rief Lady Layton begeistert aus.

Elizabeth warf einen Blick auf Arlens Gesicht und ging dann zu Lady Layton. „Wisst Ihr, Hannah ist eine Last. Vielleicht wäre es für alle Beteiligten besser, sie hier zu lassen“, setzte sie hinzu und lächelte Olivia an. „Das arme Ding ist nämlich blind.“

Jemand schnappte nach Luft. Das war Lady Layton gewesen, die jetzt hastig den Fächer bewegte, um ihre Überraschung zu verbergen. Sir John hatte sich besser in der Gewalt. Er hatte nur die Augen aufgerissen, verengte sie nun jedoch und blickte forschend zwischen Olivia und Arlen hin und her.

Olivia war wütend, beherrschte sich jedoch. „Eigentlich ist

meine Tochter auf keine besondere Fürsorge angewiesen", entgegnete sie. „Sie ist nicht invalide, sondern ersetzt ihr fehlendes Sehvermögen durch ihr Gehör und ihren Tastsinn. Und oft bekommt sie weitaus mehr mit, Lady Layton, als jemand wie Ihr oder ich." Olivia verschränkte die Hände, damit niemand ihr Zittern bemerkte. Aus dem Augenwinkel nahm sie wahr, wie verärgert Arlen war. Er war hochrot im Gesicht geworden.

Lady Layton ging zu ihr und legte ihr die Hand auf den Arm. „Ich habe den Eindruck, meine Liebe, dass Eure Tochter ein wunderbares Kind ist, und wäre glücklich, sie bei uns zu haben."

„Auch ich wäre entzückt", warf Sir John mit ehrlichem Lächeln ein und näherte sich ebenfalls Olivia. „Wir haben jedoch vor, innerhalb der nächsten Stunden aufzubrechen. Solltet Ihr dann nicht besser Eure Dienstboten anweisen, Euer Gepäck zu richten?"

Hinter Olivias Schläfen begann es heftig zu pochen. Sie nickte und war Lady Layton dankbar für deren Güte. Dem kalten, tadelnden und Unheil verkündenden Blick des Gatten ausweichend, wusste sie, dass es besser war, sich nicht offen gegen ihn zu stellen. Was war nur in sie gefahren?

Vielleicht würde sie, sobald seine Verärgerung sich gelegt hatte, versuchen, ein vernünftiges Gespräch mit ihm zu führen, ungeachtet der Tatsache, dass sie beide schon vor neun langen Jahren aufgehört hatten, sachlich miteinander zu reden.

„Ja, ich gehe jetzt und werde meine Zofen beim Packen beaufsichtigen." Sie rang sich ein Lächeln ab und verließ raschen Schritts so würdevoll wie möglich den Raum.

Es regnete. Der Regen hatte in der Nacht eingesetzt und tagsüber nicht aufgehört. Wasser rann in Bächen an den Fensterscheiben herunter. Es war ein trüber, düsterer, kalter Tag. Im Kamin des Salons brannte ein behagliches Feuer. Lady Layton hatte sich mit Kopfschmerzen entschuldigt und sich gleich nach dem Lunch in ihr Zimmer zurückgezogen. Sir John befand sich in seinem Club. Hannah beendete ihre letzte Tageslektion, und Olivia saß mit Susan allein im Salon. Susan arbeitete an einer Stickerei, während Olivia in einem Buch mit Sonetten von Shakespeare las. Man war vor drei Tagen in London eingetroffen.

Plötzlich legte Susan die Handarbeit beiseite. „Ich begreife das nicht! Lord Caedmon ist in der Stadt, hat uns jedoch noch nicht aufgesucht. Die Verlobung wurde in allen Zeitungen angekündigt, und er hat sich nicht einmal die Mühe gemacht, mich kennen zu lernen. Das verstehe ich nicht!"

Olivia klappte das Buch zu. Auch sie konnte sich Lord Caedmons Verhalten nicht erklären. „Er war viele Jahre nicht zu Haus", erwiderte sie und merkte, dass sie unwillkürlich den Mann verteidigte, der sich tagsüber noch immer in ihre Gedanken schlich und sogar nachts ihre Träume beherrschte. „Ich bin sicher, er muss sich um unzählige Angelegenheiten kümmern."

„Ich bin froh!" äußerte Susan heftig und erschauerte. Ein schwaches Leuchten erschien in ihren Augen. „Er ist, wie jedermann weiß, ein schrecklicher Mensch, und ich bin froh darüber, die persönliche Begegnung mit ihm so lange wie möglich hinausschieben zu können!"

Olivia beugte sich vor. „Vielleicht wäre es besser, Miss Susan, wenn Ihr anfangen würdet, freundlicher von dem Mann zu denken, den Ihr eines Tages heiraten werdet. Möglicherweise ist er gar nicht so, wie man behauptet." Sie hatte sich entschlossen, sich, was diese unglückselige Verbindung betraf, nicht einzumischen. Innerhalb weniger Tage hatte sie Susan ehrlich lieb gewonnen, und es ließ sich nicht leugnen, dass Viscount Caedmon Crag für Miss Layton, die Tochter eines Brauers, eine gute Partie war. Eines Tages würde Susan die Countess of Stanhope sein.

„Ich habe es versucht, wirklich, Olivia, aber alle Leute sagen, er habe seinen älteren Bruder ermordet. Mein Gott!"

Olivia straffte die Schultern. „Das ist ein abscheuliches Gerücht, dem ich keinen Moment lang Glauben schenke."

„Es heißt", fuhr Susan fort, ohne auf Olivias Einwand zu achten, „dass er der Letzte war, der seinen Bruder gesehen hat. Da sein älterer Bruder nicht mehr da ist, wurde natürlich er zum Erben. Wer sonst hätte sich Lionel De Veres entledigen sollen? Und gestern Abend habe ich bei Almack's zwei Damen belauscht, die äußerten, er sei wirklich zum Wilden geworden, da er ohne Perücke, ohne Puder und die meiste Zeit in Reitkleidung herumlaufe. Und dann haben sie hinzugefügt, das sei keine Überraschung, denn sein Vater habe ihn viele Jahre lang gebeten, endlich heimzukehren, aber der Viscount habe den Aufenthalt auf den Zuckerinseln vorgezogen, weil er ein Barbar sei! Außerdem erwähnte Lady Camdon, er habe kurz vor seiner Verbannung eine vornehme junge Dame verführt. Das soll 1750 gewesen sein, wie sie meinte, und damals habe es einen schrecklichen Skandal gegeben. In erster Linie sei Lord Caedmons Weigerung, seine Pflicht zu erfüllen und die junge Dame zu heiraten, daran schuld gewesen, dass sein Vater ihn zu den Westindischen Inseln geschickt hat." Susan stöhnte auf. „Die Sache wird schlimmer und schlimmer!"

Seit der Ankunft im Haus der Laytons hatte auch Olivia dieses Gerücht gehört. „Ich finde es unerträglich, jemanden zu verurteilen, ohne überhaupt einen Beweis für seine Schuld zu haben", erwiderte sie ärgerlich.

„Ihr seid wirklich zu freundlich", sagte Susan und bekam feuchte Augen. „Aber sagt man nicht, dass dort, wo es Rauch gibt, auch ein Feuer sein muss?"

Olivia seufzte. „Ja, das ist eine alte Redewendung. Seit diese angeblichen Verbrechen begangen wurden, sind viele Jahre verstrichen, Miss Susan. Vielleicht hat Lord Caedmon sich von Grund auf geändert und bereut sein Verhalten, falls er wirklich für einige dieser Taten verantwortlich sein sollte." Sie wusste jedoch, dass er kein Mörder war. Er war vielleicht ein Verführer unschuldiger junger Frauen, möglicherweise ein Wilder, aber kein Mörder. Daran hatte sie nicht den mindesten Zweifel.

Susan lächelte. „Ihr seid der netteste Mensch, den ich je kennen gelernt habe. Ich kann nur sagen, dass ich hoffe, Ihr mögt Recht haben!"

Olivia erwiderte das Lächeln, wandte sich ab und griff nach dem hübsch gebundenen Sonettband, der auf dem Chippendale-Beistelltisch lag. Und dann sah sie ihn. Erschrocken blickte sie aus dem Fenster. Er stieg aus einer stattlichen lackierten Kutsche, deren Wagenschlag mit einem blausilbernen Wappen verziert war. Ein livrierter Diener schloss hinter ihm geschwind die Tür. Olivia musste sich nicht erst bemühen, die Equipage oder das Wappen zu identifizieren, sie wusste auch so, um wen es sich bei dem hochwüchsigen, muskulösen und dunkelhäutigen Mann handelte. Es war Garrick De Vere, Viscount Caedmon Crag.

Susan schrie auf, da sie den Besucher offenbar ebenfalls erblickt hatte, und ließ die Stickerei zu Boden fallen. „Ach, du lieber Gott! Ach, du lieber Gott! Da ist er!"

Olivia brachte keinen Laut heraus. Ihr Herz schlug wie wild, während sie den Viscount mit wehendem Cape die Treppe hinaufeilen sah. Seine Waden waren sehr muskulös und offenbar nicht wattiert, denn seine unter dem offenen Umhang sichtbaren Schenkel schienen nicht minder fest, stramm und wohlgeformt zu sein. Olivia feuchtete mit der Zungenspitze die plötzlich trockenen Lippen an, insgeheim erstaunt über ihre Reaktion auf sein plötzliches Erscheinen. Sie hatte keinen Anlass, innerlich so unruhig zu sein.

Ihre Vision hatte sie nicht getrogen. Sein Äußeres entsprach genau dem Bild, das sie sich von ihm gemacht hatte.

„Ich brauche Riechsalz", flüsterte Susan. „Ich falle in Ohnmacht."

Olivia fühlte sich reichlich schwindlig und brauchte ihrerseits frische Luft. Jetzt war jedoch nicht der rechte Zeitpunkt, um Zustände zu bekommen. Außerdem hatte sie bisher nie weiblichen Schwächen nachgegeben. Sie stand auf, bückte sich und hob Susans Stickrahmen auf. „Ihr werdet nichts dergleichen tun", befahl sie. „Stickt weiter!"

Susan gehorchte kreidebleich, mit Tränen in den Augen.

„Weint um keinen Preis!" riet Olivia ihr.

Susan nickte stumm. Olivia kehrte zu ihrem Sessel zurück, setzte sich und nahm das Buch zur Hand. Sie öffnete es, merkte, dass die Zeilen auf dem Kopf standen, und drehte es um. Sie erkannte kein einziges der gedruckten Worte, während sie angestrengt auf jedes Geräusch außerhalb des Zimmers lauschte.

Schließlich vernahm sie Schritte, die lauter wurden. Die Zeilen verschwammen ihr vor den Augen, ihre Wangen begannen zu glühen, und ihr Herz klopfte, als wollte es zerspringen.

Die Tür wurde geöffnet, und ein Lakai meldete: „Lord Garrick De Vere, Viscount Caedmon Crag."

Olivia hob den Kopf, genau wie Susan. Garrick De Vere stand auf der Schwelle, so hoch gewachsen und kräftig gebaut, wie er durch das Fenster gewirkt hatte. Er sah sich im Zimmer um, sein Blick war jedoch nicht auf Susan, sondern auf Olivia gerichtet. Langsam erhob sie sich, legte den Sonettband beiseite und merkte, dass sie zitterte. Ihr Blick begegnete dem Lord Caedmons, dessen Augen so goldbraun waren, wie sie es sich vorgestellt hatte. Er sah sie unverwandt an.

Sie neigte leicht den Kopf und nahm aus dem Augenwinkel wahr, dass Miss Layton es ihr gleichtat. Garrick De Vere verneigte sich.

Im Raum herrschte Stille. Bestürzt erkannte Olivia, dass sie den Viscount ungebührlich offen musterte. Während sie sich bemühte, ihre aufgewühlten Emotionen wieder unter Kontrolle zu bekommen, überlegte sie, was plötzlich in sie gefahren sein mochte. Er war nur ein Mann, selbst wenn er eine beeindruckende Statur hatte und blendend aussah. Wäre er nicht in einem dunkelgrünen Gehrock, silberfarbener Weste, einem eleganten Hemd mit Spitzenmanschetten und Halstuch, hellen Wollbreeches und noch helleren Strümpfen erschienen, hätte sie schwören können, dass er ein wilder Kolonist war. Diese Einschätzung hatte weniger etwas damit zu tun, dass er sein Haar ungepudert trug, sondern mehr mit der kraftvollen, forschen Art seiner Bewegungen und der Unverfrorenheit, mit der er Olivia anstarrte.

Sie ging auf ihn zu. „Wir sind sehr erfreut, endlich Eure Bekanntschaft zu machen, Mylord.“

Belustigung spiegelte sich in seinem Blick wider. „Ach, tatsächlich?“ Er machte keine Anstalten, die Unterhaltung fortzusetzen.

Olivia atmete tief durch und erwiderte: „Auf diesen Moment haben wir voller Spannung gewartet, nicht wahr?“ Sie drehte sich zu Miss Layton um, deren Augen weit geöffnet waren. Susan nickte, und zwei rote Flecken zeichneten sich auf ihren Wangen ab.

Der Viscount verschränkte ruhig die Arme und betrachtete weiterhin unverwandt Olivia.

Sie ärgerte sich. Konnte er nicht wenigstens eine Bemerkung über das Wetter machen? „Eigentlich haben wir schon vor Tagen mit Euch gerechnet.“

Er verneigte sich leicht. „Ich entschuldige mich für meine Säumigkeit“, sagte er und hielt inne. Olivia glaubte, er würde erneut in Schweigen versinken, doch dann fuhr er fort: „Hätte ich gewusst, was mich hier erwartet, wäre ich nicht so nachlässig gewesen.“

Olivias Unbehagen wuchs, zumal er weiterhin sie und nicht Susan fixierte. Hielt er sie fälschlicherweise für seine Verlobte? „Dürfen wir Euch eine Erfrischung anbieten, Mylord?“ erkundigte sie sich unsicher.

Er zuckte die Schultern. „Wie Sie wünschen. Was lesen Sie da?“

Die Frage überraschte Olivia. „Shakespeare. Ich mag seine Sonette. Lest Ihr gern?“

„Ich kann schlecht lesen“, antwortete der Viscount knapp, und eine leichte Röte zeigte sich auf seinen hohen Wangenknochen.

Olivia war erstaunt. Da er, wie sie wusste, sehr intelligent war, vermochte sie sich nicht vorzustellen, dass er nicht gut lesen konnte. Sie bemerkte, dass sie ihn verlegen gemacht hatte, und das war nicht ihre Absicht gewesen.

„Aber ich hätte es gern, wenn Ihr mir einmal etwas vorlesen würdet“, sagte er freimütig.

Er hielt sie für Miss Layton! Sie war geschmeichelt und betroffen zugleich. „Vielleicht möchte Miss Layton Euch gern etwas vorlesen", wandte sie leise und mit belegter Stimme ein. Er zuckte zusammen, und sein Blick flog zu Susan, die reglos dastand und, wie es schien, die Sprache verloren hatte. „Ich habe offenbar einen gravierenden Fehler begangen", stellte er fest. „Miss Layton ..." Er verbeugte sich.

Sprachlos neigte Susan leicht den Kopf, und eine Träne schien an ihren hellen Wimpern zu hängen.

Der Blick des Viscount schweifte zu der Stickerei, die sie auf dem Sessel liegen gelassen hatte. „Wie erfreulich", stellte er in schneidendem Ton fest.

Olivia zuckte zusammen. Sie glaubte nicht, dass er im Mindesten erfreut war. „Miss Layton ist auch eine ausgezeichnete Tänzerin. Und sie spielt recht manierlich Cembalo." Das war eine Übertreibung gewesen, doch Olivia hatte nicht gewusst, was sie sonst hätte äußern können.

Ziemlich kühl schaute der Viscount sie an. „Ihr seid also Miss Laytons Gesellschafterin?"

„Ich bin ihre Freundin", antwortete Olivia verstimmt.

Sein weicher werdender Blick hielt ihren fest, als er erwiderte: „Wie schön für Miss Layton."

Olivia spürte, wie eine heiße Woge der Sinnlichkeit sie durchströmte, und war entsetzt.

Er wandte sich wieder an Susan. „Lest auch Ihr gern?"

Außer Stande, ein Wort über die Lippen zu bringen, sah sie ihn verzweifelt, ja geradezu wie gelähmt an.

Olivia hoffte inständig, Susan möge endlich die Sprache wieder finden.

„Miss Layton?" fragte Garrick De Vere in äußerst gebieterischem Ton.

„Nein", flüsterte sie. „Ehrlich gesagt, lese ich nicht gern."

Er nickte, als sei er nicht überrascht. „Was macht Ihr gern? Abgesehen davon, dass Ihr stickt, tanzt und Cembalo spielt?"

Sie errötete noch heftiger. „Ich ..." Unsicher verstummte sie.

„Gewiss habt Ihr noch andere Interessen?"

„Ich bin gern im Park“, antwortete sie, und ihr kleiner Busen bebte.

Garrick zog die Augenbrauen hoch. „Könnt Ihr reiten?“

Sie verkrampfte die Finger im Rock. „Nicht besonders gut, Sir. Aber ich genieße es, täglich auszufahren.“

„Ich verstehe.“ Die Miene des Viscount blieb ernst. „Und womit verbringt Ihr Eure Zeit sonst noch?“

Hilflos wie ein Vogel, der gleich von der Katze gefressen würde, starrte Susan Seine Lordschaft an.

„Nun? Ich muss schließlich über diese Dinge informiert sein, wenn ich meiner Braut eine Freude machen soll.“

Olivia bezweifelte, dass er jemals versuchen würde, Susan eine Freude zu bereiten.

Susan schluckte trocken. „Ich mag Gärten.“

„Gärten?“

„Vauxhall“, flüsterte sie.

„Dann werden wir uns dort hinbegeben“, erklärte Garrick unfreundlich. Mehr noch, er wirkte sehr verärgert und verstimmt.

„Ja“, wisperte Susan mit zittriger Stimme. Olivia kreuzte die Finger und hoffte, Miss Layton möge nicht in Tränen ausbrechen. „Wie Ihr wünscht, My ... Mylord.“

„Ihr werdet doch nicht etwa weinen?“ fragte er plötzlich erstaunt.

Aufschluchzend lief Susan aus dem Raum und stolperte dabei über ihre weiten Röcke.

Olivia war so aufgebracht und wütend wie nie zuvor. Warum hatte der Viscount die reizende Susan so unnachgiebig und rücksichtslos gequält?

Er wandte sich Olivia zu. „Sie ist genau so, wie ich sie mir vorgestellt habe“, verkündete er verächtlich. Dann suchte sein brennender Blick Olivias, und in verändertem Ton erkundigte er sich: „Und Ihr, Madam? Darf ich Euren Namen erfahren?“

Sie hatte die Hände geballt. Selbst dann, als sie bemerkte, dass der Blick des Viscount zu ihren Fäusten glitt, entkrampfte sie sie nicht und rang sich auch kein Lächeln ab. „Ich bin Olivia Grey, Countess of Ashburn“, antwortete sie steif. „Und Euch, Sir, sollte man Manieren beibringen. Wie könnt Ihr Miss Layton in dieser Weise behandeln?“

Aus weit geöffneten Augen blickte er Olivia an, als hätte er ihre letzten Sätze nicht vernommen.

„Miss Layton ist ein liebenswerter Mensch, Mylord, Sir“, fuhr sie etwas gemäßigter fort.

„Davon bin ich überzeugt“, erwiderte er. „Ihr seid Lady Ashburn?“ fragte er dann erstaunt.

„Ist das für Euch Anlass zur Beunruhigung?“ Olivia nutzte die Gelegenheit, den Viscount daran zu hindern, Miss Layton weiterhin zu verunglimpfen. Das Thema war entschieden zu persönlich und unziemlich.

Er musterte sie eindringlich aus goldbraunen Augen. „Ihr seid also mit Arlen Grey verheiratet“, stellte er leise fest, als habe er mehr zu sich denn zu ihr gesprochen.

„Ihr kennt meinen Gatten?“ fragte sie, und Angst mischte sich in ihre Überraschung.

Lord Caedmons Lächeln war nicht sonderlich ermutigend. Im Gegenteil, sie fand es bedrohlich, wenngleich sie den Grund dafür nicht hätte nennen können. „Nun, sagen wir einfach, dass Euer Mann und ich uns vor langer Zeit gekannt haben“, schränkte Garrick De Vere ein.

Flüchtig empfand Olivia Unbehagen. Was geschah hier? Die Verärgerung des Viscount war offenkundig. Arlen und er waren eindeutig nicht befreundet, vielleicht sogar aus irgendeinem Grund verfeindet. Der Viscount war mit Miss Layton verlobt, und dennoch erschütterte seine leibhaftige Anwesenheit Olivia jetzt ebenso, wie es zuvor die Visionen von ihm getan hatten. Sie spürte Gefahr – Gefahr, die in diesem Raum auf sie lauerte. Das Gefühl war so stark, so überwältigend, so plötzlich und unerwartet, dass ihr die Knie zitterten und sie fast zusammengebrochen wäre.

„Seid Ihr krank?“ erkundigte sich Garrick besorgt.

Ihre Blicke trafen sich. Welche Gefahr drohte ihr? Und wo lauerte sie auf sie? Von wem ging sie aus – und wann? Unzählige Fragen schossen ihr durch den Sinn, doch von ihren Emotionen verängstigt und verwirrt, war sie nicht im Stande, Antworten zu finden. War das auf die frühere Beziehung Garrick de Veres zu ihrem Gatten zurückzuführen? Oder spielte seine Verlobung mit Susan Layton eine Rolle? Gewiss hatte das nichts mit Olivia zu tun!

„Lady Ashburn!“ sagte er scharf.

Sie war so von ihm überwältigt, dass sie sich wahrscheinlich nur etwas einredete. Olivia rang sich ein Lächeln ab. „Es geht mir gut, danke.“

Finster furchte er die Stirn, entfernte sich einige Schritte von Olivia und schaute durch das Fenster in den Regen hinaus. Olivia betrachtete seinen breiten Rücken. Die schweren Tropfen trommelten laut und rhythmisch an die Scheiben. Sie glaubte nicht, dass der Viscount wattierte Schultern hatte, so wie Arlen und manche Gecken. Plötzlich stellte sie sich vor, zu ihm zu gehen, hinter ihn zu treten und seine Schultern zu berühren. Sie malte sich aus, wie sie sich an ihn schmiegte und die Wange auf das feine Tuch seines Rocks legte, und war gleich darauf entsetzt über ihre abschweifenden Gedanken.

Abrupt drehte er sich zu ihr um, als habe er ihre Gedanken erraten. Diesmal trafen sich ihre Blicke jäh, und sie musste die Augen von ihm wenden. Gottlob hatte er nicht die Gabe des zweiten Gesichts! Sie wäre vor Scham im Erdboden versunken, wenn er um ihre Phantasien gewusst hätte!

„Ich möchte immer noch, dass Ihr mir vorlest“, sagte er unvermittelt.

Sie zuckte zusammen. „Das wäre vielleicht nicht schicklich.“

Er lächelte belustigt, und seine Augen leuchteten, als er auf Olivia zukam. Eigenartigerweise glaubte sie, ihr Herz habe einen Schlag lang ausgesetzt, und sie wich mehrere Schritte vor dem Viscount zurück, bis ein Sofa ihr den Weg versperrte. Lord Caedmon näherte sich ihr und blieb so dicht vor ihr stehen, dass ihre durch die Reifen weit gebauschten Röcke seine Beine von den Knien bis zu den Schuhspitzen bedeckten.

„Ich komme aus einem unzivilisierten Land und habe wenig Sinn für Schicklichkeit", entgegnete er.

Olivia schluckte trocken. „Nun, Ihr mögt das in Ordnung finden, Mylord, aber ich lebe in diesem Land, wo man Wert auf eine gewisse Etikette legt."

Er lächelte und sagte, während sein Blick langsam zu Olivias Mund schweifte: „Wie hübsch Ihr das vorgebracht habt."

Ihr Herz flatterte. Würde er sie küssen? Sie war so verwirrt, dass sie keinen klaren Gedanken fassen konnte. „Ihr müsst mir nicht schmeicheln, Mylord", flüsterte sie.

„Warum nicht, Mylady? Ihr seid eine ungewöhnlich interessante Frau."

„Ich bin ein ganz normaler Mensch." Sie wäre beinahe an dieser ungeheuren Lüge erstickt.

„Ihr seid weit davon entfernt, normal zu sein", widersprach er fest. „Ihr seid die am wenigsten normale Frau, der ich je begegnet bin."

„Scherzt Ihr?" fragte sie ungläubig.

„Ihr wisst, dass ich das nicht tue." Das Lächeln des Viscount schwand. „Ehrlich gesagt, bin ich nicht aus eigenem Antrieb nach England zurückgekehrt. Doch nun stelle ich fest, dass ich außerordentlich erfreut bin, hergekommen zu sein." Garricks Blick glitt über Lady Ashburn.

Sie war schockiert. Der Viscount war mit ihrer Freundin verlobt, und dennoch hatte sie den Verdacht, dass er ihr irgendwelche unerlaubten Avancen machen wollte. „Ihr solltet tatsächlich erfreut sein, denn Eure Verlobte ist eine hübsche junge Frau", erwiderte sie verzweifelt.

„Ihr seid eine hübsche Frau", bemerkte er gelassen.

Das raubte ihr vollends die Sprache. Wann hatte jemand sie zum letzten Mal hübsch genannt? Sie war ganz sicher, dass niemand ihr seit der frühesten Kindheit ein derartiges Kompliment gemacht hatte – jedenfalls nicht, nachdem ihre hellseherischen Fähigkeiten bekannt geworden waren.

Wortlos sah Garrick sie an.

„Ich bin Hausgast hier", flüsterte sie schließlich. „Entschuldigt, ich habe Kopfschmerzen und möchte mich zurückziehen." Sie wollte an Lord Caedmon vorbeihasten, doch er hielt sie zurück. In seiner großen, schwieligen Hand wirkte ihr Arm beinahe schmächtig, und seine Finger schienen ihre Haut zu versengen. Olivia empfand die Berührung als brennend, als sei ihr wie einem Wilderer, Sträfling oder Dieb ein glühendes Brandeisen aufgedrückt worden.

„Ihr wohnt hier? Nicht in Ashburn House? Ist Euer Gatte ebenfalls hier?" wollte Garrick wissen.

Obwohl sie es nicht nötig gehabt hätte, derart persönliche Fragen zu beantworten, erklärte sie spröde: „Er wohnt in Ashburn House, Mylord. Würdet Ihr jetzt bitte meinen Arm loslassen?"

Der Viscount ignorierte ihre Bitte und beugte sich stattdessen zu ihr vor. „Ich möchte Euch wiedersehen", sagte er. „Wann kann das geschehen?"

„Ihr seid von Sinnen! Ihr seid nicht bei Trost! Das ist nicht möglich!" rief sie bestürzt aus.

„So unmöglich ist das keineswegs!" widersprach er. Er trat noch näher zu Olivia, so dass sie sich fast über das Sofa lehnen musste, um vor ihm zurückzuweichen. „Oder liebt und ehrt Ihr Euren Gatten und bleibt ihm treu, Lady Ashburn?"

Verzweifelt ermahnte sie sich, dass niemand sie zwingen konnte, darauf etwas zu erwidern. „Lasst mich los! Bitte!"

„Fürchtet Ihr Euch vor mir?" Er rückte einen Schritt von ihr ab.

Das Atmen fiel ihr dadurch nicht leichter, auch wenn sie jetzt wieder aufrecht stand. Der Viscount war gefährlich. „Ja", flüsterte sie.

Er gab sie frei. Seine Miene hatte sich verändert. Der Ausdruck leidenschaftlichen Begehrens war geschwunden und hatte Missvergnügen und Ungläubigkeit Platz gemacht. Olivia erkannte zu spät, dass der Viscount sie falsch verstanden hatte. Er schien zu glauben, sie fürchte sich vor ihm wegen der gleichen Gründe, aus denen die Gesellschaft ihn ausgestoßen hätte, wäre er nicht der Erbe des Earl of Stanhope gewesen. „Mylord ...“, begann sie.

„Macht Euch nicht die Mühe, Euch zu entschuldigen“, unterbrach er sie schneidend und musterte sie noch einmal von Kopf bis Fuß. „Ich bin sicher, dass unsere Wege sich wieder kreuzen werden. Beim nächsten Mal werde ich versuchen, nicht wieder alle Grenzen zu überschreiten.“

Ohne sich zum Abschied zu verneigen, begab er sich zur Tür. Olivia hätte ihn gern am Gehen gehindert, ihm eine Erklärung gegeben, wäre ihm am liebsten hinterhergerannt, um ihn aufzuhalten. Aber das tat sie natürlich nicht.

Er würde Susan Layton heiraten. Und sie selbst hatte nie eine Affäre in Betracht gezogen.

Das Herz tat ihr jetzt weh, und sie fühlte sich elend. Sie biss sich heftig auf die Unterlippe, um nicht hinter Lord Caedmon herzurufen.

Einen Moment später ging sie zum Fenster und presste die Nase an die Scheibe, die sogleich beschlug. Hastig wischte sie sie ab und sah den Viscount im strömenden Regen vor der Kutsche stehen bleiben, während der Lakai geduldig den Wagenschlag für ihn aufhielt. Dann drehte er sich um, blickte indes nicht auf das Haus, sondern geradewegs zu dem Fenster, hinter dem Olivia sich verbarg, und ihr schien, er wolle ihr mit seinem Blick in die Seele sehen.

Aus der Ferne war Donner zu vernehmen. Olivia wandte sich ab.

4. KAPITEL

Lady Layton ließ Olivia zu sich bitten.

Kaum eine halbe Stunde war verstrichen, seit Garrick De Vere das Haus verlassen hatte. Olivia war vollkommen ratlos im Salon geblieben. Die Begegnung – jedes Detail, jedes Wort, das gesprochen worden war – hatte sich ihr unauslöschlich eingeprägt. Olivia war zutiefst erschüttert und wusste, dass sie London unverzüglich verlassen musste. Es war ein Fehler gewesen, in die Stadt zu kommen.

Die Tür zu Lady Laytons Salon stand offen. Sogleich begriff Olivia, weshalb man sie nach oben gerufen hatte. Susan lag auf dem grünen Samtsettee und weinte in ein Taschentuch. Ihre sichtlich bekümmerte Mutter befand sich an ihrer Seite und streichelte ihr den Kopf.

Ehe Olivia an die Tür klopfen konnte, hatte Susan sie bemerkt und rief: „Sagt es ihr! Sagt meiner Mutter, dass ich einen solch gefühllosen, niederträchtigen Mann nicht heiraten kann!“

Ausnahmsweise war Olivia mit ihr einer Meinung. Nachdem sie Garrick De Vere schließlich kennen gelernt hatte, bestand für sie nicht mehr der geringste Zweifel, dass die Verbindung der beiden schrecklich sein und fatale Folgen für das junge Mädchen zeitigen würde. Natürlich konnte sie das nicht äußern. Sie zwang sich daher zu einem Lächeln und betrat den Raum.

Erleichtert erhob sich Lady Layton. „Susan neigt leicht zur Hysterie, aber diesmal ist sie wirklich völlig durcheinander. Was ist geschehen, Lady Ashburn?“ fragte Lady Layton und rang die kleinen Hände.

„Es war eine schwierige Unterredung“, begann Olivia sehr vorsichtig.

„Ich kann Lord Caedmon nicht heiraten!“ jammerte Susan.

„Das ist alles arrangiert“, entgegnete Lady Layton bestürzt. „Oh, Susan, eines Tages ist er der Earl of Stanhope, und du wirst Countess sein. Eines Tages, Liebling, wird dein Sohn Graf sein, und jedes andere eurer Kinder wird in der Gesellschaft großes Ansehen genießen."

Susan brach erneut in Tränen aus.

Olivia hatte großes Mitgefühl und ging zu ihr. „Die Manieren des Viscount ließen wirklich zu wünschen übrig, Miss Susan, aber er sieht sehr gut aus, nicht wahr?" fragte sie zögernd.

Susan starrte sie an. „Er ist ein Wilder! Er sieht aus wie ein ... ein Indianer! Sein Haar war nicht einmal gepudert! Ich finde ihn überhaupt nicht attraktiv."

„Oje!" Lady Layton seufzte. „Glaubt Ihr, dass er zur Verlobungsfeier sein Haar pudern wird?"

Das bezweifelte Olivia. „Ich bin sicher, dass er das tun wird", beteuerte sie dennoch betont heiter. „Miss Susan, ich denke nicht, dass er absichtlich verletzend ist. Ich glaube, er hat in seinem Leben viel gelitten und ist schrecklich unglücklich." Die Worte waren ihr wider Willen entschlüpft.

Noch hatte sie nicht über Garrick De Veres wahren Charakter nachgedacht, da sie über die Unterredung mit ihm und ihre überwältigende Reaktion auf ihn viel zu aufgewühlt war. Doch nun war sie über ihre Bemerkung verblüfft, da die Wahrheit offen auf der Hand lag. Der Viscount war unglücklich!

„Er mag mich nicht! Er kann mich überhaupt nicht leiden!" klagte Susan. „Und selbst wenn er unglücklich sein sollte, so ist das kein Grund, mich derart zu demütigen." Wieder flossen ihre Tränen, und sie tupfte sie mit dem linnenen Taschentuch ab. Inzwischen war ihre blasse Haut fleckig und ihre Nasenspitze gerötet. Sie war keine Frau, die mit Anmut zu weinen verstand.

„Lord Caedmons Manieren lassen sich verbessern. Er war auch zu mir nicht sehr nett", warf Olivia behutsam ein.

Gütiger Himmel! Viscount Caedmon Crag hatte ihr deutlich zu verstehen gegeben, dass er ein Verhältnis mit ihr wünschte. Allein bei dem Gedanken stockte ihr das Herz. Was geschah nur mit ihr? Sie hatte sich nie für jemanden gehalten, der sich für Sinnlichkeiten interessierte. Oder resultierte ihre Reaktion auf diesen umwerfend attraktiven Mann aus ihrem jahrelangen abgeschiedenen Leben?

Damit niemand sah, wie sehr ihre Hände zitterten, verbarg sie sie in den Rockfalten.

„Ich glaube, der Viscount war ziemlich angetan von Euch“, sagte Susan unvermittelt.

Olivia erbleichte.

„Er konnte den Blick nicht von Euch wenden“, fuhr Susan fort, „aber Ihr seid auch so schön, dass Euch vermutlich die meisten Männer anstarren.“

Olivia errötete. „Ich bin wirklich nicht schön.“

Susan wandte sich der Mutter zu. „Bitte, Mutter, sag Vater, dass ich diesen grässlichen Mann nicht heiraten kann. Das darf er einfach nicht von mir erwarten.“

Lady Layton war unschlüssig. „Dein Vater, meine Liebe, hat seine Entscheidung getroffen. Der Heiratsvertrag wurde unterschrieben, und die Verlobung in allen Zeitungen bekannt gegeben. Ich weiß nicht, was ich tun soll! Falls du den Viscount nicht heiratest, wen solltest du dann ehelichen? Du würdest bestimmt keine so ausgezeichnete Partie wie diese machen.“

„Aber ich will glücklich sein!“ rief Susan aus. „Du bist glücklich, Mutter. Vater liebt dich, und du liebst ihn.“ Lady Layton errötete und wollte etwas erwidern, doch Susan sprach bereits weiter: „Oh, ich weiß, es ist nicht in Mode, den Gatten zu lieben, aber man sollte zumindest freundschaftliche Gefühle füreinander hegen. Man muss den Menschen, mit dem man verheiratet ist, respektieren können. Verlange ich zu viel? Ich möchte nur einen Teil dessen haben, das Vater und dich verbindet, Mutter.“

Lady Layton seufzte. „Nein, meine Liebe, du verlangst wirklich nicht zu viel, doch wenn du Lord Caedmon eine Chance geben würdest, könntest du vielleicht Freundschaft für ihn empfinden. Möglicherweise würde er eine gewisse Zuneigung für dich entwickeln, und mit der Zeit käme dann alles in Ordnung“, setzte sie strahlend hinzu.

Olivia hatte das Gefühl, etwas schnüre ihr die Kehle zu. Sie wusste genau, dass Lady Laytons Meinung bestenfalls auf Wunschdenken beruhte. Aber was sollte sie tun? Sie hatte sich gelobt, sich nicht einzumischen, und sogar versucht, Susan zu dieser Ehe zu überreden. Aber der Drang, sich einzuschalten, war überwältigend.

„Darf ich hereinkommen?“ fragte Sir John lächelnd vor der offenen Tür. „Oder störe ich?“

Die Damen drehten sich zu ihm um, und Olivia lächelte. Seine hohe, seit einigen Jahren aus der Mode gekommene Perücke saß schief; die silberfarbene Weste war nicht richtig zugeknöpft, und einer seiner Strümpfe rutschte. Sein Lächeln kam von Herzen, und Olivia freute sich, ihn zu sehen.

„Bitte, John, komm herein“, forderte seine Gattin ihn nervös auf.

Sein Lächeln schwand. „Was ist los, meine Lieben? Du bist bekümmert, Susan.“

„Er hat uns endlich seine Aufwartung gemacht, Vater. Dieser abscheuliche Mensch! Ich habe mit ihm das schrecklichste Gespräch meines Lebens geführt“, stieß Susan hervor.

„Von welchem abscheulichen Menschen redest du?“ erkundigte Sir John sich freundlich.

„Natürlich von meinem Verlobten!“ antwortete sie heftig und tupfte sich erneut mit dem Taschentuch über die Augen.

„Ich befürchte, mein Lieber, dass Susan und er nicht gut miteinander ausgekommen sind“, erklärte Lady Layton. „Ich bin jedoch sicher, dass ihre Beziehung sich verbessern wird.“

„Ich verabscheue Lord Caedmon! Und er verachtet mich. Die Dinge werden sich nicht bessern! Davon bin ich überzeugt! Ich kann ihn nicht heiraten!“ verkündete Susan.

Sir John setzte eine grimmige Miene auf. „Der Vertrag ist unterschrieben, meine Liebe, das Aufgebot bestellt, die Ankündigung der Verlobung in den Zeitungen erschienen. Ich habe dir eine ausgezeichnete Partie verschafft, und dafür solltest du mir dankbar sein, statt wehleidig dazuliegen.“

Susan verzog das Gesicht und brach in Tränen aus.

Sir John seufzte und richtete den sonst so freundlichen, jetzt aber durchdringenden Blick auf Olivia. „Habt Ihr Seine Lordschaft kennen gelernt?"

„Ja, Sir, das habe ich", bestätigte sie nervös.

„Hat meine Tochter übertrieben?"

Olivia zögerte mit der Antwort, während Susan zu weinen aufhörte und gespannt wartete. „Es war ein schwieriges Gespräch, Sir. Der Viscount war viele Jahre im Ausland, und seine Manieren sind nicht so, wie es hier üblich ist. Seine Offenheit hat Miss Susan ziemlich verstört."

Sir John schaute die Tochter an. „Ich habe dich dein Leben lang mit dem größten Vergnügen verhätschelt, Susan. Aber es wird Zeit, dass du erwachsen wirst. Du lässt dich viel zu leicht aus der Fassung bringen, meine Liebe. Du musst robuster werden. Ich habe eine wunderbare Ehe für dich arrangiert und erwarte von dir, dass du mir dankbar bist."

Unter Tränen sah Susan schweigend den Vater an.

„In dieser Sache bleibt dir keine Wahl", fuhr er ernst fort. „In solchen Angelegenheiten haben Töchter nie das Sagen. Warum also solltest du eine Ausnahme bilden? Ich erwarte von dir, dass du Lord Caedmon heiratest, ihm eine pflichtbewusste Gattin bist und ihn mit der Zeit bewunderst, falls du keine tieferen Gefühle für ihn entwickeln kannst. Ich will keine Klagen hören. Jede andere Frau an deiner Stelle wäre außer sich vor Freude."

Die Wortwahl des Baronet hatte Olivia zusammenzucken lassen.

„Eher sterbe ich, als dass ich den Viscount heirate!" rief Susan heftig.

Sir John riss die Augen auf. „Wie bitte?" fragte er steif.

„Es tut mir Leid, Vater", bat sie schluchzend. „Aber ich werde Lord Caedmon nie bewundern!"

Sir John seufzte. „Man hat mich gewarnt, er sei schwierig und exzentrisch. Aber ich versichere dir, es gibt Dinge, die viel schlimmer sind." Er wandte sich seiner zierlichen Gattin zu und sagte: „Ich wünsche, dass du deine Tochter darüber belehrst, wie es in der Welt zugeht, und ihr erklärst, wie eine Ehe zu einem Erfolg oder Misserfolg gemacht werden kann. Vor allem wirst du sie über ihre Pflichten und ihre Rolle als Braut und Gattin informieren. Sie ist reizend und hübsch. Garrick De Vere ist ein Mann, der sich vielleicht exzentrisch gibt, letztes Endes meiner Tochter gegenüber jedoch nicht ablehnend eingestellt sein wird, vorausgesetzt, diese Sache wird richtig gehandhabt." Sir John verneigte sich knapp, machte auf dem Absatz kehrt und verließ den Raum.

Olivia betrachtete Miss Layton, die zwar immer noch bedrückt wirkte, jedoch nicht mehr weinte.

Lady Layton ging zur Tochter und meinte: „Nun, meine Liebe, finde dich damit ab. Heute Nachmittag werden wir beide ein langes Gespräch haben."

„Vater wird nicht anderen Sinnes werden, oder doch?" fragte Susan hoffnungsvoll.

„Nein", antwortete ihre Mutter weich. „Er weiß im Allgemeinen, was das Beste ist, meine Liebe."

Susan schmollte einen Moment und äußerte dann seufzend: „Lord Caedmon wird eines Tages Earl sein."

„Ja, daran solltest du denken, und auch an all die anderen wundervollen Privilegien, die du hast, wenn du den Erben des Earl of Stanhope heiratest", erwiderte Lady Layton fröhlich. „Und vergiss nicht, in zwei Tagen findet eine glänzende Soiree anlässlich deiner Verlobung statt. Du hast dich doch so darauf gefreut, das schöne rosafarbene Kleid anzuziehen. Und ich habe gehört, dass der Ring, den Lord Caedmon dir schenken wird, ein Vermögen wert sein soll. Weißt du, es handelt sich um ein Familienerbstück."

Susan lächelte matt. „Wenn der Viscount doch nicht so groß, nicht so dunkelhäutig und etwas besser erzogen wäre!"

„Und genau darüber werden wir reden", sagte Lady Layton. „Wir werden uns darüber unterhalten, auf welche Weise eine Frau wie du sich einen Mann wie ihn gefügig machen kann.“ Sie ging zum Klingelzug und betätigte ihn. „Es wird ein langer Nachmittag werden. Folglich brauchen wir Tee und Gebäck.“

Susan lächelte Olivia zaghaft an. „Ich glaube, ich muss mich für mein Betragen entschuldigen. Es war schrecklich, nicht wahr?“

„Ich habe Verständnis dafür“, antwortete Olivia weich und dachte daran, dass Sir John und Lady Layton sich gewaltig täuschten, wenn sie annahmen, Susan könne je einen Mann wie Garrick De Vere bändigen. „Ich bin froh, dass Ihr Euch jetzt besser fühlt.“ Erneut erfasste sie das mittlerweile ebenso vertraute wie verhasste Gefühl der Übelkeit.

Susan überlegte kurz, ehe sie fragte: „Ihr wart doch nicht durch Lord Caedmon eingeschüchtert, oder doch?“

Olivia zögerte mit der Antwort. Sie war seinetwegen verstört, doch nicht auf die Weise, die Susan im Sinn hatte. „Nein, meine Liebe, er hat mir keine Angst eingeflößt.“

„Es wird ein wundervolles Fest werden“, meinte Susan und lächelte wieder. „Und bestimmt wird er nicht so mürrisch sein.“

Olivia schloss die Augen. Das Gefühl der Übelkeit war sehr viel stärker geworden. Und die innere Stimme konnte sie nicht zum Schweigen bringen. Es lag an ihr, Olivia, dass sich nichts so wie vorgesehen entwickeln würde. Ein Frösteln überkam sie, und mit einer Entschuldigung zog sie sich zurück.

Wie sehr Garrick solche Abende hasste!

Auf Sugar Hill war alles anders. Dort pflegte er, den Setter zu seinen Füßen, auf der weiß getünchten Veranda des dreistöckigen Plantagenhauses zu sitzen und Rum zu trinken, während die Sonne sich in einen flammend roten Ball verwandelte, den Himmel über der Karibik in die Farben des Regenbogens tauchte und langsam hinter den fruchtbaren grünen Flächen seiner Zuckerrohrpflanzung versank. Hinter dem letzten Feld konnte er den Streifen weißen Sandes und das grün schimmernde, ruhige Wasser der Bucht von Sugar Hill erkennen.

„Du hast also endlich deine Verlobte aufgesucht", bemerkte der Earl leicht tadelnd. Die Kritik an seinem Sohn wäre nicht deutlicher gewesen, wenn er noch hinzugefügt hätte: „Das war auch höchste Zeit."

Garrick wahrte eine reglose Miene, als er sich dem Vater zuwandte. Bei Gott, er war nicht heimgekehrt, um sich mit ihm zu streiten! Allerdings war er auch nicht nach Haus gekommen, um sich Vorhaltungen machen zu lassen. Schließlich war er kein Kind mehr. Er saß mit den Eltern an einem Ende des langen Esstisches aus Rosenholz und wartete darauf, dass die Dienstboten das Abendessen servierten. Der Vater hatte an der Stirnseite Platz genommen. Zu dem dunkelroten Gehrock, der eisblauen Weste und dem mit kostbaren Rüschen verzierten weißen Seidenhemd trug er eine weiß gepuderte, an den Schläfen gelockte Perücke, deren Haar ansonsten straff zurückgekämmt und im Nacken zu einem Zopf gebunden war. Gleichgültig hatte Garrick sich die neuen Sachen angezogen, die für ihn vom Schneider seiner Mutter in aller Eile angefertigt worden waren.

Große Silberleuchter standen in der Mitte der Tafel und erschwerten es den Speisenden, einen Blick auf die Tischnachbarn zu werfen. Garrick fand es angenehm, seinen Vater nicht sehen zu können. In den drei großen, von der Decke hängenden Kristalllüstern brannten Hunderte weißer Kerzen.

Er spielte mit seinem Kristallglas und trank schließlich einen Schluck vom ausgezeichneten Burgunder. „Ja, ich war bei Miss Layton."

„Und?" fragte der Vater. „Bist du endlich zur Vernunft gekommen?"

„Nein, das bin ich nicht", antwortete Garrick ausdruckslos.

Die Mutter, die ein glänzendes goldenes Kleid à la française trug, warf rasch ein: „Miss Layton ist nicht nur hübsch, sondern auch sehr charmant, mein Lieber."

Garrick lächelte humorlos. „Das ist mir nicht aufgefallen." Er schaute den Vater an. „Oh ja, sie ist ein plumpe Brünette. Ich schätze, sie ist einigermaßen präsentabel."

Richard verzog das Gesicht, und seine Gattin griff sogleich zum Weinglas und nippte daran. Einen Moment lang herrschte Schweigen. „Ich werde diese Bemerkung ignorieren, da du mich nur reizen willst. Du hast wirklich reichlich lange gebraucht, um Miss Layton deine Aufwartung zu machen. Ich kann nur hoffen, dass der Besuch angenehm verlaufen ist."

„Oh, er war recht angenehm – in Anbetracht der Tatsache, dass Miss Layton geistlos, willensschwach und töricht ist."

Wieder griff Eleanor nach ihrem Weinglas.

„Es tut mir Leid, Mutter", sagte Garrick, „aber ich weigere mich, so zu tun, als sei ich in die Frau verliebt, die Vater mir ausgesucht hat."

„Sie ist eine nette junge Dame", flüsterte Eleanor sichtlich verzweifelt.

„Haben wir nicht bereits darüber diskutiert?" schaltete Richard sich ein, ehe seine Frau noch mehr äußern konnte. „Man wählt seine Braut nicht der Attribute wegen aus, die man bevorzugt. Vielleicht ist es dir noch nicht aufgefallen, Garrick, aber ich muss dir sagen, dass die meisten Frauen so geistlos wie töricht sind. Verbring nur einen ganzen Abend bei Almack's. Miss Layton wird die perfekte Gattin für dich sein, weil sie sehr fügsam ist."

Garrick blickte die Mutter an, die auf ihren Teller schaute und mit den Fingern der rechten Hand den Stiel des Weinglases umklammerte. „Ein Punkt mehr, in dem wir nicht übereinstimmen", entgegnete er harsch. „Und meinst du nicht, dass du deine Behauptung ein wenig abschwächen solltest? Dein Urteil bezieht sich doch wohl nicht auf Mutter, oder?"

Sie schaute endlich den Sohn an, lächelte flüchtig und sagte: „Dein Vater hat mich nicht gekränkt, Garrick."

Garrick fand, sie hätte gekränkt sein müssen.

„Was hat sie mit dieser Sache zu tun?" fragte Richard verärgert. „Wir reden über deine Verlobte. Du missverstehst mich wie immer vollkommen. Ich glaube, das tust du absichtlich. Sir John Layton hat drei Söhne, und seine Tochter wird dir zweifellos einen gesunden Stammhalter schenken", fügte er offensichtlich zufrieden hinzu. „Das allein ist wichtig, und sonst nichts."

„Mit einer törichten Frau wie ihr, die sich sofort in Tränen flüchtet, werde ich in wenigen Jahren grau geworden sein", brummte Garrick.

Eleanor leerte ihr Weinglas, das ihr sofort wieder von einem Diener gefüllt wurde.

„Es war nicht leicht, eine Braut für dich zu finden. Ich habe für dich mein Möglichstes getan, Garrick, vor allem im Hinblick darauf, dass der gesamte ton dich für den Mord an deinem Bruder verantwortlich macht", sagte Richard und schlug mit der Faust auf den Tisch.

Garrick sprang auf. „Jetzt ist es also Mord? Glaubst du wirklich, es würde mich auch nur im Entferntesten interessieren, was der Adel von mir denkt?"

Richard erhob sich ebenfalls. „Du hast bereits unter Beweis gestellt, dass du dich keinen Deut um irgendjemanden oder irgendetwas kümmerst, außer um dich selbst!"

Eleanor schnappte nach Luft. „Bitte! Bitte, hört auf! Beide!"

„Sei still!" herrschte Richard sie an, ohne sie eines Blickes zu würdigen. Finster starrte er den Sohn an. „Du hattest hier Verpflichtungen, mir gegenüber, aber du bist vor Jahren fortgelaufen. Wir beide kennen die Wahrheit und wissen, dass ich nie die Absicht hatte, dich zu verbannen! Du hast dich geweigert, nach Hause zu kommen, obwohl du jetzt mein einziger Sohn bist! Und nun willst du dich, was diese Hochzeit betrifft, gegen mich auflehnen? Hast du kein Ehrgefühl, Garrick? Du bist ein Narr und viel dümmer als Miss Layton."

Garrick war so wütend, dass er zitterte. „Ich war nie gut genug für dich, oder? Alles, was ich gesagt und getan habe, war falsch. Ich habe nie deine Billigung gefunden. Weshalb sollte sich jetzt etwas ändern? Ich bedauere nur, dass ich England nicht gleich nach Lionels Verschwinden verlassen und danach noch vier Jahre gewartet habe. Und du hast Recht, Vater, was mein Ehrgefühl und mein

Pflichtbewusstsein angeht. Ich habe keine Ehre. Aber dieses Haus war mir nie ein echtes Heim. Wie kannst du es mir daher verargen, dass ich keinen Deut für den Grafentitel gebe?“

Das Gesicht des Vaters wurde weiß.

„Garrick!“ rief die Countess. „Ich weiß, dass du das alles nicht so gemeint hast!“

„Vater hält sich für unfehlbar, und ich kann nichts an seiner Meinung über mich ändern. Das will ich auch gar nicht erst versuchen.“ Voller Abscheu schleuderte Garrick die linnene Serviette auf den Tisch. Er war verletzt, nicht nur verärgert, weil ein Teil von ihm gehofft hatte, dass die Dinge vielleicht anders geworden seien, der Vater sich möglicherweise gewandelt habe und mit zunehmendem Alter vernünftiger geworden sei. Es hatte sich jedoch nichts geändert. Nichts würde sich je ändern. Der Vater war ein durchtriebener, rücksichtsloser, alter Mann, der bis zu seinem Tod wie ein Tyrann über sein privates Reich herrschen würde.

„Ich habe im Allgemeinen Recht“, sagte Richard, sobald er die Sprache wieder gefunden hatte, und machte ein grimmiges, wütendes Gesicht. „Und in dieser Angelegenheit habe ich Recht. Deine mangelnde Loyalität deinen Eltern gegenüber ist schockierend.“

„Ich habe nie aufgehört, dich zu schockieren, nicht wahr?“ fragte Garrick zutiefst verbittert und verneigte sich dann vor der Mutter. „Ich befürchte, ich habe den Appetit verloren.“ Er stürmte aus dem Raum und war sich bewusst, dass er die Eltern in spannungsgeladener Stille zurückließ.

Die Countess begann zu weinen.

Der Earl warf zornig die Gabel auf den Tisch und verließ ebenfalls den Speisesaal.

Im Salon öffnete Garrick den Kabinettschrank mit den Getränken und schenkte sich ein Glas Cognac ein. Derweil er es leerte, spürte er, dass ein Teil der Anspannung von ihm wich. Wie schön es doch ist, wieder daheim zu sein, dachte er selbstironisch.

„Garrick", sagte hinter ihm leise die Mutter. „Darf ich dir Gesellschaft leisten?"

Da er sie nicht hatte kommen hören, drehte er sich überrascht um und sah sie tränenfeuchten Blicks in der offenen Tür stehen. „Wie kannst du mit Vater leben?" fragte er. „Wie kannst du zulassen, dass er so redet, noch dazu vor dir?"

Sie betrat den Raum und machte die Tür hinter sich zu. „Richard ist mein Gatte", antwortete sie schlicht. „Ich hatte keine andere Wahl, als ihn zu heiraten, so wie das jetzt bei dir und Miss Layton der Fall sein wird."

„Bedauerst du, dass man dir das Recht verwehrt hat, über deine Zukunft selbst zu entscheiden, Mutter?"

Sie setzte sich auf das Sofa und zupfte den weiten Rock zurecht. „Es wäre dumm von mir, nach all den Jahren Bedauern zu verspüren. Dein Vater ist kein schlechter Mensch, Garrick. Das weißt du bestimmt. Er ist schwierig, ja, sogar sehr schwierig, aber er liebt mich auf seine Art."

Garrick war so verblüfft darüber, die Mutter in Bezug auf seinen Vater von Liebe reden zu hören, dass er sie fassungslos ansah.

„Das glaubst du nicht", sagte sie leise.

„Ich glaube, dass er dich wie mich zu seiner Familie zählt", erwiderte er bedächtig. „Aber ich bin mir ziemlich sicher, dass er keine Vorstellung davon hat, worum es bei den Gefühlen, über die du redest, wirklich geht. Ihn interessiert nur sein Titel und das Fortbestehen unserer Linie, sonst nichts."

Eleanor biss sich auf die Unterlippe. „Alle Adligen sind am Fortbestehen ihrer Familien interessiert", meinte sie.

„Du nimmst ihn in Schutz. Du bist stets für ihn eingetreten. Ich bewundere dich ob deiner Loyalität, Mutter", erwiderte Garrick und prostete ihr mit dem Cognacglas zu.

„Er hat auch dich sehr gern!" hielt sie ihm vor.

Er stieß einen spöttischen Laut aus. „Möchtest du etwas trinken?" erkundigte er sich, obgleich er keinen Zweifel daran hatte, dass seine Mutter schon ziemlich beschwipst war.

Sie schaute ihn an und nickte. „Miss Susan ist jung“, sagte sie weich. „Lass ihr Zeit. Bitte, versuche das, Garrick, uns allen zuliebe. Du musst heiraten und einen Erben zeugen.“

Garrick zuckte zusammen. Er ließ sich durch moralische Erpressung zwingen, seine Pflicht zu tun, und das besagte einiges über seinen Charakter – oder den Mangel daran. Er dachte mit demselben Schuldgefühl wie immer an den Bruder, und dann erinnerte er sich grimmig seiner Verlobten. Aus ihr würde nie eine feurige, mutige Frau werden, die er bewundern und eines Tages lieben könnte, gleich, wie viel Zeit verstrich. Entschlossen verdrängte er Olivia Greys Bild aus seinen Gedanken. Seit er Lady Ashburn kennen gelernt hatte, kam sie ihm immer wieder in den Sinn.

„Gut, ich werde es dir zuliebe versuchen, Mutter“, gab er schließlich nach und reichte ihr ein Glas mit Portwein. „Hast du Vater am Tisch allein gelassen?“ Die Vorstellung erfüllte ihn mit einiger Genugtuung.

Sie schüttelte den Kopf. „Richard ist vor mir gegangen und hat das Haus bereits verlassen.“

Garrick fragte sich, wer die augenblickliche Geliebte des Vaters sein mochte.

Nach kurzem Schweigen stellte Eleanor ihr Glas beiseite. „Wenn zwischen dir und deinem Vater doch Frieden herrschen könnte!“

Garrick seufzte. „Er und ich werden nie miteinander auskommen. Was für ihn schwarz ist, ist für mich weiß.“

„Ich weiß“, flüsterte Eleanor und betrachtete ihr Glas. „In all diesen Jahren habe ich dich so vermisst, Garrick.“ Plötzlich hob sie den Kopf, und ihr Blick war überraschend eindringlich. „Du bist unglücklich, oder?“

Garrick dachte plötzlich an Sugar Hill und Lionel. Der Bruder war der Anlass gewesen, weshalb er fortgezogen war, nicht mehr länger im Stande, die schmerzliche Ungewissheit zu ertragen, ob Lionel tot war oder noch lebte und vielleicht eines Tages zurückkehren würde. Auch der Vater war ein Grund dafür, weshalb er auf der kleinen, friedlichen Zuckerinsel Zuflucht gesucht hatte. Garrick hatte nicht den Wunsch gehegt, der Stanhope-Erbe zu sein, zumal ihm der Vater täglich klar zu verstehen gegeben hatte, er sei für Lionels Verschwinden verantwortlich. Er sei der Letzte gewesen, der mit seinem Bruder zusammen gewesen war, bevor Lionel an jenem regnerischen Tag in Cornwall verschwunden war.

Sein Herz klopfte heftig. „Was ist Unglück?" fragte er schließlich und zuckte betont gleichmütig die Schultern. „Andererseits, was ist Glück? Ein jeder von uns hat sein Los im Leben zu tragen, nicht wahr?"

Zu seinem größten Entsetzen begann die Mutter heftig zu schluchzen.

Seit Jahren hatte er sie nicht mehr weinen sehen. Ihr Tränenausbruch war so plötzlich, dass Garrick einen Moment lang wie gelähmt war. Dann reichte er ihr sein Taschentuch, setzte sich neben sie und schlang bekümmert den Arm um sie. Er wusste nicht, wie er sich verhalten solle. „Mutter, was hast du?"

Sie schüttelte den Kopf und rang vergeblich um Fassung. „Ich habe mich so nach dir gesehnt. Die ganze Zeit habe ich an dich gedacht und dich derart vermisst, dass es wehtat. Aber ich weiß, dass du nicht hier bleiben kannst, und ich kenne auch den Grund." Sie schlug die Hände vors Gesicht und schluchzte. „Ich verarge es dir nicht, dass du fortgezogen bist und dir diese kleine Insel zum Heim erkoren hast. Wie Recht du hattest! Dieses Haus war nie ein echtes Heim und wird es nie sein."

Oh Gott! Garrick hielt Eleanor fester umschlungen und ließ sie an seiner Schulter weinen. „Du warst immer eine wunderbare Mutter. Ich kann nur Vater nicht ausstehen. Du warst nicht der Grund, weshalb ich fortgegangen bin."

Mit tränennassen blauen Augen schaute sie den Sohn an und berührte seine Hand. „Das weiß ich. Doch hinter der Sache steckt mehr, nicht wahr?" Wieder brach sie in Tränen aus. „Ein Tag! Ein verfluchter Tag in einem ganzen Leben. Ein einziger Moment, und eine Familie ist zerstört. Eine Sekunde nur, in der ein Mensch das Leben verliert, und es gibt kein Glück mehr, nie wieder!"

Tränen brannten auch Garrick in den Augen, und er kämpfte gegen sie an. „Ja", stimmte er rau zu und sah sich in Gedanken wieder mit dem Bruder auf dem Felsvorsprung stehen, ängstlich wie Lionel. Was war geschehen? Wie konnte jemand fortgehen und sich in Luft auflösen?

Lionel war für immer fort, im Bruchteil einer Sekunde verschwunden. Wenn Garrick den Turm doch mit ihm verlassen hätte! Wenn er doch nur ...

„Alles ist meine Schuld", erklärte die Mutter bitter.

„Mutter!" rief er betroffen.

„Nein, in all den Jahren habe ich zugelassen, dass dein Vater Lionel so überschwänglich lobt und dich nicht minder vehement herabsetzt. Oh Gott!"

Garrick ergriff die Hände der Mutter und hielt sie fest. „Gib dir keine Schuld an Vaters Benehmen. Niemand kann ihn ändern oder ihm Vorschriften machen."

„Glaubst du, ich wüsste nicht, was er dir nach Lionels Verschwinden angetan hat? Glaubst du, er hätte mir nicht das Gleiche angetan? Ich habe ihn dich immer wieder mit vorwurfsvollem, anklagendem Blick anschauen sehen. Und er hat deutlich gemacht, dass er auch mir die Schuld gibt." Mit vom Alkohol und Kummer umflorten Blick schaute Eleanor den Sohn an. „Und ich habe nichts unternommen, um dich zu verteidigen."

„Du hättest nichts tun können", entgegnete er mit belegter Stimme. „Bitte, gib dir keine Schuld."

„Doch, alles ist meine Schuld. Du und dein Vater ... Lionel ..." Eleanor hielt inne, rang die Hände und kämpfte erneut gegen die Tränenflut.

„Nichts von alldem ist deine Schuld. Erlaube mir, dich zu deinem Zimmer zu begleiten", erwiderte er hilflos.

„Es vergeht kein Tag, an dem dein Vater nicht Lionel und dich erwähnt", rief Eleanor verzweifelt aus.

Garrick stand auf, weil er die Situation nicht länger ertragen konnte. „Lionel ist tot. Die Zeit ist gekommen, Mutter, ihn zu begraben."

„Wie kann ich das tun?" rief sie aus. „Wie kann ich ihn begraben, wenn er verschwunden ist? Gewiss, er ist tot, aber er ist seit all diesen Jahren wie vom Erdboden verschluckt. Dennoch ist er an jedem Tag unseres Lebens gegenwärtig, bei dir, bei deinem Vater und mir!"

Garrick kauerte sich vor die Mutter und ergriff ihre Hände. „Wir müssen Lionel jetzt begraben. Es gibt keine andere Wahl, wenn jeder von uns bei Sinnen bleiben will."

Er hatte nicht den Wunsch gehabt, den Abend so ausklingen zu lassen.

Er hatte nicht gewollt, dass alte Wunden aufgerissen würden und bluteten.

„Ich habe mir nie verziehen!" jammerte Eleanor. „Du und dein Bruder wart wegen eures Vaters in der Heide. Warum habe ich euch gehen lassen? Ich hätte darauf bestehen sollen, dass ihr bei dem unfreundlichen Wetter zu Hause bleibt!" rief sie kläglich aus. „Aber wie üblich konnte ich mich nicht dazu überwinden, etwas zu äußern. Ich habe in meiner Pflicht versagt. Ich habe meine Söhne im Stich gelassen."

Garrick war vom Schuldgefühl seiner Mutter überwältigt, von den eigenen Gewissensbissen und der Vergangenheit, die nicht ruhen konnte.

5. KAPITEL

Miss Layton zitterte wie Espenlaub. Garrick war angewidert.

Der Abend der Verlobungsfeier war schließlich gekommen. Garrick und seine Verlobte begrüßten die eintreffenden Gäste, die dann weiter zu Miss Laytons Eltern und dem Earl und der Countess von Stanhope flanierten. Das Defilee hatte bereits vor geraumer Zeit begonnen, und es würde bestimmt eine ganze Stunde dauern, wenn nicht länger, um jeden der sechshundert Geladenen persönlich willkommen zu heißen.

Garrick wusste, dass er einen endlosen Abend vor sich hatte.

Susan zitterte, war kaum im Stande, „Guten Abend" oder „Danke" zu murmeln und zu lächeln. In dieser Hinsicht waren Garrick und sie seiner Meinung nach ein perfektes Paar, denn auch er wollte nicht lächeln, unternahm nicht einmal den Versuch dazu, und murmelte den an ihm Vorübergehenden nur die notwendigen Floskeln zu.

Ein Mann verneigte sich vor Garrick und dann vor Miss Layton. Sein Lächeln war breit und offenkundig falsch, als er ihnen Glück wünschte. Garrick nickte und beachtete ihn nicht weiter. Die beiden in auffallende Roben aus Taft gehüllten Damen, die als Nächste kamen, tuschelten hinter ihren Seidenfächern und hielten die Blicke auf ihn gerichtet.

Er lauschte angestrengt auf das, was sie sich zuraunten, und glaubte zu hören: „ ... sein Bruder ... vor vierzehn Jahren ... der Grafentitel ... Wilder ... diese Zuckerinsel." Er spürte, dass ihm die Wangen brannten.

So war es bei jedem Gast gewesen, seit die ersten Herrschaften eingetroffen waren – Geflüster und neugierige Blicke aus der Ferne, und dann, wenn man Angesicht zu Angesicht voreinander gestanden hatte, ein falsches Lächeln, dummes Geschwätz, geheuchelte Höflichkeiten und unehrliche Glückwünsche. Er hatte keine Ahnung, wie er das den ganzen Abend aushalten sollte.

Garrick hasste die ganze Gesellschaft und wünschte sich verzweifelt, irgendwo anders und nicht als Ehrengast im Haus der Laytons an der Seite seiner unscheinbaren Verlobten zu sein.

Mürrisch musterte er die ältere Dame, die soeben äußerte: „Und wir haben uns so darauf gefreut, Euch nach all diesen Jahren wieder ...“ Sie verstummte jäh, nachdem sie einen Blick auf sein Gesicht geworfen hatte, seine Miene verschreckte sie derart, dass sie sich umdrehte, als wolle sie flüchten. Unvermittelt prallte sie mit der ihr folgenden Person zusammen.

Garrick war ihr Verhalten gleichgültig. Jedermann verachtete ihn, und er verachtete jeden der Gäste. Er hatte gewusst, dass er mit dieser Reaktion rechnen müsse, sobald er sich wieder in Gesellschaft begab. Aber in diesem Fall war ihm keine Wahl geblieben. Dafür hatte der Vater gesorgt. Und der Vater erwartete von ihm, dass er Ehrgefühl hatte?

Dann spürte er einen Blick auf sich und sah die Countess of Ashburn ihn betrachten, während sie langsam mit der Reihe der wartenden Gäste vorrückte. Sie trug ein silberfarbenes Kleid, und bei ihrem Anblick ging ein Ruck durch ihn. Er straffte die Schultern und merkte einen Moment später, dass er sie förmlich anstarrte. Inzwischen hatte sie die Lider gesenkt, und eine zarte Röte überzog ihre Wangen.

Er vernahm kein Wort von dem, was die nächsten beiden Gäste zu ihm und seiner Verlobten äußerten, und war sich auch nicht bewusst, ob er etwas darauf erwidert hatte.

„Mylord“, begrüßte ihn Olivia. „Miss Layton.“ Ihre Blicke trafen sich.

„Lady Ashburn“, erwiderte er verlegen. „Vielen Dank, dass Ihr gekommen seid.“

Sie zögerte und sah ihn mit ihren hellen grauen Augen prüfend an. „Ein so sehnsüchtig erwartetes Ereignis konnte ich doch nicht verpassen.“

Er fragte sich, ob sie anderen Sinnes geworden war. Würde sie, wenn er beharrlich blieb, in eine Affäre mit ihm einwilligen? Sie zitterte, und trotz der Angst vor ihm, die sie bei der ersten und einzigen Begegnung mit ihm eingestanden hatte, weigerte er sich zu glauben, dass sie ihn für einen Mörder hielt. Er konnte sich auch nicht vorstellen, dass sie an Arlen Grey hing, sich verleugnen und ihrem Gatten treu bleiben würde.

„Ihr habt nie bezaubernder ausgesehen, Miss Susan", versicherte sie und riss Garrick aus den Gedanken. Er schaute seine Braut an, in deren Augen Tränen schimmerten, und empfand nur Abscheu.

„Danke", erwiderte Susan leise. „Vielleicht können wir später ungestört miteinander plaudern, Mylady?" Ihr Ton hatte etwas Drängendes an sich gehabt.

Garrick war nicht überrascht. Sie hatte immer noch Angst vor ihm und war dem Zusammenbruch nahe. Aber er gedachte nicht, sie zu beruhigen.

„Natürlich, Susan", antwortete Olivia herzlich, legte ihr die behandschuhte Rechte auf den Arm und lächelte sie an. Es war offenkundig, dass sie versuchte, Susan zu ermutigen und innerlich zu stärken. Garrick hielt das für unmöglich.

„Ich hoffe, Ihr werdet mir einen Tanz reservieren", wandte er sich an sie.

Überrascht schaute sie ihn an, und die Röte ihrer Wangen vertiefte sich. Er wusste, dass sie seiner Bitte entsprechen musste. Würde sie sich weigern, hätte das hoch gezogene Augenbrauen zur Folge, und außerdem lauschten Miss Laytons Eltern auf jedes Wort, das gesprochen wurde, genau wie die in der Reihe der Gäste Nächststehenden.

„Natürlich", flüsterte Olivia, den Blick von Lord Caedmon lösend, und ging weiter.

Garrick sah ihr hinterher, und es war ihm gleich, ob man ihn dabei beobachtete. Er malte sich aus, wie sie in seinen Armen lag – aber nicht auf dem Parkett. Er wusste nicht, warum es ihn derart nach ihr verlangte, hatte jedoch nicht die Absicht, den Grund zu erforschen. Lady Ashburn sehnte sich nach ihm und würde am Ende der Leidenschaft nachgeben, davon war er überzeugt.

„Nach so vielen Jahren sehen wir uns wieder, Sir“, hörte er eine ihm vertraute Stimme sagen.

Widerstrebend wandte er den Blick von Olivia und schaute Arlen Grey, ihrem Gatten, ins Gesicht.

Die Herren verbeugten sich voreinander.

Garrick empfand ungeheuren Abscheu vor ihm, der nie so stark wie jetzt gewesen war, ungeachtet der gegenseitigen Abneigung, die ohnehin schon zwischen ihnen bestanden hatte. Ein verstohlener Seitenblick auf Olivia zeigte, dass sie ihn und ihren Gatten interessiert beobachtete.

Er wandte sich wieder ihrem Mann zu und bemerkte, dass dessen Schwester neben ihm stand. Sie fächelte sich mit dem lackierten Fächer Kühlung zu und lächelte Garrick an. In den elf Jahren, die seit der letzten Begegnung mit ihr verstrichen waren, hatte sie sich nicht verändert. Sie war immer noch die Verkörperung kühler, begehrenswerter Schönheit.

„Welch ein Vergnügen, Sir“, spottete er. „Ich nehme an, Ihr seid gekommen, um mir am Vorabend meiner Hochzeit Glück zu wünschen?“ Ihm war klar, dass Lord Ashburn nur den Wunsch hatte, ihn möglichst schnell unter die Erde zu bringen.

Arlen lächelte sehr breit. „Natürlich“, erwiderte er nicht minder ironisch. „Wie könnte ich Euch etwas anderes wünschen?“ Plötzlich ergriff er Elizabeth am Arm. „Ihr erinnert Euch meiner schönen, unvergesslichen Schwester? Sie ist jetzt die Marchioness of Houghton.“

„Madam.“ Garrick beugte sich über ihre ausgestreckte Hand, hob sie jedoch nicht zum Kuss an die Lippen. Eher würde er in der Hölle schmoren, als dass er das getan hätte. „Ich habe nicht damit gerechnet, Euch hier auf dem Fest anlässlich meiner Verlobung anzutreffen.“

Elizabeth lächelte, doch ihr Blick war eisig. Dann lachte sie perlend. „Um keinen Preis der Welt hätte ich dieses Ereignis verpassen wollen, mein lieber Lord Caedmon. Im Gegenteil, ich habe das Hochzeitsgeschenk für Euch bereits ausgewählt."

„Wie reizend!" entgegnete er trocken. „Und wo ist Euer Gatte? Bestimmt verehrt er Euch abgöttisch und weicht Euch nie von der Seite."

„Wie Recht Ihr habt, mein Teuerster. Er ist mein Augenstern, und ich bin seiner. Ich nehme an, er wird jeden Moment hier eintreffen."

„Es wundert mich, dass er Euch und Euren Bruder nicht begleitet hat", erwiderte Garrick in der Gewissheit, dass sie die Anspielung sehr wohl verstanden hatte, und lächelte boshaft. Ihr Dekolletee ließ viel von ihren kleinen weißen Brüsten sehen. In den vergangenen zehn Jahren hatte sie sich überhaupt nicht verändert.

„Mein Gatte gestattet mir, eigene Interessen zu verfolgen", sagte sie, wedelte wieder den Fächer hin und her und zwinkerte Garrick kokett zu.

„Ich kann mir denken, dass Euer Mann Euch das erlaubt." Garrick war sich ziemlich sicher, worum es sich bei diesen Interessen handelte.

Fest ergriff Arlen die Schwester beim Arm. „Ihr werdet meinen Schwager in Kürze kennen lernen", sagte er mit finsterer Miene. „Komm, Elizabeth!"

Sie rührte sich jedoch nicht von der Stelle, sondern bewegte den Fächer aufreizend sinnlich auf und nieder. „Es ist sehr lange her, nicht wahr, Sir?"

„Ich entsinne mich nicht", log er.

Der gleichmütige Ausdruck schwand aus ihren Augen, und ihr Blick verhärtete sich. „Es ist genau elf Jahre her, seit wir uns zuletzt gesehen haben", erinnerte sie ihn beinahe schroff.

„Ehrlich gesagt, hatte ich das restlos vergessen", behauptete Garrick und wurde sich bewusst, dass mittlerweile viele Blicke sich auf ihn und Lady Houghton gerichtet hatten. Auch Lady Ashburn schaute herüber. Plötzlich fragte er sich, ob Olivia all die Gerüchte über ihn gehört haben mochte. Er wandte sich ihr zu, doch sie beachtete ihn jetzt nicht mehr, sondern hatte ein Gespräch mit einer Dame angefangen, die er nicht kannte.

Elizabeth lächelte wieder, wandte sich nun Susan zu. „Meine liebe Miss Layton“, sagte sie und strahlte sie an, „Ihr könnt Euch glücklich schätzen! Meinen herzlichen Glückwunsch!“ Ihr Lächeln vertiefte sich noch mehr. „Allein die Vorstellung, dass Seine Lordschaft nach all diesen Jahren von dieser kleinen, wilden Zuckerinsel zurückgekehrt ist, nur um Euch zu heiraten ... Wie überglücklich Ihr sein müsst, Miss Layton! Wie geschmeichelt Ihr Euch fühlen müsst, und wie beeindruckt! Und wie verliebt Ihr sein müsst!“

Susans Miene verdüsterte sich. Garrick warf der Verlobten einen prüfenden Blick zu und beschloss, ungeachtet seiner Verpflichtung dem Vater gegenüber das Haus zu verlassen, falls sie jetzt vor Arlen und dessen Schwester – ganz zu schweigen vom Rest der sechshundert Gäste – in Tränen ausbrechen sollte.

Wundersamerweise erschien plötzlich Lady Ashburn an Susans Seite. „All diese Aufregungen haben Miss Layton äußerst angestrengt. Ich meine, sie sollte sich eine Weile zurückziehen“, schlug sie freundlich vor.

„Olivia!“ äußerte Elizabeth spöttisch. „Du bist noch hier? Ich dachte, du wärst inzwischen wieder aufs Land geflohen. Welche Überraschung! Was hält dich in der Stadt?“

Garrick wusste, dass er Lady Ashburn ungebührlich betrachtete. Jedes Mal, wenn er mit ihr im selben Raum war, konnte er den Blick nicht von ihr wenden, und das Gefühl, sie beschützen zu müssen, überkam ihn. Nie im Leben, jedenfalls nicht seit Lionels Tod, hätte er damit gerechnet, je etwas Derartiges zu empfinden, für nichts und niemanden. Er wollte zwischen die Marchioness und Olivia treten, doch ehe er den Vorsatz ausführen konnte, hatte Lady Ashburn sich ihr zugewandt.

„Der sehr angenehme Aufenthalt bei Sir John Layton und seinen Angehörigen hält mich hier zurück“, antwortete sie ruhig.

„Die Frau vom Lande genießt also jetzt das Stadtleben?“ stichelte Elizabeth.

Olivia machte sich nicht die Mühe, der Schwägerin darauf zu antworten. „Kommt, meine Liebe", sagte sie leise zu Miss Layton. „Sir?"

Im Stillen zollte Garrick ihr Respekt, weil sie Elizabeth ignoriert hatte. Er war nicht im Mindesten überrascht, dass die Marchioness Olivia so offenkundig verabscheute. Allerdings fand er es interessant, dass Lady Ashburn kein einziges Mal ihren Gatten angeschaut hatte, der sie mit kühler Verachtung und deutlich erkennbarer Ungeduld musterte.

„Ich habe nichts dagegen", antwortete er. „Im Gegenteil, ich bestehe sogar darauf", setzte er lächelnd hinzu, ohne sich gewahr zu sein, dass er an diesem Tag zum ersten Mal von Herzen gelächelt hatte.

Olivia erwiderte sein Lächeln, nahm Miss Layton bei der Hand und entfernte sich mit ihr.

Olivia wollte kein Mitleid haben, nicht für Garrick De Vere. Sie wollte überhaupt nichts für ihn empfinden. Verzweifelt wünschte sie sich, an ihn wie an jeden anderen flüchtigen Bekannten denken zu können, oder, was noch besser gewesen wäre, wie an einen Fremden. Die Gerüchte waren jedoch erschreckend. In jedem Salon hatte sie Getuschel über seine düstere Vergangenheit vernommen. Niemand war an diesem Abend hergekommen, um ihm zu seinem Glück zu gratulieren. Man war hier, um ihn sehen und feststellen zu können, ob er wirklich zu einem Wilden von den Westindischen Inseln geworden war, und um dann zu entscheiden, ob er seinen Bruder tatsächlich wegen des Titels und des immensen Vermögens ermordet habe.

Zwei weitere Stunden waren verstrichen. Nach einem kurzen Tränenausbruch in der Geborgenheit des in der ersten Etage gelegenen Schlafzimmers war Miss Layton zum Empfang der Gäste zurückgekehrt. Olivia hatte sie getröstet und ihr nachdrücklich versichert, dass Garrick De Vere kein Ungeheuer sei. Susan war jedoch völlig außer sich und fest entschlossen gewesen, das Schlimmste von ihm anzunehmen.

„Die Leute reden darüber, er habe seinen Bruder ermordet", hatte sie gejammert. „Ich habe sie immer wieder tuscheln hören, während sie darauf warteten, von uns begrüßt zu werden. Niemand hat irgendetwas vergessen. Jetzt bin ich in einen Skandal verstrickt, der schon seit Jahren hätte erledigt sein müssen!"

Olivia seufzte. Sie stand allein an einer Wand des weitläufigen Ballsaales, in dem viele Paare tanzten. Hunderte anderer Gäste hatten sich am anderen Ende des Raums versammelt, lachten und plauderten, derweil sie Champagner und Ratafia tranken. Zuvor hatte sie üppig hergerichtete Buffets im Speisesaal bewundert, wo andere Gäste sich aufhielten, und auch das Spielzimmer und die Bibliothek waren voller Menschen. Sie hatte es jedoch vorgezogen, im Ballsaal zu verweilen, weil sie ein Auge auf Miss Layton halten wollte, und kam sich nun wie ein Mauerblümchen vor.

Es war indes nicht mehr nötig, Susan zu beaufsichtigen. Sie befand sich mit ihren Eltern in einiger Entfernung, unterhielt sich mit einem halben Dutzend Gäste und lächelte sogar. Sie schien sich gut zu amüsieren, und der Grund für diesen Stimmungsumschwung war unverkennbar. Garrick De Vere stand einige Schritte von der Gruppe entfernt, eindeutig Distanz wahrend, die Hände in den Taschen seiner Breeches, sichtlich gelangweilt und nicht an dem Fest und seiner Verlobten interessiert. Wider Willen flog Olivias Herz ihm zu. Wie einsam er wirkte! Wie einsam und allein!

Plötzlich wurde Olivia klar, dass sie beide mehr Gemeinsamkeiten hatten als gedacht. Sie wusste nur zu gut, was es bedeutete, angestarrt und mit hässlichen Beinamen belegt zu werden, Mittelpunkt von üblen Spekulationen und verächtlichem Getuschel zu sein.

Sie wollte sich nicht ihrer Kindheit erinnern und hatte auch nicht den Wunsch, hinter Garrick de Veres aufgesetzte Fassade des gelangweilten Desinteresses zu blicken. Er war verletzt, so wie man sie verletzt hatte.

Plötzlich drehte er den Laytons den Rücken zu. Olivia wich in eine Nische zurück, weil sie nicht wollte, dass er sie entdeckte. Da sich wahrscheinlich dreihundert oder vierhundert Gäste im Ballsaal befanden, hatte sie gute Chancen, sich trotz ihres auffallenden silberfarbenen Kleides der Sicht des Viscount entziehen zu können. Zu ihrem Erstaunen warf er ihr jedoch einen Blick zu, ehe er sich abwandte, um den Raum zu verlassen. Er hatte genau gewusst, wo sie die ganze Zeit gewesen war! Hatte er etwa auch gemerkt, dass sie ihn beobachtet hatte?

Er schritt die kurze Treppe hinauf, die zum Korridor führte. Olivia schlug das Herz schneller, und sie zwang sich, Lord Caedmon nicht zu folgen. Sie durfte nicht noch mehr in diese Angelegenheit verwickelt werden, als sie es ohnehin schon war.

Es ließ sich indes nicht leugnen, dass er ein unwiderstehlicher Mann war. Bisher hatte sie nie einen Mann gekannt, der ihm auch nur im Entferntesten ähnlich gewesen wäre. Sie wusste nicht, warum er sie so faszinierte und sie sich in diesem Moment wünschte, ihm nachzugehen und mit ihm zu sprechen. Energisch hielt sie sich vor, er werde Susan heiraten, ihre neue, bezaubernde junge Freundin.

Sie musste in die Geborgenheit von Ashburnham zurückkehren. Vermutlich würde der Gatte begeistert sein, wenn sie die Stadt verließ.

Olivia beschloss, am nächsten Vormittag abzureisen. Das war das Vernünftigste. Plötzlich fühlte sie sich maßlos erleichtert, empfand jedoch zugleich törichterweise ein gewisses Bedauern.

Sie schloss die Augen und hoffte, wieder zu Verstand zu kommen und die Selbstbeherrschung zurückzugewinnen. Als sie die Lider aufschlug, bemerkte sie nicht weit von sich ein ihr vage vertraut vorkommendes Paar und erschrak.

Ihr Herz klopfte, als wollte es zerspringen.

Sie redete sich ein, bei den beiden könne es sich unmöglich um ihre Eltern, den Earl und die Countess of Oldham, handeln. Die letzte Begegnung mit ihnen lag neun Jahre zurück ... Nein, sie musste sich täuschen.

Aber der Vater war so hoch aufgeschossen und hager wie früher. Er trug einen bestickten Gehrock aus Samt und Breeches aus Satin. Die Mutter war schon immer sehr klein und untersetzt gewesen, doch nun, neun Jahre später, wirkte sie geradezu plump. Gütiger Himmel! Es waren wirklich die Eltern, die sie bisher noch nicht bemerkt hatten. Der Vater unterhielt sich mit einem jüngeren Stutzer, während die Mutter dem Gespräch sichtlich gelangweilt lauschte. Olivia schlug das Herz bis zum Hals. Sie war völlig benommen.

Dann raffte sie die Röcke, steuerte zielstrebig auf die kleine Gruppe zu und wappnete sich innerlich gegen das, was ihr bevorstand. Die Mutter entdeckte sie zuerst und öffnete erstaunt den geschminkten Mund. Der Vater drehte sich um, bemerkte Olivia und starrte sie entgeistert an. Er wurde blass und zog die buschigen Brauen hoch.

Olivia zwang sich zu einem Lächeln und begrüßte die Eltern: „Vater, Mutter, welch angenehme Überraschung! Ich hatte nicht erwartet euch hier zu sehen."

Sie betrachteten Olivia, als wäre sie eine Fremde. Schier endlose Sekunden verstrichen. Das Paar war so über ihre Gegenwart verblüfft, dass es die Sprache verloren zu haben schien. Betont unbefangen fügte sie hinzu: „Ich bin es, Olivia."

Der Vater räusperte sich. „Guten Abend. Nun, wie geht es dir? Ich dachte, du hieltest dich auf dem Land auf." Er hob das Champagnerglas an die Lippen und leerte es in einem Zug.

Obwohl die Mutter ihren Blick mied, schaute Olivia ihr in die dunklen Augen und empfand erneut den früher erlittenen Schmerz. In diesem lieblosen Moment fühlte sie sich wieder als sechs oder sieben Jahre altes Kind. „Im Allgemeinen weile ich auf dem Land", räumte sie ein. „Aber ich bin mit den Laytons befreundet."

„Wie eigenartig!" meinte die Mutter. „Sir John hat im ton so gut wie keinen respektablen Bekannten. Aber er war schließlich Brauer, nicht wahr?" fragte sie und stieß einen verächtlichen Laut aus. „Wir sind natürlich nur Stanhopes wegen hier. Du warst jedoch schon immer etwas seltsam und hast dich mit Bettlern und Streunern befreundet, nicht wahr?"

Mit glühenden Wangen klappte Olivia den Fächer auf und verschaffte sich ein wenig Kühlung. „Ja, Mutter, ich war immer seltsam." Sie wusste, dass die Mutter sich in Wirklichkeit auf ihre Gabe des zweiten Gesichtes bezogen hatte.

„Wir haben Arlen gesehen. Aber von Zeit zu Zeit treffen wir ihn ohnehin, da er sich normalerweise in London aufhält", fuhr die Mutter fort. „Dich oder das Mädchen erwähnt er nie."

Olivia bewegte den Fächer heftiger, doch die kühle Luft brachte ihr keine Erleichterung. „Das Mädchen ist eure Enkelin", erwiderte sie ziemlich steif. „Sie heißt Hannah."

„Ach, wirklich?" Die Countess of Oldham zuckte gelangweilt die Schultern. „Ich denke, du solltest sie einmal zu uns zu Besuch bringen."

„Ja, das werde ich tun", versprach Olivia wider besseres Wissen. Sie hatte das Gefühl, das Lächeln wäre ihr im Gesicht fest gefroren. Der Schlag ihres Herzens schien ihr mittlerweile in den Ohren zu dröhnen.

Der Earl räusperte sich erneut und ließ den Blick über die Umstehenden schweifen. „Nun, wir müssen uns unter die Leute mischen. Hier sind viele von unseren Freunden und Bekannten." Er nickte knapp und wandte sich zum Gehen. Seine Gattin schloss sich ihm an.

Olivia kämpfte mit den Tränen. Sie hasste sich ob dieser Schwäche. „Hannah ist wie ich, müsst ihr wissen", rief sie den Eltern viel zu laut hinterher.

Die beiden blieben wie angewurzelt stehen.

„Sie ist seltsam", fuhr Olivia fort. „Meine Tochter ist so seltsam wie ich."

Die Mutter warf ihr einen hasserfüllten Blick über die Schulter zu, und dann zwängte sie sich mit ihrem Gatten so schnell, wie die Beine die beiden tragen konnten, durch die Menschenmenge, in der sie einen Moment später verschwunden waren.

Olivia klappte den Fächer zusammen und strich sich mit den Fingerspitzen über die Augen. Nun bereute sie es, die Eltern angesprochen zu haben. Noch mehr bedauerte sie jedoch ihren törichten Gefühlsausbruch. Aber sie war außer sich gewesen, weil die Eltern es wieder einmal geschafft hatten, sie tief zu verletzen. Sie brauchte dringend frische Luft, sonst würde sie auf der Stelle zusammenbrechen.

Plötzlich spürte sie eine Hand auf ihrem Arm. „Wir müssen uns noch unterhalten, Olivia", hörte sie eine ihr nur zu vertraute Frauenstimme sagen.

Sie drehte sich zur Schwägerin um. „Du hast mich erschreckt", erwiderte sie und hoffte, keinen allzu verstörten, bekümmerten Eindruck zu machen.

„Ja, das habe ich. Du warst in Gedanken versunken." Elizabeth lächelte scheinheilig. „Waren das nicht deine Eltern?"

Olivia fühlte sich noch mehr erröten. „Ja", antwortete sie kurz angebunden.

„Hm! Wie lange ist es her, seit du sie zuletzt gesehen hast?"

Olivia zögerte. Die Schwägerin war natürlich darüber informiert, dass sie selbst am Vorabend ihrer Hochzeit von ihren Eltern enterbt worden war. „Es ist einige Zeit her", sagte sie nach einem Weilchen und wandte sich zum Gehen, doch Arlens Schwester schloss sich ihr unverdrossen an.

„Was hältst du von dem illustren Paar, zu dessen Ehren wir heute hier sind?" erkundigte Elizabeth sich belustigt.

„Ich weiß nicht, welche Antwort du jetzt von mir erwartest." Olivia blieb neben einer Säule stehen und benutzte ihren Fächer, um das Gesicht vor der Schwägerin zu verbergen.

Elizabeth zuckte anmutig die Schultern. „Miss Layton ist langweilig. Wie lange wird sie einen Mann wie Caedmon wohl amüsieren können?"

„Ich habe keine Ahnung", entgegnete Olivia viel zu steif. „Ehen werden schließlich kaum zum gegenseitigen Amüsement geschlossen."

„Wirklich?“ Elizabeth zog die schmalen Augenbrauen hoch. „Die Ehe kann durchaus unterhaltsam sein. Oh, ich bitte um Entschuldigung! Du kannst das natürlich nicht wissen, da du so abgeschieden auf dem Land lebst.“

Olivia konnte sich nicht vorstellen, was Elizabeth von ihr wollte, ahnte jedoch, dass unweigerlich ein boshafter Seitenhieb folgen würde. „Entschuldige mich“, sagte sie kühl. „Ich bin ziemlich müde.“

„Nun ja, es ist gewiss ermüdend, Caedmon dauernd sehnsüchtig anzustarren“, erwiderte Elizabeth.

Angst erfasste Olivia, als sie sich zu Elizabeth umdrehte. „Ich kann deine Bemerkung nicht erheiternd finden“, erklärte sie nervös. Sie hatte Lord Caedmon tatsächlich sehnsüchtig angestarrt! Elizabeth war der letzte Mensch, der etwas von dieser törichten Schwäche für den Viscount merken durfte.

Elizabeth lachte und legte Olivia die zierliche Hand auf den Arm. „Es besteht kein Grund, das zu leugnen. Die meisten Frauen finden Caedmon faszinierend. Ich könnte mir vorstellen, dass sie das jetzt mehr denn je tun. Wie viele Männer gibt es denn im Land, die wie er eine so zweifelhafte Vergangenheit und geheimnisvolle Aura haben und dazu irgendwann ein großes Vermögen sowie einen Titel erben werden?“

Olivia fühlte sich äußerst unbehaglich. „Ich habe ihn nicht angestarrt“, protestierte sie.

„Ich glaube, dass die Frauen am meisten an seiner Vergangenheit interessiert sind“, fuhr Elizabeth fort, ohne auf den Einwand der Schwägerin zu achten. „Bist du nicht dieser Ansicht? Weißt du, ich habe seinen Bruder gekannt. Damals waren wir noch Kinder. Er war blond, attraktiv, charmant und sehr freundlich. Ein größerer Gegensatz zu seinem Bruder Garrick ist kaum vorstellbar.“

„Ich bezweifele, dass Caedmon seinen Bruder ermordet hat“, erwiderte Olivia verärgert. „Mehr noch, ich bin sicher, dass die Gerüchte jeglicher Grundlage entbehren!“

Elizabeth blickte die Schwägerin an. „Du meine Güte! Du nimmst ihn in Schutz! Kennst du ihn gut?"

„Nein, überhaupt nicht."

„Aber du bist eindeutig mit ihm bekannt."

Olivia rang um Fassung. Worauf wollte Elizabeth hinaus? „Ich bin mit Miss Layton befreundet und zu Gast bei ihren Eltern. Ich habe Caedmon getroffen, als er ihr seine Aufwartung machte. Du scheinst diejenige zu sein, die von ihm fasziniert ist."

„Ich? Das denke ich nicht, meine Liebe. Mein Interesse an ihm hat vor vielen Jahren geendet, genauer gesagt, vor elf Jahren."

Olivia wollte präziser wissen, was das hieß, und wartete gespannt darauf, dass die Schwägerin weitersprach.

Elizabeth lächelte geziert. „Weißt du, er ist ein ausgezeichneter Liebhaber."

Olivias Furcht wuchs. Sie entsann sich des Wortwechsels, den sie zuvor beobachtet, aber nicht mit angehört hatte. Elizabeth und Garrick De Vere hatten dabei eine tiefe gegenseitige Abneigung erkennen lassen. Am liebsten hätte Olivia der Schwägerin gesagt, es sei ihr gleich, ob er ein ausgezeichneter Liebhaber war oder nicht. Eine innere Stimme riet ihr, dass es ratsamer wäre, sich umzudrehen, sofort zu gehen und nicht mehr auf Elizabeth zu hören.

Stattdessen fragte Olivia jedoch: „Was meinst du damit?"

Elizabeth feuchtete sich die Lippen an, beugte sich näher zu Olivia und flüsterte: „Nun, ich meine genau das, was ich gesagt habe. Er ist ein außergewöhnlich guter Liebhaber."

Eifersucht überwältigte Olivia. Sie redete sich indes ein, die Schwägerin habe nur Klatsch weitergegeben, rang sich ein Lächeln ab, von dem sie wusste, dass es kläglich wirkte, und beschloss, das Thema auf sich beruhen zu lassen. „Ich bin nicht an Mutmaßungen und Gerüchten interessiert, Elizabeth."

Elizabeth brach in lautes Lachen aus. Es klang so hübsch, wie sie aussah. „Wer hat etwas von Mutmaßungen und Gerüchten gesagt? Ich habe die Wahrheit gesprochen. Ach, wusstest du das nicht? Caedmon, teure Olivia, war meine erste große Liebe!"

Olivia hätte sich am liebsten die Ohren zugehalten. Sie ahnte, was noch kommen würde, und sie wusste auch, dass ihre Schwägerin sich an ihrer Pein weiden würde.

„Garrick und ich waren ein Liebespaar", gestand Elizabeth freimütig. „Er war mein Liebhaber." Und dann lächelte sie zufrieden.

6. KAPITEL

Olivia zuckte mit keiner Wimper. Ihre Benommenheit rührte allerdings nicht vom Schock her, da ihr klar gewesen war, was Elizabeth sagen würde. Aufgrund der gereizten Unterhaltung zwischen Caedmon und der Schwägerin war sie längst zu dem Schluss gelangt, dass beide eine Affäre verbunden haben musste. Ein Mann und eine Frau konnten sich nicht derart hassen, ohne vorher miteinander intim gewesen zu sein. Ein unerträgliches Schwindelgefühl erfasste Olivia.

Elizabeth war eine der größten Schönheiten des Landes. Im Vergleich zu ihr war Olivia tatsächlich eine Landmaus. Garrick De Veres Avancen konnten nichts anderes gewesen sein als eine belanglose, oberflächliche Tändelei.

In Gedanken sah Olivia die Schwägerin und ihn sich leidenschaftlich umarmen.

„Olivia, stimmt etwas nicht? Du bist so blass geworden. Nein, eigentlich bist du grün im Gesicht“, bemerkte Elizabeth in überaus selbstgefälligem, zufriedenem Ton.

Olivia kämpfte verzweifelt gegen die aufkeimende Übelkeit an, doch diese drohte sie zu überwältigen. Sie wandte sie rasch sich ab, um zum nächsten Abtritt zu eilen.

Elizabeth packte sie jedoch am Handgelenk und hielt sie zurück. „Garrick war verrückt nach mir, doch da er schon damals so sonderbar war, wie er es jetzt ist, wollte Arlen diese Verbindung nicht billigen.“

Nur unter Aufbietung aller Willenskraft gelang es Olivia, ihren revoltierenden Magen zu ignorieren. „Wirklich!“ brachte sie mühsam heraus.

Elizabeth war aber noch nicht fertig. „Garrick ist auf diese Zuckerinsel geflohen, damit sein gebrochenes Herz heilen konnte.“ Sie tätschelte Olivia den Rücken. „Kopf hoch, meine Liebe! Du bist nicht die Erste, die sich nach einem Mann wie ihm verzehrt. Es ist nichts Ungewöhnliches, dass ein Mauerblümchen wie du sich nach einem solchen Schurken verzehrt. Eine Frau wie dich würde er natürlich keines zweiten Blickes würdigen."

Atemlos stieß Olivia hervor: „Du irrst dich sehr. Mir liegt so gut wie nichts an ihm." Selbst ihr kam diese Lüge ungeheuerlich vor.

„Ich frage mich, was Arlen denken würde, wenn er wüsste, wie verliebt du in Caedmon bist!" sagte Elizabeth boshaft.

Arlen, der kalte, grausame und unberechenbare Gatte! Olivia dämmerte allmählich das Ausmaß ihres Dilemmas. „Elizabeth ...", begann sie bestürzt.

„Keine Sorge, meine Liebe", unterbrach die Schwägerin sie. „Ich würde nie ein Wort über diese Sache zu deinem Mann sagen. Außerdem ist uns beiden doch wohl klar, dass Caedmon sich nicht herablassen würde, auch nur einmal mit dir zu tanzen, wenn er die Wahrheit über dich kennen würde."

Die Wahrheit! Olivia wurde schlecht. Falls er die Wahrheit erfuhr, würde er sich abgestoßen fühlen – so wie Arlen, wie Olivias Eltern, wie jedermann. Elizabeth lächelte Olivia weiter an. Zwischen der Schwägerin und ihrem Bruder gab es keine Geheimnisse, und folglich wusste auch sie alles über Olivia.

Olivia befreite sich aus Elizabeths Griff und wandte sich ab, wohl wissend, wie unhöflich sie war. Sie brachte es indes nicht über sich, eine Entschuldigung zu murmeln, und strebte blindlings zur nächsten Tür. Elizabeth würde Garrick De Vere das dunkle Geheimnis verraten. Der Gedanke, dass er die Wahrheit erfuhr, war Olivia unerträglich.

„Teuerste Olivia!" rief Elizabeth ihr spöttisch hinterher. „Du bist doch nicht etwa in Caedmon verliebt, oder?"

Im Korridor vor dem Ballsaal bemerkte Olivia die geöffneten Terrassentüren. Sie brauchte dringend frische Luft. Die Röcke raffend, hastete sie ins Freie.

Etliche Gäste befanden sich auf der Terrasse und unterhielten sich leise. Olivia eilte zu einer ruhigen Ecke, hielt sich an der steinernen Balustrade fest und beugte sich heftig keuchend darüber.

Die Wahrheit! Die Wahrheit war, dass sie, Olivia, hässlich und eigenartig war. Garrick De Vere hatte nur mit ihr gespielt, und falls Elizabeth ihm von der Gabe des zweiten Gesichtes berichten sollte, würde er sie ebenso verachten, wie der Gatte das tat.

Der Schmerz war wieder da, wallte in ihr auf und raubte ihr den Atem. Die Wahrheit! Die Wahrheit war, dass Olivia sich von allen übrigen Menschen unterschied, und daran würde sich nie etwas ändern, sosehr sie es sich auch wünschen mochte. Die Gabe war manchmal ein Fluch. Olivia zweifelte nicht daran, dass Lord Caedmon bald über sie Bescheid wissen würde.

Sie verlor den letzten Rest an Selbstbeherrschung und beugte sich würgend über der Balustrade. Sie erbrach jedoch nur wenig, klammerte sich an die hellen grauen Steine und atmete tief durch, bis ihr Magen sich endlich beruhigte. Auch Hannah hatte die Gabe des zweiten Gesichts. Olivias größte Angst war, dass nicht nur Arlen, sondern die ganze Welt eines Tages davon erfahren würde. Dann würde die Tochter einsam sein und ihr Leben verfluchen, so wie Olivia das getan hatte.

Ihr graute davor, dass sie beide dasselbe Los teilen würden. Auch Hannah würde leiden – ihr Leben lang.

Zitternd, doch nicht vor Kälte, schloss sie die Augen. Es war ein angenehmer Sommerabend, so dass sie keinen Schal benötigte. Sie richtete sich auf und stellte erleichtert fest, dass keiner der anderen Gäste auf sie achtete. In der Mitte der Terrasse befand sich ein Brunnen. Sie ging zu ihm, tauchte ihr Taschentuch ins Wasser und reinigte sich das Gesicht. Dann trank sie einige Schlucke Wasser. Obgleich Olivia sich inzwischen beruhigt hatte, wollte die Anspannung nicht von ihr weichen.

Ihr wurde bewusst, dass sie allein beim Brunnen in der Mitte der Terrasse stand und mehrere Gentlemen sie beobachteten. Da sie nicht den Wunsch hatte, in den Ballsaal zurückzukehren oder von aufdringlichen Kavalieren belästigt zu werden, ging sie rasch die zum Park führende Backsteintreppe hinunter und entfernte sich vom Haus. Es ließ sich nicht leugnen, dass sie keinen Gefallen an gesellschaftlichem Trubel fand und London keinen Reiz auf sie ausübte.

Sie schlenderte zu einem kleinen, mit schimmernden weißen Steinen eingefassten Teich, in dem Wasserlilien blühten. Das Pochen in den Schläfen, das sie den ganzen Abend über gequält hatte, war schwächer geworden. Sie setzte sich auf eine kleine Steinbank, die zum größten Teil von hohen Hecken verborgen war, und überlegte, ob sie hier verweilen solle, bis der Ball ein Ende gefunden hatte.

Der Gedanke war absurd. Es war noch nicht einmal Mitternacht. Noch war das Souper nicht serviert worden, und später würde es Frühstück geben. Ein gesellschaftliches Ereignis wie diese Verlobungsfeier dauerte mindestens bis vier Uhr morgens.

Plötzlich fiel ein langer Schatten über sie.

Olivia zuckte zusammen, und das Herz klopfte ihr bis zum Hals. Noch ehe der Viscount vor sie trat, wusste sie, dass er es war.

Er sah sie an.

Sie erwiderte seinen Blick und erhob sich langsam.

„Sie verpassen die Soiree“, meinte er trocken.

Olivias Kehle war wie ausgedörrt. „Ich halte nicht viel von Festen“, erwiderte sie heiser.

„Wie eigenartig! Jede Frau, die ich bisher getroffen habe, liebte Feste.“

Sie zögerte einen Moment und entgegnete dann: „Ich bin anders.“

Garrick nickte „Ja, Ihr seid ganz anders, Olivia.“ Nicht das geringste Anzeichen von Spott hatte in seiner Stimme mitgeschwungen.

Die vertrauliche Art der Anrede ließ sie auf der Hut sein. „Ich muss fort“, äußerte sie hastig.

Garrick verstellte ihr den Weg, so dass sie ihm nicht entkommen konnte. „Seid Ihr krank?“

„Nein, überhaupt nicht. Ich bin nur müde.“ Das war nicht einmal gelogen.

Er schaute ihr prüfend ins Gesicht, und sie war sich fast sicher, dass er sie vorhin an der Balustrade beobachtet hatte. „Ist Euch kalt?" fragte er in plötzlich weicherem Ton.

„Nein", antwortete sie wachsam. „Es ist ein überaus lauer Abend."

„Wie schade!" erwiderte Garrick spöttisch. „Sonst hätte ich Euch meinen Frack um die Schultern legen können."

Olivia regte sich nicht. Ihr Instinkt mahnte sie zur Vorsicht. Einen Augenblick lang war alles um sie still. Selbst die Grillen hatten zu zirpen aufgehört. Im nächsten Moment hörte sie das Blut wieder dröhnend in den Ohren rauschen.

Das Lächeln des Viscount wirkte starr und angespannt.

Sie erwiderte es nicht, hätte es nicht erwidern können, und wusste, sie musste den Park verlassen.

„Weshalb seid Ihr so nett zu Miss Layton?"

Die Frage überraschte sie, aber Lord Caedmon war eben in jeder Hinsicht ein unberechenbarer Charakter. „Ich bin ein mitfühlender Mensch."

„Das ist offenkundig."

Täuschte sie sich, oder hatte seine Stimme tatsächlich bewundernd geklungen?

„Ich muss zurück."

„Ihr habt Angst vor mir."

Olivia hatte bereits zwei Schritte auf das Haus zu gemacht und ging jetzt langsamer. „Weshalb sollte ich Angst vor Euch haben, Sir?" fragte sie, um einen selbstsicheren Ton bemüht, der ihr, wie sie feststellen musste, nicht gelungen war.

„Ihr habt zweifellos die Gerüchte über mich gehört. Falls sie Euch nicht schon vor Jahren zu Ohren gekommen sein sollten, dann habt Ihr sie heute Abend vernommen."

Olivia klopfte das Herz noch immer sehr heftig. „Ich gebe nichts auf Klatsch, Sir."

„Das habe ich auch nicht angenommen. Ich habe über unsere letzte Begegnung und über Euch nachgedacht."

Fassungslos schaute Olivia den Viscount an. Er hatte über sie nachgedacht, so wie sie über ihn? „Ich muss wirklich weiter. Ich möchte mich eine Weile ausruhen."

Er lächelte flüchtig. „Da steht die Bank. Nein, Ihr fürchtet Euch vor mir, Olivia, und das hat nichts mit den alten Gerüchten über mich zu tun. Wir beide wissen, warum Ihr Euch ängstigt, nicht wahr?" fragte er leise.

Entgegen aller Vernunft war sie stehen geblieben. Ihr Blick verweilte auf Garrick De Veres sinnlichem Mund.

„Ihr seid schön!" flüsterte Garrick.

Kein Mann hatte ihr je vorher gesagt, sie sei schön. Wider Willen ging ihr nach diesen Worten das Herz auf. Misstrauisch sah sie den Viscount an und wünschte sich, er möge sein Kompliment ehrlich gemeint haben. Sie hatte den Eindruck, dass es ihm ernst gewesen war, doch einige Zweifel blieben, weil sie unwillkürlich an Elizabeth dachte. Gleichviel, in Lord Caedmons Worten hatte ein eigenartiges, ihr fremdes Timbre mitgeschwungen, ein Unterton, den sie intuitiv für Leidenschaft hielt. Sie straffte die Schultern und setzte unvermittelt ihren Weg fort.

„Elizabeth ist schön", sagte sie gesenkten Hauptes und merkte, dass ihre Wangen ungewöhnlich warm waren. „Ich bin ein ganz normaler Mensch", fügte sie hinzu und beschleunigte ihre Schritte.

Garrick holte sie mühelos ein. „Ihr seid die am wenigsten normale Frau, der ich je begegnet bin, und Schönheit umfasst wesentlich mehr als nur Äußerlichkeiten, es sei denn, jemand ist erst fünfzehn Jahre alt", sagte er selbstironisch. „Nein, geht nicht", bat er. „Rennt nicht fort! Habt keine Angst! Nicht vor mir!"

Olivia blieb erneut stehen, drehte sich um und verschränkte die Finger in dem vergeblichen Versuch, dem Zittern ihrer Hände Einhalt zu gebieten. „Ist das ein Zufall?" fragte sie herausfordernd.

Sie brauchte die Frage nicht näher zu erläutern, denn der Viscount begriff auch so, was sie meinte. „Nein, ich bin Euch ins Freie gefolgt", antwortete er, und ihre Blicke trafen sich.

Das hatte Olivia angenommen. Ihr Mund war trockener als zuvor, so dass sie schlucken musste. Sie war sich des Mannes, der nur eine Hand breit von ihr entfernt vor ihr stand, überdeutlich bewusst. Das Licht der strahlend am Himmel stehenden Mondsichel erhellte sein Gesicht und betonte seine eindrucksvoll hohen Wangenknochen und die gerade Nase. Olivia fand ihn ungemein attraktiv, doch das hätte jede Frau getan.

„Warum war Euch übel?" erkundigte er sich übergangslos.

„Ich ... war aufgeregt."

„Wieso?"

Der Drang, sich Garrick De Vere anzuvertrauen, war beinahe überwältigend, doch sie durfte diesem Wunsch nicht nachgeben. „Ich mag London und solche Feste nicht."

„Ich auch nicht", gestand Garrick mit schwachem Lächeln. „Und vielleicht ist Euer Gatte auch dieser Ansicht?"

Olivia fuhr sich mit der Zungenspitze über die Lippen. „Man wird über uns reden. Es ist kein guter Gedanke, sich hier in Sichtweite aller Gäste aufzuhalten, die sich auf der Terrasse befinden."

„Daran bin ich gewöhnt. Aber Ihr wünscht natürlich nicht, dass man über Euch tuschelt." Er nahm lächelnd ihren Arm. „Die Bank dort drüben kann von der Terrasse aus nicht gesehen werden", sagte er ruhig.

Olivia atmete tief durch, als er sie zu der Steinbank führte. Verwirrter denn je schloss sie die Augen. Sie hätte ihm gern erzählt, dass auch sie Getuschel und neugierige Blicke gewohnt war. Sie wollte die Hand ausstrecken und ihn berühren, ihn trösten, wagte es indes nicht. Sie konnte sich viel zu gut die Stärke seiner Arme, die Wärme seiner Haut, die Kraft seines Körpers vorstellen. Gütiger Himmel! Sie wollte ihn nicht nur trösten. Sie sehnte sich nach einem Kuss von ihm – ja, sie ahnte sogar, wie seine Lippen schmecken würden.

Was stimmte nicht mit ihr? Der Gatte mochte sie zwar verabscheuen, aber er würde es nie billigen, wenn sie eine Affäre hätte.

Falls er sie aus dem Haus warf, würde er sie von der Tochter trennen, nicht etwa, weil er Hannah liebte, sondern weil er grausam und verderbt war und nur den Wunsch haben würde, ihr wehzutun und sie zu bestrafen.

„Das dürfen wir nicht tun, Sir!" äußerte sie spröde.

Sie standen jetzt neben der Bank. Die gestutzten Hecken entzogen sie der Sicht vom Haus und der Terrasse her.

Der Viscount legte Olivia die Hände auf die Schultern, sein Griff war fest und unnachgiebig. Ein entschlossener Ausdruck erschien in seinen Augen. „Was dürfen wir nicht tun, Olivia?" erkundigte er sich sanft.

„Wir dürfen ... uns hier ... nicht gemeinsam aufhalten", antwortete sie stockend. Sein Blick war so eindringlich, dass sie wie gelähmt war.

Garrick lächelte. „Verzeiht, wenn ich Euch widerspreche."

Ehe sie etwas äußern konnte, berührte er mit den Lippen die empfindsame Haut ihres Halses, und sie war nicht mehr fähig, auch nur ein Wort hervorzubringen. Hitze breitete sich in ihr aus.

„Olivia?" fragte er amüsiert. „Was wolltet Ihr sagen?"

Sie fühlte seine betörenden Liebkosungen an ihrem Ohr, und Wonneschauer durchrannen sie. Olivia öffnete den Mund, um dem Viscount zu befehlen, er möge mit seinen Zärtlichkeiten aufhören, doch dann spürte sie seine Zunge an ihrem Ohr.

Es verschlug ihr buchstäblich die Sprache.

Seine Zungenspitze bewegte sich rhythmisch vor und zurück, hart und fest, wieder und wieder. Diese schockierende Intimität weckte in Olivia nur einen einzigen Wunsch ... Was Garrick De Vere tat und was er ihr damit zeigen wollte, war unmissverständlich. Sie bekam weiche Knie.

„Olivia, was hast du?" Spielerisch knabberte er an ihrem Ohrläppchen.

„Wir müssen ...", begann sie, doch dann küsste er sie so fest auf die Wange, dass es fast einem Biss glich. Angesichts seiner ungezügelten Leidenschaft drohten ihr die Sinne zu schwinden. Halt suchend klammerte sie sich an Lord Caedmons breite, muskulöse Schultern.

Garrick küsste sie mit der gleichen erschreckenden Intensität aufs Kinn. Dann lachte er wie der Teufel, ließ die Zungenspitze über ihren Mund gleiten und schob sie kurz zwischen ihre Lippen. Gleich darauf verspürte sie seinen Mund wieder auf dem Ohr.

„So soll es sein, Olivia", raunte er ihr zu, während er die samtige Haut umschmeichelte. „Du und ich ... zusammen ..."

Sie konnte nicht einmal „Nein!" flüstern, weil sie viel zu benommen war, von glühendem Verlangen erfüllt. Sie hatte die Leidenschaft des Gatten gehasst. Aber diesen Mann wollte sie in ihrem Bett haben, wollte seinen Körper auf ihrem fühlen, wollte ihn in sich spüren – und zwar sofort.

Sie kannte sich selbst nicht mehr.

Ein sehnsüchtiges Seufzen entrang sich ihrer Kehle.

Wieder und wieder ließ er die Zungenspitze vorschnellen. Genau so würde er bald ganz in sie eindringen ... Olivia war einer Ohnmacht nahe. Das Verlangen war so übermächtig, dass sie keinen klaren Gedanken mehr fassen konnte. „Gott!" hörte sie sich ausrufen. „Oh Gott!"

Garrick schlang die Arme um sie und presste sie fest an sich. „Oh Gott, was?" fragte er.

„Bitte!" flehte sie und schaute ihn an.

Garrick nahm ihr Gesicht zwischen die großen, kräftigen Hände und küsste sie hemmungslos. Durch den Druck seines Mundes zwang er sie, die Lippen zu öffnen. Kaum hatte sie seinem Drängen nachgegeben, ließ er die Zunge zwischen ihre Lippen gleiten. Zu ihrem eigenen Erstaunen ertappte Olivia sich dabei, wie sie erregt seinen Kuss erwiderte und mit seiner Zunge spielte.

„Ich will dich!" Während er sie erneut küsste, zog er sie mit sich auf die Bank. „Ich will dich jetzt!"

Erst jetzt wurde ihr bewusst, dass sie die Finger in sein Haar geschoben hatte. Sein Zopf hatte sich längst aufgelöst. Sie konnte unmöglich einwilligen, sie brachte es auch nicht über sich, Nein zu sagen. Spielerisch knabberte sie an seinem Kinn und träumte von dem, was niemals sein durfte. Und dann fanden ihrer beider Lippen sich wieder in einem hitzigen, harten, wilden Kuss.

Garrick kniete sich vor sie und mühte sich mit ihren Röcken ab. „Ich hasse diese Reifen“, äußerte er zwischen Küssen, die auf Olivias Mund begannen und auf ihren Brüsten endeten.

„Wir sollten das nicht tun“, erwiderte sie atemlos, doch er schnitt ihr, während er die Hand unter ihrem Unterrock über die Innenseite ihres bloßen Schenkels gleiten ließ, mit einem weiteren leidenschaftlichen Kuss das Wort ab. Sie schrie auf. Seine Finger hatte kurz vor dem Zentrum ihrer Weiblichkeit innegehalten.

„Sag mir, dass du das nicht willst!“ forderte er rau und begann sie zu streicheln.

Ihr stockte der Atem. Sie war nicht fähig, etwas zu sagen, selbst wenn ihr Leben davon abgehangen hätte. Niemand hatte sie je zuvor auf diese Weise berührt, und sie wollte nicht, dass Garrick damit aufhörte, obwohl sie die Konsequenzen genau kannte. Sie stöhnte auf.

„Sag es mir“, drängte Garrick und bedeckte ihren Hals, ihre Schultern und schließlich die Haut über dem Dekolletee ihres Kleides mit glühenden Küssen. „Du bist bereit, Olivia“, flüsterte er und setzte die intime Erkundung ihres Körpers fort, „und wir beide kennen den Grund.“

„Bitte!“ flehte sie. „Oh bitte, Garrick!“

Seine Finger liebkosten sie, drangen in sie ein, bis sie unkontrolliert zitterte, viel zu laut stöhnte, sich jedoch nicht zurückhalten konnte. Sie meinte, vor Wonne sterben zu müssen, schnappte nach Luft, keuchte, riss die Augen auf und blickte zum sternenübersäten Himmel auf.

„Willst du mich?“ fragte Garrick.

„Ja“, antwortete sie beinahe schluchzend.

„Und ich will dich. Ich habe solches Verlangen nach dir, dass ich nicht weiß, wie ich noch länger warten soll.“

Auch sie konnte nicht mehr länger warten konnte. „Garrick!" schrie sie auf.

„Stirb für mich, Olivia!" befahl er und schürte weiter ihre Lust.

Sie hatte ihn kaum noch gehört. Ein ungeheurer, nie zuvor erlebter Druck staute sich in ihr auf, sie rang um Atem, hilflos Garricks erfahrenen Händen ausgeliefert. Einen traumhaften Moment lang schaute sie ihm in die Augen. Sie sah ihn sie beobachten, glaubte jedoch, sich unaufhaltsam dem Rand eines Abgrundes zu nähern. Und dann passierte es. Sie nahm Garrick De Vere nicht mehr wahr, als etwas Unfassbares mit ihr geschah.

Sie schrie laut auf, doch ihr Schrei wurde von seinem Mund erstickt. Nur ganz langsam und äußerst widerstrebend kehrte sie in die Wirklichkeit zurück, und das gleißende Licht, das ihre Sinne benebelt hatte, schwand. Sie merkte, dass Garrick sie fest hielt, blinzelte zitternd und war endlich wieder im Stande, einen klaren Gedanken zu fassen. Ehe sie jedoch vollends hatte begreifen können, was geschehen war, gab Garrick ihr wieder einen langen, fordernden Kuss.

Er löste sich von ihr, schlang eng die Arme um sie und schmiegte das Gesicht an ihren Hals und ihre Schulter. Ihre Brüste drückten gegen seine Brust. Nie im Leben war Olivia so entspannt gewesen – ganz im Gegensatz zu Garrick, dessen Körper völlig verkrampft schien. Sie spürte den heftigen Schlag seines Herzens an ihrer Brust.

Leider setzte jetzt ihr Verstand wieder ein.

Was geschehen war, hätte nie passieren dürfen! Was hatte sie sich dabei gedacht? Doch genau das war das Problem – sie hatte überhaupt nicht nachgedacht. Der Viscount hatte sie verführt, und sie hatte sich willig betören lassen. Sie musste von hier fort, musste aus dem Park fliehen, musste Garrick verlassen, ehe man sie so mit ihm zusammen sah. Gütiger Himmel! Falls der Gatte je erfuhr, was sich in dieser Nacht ereignet hatte, wäre ihr Leben ihr Gefahr. Dank ihrer hellseherischen Fähigkeiten erkannte sie dies mit aller Klarheit und war entsetzt.

Doch Garrick hielt sie fest umschlungen. Sie schob die Finger durch sein langes schwarzes Haar und fühlte etwas, das viel stärker war als Verlangen, viel tiefer und viel gefährlicher. Sie wehrte sich dagegen, weil sie nichts mehr empfinden durfte. Aber einen letzten kostbaren Moment lang wollte sie noch die Nähe von Garricks muskulösem, bebendem Körper genießen und schwor sich, dass es das allerletzte Mal sein würde.

Verlangen! Sie hatte nicht geahnt, dass Verlangen diese Formen annehmen konnte.

Begehren, aber nicht mehr. Es durfte nie mehr als das sein.

Plötzlich rückte Garrick von ihr ab, schaute sie mit leuchtenden Augen eindringlich an und fragte: „Wann? Wann können wir uns treffen?"

Bekümmert stand Olivia auf, und es dauerte einen Moment, bis sie die Sprache wieder gefunden hatte. Sie dachte an so viele Menschen – an Garrick, seine Verlobte, den Gatten, die Schwägerin und die über alles geliebte Tochter. „Wir dürfen uns nicht treffen."

Garrick erhob sich und ergriff sie am Arm. „Spiel mir nicht die Naive vor, Olivia", erwiderte er ungläubig, verärgert und warnend zugleich. „Wir beide sind erwachsen. Ich weiß, dass du deinen Mann nicht magst. Du hast doch bestimmt nicht vor, nach dieser Nacht unsere Beziehung abzubrechen!"

Olivia schüttelte den Kopf. „Es wäre Wahnsinn und ein großer Fehler, uns im Geheimen wieder zu sehen."

„Verdammt!" fluchte Garrick und stellte sich drohend vor sie. „Ich werde nicht lange in England bleiben, Olivia. Das kann ich dir versichern. Daher schlage ich vor, wir nutzen die wenige Zeit, die das Schicksal uns gibt."

Er wollte das Land verlassen? Olivia war entsetzt, wenngleich sie eigentlich hätte erleichtert sein sollen. „Das Schicksal?" wiederholte sie und versuchte, die Gedanken zu ordnen. „Du bist mit einer mir sehr lieben Freundin verlobt, und ich ..." Sie zögerte. Und was?

Nie zuvor hatte sie jemanden wie Garrick getroffen, war niemals mit solch verzehrender Leidenschaft berührt, umarmt und geküsst worden. Sie wollte ihn. Gütiger Himmel, sie wollte ihn. Und wenn sie ehrlich zu sich war, musste sie sich eingestehen, dass sie auch noch andere, tiefere Gefühle für ihn hegte. Obwohl sie ihn kaum kannte, fand sie, dass sie sich in vielem sehr ähnlich waren. Sie waren zwei verlorene, verachtete und tief verletzte Menschen. Und wie die meisten verheirateten Männer und Frauen hatte auch der Gatte seine Affären. Andere Ehefrauen hatten jedoch keine blinde Tochter, die sie schützen mussten.

„Was ist, Olivia? Was wolltest du sagen? Welchen Vorwand willst du vorbringen? Oder hast du die Angewohnheit, mit Männern nur zu spielen? Vielleicht amüsiert dich das?" fragte Garrick kühl.

Sie war erschüttert. „Du weißt, dass das nicht stimmt!"

„Dann kehre morgen nach Ashburnham zurück. Ich werde dich dort treffen." Garrick lächelte leicht.

Sie atmete tief durch. Seine Worte, die zugleich Befehl und Herausforderung gewesen waren, hallten ihr im Gedächtnis wider. Sie konnte nicht einwilligen, natürlich nicht. Ihr Instinkt, ihre moralischen Prinzipien, ihre Gabe des zweiten Gesichtes rieten ihr das. Aber sie war auch nicht fähig, eine Weigerung über die Lippen zu bringen.

Sie saß in der Falle.

Garrick sah sie unverwandt an, Ungeduld spiegelte sich auf seiner Miene wider. „Dein Mann verabscheut dich. Er hat eine Mätresse. Du vergräbst dich auf dem Land, obwohl du noch jung, schön und leidenschaftlich bist. Triff mich in Ashburnham."

Olivia kämpfte mit den Tränen. „Das kann ich nicht."

„Du willst deinem Gatten treu bleiben?" fragte Garrick ungläubig. „Warum?"

„Ich bin in einer komplizierten Situation", flüsterte sie. Wie sehr sie sich wünschte, ihm von Hannah zu berichten! Doch dann würde er auch erfahren, dass sie die Gabe des zweiten Gesichtes besaß. Ihr und Hannahs Geheimnis durfte er indes nie kennen.

„Wirklich?" erkundigte er sich spöttisch. „Ein Mann und eine Frau, die einander begehren, befinden sich kaum in einer komplizierten Situation. Im Gegenteil, die Sache könnte nicht einfacher sein."

„Aus deinem Mund klingt das so schmutzig", flüsterte Olivia verletzt.

„Wie naiv du jetzt auf mich wirkst!" entgegnete er. „Wie naiv und unerfahren!"

Sie schwieg, begriff jedoch im gleichen Moment, dass sie tatsächlich sehr unerfahren war, wenngleich sie eine achtjährige Tochter hatte. Trotzig hob sie den Kopf. „Ich möchte ins Haus, bevor wir hier zusammen gesehen werden."

Garrick ergriff sie am Arm und hinderte sie am Gehen. „Wenn wir dann das nächste Mal im selben Raum sein sollten, will ich, dass du mich nicht wieder mit deinen verdammten Augen in Versuchung führst!" rief er.

„Ich weiß nicht, wovon du redest!" entgegnete sie heftig.

„Jedes Mal, wenn ich in den Raum gekommen bin, hast du mich mit deinen grauen Augen angeschaut, und ich konnte deine Gedanken lesen. Ich rate dir, über meinen Vorschlag nachzudenken. Du bist genauso wenig in Liebe an deinen Gatten gebunden, wie ich aus Liebe heirate. Wir beide können uns gegenseitig Vergnügen verschaffen, Olivia. Glaub mir! Daran hege ich nicht den mindesten Zweifel." Garricks eindringlicher Blick war Furcht einflößend.

Olivia war bestürzt. „Würdest du mich bitte endlich loslassen?" fragte sie würdevoll, wiewohl sie innerlich alles andere als ruhig war. „Ich habe dir meine Freundschaft und mein Mitgefühl angeboten, mehr nicht. Du hast falsche Schlüsse aus dem gezogen, was du in meinen Augen gesehen zu haben glaubst."

Garricks Mienenspiel war bewegt und wechselte, wie Olivia meinte, zwischen Ungläubigkeit, erneuter Verärgerung und höchstem Abscheu. „Ich brauche Euer Mitleid nicht, Lady Ashburn, und Eure Freundschaft noch weniger!“ Er lachte. „Vor einigen Minuten habt Ihr mir kaum Eure Freundschaft angeboten, meine Liebe.“

Olivia entsann sich ihrer Hemmungslosigkeit und spürte sich zutiefst erröten. „Ich habe keine Zeit für Vergnügungen, Sir, weder mit Euch noch mit irgendjemandem sonst.“ Sie war außer sich vor Zorn über seine grausame Beschuldigung, wirbelte herum und eilte davon.

„Das ist nicht der Eindruck, den ich vorhin von Euch hatte“, rief er ihr hinterher.

Sie floh zum Haus und hätte dabei fast den Earl of Stanhope umgerannt.

7. KAPITEL

Garrick beobachtete, wie Olivia sich von seinem Vater löste.

„Es tut mir so Leid, Sir“, sagte sie atemlos, raffte die weiten silberfarbenen Röcke und hastete weiter.

Garrick hatte jedoch noch einen Blick auf ihr ungewöhnlich blasses, vor innerer Bewegung angespanntes Gesicht erhascht. Er bereute bereits seinen Zornesausbruch und hoffte inständig, sie möge keine Tränen in den Augen haben. Er sah sie die Treppe hinaufeilen, die Terrasse überqueren und ins Haus streben. Unter Aufbietung aller Willenskraft riss er den Blick von den weit geöffneten Türen, durch die sie verschwunden war, los und richtete ihn auf den ihn wütend ansehenden Vater.

Die Anspannung, die er den ganzen Abend hindurch empfunden hatte, verstärkte sich. Nach der Begegnung mit Olivia lag ihm absolut nichts daran, sich mit dem Vater auseinander setzen zu müssen. Er schob die Hände in die Taschen seines hellblauen Rocks und schlenderte zu ihm, entschlossen, den in ihm tobenden Gefühlsaufruhr zu verbergen.

„Erzähl mir nicht, dass es sich um einen Zufall handelt“, brummte Garrick. Er wusste genau, dass das Erscheinen des Vaters im Freien alles andere als zufällig war.

Der Vater öffnete seine Tabatiere und bot ihm eine Prise an. In seinen Augen stand ein Ausdruck, der Garrick nicht gefiel und ihn noch wachsamer machte.

„Nein, danke“, lehnte er ab.

„Natürlich habe ich das Haus nicht verlassen, um mich im dunklen Park aufzuhalten. Schließlich muss ich mich um die Gäste kümmern“, sagte Richard, nahm eine Prise und klappte den Deckel der Schnupftabaksdose zu.

Garrick zog es vor, den kaum verhüllten Vorwurf, er habe sich allein im Park herumgetrieben, zu ignorieren. Sein Vater blickte ihn unverwandt wütend an.

„Du kannst tun, was du willst, Garrick, aber alles zu seiner Zeit und am richtigen Ort. Ein Rendezvous mit Lady Ashburn während deiner Verlobungsfeier ist absolut unpassend!“ äußerte der Earl beherrscht, wenngleich er sichtlich verärgert war.

„Das kann man kaum als Rendezvous bezeichnen“, entgegnete Garrick gereizt. „Außerdem bin ich es leid, dass du mit mir redest, als wäre ich noch ein Kind, Vater. Seit ich das Land verlassen habe, sind zehn lange Jahre verstrichen.“

„Du musst mich wirklich nicht an deine Versäumnisse erinnern! Aber vielleicht solltest du dich nicht wie ein Kind benehmen, Garrick. Du hast jetzt Pflichten – mir gegenüber, hinsichtlich deiner gesellschaftlichen Stellung und auch in Bezug auf die Verbindung, die ich für dich vertraglich eingegangen bin. Es ist nicht akzeptabel, dass du die fragliche Dame vor Sir Johns Nase verführst!“ Verärgert zupfte der Earl seine Manschetten zurecht. „Und halte mich nicht für einen Narren!“

Garrick lachte. „Nicht akzeptabel für wen? Für mich war das annehmbar!“

Richard ging nicht auf diese Bemerkung ein. „Ich habe euch beide beobachtet, und es war offenkundig, dass Lady Ashburn dich nicht will. Zum Glück hat sie den gesunden Menschenverstand, den man bei den meisten ihrer Geschlechtsgenossinnen im Allgemeinen vermisst. Ich habe gehört, dass sie sich geweigert hat, dich zu treffen. Warum bedrängst du sie, obwohl du ihr unerwünscht bist? Lass sie in Ruhe. In dieser Stadt gibt es viele willige Frauen. Ich kann das, was du brauchst, für dich finden, wenn du das möchtest.“ Richard lächelte, als wären er und der Sohn die besten Freunde.

Garrick war wütend. Es hatte ihm ohnehin schon missfallen, von Olivia abgewiesen worden zu sein, doch er fand es noch schlimmer, dass der Vater dabei Zeuge gewesen war. „Komm nicht auf den Gedanken, mir eine Frau besorgen zu wollen“, entgegnete er zornig. „Im Übrigen hast du keine Ahnung, was ich brauche, Vater!“

„Du bist mein Fleisch und Blut und ein Mann. Folglich weiß ich genau, was du brauchst", erwiderte Richard ironisch. „Und wenn ich dich mit der Countess gesehen habe, besteht die Möglichkeit, dass auch andere Gäste euch beobachtet haben. Zweifellos wird Sir John bis zum Ende des Balls alles über deine Tändelei mit Lady Ashburn erfahren haben. Was ist nur in dich gefahren? Willst du mich verärgern oder mir in allerletzter Minute sogar noch einen Strich durch die Rechnung machen?"

„Falls ich den Wunsch gehabt hätte, deine Pläne bezüglich meiner Heirat und eines Erben zu durchkreuzen, wäre ich längst auf einem Schiff, das zu den Westindischen Inseln fährt, Vater! Du hast mich erpresst, oder ist dir das entfallen?" Garrick ging an ihm vorbei, doch der Earl schloss sich ihm an.

„Ich habe dich nicht erpresst." Richards indignierter Ton bewies, dass er tatsächlich an das glaubte, was er geäußert hatte.

Garrick beschloss, die Sache auf sich beruhen zu lassen. Sollte der Vater ruhig denken, was er wollte, was ihm genehm war und was ihm am dienlichsten erschien.

Richard hielt das Schweigen des Sohnes für Zustimmung und lächelte, als er mit ihm über den Rasen ging. „Gut, dann ist das erledigt! Ich baue darauf, dass du die Countess in Ruhe lässt."

Inzwischen hatten sie die Terrasse erreicht. Garrick war sich bewusst, dass viele Damen und Herren ihn und den Vater beobachteten. „Nein", erklärte er knapp, mühsam die Stimme dämpfend. „Du solltest lieber nicht darauf bauen, dass ich die Countess in Ruhe lasse. Ich werde nämlich genau das tun, was mir gefällt."

Er machte auf dem Absatz kehrt und ging davon.

Immer noch zitternd hastete Olivia ins Haus. Hinter ihren Schläfen pochte es heftig, sie war zutiefst verwirrt und hin- und her gerissen zwischen Demütigung und Zorn. Garrick De Vere war schwierig, hartnäckig, obendrein schrecklich freimütig und grausam. War das im Grunde sein wahrer Charakter, wenn er zurückgewiesen und abgelehnt wurde? War er boshaft und grausam?

Olivia weigerte sich, das von ihm zu denken.

Sie verlangsamte den Schritt, als sie in das Speisezimmer zurückkehrte. Sie war nicht hungrig. Wie auch? Sie war viel zu erschöpft. Trotz des schockierenden Verlangens, das er in ihr geweckt hatte, würde sie nie die Mätresse des Viscount werden. Sie wurde sich ihrer brennenden Wangen bewusst und fächelte sich Kühlung zu. Lord Caedmon musste sie für leichtfertig halten, so wie sie sich ihm gegenüber aufgeführt hatte ... Und diese Schreie! Das Herz klopfte ihr zum Zerspringen, und sie bewegte den Fächer schneller vor dem Gesicht auf und nieder. Sie durfte nicht über ihre Sehnsüchte nachdenken, durfte keinesfalls mehr diesen gefährlichen Träumen nachhängen! Selbst das überaus große Mitgefühl, das sie für den Viscount empfand, musste sie verdrängen, sonst würde sich womöglich innere Bindung zu ihm entwickeln, die sie auf Abwege bringen könnte. Und da er an ihrer Freundschaft nicht interessiert war, hieß das, dass es zwischen ihnen keine Berührungspunkte gab.

Ja, so musste es sein. Der Kontakt mit ihm hätte nur zu einer Katastrophe geführt. In dieser Hinsicht vertraute Olivia auf ihre innere Stimme.

Und dann entsann sie sich des berauschenden Kusses und begriff, dass sie und Garrick bereits in einer Beziehung zueinander standen. Mehr noch, Olivia ahnte bereits jetzt, dass Lord Caedmon nicht aufhören würde, ihr nachzustellen.

„Olivia! Wo wart Ihr?“ rief Susan aus und eilte zu ihr, zwei junge, lächelnde Gecken zurücklassend, die sie hofiert hatten.

Olivia wandte den Blick ab und versuchte verzweifelt, ein Mindestmaß an Haltung zu gewinnen, ehe sie sich ihrer jungen Freundin, Garrick De Veres Verlobter, widmete. Gewissensbisse plagten sie und verstärkten das Gefühl der Beschämung. „Ich habe etwas frische Luft geschnappt“, erklärte sie mit einem matten Lächeln. Sie musste das Fest verlassen. Sie musste London verlassen.

Sie musste Garrick De Vere hinter sich lassen.

Susan hakte sich bei ihr ein. „Ein herrliches Fest, nicht wahr? Ich amüsiere mich blendend!“ Sie drehte sich um und winkte ihren beiden charmanten Bewunderern zu. „Ist der eine von ihnen nicht schneidig? Das ist Mr. Batholomew, der jüngere Sohn eines Earl. Er hat soeben ein Offizierspatent für die Armee erworben.“

„Ja, der Ball ist wundervoll, und Euer junger Verehrer scheint sehr liebenswürdig zu sein.“ Olivia bemühte sich, Garrick De Vere zu vergessen, seine überwältigende Ausstrahlung, seine verletzenden Worte, seinen berauschenden Kuss und ihr eigenes schamloses Betragen.

„Und mein Verlobter ist verschwunden“, flüsterte Susan. „Ist das nicht himmlisch? Ich hoffe, er ist nach Haus gefahren und hat seine Gäste im Stich gelassen.“

„Ich bin froh, dass Ihr Eure Verlobungsfeier genießt, meine Liebe. Es war ein hinreißendes Fest, und ich habe es genossen, in den letzten Tagen hier Gast gewesen zu sein. Ich weiß, Ihr werdet mir grollen, wenn ich abreise, aber ich vermisse das Land sehr.“

Es dauerte einen Moment, bis Susan die Bedeutung der letzten Bemerkung ihrer Freundin begriffen hatte.

„Ihr habt doch bestimmt nichts dagegen, wenn ich morgen aufbreche, meine Liebe? Ich fühle mich in der Stadt nicht wohl und glaube, dass meine Tochter schreckliches Heimweh hat“, fuhr Olivia eindringlich fort. Sie musste nach Haus zurück. Bestimmt konnten Hannah und sie dort ihr gewohntes unkompliziertes, friedvolles Leben wieder aufnehmen. Und da sie dem Viscount erklärt hatte, dass sie ihn nicht treffen wolle, würde er ihr auch nicht folgen.

Susan war enttäuscht. „Hannah mag London. Das hat sie mir selbst erzählt. Miss Childs hat sie heute Nachmittag in ein Museum mitgenommen. Olivia, seid Ihr krank? Ihr wirkt ziemlich bedrückt!“

Hannah war mit Miss Childs in einem Wachsfigurenkabinett gewesen und hatte von diesem Besuch geschwärmt. Die Ausstellungsstücke waren ihr von Miss Childs in allen Einzelheiten beschrieben worden, derweil sie die Figuren mit den Fingern ertastet hatte.

Olivia schluckte. „Ich bin diejenige, die Heimweh hat, meine Liebe, aber es macht mich verlegen, das einzugestehen."

Susan ergriff die Hände der Countess. „Aber Ihr könnt mich jetzt nicht verlassen! Ich genieße Eure Gesellschaft sehr, und es gibt noch viel vorzubereiten. Ich glaube nicht, dass ich das ohne Euch schaffen werde!" jammerte sie. „Und was soll ich tun, wenn mein Verlobter das nächste Mal zu Besuch kommt und Ihr nicht anwesend seid? Ihr kennt meine Mutter. In gemischter Gesellschaft äußert sie kein Wort. Sie wäre mir keine Hilfe!"

„Wurde schon ein Datum für die Hochzeit festgesetzt?" Olivia hatte wieder dieses Pochen in den Schläfen und rieb sie müde. Sie war betroffen, und dieses Gefühl brauchte sie nicht und wollte es auch nicht haben.

„Meine Mutter hat den fünfzehnten September vorgeschlagen." Susan lächelte nicht mehr. „Ich weiß nicht, warum die Hochzeit so schnell stattfinden soll."

Die Trauung sollte also in drei Monaten vollzogen werden. Olivia wusste nicht, was sie tun sollte.

„Ihr könnt mich jetzt nicht verlassen!" wiederholte Susan nachdrücklich. Das Schweigen der Countess hielt sie für Zustimmung. „Ihr seid mir eine so gute Freundin geworden! Und Ihr könnt als meine Anstandsdame fungieren, wenn mein Verlobter mir die Aufwartung macht." Sie lächelte zaghaft. „Olivia, ich kann nicht mit dem Viscount allein sein! Das begreift Ihr doch bestimmt, oder?" fragte sie verzweifelt. „Du lieber Gott, mir wird jedes Mal übel, wenn ich nur daran denke, dass ich Garrick De Vere tatsächlich heiraten soll."

Sosehr sie sich auch bemühte, Olivia konnte sich nicht zu einem Lächeln durchringen. Ihr Herz klopfte, als wollte es zerspringen. Sie sollte bei Miss Layton und Garrick De Vere die Anstandsdame spielen? Die Vorstellung war ihr unerträglich. „Ich fürchte, ich muss mich zurückziehen", sagte sie matt. „Die Ereignisse des Abends waren zu viel für mich."

Susan nickte mitfühlend und gab ihr einen Kuss auf die Wange. „Seid unbesorgt! Wir werden in diesem Sommer eine wunderbare Zeit miteinander haben." Sie wandte sich ab und eilte zu den beiden jungen Männern zurück.

Olivia sah sie Mr. Batholomew anstrahlen und wandte sich zum Gehen. Um ein Haar wäre sie erneut mit dem Earl of Stanhope zusammengestoßen.

Er lächelte sie an. „Guten Abend, Lady Ashburn. Welch herrliches Fest!"

Olivia sank das Herz. Wie viel hatte er mitbekommen? Was wusste er? Sie klappte den Fächer auf und benutzte ihn, um sich Kühlung zu verschaffen. „Guten Abend, Mylord. Ja, der Ball ist herrlich."

„Seit Jahren hatte ich nicht das Vergnügen, mich mit Euch unterhalten zu können", erwiderte er immer noch lächelnd. „Ihr zieht den Aufenthalt auf dem Land vor, nicht wahr, Madam?"

„Ja, das tue ich tatsächlich", antwortete sie. „Vermutlich seid Ihr mit meinem Gatten besser bekannt." Sogleich bereute sie, Arlen überhaupt erwähnt zu haben.

„Er und ich verkehren kaum in denselben Kreisen", äußerte Lord Stanhope gelassen, doch sein Blick war beunruhigend direkt. „Ich schätze eher White's und Almack's, er hingegen das aufregende Milieu der Oper und des Theaters. Allerdings habe ich bereits vernommen, dass er sich selten auf dem Land aufhält", fügte Richard nach wie vor lächelnd hinzu.

Olivia wich einen Schritt zurück, befremdet darüber, dass der Earl so unverhohlen auf die Mätresse ihres Mannes angespielt hatte, bei der es sich um eine schöne Schauspielerin handelte. Hatte er ihr damit zu verstehen geben wollen, dass Arlen sie, Olivia, mied? Sie rang sich zu einem starren Lächeln durch. „Mir ist durchaus bewusst, dass mein Gatte lieber in der Stadt lebt als auf dem Land. Ich hingegen finde das Landleben schön und aufregend."

„Ihr werdet daher nach Haus zurückkehren?" Richard zog eine helle Augenbraue hoch.

Olivia redete sich ein, dass er unmöglich gehört haben könne, wie sein Sohn sie aufgefordert hatte, wieder nach Ashburnham zu fahren. „Ich weiß es nicht", antwortete sie schließlich und hoffte, er möge sich verabschieden und gehen.

Das tat er indes nicht. „Die zukünftige Braut ist recht hübsch. Stimmt Ihr mir zu?"

„Oh ja!" brachte Olivia heraus, und der Instinkt riet ihr, vor diesem Mann auf der Hut zu sein. Sie kam sich vor, als würde sie unaufhaltsam in einen Winkel, in eine Falle gedrängt. „Miss Layton ist wirklich reizend."

„Mein Sohn kann sich glücklich schätzen", erwiderte der Earl, nunmehr ernst, und sah Olivia fest in die Augen.

Sie erschrak. Er wusste Bescheid. Er hatte alles gesehen, was im Park passiert war. Heftig wedelte sie den Fächer hin und her und hatte das Gefühl, ihr Gesicht wäre zu einer Maske erstarrt. „Euer Sohn kann sich sehr glücklich schätzen", bestätigte sie, und ihre Stimme hatte ihr eigenartig hoch in den Ohren geklungen. „Ich wünsche ihm und seiner Verlobten alles Gute."

„Davon bin ich überzeugt, Lady Ashburn. Nun, eine so nette, großzügige und loyale Frau wie Ihr kann diese Verbindung doch nur von Herzen billigen. Natürlich wird es im Verlauf der Verlobungszeit einige Missverständnisse geben, da das Paar sich kaum kennt. Die beiden passen jedoch gut zusammen. Der Ehevertrag wurde unterzeichnet und das Hochzeitsdatum festgelegt. Ich bin sicher, einige unbedeutende Auseinandersetzungen werden Braut und Bräutigam nicht auseinander bringen. Stimmt Ihr mir zu?"

Olivia fühlte sich durch den durchdringenden Blick des Earl wie gelähmt. Stanhope hatte sie gewarnt, sich nicht einzumischen, und klargemacht, dass die Hochzeit stattfinden würde, ganz gleich, was auch geschehen mochte. Er war ein überaus mächtiger Mann. Es gab nur wenige Peers, die im Rang höher standen als Arlen, und noch weniger, die der Gatte respektierte und fürchtete. Stanhope gehört jedoch zu Letzteren. „Ja“, flüsterte sie schließlich.

Der Earl of Stanhope lächelte wieder. „Ich bin ganz sicher, Euren Gatten im anderen Raum gesehen zu haben. Wahrscheinlich sucht er nach Euch.“

Olivias Puls begann zu rasen. Natürlich war der Gatte nicht auf der Suche nach ihr. „Ich werde mich unverzüglich zu ihm begeben.“

„Zweifellos ist er nicht auf den Einfall gekommen, Euch im Freien zu suchen, im Park, hinter den Hecken und auf der Bank.“

Ihr stockte der Atem. Stanhopes Drohung war erschreckend deutlich gewesen. Der Earl wusste Bescheid, und nun schwebte ihre leidenschaftliche Begegnung mit seinem Sohn wie ein Damoklesschwert über ihr. Falls es ihm angebracht erschien, würde er alles ihrem Gatten erzählen. Und dann würde Arlen sie strafen und ihr etwas antun. „Zweifellos“, flüsterte sie.

Das Lächeln des Earl wurde breiter, und endlich verneigte er sich. „Es war mir ein Vergnügen, mich mit Euch unterhalten zu können, Lady Ashburn.“

Sie war nicht im Stande, etwas zu erwidern.

Er schlenderte davon. Sie blieb reglos und verängstigt stehen. Plötzlich hatte sie das Bedürfnis, bei ihrer Tochter zu sein, und zwar unverzüglich. Sie würde sich zurückziehen, sich einige Augenblicke lang zu ihr ins Bett legen und sie in den Armen halten. Was sollte sie nur tun, falls Arlen versuchte, sie und Hannah zu trennen? Diese Möglichkeit war stets ihre größte Angst gewesen. Er war klug und wusste, dass er ihr keinen größeren Schmerz zufügen konnte.

Olivia drehte sich um, verließ den Ballsaal und eilte, ohne auf jemanden zu achten, den Korridor entlang. Dann bemerkte sie den Gatten, der mit drei anderen Gentlemen vor dem Spielsalon stand. Sie hielt unwillkürlich inne, weil sie nicht an Arlen vorbeigehen wollte. Er lächelte und wirkte höchst animiert. Schon im Begriff, den Raum zu betreten, entdeckte er sie im letzten Moment, und seine Miene veränderte sich. Das Lächeln schwand, und sein Blick wurde kalt.

Olivia erbleichte. Er war der letzte Mensch, mit dem sie jetzt reden wollte. Beklommen dachte sie an die vom Earl of Stanhope geäußerten versteckten Drohungen sowie an ihre eigene abwegige Leidenschaft für Garrick De Vere.

Arlen entschuldigte sich bei den beiden anderen Gentlemen und kam zu ihr. „Ist das eine neue Seite deines Wesens, meine Liebe?“ fragte er übergangslos. „Bist du neuerdings ungehorsam und treulos?“

Jede Einzelheit der Begegnung mit Garrick De Vere ging ihr durch den Sinn. Arlen konnte unmöglich etwas davon wissen! Es sei denn, auch er hatte sie und den Viscount beobachtet. „Ich habe nicht die Absicht, dir ungehorsam zu sein, Arlen, niemals“, beteuerte sie, außer Stande, sich auch nur die Andeutung eines Lächelns abzuringen.

„Du hast Miss Layton aus der Fassung gebracht“, sagte er. Ein hässliches Lächeln umspielte plötzlich seine Lippen.

Olivia merkte, dass sie zu zittern begann. Sie fühlte sich wie ein kleines hilfloses Tier in einer Falle, das auf den tödlichen Schlag wartete. Stanhope musste die Sache allen Leuten erzählt haben, oder andere Gäste hatten Olivia und Garrick De Vere zusammen gesehen! „Arlen ...“, begann sie atemlos.

„Sir John hat mir berichtet, dass du mit Susan gesprochen und ihr mitgeteilt hast, du würdest London verlassen. Ist dir nicht der Gedanke gekommen, mich zuvor um meine Erlaubnis zu bitten?“

Olivia traute ihren Ohren kaum. Es dauerte einen Moment, bis sie ihre Verblüffung überwunden hatte. „London verlassen?“ wisperte sie. Es ging nicht um ihre Begegnung mit Garrick De Vere! Dennoch waren ihr nicht alle Zweifel genommen worden.

„Ich habe nie gesagt, dass du wieder nach Haus reisen kannst, meine Liebe“, fuhr Arlen boshaft fort.

„Du weißt, ich würde dir nie ungehorsam sein, Arlen. Ich dachte lediglich, du würdest es vorziehen, wenn ich heimkehre. Leider hatte ich keine Gelegenheit, erst mit dir darüber zu sprechen."

„Offensichtlich kann Miss Layton nicht auf dich verzichten", sagte er und blickte die Gattin an. „Sir John hat sich sehr anerkennend über dich geäußert, meine Liebe. Er war des Lobes voll über dich. Um seine Tochter hingegen macht er sich große Sorgen. Er glaubt völlig zu Recht, dass sie keinen Funken Verstand hat, und befürchtet, sie könnte sich in den Monaten vor der Hochzeit in Schwierigkeiten bringen, falls man sie sich selbst überlässt."

„Was willst du damit andeuten?" erkundigte sie sich furchtsam.

„Du sollst für Sir Johns Tochter in der stürmischen Zeit vor ihrer Hochzeit der Fels in der Brandung sein!" Arlen schmunzelte. „Also wirst du nirgendwohin fahren, Olivia."

„Verweigerst du mir etwa das Recht, nach Haus zurückzukehren?"

„So ist es", bestätigte er amüsiert.

Ihr sank das Herz. Jäh wurde ihr das ganze Ausmaß ihrer misslichen Lage bewusst. „Arlen, das kann ich nicht."

„Doch, du kannst und wirst es tun."

„Du bestrafst mich dafür, dass ich überhaupt in die Stadt gekommen bin!" empörte sie sich.

Er zuckte gelangweilt die Schultern. „Es ist mir gleich, was du denkst. Mir liegt nur daran, wie du dich aufführst."

Sie zuckte zusammen. War das eine weitere Anspielung auf ihre letzte Begegnung mit Viscount Caedmon Crag gewesen? Nein, ausgeschlossen. Falls dem Gatten etwas über sie und Garrick De Vere zu Ohren gekommen wäre, würde er jetzt nicht mit ihr über Susan Layton reden. „Du weißt, wie loyal ich bin", erwiderte sie kühl, obgleich sie von Schuldgefühlen gepeinigt wurde und sich für die Lüge hasste.

„Weiß ich das?" fragte er, weiterhin unangenehm lächelnd.

Was sollte sie darauf antworten? Der Gedanke an den beinahe vollzogenen Ehebruch hinderte sie daran, sich zu verteidigen.

Arlen näherte sich und neigte sich zu ihr, so dass sein Gesicht fast das ihre berührte. Sein Atem roch nach Gin und Tabak. Olivia entging auch nicht der exotische, ihr vertraute Geruch des Parfüms, der seinen Sachen entströmte. „Du hattest darum gebeten, meine Liebe. Du wolltest in die Stadt. Jetzt bist du hier und wirst bleiben." Er lächelte. „Nun wirst du dich auch an dem Spiel beteiligen. Halte Miss Layton bei der Stange. Wenn es sein muss, zerrst du sie an den Haaren zum Traualtar."

Arlen bedachte Olivia mit einem geringschätzigen Grinsen und entfernte sich rasch. Bestürzt und erschüttert blieb sie stehen, und plötzlich fiel ihr Blick auf Garrick De Vere. Erschrocken fragte sie sich, wie lange er schon da sein und was er von ihrem Wortwechsel mit dem Gatten gehört haben mochte. Ihre Blicke trafen sich. Sie verspürte den unerklärlichen Drang, zu Lord Caedmon zu laufen und Kraft bei ihm zu suchen – als ob er ihr hätte helfen können!

Er war der Grund für ihr Unglück. Verwirrt raffte sie die Röcke, außer Stande, sich noch einen Moment länger mit all diesen Problemen auseinander zu setzen, und eilte davon, diesmal in die erste Etage, in die Geborgenheit ihres Schlafzimmers.

„Ashburn."

Arlen blieb stehen und straffte die Schultern. Er hegte der Ereignisse wegen, die sich vor elf Jahren zugetragen hatten, einen tiefen Groll gegen Stanhope und überlegte fieberhaft, warum der Earl ausgerechnet jetzt das Gespräch mit ihm suchte.

Man begrüßte sich höflich, und dann beglückwünschte Arlen ihn zu der Verlobung seines Sohnes mit Miss Layton.

„Danke", erwiderte Richard knapp. „Wir alle sind mit dieser Verbindung höchst zufrieden."

Im letzten Moment unterdrückte Arlen ein Lachen. Man musste nur einen Blick auf Caedmon werfen, um zu erkennen, dass er seine zukünftige Braut nicht ausstehen konnte und mit der Verlobung absolut nicht einverstanden war. „Meine Schwester hat neulich geäußert, es sei an der Zeit, dass Euer Sohn nach Haus zurückkomme und seine Pflicht erfülle", sagte Arlen leichthin.

„Sie war stets einige der wenigen Frauen, die ich nicht nur ihrer Schönheit wegen bewundert habe“, erwiderte Richard. „Es ist sehr selten, dass eine Frau gleichzeitig Schönheit und Intelligenz in sich vereint.“

„Meine Schwester ist zweifellos eine große Ausnahme. Alle Welt bewundert sie.“

„Ihr am meisten, nicht wahr?“ fragte Richard und lächelte freundlich. Ehe Arlen auf diesen unverhohlenen Seitenhieb reagieren konnte, fuhr Richard fort: „Ich finde es bewundernswert, dass Ihr Eure Schwester so gut bewacht und beschützt.“

„Danke“, brachte Arlen heraus und feuchtete sich nervös die Lippen an. „Außer mir hat sie keine leiblichen Verwandten. Seit sie zehn Jahre alt war, bin ich ihr Vormund, und ich nehme es sehr genau mit meinen familiären Pflichten.“

„Vielleicht solltet Ihr Eure Gattin ebenso bewachen und beschützen, Ashburn.“

Stanhopes vorherige Andeutungen hatten Arlen derart beunruhigt, dass er jetzt nicht mehr auf der Hut war. „Olivia?“ fragte er ungläubig.

Das Lächeln des Earl of Stanhope schwand, und grimmigen Gesichts kam er noch näher. „Mein Sohn ist eigensinnig und offenbar nicht gewillt, ein Minimum an Diskretion zu wahren. Vielleicht war es vor elf Jahren ein Fehler, ihm zu gestatten, das Land zu verlassen.“

Arlen blickte den Earl an. Was, zum Teufel, würde noch kommen?

„Ehrlich gesagt, hat er sich nicht geändert. Er kennt keinen Respekt und ist, wie ich denke, immer noch ein Kind, das glaubt, sich gegen mich auflehnen zu können.“

Vorsichtig nickte Arlen. „Ja, er scheint so wie früher zu sein, dickköpfig und ungemein exzentrisch.“

„Ich frage mich, wie viele Leute ihn vor einigen Minuten mit Eurer Gattin im Park beobachtet haben mögen. Bestimmt bin ich nicht der Einzige gewesen, Ashburn.“

Arlen war bestürzt. „Mit Olivia? Sie war mit ihm im Park?“ Das glaubte er keinen Moment lang. Sie war doch nur eine fügsame Landmaus, die keinen Mut und keine Entschlusskraft hatte. Außerdem wusste Arlen sehr gut, wie gefühlskalt sie war.

„Manchmal ist es unklug, wenn man die eigene Gattin zu lange ignoriert. Ich kenne die Frauen. Einerseits wollen sie unsere Aufmerksamkeit nicht haben, doch wenn man sie sich selbst überlässt, werden sie verbittert, wütend und trotzig.“ Der Earl of Stanhope nickte weise. „Es scheint, als könne ein Mann nicht gewinnen, wenn es um das schöne Geschlecht geht.“

Arlen raste das Herz. Olivia war ein schüchternes, unscheinbares Ding. Falls ein Mann wie Caedmon ihr auch nur zuzwinkerte, würde sie erschrocken die Flucht ergreifen. Davon war Arlen felsenfest überzeugt. Oder irrte er sich?

„Habt Ihr meine Gattin mit Eurem Sohn mit eigenen Augen im Park gesehen?“

Erneut lächelte der Earl grimmig. „Ja. Ich schlage vor, dass Ihr die Zügel bei ihr straffer haltet, Ashburn. Sehr straff sogar! Mein nichtsnutziger Sohn hat ihr nachgestellt. Dessen bin ich mir ganz sicher. Ich habe die Begegnung zwischen den beiden beobachtet.“

Sprachlos starrte Arlen den Earl an. Als er wieder einen klaren Gedanken fassen konnte, gelangte er indes zu dem Schluss, dass Stanhope nichts Ungebührliches gesehen hatte. Das war unmöglich. Olivia war keine leidenschaftliche Frau.

„Lasst die beiden tun, was sie wollen, aber erst nach der Hochzeit“, riet Richard jovial. Dann verneigte er sich und entfernte sich rasch.

Nach der Hochzeit? Arlen blickte ihm nach und überlegte, was Stanhope gesehen haben mochte. Durch den Schock wie gelähmt, hatte er vom Earl keine genaue Schilderung des Ereignisses verlangen können. Er empfand den brennenden Wunsch, Stanhope zu folgen und ihn zu fragen, was er eigentlich beobachtet habe, doch der Stolz hinderte ihn daran.

Arlen spürte, wie heiße Röte ihm in die Wangen stieg. Seine Phantasie gaukelte ihm vor, wie Olivia sich hingebungsvoll in Caedmons Arme schmiegte – und das war ein Bild, das ihn wütend machte.

8. KAPITEL

Drei Monate! Die beiden Worte hallten Olivia im Gedächtnis wider, während sie einen Tag später mit Hannah und Miss Childs den Jahrmarkt von St. Bartholomew besuchte. Die Vorstellung, den ganzen Sommer für Miss Layton die Anstandsdame spielen zu müssen, versetzte sie in Panik.

Ihre Situation war jedoch noch schrecklicher. Jedes Mal, wenn sie an die bevorstehende Hochzeit dachte, empfand sie tiefe Trauer, eine Trauer, zu der sie nicht berechtigt war.

Seit sie Garrick De Vere begegnet war, drehten ihre Gedanken sich fast nur noch um ihn. Sie wollte sich jedoch nicht ständig mit ihm befassen. Warum konnte er sie nicht in Ruhe lassen? Und was stimmte nicht mit ihr?

Olivia schaute sich um und überlegte, welchen Stand sie als nächsten mit Hannah besichtigen solle, und blieb jäh stehen. Sie hatte Garrick De Vere in der Menge entdeckt.

Er wandte ihr den Rücken zu, doch sie hätte ihn überall erkannt – hätte überall seine Nähe gespürt. Abrupt machte sie kehrt. Plötzlich merkte sie, dass der Schweiß ihr ausgebrochen war, klappte hastig den Fächer auf und wedelte sich Kühlung zu.

„Komm!" sagte sie, ergriff die Tochter bei der Hand und wollte rasch den Jahrmarkt verlassen. Zuvor jedoch wollte sie einen letzten Blick auf den Viscount erhaschen und drehte sich noch einmal um.

Er sah sie eindringlich an.

Ihr sank das Herz.

Lord Caedmon schien sie mit seinem Blick zu bannen, als er gemächlich auf sie zukam. Im Gegensatz zum Ballabend hatte er sein Haar nicht gepudert und trug es zurückgekämmt. Sein dunkelblauer Gehrock, wenngleich aus gutem Tuch gefertigt, war ebenso unauffällig wie die dunkelgraue Weste und die hellgrauen Breeches. Trotz seiner unmodischen und schlichten Kleidung fand Olivia, dass er der beeindruckendste Mann war, den sie je zu Gesicht bekommen hatte. Erst jetzt fiel ihr auf, dass er einen rötlichen Setter bei sich hatte.

Er blieb vor ihr stehen und verneigte sich. „Guten Tag, Lady Ashburn." Sein Blick schweifte zu Hannah, dann zu Miss Childs und schließlich wieder zu Olivias Tochter.

Olivia klopfte das Herz wie wild. Sie wusste, dass sie die Beherrschung verlieren würde, falls er Hannah herablassend oder verächtlich behandelte. Sie erwiderte seinen Gruß und zog die Tochter näher an sich.

Er riss den Blick von Hannahs Gesicht und ihren blinden, weit geöffneten Augen los und sagte: „Das ist unerwartet."

Fast hätte Olivia gefragt: „Was, Sir? Die Begegnung mit mir oder mit meiner Tochter?" Stattdessen lächelte sie gezwungen und erwiderte: „Meine Tochter mag Jahrmärkte ebenso wie ich, Mylord. Das sind meine Tochter Hannah und Miss Childs, ihre Gouvernante."

Garrick verneigte sich erneut. Hannah lächelte ihn an und machte einen Knicks. „Auch ich mag Jahrmärkte", wandte Garrick sich an sie. „Es ist viele Jahre her, seit ich zum letzten Mal einen besucht habe."

„Wieso?" fragte Hannah.

Sein flüchtiges Lächeln wirkte verlegen. „Ich lebe nicht in England, sondern auf einer weit entfernten kleinen Insel in der Karibik."

„Warum lebt Ihr dort? Seid Ihr kein Engländer? Ihr sprecht wie ein Engländer, und meine Mutter hat ‚Mylord' zu Euch gesagt."

Olivia traute ihren Ohren kaum. Die Tochter redete nur selten mit Erwachsenen und niemals mit einem Fremden. Ihre Welt war auf Olivia, Lucy Childs und einen Teil des Personals von Ashburnham beschränkt. Es war ein kleines, isoliertes Reich, in dem sie und Olivia sich jedoch sehr wohl fühlten. Denn dort gab es keine Demütigungen, keine Angst und keine Vorurteile.

Nun jedoch hatte Hannah ein Gespräch mit Garrick De Vere begonnen, als wären sie alte Freunde.

„Aus vielen persönlichen Gründen ziehe ich Barbados meiner Heimat vor", antwortete Garrick.

„Welch interessanter Name ... ‚Barbados' ..." Hannah streckte die Hand aus.

Der Setter, der bisher reglos an der Seite des Viscount gestanden hatte, näherte sich plötzlich und schnupperte an Hannahs Fingern. Der Ausdruck seiner brauen Augen war freundlich und zutraulich.

„Sitz, Treve!" befahl Garrick scharf.

Der Setter gehorchte sofort.

„Oh, habe ich Euch verärgert? Ich mag Hunde", versicherte Hannah hastig. „Ist Euer Hund schön? Welche Farbe hat er?"

Plötzlich schaute Lord Caedmon Olivia an, und sie hatte den Eindruck, er könne ihr ins Herz sehen. „Treve ist harmlos, Lady Ashburn."

„Das hatte ich angenommen. Darf meine Tochter ihn streicheln?"

Garrick nickte. Als er jedoch bemerkte, dass ihre Tochter sich nicht geregt hatte, weil sie sein zustimmendes Nicken nicht sehen konnte, zuckte er zusammen. „Bitte, Miss Hannah." Er schnippte mit den Fingern und wies auf sie. Der Setter erhob sich und näherte sich ihr schwanzwedelnd.

Hannah tätschelte seine breite Stirn, kraulte ihn hinter den langen Ohren und drückte ihn an sich. „Er ist so groß und so weich", flüsterte sie.

„Er ist ein Setter, meine Liebe", erklärte Olivia gepresst. Warum empfand sie unversehens den Drang, in Tränen auszubrechen? Wieso rührte der Anblick der Tochter ihr das Herz? „Er hat ein rötliches, fast feuerrotes Fell und ist sehr schön", fuhr sie sehr leise fort.

Den Blick unverwandt auf Olivia gerichtet, fügte Garrick hinzu: „Treve ist ein irischer Setter."

Hannah richtete sich auf und ließ die Hand auf dem Hund liegen. „Ich wünschte, ich hätte einen Hund."

Olivia schlug die Lider nieder. Sie hatte das Gefühl zu verglühen, doch daran war vielleicht auch das schöne Wetter schuld. „Wir haben einen Kater, Liebes."

„Bestimmt habt Ihr auf Ashburnham Hunde“, meinte Garrick.

„Ja, aber sie gehören meinem Vater und werden nur zur Jagd gehalten, nicht als Haustiere“, erwiderte Hannah. „Meine Tante will keine Tiere im Haus haben, und damit ist die Angelegenheit für sie erledigt. Ich bin froh, dass ich Thomas habe.“

„Ich verstehe. Nun, Hannah, du kannst dir Treve ausleihen, wann immer du möchtest. Er ist ein treuer Gefährte, sehr sauber und gehorsam. Und er wird Thomas nicht jagen, wenn du ihm das verbietest.“

„Wirklich?“ In Hannahs Augen erschien ein Leuchten. „Wirklich, Mylord?“

„Ja. Aber nur so lange, bis ich nach Barbados zurückreise, denn dann nehme ich Treve mit.“ Garrick lächelte und schaute das Mädchen freundlich an.

Olivia zögerte. Er umwarb das Kind, und das gefiel ihr. Andererseits ... Gewiss hatte er das Angebot nicht aus purer Freundlichkeit gemacht, sondern versuchte, sie über ihre Tochter zu beeinflussen. Eine schwere Last schien sich Olivia auf die Schultern zu legen, da sie auch ohne ihre hellseherische Begabung wusste, dass Garrick De Vere von Natur aus nicht kalt oder gemein war.

„Und wann verlasst Ihr das Land, Mylord?“ erkundigte Hannah sich keck, immer noch den Hund streichelnd.

Olivia zuckte zusammen. Sie bückte sich, um ihre viel zu heftige Reaktion auf diese Frage zu verbergen, und tätschelte ebenfalls den Setter.

„Darüber muss ich noch befinden“, antwortete Garrick. Olivia meinte, seinen Blick auf sich zu spüren. „Hast du das Puppentheater gesehen?“ wollte er wissen.

„Nein.“ Hannah schüttelte den Kopf.

Langsam wandte er sich Olivia zu. „Darf ich Euch, Eure Tochter und Miss Childs begleiten, Lady Ashburn? Ihr wollt doch gewiss nicht die nächste Aufführung verpassen.“

Olivia richtete sich auf und schaute ihm endlich in die Augen. Viele Antworten gingen ihr durch den Sinn. Sie hätte behaupten können, man müsse gehen, man habe eine andere Verpflichtung, Hannah müsse zu ihrem Unterricht oder der Gatte warte in Vauxhall. Aber das alles wären nur Ausflüchte gewesen, so dass Hannah und Miss Childs Olivia bei einer Lüge ertappt hätten. Vermutlich hätte auch Garrick De Vere ihr nicht geglaubt.

Sie versuchte zu lächeln, doch es gelang ihr nicht. „Wenn Ihr darauf besteht."

„Das tue ich", bekräftigte er.

Die kleine, aus den beiden Frauen, dem Kind, dem Mann und seinem rötlichen Hund bestehende Gruppe setzte sich in Bewegung. Aus dem Augenwinkel nahm Olivia wahr, dass Garrick De Vere nur sie anschaute und nie auf die kleine, bunte Bühne blickte.

Plötzlich raunte er ihr zu: „Lasst uns einen Spaziergang machen. Eure Tochter ist hier mit Miss Childs gut aufgehoben."

Olivia schüttelte stumm den Kopf.

Er umfasste ihren Ellbogen. „Ich möchte mit Euch reden", flüsterte er.

Sie erschauerte. Sein Atem hatte ihr Ohrläppchen gestreift und eine Fülle ebenso köstlicher wie unerwünschter Empfindungen in ihr ausgelöst. Wie konnten ein paar leise Worte die Erinnerungen an den vergangenen Abend wecken – und an noch mehr? Sie wollte ihm sagen, es sei kein guter Gedanke, einen Spaziergang zu machen. Ihre Blicke trafen sich. Der Ausdruck in seinen Augen ließ ihr indes keine Wahl, und daher nickte sie, wohl wissend, dass ihre Wangen sich gerötet hatten.

Er ging zu Miss Childs, die sich an Lady Ashburns anderer Seite befand. Zwischen den beiden Frauen stand Hannah. „Lady Ashburn und ich gehen die Trachten in der Abtei besichtigen. Wir sind in einer halben Stunde zurück. Du bleibst hier, Treve." Fest ergriff er Olivia am Arm und führte sie durch die zuschauende Menschenmenge zur Mitte des Platzes zurück.

Ihr Herz hämmerte, und sie fürchtete sich davor, zu erfahren, worüber er mit ihr reden wollte. Weitaus mehr denn Neugier zwang sie jedoch, mit ihm zu gehen.

Vor dem kleinen Kloster blieben sie stehen. „Es tut mir Leid, dass ich gestern Abend die Beherrschung verloren habe", erklärte Garrick unvermittelt und gab ihren Arm frei.

Olivia betrachtete das markante, eindrucksvolle Gesicht des Viscount. „Mir tut es ebenfalls Leid", erwiderte sie.

„Die meisten Frauen hätten die Entschuldigung einfach angenommen. Aber ich hätte es wissen müssen, dass ich von Euch nicht nur leere Floskeln erwarten kann."

„Ja", stimmte Olivia zu. „War das alles?"

Seine Miene verdüsterte sich. „Nein." Er hielt inne und blickte grimmig über Olivia hinweg.

Sie wartete geduldig.

Schließlich schaute er ihr in die Augen. „Darf ich einmal mit Euch eine Ausfahrt im Park unternehmen?"

Olivia war sprachlos.

Finster furchte er die Stirn. „Ich ersuche Euch nicht um ein Rendezvous!"

„Ist Eure Verlobte auch zu dieser Ausfahrt eingeladen?"

„Nein, das ist sie nicht", brummte er.

„Dann muss ich ablehnen", entgegnete Olivia bedauernd.

Plötzlich packte er sie bei den Armen. „Olivia, warum tut Ihr nicht, was Ihr wollt? Oder macht es Euch Spaß, von Eurem Gatten schikaniert zu werden und unter den engstirnigen Moralbegriffen der Gesellschaft zu leiden?"

Olivia versuchte, sich dem Viscount zu entziehen. Gütiger Himmel, wenn er wüsste, wie zutreffend seine Äußerungen waren! Sie fürchtete sich mehr denn je vor ihm. „Lasst mich los! Ihr begreift gar nichts."

„Nein? Es ist unübersehbar, dass Ihr nicht glücklich seid. Verdammt, ich versuche, um Euch zu werben."

„Lasst mich los", wiederholte sie verzweifelt. „Bitte! Ihr dürft das nicht tun!"

Einen Herzschlag lang verstärkte Garrick den Druck seiner Finger. Dann befolgte er ihren Wunsch und gab sie frei.

Sie verschränkte die Arme. „Ihr versucht, mich zu verführen“, sagte sie. „Ihr solltet wissen, dass ich keineswegs unglücklich bin, auch wenn Euch das nichts angeht.“

Spöttisch zog er eine Augenbraue hoch.

„Ich habe ein wunderbares Kind und führe auf Ashburnham ein wundervolles Leben. Und wenn ich alle paar Jahre einmal nach London kommen muss, bedeutet das für mich nicht das Ende der Welt.“ Sie merkte, dass ihre Stimme viel zu schrill geklungen hatte. Passanten drehten sich zu ihr um.

„Du meine Güte, wie Ihr protestiert!“ entgegnete Garrick unfreundlich.

„Hört auf!“

„Wenn Ihr auf dem Land so glücklich seid, dann wüsste ich gern, wann Ihr gedenkt, wieder dorthin zurückzukehren?“ fragte er herausfordernd.

Olivias Gedanken überschlugen sich. Auf gar keinen Fall durfte sie ihm die Wahrheit zu erzählen. Sie konnte ihm nicht sagen, dass der Gatte sie strafte und zwang, bis zu Susans Hochzeit in London zu verweilen. Zudem entsann sie sich, dass der Viscount geschworen hatte, ihr zu folgen, falls sie nach Ashburnham reisen sollte. „Miss Layton braucht mich“, antwortete sie schließlich. Das entsprach zumindest teilweise der Wahrheit.

Garrick lachte verächtlich. „Meine Verlobte braucht Euch! Gütiger Himmel!“ Er warf die Hände in die Luft, eine für ihn völlig uncharakteristische Geste, wie Olivia fand. „Nun, vielleicht färbt Euer Charakter mit der Zeit auf Miss Layton ab!“ fügte er verbittert hinzu.

„Sie ist ein nettes, liebenswertes Mädchen“, erwiderte Olivia heftig.

„Ich habe keine Verwendung für ein nettes, liebenswertes Mädchen“, stieß er hervor. „Werdet Ihr mit mir in den Park fahren oder nicht?“

„Nein!“

Garricks Blick war Furcht erregend. „Werdet Ihr mit mir ins Theater gehen und dann mit mir soupieren?“ fragte er sehr leise.

Olivia schüttelte bekümmert den Kopf. „Ihr dürft nicht um mich werben. Ihr seid kein freier Mann."

„Ein Tag in Bath?" drängte er.

„Nein!" brachte sie flüsternd heraus.

Er war sichtlich bemüht, seinen Zorn zu beherrschen.

„Das kann ich nicht tun", fuhr sie fort.

Garrick blickte sie prüfend an. „Und wie sähe die Sache aus, wenn ich nicht verlobt wäre?"

„Ich bin verheiratet und nicht mehr frei."

Olivia merkte, wie verärgert er war. Ungeachtet seiner hartnäckigen Bemühungen um sie flog ihr Herz ihm zu, und sie berührte ihn am Arm. „Es darf nicht sein", wisperte sie.

Schweigend blickte er ihr in die Augen.

Plötzlich meinte sie zu schweben, und in Gedanken sah sie den Viscount und sich nackt einander in den Armen liegen. Und die innere Stimme, diese verräterische innere Stimme raunte ihr zu: Es ist dein Schicksal, und das weißt du genau.

„Ich bin nicht Eurer Ansicht", entgegnete Garrick schließlich. „Das Schicksal will es offenbar. Sonst hätte ich nicht so starkes Verlangen nach Euch, Olivia."

Sie holte tief Luft. „Hört auf", flehte sie erneut.

„Ich kann Eure Standhaftigkeit nicht bewundern", sagte er scharf. „Für Selbstaufopferung habe ich nämlich nichts übrig."

Der Viscount hatte darauf bestanden, Olivia und ihre Begleiterinnen nach Haus zu bringen, da die Damen in einer Droschke zum Jahrmarkt gekommen waren.

Olivia hatte zunächst dagegen protestiert, dann aber eingelenkt, weil ihre Tochter über das Angebot entzückt gewesen war. Törichterweise wünschte sich ein Teil von ihr, sie könne den Nachmittag mit Lord Caedmon noch verlängern, aber sie war auch klug genug, sich darüber zu sorgen, dass man sie bereits einen Tag nach seiner Verlobungsfeier wieder mit ihm sehen würde. Niemand würde glauben, dass es sich um ein harmloses Zusammentreffen gehandelt hatte, erst recht nicht, da der kurze Augenblick geteilter Leidenschaft am vergangenen Abend alles andere als harmlos gewesen war.

Die Kutsche des Earl of Stanhope, eine stattliche schwarz lackierte Karosse, die von vier Schimmeln gezogen wurde, wartete am Straßenrand. Hannah mit einer Hand haltend, Garrick De Vere und den Setter an der anderen Seite der Tochter, beruhigte Olivia sich damit, dass sie nichts Falsches getan habe und ihre Angst und Schuldgefühle völlig fehl am Platz seien. Aber waren sie das wirklich? Tuschelten die Leute nicht schon jetzt über sie und den Viscount? Sie schaute sich um, während ein Lakai sich beeilte, den Wagenschlag zu öffnen. Vom Bürgersteig her beobachteten zwei elegant gekleidete Damen sie und Lord Caedmon Crag mit unverhohlener Neugierde.

„Lady Ashburn?“ fragte er, nachdem er Hannah und Miss Childs in das Fahrzeug geholfen hatte. „Sucht Ihr jemanden?“

Rasch wandte sie sich ihm zu. „Bilde ich es mir ein, oder fallen wir auf?“

„Ich falle auf“, antwortete er mit betretenem Lächeln und wies auf das am Wagenschlag angebrachte silberblaue Wappen. „Seit dem Moment meiner Ankunft stehe ich im Mittelpunkt der Aufmerksamkeit. Das ist der Preis, den man dafür zahlt, wenn man aus einem langen Exil zurückkehrt – oder keine Perücke trägt“, fügte er humorvoll hinzu.

Olivia lächelte. „Viel zu oft ist die Mode für jemanden, der ihr folgt, ungeeignet und macht ihn lächerlich.“

Garrick zog die Brauen hoch. „Endlich eine Frau, die über gesunden Menschenverstand, Intelligenz und Schönheit verfügt!“

Sie errötete und ergriff die ihr von Lord Caedmon gereichte Hand. „Die meisten Männer tragen Perücken, weil sie kahlköpfig sind, Sir. Und ich glaube, dass Frauen Euer Haar bewundern.“

Er lachte und half Olivia in den Wagen. Sein herzliches, volles und viel zu selten vernommenes Lachen erschien ihr wie ein wärmender Kokon. Er folgte ihr in die Karosse, und dann wurde die

Tür von dem livrierten Diener geschlossen. Garrick wies den Kutscher an, zur Residenz der Laytons zu fahren, ließ sich neben Lady Ashburn nieder, Hannah und Miss Childs gegenüber, und beugte sich zu Olivia. „Zählt Ihr zu diesen Frauen, Madam?“ erkundigte er sich leise.

Würde sie nie aufhören, wie ein Schulmädchen zu erröten? „Ihr wirkt auf mich nicht wie jemand, der Komplimente herausfordern will.“

Er lehnte sich an das samtene Rückenpolster und verschränkte amüsiert die Arme vor der Brust. „Ihr habt Recht, Madam. Ich ziehe die Frage zurück.“

Da sie bemerkte, wie aufmerksam ihre Tochter und deren Gouvernante der Unterhaltung lauschten, wandte sie sich unverzüglich dem Fenster zu. Neue Sorgen quälten sie.

Es war keine sehr gute Idee, mit dem Viscount heimzufahren. Olivia tröstete sich mit dem Gedanken, dass Hannah so selig war und sich, wie es schien, von dem Setter nicht trennen mochte. Außerdem war die nachmittägliche Begegnung nicht geplant gewesen, und die Laytons waren zum Glück nicht daheim.

Die Straßen waren voll, so dass die Fahrt eine halbe Stunde dauerte. In dieser Zeit stellte Hannah dem Viscount zahlreiche Fragen über seinen Hund, wie dieser erzogen worden war und wo sie eines Tages einen irischen Setter für sich bekommen könne. Diese für Olivia erstaunliche Unterhaltung wandte sich nach einer Weile erneut Garrick De Veres Heim auf Barbados zu. Wieder war Hannah ungemein neugierig. Schließlich begann Garrick, ihr die neuesten Methoden des Zuckerrohranbaus zu erläutern, und schnitt damit ein Thema an, das die meisten Erwachsenen zum Einschlafen gebracht hätte, ganz zu schweigen von einem Kind. Zu Olivias höchster Verblüffung hörte ihre Tochter fasziniert zu.

Endlich hielt die Kutsche vor dem Backsteinhaus der Laytons. „Wir sind da“, rief Olivia aus, riss den Blick von Garrick De Veres entspanntem, lächelndem Gesicht los und fächelte sich Kühlung zu. Der Tag war eine Katastrophe gewesen. Olivia hatte entschieden zu viel über den Viscount erfahren und fühlte sich immer stärker zu ihm hingezogen. Ihr wurde klar, dass sie begann, ihn zu mögen.

Der Wagenschlag wurde von einem Lakai geöffnet, und im gleichen Moment erblickte Olivia Lady Layton auf der kleinen Veranda vor dem Haus. Sie erschrak und bewegte den Fächer noch schneller. Warum waren die Laytons zu Hause?

Garrick sah in dieselbe Richtung wie Lady Ashburn. „Oh, die Frau, die bald meine Schwiegermutter sein wird", meinte er ironisch.

Olivia war kaum eines klaren Gedankens fähig. „Vielen Dank für den Nachmittag", sagte sie in eigenartig hohem Ton. „Komm, Hannah! Miss Childs!"

„Bist du krank, Mama?" fragte Hannah, während die Gouvernante vor ihr ausstieg. Dann drehte Miss Childs sich um, weil sie dem Kind aus dem Wagen helfen wollte.

„Natürlich nicht", behauptete Olivia fröhlich, wenngleich das Herz ihr sank.

Lady Layton kam die Stufen herunter und näherte sich der Karosse. Ihr Lächeln wirkte gezwungen und starr. Alle haben Verdacht geschöpft, ging es Olivia durch den Sinn. Und dabei war überhaupt noch nichts geschehen!

„Ihr seid früh zurück, Lady Ashburn. Wie war es auf dem Jahrmarkt?" erkundigte sich Lady Layton.

„Wundervoll!" antwortete Olivia beim Aussteigen.

„Welch angenehme Überraschung, Sir!" wandte Lady Layton sich an Garrick und lächelte jetzt herzlich.

Wie es sich gehörte, verließ auch er die Kutsche und hob Lady Laytons Hand zum Kuss an die Lippen. „Guten Tag, Madam. Ich war ebenfalls auf dem Volksfest. Als ich bemerkte, dass Lady Ashburn und ihre Tochter mit einer Droschke gekommen waren, habe ich mich erboten, sie heimzubegleiten."

„Das war sehr freundlich von Euch." Lady Layton war offenbar mit ihren Gedanken ganz woanders, denn sie schien die Äußerungen des Viscount nicht zu beachten. „Bitte, kommt herein! Susan und ich wollten soeben den Tee einnehmen. Wir sind entzückt, dass Ihr hier seid."

„Leider muss ich Euer freundliches Angebot ablehnen, Madam, da ich mehrere dringliche Verabredungen habe. Ich werde versuchen, Miss Layton morgen oder übermorgen meine Aufwartung zu machen", erwiderte Garrick höflich.

Lady Layton machte ein langes Gesicht, lächelte dann jedoch sofort wieder. „Nun, dann vielleicht bis morgen, Sir."

Er verneigte sich und stieg in die Kutsche. Verlegen stand Olivia hinter Lady Layton, hielt Hannahs Hand und betrachtete angelegentlich den Bürgersteig, als sei er äußerst faszinierend. Die Neugier zwang sie indes, den Kopf zu heben. Ihr Blick begegnete dem des Viscount, in dessen Augen ein sonderbarer Ausdruck stand. War es Belustigung? Er nickte ihr zu, und die Equipage fuhr davon.

Lady Layton drehte sich um.

Olivia wusste, dass sie schuldbewusst aussah.

„Wollen wir jetzt den Tee einnehmen, Lady Ashburn?" fragte Lady Layton spröde.

Die Erweiterung von Houghton Place war endlich abgeschlossen. Steinmetze und Maurer, Zimmerleute und Schmiede hatten fünf Jahre lang fieberhaft gearbeitet, um die beiden neuen Trakte zu vollenden, auf deren Errichtung Elizabeth gleich nach der Hochzeit mit dem Marquis of Houghton bestanden hatte.

Um ihren Willen durchzusetzen, hatte sie nicht davor zurückgescheut, ihre unmittelbaren Nachbarn, einen Baron und einen wohlhabenden Kaufmann, von deren Grundstücken zu vertreiben. Beide hatten zunächst dagegen aufbegehrt, waren dann aber unter dem Druck gesellschaftlicher Ächtung, der allein auf Elizabeths Intrigen zurückzuführen war, gewichen. Schließlich hatte ein komplettes Dorf abgetragen und an anderer Stelle neu errichtet werden müssen, damit der Blick auf das idyllische Tal in Kent nicht beeinträchtigt wurde. Das Haus war ein im palladianischen Stil errichteter Prachtbau, der bei weitem den alten elizabethanischen Familienstammsitz übertraf, den ihr Gatte geerbt hatte.

Arlen war froh, dass die Umbauarbeiten nunmehr beendet waren. Er weilte häufig bei seiner Schwester zu Besuch, und der Lärm der Hämmer und Sägen hatte ihn jahrelang verrückt gemacht. Nun wartete er darauf, dass die Schwester aus ihrem in dem brandneuen Ostflügel gelegenen Appartement herunterkam. Er schaute sich um und bewunderte die palastartigen Dimensionen des Großen Salons. Der ganze Trakt war so prächtig, dass er sich mit dem neuen Heim des Duke of Marlborough hätte messen können. Natürlich war das Elizabeths Absicht gewesen. Arlen hielt sehr viel auf ihr Urteilsvermögen.

Sie rauschte in den Salon. Arlen war schockiert, weil sie dasselbe hellrote Kleid trug, in dem er sie schon früher am Tag bei einem Teeempfang gesehen hatte. Bestürzt eilte er zu ihr und bemerkte sogleich, dass sie aufgeregt und verärgert war. Ihre blauen Augen blitzten, und ein harter, grimmiger Zug lag um ihren Mund. „Liebes, wir hatten ein ruhiges Souper vor, bei dem nur wir beide zugegen sind“, sagte er und spürte das Herz jetzt schneller schlagen. „Hast du das vergessen?“

Sie reichte ihm die Hand zum Kuss. „Nein, das habe ich nicht vergessen. Ich habe jedoch keine Lust, heute Abend auswärts zu speisen. Wenn du willst, können wir hier essen, da mein Mann auf dem Land weilt.“ Sie wirbelte herum und schritt mit verdrossener Miene auf und ab.

Arlen folgte ihr und entspannte sich ein wenig. „Bist du sicher, dass er nicht nach Haus kommt?“ fragte er.

Jäh drehte sie sich zum Bruder um, stemmte die Hände in die Hüften und antwortete: „Ja! Du kannst tun, was dir beliebt. Arlen, ich bin verärgert!“

„Das sehe ich. Soll ich die Tür schließen?“

Elizabeth schaute ihn missmutig an, beinahe so, als wäre er längst nicht so klug wie sie. Dann durchquerte sie den Raum, machte die Tür zu und wandte sich um. „Du weißt also nicht Bescheid, nicht wahr?"

Arlen fuhr sich unbehaglich mit der Zungenspitze über die Lippen. „Wovon redest du?"

„Von deiner Frau und Caedmon!"

Erschrocken näherte er sich der Schwester. „Wie bitte?"

Unwillkürlich kam ihm die am vergangenen Abend von Stanhope aufgestellte ungeheuerliche Behauptung in den Sinn. Aber der Earl hatte nicht gesagt, er habe gesehen, dass Olivia und sein Sohn im Park etwas Unschickliches getan hatten. Hätte er etwas geäußert, wenn er die beiden bei einer leidenschaftlichen Umarmung beobachtet hätte? Arlen war außer Stande gewesen, ihn auszufragen. Ein stolzer Mann erkundigte sich nicht bei einem anderen nach solchen Dingen. Außerdem hielt Arlen es für ausgeschlossen, dass Olivia etwas Unrechtes getan hatte. Sie hatte ein so gesetztes Wesen, dass sie Nonne hätte sein können.

„Hast du nicht gehört? Deine brave kleine Landmaus war mit Caedmon auf dem Jahrmarkt von St. Bartholomew! Das finde ich unglaublich!" rief Elizabeth aus.

Arlen vermochte das ebenfalls nicht zu glauben. „Sie hatten ein Rendezvous?"

Elizabeth betrachtete den Bruder. „Ich glaube nicht, Arlen, mein Lieber, dass die Sache so weit gegangen ist, denn deine Tochter und die Gouvernante waren ebenfalls dort. Caedmon hat deine Frau und ihre Begleitung nach Haus zurückgebracht."

Arlens Herzschlag beschleunigte sich. Hannah auf dem Volksfest? Vor aller Leute Augen? Sie hätte das Haus nie verlassen dürfen! Wie hatte Olivia es wagen können, sich mit ihr in der Öffentlichkeit zu zeigen? Wollte sie, dass die ganze Welt über diese Tragödie Bescheid wusste? „Warst du auf dem Jahrmarkt?"

„Nein, aber Lady Cynthia Steele hat deine Frau mit Caedmon beobachtet." Elizabeths Blick verdüsterte sich. „Mir ist aufgefallen, wie Olivia Caedmon gestern Abend bei den Laytons angeschaut hat. Deine kleine Frau hat die Leidenschaft entdeckt, mein Lieber.

Sie hat den Eindruck gemacht, als würde sie ihn mit Blicken verschlingen."

Manchmal ging selbst die Schwester zu weit. „Das war taktlos", erwiderte Arlen kalt.

Sie machte eine wegwerfende Geste. „Bitte! Cynthia hat gesagt, zwischen den beiden bestehe eine starke Anziehungskraft, und wenn noch nichts darüber verlautet sein sollte, dann wird es bald der Fall sein. Wie kann Caedmon das wagen!" Elizabeth wirbelte herum, durchmaß den ganzen Raum und blieb vor den hohen, übergroßen Fenstern stehen.

„Das vermag ich nicht zu glauben", entgegnete Arlen und wurde sich bewusst, dass er zitterte. „Stanhope hat Olivia und seinen Sohn nämlich gestern Abend bei den Laytons im Park gesehen."

„Glaub es!" sagte Elizabeth. „Auch ich habe diesen Klatsch gehört. Offenbar hat Caedmon vor, dich erneut zum Hahnrei zu machen."

Arlen klopfte das Herz zum Zerspringen, als er die Schwester anschaute. „Der Bastard! Ich bringe ihn um!" rief er wütend. „Ich bringe ihn und Olivia um!"

Elizabeth lachte. „Nun, ich denke, so weit musst du nicht gehen", erwiderte sie und ging auf den Bruder zu. Sie blieb vor ihm stehen, schlang die Arme um ihn und sah ihn mit leuchtenden Augen an. „Genug über deine fade Olivia und ihren Verehrer! Er bleibt noch mehrere Stunden fort", flüsterte sie – und damit meinte sie nicht Garrick De Vere, sondern ihren Gatten.

Arlen zögerte, doch nur einen Moment lang. Dann zog er die Schwester in die Arme.

9. KAPITEL

Das Billett traf kurz vor dem Mittag ein. Es war von Arlen, der verlangte, Olivia habe unverzüglich nach Ashburnham zurückzukehren. Er erwarte, dass sie mit Hannah am nächsten Vormittag abreise. Daheim gebe es dringende Angelegenheiten, die ihrer Aufmerksamkeit bedürften.

Angsterfüllt blickte sie auf das Schreiben. Sie hatte sich gewünscht, nach Hause reisen und London den Rücken kehren zu können – warum, um alles in der Welt, war sie nun so bekümmert? Unwillkürlich gelangte sie zu dem Schluss, dass der Zwischenfall auf dem Jahrmarkt für Arlens Sinneswandel verantwortlich sei.

Sie fürchtete sich.

Olivia verließ das Schlafzimmer und war erleichtert darüber, dass der Gatte ihr diese Anweisung nicht persönlich erteilt hatte. Ihre Angst ließ etwas nach. Falls er irgendetwas ahnen würde, dann hätte er sie bestimmt zur Rede gestellt. Aller Wahrscheinlichkeit nach wusste er nichts, doch das klärte nicht die Frage, weshalb er Olivia nach Haus zurückbeordert hatte. Spielte er nur mit der für ihn typischen Grausamkeit mit ihr?

Sie machte sich jetzt ernsthafte Sorgen. Eingedenk der kaum verhüllten Drohungen des Earl of Stanhope wusste sie, dass es nur eine Frage der Zeit war, bis der Gatte von ihrer Sehnsucht nach einem anderen Mann erfuhr und sich die Situation, in die sie wider Willen geraten war, für sie zur Katastrophe entwickelte.

Sie durfte jetzt keinesfalls auf ihr Herz hören. Bedrückt hielt sie sich vor, eifrig, sehr eifrig sogar, darauf bedacht gewesen zu sein, nach Haus zurückkehren zu können. Auf dem Lande würde sie bald vergessen, dass es Garrick De Vere gab. Das nahm sie sich fest vor.

Und sobald sie sich auf Ashburnham befand, würde es in ihrem Leben keine Versuchungen mehr geben, ihr Dasein würde wieder ruhig, alltäglich, sorgenfrei und friedlich verlaufen.

Hannah war mitten in einer Französischstunde, doch Miss Childs unterbrach sogleich die mündliche Prüfung und drehte sich mit freundlichem Lächeln zu Olivia um. „Mylady?"

„Wir kehren unverzüglich nach Ashburnham zurück", verkündete Olivia betont fröhlich. „Wir müssen sofort packen."

Miss Childs war überrascht. „Wie Ihr wünscht, Mylady", erwiderte sie und erhob sich.

„Mama!" rief Hannah bestürzt aus. „Warum? Weshalb müssen wir jetzt abreisen? Gestern hatten wir so viel Spaß! Ich mag London!" fügte sie nachdrücklich hinzu.

Olivia ging zu ihr und strich ihr über das Haar. „Dein Vater hat es uns befohlen, mein Liebes, und mehr gibt es nicht dazu zu sagen."

Hannah schwieg betroffen.

„Es tut mir Leid. Aber vielleicht ist es so besser", fuhr Olivia leise fort.

„Werde ich Lord Caedmon und Treve je wieder treffen?" fragte Hannah traurig.

Olivia war erschüttert. Sie konnte nicht lügen, weil die Tochter dank ihrer hellseherischen Fähigkeiten Gedanken lesen konnte. „Ich weiß es nicht", antwortete sie zögernd. „Vermutlich nicht."

Hannah senkte den Kopf, als blicke sie auf ihre Hände, und trat gegen die Stuhlbeine.

„Es tut mir Leid", wiederholte Olivia und wandte sich Miss Childs zu. „Wann können wir aufbrechen?"

„In einigen Stunden, falls die Hausmädchen uns behilflich sind", antwortete die Gouvernante und öffnete bereits den Schrank.

Olivia nickte, verließ den Raum und ging langsam ins Parterre. Die Laytons waren, wie sie angenommen hatte, im Esszimmer. Sir John studierte die Morgenzeitung; Lady Layton verspeiste eine Scheibe Toast, und Susan war mit ihrer Stickerei beschäftigt. Susan hob den Kopf und lächelte freundlich.

„Guten Morgen“, sagte Olivia und blieb unschlüssig auf der Türschwelle stehen.

Sir John stand auf und legte die Zeitung auf den Tisch. „Kommt herein“, forderte er Lady Ashburn auf und sah sie ruhig an.

Sie betrat den Raum, setzte sich jedoch nicht. „Sir John, Lady Layton, mein Gatte hat mich angewiesen, nach Haus zurückzukehren, wo dringende Angelegenheiten meiner Aufmerksamkeit bedürfen. Es tut mir Leid, dass ich so überstürzt aufbrechen muss, aber ich werde in einigen Stunden abreisen. Ich habe Eure Gastfreundschaft sehr genossen“, fügte sie ernst hinzu.

Susan sprang auf. „Oh nein!“ rief sie kläglich aus.

Sir John warf ihr einen tadelnden Blick zu, ging dann zu Lady Ashburn und legte mit väterlicher Geste den Arm um sie. „Ich habe Verständnis, meine Liebe. Euer Gatte hat gestern Abend mit mir über diese Sache gesprochen, so dass die Nachricht für meine Frau und mich keine Überraschung mehr ist.“

Olivia war erstaunt. „Ich verstehe.“ Sie schaute Sir John an, war jedoch nicht im Stande, seine Gedanken zu erkennen.

Er war indes nicht unglücklich darüber, dass sie abreiste. Sie hoffte, nicht zu erröten. Ahnte auch er, dass Garrick De Vere und sie sich so stark zueinander hingezogen fühlten? Hatte er ihr nicht erst vor wenigen Tagen durch Arlen ausrichten lassen, dass sie Susan zur Hochzeit drängen solle? „Vielen Dank, dass Ihr so verständnisvoll auf meine überstürzte Abreise reagiert“, sagte sie höflich.

„Ich nehme an, so ist es zum Besten“, meinte er.

Lady Layton kam auf sie zu und ergriff ihre Hände. „Wir sehen uns am fünfzehnten September zur Hochzeit, nicht wahr, meine Liebe?“

Ihre Erleichterung war offenkundig. Sie hatte eindeutig nichts dagegen, dass Olivia aufbrach. Olivia brachte ein Lächeln zu Stande. Sie fühlte sich ganz elend, weil sie die Beziehung zu Garrick De Vere fortgesetzt hatte, wenn auch nur kurze Zeit. „Ja, ich möchte das Ereignis nicht verpassen“, antwortete sie, blickte Susan an und stellte sich im selben Moment vor, wie Miss Layton und der Viscount in einer prächtigen Kathedrale vor dem Altar standen und sich das Versprechen gaben, durch das sie ein Leben lang aneinander gebunden sein würden. Das Bild war so beunruhigend, dass sie es sogleich verdrängte. Sie wusste nicht, ob es nur auf ihre lebhafte Phantasie oder ihre besondere Gabe zurückzuführen war.

Tränen schimmerten in Susans Augen. „Ich werde Euch beim Packen helfen."

Olivia verließ mit ihr das Speisezimmer. Auf dem Weg in die obere Etage war Susan eigenartig schweigsam. In Olivias Zimmer war ein Hausmädchen bereits damit beschäftigt, die große Reisetruhe mit Kleidern, Chemisen, Korsetts und Unterröcken zu füllen. Miss Childs war wie immer sehr tüchtig gewesen.

„Ich wünschte, Ihr könntet bleiben", sagte Susan.

„Das weiß ich", erwiderte Olivia lächelnd. „Wir werden immer Freundinnen sein. Immer!"

Susan schaute sie an. „Gestern Abend habe ich sie reden gehört."

Olivia erschrak. „Wen, meine Liebe?"

„Meine Eltern. Sie denken, dass Ihr ihn sehr gern habt."

Olivia glaubte, ihr Herz habe einen Schlag lang ausgesetzt, bevor es schneller zu klopfen begann. Sie schluckte trocken. „Wen soll ich der Meinung Eurer Eltern nach sehr gern haben?"

„Lord Caedmon." Susans blaue Augen waren fest auf Olivias gerichtet, und ihre Miene spiegelte Besorgnis wider. „Stimmt das?"

Olivia suchte nach einer unverfänglichen Antwort. „Ich habe nichts gegen Caedmon, Susan, und finde es abscheulich, dass die Gesellschaft ihn so schamlos alter Verbrechen wegen verurteilt, die er möglicherweise gar nicht begangen hat."

„Ihr habt ihn wirklich gern!" rief Susan.

„Ich mag auch Euch und Eure Eltern und die meisten Leute, die mir in London begegnet sind."

Susan seufzte. „Ihr seid sehr freundlich. Meine Eltern glauben, dass Ihr eine Vorliebe für meinen Verlobten entwickelt habt. Sie verargen Euch das nicht, sind jedoch beunruhigt und denken, es sei besser für Euch, unverzüglich heimzureisen."

Olivia errötete. „Auf diese Weise mag ich Caedmon nicht", entgegnete sie und merkte sogleich, welch ungeheure Lüge sie von sich gegeben hatte.

„Ich denke, auch er hat Euch gern", erwiderte Susan leise. „Er sieht Euch immer an."

Olivia lächelte schwach. „Es tut mir Leid, Susan, wenn ich in irgendeiner Form das Verhältnis zu Eurem Verlobten gestört haben sollte."

Susan ergriff sie beim Arm. „Ihr habt es nicht gestört! Ich wünschte, Lord Caedmon würde Euch heiraten! Ja, das wäre mir recht! An meinen Gefühlen für ihn hat sich nichts geändert." Sie erschauerte. „Ich halte ihn für einen Wilden und einen Langweiler und kann ihn nicht im Mindesten ausstehen!"

Verzweifelt schaute Olivia sie an. „In den kommenden drei Monaten solltet Ihr anderen Sinnes werden, Susan, denn sonst wird Eure Ehe zu einer Katastrophe."

Fassungslos blickte Susan sie an. Und Olivia erkannte, dass es in jedem Fall zu einer Katastrophe kommen würde.

Man war seit dem Mittag unterwegs, und in zwei oder drei Stunden würde es dunkel sein. Vor einer Stunde hatte leichter Regen eingesetzt. Die Landschaft in Surrey war grün, fruchtbar und leicht hügelig. Rosen blühten in den Hecken am Straßenrand, vor Landherbergen und den alten steinernen Kapellen, an denen man vorbeikam. Olivia hatte vor, die Nacht in dem an der westlichen Grenze zu Sussex gelegenen Haslemere in der Abtei von Alcott zu verbringen. Wäre man früher aufgebrochen, hätte man unterwegs nicht übernachten müssen.

Angespannt saß sie leicht vorgebeugt auf der Sitzbank und blickte auf die Straße. Sie hatten soeben Harwood passiert und damit drei Viertel des Heimwegs zurückgelegt. Unvermittelt wünschte sie sich, ein Kutschrad möge brechen.

Wie töricht sie war!

Hannah zupfte sie am Ärmel. „Was hast du, Mama?“ fragte sie.

Olivia wandte ihre Aufmerksamkeit von der nahen Straßengabelung ab. „Stanhope Hall ist nur einige Meilen entfernt. Natürlich hält die Familie sich in London auf“, antwortete sie klopfenden Herzens und dachte das Undenkbare.

„Wart Ihr je auf Stanhope Hall, Mylady?“ erkundigte Miss Childs sich. „Das Haus ist prächtig. Der Mittelteil wurde zur Zeit Henry VIII. erbaut.“

Olivia zitterte. Es war Wahnsinn, vollkommen verrückt, auch nur eine Sekunde länger diesem absurden Gedanken nachzuhängen. Sie sah Lucy Childs verwundert an. „Ihr wart auf Stanhope Hall?“

Miss Childs nickte. „Während meiner ersten Anstellung hat die gesamte Familie zwei Wochen dort als Gäste des Earl of Stanhope verbracht. Natürlich ist das viele Jahre her. Damals war ich erst zwanzig Jahre alt.“

Sie näherten sich der Gabelung. Olivia musterte Miss Childs, die vermutlich um die fünfunddreißig Jahre alt war. Atemlos fragte sie: „War das, bevor der älteste Sohn verschwunden ist?“

Miss Childs nickte erneut. „Ich erinnere mich, dass damals noch beide Knaben im Haus waren. Sie waren unzertrennlich und haben mit ihrem Temperament und ihren Streichen ziemlich viel Aufruhr erzeugt.“

„Dann müssen Sie kurz vor dem Verschwinden des ältesten Jungen in Stanhope Hall gewesen sein“, folgerte Olivia.

„Ich glaube, nach meinem Aufenthalt dort ist nicht einmal ein volles Jahr bis zu Lionel De Veres Verschwinden verstrichen.“

Jäh richtete Olivia den Blick wieder nach vorn. Die schmutzige Straße begann vor ihren Augen zu verschwimmen.

„Wollen wir dort Rast machen, Mama?“ schlug Hannah eifrig vor. „Wäre es nicht netter, da die Nacht zu verbringen, statt in einer alten, kalten Abtei? Ich bin überzeugt, dass man uns nicht abweisen wird.“

Olivia schaute die Tochter an. Warum wünschte sie sich so sehr, nach Stanhope Hall zu fahren? Garrick De Vere würde nicht anwesend sein, da er sich in London aufhielt. Natürlich hatte er einen Großteil seiner Kindheit in Stanhope Hall verbracht, zusammen mit seinem verschwundenen Bruder Lionel. Olivia ahnte, dass auf Stanhope Hall ein Geheimnis ihrer harrte, das sich vielleicht aufklären ließ, wenn sie nur den Mut aufbrächte, dort hinzufahren. Sie hatte den Eindruck, sie müsse sich nach Stanhope Hall begeben.

Fest verschränkte sie die Arme vor der Brust. Ihr war klar, dass sie sich, falls sie nach Stanhope Hall reiste, noch enger an Garrick De Vere binden würde. Sie hatte unerklärlicherweise und wider Willen ohnehin schon zu viel Kontakt mit ihm. Entschlossen pochte sie an das Sichtfenster.

„Biegen Sie nach rechts ab, Godfriend. Wir werden die Nacht auf Stanhope Hall verbringen", rief sie dem Kutscher zu.

„Wie Ihr wünscht, Mylady." Einen Moment später lenkte er die Braunen auf die schmale Straße.

Gespannt beugte Olivia sich vor und strengte sich an, etwas von der näheren Umgebung zu erkennen. Hohe Ulmen säumten die Allee, und die Weiden rechts und links waren eingezäunt. Gelbe Wildblumen blühten am Wegesrand. Schwarzweiß gefleckte Kühe grasten ungeachtet des Regens friedlich neben der Straße, und in der Ferne konnte man große Gebäude eines Gutes erkennen, in denen vermutlich Pächter wohnten. Der Himmel verdüsterte sich, und Olivia vermutete, dass es bald ein Gewitter geben würde.

„Wahrscheinlich war es eine gute Idee, den Umweg nach Stanhope Hall zu machen", meinte sie und blickte zu den dunklen Wolken hinauf. Da das Frühjahr regnerisch gewesen war, befanden die Straßen sich seit langem in einem schlechten Zustand. Olivia dachte an den Gatten. Er würde wütend sein, wenn er erfuhr, dass sie in Stanhope Hall Rast gemacht hatte. Der Schlag ihres Herzens beschleunigte sich, und sie fragte sich, warum sie nicht früher an Arlen gedacht habe.

Und jäh kam ihr der Gedanke, dass sich der Aufenthalt auf Stanhope Hall leicht als verhängnisvoll erweisen könne.

Sogleich verdrängte sie diesen Einfall.

„Das ist Stanhope Hall, Mylady“, rief Miss Childs ungewöhnlich begeistert, und ihre braunen Augen leuchteten auf.

Olivia hatte den großen, aus hellem Stein errichteten Palast mit den vielen niedrigen Trakten und den runden Ecktürmen bereits bemerkt. Er lag auf einer ungefähr noch eine Meile entfernten Hügelkuppe. Die Kutsche rollte durch eine düstere Barbakane, die aussah, als wäre sie vor der Regierungszeit Henry VIII. erbaut worden, und hielt dann auf dem Hof, einem weitläufigen Grasplatz. Der schmutzige Weg war in eine Zufahrt aus hellen, schimmernden Steinen übergegangen. Das Gelände war tadellos gepflegt. Sorgsam gestutzte Hecken umgrenzten den Hof, hohe Eichen und Ulmen standen vereinzelt auf dem Rasen. Ein Lakai machte den Wagenschlag auf und half den Damen beim Aussteigen.

Sogleich kamen Diener aus dem Haus. Während Olivia langsam auf die beiden wuchtigen, steinernen Löwen zuging, von denen die Freitreppe bewacht wurde, rann ihr ein kalter Schauer über den Rücken. Sie schaute sich um, weil sie plötzlich das Gefühl hatte, beobachtet zu werden. Natürlich war der Gedanke lächerlich. Niemand, weder Mensch noch Geist, starrte sie aus den zahlreichen zum Hof gelegenen ovalen Fenstern an. Bis auf das aus dem Haus geeilte Personal war auch in den Nebengebäuden oder davor kein Lebenszeichen zu entdecken.

Eine hoch gewachsene, dünne Frau mit einer Brille näherte sich. „Ich bin Mrs. Riley, die Haushälterin“, stellte sie sich vor.

Olivia lächelte. „Ich bin Lady Ashburn, Mrs. Riley, und hoffe, dass wir nicht ungelegen gekommen sind. Ich befürchte, es wird ein Unwetter geben, und wir sind noch etliche Meilen von Ashburnham entfernt.“

„Ihr müsst nicht mehr sagen.“ Mrs. Riley nickte. „Ja, es war gut, dass Ihr beschlossen habt, in diesem Regen den Umweg zu machen.“ Sie blickte zum Himmel. Der Wind hatte aufgefrischt und blies von Südwesten. „Es gibt genügend Platz, um Euch für die Nacht unterzubringen. Das Haus ist leer. Die Familie befindet sich in London, um die Rückkehr des Erben des Earl of Stanhope aus Barbados und seine Verlobung mit Miss Susan Layton zu feiern."

Olivia lächelte gezwungen. „Vielen Dank, Mrs. Riley. Wir werden im Morgengrauen abreisen."

„Das ist nicht nötig!" äußerte die Haushälterin, drehte sich um und begann, Anweisungen zu erteilen.

Das Gepäck wurde abgeladen und Olivia mit ihrer Begleitung ins Haus geführt. Die Eingangshalle war riesig und wies eine alte, mit kunstvoll geschnitzten Reliefs geschmückte Holzvertäfelung auf. Der Steinfußboden war gesprenkelt, und von der Decke hing ein ausladender Kristallleuchter. Als Olivia sich in dem kühlen, dunklen Saal umschaute, meinte sie beinahe, Henry VIII. vor sich zu sehen, wie er mit wehendem, hermelinverbrämtem Umhang durch den Raum schritt. Und dann erschienen die beiden Jungen vor ihrem geistigen Auge.

Einer war blond, der andere hatte dunkles Haar. In verschmutzten Gehröcken und fleckigen Kniebundhosen rannten sie durch die Halle. Gleich darauf war das Bild verschwunden.

Erneut wurde Olivia von einem Frösteln erfasst und blickte Hannah an.

Die Tochter war blass, hatte jedoch gerötete Wangen. Sogleich wandte sie sich der Mutter zu.

„Was hast du?" fragte Olivia flüsternd.

„Das ist ein trauriger Ort", antwortete Hannah mit gedämpfter Stimme. „Hier wird so viel geweint."

Wieder rann Olivia ein Schauer über den Rücken. Sie lauschte angestrengt, als könne das, was Hannah zu hören meinte, ihre Fragen beantworten. Da sie jedoch nichts vernahm, beugte sie sich beklommen näher zu ihrer Tochter. „Wer weint?"

Hannah zögerte. „Ich kenne den Namen der Frau nicht. Sie leidet jedoch an gebrochenem Herzen und ist so traurig, so allein."

Auch Olivia empfand diese Traurigkeit, konnte die Frau indes noch immer nicht hören. Vielleicht handelte es sich bei diesem Wesen um eine Ahnin des Earl of Stanhope, die schon viele Jahre tot war. Vielleicht durchwehte noch immer der Kummer der Countess um ihren Erstgeborenen das Gemäuer. Olivia hätte Hannah am liebsten gefragt, ob sie die Anwesenheit von Garricks totem Bruder spüre, wagte es jedoch nicht, weil sie Hannah nicht verunsichern oder verängstigen mochte.

Nachdem Mrs. Riley das Personal in die Küche und die Gästezimmer gescheucht hatte, kehrte sie zurück. „Ich werde Euch Tee und Gebäck hinaufbringen lassen, Mylady, und wenn Ihr Eure Zimmer aufsucht, werden sie warm und gemütlich sein, da ich in ihnen Feuer habe machen lassen." Sie lächelte strahlend. „Um welche Zeit wünscht Ihr zu speisen, Lady Ashburn?"

Olivia verdrängte die stille Traurigkeit, die sich ihrer zu bemächtigen drohte. „Wir möchten Euch nicht lästig sein, Mrs. Riley. Schickt uns doch einfach einen Imbiss in unsere Zimmer. Vielleicht um acht Uhr?"

„Wie Ihr wünscht, Mylady. Erlaubt mir, Euch nach oben zu geleiten. Die Gästezimmer befinden sich in diesem Teil des Hauses. Ich hoffe, das stört Euch nicht." Olivia und ihre Begleiterinnen folgten der sichtlich fröhlichen Haushälterin durch die Halle und die steile, gewundene Treppe hinauf. „Dies ist der älteste Teil des Hauses, zur Zeit der Herrschaft Henrys VIII. begonnen und fertig gestellt. Ich habe nie begriffen, warum die Herrschaft die Gästezimmer hier belassen und nicht in die neueren Flügel verlegt hat. Natürlich wurde das Haus seit seiner Erbauung vier Mal renoviert, wie Ihr sehen könnt. Lord und Lady Stanhope empfangen hier selten Gäste. Es ist Jahre her, seit sie zum letzten Mal längere Zeit hier verbracht haben. Beide finden großen Gefallen an London. Hier ist es meist sehr ruhig. Sie kommen nur einmal im Jahr her, und das auch nur, weil der Earl gern auf die Jagd geht."

Inzwischen hatten sie die zweite Etage erreicht und bogen in einen engen Korridor ein. Mehrere Porträts früherer Familienmitglieder hingen an den Wänden. Die Abgebildeten trugen elizabethanische Kleidung mit breiten, gerüschten Kragen und blickten den Betrachter aus ernsten Augen an.

„Ich kann mir denken, dass Lord Stanhope den Aufenthalt in der Stadt vorzieht", erwiderte Olivia höflich.

Zwar kannte sie dessen Gattin nicht persönlich, hatte sie jedoch früher bei dem einen oder anderen gesellschaftlichen Anlass und natürlich auch bei dem von den Laytons veranstalteten Fest gesehen. Lady Stanhope war eine schöne, elegante Frau, von der Olivia nicht annahm, dass sie sich auf dem Land wohl fühlte. Obwohl Olivia nicht mehr an den Abend bei den Laytons denken wollte, war es ihr unmöglich, ihn zu vergessen.

„Hier ging es früher immer sehr fröhlich zu", sagte Mrs. Riley und öffnete zwei Türen. „Das ist Euer Zimmer, Mylady, und das ist für Eure Tochter. Eures, Miss Childs, liegt auf der anderen Seite des Ganges."

Olivia betrat den Raum. Das Bett war aus dem gleichen dunklen Eichenholz gemacht wie der Fußboden und die Vertäfelung. Der Kamin, in dem ein Feuer brannte, war aus Stein gehauen. Sie bemerkte, dass die Fenstervorhänge zurückgezogen worden waren. Wäre es ein schöner, sonniger Tag gewesen, hätte das Zimmer nicht so düster gewirkt. Olivia lächelte Mrs. Riley an und sagte: „Welch hübscher Raum!"

„Wenn die Sonne hereinscheint, könnt Ihr sehen, wie vorzüglich die Schnitzereien gearbeitet sind", erwiderte Mrs. Riley. „Läutet, falls Ihr etwas benötigen solltet. Die Hausmädchen werden Euch jeden Wunsch erfüllen." Lächelnd wandte sie sich zum Gehen.

„Wie lange seid Ihr schon hier im Dienst, Mrs. Riley?" fragte Olivia.

Ruhig schaute die Haushälterin sie an. „Fünfundzwanzig Jahre, Mylady, ungeachtet all dessen, was in dieser Zeit geschehen ist. Ich kann nicht behaupten, es je bereut zu haben, bei der Herrschaft angestellt zu sein."

Fünfundzwanzig Jahre! Garrick De Vere war ungefähr so alt. „Ihr müsst Lord Caedmon schon als Knaben gekannt haben, nein, schon als Kleinkind, nehme ich an."

„Ja, er wurde hier geboren, und ich habe Ihrer Ladyschaft bei der Niederkunft beigestanden."

Olivia zauderte einen Moment und fragte dann: „Hatte er nicht einen älteren Bruder?"

Mrs. Rileys Lächeln schwand. „Das stimmt. Es war eine ziemliche Tragödie. Als er geboren wurde, war sein älterer Bruder Lionel, der bis zu seinem Tod Viscount Caedmon Crag war, ungefähr eineinhalb Jahre alt. Ich kannte Lord Lionel so gut wie seinen jüngeren Bruder. Er war ein netter, guter Junge. Im Alter von vierzehn Jahren ist er verschwunden, und bis heute weiß niemand, was damals geschehen ist." Die Haushälterin zwinkerte heftig.

„Entschuldigt, ich wollte nicht aufdringlich sein oder Euch bekümmern", erwiderte Olivia und berührte das Handgelenk der Wirtschafterin. „Ich habe Lord Caedmon neulich bei seiner Verlobungsfeier getroffen und nehme an, dass die Neugier jetzt mit mir durchgegangen ist."

„Schon gut", sagte Mrs. Riley fröhlich. „Und es ist ein Segen, dass Seine Lordschaft nach all diesen Jahren endlich heimgekehrt ist. Wenn Ihr mich jetzt bitte entschuldigen würdet."

Lächelnd ließ Mrs. Riley Lady Ashburn mit deren Tochter und Miss Childs allein.

„Was stimmt nicht, Mama?" erkundigte Hannah sich leise. „Warum hast du ihr so viele Fragen gestellt?"

„Wie gesagt, nur aus Neugier, meine Liebe." Olivia gedachte nicht, Hannah die Wahrheit zu erzählen, wenngleich es sie störte, sich ihr gegenüber verstellen zu müssen. „Komm, Liebes, lass uns dein Zimmer anschauen. Oder möchtest du heute Nacht lieber bei mir schlafen?"

Hannah strahlte. „Du weißt, dass mir das lieber wäre."

„Also gut", willigte Olivia ein und fand, dass es für sie wahrscheinlich tröstlicher sei als für ihre Tochter.

Behutsam bewegte Hannah sich durch den Raum und benutzte ihren Gehstock, um die Ausmaße und das Mobiliar zu erkunden. Olivia ging zum Fenster, zog die nicht mehr neuen goldfarbenen Samtvorhänge beiseite und genoss den weiten Blick auf die hügelige Landschaft von Surrey. Gleich hinter der Barbakane konnte sie das Tal sehen, durch das man zuvor gefahren war, das kleine Dorf und die es umgebenden Felder. Sie fragte sich, ob der Tod von Garrick De Veres älterem Bruder die Eltern davon abhielt, auf dem Land zu leben. Natürlich musste das der Grund sein.

Plötzlich hörte sie Hannah entzückt aufschreien.

Rasch drehte Olivia sich um – und erstarrte.

Hannah kniete auf dem Fußboden und hatte die Arme um den irischen Setter geschlungen. Der rötlichfarbene Hund wedelte freudig mit der Rute und leckte Hannah das Gesicht.

Olivia stockte der Atem.

„Mama! Sieh nur! Lord Caedmons Hund ist hier!" rief Hannah aus und hob flüchtig den Kopf, ehe sie wieder das Gesicht an das seidige Fell des Hundes schmiegte.

Olivia blickte zur Tür.

Garrick De Vere lehnte lässig am Türrahmen und lächelte sie an. „Guten Abend, Lady Ashburn", sagte er, und ein verschmitzter Ausdruck stand in seinen Augen.

Olivia fühlte, wie das Blut, das ihr zunächst aus den Wangen gewichen war, ins Gesicht stieg. Gütiger Himmel, Lord Caedmon war im Haus! „Ihr!" Mehr brachte sie nicht über die Lippen.

Fragend hob er eine Braue.

Olivia merkte, dass sie zitterte, und bemühte sich vergeblich um Fassung. „Ihr müsst London heute Morgen verlassen haben", sagte sie vorwurfsvoll.

„Ich bin kurz nach zwölf Uhr abgereist", erwiderte er lächelnd.

„Zu dieser Zeit sind auch wir aufgebrochen."

Sein Lächeln vertiefte sich. „Ich weiß." Er schlenderte ins Schlafzimmer, blieb neben Hannah und seinem Hund stehen und sagte: „Hallo, Hannah!"

10. KAPITEL

Fassungslos beobachtete Olivia, wie Hannah sich aufrichtete und Lord Caedmon Crag anstrahlte. Sie verspürte ein Pochen in den Schläfen, war jedoch wieder fähig, klar zu denken. Es stand außer Zweifel, dass er ihr aus London nachgereist war. Sein Erscheinen auf Stanhope Hall war kein Zufall. Vor Hannah konnte Olivia ihn jedoch nicht beschuldigen, ihr nach Surrey gefolgt zu sein. Sie dachte daran, dass sie sich dazu entschieden hatte, die Nacht auf Stanhope Hall zu verbringen, und unversehens wurde ihr die Ironie der Situation bewusst.

„Das ist wunderbar, Mylord", sagte Hannah und streichelte den Setter, der vor Wiedersehensfreude zitterte. „Wir haben nicht damit gerechnet, dass Ihr hier sein würdet."

„Damit habe selbst ich kaum gerechnet", erwiderte Garrick trocken und blickte zum Fenster, als aus der Ferne Donnergrollen herüberdrang. Aus dem Nieselregen war inzwischen ein Wolkenbruch geworden. „Wirst du mir mit deiner Mutter die Ehre erweisen, nachher mit mir zu dinieren?" fragte Garrick beiläufig und wandte sich Olivia zu.

„Wir sind von der überstürzt angetretenen Reise erschöpft, Sir", sagte sie steif und sah ihn erbost an. Was machte er hier? Und wie sollte Arlen dieses Zusammentreffen verborgen bleiben? „Mein Gatte hat mir ganz überraschend mitgeteilt, dass ich heute Vormittag zeitig heimzukehren habe. Ihr könnt Euch vorstellen, in welcher Hast wir aufgebrochen sind. Das war eine große Belastung."

Unverwandt hielt Garrick den Blick auf sie gerichtet. „Ja, ich kann mir denken, dass es eine große Belastung für Euch war, in solcher Hast abreisen zu müssen."

Olivia war verärgert und verängstigt zugleich. „Meine Tochter und ich werden heute Abend in unseren Zimmern essen", äußerte sie kühl. „Ich habe die Absicht, morgen sehr früh aufzubrechen."

Hannah stieß einen Protestschrei aus, den sowohl ihre Mutter als auch der Viscount ignorierten.

„Und es gibt keine Möglichkeit, Euch umzustimmen?“

„Bezieht Ihr Euch damit auf das Abendessen oder unsere geplante Abreise?“ erkundigte Olivia sich in süßlichem Ton.

„Auf beides“, antwortete er ebenso liebenswürdig. „Meine Gastfreundschaft kann grenzenlos sein.“

Bestürzt verschränkte Olivia die Arme vor der Brust, und das Herz klopfte ihr schneller. Wie sollte sie jetzt, da der Viscount anwesend war und Absichten hatte, die weder harmlos noch ehrbar waren, die Nacht auf Stanhope Hall, unter demselben Dach wie er, überstehen? Der Himmel allein wusste, was Arlen tun würde, sollte er je davon erfahren. Olivia blickte aus dem Fenster und sah, dass es bald Nacht sein würde. Es dämmerte bereits, und der Himmel war wolkenverhangen. Regen trommelte an die Fensterscheiben. Die Nacht würde kalt, trübe und äußerst unfreundlich sein.

„Ich würde es selbst dann nicht gestatten, wenn Ihr es versuchen solltet“, fügte Garrick leise hinzu.

„Was würdet Ihr nicht gestatten, Sir?“ Olivia drehte sich zu ihm um.

„Ich würde Euch nicht gestatten, bei diesem unwirtlichen Wetter das Haus zu verlassen.“ Er streckte die Hand aus und berührte Hannahs Haar. „Ich hoffe, Euch beide um acht im Speisezimmer anzutreffen“, sagte er charmant. „Falls deine Mutter es erlaubt, kannst du Treve heute Nacht bei dir behalten.“

Hannah hatte sein Lächeln erwidert. „Ihr meint doch bestimmt nicht für die ganze Nacht?“ fragte sie verblüfft und hoffnungsvoll.

„Doch!“ Mit eindringlichem, wissendem Blick schaute er Lady Ashburn an.

Sie unterdrückte ein Seufzen. „Ich habe keinen Einwand.“

Garrick hob die Augenbrauen. „Ich dachte, Ihr wolltet mit mir über jedes nur mögliche Thema streiten.“

Sie schürzte die Lippen und schwieg.

Er lachte, ging zur Tür und blieb davor stehen. „Um acht Uhr, Lady Ashburn“, erinnerte er sie und verließ den Raum, ohne die Tür hinter sich zu schließen.

Olivia schlug sie wütend zu. Er war unmöglich! Sie hatte nicht die Absicht, mit ihm zu dinieren. Und was würde später geschehen, wenn Hannah bereits schlief? Das eigentliche Problem war, wie Olivia deutlich erkannte, dass sie kein Vertrauen zu sich selbst hatte.

„Mama.“ Mit besorgter Miene ging Hannah zu ihr, der Setter ihr getreu zur Seite. „Ich dachte, du magst Lord Caedmon. Warum bist du so verärgert und ängstlich?“

Olivia holte tief Luft. Es war schwierig, eine Tochter zu haben, die das zweite Gesicht besaß. Du lieber Gott! Sie fürchtete, Hannah könnte Recht haben. Sie fürchtete sich vor Arlen und noch mehr davor, was in den frühen Morgenstunden geschehen mochte, schloss die Augen und stellte sich vor, wie sie in Garrick De Veres Armen lag.

Wäre das so schrecklich falsch? Unwillkürlich war dieser Gedanke ihr durch den Sinn gegangen. Erschüttert weigerte sie sich, ihn zu verfolgen.

Sie schlang den Arm um die Tochter. „Liebling, es gibt einige Dinge, die ich dir nicht anvertrauen kann, und die Gefühle, die ich jetzt habe, sind sehr persönlich. Ich würde sie dir erklären, wenn ich das könnte.“

„Aber du bist verängstigt, Mama, und das beunruhigt mich.“

„Du hast keinen Anlass, besorgt zu sein“, äußerte Olivia so beschwichtigend wie möglich. Das war jedoch eine schreckliche Lüge gewesen. Selbst wenn Olivia Garrick De Vere und ihrem Verlangen nach ihm widerstand, musste sie sich des Gatten und der Zukunft wegen Sorgen machen, da alle an dieser Sache Beteiligten betroffen waren.

„Lord Caedmon ist ein guter Mensch. Du musst dich nicht vor ihm fürchten. Er ist nur traurig, Mama. Er hat seinen Bruder sehr gern gehabt.“

Olivia setzte sich auf die mit Quasten verzierte Ottomane und zog die Tochter an sich. „Ist das der Eindruck, den du aus meinem Gespräch mit Mrs. Riley gewonnen hast?“

Hannah zuckte die Schultern. „Nein. Ich weiß es einfach, so wie ich andere Dinge weiß.“

Olivia nickte und schwieg eine Weile. Sie selbst war viel zu bedrückt, um Lionel De Veres Anwesenheit zu spüren, falls sein Geist sich in der Nähe aufhalten sollte, und daher überlegte sie, ob sie die Tochter fragen solle, was sie empfand. Die Gabe des zweiten Gesichts war eine Fähigkeit, deren man sich nicht aus oberflächlichen Gründen bediente. Sie beschloss, das Thema ihrer Tochter gegenüber nicht weiter zu verfolgen.

„Was hast du, Mama?“ wollte Hannah wissen und legte ihre warme Hand auf den Arm ihrer Mutter.

Olivia schüttelte den Kopf. „Nichts, Liebes. Ich bin durch die Reise sehr müde geworden. Warum waschen wir uns nicht und erfrischen uns etwas vor dem Abendessen? Danach werde ich dir etwas vorlesen, wenn du im Bett bist.“ Sie umarmte Hannah. „Es wird ein sehr gemütlicher Abend werden, nur wir beide in diesem alten Palast, während es draußen stürmt und gießt.“

Hannah furchte die Stirn. „Wir können Seiner Lordschaft beim Dinner nicht Gesellschaft leisten?“

„Nein!“ entgegnete Olivia kurz angebunden.

Hannah schickte sich in ihr Los. „Es macht mir nichts aus, Mama, in meinem Zimmer zu schlafen, da Treve jetzt bei mir ist“, erwiderte sie lächelnd. „Er wird bei mir im Bett schlafen.“

„Nein!“ rief Olivia aus.

Hannah zuckte zusammen.

Klopfenden Herzens bemühte Olivia sich um Haltung. „Er kann auf dem Fußboden schlafen. Hunde gehören nicht ins Bett! Du wirst bei mir schlafen, so wie wir das besprochen hatten, meine Liebe.“ Sie zwang sich zu einem Lächeln. Hannah würde ihr Schutzschild sein und Garrick De Vere daran hindern, seine üblen Absichten erfolgreich durchzuführen.

Lady Ashburn und ihre Tochter gesellten sich nicht zu Garrick. Das hätte er wissen müssen. Zum Teufel mit diesem starrsinnigen Weib!

Er hatte nicht die Absicht, allein in dem weitläufigen, schlecht beleuchteten Speisesaal zu dinieren, nur in Gesellschaft der Geister seiner Vorfahren und der über die Wände zuckenden Schatten. Abrupt stand er auf und richtete den Blick auf die besorgte Mrs. Riley. „Ich habe den Appetit verloren", verkündete er verdrossen und nahm eine Weinflasche und ein Glas an sich.

„Darf ich Euch ein Tablett mit Essen in Euer Zimmer heraufbringen lassen, Mylord?" fragte die hagere Haushälterin.

Er hatte den Raum jedoch bereits verlassen und strebte durch den mäßig erhellten Korridor. Mrs. Rileys Frage hatte er kaum vernommen. Warum widerstand Olivia ihm und wehrte sich gegen die Anziehungskraft, die sie beide füreinander empfanden? Sie hätten einen äußerst angenehmen Abend verbringen können – als Vorspiel für ein noch weitaus aufregenderes Zusammensein nach dem Essen, wenn Hannah schlief.

Garrick stieg die Treppe hinauf. Seine Räume befanden sich im Westflügel, wohingegen Lady Ashburn, deren Tochter und die Gouvernante im Haupttrakt des Hauses untergebracht waren. Er fand es absurd, dass er sich so nach ihr sehnte, und hielt sich vor, er solle sich eine andere Frau besorgen. Instinktiv wusste er jedoch, dass sich dadurch nichts ändern würde. Und warum schaute Olivia ihn dauernd so an, als könne sie durch die Mauer sehen, die er seit frühester Kindheit um sich errichtet hatte?

Er betrat sein Appartement und ging zum Fenster. Es regnete immer noch. Er hatte vergessen, wie feucht, trüb und kalt das Wetter in seiner Heimat war. Gott, die Wahrheit war, dass er seine Heimat überhaupt nicht vermisst hatte. Doch nun schien sein Drang, nach Barbados zurückzukehren, etwas geringer geworden zu sein.

In Anbetracht der lang anhaltenden Rivalität zwischen ihm und Ashburn war es wahrscheinlich zum Besten, dass Olivia sich an ihre moralischen Wertvorstellungen klammerte. Er traute es Arlen Grey zu, dass dieser ihn bei einem Duell töten würde, sollte er je erfahren, dass Garrick ihn mit seiner Gattin betrogen hatte.

Beunruhigt leerte Garrick das Weinglas zur Hälfte und schenkte sich nach. Er wollte nicht an Olivia denken. Seine Gedanken wandten sich Lionel zu, was seiner Stimmung nicht eben zuträglich war. Hier gab es so viele Erinnerungen, weitaus mehr als in London. Verdammt! Würde je ein Tag verstreichen, an dem er nicht von bitteren Schuldgefühlen gequält wurde und keinen Schmerz über den Verlust des Bruders verspürte?

Lionel. Olivia. Unablässig kreisten Garricks Gedanken um den einen wie um die andere, und unvermittelt bekam er böse Vorahnungen. Die Erinnerung an Lionel hatte ihn in den verflossenen vierzehn Jahren, seit dem Tod des Bruders, geplagt. Wie würde er sich fühlen, falls Olivias Bild ihn in der gleichen Weise verfolgte, ihn gegen seinen Willen Tag und Nacht heimsuchte?

Die Vorstellung war erschreckend. Er fluchte, holte sich einen dicken Wollmantel und verließ sein Appartement. Einige Minuten später schritt er gesenkten Kopfes durch die dunkle Nacht, ein einsamer Mann, der vom unaufhörlich herabrauschenden Regen durchnässt wurde.

Olivia wurde wach, schreckte aus tiefem, traumlosem Schlaf hoch und wusste, dass etwas ganz und gar nicht in Ordnung war. Starkes Grauen und schreckliche Angst erfüllten sie.

Sie blickte zur anderen Seite des Betts, wo Hannah sein musste. Sie hatte Kerzen brennen gelassen, die den Raum mit flackerndem Licht erhellten. Jäh setzte sie sich aufrecht hin und schrie auf. Hannah war verschwunden!

Eine eiskalte Hand schien nach ihrem Herzen zu greifen. Erschrocken schaute Olivia sich um, hielt einen der Leuchter höher, aber der Raum war leer, und die Tür stand weit auf. Auch der Hund war verschwunden. Sie berührte Hannahs Kopfkissen, dann das Laken, auf dem die Tochter gelegen hatte. Kissen und Laken waren kalt.

Sie bekam einen trockenen Mund und sprang aus dem Bett, fast wahnsinnig vor Angst. Wandelte Hannah im Schlaf? Stanhope Hall war ein weitläufiges Anwesen. Wie sollte Olivia sie finden? Vielleicht verletzte sich die Tochter, oder sie wanderte bei diesem Wetter im Freien herum, was noch schlimmer gewesen wäre.

Olivia hastete aus dem Schlafzimmer, rannte über den Gang zu Miss Childs' Zimmer und klopfte an. Sie hoffte, Hannah bei der Gouvernante vorzufinden. Einen Moment später machte die verschlafen wirkende Erzieherin die Tür auf, und Olivia berichtete ihr, was geschehen war.

Miss Childs war sogleich munter. „Ich werde Euch bei der Suche helfen", versprach sie.

„Hannah muss schlafwandeln", meinte Olivia. „Eine andere Erklärung gibt es nicht. Und wenn sie wach wird, ist sie bestimmt verängstigt, weil sie sich allein und verloren fühlt", setzte Olivia hinzu.

Lucy berührte die Hand der Countess. „Eure Tochter hat den Hund bei sich."

Der Viscount! „Ich werde Lord Caedmon wecken", rief Olivia aus, drehte sich um und eilte den dunklen Korridor hinunter. Keine der Kerzen in den an Wänden angebrachten Leuchtern brannte. Die Stimmung war unheimlich. Aber Olivia hatte jetzt nicht die Zeit, darüber nachzudenken.

Lucy folgte ihr. „Ich werde Mrs. Riley wecken."

Olivia hatte die Gouvernante kaum gehört. Konnte Garrick De Vere den Hund nicht irgendwie herbeirufen, der sie dann zu Hannah führen würde? Olivia hastete die Treppe hinunter und ließ Miss Childs weit hinter sich. Sie entsann sich, dass die Privatappartements der Familie im Westflügel waren, und lief barfuß die dort hinführende Treppe hinauf. Sie mutmaßte, dass diese Räumlichkeiten sich wie üblich in der ersten Etage befanden.

Sie hämmerte laut mit der Faust an die erste geschlossene Tür. „Sir! Lord Caedmon!" schrie sie, bekam jedoch keine Antwort. „Garrick!" Sie schlug wieder gegen die Tür und riss sie schließlich auf. Ein dunkler, kalter, von schwankenden Schatten erfüllter Raum lag vor ihr, der eindeutig nicht benutzt wurde.

„Olivia?“

Erleichtert drehte sie sich um und sah den Viscount nur mit Breeches bekleidet, die nicht einmal zugeknöpft waren, vor einer offenen Tür stehen. Sie hatte indes weder die Zeit, seinen muskulösen Körper zu bewundern, noch sich mit der Tatsache zu befassen, dass er offensichtlich nackt geschlafen hatte. Sie lief zu ihm und rief: „Hannah schlafwandelt! Ich bin wach geworden und habe sie nicht mehr im Bett vorgefunden. Wir müssen sie suchen!“

Garrick ergriff sie bei den Armen. „Olivia! Beruhigt Euch! Eurer Tochter wird kein Leid geschehen“, erklärte er nachdrücklich.

Olivia sah ihn an, und Tränen traten ihr in die Augen. Seine Kraft und beruhigende Ausstrahlung waren ungemein tröstlich.

Er hielt sie weiterhin fest, lockerte jedoch den Griff. „Wir werden Hannah finden. Indes kann es eine Weile dauern, bis wir sie aufgespürt haben, da das Haus sehr weitläufig ist.“

Olivia nickte, und allmählich beruhigte sich auch ihr Herzschlag. Unvermittelt wurde sie sich des männlichen Geruches bewusst, der von Lord Caedmon Crag ausging, und seines halb entblößten Aussehens. Sein Körper war sehr gut geformt, die Brust bemerkenswert fest und breit und mit schwarzen Haaren bedeckt. Deutlich zeichneten die Muskeln seiner angespannten Arme sich ab. Olivia senkte den Blick auf den Bauchnabel und das dunkle Haar darunter, das in einer schmalen Linie unter dem geöffneten Bund der Breeches verschwand.

Errötend wandte sie sich ab.

Sogleich ließ Garrick sie los, drehte sich um und knöpfte die Hose zu. Er warf ihr einen scharfen Blick über die Schulter zu, und prompt klopfte das Herz ihr wieder schneller. Dann ging er in sein Zimmer, zog ein Hemd an, das er bei der Rückkehr in den Korridor zuknöpfte, während er Olivia einen anzüglichen Blick zuwarf.

Sie wurde sich bewusst, dass sie nur das dünne baumwollene Nachtgewand trug, da sie nicht daran gedacht hatte, sich ihren

Morgenrock überzustreifen. „Das ist mir gleich“, sagte sie trotzig und verschränkte die bloßen Arme vor der Brust. Das Nachthemd hatte keine Ärmel und war ziemlich durchsichtig.

„Lasst uns Eure Tochter suchen“, sagte Garrick spröde. „Hat sie Treve bei sich?“

Olivia nickte und kehrte mit ihm zur Treppe zurück. „Miss Childs weckt das Personal.“

„Gut! Wir werden die Suche dort beginnen, wo man Hannah zuletzt gesehen hat. Ich nehme an, sie befindet sich im Haupttrakt, nicht weit von Eurem Schlafzimmer entfernt.“ Er ließ Lady Ashburn den Vortritt. „Schlafwandelt sie häufig?“

Olivia zögerte einen Moment mit der Antwort. „Hannah hat neuerdings damit angefangen, und das beunruhigt mich“, antwortete sie und entsann sich der Reaktion des Gatten, als sie ihm einmal fälschlicherweise erzählt hatte, ihre Tochter sei schlafgewandelt. Das war in der Nacht gewesen, als Susan Layton versucht hatte, sich zu ertränken. In Wahrheit hatte Hannah jedoch vor ungefähr einem Monat damit begonnen, nachts durchs Haus zu laufen, und Olivia war bislang nicht im Stande gewesen, den Grund dafür herauszufinden.

„Ihr solltet Euch nicht so beunruhigen“, riet Garrick, als sie den Haupttrakt erreichten. „Hannah ist blind und findet sich in der Dunkelheit viel besser zurecht als Ihr oder ich.“

„In der Dunkelheit hat sie Angst“, widersprach Olivia sofort. „Sie besteht darauf, nachts bei Kerzenlicht zu schlafen.“

Verwundert schaute Garrick sie an. „Wurde Eure Tochter blind geboren?“ erkundigte er sich und ergriff Olivia am Arm. Seine Hand war kräftig und lag warm auf Olivias Haut. Er geleitete sie den Korridor hinunter. Aus der Halle drangen die leisen Stimmen der Dienstboten herauf.

„Ja.“

Ohne etwas zu erwidern, ging er mit ihr in die Halle hinunter. Zwei Dutzend Bedienstete waren dort in ihren Nachtsachen versammelt und hielten Leuchter in den Händen. Garrick teilte sie rasch in Paare auf und schickte sie dann in Grüppchen in die verschiedenen Teile des Gebäudes. „Wir beide, Madam, werden diesen Flügel durchsuchen“, sagte er, als das Personal sich zu entfernen begann. „Und wir fangen in der ersten Etage an, wo Ihr untergebracht seid.“

Miss Childs hatte die Halle mit dem ihr zugeteilten Hausmädchen noch nicht verlassen. Sie näherte sich Lord Caedmon und Olivia und fragte leise: „Mylady, fühlt Ihr nichts?“

Olivia erstarrte und wagte nicht, Garrick De Vere anzusehen. Sie hoffte, er möge die Bedeutung der Frage nicht begriffen haben. Nun war ihr Argwohn, Miss Childs könnte die Wahrheit kennen, bestätigt worden. „Ich war viel zu erschrocken, um das überhaupt zu versuchen“, erwiderte sie mit gedämpfter Stimme. „Wir reden später“, fügte sie hinzu und hoffte, Lucy Childs möge begreifen, dass sie jetzt nicht über dieses Thema sprechen wollte.

Miss Childs zauderte einen Moment, warf Garrick De Vere einen Blick zu und verließ mit dem Hausmädchen die Halle. Olivia mied den Blick des Viscount und bewegte sich, laut den Namen der Tochter rufend, zur Treppe. Schweigend folgte Garrick ihr, doch sie spürte, dass er sie beobachtete. Einen Moment später stieß er einen durchdringenden Pfiff aus. Sie zuckte zusammen, hörte jedoch weder ihre Tochter noch den Hund auf den Pfiff reagieren.

Olivia und Garrick kehrten in die erste Etage zurück und begannen, einen Raum nach dem anderen zu durchsuchen. Olivia rief Hannah, und Garrick pfiff dem Hund. Aber weder von dem Mädchen noch von dem Hund war auch nur der geringste Laut zu vernehmen.

Bedrückt nahm Olivia in ihrem Schlafzimmer den Morgenrock an sich und zog ihn an. „Außer uns hält sich in dieser Etage eindeutig niemand sonst auf. Es ist so still, dass man eine Stecknadel fallen hören könnte.“

„Ich bin Eurer Ansicht“, erwiderte Garrick und ließ den Blick über Lady Ashburns fest gegürteten Morgenmantel schweifen.

„Würde Euer Hund das Pfeifen nicht hören, wenn er in einer anderen Etage wäre?“ fragte Olivia, während sie mit Lord Caedmon zur Treppe ging.

„Doch. Und er würde zu mir kommen, wenn ihm das möglich wäre.“

Olivia stolperte auf der Stufe. Sie befand sich vor dem Viscount, und er stützte sie von hinten. Sie stieß seine Hände fort, drehte sich auf der schmalen Treppe zu ihm um und erkundigte sich: „Was wollt Ihr damit sagen?“

„Treve würde Eure Tochter nicht allein lassen, er würde bei ihr bleiben.“ Garrick ergriff Lady Ashburn am Ellbogen, um ihr behilflich zu sein.

„Ihr macht mir Angst“, erwiderte sie.

„Hier gibt es keine Gespenster. Das ist nur ein altes Haus, das entschieden zu viele Räume und Gänge hat. Hannah ist nicht in Gefahr. Aber wenn sie sich ängstigen sollte, wird mein Hund bei ihr bleiben. Lasst uns die nächste Etage auslassen. Vermutlich sind Eure Tochter und Treve nicht dort, denn sonst hätte er gebellt.“

„Was ist in der dritten Etage?“ wollte Olivia wissen, als man wieder eine Treppe hinaufging.

„Das Kinderzimmer, die Unterkünfte der Dienstboten und der Dachboden“, zählte Garrick ruhig auf.

Wieder stand Olivia das Bild der beiden Jungen vor Augen.

„Als Kind pflegte ich auf dem Dachboden zu spielen“, erklärte er, lächelte schief und stieß erneut einen Pfiff aus.

Sie waren auf dem Treppenpodest stehen geblieben und hörten jetzt leise und gedämpft das Bellen des Hundes. Garrick warf Olivia einen kurzen Blick zu und ging den Flur entlang.

Sie sputete sich, um mit ihm Schritt zu halten. „Wo sind Hannah und der Hund?“

„Das Bellen kam vom Dachboden“, antwortete er grimmig.

Vom Dachboden! Ausgerechnet dorthin musste Hannah gehen! Warum hatte sie sich da hingewagt, falls sie nicht geschlafwandelt war? Es sei denn, sie war durch etwas oder jemanden dazu genötigt worden.

Am Ende des Korridors riss Garrick eine schmale Tür auf, und Olivia erblickte eine sehr steile, schmale Stiege, die vollkommen im Dunklen lag. Das Herz klopfte ihr zum Zerspringen. Das Licht der Kerze, die Lord Caedmon bei sich hatte, erhellte den engen Durchlass nur schwach.

„Ihr wartet hier!“ befahl Garrick.

Olivia machte sich nicht die Mühe, etwas zu erwidern, und folgte ihm die Treppe hinauf. Am Ende befand sich eine weitere, ziemlich niedrige Tür, die einen Spalt geöffnet war. Garrick stieß sie weiter auf und erblickte den schwanzwedelnden Setter, der ihn aufmerksam anschaute und sichtlich froh war, ihn zu sehen.

„Guter Junge“, sagte er. „Eure Tochter ist hier, Olivia.“

Olivia trat näher und spähte ihm über die Schulter. Sie sehnte sich danach, die Tochter sicher und unverletzt zu sehen. Auf dem Dachboden war es so finster wie auf der Stiege, doch Olivia konnte Hannah in der Nähe eines offenen Fenster mit dem Rücken zur Wand auf dem Fußboden sitzen sehen. Das weiße Nachthemd zeichnete sich klar in der Dunkelheit ab. Hannah regte sich nicht.

„Hannah!“ rief Olivia.

Die Tochter antwortete ihr nicht.

Olivia zwängte sich an Garrick vorbei und ging geduckt durch die niedrige Tür. Auf dem Dachboden konnte sie sich aufrichten und eilte zu Hannah. Im selben Augenblick, da sie sich neben sie kniete, sank ihr das Herz. Hannah saß stocksteif in der Nähe des einzigen Fensters. Regen prasselte auf das Fensterbrett und tropfte in den Dachboden. Ein großer Teil von Hannahs Nachtkleidung war triefnass.

„Liebling, ist mit dir alles in Ordnung?“ fragte Olivia ängstlich, zog die Tochter in die Arme und empfand im gleichen Moment tiefen Kummer, der sie durch seine Intensität erschütterte. Sie war den Tränen nahe.

„Mir geht es gut, Mama“, antwortete Hannah ruhig.

„Bist du geschlafwandelt?“ Olivia schaute sich um. Sie war sicher, dass kein Fremder sich in der Nähe aufhielt. Nur sie, Hannah, der Viscount und sein Hund befanden sich auf dem Dachboden.

„Nein“, entgegnete Hannah.

Olivia erschrak. Alles war genau so, wie sie es geahnt hatte. Welche Geheimnisse barg dieses Haus? Welche Tragödien hatten sich hier abgespielt? Olivia verspürte ein starkes Pochen in den Schläfen. Hatte sie nicht unmittelbar nach ihrer Ankunft auf Stanhope Hall die Vision gehabt, dass sie ein Geheimnis aufdecken würde? Sie war überzeugt, dass dieses Geheimnis Lionel De Vere betraf.

Hannah biss sich auf die Unterlippe. „Die Frau hat mich geweckt. Sie war so traurig. Ich musste sie finden.“

Olivia klopfte das Herz bis zum Hals. Sie wagte nicht, zur Tür zu sehen, da sie sich bewusst war, dass der Viscount sie und die Tochter beobachtete und auf jedes Wort lauschte. Sie war aus einem ganz bestimmten Grund nach Stanhope Hall gefahren. Hier wartete jemand oder etwas auf sie. Hier gab es eine Wahrheit, die enthüllt werden musste. Olivia hatte angenommen, die Sache beträfe Lionel De Vere, doch nun war sie nicht mehr so sicher.

„Wir reden später über die Frau“, flüsterte sie.

Hannah schüttelte den Kopf. „Sie ist nicht hier. Ich konnte sie nicht finden. Aber sie war hier, Mama. Sie hat das Fenster aufgelassen.“

Olivia ergriff die Tochter am Arm, zog sie auf die Füße und sah, dass Hannah auf einem alten, verschlissenen schottischen Plaid gesessen hatte. Das fand sie eigenartig, da die De Veres keinen Tropfen schottischen Blutes in den Adern hatten. „Es ist spät, und du hast uns allen einen gehörigen Schreck eingejagt. So darfst du nie wieder verschwinden, Hannah!“ tadelte Olivia sie sanft. Schweigend durchquerte Olivia mit ihr den Raum und wagte es endlich, Garrick De Vere anzuschauen.

„Wovon hat Eure Tochter geredet?“ erkundigte er sich unverblümt.

„Ich habe keine Ahnung“, behauptete Olivia leichthin.

„Ich habe von einer sehr traurigen Dame gesprochen, die hierher kommt und weint“, erklärte Hannah. „Ich wollte ihr helfen.“

Garrick stellte den Leuchter ab und breitete die Arme aus. „Lass mich dir vom Dachboden helfen, Hannah“, schlug er ruhig vor.

Als könne sie sehen, ging sie vertrauensvoll zu ihm. Er hob sie durch die Türöffnung und stellte sie auf die Treppe. Olivia gestattete ihm, ihr ebenfalls beim Verlassen des Dachbodens behilflich zu sein. Die Berührung seiner Hand verstärkte ihr Unbehagen. Geduldig wartend stand der Setter auf der Treppe und beobachtete Olivia und seinen Herrn.

Einem plötzlichen Impuls folgend, wandte Olivia sich zu dem Hund um.

„Was ist los?“ fragte Garrick.

Der Setter wirkte entspannt und wedelte leicht mit der Rute. Olivia atmete tief durch und beschloss, dem Viscount nicht zu antworten. Natürlich lauerte nicht der Geist eines längst Verblichenen auf dem Dachboden, denn das hätte der Hund gemerkt. Tiere waren für derlei Dinge wesentlich empfänglicher als Menschen. Der Setter machte jetzt einen gelösten Eindruck, aber war er auch so unbefangen gewesen, bevor Olivia und der Viscount sich auf dem Dachboden eingefunden hatten?

„Olivia?“

Sie schaute Garrick kurz an und wandte sogleich den Blick wieder von ihm ab. „Es ist spät. Ich muss Hannah zurück ins Bett bringen.“

Garrick hob das Mädchen auf die Arme. „Nehmt bitte den Leuchter, und macht die Tür zu“, sagte er und trug Hannah die Treppe hinunter.

Diesmal gehorchte Olivia ihm und spürte, dass sie, je mehr sie ihm vertraute und sich seines sensiblen Wesens sicher war, den Kummer hinter sich ließ.

11. KAPITEL

Olivia saß bei Hannah, die jetzt frische, trockene Nachtsachen anhatte und gut zugedeckt im Bett lag, und strich ihr über das Haar. Der Setter schlief ruhig auf dem Fußboden.

„Du siehst sehr müde aus, Liebes", meinte Olivia und nahm an, die Tochter werde jeden Moment einschlafen.

Hannah gähnte. Das war Antwort genug.

„Liebes ..." Olivia hielt inne und fuhr nach kurzer Pause fort: „Hast du eine Ahnung, wer diese traurige Frau ist?"

Hannah gähnte erneut. „Sie ist sehr schön, und ich hätte sie erkannt, wenn ich ihr schon einmal begegnet wäre."

Olivia traute ihren Ohren kaum. Bedeuteten die Worte der Tochter, dass die Frau nicht verstorben war? „Ich hatte angenommen, Hannah, dass wir über eine Tote reden."

„Ich weiß es nicht." Die Kleine rieb sich die Augen. „Manchmal denke ich, dass die Frau nicht mehr lebt, doch dann habe ich den Eindruck, dass sie noch bei uns ist, Mama."

„War jemand bei dir auf dem Dachboden, ehe Lord Caedmon und ich dort erschienen sind?"

Hannah fielen die Augen zu. „Nein. Die Frau war bereits verschwunden."

Olivia schaute ihre schöne Tochter an, deren Lider sich geschlossen hatten. Hannah atmete jetzt tief und gleichmäßig. Olivia bemühte sich, ihre sich überschlagenden Gedanken zu ordnen. Nach den Ereignissen des Abends fiel ihr das jedoch nicht leicht. Vielleicht konnte Hannah die Erscheinung anhand der Ahnengalerie der Stanhopes identifizieren. Vielleicht hatte das Kind diese Möglichkeit gemeint.

Flackerndes Licht fiel auf Olivia.

Sie zuckte zusammen und sah Garrick De Vere lässig, einen Leuchter mit brennender Kerze hoch haltend, in ihr Schlafzimmer kommen. Er war barfuß und trug noch immer die Breeches sowie das Seidenhemd, das ihm um die Hüften hing. Sein Haar war gelöst und wallte ihm auf die Schultern. Olivia klopfte das Herz wie wild.

Rasch stand sie auf und sagte streng: „Ihr dürft nicht hereinkommen!"

Er hatte die Tür halb aufgelassen und lächelte flüchtig. „Schläft Eure Tochter?"

Mit einem raschen Blick vergewisserte Olivia sich, dass Hannah fest schlief. „Ja, und ich verlange, dass Ihr uns jetzt verlasst!"

Garrick stellte den Leuchter auf den Tisch neben dem Bett. Olivia stockte der Atem, als er sich ihr näherte. „Was hat Miss Childs gemeint, als sie Euch fragte, ob Ihr nichts fühlt?"

„Ich kann mich an nichts dergleichen erinnern", antwortete sie spröde und merkte, dass ihr der Schweiß ausbrach.

„Ihr verbergt etwas. Aber was?" fragte Garrick sehr leise.

Das Schimmern in seinen goldbraunen Augen war so faszinierend, dass es ihr schwer fiel, den Blick von ihnen zu wenden. Doch dann schaute sie zufällig auf Garrick De Veres Mund ... Erschrocken sah sie wieder in seine Augen und merkte, dass er wissend lächelte, ganz so, als könnte er ihre Gedanken lesen. Das wäre sehr unpassend gewesen. „Wir können nicht in diesem Raum zusammen sein!"

„Was hat Hannah auf dem Dachboden gesehen? Oder hätte ich besser fragen sollen, was sie dort gefühlt hat?"

Olivia atmete tief ein.

Garrick schloss die Hände um ihre Oberarme. „Ich bin nicht Euer Feind, Olivia, und möchte Euch nur helfen. Gibt es auf Stanhope Hall doch Gespenster?"

„Das weiß ich nicht." Die Berührung erschwerte es ihr, sich auf seine Worte zu konzentrieren. Zudem entsann sie sich seines Kusses, den er ihr im Park der Laytons gegeben hatte.

„Eure Tochter kann die Anwesenheit eines Geistes spüren, nicht wahr? Ihre Blindheit ist ihr dabei behilflich."

Olivia schüttelte den Kopf. „Es handelt sich dabei nur um die blühende Einbildungskraft eines Kindes, das gewohnt ist, allein zu spielen."

„Das glaube ich nicht, und ebenso wenig glaube ich, dass Eure Tochter schlafwandelt."

„Denkt, was Ihr wollt", erwiderte Olivia und straffte die Schultern. „Was wisst Ihr über den Dachboden?"

Garrick schaute sie an.

„Ihr habt dort als Kind mit Eurem Bruder gespielt", erinnerte sie ihn beinahe vorwurfsvoll.

„Ja", bestätigte Garrick. „Und wir wurden stets gehörig dafür bestraft, dass wir uns unserem Vater widersetzt hatten", fügte er trocken hinzu. „Der Dachboden hätte eigentlich stets verschlossen sein müssen. Es war niemandem gestattet, dort hinzugehen."

Olivia erinnerte sich, wie sie die auf dem Dachboden zuckenden Schatten beobachtet hatte, während sie herauszufinden versuchte, ob der Geist eines Verstorbenen anwesend war. Sie hatte jedoch nichts gefühlt. Andererseits war sie innerlich viel zu aufgeregt gewesen, um auf ihre seherischen Fähigkeiten zurückgreifen zu können. Starke Emotionen waren für diese Gabe hinderlich.

„Habt Ihr da oben je etwas Seltsames gefühlt?" hörte sie sich fragen.

Garrick zögerte. „Ich weiß es nicht. Vielleicht. Der Dachboden war stets ein unheimlicher Ort, immer finster, trübe, bedrückend und dunkel, selbst an den sonnigsten Tagen."

Olivia und der Viscount sahen einander an.

Plötzlich lächelte er, streckte die Hand aus und berührte Lady Ashburns Wange. „Auch kleine Jungen haben eine blühende Phantasie."

Atemlos zuckte Olivia zurück. Ihre Reaktion hatte wenig mit dem Dachboden oder einem möglicherweise vorhandenen Gespenst zu tun.

„Wovor habt Ihr Angst?" fragte Garrick leise. „Vor mir?"

„Ich fürchte mich nur vor Eurer dreisten Art!"

„Ich weiß, wovor Ihr Euch jetzt ängstigt", äußerte er unvermittelt.

Sie hielt seinem Blick stand und war entsetzt über den eindringlichen Ausdruck seiner Augen. Sie wusste, was er beabsichtigte, und war bereit, sich ihm zu widersetzen.

„Tu das nicht", flüsterte er und ließ die Finger langsam, betörend und sinnlich über ihre Arme gleiten.

Sie unterdrückte einen Aufschrei, der nicht das Mindeste mit Ablehnung zu tun gehabt hätte. Die Berührung löste so köstliche Reaktionen in ihr aus, dass sie die hinter ihr im Bett schlafende Tochter völlig vergaß.

Die großen Hände des Viscount strichen ihr weiter über die Arme und steigerten die Hitze, die sie empfand. Kurz unterhalb ihrer Schultern hielt er inne und spreizte die Finger, bis seine Daumen ihre Brüste streiften.

Sogleich richteten sich die rosigen Knospen steil auf. Olivia hatte nur einen leichten Morgenrock über dem dünnen, baumwollenen Nachthemd an und sah, dass Garrick die gestrafften Spitzen betrachtete, die sich deutlich unter dem feinen Stoff abzeichneten.

Nach einer kleinen Ewigkeit, wie sie meinte, hob er den Kopf und schaute ihr in die Augen. Zärtlich umfasste er ihre festen, fraulichen Brüste. Olivia klopfte das Herz schneller denn zuvor, und sie hatte Mühe, gleichmäßig zu atmen.

„Was stimmt nicht, Olivia?" raunte er.

Sie konnte ihm nicht antworten, nicht solange er sie so aufreizend liebkoste. „Garrick", hauchte sie schließlich.

Unvermittelt nahm er ihr Gesicht zwischen beide Hände und bewies ihr auf diese Weise, wie stark er und wie schwach sie war. Und dann spürte sie seinen Mund hart und warm und fordernd auf ihrem. Sie leistete keinen Widerstand, wenngleich sie wusste, dass sie das hätte tun müssen. Wiederholt drang seine Zunge rhythmisch in ihren Mund ein, und sie hatte den Eindruck, innerlich zu brennen. Statt ihm indes Einhalt zu gebieten, klammerte sie sich an seine muskulösen Arme und erwiderte sehnsüchtig seinen leidenschaftlichen Kuss.

„Was hast du?“ flüsterte er. „Was ist mir dir los, Olivia? Sag es mir.“

„Garrick ...“ Sie seufzte.

Er gab ihr Gesicht frei und ließ die Hände tiefer und tiefer gleiten, ohne den Kuss zu unterbrechen. Sie war erschrocken. Plötzlich spürte sie seine Finger durch das dünne Nachtgewand ... Seine Kühnheit schockierte und erregte sie gleichermaßen.

Olivia schrie leise auf, unfähig, die süße Folter länger zu ertragen. Ein Schwindelgefühl erfasste sie, und sie wurde sich gewahr, dass sie nach weiteren Zärtlichkeiten verlangte. Er hörte nicht auf, sie mit seinen Händen zu verwöhnen. Sie bekam weiche Knie und musste sich an seinen Schultern festhalten, um nicht zu Boden zu sinken. Sie meinte sterben zu müssen und zitterte wie Espenlaub.

Schließlich löste er sich von ihrem Mund und schaute sie verlangend an. Unwillkürlich wich sie zurück und stieß gegen den Seitentisch. Nachdem Garrick ihr noch einen verheißungsvollen, sinnlichen Blick zugeworfen hatte, der keinen Widerspruch duldete, drehte er sich um, schnippte mit den Fingern und wies auf das Bett. Olivia kehrte jäh in die Wirklichkeit zurück, als der Setter aufstand, aufs Bett sprang und sich neben ihrer schlafenden Tochter ausstreckte.

Hannah! Was würde geschehen, falls sie erwachte?

„Bleib“, befahl Garrick.

„Sie wird wach werden“, protestierte Olivia schwach.

„Und wird überglücklich sein“, meinte er, ergriff sie fest am Ellbogen und schob sie aus dem Zimmer. Nur widerstrebend ließ sie sich hinausdrängen, schaute über die Schulter zurück und sah den Setter zufrieden neben der schlummernden Hannah liegen.

Garrick legte Olivia den Arm um die Taille, als er mit ihr in den dunklen Korridor gelangte.

„Garrick ...“, begann sie unschlüssig. Sie war hin und her gerissen, denn ihr Körper verlangte nach der Vereinigung mit ihm, doch der Verstand riet ihr, sich seinen Verführungskünsten zu widersetzen. Unwillkürlich hatte sie das Gesicht des Gatten vor Augen, der sie anklagend anschaute.

„Nein“, äußerte Garrick, zog die Tür zu einem unbenutzten Gästezimmer auf und drängte Olivia in den Raum. Dann schloss er die Tür, versperrte sie und stellte den Leuchter auf dem Kaminsims ab.

Olivia sah ihn an. Seine Miene war unbarmherzig. Offensichtlich hatte er bereits beschlossen, wie die Sache enden sollte. Seine Willenskraft war überwältigend. Hatte Olivia jedoch nicht von Anfang an gewusst, dass es so weit kommen würde?

Wäre es das Ende der Welt, wenn sie dem Verlangen, das sie nach Garrick hatte, nachgab? Nie zuvor hatte sie mit einem Mann zusammen sein wollen, erst recht nicht in dieser Weise. Die meisten Frauen ihres Standes hatten Liebhaber, wie Garrick gesagt hatte. Das war üblich, ganz akzeptabel und keineswegs unehrenhaft.

Aber er war mit Susan Layton, ihrer Freundin, verlobt. Olivia hielt nichts davon, jemanden zu hintergehen, und war überzeugt, nicht wie andere Frauen zu sein. Außerdem musste sie den Gatten berücksichtigen.

Ihre Welt konnte sehr wohl nach einer solchen Nacht zusammenbrechen.

„Jetzt ist nicht der rechte Moment zum Nachdenken“, sagte Garrick hart und knöpfte sich das Hemd auf.

Olivia sah es ihn Stück für Stück öffnen. Sie atmete flacher und nestelte nervös an ihrem Nachtgewand. Garrick entblößte langsam den Oberkörper. Seine Haut war sonnengebräunt, und Olivia war von diesem Anblick völlig gebannt. Sie verspürte ein starkes Sehnen und war zu keinem klaren Gedanken mehr fähig. Garrick warf das Hemd beiseite. Seine Brustwarzen waren straff. Sie atmete tief durch.

Seine Erregung war unverkennbar.

Er näherte sich ihr und streckte die Hände nach ihr aus. Sie glaubte, er würde sie berühren, umarmen, küssen, zumindest etwas sagen. Stattdessen zog er ihr jedoch den Morgenmantel aus und ließ ihn zu Boden fallen. Nun trug sie nur noch das dünne, ärmellose weiße Nachthemd, das von zwei schmalen Trägern gehalten wurde.

Er betrachtete sie voller Begehren. Dann blickte er auf die harten rosigen Spitzen ihrer Brüste. „Ich möchte, dass du das Haar offen über die Schultern fallen lässt." Seine Brust hob und senkte sich, als wäre er eine lange Strecke gerannt.

Olivia zögerte. Es würde einige Zeit dauern, alle Haarnadeln zu entfernen, und in einem befremdlichen Anflug von Schamlosigkeit wollte Olivia nicht länger auf das warten, was Garrick ihr verhieß.

Er streckte die Hand aus und zog Nadeln heraus. Sie fühlte sich noch schwächer als zuvor und spürte das Herz rasend schlagen. Kein Mann hatte ihr je die Frisur gelöst. Die Berührung von Garricks Fingern steigerte ihr Verlangen ins Unermessliche. „Woran denkst du, Olivia?" fragte Garrick weich.

„Das weißt du doch genau", erwiderte sie flüsternd. Sie hatte sich ausgemalt, wie sie mit ihm nackt und eng umschlungen in dem hinter ihnen stehenden Bett lagen. Ihre Finger zitterten, als sie seine Hände ergriff. „Ich mache das." Sie war bestürzt, wie rau ihre Stimme geklungen hatte. Mit dieser Bemerkung hatte sie ihm endlich zu verstehen gegeben, dass sie auf seine Wünsche eingehen wolle.

„Sag es mir", bat er, derweil sie damit beschäftigt war, ihr prächtiges Haar zu befreien. In ihrer Hast ging sie dabei kaum geschickter vor als er selbst.

Wortlos zog sie den Zopf über die Schulter und fing an, ihn zu entflechten. Ihre Wangen glühten wie im Fieber. Sie ahnte, wie ungeduldig er war. Während sie noch mit dem Zopf beschäftigt war, stellte er sich hinter sie und schloss die Arme um sie. Sie zuckte zusammen, als sie seine Erregung spürte.

Er küsste sie auf den Nacken.

Sie stöhnte auf.

„Ich will dich." Aufreizend langsam ließ er die Hände von ihren Brüsten über ihren Leib gleiten.

„Ja …"

Er legte ihr die Hand zwischen die Schenkel und begann, sie zart zu streicheln. Unwillkürlich klammerte sie sich an seine Arme.

„Sachte", murmelte er und hauchte ihr Küsse auf den Nacken. Dann drängte er sich hart an sie und hielt sie eine Weile fest.

„Ich kann nicht mehr warten", wisperte sie atemlos.

Unvermittelt drehte er sie zu sich herum. Sein Blick, der ihren suchte, war feurig. Er streifte ihr die Träger des Nachthemdes von den Schultern und zog es herab. Dann umfasste er eine Brust, umschloss die rosige Knospe mit den Lippen und umschmeichelte sie mit der Zunge.

Olivia drohten die Sinne zu schwinden. Sie schob die Hände durch Garricks dichtes Haar, während er sie liebkoste und ihre Lust entfachte. Mit fahrigen Bewegungen tastete sie weiter – über seine Schultern, seinen muskulösen Rücken. Seine Haut war seidig. Ein heißer Schauer durchrann sie, als sie sich den Anblick seines entblößten Körpers vorstellte.

Beinahe gierig vor Verlangen, bedeckte er sie mit Küssen. Olivia hatte mittlerweile vollends die Kontrolle über sich verloren und alle Hemmungen abgelegt. Obwohl sie wusste, dass sie Garrick eigentlich Einhalt gebieten und ihn daran hindern müsste, seine Intimitäten fortzusetzen, brachte sie es nicht über sich. Sie wollte nicht, dass er aufhörte. Jedes Mal, wenn sie seine Zunge auf sich fühlte, durchrieselten sie die köstlichsten Wonnen. Er kniete sich vor sie, legte den Kopf in den Nacken und schaute sie an. Ein Glänzen stand in seinen goldbraunen Augen.

Ihr Herzschlag schien einen Moment zu stocken, als ihr Blick Garricks traf. Sie wusste, sie durfte ihr Herz nicht beachten und nicht ergründen, warum es so seltsame Kapriolen schlug.

Sie benetzte sich die Lippen. „So habe ich mich noch nie zuvor gefühlt."

„Ich weiß." Garrick setzte das erotische Spiel seiner Zunge fort. Langsam, geradezu quälend langsam ließ er sie tiefer gleiten und näherte sich dem weichen, lockigen Haar, das die Geheimnisse ihrer Weiblichkeit barg. „Ich habe mich auch noch nie so gefühlt“, gestand er.

Sie zitterte und hatte ihn kaum gehört, weil er ihr jetzt das Nachthemd über die Hüften streifte und es schließlich zu Boden fallen ließ. Ehe sie sich von dem Schreck, nun völlig entblößt vor ihm zu stehen, erholt hatte, wandte Garrick seine ganze Aufmerksamkeit erneut der Erkundung ihres Körpers zu. Olivia spürte seine Hände, seine Lippen ... Und seine Zunge.

Sie konnte nicht mehr atmen, seine Liebkosungen nicht mehr ertragen. „Oh Gott!“ hörte sie sich halb schluchzend aufschreien. Garrick stand auf, nahm sie in die Arme und küsste sie aufs Ohr. „Komm ins Bett!“

Sprachlos vor Sehnsucht ließ sie sich von ihm zum Bett tragen. Nachdem er sie auf die weichen Kissen gelegt hatte, setzte er sich, um sich die Hose auszuziehen. Er bot einen wunderbaren Anblick, und sie war nicht fähig, die Augen von ihm zu wenden. Sie wollte nichts anderes, als ihm ganz nahe zu sein.

„Wenn du mich weiterhin so anstarrst, bringst du mich aus der Fassung“, sagte er lächelnd. Er ergriff ihre Handgelenke und kniete sich über sie.

„Du bist hinreißend“, flüsterte sie.

„Bin ich das?“

Er beugte sich vor, knabberte zärtlich an ihren Lippen und zwängte dann kühn erst ein Knie, dann das andere zwischen ihre Schenkel, so dass sie die Beine spreizen musste. Sie unverwandt ansehend, glitt er tiefer und bewies ihr, dass er ebenso erregt war wie sie. Olivia schrie auf. Als sie indes versuchte, sich zu bewegen, ihn zu umarmen und ihn näher an sich zu ziehen, merkte sie, dass er noch immer ihre Hände festhielt und weit über ihrem Kopf in die Kissen drückte.

Nachdem er sich in ebenso schamloser wie atemberaubend sinnlicher Weise vergewissert hatte, dass sie für ihn bereit war, verlangte er: „Sag mir, dass du mich haben willst, Olivia.“

Sie suchte seinen Blick. „Ja, ich will dich, Garrick.“

Sie sah seine Augen sich vor Lust verdunkeln. „Ich kann nicht mehr warten!“ rief er aus und drang tief in Olivia ein. Keuchend schnappte sie nach Luft.

Und dann nahm er sie – hitzig, ungestüm und leidenschaftlich. Da Olivia nie zuvor Gefallen am Liebesakt gefunden hatte, war sie nun vollkommen überwältigt. Sie empfand das Vergnügen, das Garrick ihr verschaffte, nicht nur als richtig, sondern als den schönsten Augenblick in ihrem Leben. Hingebungsvoll passte sie sich Garricks Rhythmus an und flüsterte immer wieder seinen Namen. Er hatte ihre Hände noch nicht losgelassen, aber sie wollte ihn unbedingt umarmen, bevor sie eins mit den Sternen wurde. Hilflos wand sie sich unter ihm.

„Jetzt, jetzt, bitte!“ rief sie aus.

Er öffnete die Augen und ließ Olivias Hände los. Ihre Blicke trafen sich. Olivia schlang die Arme um ihn, während er noch tiefer in sie eindrang. Und als sie meinte, die süße Qual nicht länger ertragen zu können, wurde sie plötzlich zu ungeahnten Höhen emporgetragen.

Unmittelbar darauf folgte Garrick ihr ins Paradies. Ein Zittern überkam ihn, und dann sank er stöhnend auf ihr zusammen.

Er schloss sie fest in die Arme. Es dauerte eine kleine Ewigkeit, bis die wohlige Schwäche gewichen war, die ihre Sinne umfangen hatte. Dann streichelte sie seine Schulter, schloss die Augen und lächelte. Nichts war ihr je so richtig vorgekommen wie das Zusammensein mit ihm.

Tief in ihrem Herzen empfand sie ein überwältigendes Glücksgefühl, eine unbeschreibliche Zufriedenheit, der sie indes leider nicht nachgeben durfte. Die Freude war so stark, so mächtig, dass Olivia befürchtete, sich nicht beherrschen zu können und in Tränen auszubrechen.

Garrick löste sich von ihr, legte sich auf die Seite und schaute sie an. „Ich möchte dich die ganze Nacht lang lieben“, sagte er.

Sie versuchte, in seinen goldbraunen Augen einen Hinweis darauf zu finden, was er empfand. Einen flüchtigen Moment lang glaubte sie, einen Ausdruck in seinem Blick zu erkennen, der mehr als nur Wollust bedeutete.

Er streichelte ihren Arm. „Hast du etwas dagegen?“ fragte er, obwohl er genau wusste, dass sie keine Einwände erheben würde. Schließlich hatte sie ihm das bereits durch ihr Verhalten bewiesen.

Plötzlich hatte sie das Bild der Tochter und das des Gatten vor Augen, und dahinter sah sie die vorwurfsvollen Mienen der Laytons. Die Antwort, die sie Garrick hatte geben wollen, erstarb ihr auf den Lippen.

Er legte ihr die Hand um das Kinn. „Denk jetzt nicht nach“, sagte er stirnrunzelnd. Sie wusste, dass auch er an die Zukunft dachte.

Olivia wurde von Garrick geweckt und spürte zuerst seine Fingerspitzen, die ihr sacht das Haar aus dem Gesicht strichen. Mit geschlossenen Augen lächelte sie und wusste genau, mit wem sie zusammen war. In dieser Nacht hatte sie nur wenig geschlafen, und das auch erst seit den frühen Morgenstunden. Trotzdem war sie sofort hellwach. Ihr Herz jubelte vor Freude.

Garrick lehnte sich jetzt über sie und raunte ihr etwas ins Ohr. Sein Atem war warm und erregend, so warm und erregend wie er selbst. „Olivia, ich muss fort. Bestimmt ist das Personal schon aufgestanden.“

Erschrocken öffnete sie die Augen und sah, dass er bereits angekleidet war. Sie setzte sich aufrecht hin und schlug die Bettdecke zurück. Die Erinnerung an die vergangene Nacht verblasste, und Olivia fand jäh in die Wirklichkeit zurück. Unheil. Diese Nacht konnte leicht zu der Katastrophe führen, die ihnen allen bevorstand.

Hastig verließ sie das Bett, griff nach dem Nachthemd und zog es sich in aller Eile an. „Wie spät ist es?“ Die schweren Samtvorhänge vor den Fenstern waren noch geschlossen.

„Die Sonne geht bereits auf. Vermutlich ist es halb sechs“, antwortete Garrick gelassen und ließ den Blick über Olivia schweifen.

Sie hatte den Morgenmantel aufgehoben, wirbelte herum und schaute ängstlich Garrick an. „Alle Welt wird Bescheid wissen", erwiderte sie spröde. Zu dieser Zeit standen die Dienstboten auf und begannen, sich auf den Tag vorzubereiten.

„Das wäre gut möglich." Das war nicht die Antwort gewesen, die Olivia hatte hören wollen.

Im ersten Moment fühlte sie sich versucht, Garrick zu schlagen, doch diese Situation war nicht allein seine Schuld, sondern auch ihre. Sie hatte sich so inständig nach ihm gesehnt, und irgendwie konnte sie jetzt trotz der ungewissen Zukunft der vergangenen Nacht wegen keine Reue empfinden. Er hatte sie gelehrt, was Leidenschaft war. Nie hatte sie sich für sinnlich gehalten. Und warum jubelte ihr Herz? Vielleicht hatte sie sich zum ersten Mal im Leben verliebt.

Der Gedanke war erschreckend.

„Wenn du dich beeilst, gelangst du vielleicht unbemerkt in dein Appartement", sagte sie rasch. „Ich muss alles vorbereiten, damit wir wie vorgesehen gleich nach dem Frühstück abreisen können." Geschwind verknüpfte sie den Gürtel ihres Morgenmantels.

„Du hast Recht", erwiderte Garrick und blickte sie eindringlich an.

Trotz der aufsteigenden Angst beherrschte sie nur ein Gedanke: Wann würde sie Garrick wiedersehen?

Er sprach ihre Überlegungen laut aus. „Wann kann ich dich wiedersehen?"

Sie zuckte zusammen. „Das weiß ich nicht. Wir müssen vorsichtig sein. Unsere Beziehung ist unschicklich."

„Sie ist völlig in Ordnung", entgegnete er. „Auch dir ist das bewusst."

Verwirrt schüttelte Olivia den Kopf und wandte sich ab. Sie schloss die Tür auf, doch ehe sie sie öffnen konnte, hielt Garrick sie zurück. „Ich kann dich heute Abend auf Ashburnham treffen. Ich werde in einem Gasthof wohnen. Du kannst zu mir kommen, wenn alle anderen Leute im Haus schlafen."

Olivia rührte sich nicht von der Stelle. Sie kehrte Garrick den Rücken zu. Das Herz klopfte ihr wie wild, doch nicht aus Vorfreude auf das verbotene Rendezvous. Sie hatte Angst und ein sie bedrückendes Gefühl der Schuld. „Soll so unsere Zukunft aussehen? Ich betrüge Arlen, und du hintergehst deine Verlobte?" rief sie bitter.

„Ja! Zum Teufel mit deinem Gatten und Miss Layton!" Garrick schrie beinahe, drehte Olivia zu sich herum und drückte sie gegen die Tür. „Es war nie meine Absicht, es bei dieser einen Nacht zu belassen, und ich zweifele nicht daran, dass es dir genauso ergeht."

„Ich weiß nicht, was ich denken soll!" erklärte Olivia nicht ganz wahrheitsgemäß.

Er verzog das Gesicht. Sie wollte ihm ihre Bemerkung erläutern, weil sie deutlich sah, dass sie ihn verletzt hatte, wagte das indes nicht. Dadurch hätte sie die Beziehung, auf die sie sich ohnehin nie hätte einlassen dürfen, nur noch vertieft.

Nach längerem Schweigen sagte er: „Kehr nach London zurück. Dort wird es für uns leichter sein, uns zu treffen."

Sie schüttelte den Kopf und fühlte sich den Tränen nahe. „Das kann ich nicht tun. Arlen würde es mir nicht erlauben."

„Ist er dein Wächter?" fragte Garrick ungläubig.

„Ich kann mich nicht gegen ihn auflehnen, ohne die Folgen zu spüren zu bekommen."

„Ich bringe ihn um!"

Lionel De Veres Bild ging ihr durch den Sinn, das Bild eines lachenden blonden Jungen. Doch die Schlussfolgerungen, zu denen sie im Stillen gelangte, waren abwegig. Garrick hatte seinen Bruder nicht getötet. Seine letzte Äußerung war nur auf seine Erregung und seine Unbesonnenheit zurückzuführen.

Er schien zu ahnen, was Olivia dachte. „Gott! Ich habe gemeint, dass ich deinen Mann umbringen werde, falls er dir wehtut. Natürlich habe ich damit nicht andeuten wollen, dass ich ein Mörder bin!"

Olivia hörte in der Ferne einen Hahn krähen. Bestürzt drehte sie sich um und zerrte an der Tür. „Ich kann jetzt nur daran denken, nach Ashburnham zurückzukehren“, sagte sie und warf Garrick einen Blick über die Schulter zu. „Folg mir nicht dorthin, Garrick, nach allem, was heute Nacht passiert ist. Das wäre zu gefährlich. Ich ...“

„Ja?“

„Ich habe ein unheilvolles Gefühl“, fuhr sie fort.

„Redest du dir das nur ein, oder ahnst du etwas?“

Sie schüttelte den Kopf und machte die Tür auf. Garrick war kurz davor, die Wahrheit über sie herauszufinden, so wie er bereits erraten hatte, wie es um ihre Tochter stand. Sie zitterte und fragte sich, was mit ihnen geschehen würde und wie es wohl passieren mochte. Noch vor wenigen Tagen waren Hannah und sie in Ashburnham glücklich und allein gewesen.

Der Hahn krähte wieder.

Sie spähte in den Korridor hinaus und dankte Gott, weil er leer und in Schatten getaucht und keine Menschenseele zu sehen war. Heftig pochenden Herzens ging sie den Flur entlang. Sie hatte nur ungefähr ein Dutzend Schritte bis zu ihrem Schlafzimmer zurückzulegen, in dem Hannah und der Setter schliefen. Möglicherweise würde ihre Liaison mit Garrick doch noch nicht entdeckt.

Garrick folgte ihr. Olivia wagte nicht, ihn anzusehen, denn sonst wäre sie vielleicht in Tränen ausgebrochen oder bereitwillig auf seine unschicklichen Forderungen eingegangen.

Als sie nach dem Türknauf griff, hörte sie Schritte die Treppe heraufkommen und drehte sich erschrocken um.

Mrs. Riley erschien am anderen Ende des Korridors. Sie ließ sich nicht anmerken, ob sie darüber überrascht war, Olivia und den Viscount barfüßig vor Olivias Schlafzimmertür stehen zu sehen, Olivia in Nachthemd und Morgenrock, das lange blonde Haar gelöst, und Lord Caedmon wie am vergangenen Abend nur halb bekleidet. Rasch näherte sie sich, und Olivia lehnte sich zitternd an die Tür.

Sie zweifelte nicht daran, dass sie jetzt den Anfang vom Ende ihres Daseins, so wie sie es bisher geführt hatte, erleben werde.

„Guten Morgen, Mylord, Mylady", sagte Mrs. Riley in einem für sie ungewöhnlich angespannten Ton.

Olivia bemerkte, dass die Augen der Haushälterin vor Aufregung funkelten.

„Guten Morgen, Mrs. Riley", erwiderte Garrick. „Suchen Sie Ihre Ladyschaft?"

„Nein, eigentlich war ich auf der Suche nach Euch, Mylord. Als ich Euch in Euren Räumen nicht antraf, nahm ich an, dass Ihr zu dem kleinen Mädchen gegangen sein könntet", erwiderte Mrs. Riley. Eingedenk der Tatsache, dass sie den Viscount an einem Ort vorfand, wo zu sein er nicht das Recht hatte, war dies eine überaus taktvolle Formulierung.

Garrick lächelte leicht. „Sie haben sich nicht geirrt."

Sie reichte ihm einen versiegelten Umschlag. „Dieses Schreiben ist soeben eingetroffen", erklärte sie nervös.

Er betrachtete das Siegel, das Olivia als das seines Vaters erkannte. Sie vermutete, dass Mrs. Riley auf die eine oder andere Weise über den Inhalt des Briefes informiert war.

„Danke", sagte Garrick, brach das Siegel und öffnete das Couvert. Er zog ein Blatt Papier heraus, las es und wurde unter der Sonnenbräune aschfahl im Gesicht.

„Sir?" Da er nicht antwortete und weiterhin den Brief anstarrte, berührte Olivia ihn am Arm. „Lord Caedmon?"

Immer noch bestürzt, schaute er sie schließlich schweigend an.

„Ich werde Seiner Lordschaft ein Glas Cognac holen", erbot sich Mrs. Riley und eilte die Treppe hinunter.

„Was ist los? Was ist passiert? Warum seid Ihr so bleich geworden? Ist jemand gestorben?"

Er hob den Kopf. „Nein. Ganz im Gegenteil!"

„Ich begreife Euch nicht", erwiderte Olivia verständnislos.

Er hielt ihr das Schreiben hin und lehnte sich vollkommen fassungslos an die Wand. „Ist das ein schlechter Scherz?" fragte er.

„Was soll ein schlechter Scherz sein?“ fragte Olivia verwundert.

Schließlich blickte Garrick ihr verwirrt in die Augen. „Das ist eindeutig die Handschrift meines Vaters. Du lieber Gott, Olivia! Lionel ist nicht tot. Er ist zurückgekommen!“

ZWEITER TEIL
Die Verleiteten

12. KAPITEL

Raschen Schritts betrat Garrick am frühen Nachmittag das Foyer von Stanhope-on-the-Square. Er hatte die Rückreise aus Surrey in kürzester Zeit hinter sich gebracht. Der Vater hatte ihn offenbar erwartet, denn kaum war Garrick ins Haus geeilt, erschien der Earl mit besorgter Miene am anderen Ende der Eingangshalle.

„Ist das ein Scherz?“ wollte Garrick wissen. Der Vater war jedoch kein Narr. Und seine kurze Nachricht war in sehr ernstem Ton abgefasst gewesen.

„Würde ich mir in einer solchen Angelegenheit einen Scherz erlauben?“ Der Earl of Stanhope durchquerte schnell die Halle. „Gütiger Himmel! Der Mann ist gestern Morgen hier aufgetaucht. In Gottes Namen, warum bist du nach Stanhope Hall gefahren?“

Garrick verzog das Gesicht. „Aus einer Laune.“ Er bemühte sich, jetzt nicht an Olivia zu denken.

Richard war außer sich, ergriff den Sohn am Arm und ging mit ihm zur Bibliothek. Kaum hatten sie den Raum betreten, sagte er: „Der Mann könnte Lionel sein.“ Er hielt inne und schloss die Augen. „Der Mann ist Lionel. Du lieber Gott!“

Ungläubig schaute Garrick den Vater an. „Hast du den Verstand verloren, Vater? Lionel ist vor vierzehn Jahren gestorben. Vor vierzehn Jahren! Der Mann, der hier erschienen ist und behauptet, Lionel zu sein, ist ein Betrüger.“ Garrick war sich jedoch der Tatsache sehr bewusst, dass Lionel nur verschwunden war, seinen Leichnam hatte man indes nie gefunden.

Sichtlich bestürzt und verunsichert blickte Richard den Sohn an. „Das war natürlich auch meine erste Reaktion, aber der Mann hat für die verflossenen Jahre eine plausible Erklärung und weiß sehr viel über unsere Familie.“ Er begann, im Zimmer auf und ab zu laufen. „Er sieht wie Lionel aus und ist eindeutig im gleichen Alter wie er."

Wie konnte der Vater so einfältig sein? Der Earl war sehr klug und scharfsinnig. Den ihm eigenen gesunden Menschenverstand fand man nur selten im ton, sondern eher unter armen Leuten, die auf der Straße lebten. Garrick betrachtete ihn und stellte fest, dass der Vater nicht mehr die Statur wie früher hatte – er wirkte schmächtiger, die einst breiten Schultern waren schmaler geworden. Sein einst so gut aussehendes, hochmütig wirkendes Gesicht war schlaff und faltig. Himmel, dachte Garrick erschrocken, er ist ein alter Mann! Richard De Vere, zwölfter Earl of Stanhope, mochte noch immer mächtig sein, war jedoch unverkennbar gealtert. Und er glaubte offenbar, was er glauben wollte.

Schließlich war er auch nur ein Mensch, der seine Fehler hatte.

„Lionel war vierzehn Jahre alt, als er starb. Man kann unmöglich sagen, wie er heute im Alter von achtundzwanzig Jahren aussehen würde", erinnerte Garrick ihn.

„Ist er wirklich gestorben?" Richard drehte sich vor dem Fenster um. Es regnete schon wieder, und Dunst hüllte den Park ein. „Lionel ist spurlos verschwunden. Er hat sich in Luft aufgelöst. Jedenfalls hast du das behauptet."

Garrick verschränkte die Arme. „Was meinst du damit?"

Der Vater starrte ihn an. „Du warst der Letzte, der ihn gesehen hat. Niemand verschwindet so einfach vom Erdboden. Falls Lionel entführt wurde, wie alle Leute damals angenommen haben, dann wüsste ich gern, warum man mir keine Lösegeldforderung geschickt hat."

„Man hat dir keine Lösegeldforderung geschickt, weil die Entführer ihn versehentlich umgebracht haben." Plötzlich wurde Garrick wütend. „Darüber haben wir oft genug diskutiert, Vater. Der Mann, der sich als Lionel ausgibt, ist ein Betrüger. Welche Erklärung hat er dafür, dass er vierzehn Jahre lang verschwunden war? Falls Lionel tatsächlich noch leben sollte, wäre er schon vor Jahren zurückgekehrt, genauer gesagt, vor vierzehn Jahren."

Richard rieb sich die Schläfen. „Ich bin kein Narr. Ich habe bereits das Gleiche gedacht wie du. Aber der Mann sieht nicht nur wie Lionel aus, sondern benimmt sich auch sehr überzeugend."

„Was hat er behauptet? Hat er bei der Entführung das Gedächtnis verloren? Es handelte sich doch um eine Entführung, nicht wahr? Und nun, vierzehn Jahre später, erinnert er sich plötzlich daran, wer er ist, und kehrt zu uns zurück?" fragte Garrick ironisch.

„Er möchte dich sehen, legt sogar den größten Wert darauf. Warum lässt du dir nicht alles von ihm erzählen? Danach möchte ich mit dir reden."

„Also gut", gab Garrick nach. „Wo ist er?"

„Oben in seinem alten Zimmer", antwortete Richard.

Ehe Garrick sich dorthin begeben konnte, eilte ihm die Mutter mit ausgestreckten Armen entgegen. Er warf einen Blick auf ihr kummervolles Gesicht, ihre tränenfeuchten Augen, und legte den Arm um sie. „Ist mit dir alles in Ordnung?" erkundigte er sich sanft. Nur mit Mühe gelang es ihm, seinen Zorn zu verbergen. Er würde diesen Hochstapler unverzüglich entlarven.

Die Countess tupfte sich die Augen mit ihrem Taschentuch und schüttelte den Kopf. Garrick war nicht klar, ob sie seine Frage damit bejahen oder verneinen wollte. Die Mutter war eindeutig besorgt. „Garrick", sagte sie spröde. „Lionel ist zurückgekommen."

Garrick ergriff sie an den Armen. „Hör auf, Mutter! Dieser Mann – wer immer er sein mag – ist ein Betrüger. Er versucht nur, an den Titel und an ein Vermögen zu kommen. Lionel ist vor vierzehn Jahren verschwunden und bestimmt tot, denn sonst wäre er längst zurückgekehrt."

Eleanor schüttelte vehement den Kopf. „Nein, er ist zurückgekommen, so unvermittelt, wie er damals verschwunden ist", widersprach sie und begann zu weinen. „Es ist ein Wunder! Dein Vater ist genauso davon überzeugt wie ich!"

Sie wandte sich ab und begab sich in ihr Zimmer. Als sie verschwunden war, schaute Garrick den Vater an. „Es ist nicht richtig, sie zu ermutigen und ihr Hoffnung zu machen. Ich bitte dich, zumindest etwas Umsicht walten zu lassen."

„In dieser Sache würde deine Mutter sich nicht täuschen lassen."

„Und weshalb nicht?"

„Sie ist die Mutter deines Bruders", antwortete Richard schlicht. „Wie könnte eine Mutter sich von ihrem Sohn täuschen lassen?"

Garrick war nicht auf den Anblick des Mannes vorbereitet gewesen, der sich vom Bett erhob, auf dem er gelegen hatte.

Der Betrüger, der sich für Lionel ausgab, schaute ihn an. „Garrick", sagte er rau.

Garrick war sprachlos. Der Mann vor ihm war Lionel! Er sah genauso aus, wie der Bruder jetzt hätte aussehen müssen, und war den Eltern sehr ähnlich. Das lag nicht nur an den blonden Haaren und blauen Augen, sondern auch an der Einkerbung im Kinn, der vollen Unterlippe und der geraden Nase. Garrick war fassungslos.

Zögernd begab Lionel sich zu ihm. „Du starrst mich an, als hättest du ein Gespenst vor dir, Garrick."

Garrick holte tief Luft. „Vielleicht habe ich ein Gespenst vor mir", brachte er heraus und rang um Fassung.

Der Mann war nicht Lionel. Aber wie war eine solche Ähnlichkeit möglich? Oder neigte Garrick wie seine Eltern dazu, diese Ähnlichkeiten sehen zu wollen? Er bemühte sich, Unterschiede zu finden. Hatte der Mann nicht ein kantigeres Kinn als Lionel? Waren seine Augenbrauen nicht eine Spur dunkler? Er war auch nicht so hoch gewachsen und breitschultrig wie Garrick. In der Jugendzeit war Lionel größer und kräftiger als Garrick gewesen. Dieser Mann war leicht übergewichtig, wohingegen Lionel eine schlanke Figur gehabt hatte.

Alle diese Äußerlichkeiten konnten sich jedoch mit zunehmendem Alter verändert haben.

„Ich bin kein Gespenst", erwiderte Lionel lächelnd. „Aber ich kann es dir nicht verargen, dass du mich dafür hältst." Er streckte die Hand aus, als wolle er sie Garrick auf die Schulter legen.

Unwillkürlich wich Garrick vor ihm zurück, immer noch ungläubig, skeptisch und sehr ärgerlich. „Ich denke nicht, dass Ihr ein Gespenst seid. Ich halte Euch schlichtweg für einen Betrüger. Würde mein Bruder noch leben, wäre er schon vor vielen Jahren nach Haus zurückgekehrt."

Lionel machte ein enttäuschtes Gesicht. „Hast du in den nachfolgenden Jahren Hass auf mich entwickelt? Ich bin kein Betrüger, nehme es dir jedoch nicht übel, dass du mich dafür hältst. An deiner Stelle würde ich dasselbe denken."

„Aber Ihr seid nicht an meiner Stelle", erwiderte Garrick kalt. „Ihr behauptet, mein seit langem verschollener und bestimmt längst gestorbenen Bruder zu sein. Habt Ihr in den vergangenen vierzehn Jahren an Gedächtnisverlust gelitten?" fragte er schneidend.

„Ja, aber nicht an der Art von Gedächtnisverlust, die du meinst. Willst du nicht wenigstens hören, was ich dir zu sagen habe?"

„Rede", antwortete Garrick und steckte die zitternden Hände in die Hosentaschen.

„Ich wurde nicht entführt", erklärte Lionel. „Daher hat es auch nie eine Lösegeldforderung gegeben. Ich bin einfach davongelaufen. Glaubst du, dass mir unsere Kindheit und Jugend besser gefallen hat als dir? Gewiss, ich war der Liebling unserer Eltern, der nie etwas falsch machen konnte. Ich war jedoch nur deshalb so beliebt, weil ich stets nach der Pfeife unseres Vaters tanzte und nie das tat, was ich gern gemacht hätte. Diese Situation, die sich von Tag zu Tag verschlechterte, war mir unerträglich geworden."

„Mein Bruder hat sich nie über sein Schicksal beklagt", warf Garrick ein. „Im Gegenteil, er wollte es unserem Vater recht machen. Er war glücklich und wäre nie fortgelaufen."

„Du irrst dich. Ich war nicht glücklich. Je älter ich wurde, desto schlimmer fand ich meine Lage. Mir graute vor der Zukunft, und ich konnte mir nicht vorstellen, mich noch zwanzig Jahre oder länger den Wünschen unseres Vaters beugen zu müssen. Ich war es verdammt leid, sein Lakai zu sein. Ich konnte dir nicht von meinen Plänen erzählen, denn dann hättest du darauf bestanden, mit mir zu kommen. Wie kannst du an mir zweifeln, Garrick?“

Dieser Mann hatte verdammt Recht. Garrick hätte darauf bestanden, sich Lionel anzuschließen. Wie konnte dieser Mann nicht Lionel sein? Er wusste so viel aus der Vergangenheit!

„Ich habe mein Verschwinden sechs Monate lang geplant“, fuhr Lionel fort. „Ich war übrigens in Indien, nachdem ich mir unter falschem Namen ein Offizierspatent in der Kavallerie gekauft habe“, sagte Lionel grinsend. „Erinnerst du dich noch an das Weihnachtsfest auf Stanhope Hall, als es so stark geschneit hatte? Wir haben uns hinter den überfrorenen Büschen versteckt und den fetten Baron Margery und seinen noch dickeren Sohn mit Schneebällen beworfen, nachdem die beiden aus der Kutsche gestiegen waren. Vater war außer sich vor Wut, und wir haben uns den ganzen Tag im Stall versteckt.“

Zum ersten Mal im Leben hatte Garrick das Gefühl, das Bewusstsein zu verlieren. Wie konnte dieser Mann solche Details wissen, wenn er nicht Lionel war? „Die Münze“, rief er plötzlich. „Der Glücksbringer. Die spanische Münze. Mein Bruder wollte sie mir am Tage seines Verschwindens geben.“

„Ja, das stimmt“, bestätigte Lionel. „Ich wollte sie dir geben, weil ich wusste, dass ich fortgehen würde.“

„Habt Ihr sie noch?“

„Nein, ich habe sie vor Jahren einem jungen Burschen geschenkt. Sie hat ihn jedoch nicht davor bewahrt, am Fieber zu sterben.“ Lionel schien einen Moment lang seinen Erinnerungen nachzuhängen. „Ich habe nie aufgehört, an dich zu denken, Garrick, und an unsere Mutter. Ich habe euch schrecklich vermisst. Vor einiger Zeit habe ich dem Tod in die Augen geblickt, genauer gesagt, in die eines bengalischen Tigers. Ich wäre fast meinen Verletzungen erlegen. Im Verlauf meiner Genesung habe ich dann nur an meine

Familie denken können und bin zu dem Schluss gelangt, es sei an der Zeit, endlich heimzukehren." Plötzlich hatte Lionel Tränen in den Augen und wandte sich ab.

Garrick war immer noch skeptisch. „Erzählt mir von der Frau, mit der Ihr zum ersten Mal zusammen wart", forderte er den Mann auf.

Überrascht schaute Lionel ihn an. Dann erschien dieses Lächeln um seine Lippen, das Garrick so vertraut war. „Muss ich alles preisgeben?"

„Vielleicht wisst Ihr nicht mehr, wer Eure erste Frau war", antwortete Garrick ernst.

Lionel starrte ihn an. „Natürlich weiß ich das noch. Aber du glaubst mir noch immer nicht."

„Ich habe keine andere Wahl, als Euren Worten zu misstrauen."

„Die Dame war die rothaarige Viscountess Compton. Ich glaube, sie hieß Marianne. Wenn ich mich richtig erinnere, war sie damals ungefähr zwanzig Jahre alt und frisch vermählt. Sie und ihr Gatte waren auf Stanhope Hall zu Gast. Sie war mehr als willig. Ich glaube, seinerzeit war ich dreizehn Jahre alt."

Garrick feuchtete sich die Lippen an. „Sie hieß Madeleine. Lady Madeleine Comden. Ihr Gatte war nicht Viscount, sondern nur Baron."

„Du hast ein besseres Gedächtnis als ich", erwiderte Lionel leichthin.

Angestrengt grübelte Garrick darüber nach, ob ein Außenstehender über Lord und Lady Comdens Besuch oder über die Sache mit den Schneebällen Bescheid wissen könnte. Lionel hatte vor fast allen Leuten auf Stanhope Hall mit seinem ersten intimen Erlebnis geprahlt. Sein Verhalten war zweifellos ungehörig, doch unter den gegebenen Umständen verständlich gewesen. Lady Comden war eine hinreißende Frau und seine erste Geliebte gewesen. Selbst dem Vater war das Gerede zu Ohren gekommen, und er hatte Lionel ob seiner Geschwätzigkeit scharf zurechtgewiesen. Und der fette Baron Margery hatte sich lauthals über die impertinenten Kinder beschwert.

Der Mann, der jetzt vor Garrick stand, konnte lügen und ein Betrüger sein.

Der Mann konnte ebenso gut die Wahrheit gesagt haben.

„Erzählt mir mehr über den Abend, an dem mein Bruder verschwunden ist“, forderte Garrick den Mann auf. „Wisst Ihr, worüber er sich mit mir unterhalten hat?“

„Ehrlich gesagt, erinnere ich mich nicht mehr“, antwortete Lionel. „Du lieber Gott, Garrick! Das Gespräch fand vor vierzehn Jahren statt! Ich weiß nur noch, das wir damals in dem verwunschenen Turm auf den Klippen waren, es geregnet hat und du die Münze nicht vor mir annehmen wolltest.“

Garrick hielt sich vor, dass wohl die meisten Leute in England diese Einzelheiten kannten. Außerdem hatte er die Sprache auf die Münze gebracht. Er war unschlüssig, ob er dem Mann glauben solle oder nicht. Er durfte keine Hoffnung in sich aufkeimen lassen. Er durfte diesen Mann nicht als seinen Bruder anerkennen, noch nicht. „Erzählt mir vom dreizehnten Geburtstag meines Bruders“, sagte er. „Was hat unser Vater damals meinem Bruder geschenkt?“

Lionel lächelte. „Eine Luntenschlossmuskete.“

Garrick erinnerte sich, weil Lionel begeistert gewesen und vom Vater sogleich mitgenommen worden war, um die Waffe auszuprobieren. Garrick war zurückgelassen worden. Gütiger Himmel!

„Darf ich dir eine Frage stellen?“

Argwöhnisch nickte Garrick.

„Erinnerst du dich daran, dass wir, als wir noch Kinder waren – ich glaube, du warst sechs oder sieben Jahre alt –, bei einem Ausritt auf Stanhope Hall dem uns begleitenden Lakai entwischt sind und uns anschließend verirrt haben? Wir haben uns nur eine Viertelstunde oder so verirrt gehabt, aber du warst sehr verängstigt. Ehrlich gesagt, auch ich hatte Angst. Für diesen Streich hat man uns abends ohne Essen zu Bett geschickt“, fügte Lionel lächelnd hinzu.

„Nein, ich erinnere mich nicht“, antwortete Garrick steif.

„Natürlich kann man sich nur an die Hälfte all der Ereignisse erinnern, die längst hinter einem liegen, Garrick“, erwiderte Lionel, setzte eine leicht blasierte Miene auf und ging auf den Bruder zu. „Es ist wirklich schön, dich wieder zu sehen. Ich habe dich vermisst."

Noch immer benommen, starrte Garrick in die ihn freundlich anschauenden blauen Augen, außer Stande, das Lächeln des Mannes zu erwidern. Auch er hatte den Bruder an jedem Tag der verflossenen vierzehn Jahre vermisst. Freude mischte sich in sein Misstrauen und seine Zweifel, und er neigte dazu, ihr nachzugeben. Aber glaubte er wirklich an Wunder? Durfte er wagen, jetzt an ein Wunder zu glauben?

Der vor ihm stehende Mann konnte sein Bruder sein. Seine Geschichte klang zwar unglaubhaft, aber von der Hand weisen ließ sie sich nicht. Und die Umstände von Lionels Verschwinden waren ebenso unglaubhaft gewesen.

„Können wir nicht wenigstens Freunde sein, bis du Zeit hattest, dich daran zu gewöhnen, dass ich wieder hier bin?" fragte Lionel.

„Ich weiß nicht recht ..." Garrick wollte den Raum verlassen, besann sich jedoch eines anderen. Sein Blick und der des Mannes trafen sich. „Sollte ich feststellen, dass Ihr ein Hochstapler seid, werdet Ihr einen hohen Preis für den Kummer zahlen müssen, den Ihr dann meinen Angehörigen zugefügt habt." Erneut wallte Zorn in ihm auf, und er dachte an die Mutter, die er beschützen musste. Sie hatte in ihrem Leben schon genug gelitten. Er wünschte sich sogar, dem Vater die Erkenntnis ersparen zu können, auf einen Betrüger hereingefallen zu sein. Dann dachte er an seinen Kummer und die wahnsinnige Freude, die er empfinden würde, falls dieser Mann wirklich Lionel war.

„Garrick."

Garrick sah den Mann an, der sich für Lionel ausgab und bei dem es sich sehr wohl um seinen lange verschollenen Bruder handeln konnte.

„Du hast keinen Grund, dir Sorgen zu machen", beteuerte Lionel.

13. KAPITEL

„Die Postkutsche kommt, Mama“, rief Hannah aus. Olivia drehte sich um. Die zum Haus führende Straße wand sich durch die umliegenden Wiesen, auf denen hie und da Milchkühe weideten. Olivia konnte in einiger Entfernung eine Kutsche ausmachen, die eine kleine Staubwolke hinter sich ließ. Sie zweifelte nicht an der Wahrnehmungsgabe der Tochter. Wenn Hannah sagte, dass es sich um die Postkutsche handele, traf das zu. Olivia wusste nicht, ob sein gutes Gehör, verbunden mit dem Vibrieren der Erde, oder seine hellseherischen Fähigkeiten es dem Kind ermöglichten, die Kutsche wahrzunehmen.

„Lass uns sehen, ob der Postkutscher uns einen Brief bringt, Liebes“, sagte sie und nahm Hannah bei der Hand. Gemeinsam gingen sie zur Vorderseite des Hauses und warteten auf der halbrunden, gekiesten Auffahrt. Als der Wagen auf die Allee einbog, sah Olivia, dass Hannah Recht hatte. Es handelte sich tatsächlich um die Postkutsche.

Sie hielt vor Olivia und Hannah an. „Guten Tag, Mylady, Lady Hannah“, grüßte der rundliche Kutscher lächelnd. „Ich habe einen Brief aus London für Euch, Madam“, fügte er hinzu und sprang vom Wagen.

Obwohl Olivia wusste, dass Garrick ihr gewiss keinen Brief geschickt hatte, keimte sofort Hoffnung in ihr auf. „Guten Tag, Mr. Smith“, erwiderte sie. „Vielen Dank“, setzte sie hinzu und nahm das Couvert entgegen. Der Umschlag war nicht mit dem Siegel der De Veres versehen. Der Brief stammte von den Laytons.

Mr. Smith kletterte wieder auf den Kutschbock. „Auf Wiedersehen, meine Damen“, rief er, knallte mit der Peitsche und trieb die Pferde an.

Eine dicke Staubwolke hüllte Olivia und ihre Tochter ein, während sie voller Unbehagen und hastig das gefärbte Wachssiegel brach. Der Brief war von Susan Layton, und Olivia verspürte plötzlich nicht das geringste Bedürfnis, von der Freundin zu hören.

Meine liebe Lady Olivia,
wie sehr ich Eure Anwesenheit vermisse! Ihr verpasst eine wundervolle Zeit in London, denn es gibt so viele Feste. Jetzt, da ich verlobt bin, werde ich zu allen gesellschaftlichen Anlässen eingeladen. Natürlich ist das ein wenig peinlich für mich. Mein Verlobter hat mich nämlich zu keiner Festlichkeit begleitet, und alle Leute erkundigen sich bei mir nach dem Grund.

Ich bin verwirrt. Offenbar war er für eine kurze Zeit auf dem Land. Ich weiß jedoch, dass er inzwischen wieder in der Stadt weilt. Er hat mich nicht nur nirgendwohin begleitet, sondern mir auch kein einziges Mal die Aufwartung gemacht. Ehrlich gesagt, Olivia, bin ich darüber erleichtert. Sosehr ich mich auch bemühe, kann ich für ihn keine Zuneigung aufbringen.

Habt Ihr schon die erstaunliche Neuigkeit vernommen? Sein vierzehn Jahre lang verschollener Bruder ist von den Toten auferstanden. Jedenfalls behauptet dieser Mann das! Der ton ist höchst geteilter Meinung darüber, ob es sich bei dem Fremden um Lionel De Vere oder um einen dreisten, unverschämten Hochstapler handelt. Ich muss Euch mitteilen, Olivia, dass er in meinen Augen der beeindruckendste Junggeselle der ganzen Stadt ist! Er sieht hinreißend gut aus, und alle Damen sind seinetwegen ganz aus dem Häuschen. Er hat tadellose Manieren. Ich halte ihn für den so lange verschollenen Erben meines zukünftigen Schwiegervaters. Kein Betrüger könnte diese Rolle so gut spielen. Außerdem sieht er Lord Stanhope erstaunlich ähnlich. Er war bei jedem Fest, zu dem ich eingeladen gewesen bin, und jedes Mal hat er mit mir getanzt. Er ist ein vorzüglicher Tänzer, meine liebe Freundin, und so geistreich! Er bringt mich so zum Lachen, dass ich Seitenstiche bekomme. Und er ist so charmant!

Wie können zwei Brüder so verschieden sein? Das ist erschreckend, umso mehr, da ich mit Garrick De Vere verlobt bin. Ich weiß, ich hätte das nicht äußern dürfen. Wie Ihr Euch vorstellen könnt, sind meine Eltern über Lionel De Veres Rückkehr äußerst bestürzt. Schließlich haben sie angenommen, dass ich Lord Stanhopes Erben heiraten werde. Andererseits hat der Earl noch nicht öffentlich bekannt gegeben, dass Lionel sein lang vermisster Erstgeborener ist. Ich nehme an, dass ich warten muss, bis er das getan hat. Bestimmt wird das eines Tages der Fall sein. Wieder wage ich Euch etwas anzuvertrauen: Ich hoffe, dass Lionel der wahre Stammhalter der De Veres ist!

Könnt Ihr nicht nach London zurückkommen, meine Teuerste? Ich wäre so glücklich, hätte ich Euch wieder hier. Gewiss hätten meine Eltern nichts dagegen, wenn Ihr wieder bei uns wohnt. Da ich Zeit zum Nachdenken hatte, meine ich, dass sie in Bezug auf Lord Caedmons angebliches Interesse an Euch übertrieben haben. Schließlich seid Ihr mit einem sehr noblen Mann verheiratet und meine liebe Freundin. Denkt bitte darüber nach, ob Ihr nach London zurückkehren könnt. Ich werde meine Eltern überreden, Euch wieder bei uns aufzunehmen.

Eure loyale und aufrichtige Freundin Susan Layton

Als Olivia den Brief zu Ende gelesen hatte, zitterten ihr die Hände. Sie schämte sich, weil sie ihre ahnungslose Freundin mit deren Verlobtem hintergangen hatte.

Und was den Mann anging, der behauptete, Lionel De Vere zu sein, so hatte auch sie ihn anfänglich für einen Betrüger gehalten. Nun jedoch versuchte sie, durch ihre hellseherischen Fähigkeiten herauszufinden, ob es sich wirklich um einen Hochstapler oder doch um den lange verschollenen Erstgeborenen des Earl of Stanhope handelte. Aber sie gewann keine Gewissheit.

„Sollen wir ins Haus gehen?“ fragte sie.

„Reisen wir nach London zurück?“ fragte Hannah.

Olivia stolperte auf der Freitreppe. Was würde geschehen, wenn sie wirklich nach London reiste und der Gatte erfuhr, dass sie eine Nacht auf Stanhope Hall verbracht hatte – zur selben Zeit, als auch Garrick De Vere dort gewesen war?

Ihre Gedanken überschlugen sich. Bisher war sie ihrem Mann stets treu gewesen. Ihr war jedoch klar, dass Arlen sie nicht liebte und nicht einmal Verlangen nach ihr hatte. Sie kannte ihn indes gut genug, um zu wissen, wie boshaft er sein konnte. Er fand es ganz selbstverständlich, eine Mätresse zu haben, würde jedoch nie dulden, dass Olivia einen Geliebten hatte. In dieser Hinsicht hegte Olivia nicht den mindesten Zweifel.

Sollte er je von ihrem Fehltritt Kenntnis erlangen, würde er sie grausam bestrafen.

Sie ging mit der Tochter ins Haus. In der Halle war es angenehm kühl. Olivia drückte den Brief an sich und gelangte zu der Erkenntnis, dass es ein Fehler wäre, nach London zurückzufahren.

Sie fühlte sich den Tränen nahe, weinte jedoch nicht.

Törichterweise kam ihr plötzlich in den Sinn, dass Miss Laytons Verlobung mit Garrick De Vere vielleicht gelöst wurde, wenn der Mann, der behauptete, sein Bruder zu sein, sich tatsächlich als der wahre Erbe des Earl of Stanhope erwies.

Das würde indes nichts an der Tatsache ändern, dass sie verheiratet war.

„Wie hast du mich bloß überredet?“ brummte Garrick.

„Vermutlich hat das halbe Dutzend Gläser Cognac seinen Teil dazu beigetragen“, antwortete Lionel gutmütig und winkte beim Reiten zwei besonders hübschen Damen zu, die in diesem Moment in einer offenen Kutsche an ihm und dem Bruder vorbeifuhren.

Garrick schaute ihn an und erinnerte sich, dass sich das schöne Geschlecht schon immer zu Lionel hingezogen gefühlt hatte.

„Du hast dich kaum verändert“, meinte Lionel. „Du bist noch so mürrisch wie früher.“

Der Mann war Lionel so ähnlich. Er musste Lionel sein. Oder gab Garrick sich dem gleichen Wunschdenken hin wie die Eltern?

„Weshalb hattest du eigentlich London so überstürzt verlassen, ohne jemanden von deinen Plänen zu informieren?“ fragte Lionel unvermittelt. „Vater war sehr ärgerlich. Du hattest nicht einmal hinterlassen, wohin du fährst. Und dann bist du so überstürzt wieder aufgetaucht, wie du verschwunden bist. Mutter findet, dass du dich seither sehr seltsam beträgst", fügte Lionel beiläufig hinzu.

Vergeblich suchte Garrick in der Miene des angeblichen Bruders einen Hinweis darauf, dass dessen Bemerkung doppeldeutig gemeint war. Er konnte nicht verhindern, dass er jedes Mal zusammenzuckte, sobald dieser Mann das Wort „Vater" aussprach. Lionel lächelte wieder, ehe er den Blick abwandte und den Dreispitz vor einer besonders hübschen Dame zog, die an ihm und Garrick vorbeiflanierte.

Garrick entspannte sich, weil er meinte, aus einem übertriebenen Schuldgefühl zu empfindlich reagiert zu haben. Er kannte Arlen Grey jedoch gut genug, um sicher zu sein, dass dieser sich nicht geändert hatte. Lord Ashburn war schwierig, launisch und manchmal grausam. Garrick wollte nicht, dass Olivia seinetwegen in Schwierigkeiten geriet.

Bei dem Gedanken an Olivia empfand er ein starkes Sehnen und nicht nur Lust. Er musste sie wiedersehen. Aber wann würde das sein?

„Ah, da kommt Vater." Lionel lächelte scheinbar erfreut.

Stanhope näherte sich auf einem prächtigen kastanienbraunen Jagdpferd und hielt kurz vor den Söhnen an, die gleichfalls ihre Pferde zum Stehen brachten. Sein Blick schweifte von Lionel zu Garrick und wieder zurück. „Man hat mir gesagt, dass ihr hier im Park seid", äußerte er steif. „Hast du vergessen, dass wir um ein Uhr zum Essen in meinem Club verabredet sind, Lionel?"

Garrick stutzte. Der Vater nahm diesen Mann in seinen Club mit, als wäre er tatsächlich sein Sohn?

„Nein, ich habe es nicht vergessen und wollte Garrick soeben vorschlagen, heimzureiten, damit ich die Verabredung mit dir einhalten kann, Vater", antwortete Lionel. „Warum kommt Garrick nicht mit uns?"

„Das ist ein ausgezeichneter Gedanke", meinte Richard zögernd.

Garrick hatte sich inzwischen von seiner Verwunderung erholt, konnte sich indes eines leisen Unbehagens nicht erwehren.

„Komm mit." Lionel legte ihm die Hand auf die Schulter.

Garrick zuckte leicht zusammen.

Wartend sah der Vater die Söhne an.

Lionel ließ den Arm sinken. „Nun?"

Garrick wandte sich dem Vater zu, der ihn aufmerksam beobachtete. „Ich möchte nicht stören."

„Du kämst uns nicht ungelegen", versicherte Richard rasch. „Ich möchte, dass du dich uns anschließt. Allerdings würde ich dich bitten, dir das Haar zu pudern und deine Garderobe zu wechseln. Im Club sind viele meiner Freunde, die dich kennen lernen möchten, Garrick."

Garrick nickte knapp. Er war überrascht. Warum wollte der Vater ihn jetzt mit Freunden bekannt machen, falls er diesen Mann wirklich für seinen Sohn Lionel hielt? Das ergab keinen Sinn.

Richard lächelte ebenfalls. Sein Lächeln wirkte gleichzeitig hart und zufrieden. „Also gut. Ich treffe euch zu Hause." Er lenkte sein Pferd in die Gegenrichtung und ritt davon.

Die beiden anderen Männer schauten ihm hinterher.

„Es wundert mich, dass er mich beim Essen dabeihaben will", murmelte Garrick. „Insbesondere jetzt, da du hier bist."

Lionel zuckte die Schultern. „Noch hat er mich nicht offiziell als seinen Erstgeborenen anerkannt."

Garrick betrachtete den vermeintlichen Bruder. „Rechnest du damit, dass Vater das tut?"

Lionel hielt Garricks prüfendem Blick ruhig stand. „Bezüglich meiner Identität habe ich nicht gelogen. Ich bin der Erstgeborene, und es stimmt, dass ich damit rechne, von Vater offiziell anerkannt zu werden."

Garrick gelang es nicht, die Gedanken des angeblichen Bruders zu ergründen. Der Mann war zumindest ein ausgezeichneter Schauspieler, falls es sich bei ihm um einen Betrüger oder einen habgierigen Glücksritter handeln sollte.

„Würde dich das stören?“ fragte Lionel beiläufig.

„Ob mich das stören würde? Ich schere mich keinen Deut um den Titel. Mir war nie daran gelegen. Ich ziehe Barbados diesem kalten, feuchten Land vor.“

Lionel wirkte höchst zufrieden, wandte den Blick jedoch so hastig ab, dass Garrick nicht sicher war, ob er sich den Ausdruck in dessen Augen nicht eingebildet habe.

„Haben wir wieder unser früheres gutes Verhältnis zueinander, wenn du irgendwann von meiner Ehrlichkeit überzeugt bist?“ erkundigte Lionel sich abrupt. „Ich weiß, dass du immer noch einige Zweifel an mir hegst.“

„Ich weiß nicht, ob wir zu der einstigen Vertrautheit zurückfinden werden, selbst wenn du wirklich mein Bruder sein solltest“, antwortete Garrick freimütig. „Es hat zu viele Enttäuschungen und zu viel Leid gegeben.“ Er betrachtete sein Gegenüber. „Wir haben dich vor Jahren begraben, Lionel, und das war nicht einfach. Auch jetzt ist es nicht einfach.“

In der Bibliothek des Clubs wurde der Earl of Stanhope mit seinen Söhnen von Baron Harding zu einem Abendessen eingeladen, das in der folgenden Woche stattfinden sollte. Lord Stanhope gab eine ausweichende Antwort und sah sich gleich darauf von mehreren Herren umringt. Er stellte ihnen seine Söhne vor, achtete jedoch darauf, wie Garrick bemerkte, keinen Titel zu benutzen, was äußerst ungewöhnlich war. Falls der Mann, der sich für Lionel ausgab, tatsächlich der Bruder war, gebührte ihm natürlich der Titel des Viscount Caedmon Crag.

Lord Talbot erwähnte ein Pferderennen, das am folgenden Sonntag in Newmarket abgehalten wurde, und der Vater willigte ein, sich mit seinen Söhnen dort einzufinden.

Grimmig betrachtete Garrick den vermeintlichen Bruder. „Erinnerst du dich an den Tag, an dem wir mit unseren neuen Jagdpferden von Stanhope Hall aus ins Dorf und wieder zurück geprescht sind?“

Lächelnd wandte Lionel sich ihm zu. „Das weiß ich nicht mehr genau“, antwortete er leichthin.

„Es war ein Sommertag. Vater war mit Gästen zur Jagd geritten. Wir hatten die strikte Anweisung, das Grundstück nicht zu verlassen. Aber wir sind dem Stallmeister entwischt. Erinnerst du dich nicht mehr? Ich habe einen Sturz vorgetäuscht, und der arme Bursche ließ dich bei mir, während er zum Haus zurückritt, um Hilfe zu holen.“ Garrick zwang sich zu einem Lächeln. „Du hast das Wettrennen um eine Pferdelänge gewonnen.“

Lachend nickte Lionel. „Jetzt entsinne ich mich. Ich glaube, das war der aufregendste Ritt, denn ich je absolviert habe.“

„Wie alt waren wir damals?“

Lionel schien zusammenzuzucken. Der Vater, Lord Cantor und Lord Talbot beobachteten ihn und Garrick. Der Vater saß wie versteinert da, während die beiden anderen Männer sehr neugierig wirkten. „Worauf willst du hinaus, Garrick?“ fragte Richard.

„Ich kann mich nicht erinnern, wie alt mein Bruder und ich damals waren“, antwortete Garrick und stand langsam auf. Er war einen Kopf größer als Lionel. Eigenartigerweise stimmte dieser Umstand ihn zufrieden. „Weißt du es noch, Lionel?“

Lionel lächelte. „Nein, aber ich vermute, das Wettrennen muss ungefähr ein Jahr vor dem Zeitpunkt stattgefunden haben, als ich fortgelaufen bin.“ Natürlich hatte man im ton eine Erklärung für Lionels Verschwinden hören wollen. Der Vater hatte Lionels Geschichte bestätigt, die jetzt allgemein bekannt und der Anlass zu heftigem Klatsch war.

„Sehr geschickt kombiniert“, erwiderte Garrick. „Denn wäre ich jünger als zwölf Jahre alt gewesen, hätte ich ebenso wenig wie du ein eigenes Jagdpferd gehabt.“

„Welchen Zweck verfolgst du mit dieser Befragung?“ warf der Vater ein.

Garrick fixierte indes den angeblichen Bruder. „Es hat kein Wettrennen gegeben. Lionel und ich sind nicht zum Dorf und zurück geritten, und ich habe auch keinen Sturz vom Pferd vorgetäuscht. Folglich war ich weder verletzt, noch sind wir mit dieser List dem Diener entwischt."

Lionel lächelte nicht mehr. „Wir habe viele Male ein Wettrennen veranstaltet."

„Aber nie zum Dorf und zurück!"

Mit leicht verkniffener Miene starrte Lionel Garrick an. Garrick war sich sehr gut bewusst, dass alle Anwesenden im Raum – nicht nur der Vater und die beiden anderen Gentlemen – ihn und Lionel beobachteten.

„Die Sache kam mir bekannt vor", lenkte Lionel schließlich ein und lächelte beschwichtigend. „Immerhin kann ich mich nicht an jede verdammte Einzelheit aus unserer Kindheit erinnern."

Garrick erwiderte das Lächeln nicht. Einerseits störte es ihn, dass er diesen Mann in eine Falle gelockt hatte, da es sich bei ihm sehr gut um seinen Bruder handeln konnte, den er noch immer gern hatte. Aber dieser Mann konnte ebenso gut ein Betrüger sein, der sich auf seine Rolle bestens vorbereitet hatte.

Hochroten Gesichtes stellte der Earl sich zwischen seine Söhne und sah mit regloser Miene Lionel an. „Niemand, nicht einmal ich, erwartet von dir, dass du dich an jede Einzelheit aus deiner Kindheit erinnerst."

Lionel entspannte sich.

Empört drehte Richard sich zu Garrick um. „Was hast du dir dabei gedacht? Hältst du diese Art öffentlicher Befragung deines Bruders für passend?"

Garrick presste flüchtig die Lippen zusammen. „Glaubst du wirklich, dass es mich nach all diesen Jahren auch nur im Entferntesten interessiert, was deine Freunde von mir denken?"

„Du bist nicht intelligenter als ein närrisches Kind!" fuhr der Earl ihn an.

„Bitte, Vater!" Beschwichtigend legte Lionel ihm die Hand auf den Arm. „Du musst Garrick verzeihen. Bestimmt kannst du ihm vergeben, dass er Zweifel an mir hat. Außerdem hat er viel zu verlieren, wenn meine Identität bestätigt wird. Sein Unmut und seine

Bedenken sind verständlich und menschlich. Mit der Zeit wird er sich beruhigen." Lionel lächelte. „Ich sage nämlich die Wahrheit." Wie ruhig und selbstsicher, wie zuversichtlich seine Stimme geklungen hatte!

Garrick zuckte zusammen und wurde sich des Geraunes im Hintergrund bewusst. Er war sicher, seinen Titel in Verbindung mit dem Namen seines vermeintlichen Bruders gehört zu haben. Wenngleich Lionel leise gesprochen hatte, war es ihm doch mit einem Schlag gelungen, allen Anwesenden klarzumachen, dass Garrick mit allen Mitteln versuchte, den Bruder zu diskreditieren, und zwar aus Angst, auf das Erbe verzichten zu müssen. War dieser Hieb absichtlich geführt worden, oder hatte Garrick sich nur etwas eingebildet?

„Wir werden das Gespräch daheim fortsetzen", sagte Richard so gedämpft, dass nur Garrick ihn hören konnte.

„Vielen Dank, aber ich verzichte darauf", entgegnete Garrick kühl. „Ich versuche lediglich, unsere Familie zu schützen, ob du es glaubst oder nicht, Vater." Unvermittelt bemerkte er, dass Arlen Grey sich aus einer Gruppe von Gentlemen löste, die an der gegenüberliegenden Seite des Raums saßen.

Sein Herz machte einen Sprung. Bilder von Ashburns leidenschaftlicher Gattin gingen ihm durch den Sinn und vertrieben jeden anderen klaren Gedanken. Er vergaß den Vater und den Disput mit ihm, Lionel und die anderen Lords, und während er Ashburn nahen sah, erkannte er, wie sehr er Olivia vermisste und wie stark der Drang war, sie vor ihrem Mann zu beschützen.

Er hatte keine Schuldgefühle, empfand nur tiefen Abscheu vor Ashburn, als dieser auf ihn zuschlenderte.

„Meine Herren", sagte Arlen lächelnd, verneigte sich vor Stanhope und Lionel und bedachte Garrick mit einem flüchtigen Blick. „Welch angenehme Überraschung! Wie ergeht es Euch in London, Sir?" fragte er Lionel.

„Ausgezeichnet. Es könnte mir nicht besser ergehen", antwortete Lionel auflachend. „Und Euch? Ihr verbleibt in der Stadt?

Habe ich nicht soeben vernommen, dass Eure schöne Gattin vor kurzem aufs Land zurückgekehrt ist? Nach Sussex, nicht wahr?"

Arlen lächelte weiter, doch Garricks Herzschlag beschleunigte sich. „Meine Frau ist vor vier Tagen nach Ashburnham aufgebrochen", erwiderte Arlen. „Sie zieht das Leben auf dem Land dem in der Stadt vor. Ich bin natürlich viel lieber hier."

„Mein Bruder denkt ebenso", äußerte Lionel, ohne Garrick anzusehen. „Ich meine, auch er bevorzugt das Leben auf dem Land. Er ist ebenfalls erst vor drei Tagen nach London zurückgekommen."

Garrick ahnte, was gleich kommen würde. Aber wie konnte Lionel wissen, was drei Tage zuvor auf Ashburn Hall geschehen war?

„Ach, wirklich?" Arlens Miene verdüsterte sich, als er sich Garrick zuwandte.

„Ich hatte beschlossen, unseren Landsitz aufzusuchen", erklärte Garrick gelassen.

„Ich verstehe", murmelte Arlen.

„Liegt Ashburnham nicht ziemlich nahe bei Stanhope Hall?" erkundigte Lionel sich.

„Ja", bestätigte Arlen. „Es ist nur wenige Fahrstunden von Stanhope Hall entfernt. Welch Zufall!" fügte er anzüglich hinzu. „Meine Gattin reist zu einer Zeit nach Sussex ab, in der Ihr Euch in Surrey aufhaltet."

„Das Leben ist voll von den seltsamsten Zufällen", erwiderte Garrick trocken. „Es gibt viel merkwürdigere Dinge als den Umstand, dass ich vor einigen Tagen zufällig auf Stanhope Hall war."

Stille trat ein. Garrick wusste, was alle Anwesenden annahmen, und das hatte er allein Lionel zu verdanken.

„Ich bin sicher, dass Garrick keine Ahnung von der Rückkehr Eurer Gattin nach Ashburnham hatte", warf Lionel lachend ein.

Ehe Garrick in einer Lüge Zuflucht nehmen konnte, sagte Arlen, ihn unverwandt ansehend: „Ebenso wenig habt Ihr gewusst, dass sie damals auf dem Jahrmarkt von St. Bartholomew war."

„Hin und wieder gehe ich gern zu einem Volksfest." Garrick lächelte spöttisch und wartete darauf, dass Arlen ihn fragte, ob er während seines Aufenthaltes auf dem Land Olivia gesehen habe. Natürlich würde er das abstreiten.

Arlens Gesicht war gerötet. „Und meine Gattin besucht ebenfalls sehr gern solch harmlose Vergnügungen!" Dann wandte er sich an Lionel und erkundigte sich steif, ob dieser sich im weiteren Verlauf des Abends zu einer Kartenpartie zu ihm gesellen wolle. Lionel willigte ein.

Garrick trat zum Vater und verkündete: „Ich gehe."

„Gut." Richard sah ihn durchdringend an. „Gib auf dich Acht, Garrick."

Verwundert über diese Ermahnung, drehte Garrick sich um und meinte, Ashburns kalten Blick auf sich zu spüren.

„Garrick!"

Garrick blieb stehen.

Lionel eilte hinter ihm her und blieb neben ihm stehen. „Leiste uns doch nach dem Abendessen im St. James Gesellschaft", schlug er lächelnd vor, als hätte es die letzten fünf Minuten voller Anzüglichkeiten und Andeutungen nicht gegeben. „Vielleicht hast du dann mehr Glück", setzte er hinzu und klopfte Garrick leicht auf die Schulter.

„Das nehme ich nicht an", entgegnete Garrick und rückte von ihm ab. „Wenn ich gegen dich spielen muss, gewinne ich nicht. Du bist viel gerissener als ich."

„Du hegst doch wegen gestern Abend keinen Groll gegen mich?" rief Lionel aus.

„Mir ist nicht viel an den paar Hundert Pfund gelegen, die ich gestern Abend verloren habe", antwortete Garrick ruhig, aber es fiel ihm sehr schwer, die Selbstbeherrschung zu wahren.

„Du bist wütend", stellte Lionel überrascht fest. „Doch nicht wegen gestern Abend!"

„Ach was. Ich bin überhaupt nicht wütend", log Garrick kühl. Er beabsichtigte nicht, Lionel zu zeigen, wie wütend ihn dessen Bemerkungen gemacht hatten – weil sie zutrafen und für ihn sehr gefährlich werden konnten.

Lionels Miene wurde ernst. „Vielleicht sollten wir aufhören, Spielchen zu treiben."

Garrick hatte sich bereits zum Gehen gewandt, hielt nun jedoch alarmiert inne. „Haben wir Spielchen getrieben?"

„Ich denke, du treibst deine Spielchen", antwortete Lionel. „Warum gestehst du die Wahrheit nicht ein?"

„Welche Wahrheit soll ich eingestehen?"

„Die Wahrheit ist, dass du meine Auferstehung von den Toten nicht akzeptieren willst, weil du dadurch alles verlierst. Denn meine Rückkehr bedeutet, dass du nicht mehr Vaters Erbe bist!"

Ihre Blicke trafen sich.

„Das ist der Grund, warum du gegen mich bist!" fügte Lionel hinzu.

Verblüfft starrte Garrick ihn an, drehte sich einen Moment später um und verließ den Raum.

Die Schwester bestärkte Arlen in seinem Argwohn, es könne sich um keinen Zufall handeln, dass Garrick und Olivia sich zur gleichen Zeit auf dem Land aufgehalten hatten. Außerdem erinnerte sie ihn daran, dass beide sich vor Olivias Abreise beim Jahrmarkt in St. Bartholomew getroffen hatten. Elizabeth war überzeugt, dass die Schwägerin und Garrick eine Liaison hatten.

Sie schlug dem Bruder vor, unverzüglich aufs Land zu fahren und, sobald er daheim sei, diskret Erkundigungen unter dem Personal und im Dorf über Olivia und Caedmon Crag einzuholen. Schließlich hätten die beiden sich bestimmt nicht heimlich in Arlens Haus getroffen. Zudem versprach sie, sich auch unter ihren Freundinnen umzuhören, die ihr gewiss erzählen konnten, was der Bruder wissen wollte.

„Ich nehme an, dass außer Lionel De Vere auch noch andere Leute etwas wissen", stimmte Arlen der Schwester zu und rieb sich die Schläfen. In der ganzen ärgerlichen Angelegenheit gab es jedoch einen Lichtblick. Wenn der Mann, der behauptete, Garrick De Veres Bruder zu sein, tatsächlich Lionel war, dann stand Caedmon Crag kurz davor, alles zu verlieren.

„Wann reist du nach Ashburnham?" fragte Elizabeth.

„Morgen früh."

14. KAPITEL

Nach dem Frühstück, das Olivia mit der Tochter einnahm, machte sie täglich einen kurzen Spaziergang. An diesem Morgen wanderte sie die schmale Straße entlang, die zu dem kleinen Dorf Ashburn führte. Es war ein schöner, sonniger Tag, doch Olivia war das Herz schwer.

Sie vermisste Garrick De Vere, und ihr grauste davor, Arlen irgendwann wieder unter die Augen treten zu müssen. Auch die Zukunft sah nicht mehr verheißungsvoll aus. Bis vor kurzem hatte ihr nichts an ihrer Zukunft gelegen, da sie, abgesehen davon, dass der Gatte in unregelmäßigen Abständen nach Haus kam, ein angenehmes, ruhiges Dasein auf Ashburnham führte.

Sie überlegte, ob sie ungeachtet ihres Vorsatzes, Garrick De Vere zu meiden, doch nach London reisen solle, um ihn wiederzusehen.

Olivia blieb stehen, als sie einen Reiter auf sich zukommen sah – ein Pächter, wie sie vermutete. Sie wollte ihm soeben freundlich zuwinken, zögerte jedoch, weil sie das sich nähernde Tier nicht kannte. Es war ein stattliches rotbraunes Jagdpferd, und diese Art Pferd wurde nicht von Bauern geritten. Nicht einmal Squire Horne besaß ein solches Pferd.

Und der Reiter war hoch gewachsen.

Olivia wusste sofort, wer er war, noch ehe sie den neben dem Pferd herspringenden Hund bemerkte. Halt suchend klammerte sie sich an den Bretterzaun, der den Weg säumte.

Garrick hielt den Braunen vor ihr an.

„Oh, mein Gott!“ flüsterte sie, und das Herz schlug ihr bis zum Hals.

„Hallo, Olivia“, erwiderte Garrick, und sein Blick war so eindringlich, wie sie ihn in Erinnerung hatte.

Ihre Kehle war plötzlich wie ausgedörrt.

Garrick lächelte, saß ab und ging zu ihr. „Ich hoffe, du freust dich, mich zu sehen“, sagte er leise.

Sie stieß gegen den Zaun, als sie versuchte, vor Garrick zurückzuweichen. „Was machst du hier?“ rief sie aus, freute sich indes unbändig, ihn wieder zu sehen.

„Ich glaube, das weißt du“, antwortete er und betrachtete sehnsüchtig ihre Lippen.

Auch sie schaute auf seinen Mund und fragte sich, ob er sie in der Öffentlichkeit küssen würde. Trotz ihrer Furcht, ein zufällig vorbeikommender Nachbar könnte sie beobachten, wollte sie, dass Garrick sie küsste, denn sie entsann sich sehr gut, wie leidenschaftlich seine Küsse waren. Gott mochte ihr beistehen! Sie war willenlos und wollte in Garricks Armen liegen.

„Ich habe dich vermisst“, fuhr Garrick fort. „Ich habe dich sogar sehr vermisst, Olivia.“

Sie wollte den Kopf schütteln, erwiderte jedoch spröde: „Auch ich habe dich vermisst, Garrick.“

Sein Blick war flammend. Ehe sie wusste, wie ihr geschah, hatte Garrick die Hände um ihre Taille gelegt. Sie glaubte, er würde sie an sich ziehen und küssen, doch unvermittelt hob er sie hoch, setzte sie, während sie überrascht aufschrie, aufs Pferd, und schwang sich hinter sie. Er legte einen kräftigen Arm um sie und lenkte den Fuchs in die Richtung zurück, aus der er soeben gekommen war. Der Setter folgte ihnen.

Verwirrt klammerte Olivia sich an den Sattel. Sie erkundigte sich nicht, wohin Garrick sie bringen wolle – seine Absichten hatte sie längst erraten.

Sie erreichten ein Gatter im Zaun. Garrick hielt den Braunen an, beugte sich vor und öffnete es. Dann lenkte er das Pferd hindurch, lenkte es ein wenig zur Seite und schloss das Tor. Entgegen aller Vernunft brachte Olivia kein Wort des Protests über die Lippen. Erinnerungsfetzen an die Nacht, die sie mit ihm auf Stanhope Hall verbracht hatte, gingen ihr durch den Sinn. Sie hatte ihn schrecklich vermisst.

Er ließ das Pferd über die Wiese traben, vorbei an grasenden Kühen und einigen Schafen, die sich ebenfalls auf der Weide befanden. Sie ritten durch ein Eichenwäldchen und setzten dann über eine niedrige Steinmauer.

Garrick hielt den Fuchs an, saß ab und zog Olivia in die Arme. „Ich habe dich so vermisst", wiederholte er.

Prüfend schaute sie ihm in die goldbraunen Augen, um zu erkennen, ob er die Wahrheit gesagt hatte. Ehe er sie küssen konnte, legte sie ihm zwei Fingerspitzen auf die Lippen und flüsterte: „Wir müssen unserer Leidenschaft widerstehen!"

„Das gelingt mir nicht", entgegnete er rau. „Du bist meine Leidenschaft."

Er küsste Olivia, und sie war kaum noch eines klaren Gedankens fähig. Gütiger Himmel! Es war wunderbar, mit Garrick vereint zu sein. Sie war nicht sicher gewesen, wann und ob sie ihn je wiedersehen würde.

„Ich habe kaum etwas anderes getan, als an dich zu denken", gestand er spröde.

Der Anblick seiner Augen ließ Olivia das Herz wie rasend schlagen. „Auch ich habe an dich gedacht", erwiderte sie, alle Vorsicht außer Acht lassend. „Du gehst mir nicht aus dem Sinn, Garrick."

„Gut!" Wieder küsste er sie, zärtlich und wild zugleich, rau und doch sanft. „Mir ergeht es genauso."

Sie lächelte.

„Ehrlich gesagt, habe ich nicht damit gerechnet, dich auf der Straße anzutreffen und dir wie ein Straßenräuber den Weg abzuschneiden", fuhr er verschmitzt fort.

„Ich weiß, es ist falsch, mit dir hier zu sein, aber ich bin so glücklich, dich wiederzusehen."

Er betrachtete sie.

Treve, der sich unter einem Baum niedergelassen hatte, sprang auf und lief schwanzwedelnd zu ihr. Sie tätschelte ihn und hielt dabei den Kopf gesenkt, weil sie befürchtete, Garrick könne ihr ansehen, was sie empfand. „Du hättest nicht herkommen dürfen. Ich habe neulich einen Brief von Susan erhalten."

„Ich konnte dir nicht fern bleiben." Wieder ergriff Garrick Olivias Hand.

Olivia begegnete ruhig seinem Blick. „Ich bin verheiratet, und du bist mit Susan verlobt, einem reizenden Mädchen, das zudem meine Freundin ist. Vor kurzem hatte ich beschlossen, dich nie wieder zu sehen. Das war die einzig mögliche Entscheidung, die ich treffen konnte."

Er schaute sie an. Obwohl seine Miene völlig ausdruckslos war, hatte Olivia den Schmerz in seinen Augen bemerkt. Es war nicht ihre Absicht gewesen, ihn zu verletzen. Er war viel zu empfindsam. „Können wir darüber reden, ohne uns zu streiten?"

„Gibt es etwas, über das wir reden sollten?" fragte er. „Wir sind erwachsen. Du hast keine Beziehung zu deinem Gatten, und ich verabscheue meine Verlobte. Dennoch hast du beschlossen, mich nicht wieder zu sehen. Du hast dich sehr deutlich ausgedrückt."

Olivia presste die Hand auf die Brust, als könnte das ihr Herz daran hindern, weiter so furchtsam und heftig zu schlagen. „Ich möchte dich nicht verlieren, Garrick."

Er zuckte zusammen. „Dann entscheide endlich, was du wirklich willst", entgegnete er heftig. Die Lippen zusammenpressend, ging er zu seinem grasenden Pferd und nahm die Zügel an sich. Erwartungsvoll folgte ihm der Setter. „Du solltest nicht mit Arlen verheiratet sein", meinte Garrick.

Sie holte tief Luft. „Sag nicht so etwas!"

„Warum nicht? Es ist schließlich offenkundig."

„Garrick, Arlen ist mein Gatte", antwortete sie und hätte ihm beinahe all ihre Sorgen anvertraut.

„Warum verlässt du ihn nicht?"

Wie gern hätte sie ihm alles über ihre Hoffnungen und Träume, ihre unbestimmten, schrecklichen Ängste erzählt! „Das kann ich nicht."

Er fluchte.

„Für unser Dilemma gibt es keine Lösung, oder?" fragte sie, die Hand auf das wehe Herz pressend. Sie fürchtete, ihn zu verlieren, falls dieses Gespräch andauerte. Er wollte, dass sie sich von Arlen trennte, der sie jedoch nie ziehen lassen und die Tochter benutzen würde, um ihr wehzutun.

„Ich kann mir keine Lösung denken, es sei denn, mir einige flüchtige Augenblicke mit dir zu stehlen, sobald uns das möglich ist", antwortete Garrick sehr grimmig. „Aber solche Momente sind nicht genug."

Nachdem sie sich eine Weile schweigend angeschaut hatten, streckte er die Hand nach ihr aus. Sie ergriff sie und ließ sich von ihm zu seinem Pferd führen, während Treve fröhlich neben ihnen hertrottete. „Hast du, als du in London warst, den Mann gesehen, der behauptet, dein Bruder zu sein?" fragte sie, immer noch durch das vorherige Gespräch beunruhigt.

„Ja, ich habe ihn gesehen", antwortete Garrick sehr kühl und ohne sie anzusehen.

Da er sich nicht näher zu diesem Thema äußerte, warf sie ihm einen prüfenden Seitenblick zu. Er schien zwischen Kummer, Schmerz, Schuldbewusstsein, Hoffnung und Zorn zu schwanken. Sie wusste, dass sie der Anlass für einige dieser Gefühle war. „Ist der Mann Lionel?"

Garrick zögerte einen Moment und sah sie an. „Er sieht ihm ähnlich und benimmt sich allem Anschein nach auch wie mein Bruder. Und er weiß viel über unsere Familie, entschieden zu viel, wie ich finde. Ich denke, dass es sich bei ihm wahrscheinlich um Lionel handelt." Garrick riss den Blick von Olivia los und starrte zum Himmel, wo dicke, bauschige weiße Wolken vorüberzogen.

Olivia erkannte, dass sie sich jetzt nicht auf ihre hellseherischen Fähigkeiten konzentrieren konnte. Sie war durch Garricks Anwesenheit viel zu überwältigt, viel zu bekümmert, zu verwirrt und ängstlich. „Aber du glaubst diesem Mann nicht?"

Garrick schaute sie an. „Ich weiß nicht, was ich von ihm zu halten habe."

„Was ist in der Stadt geschehen, das dich bewogen hat, sie zu verlassen?" Olivia berührte leicht seinen Arm. „Es muss etwas passiert sein. Du wolltest bestimmt nicht nur meine Gesellschaft genießen."

Er zuckte leicht zusammen. „Du bist sehr scharfsinnig. Ich hatte genug von diesem angeblichen Lionel, von meinem Vater, den Gerüchten und den neugierigen Blicken."

Olivia hakte sich bei Garrick ein und streichelte sacht seinen Unterarm. „Wohnst du auf Stanhope Hall?" erkundigte sie sich sanft.

„Ja. Im Moment meiner Abreise aus London habe ich beschlossen, dich aufzusuchen. Ich wollte wissen, wie es dir ergangen ist, seit ich dich zum letzten Mal sah." Garricks Blick hielt Olivias fest. „Ich mache mir Sorgen um dich. Dein Gatte beunruhigt mich."

Sie unterdrückte ein Zittern. „Auch mich beunruhigt er", erwiderte sie.

„Dann verlass ihn!" platzte Garrick heraus. „Warum bleibst du bei ihm?"

„Er würde mich nie gehen lassen", antwortete sie bedrückt. „Außerdem muss ich an Hannah denken!"

„Hannah?" wiederholte Garrick, und Olivia merkte, dass er die Bedeutung ihrer letzten Bemerkung nicht begriffen hatte.

„Wie lange wirst du auf Stanhope Hall bleiben?" Sie rieb sich die Schläfen. „Ich brauche Zeit zum Nachdenken."

„Ich habe mich auf einen längeren Aufenthalt eingerichtet", antwortete er. „Wofür brauchst du Zeit zum Nachdenken, Olivia?"

Sie schaute ihn an.

„Wirst du in Betracht ziehen, deinen Gatten zu verlassen?" erkundigte Garrick sich leise.

„Nein. Ja. Ich weiß es nicht!" rief sie aus, unfähig, die Augen von ihm zu wenden. „Durch die Begegnung mit dir bin ich in ein Dilemma geraten!"

„Denkst du, auf mich träfe das nicht zu? Ich habe das alles nicht gewollt. Ich wollte auch nicht nach England kommen, das Leben in Sugar Hill hat mir gefallen. Ich wollte auch dir nicht begegnen, Olivia. Ich habe auch nicht gewollt, dass so ein verdammter Mann auftaucht und behauptet, Lionel zu sein, jemand, der inzwischen von aller Welt als mein Bruder akzeptiert wird, vermutlich sogar von meinem Vater!"

„Ich weiß, dass du das alles nicht gewollt hast", beteuerte sie. „Ich habe in meinem Leben auch keine besonderen Ansprüche gestellt, Garrick. Bis ich dich kennen lernte, war mein Dasein einfach, und mein Weg hat klar vor mir gelegen. Ich hatte meine Ruhe."

Lange sah er sie schweigend an. Ein Kuh muhte; ein Vogel zwitscherte, und der laue Wind raschelte im Laub der Bäume. „Und jetzt? Wie würdest du dein Leben jetzt beschreiben?"

„Jetzt gibt es viel Verwirrung, keinen Frieden, Verwirrung und ..." Sie zögerte.

„Und was?"

„Aufregung", flüsterte sie, „und Freude." Tränen stiegen ihr in die Augen und raubten ihr fast die Sicht. „Es bringt mir Freude, mit dir zusammen zu sein, Garrick."

Zart berührte er ihre Wange. „Das hat wie ein Geständnis geklungen", erwiderte er.

„Es war ein Geständnis." Sie waren mitten auf der Weide stehen geblieben. Es erschien ihr ganz natürlich, sich in Garricks starke Arme zu schmiegen.

„Du verschweigst mir etwas", meinte er und sah sie zärtlich an.

„Ja", gab sie widerstrebend zu.

„Was?"

Sie zitterte. „Mein Mann verabscheut unsere Tochter."

Garrick sah sie fassungslos an. „Wieso?"

„Er verabscheut auch mich. Es liegt an ihrer Blindheit. Er hasst sie deswegen und schämt sich ihrer. Seiner Meinung nach bin ich an allem schuld."

„Er macht dich dafür verantwortlich, dass Hannah blind ist?"

Olivia nickte voller Furcht. Es fehlte nicht mehr viel, und sie würde ihm die ganze Wahrheit erzählen. Dann würde er auch von ihren hellseherischen Fähigkeiten erfahren.

„Gibt dein Mann dir auch die Schuld daran, dass du ihm bisher keinen Stammhalter geboren hast?“

Olivia nickte. Sie wusste, dass Garrick eigentlich etwas ganz anderes hatte fragen wollen. „Er fasst mich nicht an. Dafür verabscheut er mich viel zu sehr.“

Die Erleichterung in Garricks Miene war unverkennbar. „Darüber bin ich froh.“

Olivia wandte den Blick ab. „Du kannst darüber nicht halb so froh sein, wie ich es bin.“

Garrick legte ihr die Hand unter das Kinn und zwang sie sanft, ihn anzusehen. „Du hast Angst vor Arlen.“ Das war keine Frage gewesen.

„Ich habe solche Angst vor ihm und vor dem, was er Hannah antun würde, falls ich ihn wirklich in Rage bringe“, flüsterte Olivia. „Es würde Arlen wütend machen, wenn ich ihn verlasse.“

Garrick starrte sie eine Weile schweigend an. „Du müsstest Hannah nicht zurücklassen.“

Olivia traute ihren Ohren kaum. „Er würde uns aufspüren!“ antwortete sie schlicht. „Du bist mit Miss Layton verlobt. Wir beide haben eine einzige Nacht miteinander verbracht. Dennoch forderst du mich auf, Arlen zu verlassen und so meine Tochter in ernste Gefahr zu bringen, damit ich deine Mätresse werden kann ...“

„Nein!“ unterbrach Garrick sie. „Ich würde die Verlobung mit Susan Layton lösen.“

„Garrick.“ Olivia packte ihn bei den Schultern. „Ich bin verheiratet, selbst wenn du frei wärst, um mich zu heiraten. Arlen wird sich nie von mir scheiden oder unsere Ehe annullieren lassen. Er wird mich nie freigeben. Außerdem ist der Mann, der behauptet, dein Bruder zu sein, aller Wahrscheinlichkeit nach ein Betrüger. Du hast deine Pflicht zu erfüllen, und das bedeutet, dass du heiraten und einen Erben zeugen musst. Du kannst deiner Familie unmöglich den Rücken zukehren.“ Als er nichts darauf erwiderte, fuhr sie, von Kummer überwältigt, fort: „Du begreifst also, dass wir uns in einem Dilemma befinden, nicht wahr?“

Er presste die Lippen zusammen. Sein Blick war hart und düster.

„Wir sind wieder da, wo wir angefangen haben“, wisperte sie verzweifelt. „Entweder eine Affäre, oder nichts. Eine Affäre kann ich mir jedoch nicht erlauben. Garrick, hilf mir bitte, stark zu sein!“

„Du weißt, ich würde alles tun, worum du mich bittest, aber ich bin schwach, besonders, wenn es um dich geht. Wenn ich dazu im Stande wäre, würde ich das tun, was sich gehört – wegreiten und dich nie mehr behelligen. Für alle Beteiligten wäre das das Beste, oder?“ fragte Garrick bitter.

Olivia brachte keinen Laut heraus. Sie stand kurz davor, Garrick zu verlieren, falls er jetzt das tat, was sein Ehrgefühl ihm vorschrieb.

Er lächelte grimmig. „Aber ich kann nicht einfach fortreiten, als wäre ich dir nie begegnet und hätte auch keinen Augenblick der Leidenschaft mit dir geteilt. Ich bin ein Narr! Nein, noch kehre ich nicht in die Stadt zurück.“

„Ich weiß nicht, was ich sagen soll. Und noch weniger weiß ich, was ich tun soll“, flüsterte Olivia. „Ich bin so verwirrt.“

„Das bin auch ich. Gestern habe ich deinen Mann übrigens kurz bei Almack's gesehen.“

„Was ist passiert?“ Unbehagen überkam sie, und da Garrick nicht gleich antwortete, war sie vollkommen sicher, dass bald das Schlimmste geschehen werde, falls es nicht schon eingetreten war. „Was ist passiert?“ wiederholte sie drängend.

„Lionel hat deinen Gatten darüber informiert, dass ich in Stanhope Hall war, während du hierher zurückgereist bist“, antwortete Garrick langsam.

Olivia fühlte das Blut aus dem Gesicht weichen. „Oh Gott!“

„Du musst auf der Hut sein, Olivia!“ Garrick hielt sie fest an sich gedrückt. „Sollte Lionel die Wahrheit über uns ahnen, dann kann das auch bei anderen Leuten der Fall sein. Aller Wahrscheinlichkeit nach mutmaßt dein Mann etwas, und das ist meinem angeblichen Bruder zuzuschreiben. Es besteht durchaus die Möglichkeit, dass Arlen von der Nacht erfährt, die du mit mir auf Stanhope Hall verbracht hast."

Olivia nahm Garricks Gesicht nicht wahr, obwohl es nur eine Hand breit von ihrem entfernt war. Sie war wie gelähmt. „Arlen wird herkommen", sagte sie und hatte ein sehr starkes Gefühl der Gewissheit. „Er kann jeden Augenblick eintreffen."

15. KAPITEL

Vom Fenster des Schlafzimmers aus hatte Olivia die Ankunft des Gatten beobachtet und wusste, sie musste hinuntergehen und ihn freundlich begrüßen, ganz so, als wäre alles in bester Ordnung.

Entschlossen, ihn zu täuschen und zu belügen, durchquerte sie das Zimmer und spürte ein heftiges Pochen in den Schläfen, als sie die Tür aufmachte.

Unvermittelt sah sie sich dem Gatten gegenüber.

„Arlen!“ Ein Anflug von Furcht schwang in ihrer Stimme mit, aber Olivia rang sich dennoch zu einem Lächeln durch. „Mit dir habe ich nicht gerechnet. Ich habe dich jedoch soeben ankommen sehen und wollte hinuntergehen, um dich willkommen zu heißen. Hattest du eine angenehme Reise?“

Mit kalter Miene starrte er Olivia an. „Ehrlich gesagt, war die Reise nicht sonderlich angenehm.“ Seine Verärgerung war unverkennbar.

„Das tut mir Leid.“

„Wirklich?“ fragte Arlen und machte die Tür zu. Das erschreckte Olivia noch mehr. Er näherte sich ihr und schlug ihr ins Gesicht.

Der Schlag war vollkommen unerwartet gekommen und schleuderte sie zu Boden. Sie schrie jedoch nicht auf, da sie geahnt hatte, dass der Gatte sie irgendwann züchtigen würde. Während sie auf dem Fußboden kauerte, versuchte sie, ihre Angst zu unterdrücken. Vergeblich. Drohend stand Arlen vor ihr. Sie tröstete sich damit, dass sie seine Grausamkeiten überleben würde, ganz gleich, was er ihr antun mochte. Sie musste sie der Tochter zuliebe hinnehmen.

„Du warst auf Stanhope Hall und hast die Nacht dort verbracht! Ganz London weiß das!“ herrschte Arlen sie verächtlich an und hockte sich unvermittelt neben sie. Sein Gesicht war ihr ganz nah. „Caedmon war in derselben Nacht dort! Du hast mich mit ihm betrogen!“

Olivia benetzte sich die Lippen. „Nein! Das würde ich nie tun. Ich habe dort Rast gemacht, weil das Wetter so furchtbar war ..."

Arlen ließ sie indes nicht ausreden, packte sie grob am Haar und riss ihr den Kopf zurück, so dass sie zur Zimmerdecke starrte. Er zog weiter an ihrem Haar, bis sie rücklings zu Boden fiel. Sie hatte befürchtet, er könne ihr das Genick brechen.

„Du bist nicht nur eine Lügnerin, sondern auch eine Hure! Zufälle gibt es nicht. Du treibst es mit meinem Todfeind! Zum Teufel mit dir!" zischte Arlen sie an.

„Nein!" widersprach sie. „Warum ... warum hasst du ihn so?"

„Wie kannst du das fragen, nach allem, was er meiner Schwester angetan hat?"

Olivia schlug das Herz bis zum Hals. „Ich ... ich begreife nicht."

Arlen drückte sie auf die Dielen. „Caedmon hat sie verführt, als sie erst fünfzehn Jahre alt war. Dieser Bastard! Und dann hat er sich geweigert, sie zu heiraten. Er hat ihren Ruf ruiniert, und dafür soll er auf alle Zeiten verdammt sein! Die ganze Welt wusste Bescheid und weiß es immer noch!"

Olivia wagte kaum zu atmen. Elizabeth hatte gelogen, und das stimmte Olivia zufrieden, obwohl ihr vor Schmerz Tränen in die Augen stiegen.

„Hat Caedmon dir Gewalt angetan?" fragte Arlen plötzlich. „Ich könnte ihn umbringen! Du weißt, dass ich ein ausgezeichneter Fechter bin. Ich könnte deine Ehre verteidigen und Caedmon töten."

„Nein", flüsterte Olivia und merkte, dass Arlen an das glaubte, was er gesagt hatte. Falls er Recht hatte, durfte es nicht zu einem Duell kommen, bei dem Garrick verwundet oder vielleicht sogar getötet wurde. „Nein, Arlen, du musst mir glauben. Hannah und ich haben nur die Nacht auf Stanhope Hall verbracht. Sie hat mit mir im selben Bett geschlafen. Wir sind nur des Wetters wegen dort hingefahren."

Unvermittelt legte er ein Bein über Olivia. Sie zuckte zusammen. Panik verdrängte ihre Angst. Beabsichtigte er etwa, ihr Gewalt anzutun? Mit einer Hand zog er ihr das Kleid und die Unterröcke bis zur Taille hoch.

„Nicht!“ schrie sie auf. „Nicht auf diese Weise!“

„Zum Teufel, warum nicht? Du bist eine Hure, und ich werde dich wie eine solche behandeln. Vielleicht wirst du dann nicht mehr daran denken, dich mit Caedmon zu amüsieren“, raunte Arlen ihr ins Ohr und legte die Hand zwischen ihre Schenkel.

Sie wollte weinen und ihn anflehen, sie in Ruhe zu lassen. Die Tränen rannen ihr über die Wangen, aber sie war nicht fähig, eine Bitte zu äußern. Stattdessen zitterte sie vor Angst und Abscheu.

„Mama?“

Beim Klang der Stimme ihrer Tochter war Olivia zusammengezuckt. Plötzlich sah sie Hannah, zur Nacht gekleidet, mit verwirrtem, furchtsamem Gesicht in der offenen Tür stehen. „Alles ist in Ordnung!“ beteuerte Olivia.

„Mama! Was tut Papa dir an?“ rief Hannah besorgt und näherte sich.

„Geh in dein Zimmer zurück!“ befahl Olivia schrill. „Tu, was ich dir sage! Sofort!“

Hannah erstarrte.

Arlen ließ Olivia los, die sich hastig die Röcke wieder über die Beine zog. Dann erhob er sich langsam und wandte sich zur Tochter um. In seinen Augen stand ein sonderbares Leuchten. Olivia hatte noch einen Blick auf seine reglose Miene erhascht, ehe er sich zur Tochter umdrehte, und bekam es erneut mit der Angst zu tun.

„Arlen ...“ Im gleichen Moment gingen ihr so viele grässliche Bilder durch den Sinn, dass sie gegen die aufsteigende Übelkeit ankämpfen musste.

Doch genau in diesem Augenblick erschien Miss Childs. Ihr Gesicht war kreidebleich. Sie ergriff Hannah am Arm, führte sie zurück auf den Korridor und schloss die Tür hinter sich.

Nach Luft schnappend, schickte Olivia ein stilles Dankgebet zum Himmel. Ihre Erleichterung war indes nur von kurzer Dauer. Der Gatte drehte sich wieder zu ihr um. Sie schloss die Augen.

Garrick empfand großes Unbehagen, seit er sich von Olivia getrennt hatte, und überlegte, ob er nach Ashburnham reiten und sich vergewissern solle, dass mit ihr alles in Ordnung war.

Er saß ab, überließ die Zügel einem Stallburschen und betrat das Haus. In der Eingangshalle zog er sich die Handschuhe aus, legte die Reitpeitsche ab und vernahm im gleichen Moment aus dem über ihm gelegenen Korridor Schritte.

Wenig später kam Lionel lächelnd in die Halle. „Hallo, Garrick. Es scheint dich zu überraschen, mich hier zu sehen. Wärst du ein bisschen länger bei Almack's geblieben, hätte ich dir erzählt, dass ich aufs Land reisen will. Vater hatte mir das vor einigen Tagen vorgeschlagen." Lionel lächelte immer noch, ließ jedoch anerkennend den Blick durch die Halle schweifen. „Es ist verdammt lange her, seit ich hier war. Gott, ich habe so viele Erinnerungen an dieses Haus."

Garrick hatte Mühe, sich von der Überraschung zu erholen. „Du hattest bereits vor herzukommen?" fragte er ironisch.

Lionel ging zu ihm. „Ja", bestätigte er. „Das ist weder ungewöhnlich noch seltsam. Schließlich war ich bis jetzt in London. Vater hat mir vorgeschlagen, ich solle unseren Landsitz besuchen."

Garrick presste die Lippen zusammen. „Versuch nicht, mich zu täuschen", entgegnete er. „Du bist mir gefolgt!"

„Das ist eine ebenso lächerliche wie absurde Unterstellung", erwiderte Lionel verstimmt. „Warum hätte ich dir folgen sollen?"

„Das weiß ich nicht, werde es jedoch herausfinden", antwortete Garrick.

„Ich bin hier, um den Besitz zu inspizieren."

„Ach, ja! Schließlich bist du der Erbe, und Stanhope Hall wird eines Tages dir gehören", spottete Garrick. Innerlich tobte er vor Zorn. Ihm kam der Verdacht, Lionel wolle sich mit eigenen Augen von der Liaison zwischen Garrick und Lady Ashburn überzeugen. Aber warum? Um Ärger zu machen? Oder um eine Trumpfkarte in die Hand zu bekommen, die er später ausspielen konnte?

Hatte er nicht bereits bei Almack's hinreichend für Ärger gesorgt?

„Ja, eines Tages wird dieser Besitz zu Recht mir gehören", erwiderte Lionel nachdrücklich. „Dir ist das ja gleich. Jedenfalls hast du das behauptet."

„Es ist mir gleich, da ich so bald wie möglich nach Barbados zurückreisen werde."

Falls Lionel die Wahrheit gesagt hatte und es zutraf, dass er dem Wunsch des Vaters, den Besitz zu inspizieren, gefolgt war, dann lagen die Konsequenzen auf der Hand. Garrick sagte sich, dass er eigentlich überglücklich sein müsse. Er wollte nicht erben und würde bald die Freiheit haben, dieses gottverdammte Land zu verlassen, das voller Gecken und Speichellecker war. Statt sich zu freuen, war er jedoch wütend. War dieser Mann tatsächlich sein Bruder oder nur ein Betrüger? Konnte Lionel sich mit den Jahren derart drastisch verändert haben? Und es gab ein weiteres Problem – Olivia und ihre Tochter. Es würde Garrick nicht leicht fallen, sie zurückzulassen. Doch wenn er abreiste, würde Olivias Leben vielleicht wieder in ruhigeren Bahnen verlaufen. Möglicherweise ließ Arlen die Gattin auf dem Land in Frieden. Wenn Garrick nach Sugar Hill zurückkehrte, würde es Olivia und ihm hoffentlich eines Tages gelingen, die wenigen miteinander geteilten Augenblicke der Leidenschaft zu vergessen.

Sein Herz schmerzte und rebellierte gegen die Argumente, die sein gesunder Menschenverstand und die Vernunft ihm eingaben.

„Weiß deine Verlobte, dass du die Absicht hast, auf Barbados zu leben?"

Garrick straffte die Schultern. „Das geht dich nichts an."

Lionel seufzte. „Ich bin dir nicht gefolgt, Garrick, und auch nicht hergekommen, um mit dir zu streiten." Er streckte die Hand aus. „Können wir nicht einen Waffenstillstand schließen?"

Ungläubig blickte Garrick den vermeintlichen Bruder an.

Lionel lächelte. „Es tut mir Leid, was ich bei Almack's gesagt habe. Ich wollte mich nicht mit dir streiten. Du bist mein Bruder und vom selben Blut wie ich, ganz gleich, was du von mir denkst und welche Zweifel du an mir hegst."

Garrick begegnete dem offenen Blick aus Lionels blauen Augen. Die Worte des Bruders hatten aufrichtig geklungen. Ein kalter Schauer durchrann Garrick. „Der Titel schert mich keinen Pfifferling. Wenn du derjenige bist, der zu sein du behauptest, dann weißt du genau, dass ich die Wahrheit gesagt habe."

„Menschen ändern sich. Das liegt in ihrer Natur." Prüfend sah Lionel den Bruder an und hielt die Hand ausgestreckt. „Wenn ich der nächste Earl of Stanhope bin, wirst du dir keine Sorgen machen müssen. Das verspreche ich dir. Dir wird es nie an etwas fehlen. Lass uns einen neuen Anfang machen und wieder Freunde sein, Garrick."

Unschlüssig schaute Garrick auf Lionels ausgestreckte Hand und fühlte sich versucht, sie zu ergreifen. Irgendwie konnte er sich jedoch nicht dazu überwinden. Seine Zweifel hinderten ihn daran.

„Als Jungen waren wir die besten Freunde", erinnerte Lionel ihn.

Garrick lächelte bitter. „Wir sind keine Jungen mehr."

Lionel ließ die Hand sinken, und sein Lächeln schwand. „Also gut, wenn du es so haben willst."

Garrick schwieg.

„Ich fürchte, heute Abend wirst du allein speisen müssen", fuhr Lionel fort.

„Ich werde es überleben", erwiderte Garrick erleichtert, weil ihm nichts daran lag, den Abend mit Lionel zu verbringen.

Lionel schmunzelte. „Arlen hat mich eingeladen, heute mit ihm und seiner Gattin zu dinieren. Ich fahre jetzt nach Ashburnham."

Olivia hatte sich mit großer Sorgfalt zum Abendessen angekleidet. Auf dem Weg zum Salon dachte sie daran, dass sie einen Mann liebte, den sie nicht lieben durfte und von dem sie sich von nun an um jeden Preis fern halten musste.

Bevor Olivia ihr Zimmer verlassen hatte, war die Tochter zu ihr gekommen und hatte ihr gestanden, dass sie sich fürchte. Olivia hatte erwidert, dazu habe Hannah keinen Grund.

Unvermittelt hatte Hannah dann gesagt: „Lass ihn uns helfen, Mama!“

Olivia war erstarrt. „Von wem soll ich uns helfen lassen?“

„Von Lord Caedmon.“

Olivia hatte sich zu einem Lächeln gezwungen und die Tochter auf die Stirn geküsst. „Ich muss nach unten. Gute Nacht.“

Sie hatte Hannah der Obhut von Miss Childs anvertraut, sich hinunterbegeben und leise die Tür zum Salon geöffnet. Auf der Schwelle blieb sie stehen und betrachtete den Gast, ehe er und der Gatte sie entdeckten. Kaum hatte sie einen Blick auf den blonden Gentleman geworfen, der über eine Äußerung von Arlen lachte, versteifte sie sich. Sie wusste, dieser Mann war derjenige, der behauptete, Stanhopes ältester Sohn zu sein.

Sie setzte ein Lächeln auf, betrat den Raum und hoffte unwillkürlich, auch Garrick De Vere möge anwesend sein. Natürlich war das nicht der Fall, da der Gatte verkündet hatte, man erwarte nur einen Gast zum Essen. Nach dem vergangenen Abend würde er Garrick gewiss nicht nach Ashburnham bitten. Es war also absurd, dass sie enttäuscht war.

Die beiden Männer drehten sich zu ihr um. Der Mann, der sich als Lionel De Vere ausgab, bemerkte die dunklen Flecke in ihrem Gesicht, die sie durch das Puder nicht ganz hatte verdecken können, wandte sogleich den Blick ab und verneigte sich. Der Gatte machte sie mit ihm bekannt, und höflich begrüßte sie Lionel De Vere. Olivia bemühte sich, das heftig klopfende Herz zu beruhigen und sich etwas zu entspannen. Sie musste einen klaren Kopf haben, weil sie unverzüglich die Wahrheit über den Fremden herauszufinden und festzustellen gedachte, ob er ein Betrüger war oder nicht.

Er hatte blonde Brauen und hielt die blauen Augen auf sie gerichtet. Wie gut er aussah, und wie vornehm er wirkte! Er war sehr modisch gekleidet, in einen goldfarbenen Gehrock, eine grüne Weste, dunkelblaue Breeches und helle Strümpfe. Sein volles Haar war gepudert.

Olivia tauschte einige Höflichkeiten mit ihm, ohne eindeutig entscheiden zu können, ob er wirklich Lionel De Vere war oder nicht.

Er reichte ihr den Arm, und dann begab man sich in das Speisezimmer. Sogleich wurde sie von einer dunklen Ahnung erfasst. Irgendetwas stimmte nicht. Aber was?

„Ashburnham ist schön, und die Blumen im Park sind wundervoll."

Olivia lächelte, denn die Gartenanlagen waren tatsächlich bezaubernd.

„Sie sind beinahe so hinreißend wie die Dame, die für diese Pracht verantwortlich ist."

Olivia schlug die Lider nieder. „Wirklich, Ihr habt keinen Grund, mir zu schmeicheln", erwiderte sie und fand, er habe furchtbar übertrieben. Verstohlen warf sie einen Blick auf sein Profil. Wie sein Bruder, war er ein überaus attraktiver Mann.

Erst jetzt wurde sie sich der Tragweite dieser Feststellung bewusst. Sie erschrak. Bedeutete dieser Gedanke, dass der Mann neben ihr tatsächlich der lange verschollene Erbe der De Veres war?

„Ihr habt hier einen Schatz, Ashburn, und damit meine ich nicht nur Euren Landsitz."

„Danke. Ja, ich bin vom Glück begünstigt", erwiderte Arlen lächelnd.

Er war ein geschickter Lügner. „Wie lange gedenkt Ihr, auf dem Land zu bleiben?" erkundigte Olivia sich höflich.

„Das weiß ich noch nicht", antwortete Lionel leichthin, während sie das Speisezimmer betraten.

Er half Lady Ashburn, Platz zu nehmen, und als er sich abwandte, streifte er kurz mit den Händen ihre Schultern. Sie versteifte sich und war nicht sicher, ob er das versehentlich oder in voller Absicht getan hatte.

Die Herren setzten sich. „Es ist so lange her, dass ich auf Stanhope Hall war. Es verbinden mich so viele Erinnerungen mit dem Besitz, dass ich vermutlich einige Zeit dort bleiben werde." Lionel lächelte Lady Ashburn an. „Außerdem bin ich sicher, dass meine Gesellschaft meinem Bruder hilfreich ist. Ich finde es nicht gut, wenn er sich allein auf dem Land vergräbt."

Olivia stockte der Atem. Sie dachte an die von Garrick ausgesprochene Warnung. Irgendwie war Lionel zu Ohren gekommen, dass sie die Nacht auf Stanhope Hall verbracht hatte. Vielleicht wusste er sogar, dass sie mit Garrick geschlafen hatte. Sie war überzeugt, sich die Anzüglichkeit nicht eingebildet zu haben. Garrick würde ohnehin nicht allein sein, da auch sie auf dem Land weilte. Verstohlen warf sie dem Gatten einen Blick zu und rechnete damit, ihn überrascht und verärgert zu sehen, nachdem er gehört hatte, dass Garrick sich nur einige Meilen entfernt aufhielt. Seine Miene war jedoch ausdruckslos. Offenbar hatte er bereits von Garricks Anwesenheit erfahren. Olivia sank das Herz. Bereits jetzt fürchtete sie sich vor dem, was folgen würde.

„Ihr seid also in Stanhope Hall aufgewachsen?" Sie bemühte sich um Haltung.

Lionel trank einen Schluck Wein. „Ja. Garrick und ich haben uns als Jungen dort viele Streiche erlaubt", sagte er herzlich. „Unsere Eltern verbrachten den größten Teil des Jahres in der Stadt und ließen uns auf dem Land. Aber das war uns recht", fügte er schmunzelnd hinzu.

Olivia betrachtete ihn. Er war sehr charmant, und sie begriff, warum Susan Layton so von ihm angetan gewesen war. Mittlerweile war sie sogar fast sicher, dass er zutreffende Erinnerungen an Stanhope Hall hatte, und zog die Schlussfolgerung, dass er Lionel De Vere war. Dennoch flößte er ihr Unbehagen ein. Er hatte etwas an sich, das sie irritierte, und sie bemühte sich, herauszufinden, was das war. Lachend berichtete er von einem Schabernack, und sie erwiderte sein Lächeln. Er konnte tatsächlich der echte Lionel De Vere sein, da er sehr überzeugend wirkte.

Plötzlich erkannte sie jedoch den Grund für ihr Unbehagen. Den Mann umgab etwas Dunkles. Sie vermochte nicht klären, ob diese Dunkelheit darauf zurückzuführen war, dass er log und seine wahre Identität verheimlichte, oder ob es sich um ganz etwas anderes handelte, vielleicht um Seelenschmerz oder tiefen Kummer. Aber etwas Dunkles umgab ihn. Lag das nur daran, dass er eine so tragische und fragwürdige Vergangenheit hatte? Er war jahrelang verschwunden gewesen. Das allein konnte einen Menschen so prägen, dass ihn niemand wieder erkannte. Aber das traf kaum auf Lionel zu.

„Sind mir Hörner gewachsen? Oder habe ich einen Fleck auf meinem Krawattentuch?“ fragte er amüsiert.

„Du starrst unseren Gast an, Olivia!“ wies Arlen sie in scharfem Ton zurecht.

Sie zuckte zusammen und spürte die Hitze in die Wangen steigen. „Es tut mir Leid“, murmelte sie.

Lionel wandte sich wieder dem Hausherrn zu und erkundigte sich, ob er am nächsten Vormittag mit ihm zusammen auf die Jagd gehen wolle.

Olivia entspannte sich etwas und zupfte den Spitzenbesatz des Ärmels herunter, damit der Gast nicht die Druckstellen auf ihrem Handgelenk sah.

„Das ist ein wunderbarer Einfall von Euch“, erwiderte Arlen lächelnd.

„Vielleicht sollten wir Garrick einladen, sich uns anzuschließen“, schlug Lionel vor.

Olivia hätte sich beinahe verschluckt, und das Herz klopfte ihr bis zum Hals. Besorgt spähte sie zu Arlen hinüber, der sie eindringlich musterte.

„Auch das ist ein wunderbarer Einfall“, sagte er ausdruckslos. „Laden wir Euren Bruder ein. Ich kann gleich einen Bediensteten zu ihm schicken. Wir werden bald ein volles Haus haben“, fügte er boshaft lächelnd hinzu. „Die Laytons treffen morgen hier ein. Sicher werden sie einige Tage unser ruhiges Landleben genießen wollen."

Hastig griff Olivia nach ihrem Glas und trank einen Schluck. Der Wein half indes nicht, den wilden Schlag ihres Herzens zu beruhigen.

„Ist mit dir alles in Ordnung, meine Liebe?" erkundigte Arlen sich kühl.

Sie nickte stumm.

Er lächelte. „Bestimmt wird Caedmon sich sehr freuen, mit seiner Verlobten vereint zu sein. Meinst du das nicht auch, Olivia?"

16. KAPITEL

Garrick beobachtete den Setter, der mit den anderen Hunden eifrig nach einem abgeschossenen Vogel suchte. Er hatte noch immer nichts für die Jagd übrig und war innerlich so verkrampft, dass er kaum die Schultern bewegen konnte.

„Ihr könnt noch immer nicht schießen!“ sagte Arlen, nachdem Garrick ein Ziel verfehlt hatte.

Garrick wandte sich ihm zu. Die zwischen ihnen herrschende Spannung war beinahe mit Händen greifbar. Er lächelte kalt. „Ich finde diesen blutigen Sport nicht nur langweilig, sondern sehe darin auch einen Akt größter Feigheit.“

Arlen straffte die Schultern. „Ihr nennt mich einen Feigling?“

Einen Moment lang herrschte Stille. Der Setter kehrte mit einem Waldhuhn im Fang zurück und ließ es schwanzwedelnd vor Garrick auf die Erde fallen.

Lionel senkte das Gewehr. „Wir jagen hier in aller Freundschaft“, meinte er beschwichtigend. „Garrick hat Euch doch nicht einen Feigling genannt, Arlen.“

„Ich habe Euren Bruder gefragt!“

Wieder lächelte Garrick, genauso kalt wie zuvor. „Diese Vögel haben keine Chance. Das ist keine sportliche Betätigung, sondern ein Gemetzel.“ Plötzlich verabscheute er sich, weil er nur aus dem Wunsch, Olivia wieder zu sehen, an der Jagd teilgenommen hatte. Außerdem ärgerte ihn seine Eifersucht auf Lionel, der die vergangene Nacht auf Ashburnham verbracht hatte. Angewidert warf er das Gewehr zu Boden.

„Ihr hört auf, weil Ihr Euer Leben nicht einmal mit einer Schusswaffe verteidigen könnt!“ rief Arlen lachend.

Garrick entfernte sich, hörte jedoch Lionel noch äußern: „Er wollte Euch nicht kränken. Er hat die Jagd stets verabscheut. Lasst ihn zum Haus zurückkehren. Ich bin sicher, Eure Gattin wird für seine Unterhaltung sorgen.“

Die innere Anspannung, unter der Garrick stand, wurde noch größer.

Als er sich der Rückseite des Hauses näherte, verlangsamte er den Schritt. Das Herz klopfte ihm inzwischen zum Zerspringen. Im unteren Teil des Gartens befand sich eine Terrasse, auf der Olivia mit ihrer Tochter an einem Tisch saß.

Sie hatte Garrick kommen sehen und schaute ihn an.

Er betrat die Terrasse, blieb zögernd stehen, während Olivia die Teetasse abstellte. Nun erst bemerkte er auch die Platten auf dem Tisch und erkannte, dass sie und ihre Tochter trotz der Morgenkühle im Freien frühstückten. Das widersprach völlig den gesellschaftlichen Gepflogenheiten – aber genau das Gleiche hatte er selbst schon unzählige Male getan.

„Treve!" rief Hannah aus und stand auf.

Der Setter wedelte schnell mit der Rute und zitterte vor Freude, wich Garrick jedoch nicht von der Seite. Wie ein liebeskranker Jüngling starrte Garrick Olivia an. Nun, vielleicht war er tatsächlich liebeskrank.

„Geh!" befahl er dem Hund, schnippte mit den Fingern und wies auf Hannah.

Der Setter sprang zu dem kleinen Mädchen, das sich zu ihm bückte und fest die Arme um ihn schlang. Als es zu Garrick schaute, glänzten die blicklosen Augen. „Guten Tag, Mylord", sagte Hannah glücklich.

Olivia hatte sich ebenfalls erhoben.

„Guten Tag, Hannah." Garrick bemühte sich, in der Gegenwart zu bleiben und sich nicht von den Erinnerungen an die Vergangenheit, an all die Augenblicke, die er bisher mit Olivia verbracht hatte – auch die heimlichen, leidenschaftlichen Begegnungen –, mitreißen zu lassen. Er wollte Olivia nah sein, sie wenigstens berühren können, und sei es auch nur ein Mal. „Guten Tag, Lady Ashburn."

„Sir", erwiderte sie spröde.

Er verneigte sich, ging endlich zu ihr und erstarrte. Sie hatte an der rechten Gesichtshälfte eine dunkle, blutunterlaufene Stelle. Sie war geschlagen worden!

Besorgt blickte sie ihm in die Augen und legte warnend den Zeigefinger auf die Lippen. Dann setzte sie ein gezwungenes Lächeln auf. „Wie nett, Euch wieder zu sehen, Sir. Wo sind mein Gatte und Euer Bruder?“

„Sie sind noch auf der Jagd. Es wird mindestens noch eine Stunde dauern, bis sie das Schießen einstellen“, brachte Garrick nur mühsam beherrscht heraus. Kalte Wut hatte ihn erfasst, und er zitterte. Sollte er Ashburn umbringen? Oder sollte er ihn so gut wie zu Tode prügeln?

„Oh!“ äußerte Olivia in eigenartigem, hohem Ton. Ihr Lächeln wirkte noch immer gequält.

Plötzlich fragte sich Garrick, ob das Wiedersehen mit ihm ihr Sorge bereite oder ihr gar Angst einflöße. Er hegte nicht den geringsten Zweifel daran, dass sie seinetwegen geschlagen worden war. Gab sie ihm die Schuld an der Grausamkeit ihres Gatten? Und war so etwas schon früher geschehen?

„Hannah, warum gehst du nicht mit Treve in die Küche und besorgst ihm eine Leckerei?“ schlug Olivia vor.

„Oh, danke, Mama!“ rief Hannah aus. „Darf ich, Mylord? Die Küche ist gleich hinter der Seite des Hauses. Mag Treve Knochen?“

Garrick konnte sich nicht zu einem Lächeln durchringen. „Natürlich! Treve, lauf mit Hannah!“

Die Kleine rührte sich indes nicht von der Stelle. „Stimmt etwas nicht, Mylord?“

„Für ein so junges Mädchen bist du sehr scharfsinnig, Hannah. Oder kannst du meine Gedanken lesen?“

Hannahs Lächeln schwand. Beunruhigt wandte das Mädchen den Kopf zur Mutter hin. „Nein, ich kann keine Gedanken lesen, Sir.“

Trotz dieser Behauptung war er überzeugt, dass er einen wunden Punkt berührt hatte und der Wahrheit sehr nahe gekommen war.

Rasch stellte Olivia sich zwischen ihn und die Tochter. „Nun troll dich, mein Liebling. Und richte den Dienstboten aus, man möge Lord Caedmon ein Frühstück servieren. Ihr seid doch hungrig, nicht wahr, Sir?“ Sie schaute ihn an, während Hannah und der Setter fortrannten und um die Seite des Hauses verschwanden. „Tu so etwas nie wieder!“ herrschte sie ihn dann zornig an.

Er schwieg, sah ihr erst in die grauen Augen und dann auf die scheußliche Prellung im Gesicht. „Ich werde Arlen töten!“

„Nein!“ Sie trat zu Garrick und legte ihm die Hand auf den Arm. „Mach die Sache nicht noch schlimmer!“

Ihre Berührung schien ihn zu verbrennen. Instinktiv schloss er die Hände um ihre Arme.

Erschrocken blickte sie sich um.

„Ich bringe dich in Schwierigkeiten.“ Er gab sie sofort frei und schaute sich ebenfalls um, konnte indes niemanden entdecken. „Es tut mir Leid. Was ist passiert?“

„Nichts. Ich bin gestürzt.“

„Halt mich nicht zum Narren“, entgegnete Garrick heftig und ergriff sie beim Handgelenk.

Olivia schrie auf, und erstaunt ließ er es los. Er sah den Schmerz in ihren Augen und nahm sacht ihre Hand. „Nicht!“ flüsterte sie, während ihr Tränen in den Augen standen. Ohne auf ihren Protest zu achten, drehte er ihre Hand um und schob den Kleiderärmel zurück. Ihr Handgelenk war ebenfalls blau unterlaufen und wund.

Nie zuvor hatte er solches Herzweh empfunden. Und nie zuvor hatte er jemanden so gehasst, wie er nun Arlen hasste. Ehe Olivia ihn daran hindern konnte, untersuchte er auch ihr anderes Handgelenk. Sie wandte das Gesicht ab und kämpfte gegen die Tränen an. „Was ist geschehen, Olivia?“ wollte er wissen. „Ist so etwas zum ersten Mal passiert? Oder schlägt dein Mann dich öfter?“

„Bitte, leiste mir beim Frühstück Gesellschaft“, antwortete sie und zwinkerte heftig.

„Du weinst.“

„Ich weine nicht." Sie drehte sich zum Tisch um.

„Doch, du weinst!" Garrick war erschüttert. Er wollte sie in den Armen halten und trösten, half ihr jedoch nur beim Platznehmen und ließ sich dann auf dem Stuhl nieder, auf dem vorher ihre Tochter gesessen hatte. „Ich war der Anlass für deine Verletzungen, nicht wahr?"

„Möchtest du lieber Tee oder Kaffee?"

„Olivia!" Sein scharfer Tonfall zeigte Wirkung. Sie wurde bleich. Er bemühte sich angestrengt, seine wirren Gedanken und aufgewühlten Gefühle zu ordnen. „Ich muss mit dir reden. Es ist niemand in der Nähe. Bitte!"

„Das Haus ist voller Dienstboten", entgegnete Olivia. „Jetzt ist nicht die richtige Zeit."

Er beugte sich vor. „Und wann wäre der richtige Zeitpunkt?"

„Nie", flüsterte sie und wich Garricks Blick aus. „Die Zeit für uns ist abgelaufen."

Er richtete sich kerzengerade auf. „Das ist nicht dein Ernst!"

Olivia starrte auf den Tisch, nicht im Stande, Garrick in die Augen zu sehen.

Sie konnte ihre Worte unmöglich ernst gemeint haben. Garrick hatte das Gefühl, seine Welt würde auf den Kopf gestellt. „Olivia, ich muss Bescheid wissen!"

Schließlich suchte sie seinen Blick. „Warum? Damit du Arlen gegenüber handgreiflich werden kannst? Was würde dann aus mir und meiner Tochter werden? Er weiß Bescheid, Garrick. Er weiß, dass ich die Nacht auf Stanhope Hall verbracht habe, und ist davon überzeugt, dass wir ein Liebespaar sind."

„Oh Gott!" Ihm wurde übel. „Du musst ihn verlassen! Du musst unverzüglich fort!"

Sie holte tief Luft. „Warum bist du hergekommen? Du musstest Arlens Einladung nicht annehmen."

„Du weißt, warum ich gekommen bin. Ich bin hier, weil ich dich sehen wollte. Ich habe mir Sorgen um dich gemacht." Und unvermittelt wurde er sich gewahr, dass die Sorgen, die ihn seit der letzten Begegnung mit Olivia gequält hatten, begründet gewesen waren.

Brüsk erhob sie sich. „Ich bin müde. Ich ..." Sie hielt inne, weil Garrick sie immer noch unverwandt ansah.

„Geh nicht!" bat er sie, weil er spürte, dass sie gegen den Wunsch ankämpfte, noch zu verweilen und einige Augenblicke länger mit ihm zusammen zu sein. „Olivia, vielleicht erhalten wir nie wieder eine Gelegenheit, uns ungestört unterhalten zu können. Bitte, setz dich wieder."

Sie richtete den Blick über ihn hinweg. „Arlen und dein Bruder kommen." Mit blassem Gesicht und einem gezwungenen Lächeln ließ sie sich wieder auf dem Stuhl nieder.

Garrick schaute sich um. Lionel und Arlen hatten die Gewehre geschultert und näherten sich dem Garten, dicht gefolgt von den Hunden. Jeder der Männer trug ein Dutzend toter Vögel, die mit zwei Stricken zusammengebunden waren.

„Garrick", flüsterte Olivia drängend. Sogleich wandte er sich wieder ihr zu. Sie feuchtete sich die Lippen an. „Gott bewahre mich, aber ich möchte mit dir reden. Ich bin mir nur nicht sicher, wann ich das tun soll."

Garrick nickte. „Wir werden den geeigneten Moment finden."

„Wann kehrst du nach London zurück?"

„Ich bleibe so lange hier wie mein Bruder."

Sie nickte, straffte die Schultern, als sie plötzlich hinter sich Schritte auf der Terrasse vernahm, und stand auf. „Arlen, Sir", sagte sie lächelnd. Ihr Blick war jedoch voller Bestürzung und Angst. Auch Garrick erhob sich.

„Wie ich sehe, hast du unseren anderen Gast unterhalten", sagte Arlen und ließ das Dutzend blutender Vögel ihr vor die Füße fallen. „Wie nett von dir."

Schweigend starrte sie ihn an. Einer der toten Vögel hatte den Saum ihres hellen Kleides gestreift, und nun war es blutbefleckt. Sie zwang sich, weiterhin zu lächeln, und fragte: „Habt Ihr diesen schönen Morgen genossen, Sir?"

„Ja, das habe ich“, antwortete Lionel, und sein bewundernder Blick verweilte auf ihrem Gesicht.

Die Art, wie er sie anschaute, kam einer Liebkosung gleich. Jäh versteifte sich Garrick und beobachtete ihn und Olivia. Was er sah, gefiel ihm nicht.

Lionel hob ihre Hand zum Kuss an die Lippen. „Euer Anblick, Madam, ist Labsal für meine Augen. Jetzt habt Ihr mir diesen Morgen wirklich verschönt.“

Zwei rote Flecken erschienen auf ihren Wangen. „Vielen Dank, Sir, aber Ihr übertreibt“, erwiderte sie spröde und wandte die Augen ab.

Ungläubig verfolgte Garrick die Szene. Er vermochte nicht zu fassen, was er miterlebte.

„Habt Ihr das Versprechen vergessen, das Ihr mir gestern gegeben habt? Ihr hattet Euch erboten, mir Euer Gewächshaus zu zeigen und die Aufzucht und Pflege der fürs Haus bestimmten Pflanzen zu erklären.“

Olivia nickte. „Ja, das stimmt.“ Sie bemühte sich, nicht in Garricks Richtung zu blicken.

„Vielleicht können wir das nach dem Essen tun?“ fragte Lionel lächelnd. „Wäre Euch das Recht?“

„Natürlich, vorausgesetzt, dass mein Gatte keine anderen Pläne für Euch gemacht hat“, antwortete Olivia zögernd.

„Nein.“ Arlen stieß mit der Stiefelspitze gegen das Bündel toter Vögel. „Die Laytons werden zum Dinner erwartet, und bis dahin haben wir alle genug zu tun.“ Er drehte sich zu Garrick um. „Ich bin sicher, es begeistert Euch, mit Eurer Verlobten vereint zu werden.“

Garrick sah ihn an. „Keineswegs“, entgegnete er und warf Lionel einen durchdringenden, warnenden Blick zu. Lionel lächelte ihn jedoch an, als hätte er nicht die leiseste Ahnung, worum es ging.

Garrick wusste indes genau, dass Lionel ihn sehr gut begriffen hatte.

„Ich bin so glücklich, Euch wiederzusehen“, rief Susan aus und ergriff Lady Ashburns Hände. Sie und ihre Eltern waren erst vor wenigen Augenblicken eingetroffen.

Olivia wusste nicht, wo Garrick sich befand. Vor einer Weile hatte sie ihn mit dem Setter vom Haus fortgehen sehen. Arlen und Lionel hielten sich mit Sir John Layton und dessen Gattin im Salon auf, und Lady Layton erzählte, wie angenehm die Reise gewesen war.

„Auch ich freue mich, Euch wiederzusehen“, log Olivia. Unter anderen Umständen hätte sie sich gefreut. An diesem Tag traf das jedoch nicht zu, da Garrick ebenfalls zu Gast war. Allein der Gedanke an ihn trieb ihr vor Schuldbewusstsein die Röte in die Wangen. Sie hatte Susan schändlich hintergangen, an dieser Tatsache führte kein Weg vorbei. „Ihr seht gut aus“, fügte sie hinzu.

„Danke. Ich liebe dieses Haus, sosehr ich auch London mag“, erwiderte Susan, doch ihr Blick schweifte bereits zum Salon. Es war offenkundig, dass Susan nach Lionel De Vere Ausschau hielt. „Ist mein Verlobter auch hier?“

„Ja“, antwortete Olivia, „und ich bin sicher, dass es ihn drängt, Euch wiederzusehen.“ Sie konnte sich nicht zu einem Lächeln durchringen. Eifersucht auf Susan Layton empfand sie nicht. Warum auch? Susan war ein reizender, angenehmer Mensch. Die Situation blieb jedoch unerträglich.

„Ich bezweifele, dass mein Verlobter darauf brennt, mich wiederzusehen“, widersprach Susan. „Er verachtet mich, und das war bei den wenigen Anlässen, wo er und ich uns im selben Raum befanden, nicht zu übersehen.“ Sie lächelte und fuhr in fröhlichem Ton fort: „Der Earl of Stanhope hat sich überall mit seinem Sohn gezeigt – ich meine, mit Lionel.“ Sie strahlte Olivia an. „Bei Almack’s hat er ihn allen Leuten vorgestellt, und es ist offenkundig, dass er ihn wohl bald offiziell als seinen lange verschollenen legitimen Erben anerkennen wird. Gewiss wird mein Vater bald mit Lord Stanhope reden, um dieses Durcheinander zu entwirren, da ich dessen Erben heiraten soll. Ist das nicht wundervoll?“

„Macht Euch nicht zu große Hoffnungen“, warnte Olivia.

„Warum nicht? Falls ich weiterhin Garrick De Vere heiraten soll, werde ich bestimmt verrückt oder versuche noch einmal, mich zu ertränken.“

„Susan!“ Olivia ergriff sie beim Arm und wollte sie schütteln, doch in diesem Moment gesellte Lionel sich zu ihnen. Sie erbleichte aus Furcht, er könnte Miss Laytons letzte, unangebrachte Bemerkung gehört haben.

Sein gelassener Blick ruhte jedoch auf Susan, die anmutig errötete. „Meine liebe Miss Layton, Ihr werdet bald meine Schwägerin sein“, sagte er. „Wie schön, Euch wiederzusehen.“

Olivia atmete erleichtert auf. Falls je jemand etwas über Susans Selbstmordversuch erfuhr, würde es einen schrecklichen Skandal geben. Denn sollte Susan Garrick De Vere nicht heiraten, würde zweifellos auch kein anderer Mann sie zur Gattin haben wollen.

Kokett schaute sie Lionel an. „Welche Überraschung! Ich hatte keine Ahnung, dass Ihr Euch auf dem Land aufhaltet.“

„Ich hoffe, dass es eine angenehme Überraschung für Euch ist, Miss Layton“, erwiderte er galant.

„Ja, sehr sogar“, äußerte sie rasch und strahlte ihn an.

„Ihr beide, meine Damen, bietet einen bezaubernden Anblick. Ein Künstler sollte Euch malen, vielleicht draußen in Eurem herrlichen Garten, Lady Ashburn.“

Susan errötete, und Olivia murmelte: „Wie liebenswürdig von Euch.“

Allmählich begann sie ihn zu verabscheuen, weil er nicht ehrlich war. Hatte er tatsächlich das im Sinn, was sie von ihm vermutete? Gewiss hatte sein Interesse an Miss Layton und ihr nichts mit der Tatsache zu tun, dass Susan Garricks Verlobte war und sie selbst eine Beziehung zu Lord Caedmon hatte.

„Und wo ist mein Bruder?“ erkundigte er sich.

Susan verzog das Gesicht. „Lady Ashburn zufolge ist er spazieren gegangen.“

„Er hätte hier sein und Euch gebührend begrüßen müssen!" Lionel war sichtlich bestürzt. „Verzeiht ihm, Miss Layton. Trotz seines manchmal sehr seltsamen Gebarens ist er nett und aufmerksam. Anscheinend wurde sein Hang zur Exzentrik durch das jahrelange Leben auf dieser wilden Insel noch verstärkt und nicht verringert." Lionel lächelte. „Ich bin jedoch überzeugt, dass er sich im Laufe der Zeit dank Eurer Hingabe und Hilfe wieder akzeptable Manieren angewöhnen wird."

Schweigend brachte Susan ein mattes Lächeln zu Stande.

„Wart Ihr schon auf Stanhope Hall?" wechselte er das Thema.

„Nein", antwortete Susan, und ihre Miene erhellte sich erwartungsvoll.

„Da mein Bruder Euch noch nicht zu einem Rundgang durch das Haus eingeladen hat, werde ich das tun. Darf ich Euch morgen zu einer kleinen Besichtigung abholen? Gewiss wollt Ihr eines der Häuser kennen lernen, die in Zukunft Euer Heim sein werden."

Ehe Susan etwas äußern konnte, warf Olivia rasch ein: „Für morgen hatte ich einen kleinen Ausflug für Miss Layton, ihre Mutter und mich geplant." Diese Behauptung war aus der Luft gegriffen. „Außerdem wird Euer Bruder bestimmt den Wunsch haben, seine Verlobte nach Stanhope Hall zu begleiten."

Susan zog einen Schmollmund. „Können wir den Ausflug nicht ein andermal unternehmen? Ich würde Stanhope Hall gern sehen, besonders wenn Ihr es mir zeigt, Sir."

Für Olivia bestand nicht der geringste Zweifel mehr – Miss Layton war Wachs in den Händen dieses Mannes. Er konnte Susan ganz nach Belieben verführen. Schockiert über die Richtung, die ihre Gedanken eingeschlagen hatten, fragte sie sich, ob das Intuition gewesen oder auf ihre Gabe des zweiten Gesichts zurückzuführen sei.

„Vielleicht war ich zu voreilig", meinte Lionel und schaute Olivia an, als könne er ihre Gedanken lesen. „Ich wollte jedoch nur meines Bruders Mangel an Höflichkeit ausgleichen."

Ehe Susan oder Olivia etwas erwidern konnte, gesellte Garrick sich zu der kleinen Gruppe. Offenbar hatte er sich draußen vor der offenen Eingangstür aufgehalten. „Du warst nicht voreilig." Er lächelte, doch seine Miene war kühl. „Bitte, Lionel, begleite Miss Layton nach Stanhope Hall. Ich bin sicher, das wird sie entzücken." Sein Blick schweifte über Lionel, wandte sich dann Olivia zu und verweilte auf ihr. „Ich bin überzeugt, Miss Layton wird in guten Händen sein, Madam."

„Nun, mit deiner Erlaubnis werde ich Miss Layton gern Stanhope Hall zeigen", erklärte Lionel lächelnd. „Es wird ein reizender Nachmittag werden, den ich in reizender Gesellschaft verbringen kann."

Garrick presste die Lippen zusammen, als er nun den Bruder fixierte. Lionels Lächeln war einem grimmigen Ausdruck gewichen. Die beiden Männer glichen plötzlich zwei Hunden, die um einen Knochen stritten. Als Garrick endlich seine Verlobte anschaute und sich knapp vor Miss Layton verbeugte, verzweifelte Olivia. Susan hatte Recht. Es war unverkennbar, dass er seine künftige Gemahlin ablehnte, und das gehörte sich nicht.

„Miss Layton", äußerte er steif. „Ich weiß nicht recht, wie ich Euch geziemend begrüßen soll. Ich hoffe, Ihr hattet eine angenehme Reise."

Susan wirkte verstört, wenn nicht gar furchtsam. „Sir", erwiderte sie kaum hörbar. „Ja, die Reise war recht annehmbar."

Er nickte gelangweilt. „Wie schön." Dann machte er auf dem Absatz kehrt und verließ das Haus.

Stille trat ein.

„Also, was soll es sein?" fragte Lionel nach einer Weile leichthin. „Ein kleiner Ausflug oder ein Rundgang durch Stanhope Hall?"

Olivia ergriff Susan beim Arm. „Folgt Eurem Verlobten und bittet ihn, Euch durch Stanhope Hall zu führen."

Susan starrte sie entsetzt an. Tränen schimmerten in ihren Augen. „Das kann ich nicht. Er schüchtert mich ein. Er ist abscheulich!"

Wie von einer unsichtbaren Macht getrieben, wandte Olivia sich ab. Garrick war verärgert und aufgeregt, und das zu Recht. Sie musste zu ihm.

„Komm zurück, Olivia! Du hast Sir John und seine Gattin noch nicht gebührend begrüßt!“ rief Arlen ihr barsch von der Tür des Salons hinterher.

Jäh kehrte sie in die Wirklichkeit zurück. Schon halb auf dem Weg zur Tür blieb sie stehen und erschrak. Wie viel hatte der Gatte gehört und gesehen? Ihr sank das Herz, als sie sich umdrehte und gehorsam dem Befehl ihres Mannes nachkam.

17. KAPITEL

Garrick stand vor dem Gewächshaus, die Hände in die Taschen seiner Breeches geschoben, und starrte die zum Teil beschlagenen Glasscheiben an. Seine Laune war nie schlechter gewesen.

Im Gewächshaus wanderte Olivia mit Lionel umher. Gelegentlich lächelte sie nach einer seiner Bemerkungen. Beim Abendessen hatte er die Geschichte zum Besten gegeben, wie er und Garrick einmal an einem regnerischen Nachmittag Schmuggler beobachtet hatten, zum Glück jedoch nicht von ihnen entdeckt worden waren. Danach hatten sie bis zum Ende des Sommers in den von den Schmugglern benutzten Höhlen gespielt und so getan, als würden sie verbotene Waren ins Land bringen.

Zum Teufel, woher konnte dieser Mann das wissen, es sei denn, er war der echte Lionel?

Falls er tatsächlich der lange verschollene, verloren geglaubte Bruder war, hatte er sich jedoch sehr verändert. In Anbetracht seiner erstaunlichen Kenntnisse über die Familie und die Vergangenheit war es fast unmöglich, ihn für einen Betrüger zu halten. Garrick mochte ihn dennoch nicht. Seit der ersten Begegnung mit dem angeblichen Lionel hatte Garrick ein Wechselbad der Gefühle durchlaufen, und nun empfand er nur noch Misstrauen und tiefen Abscheu.

Lionel und Lady Ashburn kamen aus dem Gewächshaus. Olivia zuckte zusammen, als sie Garrick erblickte.

Lionel lächelte leicht. „Wolltest auch du einen Rundgang durch das Treibhaus machen?“

„Das ist eigentlich ein wundervoller Einfall“, antwortete Garrick und hielt unverwandt den Blick auf Lionel gerichtet.

Olivia zog die Hand aus Lionel De Veres Armbeuge und schaute abwechselnd die Herren an.

„Hoffentlich hast du dich nicht ausgeschlossen gefühlt, Garrick. Ich hatte angenommen, dass du mit deiner Verlobten einen Spaziergang durch den Park machst", meinte Lionel spöttisch.

„Ich überlasse sie deinen bewährten Händen", erwiderte Garrick kühl.

Lionels Lächeln wurde leicht herablassend. „Sie ist charmant. Du kannst dich glücklich schätzen, mit einer so reizenden und unschuldigen jungen Dame verlobt zu sein."

Garrick musste unwillkürlich lachen. „Wenn sie dir so gut gefällt, warum heiratest du sie dann nicht? Schließlich bist du im Begriff, den Titel zu erben. Warum willst du meine Verlobte dann nicht ebenfalls erben?"

„Garrick." Lionel legte ihm die Hand auf den Arm. „Ich bin nicht zurückgekommen, um dir irgendetwas wegzunehmen."

„Nein? Warum bist du dann hier?" fragte Garrick harsch.

„Das habe ich dir bereits gesagt. Ich wäre fast gestorben und bin zu der Erkenntnis gelangt, keine andere Wahl zu haben, als wieder Teil der Familie zu werden. Stell dir vor, ich wäre gestorben!" Lionels Stimme war höher geworden. „Ich hätte weder dich noch unsere Eltern je wiedergesehen!"

Garrick schaute Olivia an, die bisher nichts geäußert hatte. „Wir alle haben angenommen, du wärst vor vielen Jahren gestorben, und uns mit dieser Schlussfolgerung abgefunden. Wenn du es für richtig hältst, dann erzähle aller Welt, der Grund für dein plötzliches Auftauchen in unserem Leben sei der Umstand, dass du beinahe gestorben wärst. Ich jedenfalls glaube dir das nicht."

Lionels Blick wurde hart. Garrick ließ sich indes nicht beirren. Dann zuckte Lionel die Schultern und lächelte Lady Ashburn an. „Garrick hat sich verändert. Der Garrick, mit dem ich aufgewachsen bin, mochte mich ebenso sehr wie ich ihn. Wir haben alles miteinander geteilt, wirklich alles!"

Garrick spürte ein Pochen in den Schläfen. Wieder einmal hatte Lionel etwas geäußert, das genau zutraf, von einem Punkt abgesehen. „Deine Absicht, verschwinden zu wollen, hast du mir nicht anvertraut", hielt er dem Bruder vor.

Lionel blickte zu Olivia und erwiderte: „Ich finde, darüber sollten wir jetzt nicht reden. Außerdem haben wir bereits darüber gesprochen."

Garrick verspürte eine sonderbare Befriedigung. Zum ersten Mal, seit Lionel von den Toten auferstanden war, hatte er ihn verunsichert.

Lionel verneigte sich vor Olivia. „Vielen Dank, Madam, für den Rundgang. Ich habe ihn sehr genossen."

„Gern geschehen", erwiderte sie und schaute Garrick an.

„Natürlich könnt Ihr jetzt meinem Bruder die Erfolge Eurer Bemühungen vorführen", meinte Lionel, nickte ihm zu und strebte über den Rasen zum Haus.

Eine Weile herrschte Schweigen, dann sagte Garrick: „Du wolltest mit mir reden. Wenn wir ins Gewächshaus gehen, sind wir ganz ungestört."

„Falls wir hineingehen, könnte Arlen das Schlimmste annehmen."

Garrick war mit seiner Geduld am Ende. „Das ist unerträglich! Nachdem er dir wehgetan hat, und obwohl er eure Tochter nicht leiden kann, bleibst du hier unter demselben Dach mit ihm! Und du hast mich an dich gebunden. Ich bringe es nicht über mich, diese Situation schweigend und untätig zu akzeptieren."

„Es tut mir Leid, wenn du in Mitleidenschaft gezogen wurdest", sagte Olivia ironisch und gleichzeitig verbittert.

Sie war der freundlichste Mensch, den Garrick je kennen gelernt hatte, und ihre Ironie verletzte ihn. „Ich weiß, dass alles meine Schuld ist", begann er.

„Nein." Olivia schüttelte den Kopf. Unvermittelt war ihr Blick klar und leuchtend. „Meine Ehe mit Arlen war von Anfang an schrecklich. Ich denke, dass die Beziehung zwischen dir und mir nicht möglich gewesen wäre, hätte Arlen und mich zumindest Freundschaft verbunden."

„Wie schrecklich war deine Ehe, Olivia?" Garrick musste das wissen.

Sie zögerte und gestand schließlich errötend: „Er hat mich von Anfang an nicht gemocht."

„Warum nicht?"

Sie schüttelte den Kopf, nicht bereit, Garrick zu antworten.

„Selbst wenn ihr beide Freunde gewesen wärt, hätte sich das, was uns jetzt miteinander verbindet, nicht vermeiden lassen."

Statt einer Erwiderung schaute Olivia an Garrick vorbei. Er folgte ihrem Blick und sah, dass Lionel in einiger Entfernung stehen geblieben war und eine goldene Schnupftabaksdose in der Hand hielt. Ihm war nicht anzumerken, ob er versuchte, das Gespräch zu belauschen.

Garrick ergriff Olivia beim Arm und ging mit ihr zum Gewächshaus. „Ich traue Lionel nicht. Es ist möglich, dass er uns hören kann."

Garrick betrat mit ihr das Gewächshaus, ohne ihren Arm loszulassen. Zärtlich strich er mit dem Daumen über ihren Ellbogen, und sogleich erwachte das Verlangen nach ihr.

Sie blickte erst auf seine Hand und dann in seine Augen.

„Ich muss dich berühren", sagte er.

„Nein", entgegnete sie. „Nicht hier."

„Ich vermisse dich, Olivia", fuhr er fort und erkannte, wie selbstsüchtig er war.

Sie atmete tief durch. „Nicht! Bitte, mach nicht alles nur noch schlimmer. Ich weiß nicht, was ich tun soll. Ich bin so verwirrt. Arlen beobachtet mich genau. Und ich kann Susan nicht hintergehen. Das ist das Schlimmste. Ich habe solche Schuldgefühle. Aber das, was wir miteinander geteilt haben, war so wundervoll."

Olivia hatte in der Vergangenheit gesprochen. „Zum Teufel mit Susan! Sie will ohnehin Lionel haben!" erwiderte Garrick zornig. „Du weißt, dass sie mich verachtet. Sie hält mich für einen Wilden. Und je eher dein Gatte nach London zurückkehrt, desto besser."

„Würdest du dich nicht wie ein Wilder betragen, sobald du mit ihr zusammen bist, dann hätte sie vielleicht eine andere Meinung über dich!" entrüstete sich Olivia.

Garrick biss flüchtig die Zähne zusammen. „Ich kann Miss Layton keinen Moment länger ertragen. Kannst du dir vorstellen, dass sie und ich auf Ewigkeit durch das Ehegelöbnis aneinander gebunden sind?“ Er lachte verbittert.

„Nein“, gestand sie leise. „Ich hätte Angst um euch, falls eure Hochzeit wirklich stattfinden sollte.“

Ihre Blicke trafen sich.

„Glaubst du, dass dein Vater Lionel als seinen Erstgeborenen und Erben anerkennen wird?“ fragte sie bedächtig.

Garrick zögerte einen Moment. „Ja, das nehme ich an. Er will, dass dieser Mann Lionel ist. Entweder ist das sein Motiv, oder er hat andere, tiefere Beweggründe.“

„Welche anderen Gründe könnte er haben? Selbst ich bin von Lionels Erinnerungen an die Vergangenheit beeindruckt.“

Er zuckte zusammen. „Und wie sehr bist du von Lionel beeindruckt?“

Sie hob den Kopf. „Das klang fast eifersüchtig!“

Garrick war eifersüchtig, wollte das jedoch nicht zugeben. „Ich bin nicht eifersüchtig.“

„Ach, Garrick“, sagte sie leise. „Du hast keinen Anlass zur Eifersucht. Selbst wenn dieser Mann tatsächlich dein Bruder sein sollte, so zweifle ich doch an seiner Ehrlichkeit.“

Garrick klopfte das Herz schneller. „Aber an meiner Aufrichtigkeit zweifelst du nicht?“

„Nein, das tue ich nicht.“

Er lächelte. „Gut!“

Nach einer Weile fragte Olivia: „Soll Susan mit Lionel verlobt werden?“

„Niemand kann vorhersagen, was mein Vater tun wird. Er ist so verschlagen. Aber wenn sie sich mit Lionel verlobt, würde das den größten Teil meiner Probleme lösen“, antwortete Garrick grimmig, ergriff plötzlich Olivias Hände und ließ sie nicht los. „Olivia, sollte das passieren, dann bin ich zumindest meiner Verpflichtungen meinem Vater gegenüber enthoben.“ Als sie nichts darauf erwiderte, fügte er hinzu: „Was würdest du davon halten, wenn ich dann Hannah und dich von hier fortbrächte, sehr weit weg?"

Olivia erbleichte. „Das würdest du nicht tun."

„Du hast noch immer Angst vor deinem Gatten."

Sie nickte langsam.

„Ich werde nicht dulden, dass er dir noch einmal wehtut." Nie hatte Garrick ein Versprechen ehrlicher gemeint. Der Drang, Olivia in die Arme zu ziehen, sie an sich gedrückt zu halten und zu beruhigen, war schier übermächtig.

Sie schaute ihn an, und er erkannte, dass sie seine Gedanken erraten hatte. Er war davon überzeugt, dass auch sie den Wunsch empfand, sich ihm in die Arme zu schmiegen.

Das Herz klopfte ihm zum Zerspringen. Er schaute sich um, konnte indes keinen Störenfried entdecken. Dann nahm er Olivia bei den Schultern, zog sie an sich und flüsterte: „Ich brauche dich, Olivia." Dieses Geständnis entsprang nicht nur körperlichen Bedürfnissen. Er gab Olivia einen leidenschaftlichen Kuss, der eine schmerzend lange, bittersüße, endlose Zeit dauerte.

Als er sie freigab, war er so atemlos, als hätte er den Weg nach Ashburnham zu Fuß zurückgelegt. Eine innere Anspannung hatte ihn erfasst, die quälend war.

Zitternd trat Olivia einen Schritt zurück. „Ich kann nicht klar denken, wenn ich mit dir zusammen bin. Ich muss ins Haus zurück!"

„Warte", bat er sie, holte sie ein und verließ mit ihr das Gewächshaus. „Du wolltest mir etwas erzählen. Worum geht es?"

Olivia blieb mit ihm auf dem Kiesweg stehen, und im gleichen Moment wurde die Sonne durch eine Wolke verdeckt. Ein Schatten fiel auf Olivia und Garrick.

Sie benetzte sich die Lippen. „Du und deine Eltern solltet vorsichtig sein, Garrick."

Im Nu legte sich sein Verlangen. „In welcher Hinsicht? Oder in Bezug auf wen?"

Olivia schluckte trocken. „Etwas ist mit Lionel nicht in Ordnung."

Garrick traute seinen Ohren kaum. „Hat deine Tochter die Fähigkeit, Dinge zu sehen, die andere Menschen nicht sehen können, von dir geerbt, Olivia?"

„Nein!" Sie wurde blass und schaute Garrick ängstlich an. „Sie kann manche Dinge nur besser fühlen und ahnen als wir beide, weil sie blind ist. Sie muss sich auf ihre Sinne, ihre Intuition verlassen, um die Behinderung wettzumachen. Das ist alles, Garrick."

Garrick nickte und berührte Olivia an der Schulter. „Schon gut." Er glaubte ihr nicht. Hannah besaß eine Begabung, die man seiner Überzeugung nach sonst nur mit Zigeunerinnen in Verbindung brachte. „Erklär mir, was du gemeint hast."

„Ich bin mir nicht sicher. Aber etwas stimmt nicht mit Lionel", beteuerte Olivia ernst. „Ich bin keine Wahrsagerin und keine Hexe, habe auch keine Kristallkugel und kann nicht die Zukunft aus dem Kaffeesatz oder aus Teeblättern lesen. Der Instinkt sagt mir jedoch, dass hier etwas merkwürdig ist, äußerst seltsam und überhaupt nicht in Ordnung."

„Du hältst Lionel also für einen Hochstapler, einen Betrüger und Lügner", stellte Garrick trocken fest.

Olivia zögerte einen Moment. „Ich weiß nicht, ob er ein Betrüger oder wirklich dein verschollener Bruder ist", erwiderte sie dann. „In diesem Punkt lässt meine Intuition mich im Stich. Aber ich spüre, dass er von etwas Dunklem umgeben ist. Sollte er dein Bruder sein, dann hat er sich verändert. Sei auf der Hut. Das ist alles, was ich dir sagen wollte."

Sollte er dein Bruder sein, dann hat er sich verändert.

Der Satz hallte Garrick im Gedächtnis wider, und er war beunruhigt. Hatte Lionel sich verändert? War er tatsächlich der verschollene Bruder? Hatte er sich zu diesem ausgesprochen unsympathischen Menschen entwickelt?

„Garrick?"

Olivias Stimme riss ihn aus seinen Überlegungen. Plötzlich hatte er den Wunsch, sie erneut zu küssen, diesmal sehr sanft, auf die Stirn oder die Wange. Das konnte er jedoch nicht tun, da sie sich mittlerweile in Sichtweite des Hauses befanden. Er durfte nicht einmal die Hand heben und Olivias Gesicht berühren. Er konnte Olivia nicht zeigen, dass er ihre Besorgnis zu schätzen wusste und gerührt war. „Vielen Dank für die Warnung, Olivia“, sagte er und lächelte zärtlich.

Auch sie lächelte. „Nicht der Rede wert.“

Sein Lächeln schwand. „Ich musste indes nicht von dir gewarnt werden, da ich diesem Mann nicht traue.“

„Wahrscheinlich ist das besser so.“

„Sollen wir zum Haus zurückkehren?“

Olivia nickte und ging mit Garrick über den hellen Kiesweg zurück, wie er sorgsam darauf bedacht, einander nicht zu berühren.

18. KAPITEL

Fünf unglaublich lange Tage waren verstrichen, seit Garrick sich zum letzten Mal in Ashburnham befunden hatte. Es waren die längsten fünf Tage in seinem Leben gewesen. Er konnte weder seinen Vater, der überraschend mit der Mutter aus London eingetroffen war, noch seinen Bruder länger ertragen. Der Earl und Lionel schienen unzertrennlich zu sein, waren auf der Jagd oder unternahmen ausgedehnte Ritte über das Land.

Am schlimmsten war indes, dass von Garrick erwartet wurde, Susan Layton auf Ashburnham die Aufwartung zu machen. In dieser Hinsicht hatte der Vater einen sehr deutlichen Standpunkt vertreten und verkündet, es käme überhaupt nicht in Frage, dass Garrick die Verlobung löse. Die Gefühle für Olivia hatten es Garrick bisher unmöglich gemacht, der Aufforderung des Vaters Folge zu leisten. Außerdem war ihm der Gedanke zuwider, dass Arlen Grey immer noch bei Olivia auf Ashburnham weilte.

Er wusste nicht, wie es ihr inzwischen ergangen war, und machte sich ständig Sorgen um sie. Drei Tage zuvor hatte er ihr eine Nachricht geschickt, die ihr, wie er wusste, auch persönlich ausgehändigt worden war, jedoch keine Antwort erhalten. War das Billett vielleicht Arlen in die Hände gefallen? Hatte Garrick Olivia in noch größere Gefahr gebracht, als sie ohnehin schon war?

Bald würde er Antworten auf seine Fragen bekommen. Olivia und Arlen waren mit den Laytons zum Dinner auf Stanhope Hall eingetroffen. Garrick verspürte einen dumpfen Druck in der Brust. Wie konnte ein Mensch glücklich sein und sich gleichzeitig so elend fühlen? Er fühlte sich innerlich zerrissen und konnte die Vorstellung nicht ertragen, in Olivias Nähe zu sein, wenn Arlen anwesend war. Er befürchtete, sich nicht mit der nötigen Diskretion benehmen können. Aber er würde Olivia zumindest sehen. Er musste sie sehen. Der Abend würde bittersüß werden, doch das war besser als nichts.

Garrick ging die Treppe hinunter und bemühte sich um Fassung. Alle Gäste und die Eltern waren schon im Salon versammelt, als er ihn betrat. Sogleich fiel sein Blick auf Olivia, die neben Susan Layton und deren Mutter stand. Sie sah sehr bleich und verängstigt aus. Obwohl er gewusst hatte, dass die Laytons anwesend sein würden, verzog er nun das Gesicht. Viel wichtiger war indes, dass er Olivia weiteren Kummer ersparen wollte. Für ihn war offenkundig, dass es ihr vor dem Abend grauste. Er würde Distanz zu ihr wahren und sie aus der Ferne bewundern. Sie vermied es sorgsam, ihn anzusehen.

Er verneigte sich vor Lady Layton. „Es freut mich sehr, diesen Abend mit Euch verbringen zu können, Lady Layton." Er straffte sich und gestattete sich nicht, den Blick zu Olivia schweifen zu lassen, war sich jedoch ihrer Gegenwart sehr bewusst.

Lady Layton lächelte, doch nicht mit der bei ihr üblichen Herzlichkeit. Irgendetwas stimmte nicht. „Guten Abend, Mylord", erwiderte sie höflich, indes nicht sonderlich freundlich.

Ihr steifer Ton war Garrick gleich. Er wandte sich seiner Verlobten zu, hob ihre Hand zum Kuss an die Lippen und sagte: „Guten Abend, Miss Layton." Es blieb ihm nichts anderes übrig, als ihr in die Augen zu sehen und sich zu einem freundlichen Lächeln durchzuringen. „Ich entschuldige mich dafür, in der letzten Zeit so nachlässig gewesen zu sein. Leider war ich in den vergangenen Tagen anderweitig sehr in Anspruch genommen."

Susan nickte. Ihre Miene war furchtsam und ernst. Sie brachte nicht einmal „Guten Abend" heraus und stand schweigend mit gesenktem Kopf vor ihm.

Garrick drehte sich zu Olivia um, und ihre Blicke trafen sich.

Er war erschüttert. Einen Moment lang fühlte er sich außer Stande, etwas zu sagen, wagte es auch nicht, weil er überzeugt war, dass dann seine Stimme seine wahren Gefühle verraten würde. „Lady Ashburn." Endlich riss er den Blick von ihren Augen los und verneigte sich vor ihr.

Sie benetzte sich die Lippen. „Guten Abend, Sir", sagte sie errötend.

Er bemerkte, dass nicht nur Arlen zu Olivia und ihm herüberstarrte, sondern auch Lionel, Sir John und der Vater. Der Ausdruck in Ashburns Augen war unverhohlen feindselig. Garrick war klar, dass Arlen Bescheid wusste. In diesem Punkt gab es für ihn nicht mehr den mindesten Zweifel. Nachdem er den ersten Fauxpas bereits begangen hatte, beschloss er, seine Leidenschaft für Olivia nunmehr besser zu verbergen.

Er schlenderte zu den Herren hinüber und fragte: „Habe ich mich verspätet?"

„Nein", erwiderte Lionel leichthin. „Mutter ist noch nicht da."

Arlen wandte Garrick den Rücken zu und schaute den Hausherrn an. „Es ist einige Zeit her, seit ich zum letzten Mal hier war, aber ich muss sagen, Ihr habt den Besitz gut in Stand gehalten. Es war eine schöne Fahrt hierher."

Garrick fing einen vernichtenden Blick vom Vater auf, ehe dieser Ashburn antwortete. Garrick nickte Sir John zu, doch der ältliche Baronet wirkte nervös und distanziert.

Lionel näherte sich dem Bruder und erkundigte sich lächelnd: „Hattest du dich irgendwo versteckt, Garrick? Ich habe dich den ganzen Tag über nicht zu Gesicht bekommen."

Sogleich war Garrick auf der Hut. Seine Stimmung war so schlecht gewesen, dass er tatsächlich den ganzen Tag lang für sich geblieben war. Er vermutete, dass Lionel gleich eine anzügliche Bemerkung machen würde. „Das Wetter war daran schuld, dass ich einen ruhigen Tag in der Abgeschiedenheit meines Zimmers verbracht habe. Ich habe gelesen. Wie war dein Tag?" Die Antwort seines angeblichen Bruders interessierte ihn nicht, da er bereits wusste, dass Lionel und der Vater den Nachmittag beim Kartenspiel verbracht hatten. Ihr Gelächter hatte durch das Haus gehallt.

„Ereignislos", meinte Lionel. „Vater und ich haben, um die Zeit totzuschlagen, einige Partien Whist gespielt. Bist du heute nicht sehr früh aufgestanden? Du hast doch bestimmt nicht seit Anbruch der Morgendämmerung in deinem Zimmer vor dich hin gebrütet!"

„Warum sollte ich vor mich hin brüten?“ Garrick war auf der Hut. Er war tatsächlich seit Tagesanbruch auf den Beinen gewesen und hatte gegrübelt. Lionel war jedoch kein Hellseher und konnte nicht wissen, was Garrick gemacht hatte.

„Das weiß ich nicht. Vielleicht kannst du mir das sagen“, antwortete Lionel. Seine Miene blieb freundlich, doch sein Blick schweifte zu Olivia hinüber. „Du solltest vielleicht bei dem, was du tust und wie du es tust, ein wenig vorsichtiger sein, Garrick.“ Er klopfte ihm auf den Rücken und entfernte sich.

Garrick hatte das unangenehme Gefühl, Lionel wisse, dass er an diesem Vormittag eine Nachricht von Olivia bekommen hatte. Aber es war ausgeschlossen, dass Lionel davon erfahren hatte, oder?

Hatte er vielleicht den Bediensteten aus Ashburnham gesehen, von dem das Billett überbracht worden war?

Lionel hatte sich zu den Damen gesellt und verneigte sich vor ihnen. Der Ausdruck seiner blauen Augen war Garricks Ansicht nach entschieden zu strahlend und herzlich, als er sie auf Olivia richtete. Garrick sah ihn sich mit ihr unterhalten, hatte den Eindruck, dass Lionel sich absichtlich sehr charmant gab, und verabscheute ihn in diesem Moment.

„Es tut mir Leid, dass ich zu spät komme“, sagte die Countess of Stanhope beim Betreten des Salons.

Garrick drehte sich zu ihr um, weil er meinte, sie habe leicht betrunken geklungen. Sie lächelte in die Runde, machte ein paar Schritte und strauchelte.

Er eilte zu ihr, doch nicht so schnell wie Lionel, der näher bei ihr gewesen war. Unwillkürlich versteifte er sich, als der Bruder sie beim Arm ergriff. „Ist mit dir alles in Ordnung, Mutter?“ erkundigte Lionel sich mit offensichtlich ehrlicher Besorgnis.

Garrick ballte die Hände, während er den Blick auf die Mutter gerichtet hielt. Sie hatte getrunken.

„Ja“, antwortete sie. „Ich bin nur über den Teppich gestolpert. Guten Abend, Lady Layton, Miss Susan.“ Die Countess schüttelte

Lionels Hand ab und bewegte sich mit der gewohnten Grazie weiter in den Raum. Sie hielt den Kopf hoch erhoben und zeigte mit keinem Wimpernzucken, dass sie durch den knapp vermiedenen Sturz peinlich berührt war.

„Wir warten seit einer halben Stunde auf dich“, bemerkte Richard tadelnd. „Konntest du dich nicht beeilen?“

Eleanor versteifte sich, und ihr Lächeln schwand. Ehe sie etwas erwidern konnte, war Garrick bei ihr und ergriff sie beim Arm. „Du siehst hübsch aus, Mutter“, äußerte er lächelnd. „Es freut mich, dass du dir Zeit für deine Toilette genommen hast. Das war das Warten wert.“

Eleanors Augen füllten sich mit Tränen. „Danke, mein Lieber“, sagte sie leise.

„Darf ich dich zu Tisch führen?“ wollte er wissen.

Sie nickte.

Nachdem der peinliche Moment vorüber war, ließ Garrick ihren Arm los, und sie gesellte sich zu den anderen Damen, die sich angeregt unterhielten. Lionel befand sich im Gespräch mit Sir John, während der Vater mit Ashburn plauderte. Garrick blickte wieder zur Mutter, um sich zu vergewissern, dass mit ihr alles in Ordnung war, und entfernte sich dann von den anderen Anwesenden. Vor einem großen Fenster blieb er stehen und blickte in den Park.

Die Abenddämmerung hatte eingesetzt. Der Himmel war dunkler geworden, und die Sonne stand wie ein feuerroter Ball am Horizont. Warum trank die Mutter so viel? Garrick nahm an, dass sein Vater daran schuld war – vielleicht aber auch Lionel. Er war sehr verärgert über die Situation. Je eher dieser Hochstapler entlarvt wurde, desto schneller würde das Leben wieder in normalen Bahnen verlaufen, was immer darunter zu verstehen sein mochte.

Garrick vernahm hinter sich Arlens Stimme und wurde noch wütender. Verbittert wurde er sich gewahr, dass der einzige Grund, warum er sich in Surrey aufhielt oder an diesem Abendessen teilnahm, seine Unfähigkeit war, sich Olivia fern zu halten. Aber das würde sich ändern. Es musste sich ändern. So konnte es nicht weitergehen. Olivia musste eine Entscheidung treffen.

Er meinte, ihren Blick auf sich zu spüren, ganz so, als wüsste sie, was er dachte. Langsam drehte er sich um.

Sie löste sich aus der Gruppe der anderen Damen und schlenderte hinreißend graziös zu ihm. Ihre würdevolle Haltung war erstaunlich, insbesondere unter den jetzt gegebenen Umständen. Reglos schaute Garrick sie an, und das Herz klopfte ihm bis zum Hals.

Sie lächelte. Der Ausdruck in ihren Augen war fragend, aber gleichzeitig auch ängstlich.

„Wie geht es dir?“ flüsterte Garrick.

„Gut.“

Er vergaß, dass er nicht mit ihr allein war. Alle übrigen Anwesenden schienen in einem dichten Nebel zu verschwinden. „Nein, ich wollte die Wahrheit hören. Hat Arlen dir wieder wehgetan?“

„Seit jenem Abend ist so etwas nicht mehr passiert“, antwortete Olivia in gedämpftem Ton. „Danke, Garrick.“

Er atmete erleichtert auf. „Ich wusste nichts von diesem Abend, bis ich deinen Brief bekam.“

„Ich weiß.“ Angesichts seiner fragenden Miene fügte sie erklärend hinzu: „Das hatte ich angenommen.“

„Mitunter denke ich, dass du mich viel zu gut kennst“, erwiderte Garrick.

Sie nickte. „Wir sind Fremde, aber manchmal habe ich das Gefühl, dich schon mein Leben lang zu kennen.“

Ihre Worte ließen sein Herz schneller schlagen. „Manchmal habe ich auch dieses Gefühl“, gestand er langsam.

Olivia lächelte.

Er erwiderte ihr Lächeln und wurde unvermittelt gewahr, dass Lionel Miss Layton in eine Unterhaltung verwickelt und sie dabei geschickt in Garricks und Olivias Richtung manövriert hatte, in der eindeutigen Absicht, das Gespräch der beiden zu belauschen.

Garrick fiel auch auf, dass zwar alle anderen Anwesenden miteinander plauderten, die Blicke jedoch auf ihn und Olivia gerichtet hatten. Er ärgerte sich und verzweifelte. Hatte er nicht gelobt, an diesem Abend Distanz zu ihr zu wahren?

Er brachte es indes nicht fertig, sich von ihr zu entfernen, da das, worüber er mit ihr reden wollte, ihm viel zu wichtig war. „Olivia, ich verreise und werde eine Weile nicht hier sein. Ich habe etwas zu erledigen. Wenn du möchtest, bringe ich morgen Treve zu dir und lasse ihn bei Hannah, bis ich zurückgekehrt bin."

Sie machte große Augen. „Wohin fährst du?"

„Bist du beunruhigt? Fürchtest du dich vor Arlen?"

„Nein. Ich ... ich ... ach, ich weiß es nicht." Beunruhigt schaute sie sich um.

„Ich muss nach Caedmon Crag", erklärte Garrick rasch, weil er sich bewusst war, dass er schon viel zu lange mit ihr redete. „Ich weiß nicht, wann ich zurückkehren werde, aber ich komme zurück. Diese Situation ist unerträglich", fügte er mit einem Blick auf Lionel hinzu, dachte jedoch im selben Moment an Olivia und sich.

Sie klappte ihren Fächer auf. „Du suchst nach der Wahrheit", stellte sie fest.

Garrick nickte. „Ich muss fort. Ich kann nicht anders. Aber es gefällt mir nicht, dich zurücklassen zu müssen."

Errötend bewegte sie den Fächer auf und nieder. „Es gibt keine andere Wahl." Sie blickte über die Schulter zum Gatten, und Garrick tat es ihr gleich. Arlen beobachtete sie beide immer noch mit eisiger Miene, während er sich mit Garricks Vater unterhielt.

Garrick sah zu Lionel hinüber, der aufmerksam Miss Layton zuzuhören schien. Er wusste jedoch, dass der Bruder sich anstrengte, das Gespräch zwischen ihm und Olivia zu belauschen. „Olivia, wenn ich fort bin, musst du eine Entscheidung treffen."

Sie erbleichte.

„Die Situation ist für uns beide unerträglich, und das weißt du genau. Wenn ich zurück bin, erwarte ich von dir eine Entscheidung."

Olivia wedelte den Fächer noch schneller vor sich hin und her. „Wann reist du ab? In der Frühe?“

„Ja. Falls du mich brauchen solltest, lass es mich wissen. Dann komme ich sofort zu dir.“

Ihr wurden die Augen feucht. „Das weiß ich.“ Sie zögerte einen Moment und sagte dann: „Ich fürchte mich.“

Garrick krampfte sich das Herz zusammen. „Dann nimm Hannah und komm mit.“

Olivia wurde wieder blass. „Das habe ich nicht gemeint“, antwortete sie. „Ich fürchte mich deinetwegen.“

Er starrte sie an. „Was siehst du?“

„Gefahr ist im Verzug“, flüsterte sie. „Du bist in Gefahr.“

Wieder blickte Garrick zu Arlen hinüber und dann auf Lionel. Auch dort lauerte Gefahr auf ihn. „Die Antwort auf meine Fragen liegt auf Caedmon Crag“, erwiderte er überzeugt. „Ich muss dort hin.“

„Ja“, bestätigte Olivia. „Die Antwort auf deine Fragen liegt auf Caedmon Crag. Du musst dort hin.“

Derweil Sir John und der Hausherr sich auf eine Partie Billard vorbereiteten, blickte Arlen zu Garrick hinüber und bemerkte plötzlich, dass Lionel De Vere ihn anlächelte. Er war verdammt froh, dass er sich mit der Gattin bei den De Veres zum Abendessen eingefunden hatte. Innerlich tobte er vor Wut, hatte jedoch ein regloses Gesicht aufgesetzt. Jedes Mal, wenn er zu Olivia hinübergesehen hatte, war ihm aufgefallen, dass sie und Caedmon sich mit Blicken verschlangen. Jeder, der die beiden an diesem Abend beobachtet hatte, war sich der zwischen ihnen bestehenden körperlichen Anziehungskraft bewusst geworden.

Auch Arlen war sicher, dass sie Leidenschaft füreinander empfanden.

Er konnte sich nicht entscheiden, wohin er die Gattin verbannen solle. Vielleicht in ein französisches Kloster oder in den entferntesten Winkel von Wales? Obgleich Olivia jede persönliche Beziehung zu Garrick geleugnet hatte, wusste Arlen doch, dass sie mit Viscount Caedmon Crag eine heftige Affäre hatte.

Garrick De Vere setzte ihm ein weiteres Mal Hörner auf.

Inständig wünschte sich Arlen, jetzt bei Elizabeth in London zu sein. Ihr hatte er immer alles erzählen können. Sie war die klügste Frau, die er kannte, ausgesprochen scharfsinnig, und ihr Rat war zweifellos vernünftig und wert, befolgt zu werden. Sie würde wissen, was Arlen tun sollte.

Er ballte die Hände und konnte nicht begreifen, was Caedmon an Olivia so anziehend fand. Sie war blaß, unscheinbar und obendrein langweilig im Bett. Welcher Mann wollte schon mit einer Hexe zusammen sein, die jeden seiner Gedanken kannte und alle seine Geheimnisse aufdecken konnte? Welcher Mann wollte mit einer Frau schlafen, die verflucht war oder es vielleicht sogar mit dem Satan trieb? Allein der Gedanke an sie ließ Arlen den Schweiß ausbrechen. Manchmal, wenn sie ihn mit ihren seltsamen grauen Augen ansah, kam er sich völlig entblößt vor, nicht nur bis auf die Haut, sondern bis ins Innerste. Bei diesen Gelegenheiten hatte er den Eindruck, vor dem Jüngsten Gericht zu stehen – als würde die Hölle gleich um die Ecke auf ihn lauern.

Eingedenk Olivias verdammter Gabe begriff er nicht, warum sie nicht längst seine Affäre mit Elizabeth herausgefunden hatte. Aber die Schwester und er waren äußerst vorsichtig gewesen, nachdem sie die Wahrheit über Olivia erfahren hatten.

Olivia hatte ihm keinen Sohn geboren, sondern eine blinde Tochter, die er nicht ausstehen konnte. Das war die Strafe für ihre Sünden. Oder war Hannah die Strafe für seine Sünden? Wie immer widerstrebte es ihm, diesen Gedanken weiterzuverfolgen.

Er saß hier auf dem Land fest, um seine Gattin zu beaufsichtigen, derweil seine Schwester sich bestimmt wieder mit Kildare amüsierte, diesem verdammten Schotten, ihrem neuesten Liebhaber, mit dem er sie unlängst erwischt hatte. Die Vorstellung, dass Kildare und sie auch nur einen noch so harmlosen Moment miteinander verbrachten, war ihm zutiefst zuwider. Ebenso wenig konnte er den Gedanken ertragen, dass Caedmon ihm schon wieder Hörner aufsetzte und ihn erneut vor dem ton zum Narren machte.

Er straffte die Schultern, als er Garrick das Billardzimmer verlassen sah. Caedmon hatte den Spielern neben dem Billardtisch zugenickt, Arlen und Lionel jedoch geflissentlich ignoriert.

Arlen wusste, dass er hochrot im Gesicht war. Offenbar beabsichtigte Caedmon, sich ungeniert mit Olivia zu treffen. Würde er sie im Park verführen? Natürlich würde er das tun! Arlen fühlte sich wie ein Vulkan kurz vor dem Ausbruch. Er wusste nicht, ob er die in ihm angestaute Wut noch länger würde beherrschen können.

„In den vergangenen vierzehn Jahren hat mein Bruder sich nicht verändert", meinte Lionel. „Er zieht die Einsamkeit selbst der angenehmsten Gesellschaft vor. Kein Wunder, dass er so lange auf dieser gottverlassenen Insel geblieben ist."

Arlen unterdrückte die Bemerkung, dass Garrick im Park wohl kaum einsam sein würde. „Euer Bruder ist ein Barbar, und das äußere ich so freimütig, weil ich weiß, dass auch Ihr so über ihn denkt. Seine Manieren haben sich nicht geändert. Ich hoffe, man rät ihm, auf der Hut zu sein."

Lionel beugte sich vor und flüsterte verschwörerisch: „Garrick hat nichts Arges im Sinn, Arlen."

Arlen schaute Lionel an. „Dann sollte er sich von meiner Gattin fern halten."

„Ich bin überzeugt, sie haben nur ein freundschaftliches Verhältnis. Sie ist eine sehr respektable Dame", setzte er lächelnd, aber in unsicher und zweifelnd klingendem Ton hinzu.

Arlen zitterte. „Euer Bruder hat keine Freunde. Er hatte nie welche. Vergesst nicht, dass ich ihn beinahe so lange kenne wie Ihr. Er ist ein Sonderling und unfähig, mit jemandem Freundschaft zu schließen."

„Ja, er ist ein eigenartig in sich gekehrter Bursche", räumte Lionel ein. „Nun, ich nehme an, er ist gegangen, weil er noch einen Abendspaziergang mit seinem Hund machen möchte."

Und mit Olivia! „Vielleicht mache auch ich noch einen Abendspaziergang“, murmelte Arlen. Er wollte sich mit eigenen Augen von der Richtigkeit seines Verdachts überzeugen. Er musste Garrick und Olivia in flagranti ertappen.

Doch was dann? Sogleich kam ihm ein Duell in den Sinn, bei dem Garrick De Vere sterben würde. Arlen lächelte boshaft.

Lionel ergriff ihn am Arm. „Ehe Ihr geht, muss ich Euch fragen, ob es auf Ashburnham Gespenster gibt.“

Arlen begriff nicht gleich, was Lionel meinte, weil er in Gedanken viel zu sehr damit beschäftigt war, sich Olivia in leidenschaftlicher Umarmung mit Caedmon vorzustellen und sich auszumalen, wie Garrick nach dem Duell in den Armen seines Sekundanten starb. „Wie bitte?“ fragte er verwirrt.

„Neulich auf Ashburnham habe ich eine höchst befremdliche Unterhaltung zwischen meinem Bruder und Eurer Gattin mit angehört.“

„Inwiefern befremdlich?“ Der Wunsch, Caedmon unverzüglich zu folgen, war vergessen.

„Offenbar hat Eure Tochter einen Geist gesehen“, erklärte Lionel schmunzelnd.

Arlens Miene wurde abweisend. Hannah war blind und konnte nichts sehen. „Hannah ist noch ein Kind“, erwiderte er leichthin.

Lionels Lächeln schwand. „Das ist nicht gerade das, was ich mit angehört habe. Garrick war sehr neugierig und beharrlich. Er wollte unbedingt wissen, ob Hannah öfter Gespenster und andere Dinge sehe, die normale Menschen nicht wahrnehmen können. Wie ich hörte, ist das Kind jedoch blind.“

Arlen überkam ein merkwürdiges Gefühl, eine dunkle Ahnung, die er zwar nicht einordnen konnte, die ihn aber dennoch mit Grauen erfüllte. „Sprecht weiter!“

Lionel zuckte die Schultern. „Die Sache war seltsam. Eure Gattin war ziemlich aufgeregt und beharrte darauf, Eure Tochter könne nichts sehen. Garrick wollte jedoch wissen, ob Hannahs einzigartige Intuition, um es so zu nennen, etwas mit der Mutter zu tun habe. Eure Frau bestand hartnäckig darauf, dass Eure Tochter nur deshalb so einfühlsam sei, weil sie sich aufgrund ihrer Blindheit auf ihre anderen Sinne verlassen müsse, um sich in der Welt zurechtzufinden. Und dann sagte Eure Gattin etwas Eigenartiges: ‚Ich bin keine Wahrsagerin und keine Hexe, habe auch keine Kristallkugel und kann nicht die Zukunft aus dem Kaffeesatz oder aus Teeblättern lesen.' Diese höchst befremdliche Äußerung kann ich mir beim besten Willen nicht erklären. Aber ein blindes Mädchen kann doch keinen Geist gesehen haben!" Lionel lachte auf. „Garrick war jedoch überzeugt, dass Hannah ein Gespenst gesehen habe."

Arlen rang nach Atem. Hannah sollte im Stande sein, einen Geist zu sehen? Hannah verfügte über ein einzigartiges Einfühlungsvermögen, das etwas mit ihrer Mutter zu tun hatte? Olivia hatte alles heftig abgestritten, war jedoch aufgeregt und verstört gewesen? Hatte Caedmon irgendwie Olivias Geheimnis aufgedeckt? Arlen schwitzte jetzt stark. Nein, es konnte nicht sein, dass Garrick Bescheid wusste.

„Ich glaube zwar an Gespenster, mir ist indes auch klar, dass ein Kind sehr phantasievoll ist", sagte Lionel leichthin. „Wahrscheinlich suchte Hannah Aufmerksamkeit und hat sich die Geschichte mit dem Geist nur ausgedacht."

Arlen nahm Lionel nicht mehr wahr. Geschah hier etwas Schreckliches, Erniedrigendes, etwas, von dem er Kenntnis haben musste? Hannah war doch nicht wie ihre Mutter, oder? Ganz gewiss nicht! Bestimmt hätte man ihn in den vergangenen Jahren nicht so täuschen können!

Falls Hannah wie ihre Mutter war, würde er beide umbringen.

„Entschuldigt mich", sagte er steif und verließ mit langen Schritten den Raum.

Olivia beteiligte sich nicht an dem oberflächlichen Geplauder der Damen und versuchte stattdessen, zu einer Entscheidung zu gelangen. Sollte sie ihre Tochter nehmen und mit Garrick fliehen oder die Beziehung zu ihm beenden? Sie war unschlüssig, was sie tun solle. Wenn sie doch nur den Mut hätte, den Gatten zu verlassen! Wenn sie doch nur Vertrauen zu sich und Garrick hätte! Wenn sie doch nur glauben könnte, dass sie mit ihm und Hannah ihrem Gatten entrinnen könne und Arlen sie und die Tochter irgendwann in Ruhe lassen würde. Aber sie hatte starke Zweifel und fragte sich, ob sie den Rest ihres Lebens die Mätresse eines Mannes sein wolle. Denn selbst wenn Garrick seine familiäre Pflicht nicht erfüllte, war Olivia nicht frei, um ihn heiraten zu können.

Verzweifelt kämpfte sie gegen die aufsteigenden Tränen an. Ihr Herz riet ihr, mit Garrick zu gehen.

Sie hatte solche Angst. Es war, als würde sie am Rande eines Abgrundes stehen. Noch ein Schritt, und sie würde in die gähnende Tiefe stürzen.

Garricks Äußerung, er würde Stanhope Hall verlassen, hallte ihr im Gedächtnis wider und beunruhigte sie. Sie wusste, dass er nach Caedmon Crag fahren musste, ängstigte sich jedoch vor dem, was ihn dort erwartete.

Aus dem Augenwinkel sah sie ihn plötzlich auf der Terrasse an den Fenstern vorbeigehen und in der Dunkelheit verschwinden. Wie durch einen dichten Nebel nahm sie wahr, dass Lady Layton die leicht beschwipste Lady Stanhope bat, sie in dem Bemühen zu unterstützen, ihre Tochter nunmehr mit Lionel zu verloben. Garrick und Susan würden überhaupt nicht zueinander passen, wohingegen Lionel und sie sich offensichtlich in ehrlicher Zuneigung zugetan seien. Würde sie ihn heiraten, wäre das eine weitaus bessere Verbindung.

Die Countess of Stanhope riet der besorgten Mutter, darüber mit dem Earl zu reden, da solche Dinge stets von Männern beschlossen würden. Sie wirkte unglücklich und trank rasch wieder einen Schluck Portwein.

Olivia nahm allen Mut zusammen, stand auf und sagte: „Wenn die Damen mich bitte entschuldigen würden. Ich brauche etwas frische Luft.“ Ehe jemand sie daran hindern konnte, eilte sie durch den Salon auf die Terrasse, die Garrick kaum fünf Minuten zuvor entlanggegangen war.

Es war töricht, ihn ausgerechnet jetzt zu suchen, da der Gatte sich im Haus befand, doch Olivia war nicht fähig, dem Drang zu widerstehen. Den silberfarbenen Rock raffend, eilte sie über die Terrasse in den Park und hielt angestrengt Ausschau nach Garrick. In einiger Entfernung glaubte sie, einen Schatten zu entdecken, und setzte sich in Bewegung. Sie hatte jedoch erst einen Schritt gemacht, als jemand sie hart und schmerzhaft am Handgelenk festhielt und herumriss.

„Wohin willst du?“ fragte Arlen scharf.

Sie schnappte nach Luft.

Er schüttelte sie. „Als ob ich das nicht wüsste! Du willst zu einem Rendezvous mit deinem Geliebten, nicht wahr? Antworte!“ schrie er.

Tränen des Schmerzes traten ihr in die Augen. „Du tust mir weh! Lass los, sonst brichst du mir den Arm.“

Arlen gab sie indes nicht frei, sondern neigte sich dicht zu ihr. „Schreist du vor Wonne, wenn Caedmon dich beschläft, Olivia? Oder liegst du wie ein Brett da, so wie bei mir?“

Sie war verstört und entsetzt und brachte keinen Laut heraus. Da sie schwieg, verstärkte Arlen unerbittlich den Druck seiner Finger, bis sie laut aufstöhnte.

„Lasst sie los!“ befahl Garrick barsch.

Ehe sie richtig begriffen hatte, dass er anwesend war, packte er Arlen von hinten und schleuderte ihn etliche Schritte zur Seite. Es war ein Wunder, dass Olivia nicht zusammenbrach, obwohl die Knie unter ihr nachzugeben drohten. Sie hielt sich das schmerzende Handgelenk und beobachtete fassungslos, wie Garrick sich auf ihren mit dem Gesicht nach unten im Gras liegenden Gatten stürzte. Er riss ihn am Kragen auf die Füße und versetzte ihm einen Fausthieb ins Gesicht. Diesmal stürzte Arlen rücklings zu Boden

Olivia schrie auf.

Erneut griff Garrick ihn an, warf sich auf ihn und presste ihn auf den Rasen.

Olivia ahnte, dass Garricks Wut tödlich und unbeherrscht war. Sie erwachte aus ihrer Erstarrung und rannte zu den beiden Männern. „Hört auf!“ rief sie und packte Garrick bei den Schultern. „Hört auf, Sir! Bitte!“

Mit unergründlicher Miene schaute er sie an. „Ihr haltet Euch besser aus der Sache heraus!“

Arlen trat ihm hart zwischen die Lenden.

Garrick brach zusammen und presste die Hände in den Schritt. Sogleich war Arlen auf den Beinen, trat erneut nach Garrick und traf ihn an der Brust. Wieder schrie Olivia auf. Sie hatte den Ausdruck in den Augen des Gatten gesehen und wusste, dass er Garrick töten würde, falls ihm das möglich war. Garrick riss die Hände hoch und schlang die Arme um Arlens Bein, als Ashburn zu einem weiteren Tritt ausholte, der diesmal auf den Kopf seines Gegners zielte. Arlen stürzte zu Boden, und Garrick warf sich auf ihn.

„Was ist hier los?“ wollte Richard wissen.

„Gebietet ihnen Einhalt!“ flehte Olivia, als der Earl of Stanhope, Lionel De Vere und Sir John über den Rasen auf sie zurannten. Hinter ihnen bemerkte Olivia die anderen Damen, die auf die Terrasse gekommen waren und sehen wollten, was der Lärm zu bedeuten habe.

Richard und Lionel gelang es nach einem Moment, die beiden am Boden liegenden und in ein wüstes Handgemenge verwickelten Männer zu trennen. Lionel und sein Vater zerrten Garrick weg, und dann half Sir John Lord Ashburn auf die Füße.

Zitternd presste Olivia die Hände auf den Mund. Arlens Nase blutete stark, und sein linkes Auge schwoll an. Erstaunlicherweise hatte Garrick keine Verletzungen davongetragen. Er stand keuchend da, mit gespreizten Beinen, und sein Blick war noch immer mörderisch. Lionel hielt ihn am linken, sein Vater am rechten Arm fest, als wäre er ein wildes Tier, das sofort wieder angreifen würde, wenn man es nicht daran hinderte.

„Was stimmt nicht mit dir?“ brüllte Richard Garrick an. „Verdammt, was ist los?“

Olivia sah die Damen über den Rasen hasten. Oh Gott! Alle würden nun das Gleiche denken wie Arlen – dass sie sich mit Garrick getroffen habe. Der bloße Verdacht würde zur Gewissheit werden.

Garrick wandte den Blick wütend von Arlen ab und schaute Olivia an. „Ist mit Euch alles in Ordnung, Madam?“

Sie spürte das Blut in die Wangen steigen. Die Damen waren jetzt eingetroffen. Lady Stanhope war betrunken und wirkte verwirrt. Susan und deren Mutter waren bleich vor Schreck. Olivia wagte nicht, Garrick zu antworten.

„Hat Euer Mann Euch das Handgelenk gebrochen?“ fragte er scharf.

Sie holte tief Luft. Arlen schüttelte Sir Johns Hand ab und sagte schroff: „Meine Gattin geht Euch nichts an, Caedmon.“

Garrick drehte sich erneut zu ihm um. „Jede Dame geht mich etwas an, wenn sie von einem Mann misshandelt wird, der ihr körperlich weit überlegen ist.“

Arlen drückte sich ein Taschentuch gegen die blutende Nase und ging auf Garrick zu. „Beschuldigt Ihr mich, meine Frau misshandelt zu haben?“

Betretenes Schweigen senkte sich über die Anwesenden. Alle blickten auf Arlen und Olivia.

Olivia lief zum Gatten und brachte in einem Ton, der selbst ihr weinerlich und schrill in den Ohren klang, heraus: „Die Sache war nicht wichtig. Ich befürchte, Ihr alle habt etwas missverstanden.“ Sie wagte nicht, Garrick anzusehen, und wandte sich an den von ihr verabscheuten Gatten: „Arlen, du musst Eis auf das geschwollene Auge legen.“ Beklommen überlegte sie, was geschehen würde, sobald man wieder zu Haus war. Sie zitterte unaufhörlich und ermahnte sich, nicht an die Folgen dieses Streits zu denken, denn wenn sie das tat, würde sie gewiss zum ersten Mal im Leben in Ohnmacht fallen.

„Eleanor, sorg dafür, dass ein Arzt sich um Ashburn und seine Gattin kümmern, falls das notwendig sein sollte", sagte Richard schneidend.

Seine Gattin sah ihn an, als hätte sie seinen Befehl nicht begriffen.

„Das heißt, sofern du es fertig bringen solltest, den Weg zur Küche zu finden", fügte er ironisch hinzu.

Sie nickte und ging schwankend über den Rasen zum Haus zurück.

„Ich werde sie begleiten", rief Olivia aus, wartete nicht auf Einspruch oder Zustimmung und lief der Countess of Stanhope nach.

Aus dem Augenwinkel nahm sie Garrick wahr. Der Ausdruck in seinen Augen war eindringlich, ungemein besorgt, und schien etwas von ihr zu verlangen, das sie nicht bestimmen konnte.

19. KAPITEL

Steif saß Olivia in Fahrtrichtung auf der Sitzbank der Kutsche, so weit wie möglich vom Gatten entfernt, und hielt die Hände fest auf dem Schoß verschränkt. Der Wagen ruckte, als er anfuhr und Stanhope Hall hinter sich ließ. Arlen hatte trotz der späten Stunde auf der Abreise bestanden. Bald würden sie Ashburnham erreichen. Olivia hatte das Gefühl, in der Enge der Kutsche zu ersticken. Es ängstigte sie, mit dem Gatten allein zu sein.

Noch hatte er kein Wort geäußert.

Ihr brach der Schweiß aus. Es war unübersehbar, dass Arlen innerlich vor Zorn kochte. Der Wutausbruch würde unweigerlich folgen, und um das zu wissen, war Olivia nicht auf ihre hellseherischen Fähigkeiten angewiesen.

Sie konnte die Situation nicht noch länger ertragen.

Arlen wandte ihr das Gesicht zu. „Wann wolltest du es mir sagen?“ fragte er übergangslos in eigenartig hohem Ton.

Verstohlen warf sie ihm einen Blick zu. Seine Nase war geschwollen, doch nicht so schlimm wie sein linkes Auge, das geschlossen und blutunterlaufen war. Olivia schaute auf ihre Hände und erwiderte spröde: „Ich weiß nicht, wovon du redest.“

„Nein?“ Er schlug die Faust so hart auf den Ledersitz, dass Olivia unwillkürlich zusammenzuckte.

„Wann wolltest du mir die Wahrheit über unsere Tochter sagen?“ schrie er sie an und beugte sich dabei zu ihr hinüber.

Sie erbleichte und glaubte, sich verhört zu haben. „Wie bitte?“

„Ich bin kurz davor, dich zu erwürgen“, stieß er hervor. „Hannah sieht Gespenster? Und was sieht sie noch?“

Oh Gott! Olivia hatte das Gefühl, keine Luft mehr zu bekommen.

„Du hast mich belogen! Hannah ist eine Hexe wie du!“ tobte Arlen, nicht mehr im Stande, die Stimme gedämpft zu halten, damit die Lakaien und der Kutscher ihn nicht hörten.

Olivia schluckte trocken. „Nein! Ich habe keine Ahnung, was du gehört hast, schwöre dir jedoch bei meinem Leben, dass Hannah nur ein kleines, phantasievolles Kind ist, das keinerlei Visionen hat. Sie kann weder dich noch mich oder Geister oder sonst etwas sehen."

„Caedmon weiß über dich Bescheid, oder? Du hast es ihm erzählt."

„Er weiß überhaupt nichts", log Olivia verzweifelt.

Arlen schlug ihr ins Gesicht, auf dieselbe Seite wie vor einigen Tagen. „Du Schlampe! Er weiß über dich Bescheid, und unsere Tochter ist wie du. Ich hätte euch beide schon vor Jahren loswerden sollen!" brüllte er.

Olivia duckte sich tief in den Winkel der Kutsche, während der Wagen schaukelnd durch die Nacht fuhr. Sie litt Todesängste. Ihr war klar, dass sie sich jetzt irgendwie schützen musste, damit sie Hannah, sobald sie zu Haus war, vor Schaden bewahren konnte. Wenn sie doch nur „sehen" könnte, was der Gatte mit ihnen vorhatte! Doch sosehr sich auch anstrengte, die Visionen wollten sich nicht einstellen. Ihre Furcht war stärker als das zweite Gesicht.

„Hör mir bitte zu, Arlen! Von einer Täuschung kann nicht die Rede sein. Hannah ist ein ganz normales Kind und auch deine Tochter!" Olivias Gesicht brannte vom Schlag, den der Gatte ihr versetzt hatte. Unwillkürlich fragte sie sich, ob er ihr den Unterkiefer gebrochen haben mochte.

Seine Miene war wutverzerrt. „Sie ist meine Tochter? Wirklich? Ich bezweifle das!"

Schockiert starrte Olivia ihn an.

„Du bist eine Ehebrecherin, meine Liebe, und das ist uns beiden klar. Wer sagt, dass du mich nicht schon vor vielen Jahren betrogen hast, wenn du jetzt dazu im Stande warst? Und wenn das Kind nicht von mir ist, würde das auch alles erklären", fügte Arlen triumphierend hinzu.

Olivia ahnte, dass sie alles, auch die Tochter, verlieren würde, falls der Gatte sich einredete, Hannah sei nicht sein Kind. „Arlen!"

rief sie. „Ich war damals mit niemandem außer dir zusammen. Hannah ist deine Tochter!“

Er packte sie grob bei den Schultern. „Damals? Gibst du jetzt zu, dass du mit Caedmon geschlafen hast?“ Seine Augen waren dunkel, und ein an Wahnsinn erinnernder Glanz stand in ihnen.

Olivia nickte und brach in Tränen aus, als Arlen sie erbarmungslos schüttelte. Sie wusste, dass das Eingeständnis ihres Fehltritts ein großer Fehler gewesen war.

Zufrieden schaute der Gatte sie an. „Zumindest gibst du zu, dass Caedmon dein Liebhaber ist!“ Er stieß sie angewidert von sich.

Erleichtert rutschte sie ans andere Ende der Sitzbank und drückte sich in die Ecke. Sie hatte angenommen, er würde sie noch einmal schlagen, wenn nicht gar zu Tode prügeln. Die Oberarme taten ihr von seinem harten Griff weh.

Arlen wandte ihr den Rücken zu. Während die Kutsche durch die Dunkelheit rollte, bemühte Olivia sich, ihre Angst und ihr Zittern zu unterdrücken. Sie musste wieder zur Besinnung kommen, einen klaren Gedanken fassen und sich auf ihre Gefühle konzentrieren können. Der Gatte saß so weit wie möglich von ihr entfernt und plante wahrscheinlich die grausamen Schändlichkeiten, die er ihr und Hannah anzutun gedachte. Die Tränen standen ihr in den Augen, und sie spürte Unheil nahen. Aber hatte sie dank ihrer hellseherischen Fähigkeiten nicht von dem Moment an, als sie Garrick De Vere begegnet war, gewusst, dass ihr Unheil bevorstand? Dennoch konnte sie Garrick nicht die Schuld an ihrem Unglück geben. Sie allein war dafür verantwortlich. Sie hätte sich ihm widersetzen müssen und ihren Gefühlen für ihn nicht nachgeben dürfen.

Olivia presste die Hand auf den Mund, damit der Gatte nichts hörte, falls sie wider Willen schluchzen sollte. Sie musste überlegen, Pläne schmieden, mit Hannah fliehen, ehe Arlen beschließen konnte, wie er sie und die Tochter bestrafen würde.

Cornwall.

Der Einfall kam ihr jäh. Natürlich ... Sie würde Hannah nehmen und nach Cornwall flüchten. Eine andere Wahl blieb ihr nicht. Sie würde sich einige Tage auf Caedmon Crag verstecken, gerade so lange, wie sie brauchte, um sich über Hannahs und ihre Zukunft klar zu werden und zu entscheiden, wohin sie weiterfliehen und wie sie unbemerkt dort hingelangen könne. In dieser Zeit würde Garrick sie und die Tochter beschützen und ihnen Sicherheit geben.

Es war nicht ihre visionäre Kraft, die ihr diesen Gedanken eingab, sondern ihr Herz.

Kaum hatte der Wagen vor dem Haus gehalten, stieß Arlen die Tür auf, ohne auf den Lakai zu warten, sprang aus der Kutsche und schritt zielstrebig zum Haus. Neues Entsetzen erfasste Olivia, während sie das Fahrzeug verließ. Beim Aussteigen stolperte sie, und ein Lakai stützte sie am Ellbogen. Sie schüttelte seine Hand ab, raffte die Röcke und eilte dem Gatten hinterher.

„Warte bitte, Arlen!“ rief sie.

Er war indes schon im Haus verschwunden. Als sie in die Halle kam, sah sie ihn die Treppe hinaufstürmen. Hannah befand sich in der ersten Etage und schlief hoffentlich tief und fest.

„Bitte!“ schrie Olivia wieder, hastete ihm nach, stolperte über ihren Rock und fiel auf Knie und Hände. Geschwind richtete sie sich auf. „Arlen! Bleib stehen! Was hast du vor?“

Er hielt jedoch nicht inne, und als Olivia endlich den zweiten Stock erreicht hatte, wo das Kinderzimmer war, sah sie ihn die Tür zu Hannahs Schlafzimmer aufreißen. Keuchend rang sie um Atem und zwang sich, ihm hinterherzuhetzen. Sie stürzte zur Tür und blieb tief erschrocken stehen.

Hannah saß im Bett, den Rücken an das Kopfteil gepresst. Arlen hatte sich mit drohender, Angst einflößender Miene über sie gebeugt. Das Gesicht der Tochter war starr und blass vor Furcht, und Olivia erkannte, dass Hannah nicht geschlafen hatte.

„Kannst du sprechen, oder bist du auch stumm?“ schrie Arlen Hannah an, die sofort zurückzuckte.

Ohne nachzudenken, lief Olivia zu ihm und ergriff ihn von hinten an den Schultern. „Lass Hannah in Ruhe! Sie ist doch noch ein Kind!"

Brüsk drehte er sich um und stieß Olivia von sich. Sie stürzte auf den Holzfußboden.

„Mama!" rief Hannah, und Tränen rannen ihr über die Wangen. „Mama! Ist mit dir alles in Ordnung?"

„Verdammt, vergiss deine Mutter!" herrschte Arlen die Tochter an und packte sie. „Sag mir jetzt die Wahrheit! Deine Mutter und du habt mich getäuscht, oder?"

Hannah wimmerte vor Schmerz und Angst.

Olivia richtete sich halb auf. „Hör auf, Arlen! Bitte! Oh Gott, bitte!"

Kalt lächelte er Hannah an. „Du bist eine Hexe wie sie, nicht wahr? Du kannst Gespenster sehen. Was siehst du noch, Hannah?"

Aus ihren blicklosen Augen strömten Tränen, während sie schweigend und zitternd den Kopf schüttelte.

Olivia mühte sich auf die Füße, sprang, da sie diesen Ausdruck in Arlens Gesicht kannte, den Gatten von hinten an, ehe er Hannah schlagen konnte, und versuchte wutentbrannt, ihm das Gesicht zu zerkratzen. Er schrie auf, drehte sich zu ihr um und stieß sie grob von sich. Diesmal stürzte sie auf die Seite und verspürte einen stechenden Schmerz in der Hüfte. Hannah schluchzte laut.

„Miss Childs!" rief Olivia, weil sie die Gouvernante vor der Tür bemerkte.

Miss Childs war kreidebleich und sah völlig verstört aus.

Arlen packte Olivia am Zopf, der sich aus ihrer Frisur gelöst hatte, und riss sie brutal auf die Füße. Vor Schmerz schrie sie auf.

„Mama! Mama! Geh nicht weg!" rief Hannah verzweifelt. „Was macht Papa?"

Arlen stieß die Gattin durch den Raum zur Tür. „Kehren Sie in Ihr Zimmer zurück, Miss Childs!" befahl er ihr barsch.

Sie wurde noch blasser, schaute Lady Ashburn verschüchtert an und wandte sich zum Gehen.

„Bitte, helfen Sie mir!“ flehte Olivia sie an, wenngleich sie wusste, dass Lucy Childs gehorchen musste. „Helfen Sie Hannah! Bitte helfen Sie dem Kind!“

Miss Childs zögerte, fing einen drohenden Blick von Arlen auf und hastete zu ihrem Zimmer.

„Mama!“ schrie Hannah, während Olivia zu ihrem Schlafgemach gestoßen wurde.

Arlen schubste sie hinein, knallte die Tür zu und verriegelte sie. Olivia war wie betäubt. Sie konnte kaum fassen, was der Gatte getan hatte. Es dauerte einen Moment, bis sie begriff, in welch schrecklicher Lage sie war. Arlen hatte sie wie eine Gefangene in ihrem Schlafzimmer eingesperrt und war nun in seiner Wut mit Hannah allein. Schreiend fing Olivia an, gegen die Tür zu hämmern.

Sie trommelte mit den Fäusten dagegen, wieder und wieder.

Doch niemand öffnete ihr.

Arlen hörte Olivia gegen die verschlossene Tür ihres Schlafzimmers schlagen, schaute lächelnd die weit von ihm abgerückte Tochter an und setzte sich zu ihr auf das Bett. „Ich werde dir nicht wehtun. Ich will nur die Wahrheit wissen. Ich bin dein Vater und Herr in diesem Haus. Also erzähl mir von dem Gespenst und allem anderen, was du gesehen hast, Hannah.“ Aufmunternd lächelte er sie an.

Sie zwinkerte unter Tränen und fragte wimmernd: „Warum hast du Mama wehgetan?“

„Sie hat mich belogen. Und falls auch du mich belügst, bekommst du die Peitsche zu spüren.“ Arlen war sehr ruhig, weil er wusste, dass er die Situation jetzt ganz in der Hand hatte und nun jeden Fehler, den er im Leben begangen hatte, beheben würde.

Hannah weinte wieder.

„Hast du ein Gespenst gesehen?“

Hannah nickte kreidebleichen Gesichts und schluchzte.

„Was siehst du sonst noch?“

Sie schwieg.

Arlen streckte die Hand aus und legte sie um Hannahs Kinn. „Antworte!“ forderte er leise die Tochter auf und dachte daran, dass er ihr vielleicht den Unterkiefer brechen würde, falls er stärker zudrücken sollte.

„Mama hat mir gesagt, ich dürfe nie darüber reden“, antwortete Hannah wimmernd.

„Für ihre Lügen wird sie noch bestraft! Aber du willst doch gewiss nicht bestraft werden? Oder soll ich die Wahrheit aus dir prügeln?“

„Auf Stanhope Hall habe ich einen Geist gesehen“, gestand Hannah zögernd, „eine sehr unglückliche Dame. Ich wollte ihr helfen. Ich wusste ...“ Sie verstummte.

„Was hast du gewusst?“ fragte Arlen in bedrohlich leisem Ton.

„Ich wusste, dass du heute Abend herkommst“, antwortete das Mädchen unter Tränen. „Ich wusste, dass du nach Haus kommst und mir wehtust!“

Er stand auf. „Also bist auch du so verflucht wie deine Mutter.“

„Bitte, tu ihr nicht weh!“ flüsterte Hannah und wischte sich über die Augen. „Bitte, tu uns nicht weh!“

Voller Abscheu verzog Arlen das Gesicht, während er sie betrachtete. „Es ist dir verboten, den Raum zu verlassen.“ Er machte auf dem Absatz kehrt, verließ das Zimmer und schloss die Tür hinter sich zu.

Er beachtete die Gattin nicht, die immer noch an ihre versperrte Schlafzimmertür hämmerte und dabei seinen und Hannahs Namen schrie. Es war ihm gleich, ob sie die ganze Nacht hindurch so lärmte. Er würde unverzüglich dem Personal strikte Anweisungen erteilen, sich mit Miss Childs befassen und dann sofort nach London aufbrechen.

Elizabeth würde wissen, was zu tun war.

Arlen ging zu Miss Childs’ Zimmer und klopfte hart an die Tür.

Sie wurde umgehend geöffnet, und Miss Childs, die sich jetzt angekleidet und präsentabel gemacht hatte, starrte ihn aus weit aufgerissenen Augen an.

„Packen Sie Ihre Sachen“, befahl er. „Sie sind entlassen. Ich erwarte, dass Sie morgen früh verschwunden sind!“

Nach einer schlaflosen Nacht, in der Olivia darüber nachgegrübelt hatte, wie sie das Zimmer verlassen könne, ging sie beim ersten Morgenlicht zum Fenster, machte es weit auf und überlegte, ob sie die ein Stück entfernten Äste der Eiche erreichen könne. Zweifelnd raffte sie die Röcke, schwang ein Bein über das Fensterbrett und hielt furchtsam inne. Der nächste Ast, der vielleicht ihr Gewicht getragen hätte, war viel zu weit entfernt, um ihn ergreifen zu können. Würde sie ihn zu fassen bekommen, wenn sie zu ihm sprang?

Sie schaute in die Tiefe und wusste, dass sie sterben würde, falls sie ihn nicht erreichte. Damit wäre Hannah nicht geholfen.

Verzweifelt sehnte Olivia sich nach Garrick De Vere, schloss die Augen und wünschte ihn sich nicht zum ersten Mal inständig herbei. Inzwischen war es ihr gleich, ob er ihren Gatten tötete. Sogleich verwarf sie diesen Gedanken, denn wenn er Arlen umbrachte, waren die Folgen schwer wiegend. Sie wollte nicht, dass Garrick ins Gefängnis kam oder sogar gehängt wurde.

Olivia zuckte zusammen. Litt sie unter Halluzinationen, oder hatte tatsächlich jemand leise an ihre Schlafzimmertür geklopft? Nein, sie hatte sich nichts eingebildet. Jemand pochte tatsächlich an die Tür. Sie kehrte ins Zimmer zurück, rannte zur Tür und ergriff die Klinke. „Wer ist da?“

„Ich, Mylady“, antwortete Miss Childs leise.

„Miss Childs!“ Vor Erleichterung fühlte Olivia sich einer Ohnmacht nahe. „Ist mit Hannah alles in Ordnung?“

„Sie ist ebenfalls in ihrem Zimmer eingesperrt. Seine Lordschaft hat allen Dienstboten gesagt, Ihr und Eure Tochter dürftet Eure Zimmer nicht verlassen, bis er zurück sei. Er hat nicht geäußert, wann er wieder hier sein wird“, erklärte Lucy Childs in gedämpftem Ton.

„Hat er Hannah wehgetan?“ rief Olivia.

„Nein. Ich habe soeben mit ihr geredet. Sie ist sehr verschreckt, Mylady. Und ich muss fort. Euer Gatte hat mich entlassen und mir befohlen, bis zum Frühstück das Haus zu verlassen."

Olivia holte tief Luft. Sie war wütend auf Arlen, hasste ihn unbändig. „Können Sie uns helfen? Bitte, Miss Childs, ich flehe Sie an. Schließen Sie die Tür auf!"

„Seine Lordschaft hat alle Schlüssel mitgenommen. Ich habe gehört, wie der Butler darüber sprach."

„Will mein Mann, dass Hannah und ich vor Hunger und Durst sterben?" fragte Olivia fassungslos.

„Ich weiß nicht, was er sich dabei gedacht hat, Madam. Aber ich habe mich entschlossen, auf dem Weg nach London auf Stanhope Hall anzuhalten und Lord Caedmon zu erzählen, was hier geschehen ist."

Olivias Herz machte einen Sprung. „Ein wundervoller Einfall, Miss Childs! Ich werde Ihnen das nie im Leben vergessen! Bitte, fahren Sie zu Lord Caedmon, und beeilen Sie sich!"

Olivia hörte Miss Childs sich rasch entfernen und lehnte sich an die Tür. Sie war überzeugt, dass Garrick zu ihr kommen würde.

20. KAPITEL

Garrick sprang von der Kutsche, die er selbst gelenkt hatte, und sein Setter folgte ihm. Das Herz klopfte ihm zum Zerspringen, und innerlich tobte er vor Wut. Von dem Augenblick an, da er mit Miss Childs gesprochen hatte, war er fest entschlossen gewesen, Olivia beizustehen. Er stürmte die Freitreppe hinauf und hatte nur den einen Gedanken, Olivia und ihre Tochter zu retten. Ashburn war nicht nur gefährlich, sondern auch wahnsinnig.

Garrick klopfte an das Portal, das ihm sogleich von einem Lakai geöffnet wurde. Ohne auf den Bediensteten zu achten, eilte er in die Halle. Treve wich nicht von seiner Seite.

Nach Miss Childs' Beschreibung lag das Kinderzimmer in der zweiten Etage, und auf der anderen Seite des Ganges befanden sich Olivias Räume. Garrick erblickte die Treppe und rannte zu ihr.

Im gleichen Moment erschien der Butler: „Mylord!" rief er bestürzt.

Garrick ignorierte auch ihn.

Aschfahlen Gesichts rannte der Butler hinter ihm her. „Mylord! Entschuldigt! Kann ich Euch dienlich sein?"

„Nein, es sei denn, Sie haben den Mut, Lady Ashburn und ihre Tochter zu befreien", antwortete Garrick beim Erreichen des zweiten Treppenpodests.

„Mylord!" protestierte der Butler eine halbe Treppenlänge von ihm entfernt.

Garrick warf ihm einen Blick über die Schulter zu und gelangte in das zweite Stockwerk. Außer dem Butler hatten nun auch zwei Lakaien die Verfolgung aufgenommen. Er konzentrierte sich voll auf die vor ihm liegende Aufgabe und zweifelte sehr daran, dass die Bediensteten es wagen würden, ihn aufzuhalten. Olivias Zimmer lag links hinter der dritten Tür.

„Olivia!" schrie er.

Einen Moment lang herrschte Stille, aber Garrick spürte, dass Olivia überrascht und höchst erleichtert war. Dann erwiderte sie: „Garrick! Gott sei Dank!“

„Geh von der Tür weg!“ befahl er und blickte zum Butler und den Lakaien hinüber, die sich ihm zögernd näherten. „Ihr drei haltet euch zurück!“ wies er sie in gebieterischem Ton an. „Treve, bewach sie!“

Knurrend und mit gesträubtem Nackenhaar drehte der Setter sich den Dienstboten zu.

Sie blieben wie angewurzelt stehen. „Mylord, das ist ungeheuerlich! Lord Ashburn hat mir strikte Order erteilt“, beschwerte sich der Butler, ohne den auf dem Fußboden liegenden, knurrenden Hund auch nur eine Sekunde aus den Augen zu lassen.

„Dann erzählen Sie Ashburn die Wahrheit. Sagen Sie ihm, ich sei hier eingedrungen und habe seine Gemahlin und seine Tochter entführt.“ Garrick wandte sich der Tür zu und trat sie ein.

In dem Moment, da er Olivia erblickte, empfand er trotz seiner unbändigen Wut grenzenlose Erleichterung. Olivia trug noch immer das silberfarbene Kleid, das jetzt zerrissen und voller Blutflecke war. Ihr Gesicht war wieder verfärbt, und sie hatte rote und geschwollene Hände. Sie eilte auf Garrick zu, der ihren Gatten zur Hölle wünschte, warf sich ihm jedoch nicht in die Arme. Ihr Blick war indes unmissverständlich und sagte Garrick, dass sie ihm ewig dankbar sein würde.

„Hannah! Hannah!“ Sie hielt vor dem Zimmer der Tochter an, umklammerte die Klinke und presste das Ohr an die Tür. „Hannah!“

„Mama?“

„Es kommt alles in Ordnung, Liebling. Lord Caedmon ist hier.“ Olivia schluckte.

Garrick konnte sich darauf verlassen, dass Treve die Bediensteten in Schach halten würde. Ganz am Rande bemerkte er, dass sie über den Anblick von Lady Ashburns Gesicht und Händen entsetzt waren. Sacht ergriff er Olivia an den Schultern und zog sie von der Tür weg. Sie lehnte sich erschöpft an ihn.

„Hannah, ich bin hier, Lord Caedmon“, rief er. „Ich trete jetzt die Tür ein. Halte dich ihr so weit wie möglich fern.“

„Ja, Mylord“, antwortete Hannah atemlos und mit bebender Stimme.

„Wo bist du jetzt?“ wollte er wissen. „Die Tür wird wahrscheinlich splittern, und wenn du in der Nähe wärst, könntest du verletzt werden.“

„Ich bin beim Fenster“, erwiderte Hannah.

„Dann ist sie weit genug weg“, meinte Olivia.

Er trat wieder so hart zu wie vorher bei Olivias Schlafzimmertür. Das Türblatt löste sich krachend aus den Angeln, und das Bild, das sich ihnen bot, machte Garrick fassungslos. Das kleine, blinde Kind kauerte in einer Zimmerecke. Ehe er jedoch zu Hannah eilen konnte, hatte Olivia sich an ihm vorbeigezwängt, schloss die Tochter in die Arme und wiegte sie leise weinend hin und her. Noch nie in seinem Leben hatte er etwas derart Erschütterndes gesehen.

„Weine nicht, Mama. Mit mir ist alles in Ordnung“, flüsterte Hannah und klammerte sich an die Mutter.

„Packt ihr einen kleinen Koffer, Madam“, befahl Garrick und blickte sich erneut zu den Bediensteten um. „Willowby, so ist doch Ihr Name, nicht wahr?“ fragte er den Butler.

Der Mann war noch immer aschfahl, und der Schweiß stand ihm auf der Stirn. Er nickte. „Ihr könnt den Hund zurückrufen, Mylord. Wir werden uns nicht einmischen.“

„Komm her, Treve, guter Junge!“ lobte Garrick. „Besorgen Sie uns Proviant für einen Tag, Willowby. Wir brechen in einer Viertelstunde auf.“

„Ja, Mylord“, stimmte Willowby sogleich zu. Er blickte wieder auf die Countess, seine Herrin, dann auf ihre Tochter und murmelte: „Ich hatte keine Ahnung, Mylady. Es tut mir so Leid.“

Die Tränen strömten ihr über die Wangen, während sie nickte. „Tun Sie, was Lord Caedmon Ihnen aufgetragen hat, Willowby, und alles wird vergessen sein.“

Auf dem Weg nach Süden in Richtung Cornwall trieb Garrick die Pferde den ganzen Tag hindurch und bis weit in die Nacht an, doch dann waren sie erschöpft und lahmten fast. Im Verlauf der Reise hatte man wenig gesprochen. Mit zunehmender Dunkelheit war es kälter geworden. Die hügelige, üppig grünende Landschaft war in eine karstige, unwirtliche Gegend übergegangen. Felsklippen ragten an der Küste auf, die Wiesen waren mit Steinen übersät, und hoch in der Luft kreischten die Möwen.

Hin und wieder warf Garrick einen Blick auf seine beiden Passagiere. Olivia und ihre Tochter hatten sich unter der Kaschmirdecke aneinander geschmiegt, und Treves Kopf lag auf Hannahs Schoß. Von Zeit zu Zeit weinte Olivia stumm. Garrick war sich ihres Kummers und Schmerzes sehr gut bewusst und sicher, dass ihr nicht des Gatten wegen die Tränen über die bleichen Wangen rannen. Sie weinte aus Angst vor der Zukunft und der Ungewissheit, der sie und ihre Tochter ausgesetzt waren. Schließlich schliefen sie und Hannah ein.

Es gab kein Zurück. Sie hatte mit ihrer Tochter den Gemahl verlassen, und Arlen war gefährlich. Nun oblag es Garrick, sie und Hannah zu beschützen und für sie zu sorgen. Um das richtig tun zu können, musste er unverzüglich die Verlobung mit Miss Layton lösen, selbst wenn Olivia nie die Ehefesseln abstreifen konnte, die sie an Arlen banden.

Es würde keinen Sinn haben, mit Arlen zu reden. Garrick musste mit Olivia und ihrer Tochter das Land verlassen.

Da er Olivia kannte, fragte er sich, ob sie ihn irgendwann verabscheuen würde, weil er ihrer beider Beziehung nicht legitimieren konnte, in Sünde mit ihr lebte und sie auf eine weit entfernte, wilde Insel gebracht hatte.

Vor ihnen tauchte ein Gasthof auf. Der vom Meer her wehende Wind war böig geworden und trug den salzigen Geschmack der See herüber. Garrick beschloss, in der Herberge zu rasten, und hielt das müde Gespann vor dem etwas baufällig aussehenden Stall an. Ein Junge rannte herbei, um sich um die Pferde zu kümmern.

Garrick stieg aus, drückte ihm zwei Guineen in die Hand und sah, als er sich umdrehte, dass Hannah immer noch fest schlief, Olivia ihn hingegen aus weit geöffneten Augen anschaute. Er hatte nicht gemerkt, dass sie bereits wach war.

„Wir können die Nacht hier verbringen", sagte er mit einem verlegenen Lächeln. „Wir werden morgen gegen Mittag auf Caedmon Crag eintreffen."

Olivia nickte und löste sich behutsam von der Tochter.

„Mach sie nicht wach", bat Garrick, ehe sie Hannah wecken konnte, bückte sich und hob das Kind auf die Arme. Olivia stieg aus der Kutsche. Der Wind frischte auf und wehte feinen Salzdunst herüber. Mittlerweile waren die wenigen Sterne, die bislang am Himmel gefunkelt hatten, hinter dunklen Wolken verschwunden. Olivia wurden Strähnen ihres vom Mond beschienenen Haars um das ovale Gesicht geweht.

„Was machen wir, falls Arlen uns hierher folgt?" fragte sie.

„Er ist nach London zurückgekehrt", antwortete Garrick leise. „Vermutlich wird es einige Zeit dauern, bis er erfährt, was passiert ist. Meiner Meinung nach wird Willowby ihm nicht sofort Bericht erstatten, weil er uns einen Vorsprung lassen will."

Er hatte gelogen, um Olivia noch mehr Kummer und Sorgen zu ersparen. Jetzt war Zeit von entscheidender Bedeutung. Er war allerdings aus einem ganz bestimmten Grund nach Cornwall gekommen und nicht bereit, auf die Durchführung seines Plans zu verzichten.

„Sobald Arlen hört, was geschehen ist, wird er uns verfolgen. Ich kenne ihn. Er wird nach Cornwall kommen, Garrick."

Garrick blickte Olivia fest in die Augen. „Dann werden wir nicht mehr da sein", erwiderte er schlicht.

„Nein?" flüsterte sie spröde und strich sich eine Locke aus der Stirn.

„Ich bringe euch an jeden Ort, zu dem du möchtest", versprach Garrick. „Ich kann dich und Hannah jetzt nicht im Stich lassen. Wie wäre es mit Amerika?"

Olivia starrte ihn an. „Und wir drei sollen dauernd vor Arlen auf der Flucht sein?"

„Gibt es eine Alternative?" fragte Garrick harscher als beabsichtigt.

Plötzlich schüttelte Olivia widerspenstig den Kopf. „Ich weiß nicht, was ich denken soll. Ich bin so verwirrt. Ja, ich habe meinen Gatten verlassen. Aber du kannst doch nicht einfach vor deiner Verantwortung davonlaufen. Du hast hier deine Angehörigen. Falls Lionel sich als Betrüger erweisen sollte, könnte ich es mir nie verzeihen, wenn du nicht zu deiner Verlobung stehen und die Pflicht deinem Vater gegenüber nicht erfüllen würdest. Und was soll dann aus Susan werden?"

„Ich habe vor, Lionel als Hochstapler zu entlarven", antwortete Garrick. „Deshalb bin ich hier. Er ist ein Betrüger, Olivia. Miss Layton wird erleichtert sein, wenn ich unsere Verlobung löse, indem ich verschwinde", fügte er scharf hinzu. Ungeachtet seiner Absichten hatte er kein klares Bild von der Zukunft, aber Angst – Angst vor Olivias Prinzipien.

„Susan wird verletzt sein, wenn sie erfährt, was heute Abend geschehen ist", wandte Olivia müde ein. „Sie muss verletzt sein, nicht durch dein Benehmen, sondern durch meins. Und Arlen wird zweifellos Anzeige erstatten, weil du Hannah und mich entführt hast. Gütiger Himmel! Es gibt keine einfache Lösung für dieses Dilemma. Dabei möchte ich doch nur frei sein." Sie ließ die Schultern hängen.

„Frei von mir?" fragte er, während er mit ihr zum Haus ging.

„Du weißt genau, dass ich das nicht gemeint habe", antwortete sie leise.

Ihre Versicherung tröstete ihn wenig. Von dunklen Vorahnungen gequält, betrat er mit ihr den Gasthof. Im Moment stellte Arlen Grey das geringste Problem dar. Garrick war zutiefst beunruhigt über Olivias Einstellung. Ihre moralischen Grundsätze mochten ihn vielleicht eines Tages von ihr trennen. Aber sie beide hatten soeben erst zueinander gefunden, und er war weder bereit noch fähig, sie zu verlassen. Was, um alles in der Welt, sollte er tun, wenn sie auf ihren Prinzipien beharrte?

Eine innere Stimme riet ihm, zu kämpfen und nicht auf eine gemeinsame glückliche Zukunft zu verzichten, so unsinnig und hoffnungslos dieser Gedanke gegenwärtig auch zu sein schien.

Im Gasthof hatte Garrick Olivia als seine Schwester ausgegeben und zwei Räume gemietet. Müde setzte Olivia sich in ihrem Zimmer auf das breite Bett.

Nachdem Garrick die schlafende Hannah behutsam auf die Kissen gelegt hatte, ließ er sich neben Olivia nieder. „Du bist schön und außergewöhnlich", flüsterte er.

„Du hast Recht. Ich bin nicht wie andere Menschen."

„Hast auch du den Geist gesehen?"

Tränen schimmerten in Olivias Augen. „Eine Zigeunerin hat mir einmal erklärt, es sei etwas Besonderes, die Zukunft voraussehen zu können. Ich finde jedoch, das ist kein Geschenk des Himmels, sondern eher ein Fluch."

Garrick strich sacht über ihren Hals. „Sprich dich aus."

Hilflos zuckte sie die Schultern. „Ich will nicht in die Zukunft sehen können. Aber manchmal weiß ich von Ereignissen, ehe sie eintreten. Ich habe den Tod meiner Schwester gesehen. Den Geist auf Stanhope Hall habe ich zwar nicht gesehen, jedoch eine unglaublich große Traurigkeit empfunden, Garrick. Das Gefühl war schier überwältigend. Und ich wusste auch, dass uns beiden Unheil droht, wenn wir unser Handeln von unserer Leidenschaft bestimmen lassen. Diese Vorahnung war sehr stark. Und nun siehst du, was geschehen ist, nur weil wir so viel füreinander empfinden. Deine und meine Welt ist zerstört, und Hannahs Zukunft ist ebenso gefährdet wie unsere. Arlen ist nicht vernünftig. Das müsstest du mittlerweile begriffen haben. Er hat meine Gabe des zweiten Gesichts immer gehasst und gefürchtet."

„Warum?" warf Garrick ein. „Weshalb verabscheut er dich so?"

„Das liegt daran, dass er von mir und meinen Eltern getäuscht wurde. Er kann nicht vergessen und verzeihen, sondern hegt seinen Groll. Er glaubt, ich sei verflucht, und ich vermute, dass er aufgrund seiner eigenen Verderbtheit befürchtet, der Fluch könne auch auf ihn übergehen. Für ihn ist Hannah eine Heimsuchung, die sein Leben überschattet. Sie und ich haben ihre visionäre Kraft geheim gehalten. Ihre Gabe ist viel stärker als meine, Garrick." Olivia erschauerte. „Ich ängstige mich um sie. Ihre Fähigkeit, Wahrheiten zu erkennen und in die Zukunft zu blicken, ist für ein so junges Kind viel zu ausgeprägt. Welche Art Leben steht ihr bevor? Wird sie auch so verfemt werden, wie ich es bin?"

„Sie wird mit dir ein wundervolles Dasein führen und eines Tages ein eigenes Heim haben", versicherte Garrick nachdrücklich.

„Wo? In Amerika?" fragte Olivia und schaute ihm in die Augen. „Du willst deinen Angehörigen den Rücken zukehren? Sollen wir in Amerika zusammenleben, unverheiratet, in Sünde, und so tun, als wären wir ein Ehepaar? Würde die Wahrheit nicht ans Licht kommen, wenn wir die Ehe meiner Tochter arrangieren? Mag sein, dass Arlen uns nicht wie Tiere jagen wird. Trotzdem bin ich nicht sicher, was ich tun soll, Garrick! Und was ist, wenn er dich eines Verbrechens bezichtigt? Auch diese Möglichkeit erschreckt mich. Ich weiß nur, dass ich nicht zulassen darf, mit Hannah von ihm aufgespürt zu werden. Aber jetzt bist auch du in Gefahr!"

Garrick zog Olivia in die Arme, drückte sie an sich und strich ihr über das lange blonde Haar. Er ließ sie sich die Verwirrung und Angst von der Seele weinen. „Ich werde mein Bestes tun, um dich und deine Tochter zu beschützen", versprach er flüsternd.

Sie hatte ihm nicht zugehört. „Wäre es mir möglich gewesen, hätte ich bei Arlen ausgeharrt und Hannahs Geheimnis bewahrt", fuhr sie schluchzend fort. „Dann wäre wenigstens ihre Zukunft sicher gewesen."

„Aber die Dinge haben sich nicht so entwickelt. Arlen hat die Wahrheit über Hannahs Gabe herausgefunden und auch über uns beide, Olivia. Wir können die Vergangenheit nicht ändern. Denkst du nicht an dein Glück?"

Olivia hob den Kopf. „An mein Glück? Wie kann ich jetzt an mich denken? Ich bin Mutter und muss mein Kind beschützen. Aber nun habe ich dich in diese Sache hineingezogen und ängstige mich um dich."

„Um mich brauchst du dich nicht zu sorgen", entgegnete Garrick. „Und ich meinte, was ich sagte."

„Was sollen wir tun? Uns bleibt nun keine andere Wahl, als zu fliehen. Und unwillkürlich frage ich mich, ob Arlen Hannah und mich nicht mit der Zeit vergessen und uns in Ruhe lassen würde, wenn du nicht bei uns wärst."

Es dauerte einen Moment, bis er die Fragen stellen konnte, die ihn seit einer Weile plagten und vor deren Beantwortung ihm graute. „Ist es das, was du willst? Willst du, dass ich dich allein weiterreisen lasse und zu meinen Eltern zurückkehre?"

„Nein, das will ich nicht. Aber ich will auch nicht, dass du in Mitleidenschaft gezogen wirst. Ich bin überzeugt, dass Arlen etwas Schreckliches tun wird." Olivia wurde blass, und der Schweiß trat ihr auf die Stirn.

Garrick ergriff sie bei den Armen. „Du siehst etwas voraus!"

„Nein, nein, das tue ich nicht", log sie und mied seinen Blick.

Er war sicher, dass sie die Vision einer schrecklichen Zukunft gehabt hatte, atmete tief durch und versuchte, nicht darüber nachzudenken, welche Katastrophe sie auf sich, Hannah und ihn zukommen sah. Er ängstigte sich davor, das zu erfahren. „Ich habe nicht gelogen, Olivia, als ich sagte, dass ich dich und Hannah jetzt nicht im Stich lassen kann. Ich werde nicht erlauben, dass ihr ohne meinen Schutz nach Amerika flieht. Ist das klar?"

„Wenn du mit uns kommst, wird Arlen nie aufhören, uns zu suchen. Davon bin ich fest überzeugt!"

Garrick hatte das gleiche Gefühl, und diese Erkenntnis bedrückte ihn. „Dann wird eines Tages der Augenblick kommen, in dem dein Mann und ich die Sache ein für alle Mal unter uns ausmachen werden."

„Oh Gott!" Olivia seufzte. „Warum willst du mir nicht anvertrauen, was zwischen dir und meinem Mann vorgefallen ist?"

„Das werde ich dir zu gegebener Zeit erzählen."

„Es hat etwas mit meiner Schwägerin zu tun, nicht wahr?" fragte sie bitter. „Warst du früher ihr Liebhaber?"

Olivia hatte offenbar Gerüchte gehört. „Ja, die Sache hat etwas mit Elizabeth zu tun", räumte Garrick unbehaglich ein.

„Elizabeth hat es mir gesagt." Olivia schaute ihn prüfend an.

Er war bestürzt. „Ich kann mir vorstellen, was sie dir berichtet hat. Aber sie ist skrupellos, eigensüchtig und verlogen, wenn es ihren Zwecken dient."

„Hast du sie geliebt?" erkundigte Olivia sich bang.

„Nein. Ich war damals noch ein Junge. Sie war sehr schön und äußerst verführerisch. Mir war es gleich, was sie im Kopf hatte oder welche Gefühle sie mir entgegenbrachte. Mich interessierte nur das, was sie von mir wollte. Ich hoffe, ich muss nicht ausführlicher werden."

Olivias Miene war ernst geworden. „Ich verstehe. Elizabeth hat ihrem Bruder bestimmt ihre Version der Geschichte erzählt. Er wird dir natürlich nie verzeihen, dass du mit ihr zusammen warst. Möglicherweise hatte sie sich in dich verliebt und hasst dich deswegen bis zum heutigen Tag."

Er schüttelte den Kopf. „Sie liebt nur sich, und es überrascht mich, dass du etwas anderes von ihr annimmst."

„Ja, du hast Recht, aber vielleicht hat sie sich trotz ihrer Eitelkeit so sehr in dich verliebt, wie das für jemanden wie sie möglich ist."

„Diesen Aspekt habe ich bisher nie in Betracht gezogen. Können wir die Sache nicht auf sich beruhen lassen? Das ist elf Jahre her. Damals war ich fünfzehn Jahre alt." Garrick zog Olivia an sich. „Die Affäre war völlig unbedeutend – abgesehen von der Tatsache, dass dein Mann mich seither hasst."

„Diesen Punkt würde ich nicht unbedeutend nennen", flüsterte Olivia. „Aber ich wollte die Geschichte aus deinem Mund hören. Sie hat mich beunruhigt."

„Das begreife ich", erwiderte Garrick weich. „Ich hoffe, du bist nicht eifersüchtig auf etwas, das so weit in der Vergangenheit liegt, erst recht nicht, weil du viel schöner bist, als Elizabeth es je sein könnte. Du bist die Frau, die ich haben möchte, Olivia. War dir das nicht klar?"

Ihre Augen füllten sich mit Tränen. „Ich bin so töricht. Ja, Garrick, das ist mir klar. Du hast mir und Hannah zuliebe dein Leben und deine Zukunft gefährdet. Du warst vom ersten Moment unserer Bekanntschaft an immer sehr deutlich."

Garrick entsann sich der nicht gerade zu seiner Zufriedenheit verlaufenen ersten Begegnung und küsste Olivia lächelnd auf die Nase. Sie schmiegte sich an ihn und barg das Gesicht an seiner Brust.

Er streichelte ihr den Rücken. Gedanken, die wenig mit Arlen, Elizabeth oder der Reise zu tun hatten, gingen ihm durch den Sinn. „Wir haben uns im Kreis gedreht, Olivia. Komm mit mir in mein Zimmer!" flüsterte er.

Ungläubig schaute sie ihn an.

Hart ergriff er ihre Finger, hob sie an die Lippen und küsste sie mit aller Leidenschaft, die er für Olivia empfand. Er sah, dass ihr Blick sich verdunkelte, als er ihre Hand losließ. Ohne auch nur eine Sekunde zu zaudern, schloss er sie fester in die Arme und küsste sie auf den Mund. Liebe mischte sich in sein Verlangen. Nie zuvor hatte er eine Frau so begehrt. Diese Erkenntnis war verblüffend und erschreckend zugleich. Wie würde er sich fühlen, wenn Olivia morgen oder übermorgen ebenso plötzlich aus seinem Leben verschwand, wie sie in sein Dasein getreten war? Sie schien die feste Absicht zu haben, das zu tun. Und was würde geschehen, wenn Arlen sie aufspürte und mitnahm?

Sie küsste Garrick mit der gleichen fiebrigen Sehnsucht, die ihn verzehrte, vielleicht auch aus dem gleichen Gefühl inniger Liebe heraus – und möglicherweise von der gleichen Angst beseelt. Als sie sich von ihm löste und zu Hannah blickte, die neben ihr schlafend im Bett lag, drängte er noch einmal leise: „Komm mit in mein Zimmer! Bitte!“

Sie sah ihn an. „Ich würde gern mitkommen. Aber vielleicht wacht Hannah auf? Dann ist sie in diesem dunklen, fremden Zimmer allein.“

Garrick unterdrückte ein enttäuschtes Stöhnen. „Ich will dich. Ich muss mit dir zusammen sein.“ Er unterließ es, Olivia darauf hinzuweisen, dass sie eine solche Gelegenheit vielleicht nie wieder haben würden.

„Auch ich brauche dich – sehr sogar“, wisperte sie. „Oh, was geschieht mit uns?“

Er stand auf, obwohl es ihm sehr schwer fiel, sie jetzt zu verlassen. „Vielleicht verlieben wir uns ineinander“, antwortete er versonnen. Sie hatte nie behauptet, ihn zu lieben, doch nun verspürte er plötzlich den Wunsch, diese magischen Worte von ihr zu hören.

„Vielleicht?“ Sie schürzte die Lippen. „Ich habe mich schon vor langer Zeit in dich verliebt, Garrick. Vermutlich sogar schon, bevor ich dich überhaupt zu Gesicht bekam.“

Garrick glaubte zwar, Olivias seltsame Bemerkung begriffen zu haben, wollte es jedoch genau wissen. „Wie ist das möglich?“

Sie zögerte. „Ich habe Susan und ihre Eltern kennen gelernt, bevor du ihr einige Tage später die erste Aufwartung machtest. Sie waren auf Ashburnham zu Besuch. Kaum hatte sie mir von der Verlobung mit dir erzählt, sah ich dich so deutlich vor mir, als hätte ich dich seit langem gekannt. Ich habe dich gesehen und kannte dich. Und ich wusste, du hattest keine Ahnung, dass so viele Leute dich seit Jahren beschuldigen, deinen Bruder ermordet zu haben.“

Garrick stockte der Atem. „Ist das immer so, Olivia? Ich meine, dass du von jemandem hörst, den du nie getroffen hast, und dann ...“

„Nein“, unterbrach sie ihn. „Das ist mir vorher nie passiert.“

„Darüber bin ich froh", erwiderte er rau, zog sie heftig an sich und küsste sie.

Als er sie freigab, lächelte sie ihn an und legte ihm die Hand auf die Wange. „Es war uns vorbestimmt, Garrick, uns ungeachtet der Warnung zu begegnen."

„Ja, es musste so sein. Und es war Intuition, dass ich das von Anfang an gewusst habe." Er lächelte kurz, wurde dann jedoch wieder ernst. „Richte dich darauf ein, dass wir bei Tagesanbruch aufbrechen werden, Olivia."

Ihre bisher so entspannte Miene wirkte besorgt.

„Mach dir keine Sorgen", fuhr er fort. „Überlass das mir."

Sie nickte bekümmert. Er wusste, dass sie jetzt an den Gatten dachte und – wie er selbst – an die sehr unsichere Zukunft.

21. KAPITEL

Auf der Fahrt hatte Garrick stundenlang nicht mit Olivia gesprochen oder sich zu ihr umgedreht. Beide standen sie unter starker Spannung. Auch ohne ihre seherischen Fähigkeiten wusste sie, dass es ihm schwer fiel, an den Ort zurückzukehren, wo sein Bruder vor vierzehn Jahren verschwunden war. Das wäre für jeden Menschen sehr schmerzlich gewesen. Aber sie besaß nun einmal die Gabe des zweiten Gesichts, und da sie ganz auf Garrick eingestellt war, spürte sie sein Elend, seine Verwirrung, seinen Zorn und seine Furcht, konnte indes nicht begreifen, warum er sich fürchtete. Was machte ihm Angst? Die Wahrheit?

Wäre Olivia an seiner Stelle gewesen, hätte sie verzweifelt gehofft, dass Lionel doch der Bruder und kein Betrüger sein möge. Andererseits hatte sie die kaum verhohlene, heftige Rivalität zwischen den beiden Männern miterlebt und gesehen, dass der Earl of Stanhope Lionel Garrick vorzog. Natürlich musste Garrick sich innerlich zerrissen fühlen.

Unvermittelt bemerkte sie zur Linken die düster aufragenden Umrisse eines Gebäudes. Die vom Wind über den Himmel gejagten Wolken trieben darüber hinweg und vermittelten so den Eindruck, als würde es sich in der Düsternis bewegen. Die Szenerie war fast unwirklich.

Sorgsam darauf bedacht, die schlafende Tochter nicht zu wecken, beugte Olivia sich vor und fragte leise: „Ist das Caedmon Crag?“

Flüchtig wandte Garrick sich zu ihr um. „Nein. Das sind die Ruinen eines alten Turms aus dem elften Jahrhundert. In den Klippen darunter sind einige Höhlen, die seit Jahrhunderten von Schmugglern benutzt werden.“

Unvermittelt durchrann Olivia ein Frösteln. Der Setter, der bislang zu ihren Füßen gelegen hatte, richtete sich plötzlich winselnd auf und spitzte die Ohren.

Die Brandung donnerte an die Küste, und der Wind heulte. Olivia erschrak, weil sie sicher war, dass sie wie ein fernes Seufzen im Wind Garricks Namen vernommen hatte.

Erneut drehte Garrick sich zu ihr um. „Sagtest du etwas?"

„Nein." Eine wahre Flut von Gefühlen erfasste sie. Mit einem Mal war die Nacht anders geworden, nicht mehr freundlich und lau. Wie von einer unsichtbaren Macht getrieben, streckte Olivia die Hand aus. Irgendetwas, irgendjemand wollte sich ihr zu erkennen geben, aber sie konnte nicht ergründen, wer oder was das war.

Im Stillen forderte sie das Unbekannte auf, näher zu kommen.

„Fühlst du irgendetwas?" Garricks Frage brachte sie jäh in die Wirklichkeit zurück.

„Ja", flüsterte sie klopfenden Herzens. Doch jetzt wollte sie nicht mit Garrick reden, hatte nur den Drang, alle Gedanken zu verdrängen und das zu empfinden, was vielleicht vor ihr war. Dennoch erklärte sie: „Hier ist irgendetwas passiert. War es hier, wo dein Bruder verschwunden ist?" Beinahe hätte sie gefragt: „War es hier, wo dein Bruder gestorben ist?"

Garrick hielt die Pferde an. „Lionel und ich waren hier beim Turm. Ich blieb, während er fortgegangen ist", sagte er ein wenig verärgert. „Er wurde nie mehr gesehen."

Olivia saß reglos da. Auch Garrick bewegte sich nicht. Die beiden Pferde senkten die Köpfe und schienen zu dösen. Hannah schlief tief und fest. Der Setter winselte erneut.

Garrick und Olivia schauten ihn an und hatten den Eindruck, der Hund starre in die Nacht.

„Was hast du, mein Junge?" fragte Garrick leise.

Der Wind schien aufzufrischen und fing sich in den Sträuchern am Straßenrand. Nicht weit entfernt fiel ein Stein in die Tiefe, es klang, als wäre er auf einen Felsen geprallt.

Und dann, einen flüchtigen Moment lang, fühlte sie alles: Die Nacht war erfüllt von Überraschungen und Zweifeln, von Zorn und Furcht, von sehr realer Angst.

Olivia war wie erstarrt, wagte nicht, sich zu regen oder zu atmen. Die Kutsche wurde plötzlich durch eine Bö ins Schwanken gebracht, und wie aus weiter Ferne hörte Olivia Garricks Stimme, verstand indes nicht, was er sagte. Und dann war der Augenblick vorbei, so schnell, wie er gekommen war. Olivia empfand nichts mehr. Es gab nur noch den Wind und das Meer, die Sterne und die Bäume und die Ruinen des Turms in der stürmischen Nacht.

Kalter Schweiß stand ihr auf der Stirn, als sie Hannah anschaute, um festzustellen, ob das Kind durch die vage Vision geweckt worden sei. Die Tochter schlief jedoch noch immer tief und fest. Ihr Gesicht war entspannt, und sie atmete regelmäßig. Olivia furchte die Stirn.

War das Lionels Geist gewesen? Lauerte er in der Umgebung und fürchtete sich aus irgendeinem Grund davor, näher zu kommen? Oder war es ihm, falls es sich tatsächlich um ihn handelte, nicht möglich, sich deutlicher zu zeigen, weil so viele Jahre seit seinem Verschwinden und angeblichem Tod verstrichen waren?

„Was hast du, Olivia?" Garrick musterte sie besorgt. „Was hast du gesehen?"

Sie zuckte zusammen. „Vor einem Moment war hier jemand, Garrick", antwortete sie ruhig, lehnte sich zurück und wartete. Sie war sicher, der Geist würde versuchen, erneut Kontakt aufzunehmen.

„Auch ich habe etwas Eigenartiges gefühlt", flüsterte Garrick rau. „War das Lionel?"

Olivia zögerte. Falls es sich um Lionels Geist gehandelt hatte, dann war Garricks Bruder tot. „Ich weiß nicht, wer es war", gestand sie leise und hatte den Wunsch, Garrick zu berühren und zu trösten.

Kopfschüttelnd ergriff er die Zügel und trieb die Pferde an. „Vielleicht haben wir uns etwas eingebildet. Vom Turm hieß es immer, dort spuke es. Dieser Ort war stets seltsam und unheimlich."

Olivia hätte die Atmosphäre eher als düster, traurig und bedrückend beschrieben. „Du hast vermutlich Recht", meinte sie.

„Trotzdem glaube ich, dass du die Antwort, die du suchst, hier oder ganz in der Nähe finden wirst.“

Garrick äußerte sich nicht dazu. Schweigend fuhr er weiter, und einige Minuten später rollte der Wagen durch die Barbakane von Caedmon Crag.

In der Großen Halle des alten Herrenhauses war es stockfinster, bis Garrick eine Fackel anzündete. Sogleich erhellten sich die mit rostenden Streitkolben und Schwertern geschmückten Mauern.

„Hier gibt es keine Dienstboten“, erklärte er. „Ich hole Hannah.“

In diesem Augenblick änderten ihre Gedanken sich auf dramatische Weise. Sie konnte sich vorstellen, warum Caedmon Crag all diese Jahre vernachlässigt worden war. Die Erkenntnis, dass außer ihr, Hannah und Garrick niemand anwesend war, erfüllte sie mit atemberaubender Vorfreude. Sie nahm die Fackel an sich und schaute Garrick nach, der die Halle verließ. Krachend fiel die Eingangstür hinter ihm zu.

Ein Weilchen später kehrte er mit Hannah auf den Armen zurück, stieß die Tür mit einem Fuß zu und verkündete: „Wir werden die über der Halle gelegenen Räume beziehen.“

Sie nickte und ging, da sie die Fackel hatte, heftig klopfenden Herzens voran. Ihre Schritte hallten laut auf der schmalen, gewundenen Steintreppe wider. In dem ersten Geschoss angekommen, zog sie die erstbeste Tür auf und blickte in ein dunkles Gemach, dessen Wände vor langer Zeit weiß getüncht worden waren, nun jedoch so dunkelgrau aussahen wie die Natursteine im Flur. Ein wuchtiges Himmelbett, dessen Holz mit der Zeit nachgedunkelt und fast schwarz geworden war, dominierte den Raum. Garrick ging an Olivia vorbei, legte Hannah auf das Bett und begann dann, in der am Fußende stehenden großen Truhe, deren Seiten sich im Laufe der Jahre verzogen hatten, nach Bettwäsche zu suchen. „Mama?“ flüsterte Hannah schläfrig. „Sind wir angekommen?“

Olivia eilte zu ihr. „Ja. Schlaf wieder, Schätzchen. Es ist mitten in der Nacht."

Garrick deckte das Kind mit einem wollenen Plaid zu. Und irgendwo, nicht weit entfernt, fiel plötzlich etwas krachend auf den Steinfußboden. Einen Augenblick später knallte im unteren Bereich des Hauses ein Fensterladen oder eine Tür gegen eine Wand. Olivia zuckte zusammen.

„Es wird ein Unwetter geben", meinte Garrick und furchte leicht die Stirn.

Olivia nickte, setzte sich zur Tochter und redete sich ein, keine Angst vor Gespenstern zu haben, nicht einmal vor bösen Geistern. Sie erkundigte sich nicht bei Garrick, ob er wisse, worauf die ohrenbetäubenden Geräusche zurückzuführen seien.

Er nahm eine Fackel aus der Wandhalterung und zündete sie an der an, die Olivia mitgebracht hatte. „Ich muss mich um das Gespann kümmern, bin aber gleich zurück." Sein Blick ruhte eindringlich auf ihrem Gesicht. „Ich werde das Zimmer nebenan nehmen."

Zitternd verdrängte sie alle Gedanken an Gespenster und Geister. Sie konnte an nichts anderes denken, als daran, wie sie in Garricks Armen in seinem Bett lag. Atemlos schaute Olivia die Tochter an, die bereits wieder fest schlief.

„Du bleibst hier, Treve", befahl Garrick dem Setter.

Während er den Raum verließ und die Treppe hinunterlief, überlegte er, was, zum Teufel, einen Moment zuvor auf den Fußboden gekracht sein mochte. Es hatte geklungen, als wäre etwas in der Etage über ihm zu Boden gefallen. Im zweiten Stockwerk, wo er und Lionel als Jungen ihre Zimmer gehabt hatten.

In der Großen Halle angekommen, bemerkte er das weit geöffnete Portal. Diese Tür hatte er, nachdem er mit Hannah ins Haus gekommen war, mit einem Fußtritt geschlossen – das wusste er genau. Er durchquerte den Saal und schaute sich dabei unwillkürlich argwöhnisch um, konnte jedoch nichts Ungewöhnliches in den ihn umgebenden Schatten entdecken.

Kalter Schweiß trat ihm auf die Stirn. Garrick konnte sich nicht erinnern, dass ihm dieses Gemäuer je zuvor so unheimlich vorgekommen war. Aber seit dem Tag, an dem Lionel verschwunden war, hatte er sich nicht mehr auf Caedmon Crag aufgehalten. Vielleicht lag es an seiner Verärgerung und Niedergeschlagenheit, dass die Atmosphäre im Herrenhaus so unheilvoll auf ihn wirkte. Das war indes keine Einbildung. Die Stimmung war unheilvoll.

Er ging ins Freie, machte die Tür hinter sich zu und vergewisserte sich, dass sie fest geschlossen war. Der Wind heulte, und die Brandung toste unter dem Haus gegen die Felsen. Es gab keinen Zweifel, dass ein übles Unwetter sich zusammenbraute. Garrick rechnete damit, dass es bei Tagesanbruch über dem Haus toben würde. Das wäre sogar gut so, denn falls Arlen auf die Idee verfallen sollte, Olivia, Hannah und Garrick zu folgen, würde er durch die Unbilden der Witterung aufgehalten werden.

Garrick ging zu den völlig erschöpften Pferden. Obwohl er kaum etwas erkennen konnte, spannte er sie rasch und routiniert aus. Er verfluchte den Sturm, doch der scharfe Wind war nicht schuld daran, dass Garrick fast nichts sah. Tränen verschleierten ihm den Blick.

Die Pferde an den Zügeln haltend, starrte er grimmig in die Nacht. War Lionel tot?

Am liebsten hätte er dem Mann, der behauptete, sein Bruder zu sein, einen Fausthieb ins Gesicht verpasst. Wäre der vermeintliche Lionel nicht in Garricks und seiner Eltern Leben aufgetaucht, hätte jetzt nicht die Notwendigkeit bestanden, nach Caedmon Crag zu fahren. Diese Reise in die Vergangenheit war mit Seelenqualen verbunden, die Garrick längst begraben zu haben glaubte.

Er führte das Gespann über den steinigen Hof zum baufälligen Stall, wischte sich die Tränen von den Wangen und brachte die Pferde in ihre geräumigen Unterstände. Er hatte Mengfutter aus Getreide mitgebracht und füllte es nun in die Traufen. Verdammt, der angeblich Heimgekehrte war nicht Lionel, sein lange verschollener Bruder. Garrick hätte es mit Sicherheit sofort gewusst, falls dieser Mann sein Bruder gewesen wäre, da sie sich früher so nahe gestanden hatten. Selbst wenn Lionel sich verändert hätte und habgierig, durchtrieben und unsympathisch geworden wäre, hätte Garrick keine Zweifel an dessen Identität gehabt. Dieser Mann war jedoch ein Betrüger. Ein Hochstapler. Und der Bruder war tot. Eine andere Möglichkeit gab es nicht.

Der angebliche Lionel war ein Hochstapler, und Garrick musste ihn entlarven.

Mit gesenktem Kopf verließ Garrick den Stall und stemmte sich gegen den Wind. Sein Herz klopfte viel zu schnell. Er war überzeugt, die Lösung für Lionels rätselhaftes Verschwinden war hier in Caedmon Crag zu finden.

Er zog die Portal auf, betrat die schützende Halle und schloss die Tür. Diesmal versperrte er sie. Dann ging er zur Treppe und schaute sich dabei noch einmal um. Der Geist seines lange verschollenen Bruders erschien nicht aus den Schatten. Garrick hatte jedoch das unbehagliche Gefühl, dass er beobachtet wurde. Natürlich bildete er sich das nur ein.

Die Tür zu Olivias Zimmer war etwas geöffnet, und Licht drang durch den Spalt. Garrick zog sie weiter auf, und sein Lächeln schwand. Hannah schlief allein im Bett und Treve auf dem Fußboden davor. Olivia war nicht im Raum.

„Garrick."

Rasch drehte er sich um. Ihm stockte der Atem. Olivia stand vollkommen nackt im Korridor. Ihr langes silberblondes Haar war gelöst und fiel ihr auf die vollen Brüste, über die festen, rosigen Knospen, die schmale Taille und die wohlgerundeten Hüften. Garrick hatte nur noch einen Gedanken.

Er verließ das Schlafzimmer, machte die Tür zu und schloss Olivia in die Arme. Da er sie so lange hatte entbehren müssen, küsste er sie wie ein Verhungernder, fordernd und ungestüm. Er ließ die Hände über ihr Haar gleiten, strich ihr über den Rücken, umfasste ihr Gesäß und presste Olivia an sich.

Sie schrie leise auf und erwiderte seinen Kuss. Aufreizend zeichnete sie mit der Zungenspitze die Konturen seiner Lippen nach und schmiegte sich an ihn. Dann schob sie die Hände unter seinen Rock, unter sein Hemd, berührte seine nackte Brust, seinen flachen Bauch ... Garrick zuckte zusammen, als er ihre Finger unter dem Bund seiner Breeches spürte. Ohne die geringste Scheu begann sie, ihn zu streicheln. Er schloss die Augen und genoss ihre Liebkosungen, die seine Lust ins Unermessliche steigerten.

Als er sein Verlangen nicht länger zügeln konnte, drängte er sie an die Wand. Später hätte er nicht zu sagen vermocht, wie er sich seiner Kleidung entledigt hatte – ob Olivia ihm dabei geholfen oder ob er es allein getan hatte. Sie küsste seinen Nacken, biss ihn sacht in den Hals und flüsterte seufzend seinen Namen.

Ihr verhangener Blick verriet, dass auch sie den Moment der Vereinigung herbeisehnte. Garrick senkte den Kopf und nahm eine der festen, steil aufgerichteten Spitzen ihrer Brüste zwischen die Lippen. Ungeduldig ließ Olivia die Hände spielerisch und schamlos zugleich über seine Lenden gleiten. Nie hätte er sich träumen lassen, einmal so von Leidenschaft überwältigt zu werden. Sosehr er sich auch bemühte, nicht die Kontrolle zu verlieren – als Olivia ein Bein um seine Hüften schlang und sich ihm in verführerischster Weise öffnete, war es um seine Beherrschung endgültig geschehen.

„Hilf mir!“ flehte sie.

„Ja ...“ Kraftvoll drang er in sie ein. „Ja!“

Sie klammerte sich an seine Schultern und schluchzte vor Wonne auf, während die Wogen der Lust sie immer heftiger und heißer durchrannen. An der Schwelle zur Ekstase öffnete sie die Lippen zu einem wilden Schrei des Entzückens, doch Garrick erstickte jeden Laut mit einem feurigen Kuss.

Ermattet lag sie in seinen Armen, den Rücken an die Wand gedrückt und den Kopf an seine Schulter geschmiegt. Nachdem auch Garrick höchste Erfüllung gefunden hatte, hielt er sie eng umschlungen und genoss ihre Wärme, Weichheit und Vitalität. Er wollte sie noch nicht loslassen. Sie beide gehörten zusammen. Nichts war ihm je so selbstverständlich erschienen. In diesem Moment war es offenkundig, dass sie füreinander geschaffen waren. Sie konnte vor ihrem Gatten fliehen – doch nicht ohne Garrick. Niemals ohne ihn.

Die Hand, die sich auf Hannahs Wange legte, war weich, kühl und angenehm zu spüren.

Hannah regte sich, schlug die Augen auf und war einen Moment lang verwirrt, da sie nicht sogleich erkannte, wo sie sich befand. „Mama?"

Sie merkte, dass sie allein war, und setzte sich auf. Sie hatte davon geträumt, dass jemand ihr Gesicht berührte, und entsann sich nun, dass sie sich in Lord Caedmons Haus in Cornwall befand, wo man in der vergangenen Nacht sehr spät eingetroffen war.

Der Wind heulte um die Mauern, und die ersten Regentropfen fielen. Hannah hörte den Regen so deutlich, als könne sie ihn sehen. Irgendetwas klapperte im Parterre laut und anhaltend. Vermutlich ein Fensterladen oder eine Tür. Ganz in der Nähe zuckte ein Blitz über den Himmel. Hannah fühlte diesen Blitz, dem gleich darauf ein lauter Donnerknall folgte.

Sie erschauerte, aber nicht vor Kälte oder Angst. Und dann spürte sie wieder die Berührung durch einen Menschen, Finger, die ihr über den Ellbogen und Arm strichen, eine Hand, die sich um ihre schloss. Blicklos starrte sie auf ihre Hand, die sacht vorwärts gezogen wurde.

Im Stillen fragte sie denjenigen, der bei ihr war, wer er sei.

Komm! Sie hatte keine Stimme gehört, die Aufforderung aber dennoch ganz deutlich verstanden. Ich werde dir nicht wehtun.

Das wusste sie bereits. In den Sachen, die sie am vergangenen Tag getragen und in denen sie geschlafen hatte, verließ sie das Bett. Der Setter setzte sich auf und klopfte mit der Rute auf den Fußboden. Der Wind seufzte, und irgendwo im Haus, ganz in der Nähe, ertönte ein Stöhnen. Hannah tastete mit den Füßen nach ihren

Schuhen, fand sie und zog sie an. Der Setter leckte ihr über das Gesicht.

Lächelnd umarmte sie den Hund und merkte, dass er erneut mit dem Schweif wedelte.

Die Hand klopfte jetzt ungeduldig auf die Schulter des Mädchens. Mit dem Hund an ihrer Seite, die Hand auf sein Halsband gelegt, verließ Hannah den Raum.

Er blinzelte in die Düsternis und wusste, dass es bald regnen würde. Er hatte ein Pferd gemietet, um schneller an sein Ziel zu gelangen. Verdammt, er konnte kaum etwas erkennen! Ein Blitz zuckte unangenehm nah über den Himmel, gefolgt von heftigem Donnergrollen. Lionel war innerlich angespannt, da er Gewitter hasste und sie von Kindesbeinen an gefürchtet hatte.

Auch diesen Ort hasste er. Er hatte ihn stets gehasst, und das aus gutem Grund.

Er starrte nach vorn. Er hatte immer gewusst, dass Garrick nach Caedmon Crag zurückkehren würde und es nur eine Frage der Zeit war, bis der Bruder sich hier einfand. Allerdings hatte er nicht geahnt, dass Garrick mit Lady Ashburn und deren Tochter herkommen würde. Er war daher nicht nur verstimmt, sondern in höchstem Maße wütend. Es war an der Zeit, diesen Wahnsinn zu beenden. Er musste dafür sorgen, dass Garrick, Lady Ashburn und ihre Tochter ihn nicht noch mehr in Bedrängnis brachten.

Der Regen setzte ein. Der Wind peitschte dem Mann, der einen weiten Kapuzenumhang trug, das eiskalte Wasser ins Gesicht. Das Herrenhaus tauchte vor ihm auf, und sogleich trieb er sein Pferd an. Es war ihm gleich, dass der Wallach unwillig schnaubte. Wie vernachlässigt und baufällig das Haus nach all den Jahren aussah! Jäh hielt er das Pferd an, weil er Hannah mit dem Hund bemerkt hatte. Das seltsame Paar rannte aus der Barbakane. Das Herz des Mannes klopfte unvermittelt schneller.

Plötzlich blieben Kind und Hund wie angewurzelt stehen, als seien sie sich seiner Anwesenheit bewusst. Sofort hielt er das

Pferd zu raschem Trab an. Hannah wirbelte herum und wollte offensichtlich flüchten. Er trieb den Wallach noch mehr an, holte sie im Nu ein und schnitt ihr und dem Hund den Weg ab. Der Setter, der sich mit gesträubtem Nackenhaar vor sie gestellt hatte und die Zähne fletschte, hinderte den Mann allerdings daran, nach ihr zu greifen.

Der Reiter setzte sein charmantestes Lächeln auf und nahm die Kapuze ab. „Hallo, Hannah! Es tut mir Leid, dass ich dich erschreckt habe. Was machst du bei diesem Unwetter hier draußen? Hast du dich verlaufen? Wo ist deine Mutter?"

Hannah schaute ihn an, als könnte sie ihn sehen. Er fand ihre blinden Augen hässlich. „Ihr habt mich erschreckt", bestätigte sie leise. Ihr Gesicht war gerötet, und aus ihren blicklosen Augen sprach Furcht.

„Das wollte ich nicht", erwiderte er leichthin. „Komm, ich bringe dich auf meinem Pferd nach Haus. Sonst holst du dir in diesem Regen den Tod."

Trotzig schüttelte sie den Kopf.

„Vielleicht solltest du Garricks Hund zurückrufen."

Erneut schüttelte sie den Kopf. Ihre Haltung wirkte auf Lionel wie die eines tapferen kleinen Soldaten, der bereit war, sich dem Kampf zu stellen.

„Was ist nicht in Ordnung?" erkundigte er sich freundlich. „Du hast doch keine Angst vor mir, oder?" Er lächelte breit. „Komm, lass mich dich nach Haus bringen, ehe deine Mutter aufwacht und feststellt, dass du verschwunden bist. Sonst ist sie böse auf uns."

Hannah wich vor ihm zurück, ganz vorsichtig Schritt für Schritt.

Der Hund knurrte drohend.

Die Geduld des Mannes war erschöpft. „Warum bist du bei diesem Unwetter draußen?" fragte er barsch.

Hannah starrte ihn an. Entweder wollte sie nicht antworten, oder sie konnte es nicht. Erst nach einem Weilchen rief sie aus: „Lasst mich allein!" Dann wirbelte sie herum und rannte so schnell, wie sie es vermochte, die sich rasch in Morast verwandelnde schmale Straße hinunter, den Hund neben sich.

Lächelnd sah Garrick Olivia wach werden. Es war ein bittersüßes Gefühl, mit ihr zusammen zu sein. Sie hatten so viele Probleme vor sich, die geklärt werden mussten, aber allein eine Nacht wie die verflossene war all die Mühen wert. „Guten Morgen", flüsterte er und streichelte Olivias nackten Arm.

Sie schlug die Lider auf und lächelte ihn an. „Oh, welch angenehme Art, geweckt zu werden", murmelte sie.

„Ich kann mir eine noch bessere denken." Er drückte sich an sie, um ihr zu zeigen, was er mit dieser doppeldeutigen Bemerkung gemeint hatte.

Doch Olivia zuckte vor ihm zurück. „Etwas stimmt nicht. Oh Gott!" Sogleich setzte sie sich auf, warf die Bettdecke von sich und entblößte ihre herrlichen Brüste.

„Was hast du, Olivia? Was hast du gefühlt? Vielleicht bist du durch das Gewitter beunruhigt."

Es regnete stark, und ein schief in den Angeln hängender Fensterladen krachte dauernd gegen die Hauswand. In der vergangenen Nacht hatte Garrick nicht gut geschlafen, und das war nur zum Teil darauf zurückzuführen, dass er mit einer so außergewöhnlichen und begehrenswerten Frau im Bett lag. Der andere Grund für seine innere Anspannung musste mit den Gespenstern und dem Verschwinden seines Bruders zusammenhängen, und damit, dass er die Wahrheit über Lionel herausfinden wollte.

„Es ist nicht der Sturm", entgegnete Olivia, schwang sich aus dem Bett, zog rasch Untergewänder an und legte sich einen Kaschmirschal um die Schultern. Barfuß eilte sie dann aus dem Raum.

Widerstrebend stand auch Garrick auf. Am vergangenen Abend hatte er wieder den Eindruck gehabt, die Wände hätten Augen und Ohren. Das Gefühl, beobachtet zu werden, hatte er bisher noch nie gehabt. Im trüben Morgenlicht empfand er es auch nicht mehr. Während er seine Breeches anzog, hörte er Olivia plötzlich schreien.

Er rannte zum Zimmer ihrer Tochter. Olivia blickte fassungslos auf das leere Bett. Die wollene Plaid lag zur Hälfte auf dem Fußboden.

Bestürzt wirbelte Olivia zu Garrick herum. „Ich weiß genau, was passiert ist." Sie lief an ihm vorbei in ihr Schlafzimmer und zog sich vollends an, verzichtete jedoch dabei auf die vielen Unterröcke.

Er stellte sich hinter sie und verschnürte ihr das Kleid. „Klär mich auf!"

„Derjenige, der gestern Nacht hier gewesen ist, war bei Hannah. Vielleicht war es Lionel." Olivia drehte sich um.

Ihm lief ein eiskalter Schauer über den Rücken. Hatte Lionel ihn am vergangenen Abend beobachtet? „Wieso? Warum Hannah? Weshalb warst du es nicht?"

„Ich fühle mich durch das, was ich für dich empfinde, innerlich zerrissen, Garrick, und meine Liebe zu dir blockiert meine visionäre Fähigkeit, meine Sensibilität, meine Gabe des zweiten Gesichts. Hannah ist jedoch sehr empfindsam. Oh Gott! Sie wurde irgendwo hingelockt. Aber wohin?"

„Beruhige dich! Wir werden sie finden", versicherte Garrick, obgleich er insgeheim höchst besorgt war.

Er zog sein Hemd an und fragte sich, was geschehen würde, falls Olivia Recht behielt. Hatte ein Geist, vielleicht der des Bruders, Hannah dazu verleitet, ihm zu folgen? War es dieser Geist gewesen, dessen Blicke Garrick in der vergangenen schlaflosen Nacht zu spüren geglaubt hatte? Verlor Garrick den Verstand, weil er diese Möglichkeit überhaupt in Betracht zog? Er konnte jedoch nicht vergessen, was unlängst auf Stanhope Hall passiert war. Auf dem Dachboden hatte Hannah etwas gefühlt. War sie ebenfalls dort hingelockt worden?

„Gütiger Himmel!" murmelte er.

„Das Einzige, was mich etwas beruhigt, ist die Tatsache, dass ich nichts Übles oder Böses empfunden habe, weder hier noch auf Stanhope Hall", sagte Olivia. „Aber Hannah ist blind und schutzlos", fügte sie gepresst hinzu.

„Treve ist bei ihr. Er wird sie mit seinem Leben beschützen", erwiderte er tröstend.

Tränen schimmerten in Olivias Augen. „Warum ist sie nicht zuerst zu mir gekommen?"

Er wollte etwas erwidern, doch Schweigen gebietend legte sie den Zeigefinger auf die Lippen und ergriff Garrick hart an der Schulter. Nun vernahm auch er auf dem Flur vor dem Zimmer schwere Schritte – Stiefeltritte, die Schritte eines Mannes.

Da war zumindest kein Gespenst. Er glaubte jedoch zu wissen, wer der Mann war, und da er damit rechnete, sogleich Arlen zu sehen, bedauerte er, weder eine Pistole noch einen Dolch griffbereit zu haben. Garrick eilte zur offenen Tür und zuckte zusammen.

Lionel lächelte ihn an. „Ich habe an das Portal gehämmert, aber niemand hat mich eingelassen. Daher bin ich unaufgefordert hereingekommen." Geschickt stellte er sich so, dass er Olivia in ihrem derangierten Zustand im Schlafzimmer sehen konnte, und hinter ihr das zerraufte Bett. Er verneigte sich. „Guten Morgen, Lady Ashburn. Ich hoffe, ich habe nicht gestört?"

Sie errötete. „Guten Morgen, Sir. Ist es nicht reichlich früh für einen Besuch?" fragte sie und lächelte steif.

„Ich bitte um Verzeihung. Doch nachdem mein Bruder Stanhope Hall so überstürzt und aufgeregt verlassen hatte, hielt ich es für meine Pflicht, ihm beizustehen." Lionel wirkte bekümmert. „Hätte ich gewusst, dass er hier Gäste hat, wäre ich wohl nicht gekommen. Ich entschuldige mich nochmals, versichere Euch jedoch meiner vollen Diskretion", fügte er lächelnd hinzu.

Garrick verschränkte die Arme vor der Brust. Lionels Beteuerungen überzeugten ihn nicht. Außerdem glaubte er nicht an Zufälle. Er war nach Caedmon Crag gereist, um die Wahrheit über seinen Bruder herauszufinden, und plötzlich tauchte dieser Mann hier auf. Den Grund konnte er sich denken. Falls dieser Mann ein Betrüger war, hatte er Garricks Pläne gewiss erraten und wollte sie nun um jeden Preis vereiteln.

„Du bist mir in meinem Heim stets willkommen, Lionel“, log er. Natürlich hatte dieser Mann, falls er wirklich derjenige war, für den er sich ausgab, jedes Recht, sich auf Caedmon Crag aufzuhalten, da der Besitz dann ihm gehörte.

Ehe Lionel etwas äußern konnte, stellte Olivia sich zwischen die Männer. „Habt Ihr Hannah im Haus oder im Freien gesehen, Sir? Sie ist verschwunden.“

„Verschwunden?“ Lionel zog die Augenbrauen hoch. „Sie ist nicht im Haus? Dann müssen wir sie so lange suchen, bis wir sie gefunden haben“, erklärte er nachdrücklich.

Garrick starrte ihn an.

22. KAPITEL

Garrick fand Hannah und den Hund im Stall. Sie kauerte im entferntesten Winkel und hatte die Knie unter dem schmutzigen Rock bis zur Brust hoch gezogen. Ihr Gesicht war bleich und verweint. Leeren Blicks starrte sie zu Garrick herüber. Stroh hing an ihrem Kleid und ihrem Zopf.

„Ich bin es, Hannah, Lord Caedmon“, sagte er leise. „Es freut mich, dass du ein trockenes Plätzchen gefunden hast, wo du vor dem Regen geschützt bist.“

„Hallo, Mylord“, erwiderte sie so leise, dass er sie kaum verstehen konnte.

Er ging zu ihr und tätschelte geistesabwesend dem Setter den Kopf. Sie wirkte bekümmert. „Ist mit dir alles in Ordnung, Hannah?“ erkundigte er sich sanft. „Du hast deiner Mutter und mir einen großen Schreck eingejagt, weil du aus deinem Zimmer verschwunden bist.“

„Das tut mir Leid“, flüsterte Hannah und lehnte die Wange an die Knie.

Garrick setzte sich neben sie in das alte, modrige Stroh. „Auf mich machst du nicht den Eindruck, dass mit dir alles in Ordnung ist. Fürchtest du dich vor Gewittern?“

Sie schüttelte den Kopf und biss sich auf die Unterlippe. Tränen schimmerten in ihren Augen.

Er legte den Arm um sie. „Was stimmt nicht? Warum bist du nicht ins Haus zurückgegangen, als es zu regnen begann?“

Sie wandte Lord Caedmon das Gesicht zu. „Ich hatte Angst.“

„Angst? Hast du ein Gespenst gesehen, Hannah?“ fragte er rasch.

Die Kleine nickte.

Da sie sich nicht näher äußerte, fuhr er behutsam fort: „Ich wusste nicht, dass du Angst vor Gespenstern hast.“ Sein Herz klopfte jetzt wie wild, und er fühlte sich eigenartig hoffnungsvoll. Hatte Hannah Lionel gesehen?

„Ich habe keine Angst vor Gespenstern, und erst recht nicht vor diesem Geist", erwiderte sie gelassen.

„Dann begreife ich dein Verhalten nicht. Warum versteckst du dich?"

„Ich fürchte mich vor Eurem Bruder."

Verblüfft und irritiert zuckte Garrick zusammen. „Wie bitte?"

„Ich mag ihn nicht", wisperte sie und wandte errötend das Gesicht ab.

Er war verwirrt. Sie hatte einen Geist gesehen. Sie fürchtete sich nicht vor Gespenstern. Aber sie hatte Angst vor seinem Bruder. Lionel war allerdings nicht der echte Lionel, sondern ein Betrüger. Oder etwa nicht?

„Lionel ist hier", räumte Garrick ein und wusste indes nicht recht, was er denken solle.

„Das weiß ich."

Er lächelte matt. „Gibt es etwas, das du nicht weißt?"

Hannah verzog das Gesicht. „Ich habe ihn getroffen, als er herkam, Mylord."

Garrick verwünschte insgeheim den Mann, der sich Lionel nannte, weil dieser ihn und Olivia belogen hatte, als er behauptete, ihre Tochter nicht gesehen zu haben. Warum hatte er die Unwahrheit gesagt? Ein kleines blindes Mädchen, das im Regen umherirrte, konnte sich leicht den Tod holen, besonders im rauen Klima von Cornwall. Die Antwort auf die Frage nach den Motiven des vermeintlichen Lionel schien auf der Hand zu liegen: Hannah konnte den Hochstapler entlarven. Andererseits konnte er das nicht wissen. Garrick gelangte zu dem Schluss, dass er überempfindlich reagiert habe. Der angebliche Lionel mochte ein Hochstapler sein, doch das bedeutete nicht, dass er einem kleinen Kind übel wollte. War dieser Mann nun Garricks Bruder, oder nicht?

Garrick streichelte Hannahs Schulter. „Hast du dich vor ihm versteckt?"

Sie schüttelte den Kopf und schien zunächst nicht antworten zu wollen. Einen Moment später platzte sie jedoch heraus: „Er mag mich nicht. Ich kann ihn nicht ausstehen und habe Angst vor ihm, weil er böse ist."

Nun, in diesem Punkt stimmte Garrick dem Kind zu. Er betrachtete Hannahs engelhaftes Gesicht. Endlich wurde er in seinen Vermutungen über Lionel bestätigt – durch ein achtjähriges blindes Mädchen, das die Fähigkeit besaß, Dinge zu sehen und zu fühlen, die anderen Menschen verborgen blieben. Dieser Gedanke erfüllte ihn mit tiefem Groll, und noch ärgerlicher machte es ihn, dass Hannah diesen Mann als seinen Bruder bezeichnet hatte.

„Hannah, warum glaubst du, dass Lionel böse ist?" erkundigte er sich bedächtig. „Was weißt du über ihn?"

Sie zuckte die Schultern. „Er mag mich nicht, und Euch und Mama auch nicht. Er ist aus einem bestimmten Grund hier. Seine Absichten sind böse. Ich weiß aber nicht, was er vorhat. Es ist etwas Böses."

„Vorhin hast du ihn meinen Bruder genannt, Hannah. Ist er das wirklich?"

Sie starrte Garrick leeren Blicks an. Einen Moment lang schwieg sie, bis sie dann flüsterte: „Ja."

Garrick sank das Herz. „Du irrst dich auch nicht?" fragte er, nachdem er sich von seiner Überraschung erholt hatte.

„Ich weiß es nicht." Ihre Stimme klang plötzlich höher und angespannter. „Er ist nicht das, was Ihr von ihm glaubt. Können wir jetzt ins Haus gehen, Mylord?"

Er merkte, dass sie aufgeregt war, und ärgerte sich, weil er von einem kleinen Kind Antworten verlangt hatte, die es ihm vielleicht gar nicht geben konnte. Er entsann sich jedoch, dass Olivia ihm erzählt hatte, Hannah mache keine Fehler. Konnte sein Bruder sich derart verändert haben? Falls Lionel indes kein Betrüger war, dann tat Garrick ihm Unrecht, indem er ihn so sehr verabscheute. Schlimm war nur, dass Garricks Instinkt darauf beharrte, Lionel sei ein Erbschleicher.

„Lass uns zurückgehen und frühstücken." Er stand auf. „Du musst dich Lionels wegen nicht mehr beunruhigen."

Zögernd streckte sie die Hand aus und ließ sich von Garrick auf die Füße ziehen. „Vielen Dank, Mylord“, wisperte sie. „Ich bin hungrig.“

„Du brauchst mir nicht zu danken“, entgegnete er und führte sie an den Boxen vorbei zum Ausgang. Der Setter rannte fröhlich neben ihnen her.

Plötzlich vernahmen sie eine vertraute Stimme. Hannah blieb wie versteinert stehen. „Hier bist du! Wie ich sehe, hast du das Mädchen gefunden.“ Lionel lehnte an der offenen Stalltür und lächelte.

Garrick bemerkte, dass der Blick des vermeintlichen Bruders kalt war, und legte schützend den Arm um Hannah. „Ja, ich habe sie gefunden“, erwiderte er.

„Dem Himmel sei Dank, dass du Hannah gefunden hat“, rief Olivia und drückte die Tochter fest an sich. Das Mädchen, Garrick und Lionel waren soeben aus dem strömendem Regen in die Große Halle gekommen.

„Hannah hatte Schutz im Stall gesucht“, erklärte Garrick. Er war so vernünftig gewesen, sich einen weiten Kapuzenumhang umzulegen, und schüttelte nun die Wassertropfen aus dem Cape.

Glücklicherweise wollte Olivia nicht wissen, warum ihre Tochter bei diesem scheußlichen Wetter das Haus verlassen hatte. Falls Lionel die Anspielung verstanden hatte, so ließ er es sich nicht anmerken. Auch er lächelte.

„Du musst dir trockene Sachen anziehen, Hannah“, sagte Olivia und lächelte den beiden Männern kurz zu.

„Ich werde mich ebenfalls umkleiden“, erwiderte Garrick. „Leider haben wir hier kein Personal, Lionel. Proviant habe ich jedoch mitgebracht. Die Lebensmittel sind in der Küche. Kannst du Feuer machen und Fleisch rösten?“

Lionel zog die Brauen hoch. „Ich habe eine wesentlich bessere Idee. Warum stellen wir nicht ein paar Hausmädchen ein, die für uns sorgen, so lange wir hier sind?“

Garrick lächelte und verschränkte die Arme vor der Brust. „Ich wusste nicht, dass du einen längeren Aufenthalt geplant hattest."

„Nun, ich denke, in Anbetracht der Umstände sollte ich ein wenig länger bleiben", erwiderte Lionel lässig.

„Und von welchen Umständen redest du?" erkundigte Garrick sich, während Olivia ihre Tochter zur Treppe führte.

„Nun, da ich dich hier angetroffen habe, nehme ich an, dass auch Ashburn dich finden wird. Ich bin dein Bruder und meine, ich sollte dich jetzt nicht im Stich lassen." Lionel schaute auf Olivia und Hannah, die rasch die Stufen hinaufstiegen. Sein Hinweis war unmissverständlich gewesen. Ärger war im Verzug.

Olivia blieb stehen, drehte sich zu den Männern um und warf Garrick einen konsternierten Blick zu. Dann wandte sie sich rasch ab und setzte den Weg fort.

„Wie brüderlich du auf einmal bist", spottete Garrick.

Lionel zuckte die Schultern. „Ich werde uns Personal besorgen", verkündete er und verließ das Haus.

Garrick ging zum Fenster und beobachtete den Bruder durch die verschmutzte Butzenscheibe. Was hatte Lionel vor? Garrick traute ihm durchaus zu, dass er ins Dorf ritt und von dort einen Boten zu Arlen schickte, der ihm Olivias Aufenthaltsort mitteilte. Lionel führte sein Pferd aus dem Stall. Mehr brauchte Garrick nicht zu sehen. Fluchend drehte er sich um und hastete die Treppe hinauf.

Olivia erschien auf der Türschwelle, als er sich Hannahs Zimmer näherte. Sie machte die Tür zu, doch er hatte zuvor noch einen Blick auf das knisternde Feuer erhascht, das sie im Kamin entfacht hatte. Hannah stand davor und bürstete sich das lange, nasse Haar, während der Setter sich zu ihren Füßen ausgestreckt hatte.

„Was ist passiert?" Olivia schaute ihn besorgt an.

„Ich traue Lionel nicht über den Weg", antwortete Garrick grimmig.

„Ich stimme dir zu."

„Hannah hat Angst vor ihm. Sie hat mir erzählt, er sei tatsächlich mein Bruder", fuhr Garrick fort. „Außerdem hat sie mir berichtet, dass sie einen Geist gesehen hat. Ich weiß nicht, was ich davon halten soll."

„Ich habe soeben mit ihr gesprochen. Sie ist sehr bedrückt. Habe ich eigentlich erwähnt, dass meine hellseherischen Fähigkeiten mit zunehmendem Alter unzuverlässiger geworden sind? Mein Verstand und meine Gefühle können die Visionen trüben oder gar blockieren. Vielleicht widerfährt das jetzt auch Hannah."

Garrick legte den Arm um Olivia. „Falls dieser Mann mein Bruder ist, dann hat er sich sehr gewandelt. Wir standen uns einst sehr nahe, Olivia."

Sie schmiegte sich an ihn. „Die Menschen ändern sich, Garrick. Vielleicht irrt sich Hannah. Auch ich mag diesen Mann nicht, vielleicht tröstet dich das ein wenig. Viel wichtiger ist jedoch, dass ich ihm nicht traue. Irgendetwas stimmt nicht mit ihm." Sie furchte die Stirn. „Und das bezieht sich auch auf die Tatsache, dass er einen Tag nach uns hier eingetroffen ist. Er ist uns von Ashburnham aus gefolgt."

„Ja, ich bin ganz deiner Meinung." Garrick massierte sich die schmerzenden Schläfen. Er verzichtete darauf, Olivia auf das Offensichtliche hinzuweisen – dass Lionel inzwischen um ihre Beziehung wusste. Lionel stellte also eine große Gefahr für sie beide dar. „Manchmal äußert er Dinge, die mir sehr glaubhaft erscheinen. Wahrscheinlich handelt es sich bei ihm um meinen Bruder."

Olivia zuckte die Schultern. „Er hat viel zu gewinnen, ganz gleich, wer er sein mag. Denk an den Titel deines Vaters, dessen Vermögen und Einfluss. Bestimmt ist es nicht besonders schwer, etwas über dich und deine Familie in Erfahrung zu bringen. Dienstboten, beispielsweise, lassen sich häufig bestechen."

Garrick pflichtete ihr bei, ehe er sie von der Tür fortzog. „Wir müssen Pläne machen, Olivia", raunte er ihr zu. „Arlen kann schon auf dem Weg hierher sein."

Sie erbleichte. „Das alles geht so schnell! Wir hatten keine Gelegenheit zum Nachdenken."

„Du musst das Land verlassen."

„Du hast dich also doch dazu durchgerungen, Hannah und mich gehen zu lassen?"

„Nein!" entgegnete er hart. „Aber ich will, dass ihr beide in Sicherheit seid, ehe Arlen hier eintrifft. Ich werde mich dann bald bei euch einfinden." Plötzlich war er felsenfest davon überzeugt, dass Lionel ins Dorf geritten war, um ihn, Olivia und Hannah zu verraten. Die Zeit drängte also. „Ich möchte dich unverzüglich aus dem Haus haben!"

„Und du bleibst, um Lionel als Hochstapler zu entlarven", stellte Olivia bedrückt fest.

„Ja." Garrick nickte. „Du wirst noch heute mit Hannah aufbrechen. Ich miete euch eine Droschke. Dann erledige ich die Sache mit Lionel und treffe euch in Calais."

Tränen schimmerten in ihren Augen. „Ich fürchte mich so. Was sollen wir tun, wenn wir unser Leben lang vor Arlen auf der Flucht sein müssen? Er wird uns nie in Frieden lassen, Garrick!" Plötzlich schrie Olivia auf, taumelte rückwärts und legte die Hand über die Augen.

„Was hast du?" rief Garrick erschrocken, griff nach ihr und stützte sie. „Gütiger Himmel! Was hast du gesehen?"

Sie blickte ihn an. „Oh Gott! Das war jetzt zum zweiten Mal ... Es war so stark ... Hannah an diesem furchtbaren Ort, der voller Wahnsinniger ist!"

Garrick bekam eine Gänsehaut, und der Magen krampfte sich ihm zusammen. Er zog Olivia in die Arme. „Denk nicht einmal an so etwas", raunte er ihr eindringlich zu.

Verzweifelt klammerte sie sich an seine Schultern. „Und was ist, wenn Arlen zuerst Hannah und mich aufspürt? Eine Frau, die mit einem blinden Kind reist, fällt auf. Was soll ich machen, falls ich dich nie wiedersehe?" Grenzenlose Furcht spiegelte sich in ihren grauen Augen wider.

„Sag so etwas nicht", befahl Garrick. Er war wütend, weil sie überhaupt an so etwas denken konnte. Oder hatte sie eine Vorahnung? Jäh kam ihm der Gedanke, dass er womöglich nicht im Stande sein könnte, den Betrüger ohne Hannahs oder Olivias Hilfe zu entlarven. Panik erfasste ihn.

Olivia schien seine Gedanken erraten zu haben. „Hannah hat heute einen Geist gesehen. Sie weigerte sich, darüber zu sprechen. Ich weiß nicht, warum sie nicht darüber reden will. Aber jemand möchte mit uns in Verbindung treten. Wie kann ich da mit meiner Tochter abreisen? Du brauchst uns hier!"

„Nein, ich werde auch ohne eure Unterstützung die Wahrheit über diesen Mann herausfinden", sagte Garrick entschlossen.

Sie schien daran zu zweifeln. Schließlich nickte sie zögernd. Plötzlich schrie Hannah laut auf. Olivia und Garrick zuckten zusammen.

„Mama!" rief Hannah verstört. „Mama!"

Garrick reagierte zuerst und riss die Tür so heftig auf, dass er beinahe den Knauf abgebrochen hätte. Olivia folgte ihm dicht auf den Fersen und sah ihre Tochter reglos, möglicherweise nicht einmal atmend, neben der Kommode stehen. Die Haarbürste hatte das Mädchen fallen gelassen. Winselnd stupste Treve Hannah an.

Mit aschfahlem Gesicht eilte Olivia zu ihr. „Was hast du, Liebes? Was hast du gesehen?"

Hannah kehrte aus dem seltsamen, einer Trance ähnlichen Zustand in die Wirklichkeit zurück. „Er ist hier", wisperte sie.

„Wer, Liebling?" erkundigte Olivia sich leise. „Lionel, Lord Caedmons toter Bruder?"

„Nein." Hannah feuchtete sich die Lippen an. „Vater! Vater ist hier! Draußen!" Zitternd schlang sie die Arme um die Mutter und brach in Tränen aus.

Aus weit geöffneten Augen schaute Olivia Garrick an, der sogleich zum Fenster eilte und auf der Stelle erstarrte.

Zwei Fahrzeuge standen vor dem Herrenhaus. Die größere der Kutschen trug Ashburns Wappen. Einen Moment später sah er Arlen aus dem Wagen steigen und sich den roten Gehrock glatt streichen. Der Regen hatte nachgelassen, und es nieselte nur noch.

Rasch drehte Garrick sich um. „Bleibt hier! Verlasst das Zimmer nicht!“ befahl er und spürte das Herz bis zum Halse schlagen.

„Oh mein Gott!“ Olivia drückte Hannah an sich. „Arlen hat uns gefunden!“

„Ich lasse ihn nicht ins Haus“, erwiderte Garrick, eilte hinaus und warf die Tür hinter sich zu, derweil er fieberhaft überlegte.

Er hatte keine Waffe und auch kein Personal, das ihm half, seinen Willen durchzusetzen. Ashburn war mit größerem Gefolge eingetroffen, und darunter mochten sogar einige Amtspersonen sein. Garrick hingegen war allein und konnte Arlen kaum daran hindern, Olivia und Hannah mitzunehmen.

Er stürmte die Treppe hinunter, hastete durch die Eingangshalle und riss das Portal auf. Angesichts des Bildes, das sich ihm bot, erstarrte er.

Neben Arlen stand seine Schwester in einem leuchtend gelben Kleid und zupfte sich die Handschuhe zurecht, als beabsichtige sie, einen Bummel über die Oxford Street zu machen. Elizabeth sah hinreißend schön aus und wurde von einem schlanken, gut gekleideten Gentleman begleitet, den Garrick nicht kannte. Lionel unterhielt sich mit Arlen. Lionel!

Einen Moment lang betrachtete Garrick den Mann, der vorgab, sein Bruder zu sein, und fragte sich, ob dieser ihm bei der bevorstehenden Auseinandersetzung den Rücken stärken würde. Dann wurde er von den Ankömmlingen bemerkt. Die Gespräche verstummten, und vier Köpfe drehten sich gleichzeitig zu ihm hin.

Elizabeth strahlte ihn an, als wäre sie höchst zufrieden.

Ihr Bruder hingegen lächelte nicht. Seine Miene war wutverzerrt, als er sich näherte und sich dabei die Handschuhe abstreifte. Vor Garrick angekommen, schleuderte er ihm einen Handschuh ins Gesicht.

„Ich treffe Euch im Morgengrauen bei der Turmruine“, verkündete er verächtlich und fixierte Garrick zornig. Er nickte dem hinter ihm stehenden schlanken Gentleman zu. „Lord Manion ist mein Sekundant."

Es dauerte ein paar Sekunden, bis Garrick den Schock überwunden hatte. Er hatte zwar erwartet, dass Ashburn verlangen würde, ihm Olivia und Hannah auszuliefern, mit einem Duell hatte er indes nicht gerechnet. Es würde ihm Vergnügen bereiten, Arlen zu töten. Bei dem Gedanken, Olivias abscheulichem Gatten den Todesstoß zu versetzen, lächelte er, wusste jedoch im gleichen Moment, dass aller Wahrscheinlichkeit nach er selber sterben würde. Arlen war ein ausgezeichneter Fechter, wohingegen Garrick seit Jahren keine Klinge mehr geführt hatte. Er merkte, dass ihm der Schweiß ausbrach.

Lionel kam näher und blieb neben ihm und Arlen stehen. „Aber, mein Freund, Ihr könnt die Differenzen mit meinem Bruder doch bestimmt auf zivilisiertere Weise regeln, oder?"

Elizabeth gesellte sich ebenfalls hinzu. „Ein Duell ist doch eine zivilisierte Lösung, Sir!" meinte sie lächelnd. „Findet Ihr denn nicht, dass dieser Skandal förmlich nach einem Duell schreit? Eine Verneigung, eine Entschuldigung oder ein Ziehen des Hutes würden wohl kaum genügen."

Lionel zuckte die Schultern.

„Und wer ist Euer Sekundant, Sir?" erkundigte Elizabeth sich zuckersüß bei Caedmon.

Er hielt ihrem Blick ruhig stand. Sie amüsierte sich offenbar blendend. Zweifellos malte sie sich aus, wie ihr Bruder ihn tötete. Seit elf langen Jahren hatte sie gewollt, dass Arlen ihn umbrachte. Ehe Garrick allerdings etwas erwidern konnte, warf Lionel ein: „Ich werde meinem Bruder sekundieren."

„Gütiger Himmel!" Garrick schaute ihn an. Er vertraute ihm noch weniger als Ashburn.

„Hast du eine andere Wahl?" fragte Lionel.

„Vielleicht solltet Ihr ihn fragen, ob er überhaupt den Mut hat, sich mir im Morgengrauen zu stellen", schaltete Arlen sich ein und blickte über Garricks Kopf hinweg zum Haus. Garrick drehte sich um, sah gerade noch Olivias Gesicht vom Fenster verschwinden und schnitt eine Grimasse.

Abrupt machte Arlen kehrt. „Komm, Elizabeth. Folgt mir, Manion."

Zu dritt gingen sie zur Kutsche zurück. Nachdem Arlen und seine Begleiter eingestiegen waren, schloss ein Lakai den Wagenschlag. In der zweiten Kutsche sah Garrick zwei stämmige Diener sitzen und nahm an, Arlen habe sie Olivias und Hannahs wegen mitgebracht. Vermutlich sollten sie diese bewachen, wenn Arlen beide wieder in seiner Gewalt hatte.

Garrick fühlte sich elend.

Elizabeth lächelte ihm und Lionel vom Kutschfenster aus zu und winkte.

Garrick presste die Lippen zusammen. Ein kurzer Seitenblick auf Lionel zeigte ihm, dass dieser Elizabeths Lächeln erwiderte. „Verdammt!" fluchte er und spürte, wie ihm die Röte ins Gesicht stieg.

Lionel klopfte ihm auf den Arm, aber Garrick war viel zu besorgt, um auf diese unerwünschte Vertraulichkeit zu achten. Sein so genannter Bruder fragte: „Wann hast du zum letzten Mal gefochten? Bist du jetzt ein besserer Fechter als in unserer Jugendzeit?"

Schon im Begriff, ins Haus zu stürmen, um sich ein Glas Cognac einzuschenken, drehte Garrick sich jäh um. „In den letzten zehn Jahren habe ich nicht gefochten und kann heute wahrscheinlich noch schlechter mit einem Rapier umgehen als früher."

Lionel nickte. „Dann muss ich wohl für dein Seelenheil beten."

Garrick hatte genug. „Ich komme gut ohne dein Gebet zurecht", entgegnete er und stürmte ins Haus.

Olivia erhob sich vom Himmelbett, auf dem sie mit Hannah gesessen hatte, den Arm um die Tochter gelegt. Sie hatte Tränen in den Augen, und ihr Gesicht war gespenstisch weiß. „Ich habe alles gehört! Arlen übt vier Mal in der Woche mit einem Fechtmeister! Du kannst dich nicht auf das Duell mit ihm einlassen!"

„Hast du gepackt?“ wollte Garrick wissen. Er hatte Kopfschmerzen bekommen. Natürlich musste er sich Arlen stellen, aber hatte er eine Chance, das Duell zu überleben?

„Gepackt?“ wiederholte Olivia ungläubig.

„Ja! Ich bringe dich nach Fowey.“

Olivia ging zu ihm. Hannah blieb auf dem Bett sitzen und lauschte mit großen Augen der Unterhaltung. „Ich reise nirgendwohin!“ erklärte Olivia. „Arlen wird dich töten!“

„Ich komme gut mit einem Degen zurecht“, behauptete Garrick.

„Ach, hast du auf Barbados das Fechten geübt? Lüg mich nicht an, Garrick!“ schrie sie.

Er hielt sie am Handgelenk fest. „Beruhige dich, Olivia. Du musst jetzt an Hannah denken.“

„Wenn sie und ich abreisen, musst du mitkommen! Ich lasse dich nicht hier zurück, damit Arlen dich ermorden kann“, erwiderte sie schluchzend.

„Ich bin kein Feigling. Falls Arlen mich tötet, musste es wohl so sein.“ Er konnte sich nicht erklären, wieso er plötzlich so viel Ehrgefühl hatte. „Ich habe jedoch vor, dich vor deinem Gatten zu schützen, und das bedeutet, dass du Cornwall unverzüglich verlässt, Olivia!“

Mit einem Ruck entzog sie Garrick ihren Arm. „Nein!“ rief sie. „Ich reise nicht ab, es sei denn, du begleitest uns!“

„Warum begreifst du mich nicht? Ich kann jetzt nicht so einfach vor deinem Mann weglaufen!“

Tränen rannen ihr über die Wangen. „Jetzt ist der falsche Zeitpunkt für Stolz!“

„Zum Teufel, was meinst du damit?“ Garrick wusste genau, was sie damit hatte sagen wollen.

„Ich meine, dass du vor zehn Jahren fortgelaufen bist und seither immer noch vor etwas davonrennst. Ausgerechnet jetzt beschließt du, dich einem Problem zu stellen und zu kämpfen! Und was soll ich tun, wenn du in kalter, feuchter Erde begraben bist?“

Olivia wollte sich abwenden, doch Garrick hielt sie zurück. Ihre Worte hatten ihm einen Stich ins Herz versetzt, aber die Wahrheit tat stets weh. Trotzdem konnte er dieses Thema nicht weiterverfolgen. „Sag mir, was du siehst", bat er, und ein Frösteln durchlief ihn. „Siehst du meinen Tod voraus?"

„Ich sehe gar nichts voraus", antwortete Olivia keuchend. „Momentan kann ich gar nichts voraussehen. Ich bin außer mir vor Angst. Ich liebe dich so sehr, Garrick. Ich könnte es nicht ertragen, wenn du sterben würdest – noch dazu meinetwegen!"

Garrick war überzeugt, dass sie die Wahrheit gesagt hatte, was seinen Tod betraf. Er zog sie in die Arme und drückte sie fest an sein wie wild klopfendes Herz. „Bitte, versuch doch, mich zu verstehen! Mach es mir nicht noch schwerer, als es ohnehin schon ist. Möglicherweise sterbe ich. Aber du und deine Tochter könnt frei sein. Lass mich euch nach Fowey bringen." Er schloss die Augen und war sich bewusst, dass Olivia und er nicht nur körperlich wunderbar zueinander passten. „Aber in Calais wirst du nicht auf mich warten. Das wäre zu auffällig."

„Nein", flüsterte Olivia an Garricks Brust und begann wieder zu weinen. „Nein, Garrick, ich kann dich so nicht verlassen."

Er spürte Tränen über sein Gesicht rinnen, da er es für sehr wahrscheinlich hielt, am nächsten Tag in der Frühe sterben zu müssen, weil er Arlen im Duell nicht besiegen konnte. Olivia musste ihm nicht erst sagen, was ihm von Anfang an klar gewesen war. Arlen wollte ihn töten. Diesen Wunsch hatte ihr Gatte bereits seit elf Jahren. Bis jetzt hatte sich daran nichts geändert. Im Gegenteil, die Abneigung war noch größer geworden.

„Auch ich liebe dich", flüsterte Garrick an Olivias Haar. „Aber ich will nicht, dass du für den Rest deines Lebens eine Gefangene bist, falls ich sterben sollte, Olivia. Lass mich dich retten und dich mit Hannah von hier fortbringen."

Schluchzend weigerte Olivia sich abzureisen. Garrick strich ihr über das Haar und bemerkte, dass auch Hannah stumm auf dem Bett weinte. Sogleich brachte er Olivia zu ihr und streckte die

Hand nach dem Mädchen aus. „Es wird alles gut, Hannah", versicherte er und ließ Olivia los.

Olivia schloss die Tochter in die Arme. „Weine nicht!" bat sie eindringlich. „Weine nicht! Sag mir, was du siehst."

Hannah nickte und fuhr sich mit der Hand über die Augen. „Blut, Mama. So viel Blut", antwortete sie mit hoher, bebender Stimme.

„Was siehst du noch?" Olivia kniete sich vor das Mädchen.

Hannahs Miene wirkte angespannt.

„Hannah! Bitte!"

Da die Kleine nicht antwortete, sagte Garrick grimmig: „Vielleicht wollen wir die Zukunft nicht kennen, Olivia."

Bestürzt schaute sie ihn an. Entschlossenheit spiegelte sich in ihrem Blick wider. „Hannah!"

„Mama." Hannah brach in Tränen aus. „Ich kann nichts anderes sehen. Ich sehe nur Blut. Es tut mir Leid. Ich habe genau solche Angst wie du", fügte sie weinend hinzu.

„Oh Gott!" flüsterte Olivia. „Was tue ich?" Sie drückte die Tochter an sich und wiegte sie hin und her. „Was habe ich getan?"

Garrick stellte sich dieselbe Frage und wandte sich ab.

Morgengrauen. Das Wetter war kalt, feucht und unfreundlich. Ein scharfer Wind blies. Der Turm und die beiden Ashburn-Kutschen waren in Nebel gehüllt. Garrick und Lionel fuhren in dem Wagen, in dem Garrick, Olivia und ihre Tochter nach Cornwall gereist waren. Als Garrick die Pferde zum Stehen gebracht und die Wagenbremse angezogen hatte, wurde der Schlag von Ashburns Kutsche geöffnet. Arlen, Lord Manion und Elizabeth verließen das Fahrzeug. Der Erdboden war völlig aufgeweicht und morastig.

Garrick fühlte sich seltsam unbeteiligt. In der letzten Nacht hatte er überhaupt nicht geschlafen, weil er sich über Olivias Weigerung, Caedmon Crag zu verlassen, geärgert hatte. Er war wütend auf sie gewesen – und auf sich selbst, weil er sich auf eine Beziehung zu ihr eingelassen und so all dieses Unglück über sie gebracht hatte. Er hatte Arlen gehasst und sich gewünscht, ihn töten zu können, wenngleich er wusste, dass er dazu nicht fähig war. Und er hatte sich gefürchtet, denn er war noch nicht bereit zu sterben. Nun jedoch, im kalten Morgenlicht, fühlte er sich beinahe gleichgültig, hatte keine Angst mehr, empfand nur noch Bedauern.

„Hier! Vielleicht hilft dir das." Lionel hielt ihm einen Silberflakon hin.

Garrick schüttelte den Kopf.

„Entgegen deinen Vermutungen, möchte ich nicht, dass du stirbst, Garrick", fuhr Lionel fort und nahm einen langen Schluck aus dem Flakon. „Ich war die ganze Nacht auf. Verdammt, als Junge konntest du nicht mit einem Degen umgehen. Ich will nicht, dass du stirbst!"

Garrick wandte Lionel das Gesicht zu und bemerkte, dass Elizabeth, Manion und Ashburn in seine Richtung starrten. Sowohl Arlen als auch seine Schwester hatten sich dem Anlass entsprechend gekleidet. Ashburn trug einen erbsengrünen Gehrock, sie ein hinreißendes türkisfarbenes Ensemble mit dazu passendem Hut, der einen schwarzen Schleier hatte. Betrauerte sie schon Garricks Ableben?

Garrick fröstelte. Plötzlich war er sicher, dass Lionel die Wahrheit gesagt hatte. Doch das war unmöglich. „Ich rechne damit, dass du auf meinem Grab Freudentänze aufführst", erwiderte er tonlos.

„Ich werde nichts dergleichen tun! Ich bin dein Bruder, verdammt noch mal!" rief Lionel.

„Du bist nicht mein Bruder", widersprach Garrick heftig. Hatte er sich geirrt? Er hätte schwören können, dass Lionels Besorgnis echt war.

„Ich bin dein Bruder", beharrte Lionel leise und hielt Garricks Blick stand.

Unbehaglich drehte Garrick sich um, sprang aus dem Wagen und wäre beinahe im Schlamm ausgerutscht. Er dachte nicht mehr an Lionel, sondern betrachtete nun den aufgeweichten Erdboden.

Der Morast konnte seinen Tod bedeuten, ihm jedoch auch von Vorteil sein.

Lionel verließ ebenfalls die Kutsche, ohne indes auf dem weichen Untergrund auszugleiten. „Gestern Abend habe ich einen Boten zu Vater geschickt, damit er weiß, was hier geschieht."

„Auch er wird auf meiner Beerdigung erleichtert sein", erwiderte Garrick grimmig.

„Nein", widersprach Lionel. „Du bist sein Sohn, den er trotz seiner Eigenarten gern hat."

Verwundert sah Garrick ihn an. Lionel lächelte leicht und berührte ihn aufmunternd an der Schulter.

Lord Manion näherte sich mit zwei Rapieren. „Meine Herren ..." Er verneigte sich.

Garrick verbeugte sich knapp, untersuchte die beiden Waffen und wählte einen Degen aus. Mit dem anderen drehte Manion sich um und brachte ihn Ashburn.

In diesem Moment hatte Garrick dass Gefühl, das irgendetwas nicht stimmte. Als er sich nervös umschaute, entdeckte er Olivia, die mit Hannah an der Hand die aufgeweichte Straße entlanglief. Mutter und Tochter hatten sich in lange Kapuzenmäntel gehüllt und kämpften gegen den auffrischenden Wind an. Neben ihnen rannte der Setter.

Garrick fluchte leise, während Arlen seiner Gattin und Tochter entgegenstarrte. Gleich darauf richtete Arlen den Blick auf Garrick und nickte ihm zu. „Lasst uns die Sache hinter uns bringen. Ich habe nicht gedacht, dass Ihr Euch einfinden würdet, Caedmon."

„Ihr habt Euch geirrt", erklärte Garrick grimmig und versuchte, nicht an Olivia zu denken. „Halte Lady Ashburn fern", raunte er Lionel zu.

„Macht Euch bereit, Mylords", rief Lord Manion.

Garrick hatte ihn kaum gehört. „Arlen! Bitte!" Olivia bemühte sich, das Tosen des Windes zu übertönen. „Ich flehe dich an! Tu es nicht!" Verzweiflung spiegelte sich auf ihren Zügen wider. „Arlen, ich werde nach Haus kommen", fuhr sie eindringlich fort.

„Für Reue ist es jetzt zu spät, Olivia", entgegnete er kalt. „Ich werde mich später mit dir befassen, nachdem ich deinen Liebhaber erledigt habe."

Lionel ergriff sie beim Arm, hielt sie fest und hinderte sie am Weiterlaufen. „Bitte, Lady Ashburn! Es hilft niemandem, wenn Ihr Euch jetzt einmischt. Ihr lenkt die Kombattanten nur ab, besonders meinen Bruder."

Tränen strömten ihr über das Gesicht, als sie sich schwer auf Lionel De Vere stützte. Garrick wandte sich ab, und sein Blick traf auf Ashburns. Er sah den unbändigen Hass in Arlens Augen und hasste ihn nicht minder stark. Wenn Arlen die Möglichkeit hatte, würde er Olivia und Hannah in mehr als nur einer Hinsicht einengen und unterdrücken.

Garrick durfte nicht sterben. Er konnte nicht zulassen, dass Olivia und Hannah zu Arlen zurück mussten.

„Ihr könnt beginnen, Mylords!" rief Lord Manion.

Arlen näherte sich lächelnd, das Rapier in der klassischen Ausgangsstellung vor sich haltend. Garrick machte sich bereit.

Arlen hatte eindeutig die Absicht, schon zu Anfang des Kampfes einen tödlichen Stich anzubringen. Garrick gelang es, den Hieb abzuwehren. Die Klingen prallten aufeinander, und das Klirren hallte laut durch die Morgenluft. Die Männer lösten sich voneinander, und dann attackierte Arlen erneut. Garrick schaffte es, ein zweites Mal dessen Klinge abzuwehren, doch plötzlich war Arlens Degen unter seinem, und er spürte, wie die Spitze ihm durch die Kleidung in die Seite drang. Keuchend wich er zurück, während ein scharfer Schmerz ihn durchzuckte. Er blickte an sich herunter, sah Blut durch seine Kleidung dringen und den Fleck sich rasch vergrößern.

Olivia schrie auf.

Garrick war fassungslos. Er hatte nicht damit gerechnet, so schnell verwundet zu werden.

„Mir gefällt der Geruch Eures Blutes, Caedmon", spottete Arlen und griff ihn wieder an.

Die Klingen klirrten. Garrick wusste nicht, wie er sich verteidigen sollte. Immer wieder kreuzte er mit Arlen die Klinge. Dieser war indes schneller und wendiger und wusste genau, was er wollte. Garrick wurde rückwärts getrieben, und die Wunde blutete heftiger. Ihm wurde schwindlig, während Arlen ihn pausenlos bedrängte. Garrick ahnte, dass Ashburn ihm den Degen aus der Hand schlagen wollte. Und dann spürte er die scharfe Klinge über seine Finger gleiten. Ungeachtet des festen Vorsatzes, das Rapier nicht fallen zu lassen, entglitt es seinen Fingern. Er spürte eine ungeheuer große Schwäche über ihn kommen.

Triumphierend schrie Arlen auf und machte einen Satz vorwärts, um den tödlichen Stich auf Garricks Herz auszuführen. Garrick taumelte gegen die Turmwand und konnte nicht weiter zurückweichen.

„Touché", sagte Arlen lächelnd und zum Todesstoß bereit.

„Nein, Arlen!" schrie Olivia.

Aus dem Augenwinkel nahm Garrick war, dass sie mit Lionel rang. Der Bruder hielt sie fest in den Armen, um sie daran zu hindern, zu den Duellanten zu laufen. Furchtsam stand Hannah hinter den beiden, und der Setter kläffte.

Arlen spannte die Muskeln an. Garrick richtete sich auf, sah den Gegner auf sich zuspringen und wartete auf den schrecklichen Augenblick, da Ashburns Klinge sich ihm ins Herz bohren würde.

Dieser Augenblick trat jedoch nicht ein.

Plötzlich schien sich alles so langsam wie in einem Traum abzuspielen. Arlen näherte sich, mit dem Degen auf Garricks Brust zielend – und rutschte aus. Und von da an schien die Zeit weiterzulaufen. Arlen fiel der Länge nach mit dem Gesicht nach unten in den Morast, ohne das Rapier loszulassen.

Garrick stockte der Atem. Tödliche Stille hatte sich über das Geschehen gesenkt.

Arlen hob den Kopf, blanke Mordlust sprach aus seinem Blick. Er wollte sich aufrichten und schrie im gleichen Moment auf. Erneut stürzte er, doch diesmal öffnete er die Hand. Der Degen rutschte durch den Schlamm und blieb ein Stück von ihm entfernt liegen, außerhalb seiner Reichweite.

„Ein Unentschieden!“ schrie Lord Manion und eilte zu den Duellanten.

Garrick war nicht aufgefallen, dass er die Hand auf die blutende Seite gepresst hatte. Erst allmählich wurde er sich der heftigen Schmerzen und seiner ungeheuren Erleichterung bewusst. Gütiger Himmel! Er war nicht erstochen worden! Er war nicht tot! Die Knie gaben unter ihm nach. Hastig lehnte er sich an die raue Mauer des Turms und ließ sich langsam daran zu Boden gleiten.

„Nein!“ protestierte Arlen, spuckte Schlamm aus und versuchte, auf die Füße zu kommen. „Verdammt, ich bin ausgeglitten, und dann hat jemand mir auf die Hand getreten!“

Lord Manion half Lord Ashburn beim Aufstehen. „Außer Euch und Caedmon war niemand an dieser Stelle. Ihr seid leider ausgerutscht, und das Rapier ist Euch aus der Hand gefallen. Den Gepflogenheiten unter Gentlemen zufolge ist das Duell jetzt zu Ende.“

Treve leckte Garrick das Gesicht und winselte. Garrick sah an sich herunter und starrte das viele Blut an. An der rechten Seite waren die Sachen blutgetränkt, und Blut troff ihm von der Hand. Er war nicht einmal sicher, ob er noch alle Finger hatte. Würde er doch noch sterben müssen?

„Garrick?“

Er hob den Kopf und erblickte Olivia, der die Tränen über das Gesicht strömten. Sie rannte über den morastigen Heideboden.

Garrick brauchte sie jetzt, falls er sterben musste. Er brauchte sie jetzt so verzweifelt, wie er nie zuvor jemanden gebraucht hatte. Seine Liebe zu ihr war grenzenlos, und er musste ihr Lebewohl sagen.

Plötzlich war Arlen bei ihr, verstellte ihr den Weg und hielt sie auf.

„Lass mich zu Caedmon!“ schrie sie und trommelte dem Gatten mit den Fäusten auf die Brust.

Er hielt sie an den Handgelenken fest. „Steig in meine Kutsche, Olivia! Wir fahren nach Haus."

„Das kann ich nicht. Lass mich los. Fahr zur Hölle!"

Arlen schlang den Arm um seine Frau. „Hol Hannah!" befahl er seiner Schwester.

Garrick verschwamm die Welt vor den Augen. Treve winselte immer noch. Es wurde immer dunkler, und Garrick ahnte, dass er das Bewusstsein verlieren würde. Er wollte Ashburn zuschreien, er solle seine schmutzigen Hände von Olivia nehmen, hatte jedoch nicht mehr die Kraft zum Sprechen. Olivia, rief er ihr in Gedanken zu. Ich liebe dich!

„Caedmon ist verletzt", erwiderte sie keuchend und versuchte, sich dem Gatten zu entziehen. „Stirbt er? Oh Gott! Falls du ihn so verletzt haben solltest, dass er stirbt, werde ich dir das nie verzeihen!"

Irgendwie gelang es Garrick, die bleischweren Lider zu heben. Er sah, wie Arlen Olivia zu der leeren Kutsche zerrte und sie rücksichtslos in den Wagen stieß. Elizabeth hob Hannah in das Fahrzeug. Die beiden stämmigen Lakaien stiegen hinter dem Kind ein, und dann wurde die Tür geschlossen.

Olivia presste das Gesicht an die Fensterscheibe. „Garrick!"

Wie klar sein Verstand war! Um sie zu beruhigen, wollte er ihr sagen, dass mit ihm alles in Ordnung sei, auch wenn das gelogen gewesen wäre. Er wollte ihr sagen, dass er sie auf ewig lieben würde, wusste jedoch, dass er das jetzt nicht mehr tun konnte, nicht mehr dazu im Stande war. Eine eigenartige Gewissheit überkam ihn – der Tod wollte ihn sich holen, doch er würde Olivia wiedersehen. Wenn er ihr das doch nur sagen könnte! Er sah die Kutsche abfahren, und dann verschwamm das Bild ihm vor den Augen. Er schloss sie und begrüßte die Dunkelheit.

Wieder trat Stille ein.

Und dann schlug er die Lider auf und blickte auf die davonrollende Kutsche. Die Perspektive war jedoch sehr eigenartig, da Garrick jetzt auf den Wagen hinunterschaute und sogar den Turm von oben betrachtete. Er konnte auch seinen blutenden, leblosen Körper, zusammengekrümmt am Fuße der Ruinen liegend, erkennen.

Die Stille schien ewig zu dauern. Unvermittelt fragte jedoch jemand: „Garrick?"

Die Stimme war ganz aus der Nähe zu ihm gedrungen. Erneut umfing ihn Dunkelheit, gegen die er verzweifelt ankämpfte. Als er die Augen erneut aufschlug, waren die Kutsche und der Turm verschwunden.

„Du kannst nicht sterben. Deine Zeit ist noch nicht gekommen. Du darfst uns nicht verlassen."

Garrick schloss die Augen und fühlte sich schwerelos, als schwebe er. Und er wurde sich gewahr, dass sein Herz mit aller Kraft und unter großen Schwierigkeiten das Blut durch seine Adern pumpte.

„Komm zu uns zurück", sagte Lionel.

Garrick zwinkerte und bemühte sich, etwas zu erkennen. Seine Sicht war getrübt, voller Flecke und Schatten und Düsternis. „Lionel?" flüsterte er und wähnte sich in einem Traum. Entweder träumte er, oder er war bereits tot.

Sein dreizehnjähriger Bruder lächelte ihn an.

Und dann versank er wieder in Dunkelheit.

DRITTER TEIL
Der Erbe

23. KAPITEL

Die Schmerzen waren furchtbar. Ungeachtet der Bewusstlosigkeit, in die Garrick immer wieder verfiel, blieben die Höllenqualen allgegenwärtig.

Olivia. Hannah. Er musste ihnen helfen. Ihre Schreie hallten ihm durch den Sinn.

„Garrick?"

Die Dunkelheit wallte in Schwindel erregenden, Übelkeit erzeugenden und brandenden Wellen auf ihn zu und umschloss ihn erneut. Er wollte nicht mehr gegen sie ankämpfen. Die Pein war nicht so stark, wenn er schlief. Mehr Frieden konnte er nicht bekommen.

Aber es gab einen Grund, weshalb er nicht einschlafen durfte ... Es gab einen Grund, und Garrick versuchte, sich an ihn zu erinnern.

„Garrick." Die Stimme hatte härter, weniger freundlich und viel eindringlicher geklungen.

Lionel. Lionel war hier, der Mann, der vorgab, sein Bruder zu sein. Der Mann, der vielleicht ein Betrüger war, ein Hochstapler, ein Dieb. Seinetwegen durfte Garrick nicht schlafen, nicht verwundbar sein oder gar sterben. Oder war Lionel doch nicht der Grund? Garrick versuchte angestrengt, der Dunkelheit zu entrinnen. Kalter Schweiß brach ihm aus allen Poren. Er wollte sich erbrechen, da ein scheußliches Gefühl der Übelkeit ihn überkommen hatte. Er musste klar denken, sich konzentrieren. Das war lebenswichtig. Das Leben von Menschen stand auf dem Spiel.

Und dann tauchte schemenhaft Lionels Gesicht vor Garricks Augen auf, wurden deutlicher und verschwamm erneut. Die Wangen und das Kinn nahmen Formen an, die sich gleich darauf wieder auflösten. Die blauen Augen leuchteten auf, verdunkelten sich und leuchteten wieder auf.

„Kannst du mich hören?" fragte Lionel. „Gott sei Dank! Du lebst!"

Garrick versuchte nicht einmal, Lionel zu antworten, weil er sicher war, keinen Laut herausbringen zu können. Olivia! War mit ihr alles in Ordnung? Arlen hatte sie nun in seiner Gewalt. Sie und Hannah waren jetzt seine Gefangenen. Das war der Grund, weshalb Garrick wach werden und aufstehen musste. Olivia und ihre Tochter brauchten ihn, weil sie in Gefahr waren.

Trotz der Schmerzen empfand er Wut, und das machte alles nur noch schlimmer.

„Du willst doch nicht etwa aufstehen?" Eine Hand drückte auf seine rechte Schulter, die Seite seines Körpers, die unverletzt war. Sie fühlte sich hart an, und die Berührung war unsanft. „Du musst dich ausruhen. Du hast an der Schwelle des Todes gestanden", sagte Lionel lächelnd. Sein Gesicht war noch immer verschwommen.

Flüchtig fühlte Garrick Lionels Finger auf der Stirn, und ungeachtet der entsetzlichen brennenden Qualen in der ganzen linken Seite empfand er ihn verzehrende Wut. Plötzlich wurde er sich bewusst, wie hilflos er war. Falls Lionel doch ein Betrüger war, wünschte er ihm bestimmt nichts Gutes.

„Wahrscheinlich ist es ein Wunder, dass du noch lebst. Du hast viel Blut verloren. Du sollst wissen, dass ich alles getan habe, um dich zu retten." Lionel lächelte unbeirrt. „Ich habe die ganze Nacht hier bei dir gesessen, Garrick, und nach einem guten Arzt geschickt. Vermutlich wird er jeden Moment eintreffen."

Garrick warf einen letzten Blick auf den Mann, der sich Lionel nannte und dem er kein Wort glaubte, und schloss dann die Augen. Selbst wenn dieser Mann Lionel war, hatte Garrick kein gutes Verhältnis zu ihm. Hatte Lionel wirklich einen Doktor holen lassen? Oder saß er nur neben dem Bett und wünschte Garrick den Tod?

Garrick erinnerte sich an das Duell. Lionel war sein Sekundant gewesen und hatte ehrlich um sein Wohl besorgt gewirkt. Garrick war von Ashburn mit der Degenklinge durchbohrt worden und fand, es sei ein Wunder, dass er noch lebte. Oder etwa nicht? Hatte er den Geist seines immer noch dreizehnjährigen echten Bruders gesehen?

Alles war so real gewesen. Aber er war dem Tod so furchtbar nahe gewesen, da er ungeheuer viel Blut verloren hatte. Er war benommen und kaum noch bei Bewusstsein gewesen. Vielleicht hatte er es sich nicht nur eingebildet, Lionel zu sehen. Jedenfalls würde jeder, der seine Sinne beisammen hatte, dies annehmen. Garrick fühlte Tränen unter den geschlossenen Lidern brennen und wusste nicht, was er denken solle.

Ernst betrachtete ihn Lionel. Erst als er merkte, dass Garrick ihn anschaute, lächelte er wieder. „Hier!“ sagte er und hielt ihm einen Becher hin. „Trink das! Du brauchst viel Flüssigkeit. Das ist Brühe. Ich habe schließlich doch ein Hausmädchen eingestellt.“

Garrick streckte die Hand aus, griff aber nicht nach dem Becher. War die Brühe vergiftet? Er schlug ihn Lionel aus der Hand. „Verschwinde!“

Stanhope Hall

Du lieber Gott! Wenn Garrick starb, war sie frei.

Susan stand neben dem Vater auf der gekiesten Auffahrt, beobachtete die vor dem Haus haltende stattliche schwarze Kutsche und presste fest die behandschuhten Hände zusammen. Das Atmen fiel ihr schwer. Ihre Gedanken waren schrecklich, durch und durch sündhaft. Sie verdiente ewige Verdammnis dafür.

Lionel De Vere verließ die Kutsche als Erster. Als sie ihn sah, fiel das Atmen ihr noch schwerer, und das Bedürfnis, in Tränen auszubrechen, legte sich. Nie zuvor hatte sie einen Mann gesehen, der so wunderbar, so beeindruckend und vornehm war wie er. Er trug einen dunkelgrünen Gehrock, hellblaue Breeches und weiße Strümpfe, aber keine Perücke. Lächelnd schaute er zu Susan herüber. Zaghaft erwiderte sie Lionel De Veres Lächeln.

Der Earl of Stanhope und seine Gattin entstiegen nun ebenfalls dem Wagen, gefolgt von einem dunkel gekleideten Mann, der einen schwarzen Arztkoffer in der Hand hielt.

Der Vater ergriff Susan am Arm und führte sie zu den Herrschaften, während Garrick De Vere von Dienern vorsichtig aus der Kutsche gehoben und zum Haus getragen wurde. „Mylord, Mylady", begrüßte er sie ernst. „Wir sind sofort hergekommen, nachdem wir die Nachricht erhalten hatten. Unser aufrichtiges Mitgefühl."

Die Countess, deren Gesicht beinahe so blass war wie das ihres verletzten Sohnes, brach in Tränen aus und hastete den beiden Lakaien hinterher, die ihn ins Haus trugen. Susan blickte ihr nach und fühlte sich elend. Garrick war bewusstlos. Sein Kopf hatte von einer Seite zur anderen geschwankt, und sein Gesicht war aschfahl. Er war eindeutig schwer verletzt. Susan drehte sich halb um, bemerkte, dass sein Bruder sie beobachtete. Sogleich begann ihr Herz wie wild zu klopfen.

Richard verneigte sich mit düsterer, grimmiger Miene. „Danke, Sir John. Wenn Ihr mich jetzt entschuldigen würdet?" Er folgte seiner Gattin und verschwand durch das Portal.

Susan und ihr Vater blieben mit Lionel De Vere zurück. Die Herren verneigten sich voreinander. „Wir wissen Eure Anteilnahme sehr zu schätzen", sagte Lionel und verbeugte sich dann vor Miss Layton. Sie meinte, eine nur für sie bestimmte Botschaft in seinen blauen Augen zu entdecken, erwiderte sein Lächeln und bekam Herzflattern.

„Wie geht es Eurem Bruder?" erkundigte sich Sir John.

„Dr. McCaulkin sagt, Garrick werde überleben. Das ist ein wahres Wunder, da er sehr viel Blut verloren hat."

Sir John nickte. „Ich bin froh, dass er am Leben bleibt", erwiderte er rau. „Wart Ihr bei dem Duell zugegen?"

„Ich bin am Tag vor dem Duell eingetroffen, und ungefähr eine Stunde nach mir kam Ashburn an."

Susan errötete. Sie kannte die Geschichte. Jeder wusste darüber Bescheid. Arlen hatte Garrick De Vere zum Duell gefordert. Offenbar war Lord Ashburn davon überzeugt, dass seine Gattin eine Affäre mit Caedmon hatte. Susan wusste jedoch, dass diese Annahme nicht zutraf, weil ihre liebe Freundin ihr so etwas nie angetan hätte. Es musste eine andere Erklärung dafür geben, weshalb Olivia und Hannah sich auf Caedmon Crag aufgehalten hatten.

„Nun, gehen wir hinein“, sagte Sir John.

Susan merkte, dass Lionel sie anschaute, und fand seinen Blick faszinierend.

„Kommst du, Susan?“ rief Sir John ihr von der Freitreppe aus zu und beobachtete sie und Lionel De Vere.

„Gleich, Papa“, antwortete sie zögernd. Er setzte den Weg fort, und sie wandte sich wieder Lionel zu, dessen herzlicher Blick in einer sie entzückenden Weise über sie glitt.

„Das ist eine wunderbare Überraschung“, äußerte er leise.

„Papa hat darauf bestanden, dass wir herfahren.“ Sie entsann sich, warum man hier war, und verzog das Gesicht. „Garrick ist mein Verlobter. Oh, ich kann ihn nicht heiraten, Sir!“ fügte sie kläglich hinzu.

„Kommt“, erwiderte Lionel und legte ihr die Hand unter den Ellbogen. Er ging mit ihr um das Haus und schlenderte über den grünen Rasen. In ihrer Freude über diese Geste vergaß sie ihren verwundeten Verlobten. Nachdem sie außer Hörweite des Hauses und in der Nähe des Aussichtspavillons angelangt waren, ließ Lionel Miss Layton los. Sie war enttäuscht. „Darf ich mich erkühnen, Miss Layton, Euch Susan zu nennen?“ fragte er.

Ihr stockte der Atem. „Das wäre wundervoll, Sir.“

„Dann müsst Ihr mich Lionel nennen“, bat er und schaute sie prüfend an. Er war jetzt so angespannt, dass er nicht mehr lächelte.

„Es wäre mir ein Vergnügen, ... Lionel“, sagte Susan so sittsam, wie es ihr möglich war.

„Ich weiß, die Verbindung zwischen Euch und meinem Bruder fußt nicht auf Liebe, Susan, aber er ist kein schlechter oder gar böser Mensch“, äußerte Lionel in beschwörendem Ton. „Er hat lediglich viel zu lange auf dieser wilden Insel gelebt.“

Das war nicht das Thema, über das Susan reden wollte. Enttäuscht und unbehaglich schwieg sie.

„Eine Frau wie Ihr wird Garrick im Nu bessere Manieren beibringen und ihm mehr Schliff verleihen, falls es sein Betragen ist, das Euch beunruhigt."

Sie blickte auf ihre verschränkten Hände und flüsterte: „Ich glaube, er wird sich nie ändern. Außerdem ..."

„Miss Susan ..." Lionel legte ihr die Finger unter das Kinn. „Sagt mir, was Ihr denkt."

Die Berührung durchfuhr sie wie ein Blitz. Unfähig, richtig zu atmen, blickte sie Lionel an und überlegte, ob sie es wagen könne, sich ihm anzuvertrauen.

„Seid Ihr wegen des ... Duells, das mein Bruder ausgetragen hat, so niedergeschlagen?" erkundigte er sich.

„Nein." Sie hatte Angst, sich ihm zu offenbaren, wenngleich ihr Herz sie dazu drängte.

„Leider hatte Garrick keine andere Wahl, als Ashburns Herausforderung anzunehmen."

„Die ganze Angelegenheit ist mir gleich", erklärte Susan ernst, ohne den Blick von Lionel wenden zu können.

„Es ist Euch gleich, dass Euer Verlobter einer Affäre mit Lady Ashburn bezichtigt wurde?" fragte er erstaunt.

„Ich liebe ihn nicht. Im Gegenteil, ich wäre sehr glücklich, wenn er sich in eine andere Frau verlieben würde. Aber was Lady Ashburn betrifft, so ist jeder im Irrtum, der glaubt, sie hätte ein Verhältnis mit ihm. Sie ist mir eine liebe Freundin und empfindet nur Mitgefühl für ihn. Das hat sie mir mehrfach gesagt", fügte Susan lächelnd hinzu.

Lionel wirkte plötzlich sehr ernst.

„Stimmt etwas nicht, Lionel?" erkundigte Susan sich leicht beklommen.

Er berührte sie flüchtig am Handgelenk. „Es tut mir Leid. Ich hatte keine Ahnung, wie eng Ihr der Countess of Ashburn verbunden seid." Verärgerung sprach aus seinen Augen.

„Ich begreife Euch nicht“, sagte Susan langsam. „Gibt es etwas, das Ihr mir verschweigt?“

„Ich bin froh, dass Ihr nicht auf Klatsch hört“, antwortete er ausweichend.

Sie war alarmiert. „Ihr gebt doch gewiss auch nichts auf Gerede, Sir ... ich meine, Lionel!“

Er schwieg, doch seine Miene drückte Mitleid aus.

Susan dachte an die gütigste Frau, die sie je kennen gelernt hatte – die liebe, liebe Lady Ashburn, und etwas in ihr verkrampfte sich. Hatte die Countess sie immer wieder belogen? Aber Olivia war der freundlichste, ehrlichste Mensch, den sie je getroffen hatte, und Susan hielt es für ausgeschlossen, dass sie von ihr belogen worden war. „Sagt nicht, dass Ihr glaubt, Euer Bruder und Lady Ashburn hätten eine unziemliche Beziehung zueinander gehabt“, brachte sie schließlich heraus.

Nach einer Weile erwiderte Lionel bedeutungsvoll: „Meine liebe, süße Miss Susan, ich habe ihn mit Lady Ashburn gesehen. Sie empfindet weitaus mehr als nur Mitgefühl für ihn.“

Schockiert starrte Susan Lionel an. „Nein!“

„Es tut mir Leid, dass ich derjenige bin, der Euch das mitteilen musste.“

Tränen traten Susan in die Augen. „Nein!“ wiederholte sie spröde. „Ich bin froh, dass Ihr es mir gesagt habt.“ Sie war jedoch zutiefst verletzt, und das hatte nichts mit Garrick De Vere zu tun. Warum hatte Olivia sie belogen? Wieso hatte sie ihr nicht die Wahrheit erzählt?

„Ich meine, eine schöne Frau wie Ihr könnte einen besseren Mann als meinen Bruder bekommen. Euretwegen bin ich sehr wütend, Susan. Ich ärgere mich über Garrick und Lady Ashburn.“

Einen Moment lang vergaß sie den Schmerz über die Enttäuschung. Sie benetzte sich die Lippen. Sollte sie wirklich aussprechen, was ihr durch den Sinn ging? „Ich möchte einen besseren Mann haben“, gestand sie leise.

„Wirklich?“ Lionel ergriff unvermittelt ihre Hand und drückte sie sacht.

„Der wahre Grund, weshalb ich Euren Bruder nicht heiraten kann, ist ... Garrick ist Euer Bruder.“ Du lieber Gott! Nun hatte sie ihrem Herzen Luft gemacht.

Lionel sah sie an, und es dauerte einen Augenblick, bis er, ohne ihre Hand loszulassen, sagte: „Ja, Garrick ist mein Bruder, und falls Ihr ihn heiratet, werdet Ihr meine Schwägerin.“

Sie nickte stumm und wäre beinahe in Tränen ausgebrochen.

„Diese Aussicht stimmt mich auch nicht glücklich“, fuhr er rau fort.

„Lionel“, wisperte sie. Fühlte er wirklich das Gleiche wie sie? Waren sie beide im Begriff, eine Seelenverwandtschaft zu entwickeln?

Plötzlich hob Lionel ihre Finger an die Lippen und drückte einen Kuss auf das weiche Handschuhleder. Die Knie wurden ihr weich, ihre Sinne gerieten in Aufruhr. „Susan, würdet Ihr mich später im Aussichtspavillon treffen?“ fragte Lionel. „Ich glaube, wir haben sehr viel miteinander zu besprechen.“

Sie traute ihren Ohren kaum. Ein Stelldichein im Pavillon? Natürlich würde sie seinen Wunsch erfüllen. „Ja.“

„Nach dem Abendessen, sobald die anderen Hausbewohner sich für die Nacht zurückgezogen haben. Ich werde eine Kerze anzünden. Wenn Ihr das Licht seht, wisst Ihr, dass die Luft rein ist. Dann könnt Ihr zu mir kommen“, sagte Lionel eindringlich.

Susan nickte, entzückt und benommen zugleich. Die Situation war so romantisch wie ein Märchen, das plötzlich Wahrheit wurde. Der Prinz ihrer Träume war eindeutig in sie verliebt! „Ja“, erwiderte sie lächelnd. „Ja, Lionel.“

Garrick erkannte, dass er sich auf Stanhope Hall befand, weil er auf die Decke seines Schlafzimmers starrte. Du lieber Himmel! Es ging ihm gut genug, um sich aufrichten zu können. Die starken Schmerzen hatten nachgelassen, und er empfand nur noch ein unangenehmes, anhaltendes Ziehen in der Wunde. Gott sei Dank, das Schlimmste war überstanden.

„Was machst du da?“ rief seine Mutter von der Tür her.

Er hatte nicht geahnt, wie beschwerlich es sein würde, den Oberkörper anzuheben und sich aufrecht in dem großen Himmelbett hinzusetzen. Schwitzend sank er in die Kissen zurück. „Mutter.“

Sie lief zu ihm und schlang die Arme um ihn. „An deiner Stelle hätte ich nach den Dienstboten gerufen“, brachte sie gepresst heraus und bemühte sich, nicht in Tränen auszubrechen.

„Bitte, weine nicht“, erwiderte er. „Es geht mir schon viel besser. Jetzt kann ich mich schwach an alles erinnern. An Lionel, den Doktor und dich. Du bist nach Caedmon Crag gekommen.“ Er wusste, wie schwer ihr das gefallen sein musste.

Sie setzte sich zu ihm aufs Bett und ergriff seine rechte Hand. Den linken Arm trug er in einer Schlinge, und sein ganzer Oberkörper war bandagiert. „Ja, dein Vater und ich sind nach Caedmon Crag gefahren.“

Garrick zuckte zusammen. Er hatte sofort begriffen, was ihre letzte Bemerkung bedeutete.

„Täglich habe ich Gott in der Kapelle dafür gedankt, dass du nicht gestorben bist! Ashburn wollte dich töten, und nach allem, was ich gehört habe, wäre ihm das fast gelungen!“

„Olivia!“ hörte Garrick sich sagen. Seine Sorge um sie war grenzenlos. Wo befand sie sich jetzt? Wie erging es ihr? Er musste das herausfinden. Mühsam beugte er sich vor und versuchte, ein Bein aus dem Bett zu bekommen. Schmerzen, schier unerträgliche Schmerzen, durchzuckten ihn.

Keuchend und aufstöhnend presste er die gesunde Hand auf die Seite.

„Was machst du da?“ protestierte Eleanor. „Du kannst noch nicht aufstehen!“ Sie war entsetzt. „Dr. McCaulkin hat dir vierzehn Tage Bettruhe verordnet!“

„Olivia! Ist mit ihr alles in Ordnung?“

„Du stehst nicht auf, Garrick! Ich bin sicher, dass es ihr gut geht“, antwortete Eleanor. „Warum auch nicht? Sie ist schließlich nicht die erste Frau ...“ Jäh verstummte sie.

„Sie ist nicht die erste Frau, die ... was?“ fragte Garrick und sank wieder zurück.

„Sie ist nicht die erste Frau, die mit ihrem Liebhaber ertappt wurde“, erklärte sie unumwunden.

Andere Frauen hatten jedoch keinen Ehemann, der so war wie Ashburn. Hatte Garrick Missbilligung in der Stimme der Mutter mitschwingen gehört? Er war schwach und hatte wieder Schmerzen, die so heftig waren, dass er nicht aufstehen, geschweige denn nach Ashburn Hall reiten konnte. Aber Olivia war in Schwierigkeiten, und falls ihr ein Leid widerfuhr, hätte er sich das nie verzeihen können. Er lebte und musste sie beschützen.

„Wo ist sie? Und wo ist ihre Tochter?“ Er konnte den Gedanken nicht ertragen, so hilflos zu sein.

„Ich nehme an, beide halten sich auf Ashburnham auf“, antwortete Eleanor.

„Wie ich sehe, fühlst du dich besser“, hörte er eine vertraute Stimme von der Tür her sagen.

Garrick wandte den Kopf zur Tür. In einem Gehrock aus königsblauem Samt und einer goldfarbenen Kniehose lehnte Lionel am Türrahmen, straffte sich nun und kam lächelnd ins Zimmer. „Ich bin so froh“, äußerte er in einem Ton, als meine er, was er gesagt hatte.

Mit erschreckender Klarheit erinnerte Garrick sich an das Duell, den Morgen, ehe Lionel ihn und Olivia überrascht und Zeuge ihrer beider Affäre geworden war, und vor allem an den dem Bruder gegenüber gehegten Argwohn. Feindselig schaute er ihn an.

„Du hast eine sonderbare Art, mich zu begrüßen“, meinte Lionel scherzhaft und küsste Eleanor auf die Wange. „Guten Morgen, Mutter. Ich muss sagen, das gestrige Abendessen war superb.“

Garrick wünschte sich, der Bruder wäre nicht gekommen. Er wollte mit der Mutter noch weiter über Lady Ashburn reden. Gewiss waren seine Gefühle für Olivia viel zu offensichtlich.

„Vielen Dank, mein Lieber", erwiderte Eleanor geistesabwesend.

„Heute Morgen siehst du hinreißend aus. Offenbar hat die durchschlafene Nacht bei dir ähnliche Wunder bewirkt wie bei Garrick", schwatzte Lionel munter weiter.

Garrick hatte ihn fortwährend angestarrt. „Du bist guter Stimmung", äußerte er plötzlich. „Ich hätte gedacht, dass du schlechter Laune sein würdest."

Lionel furchte die Stirn. „Warum sollte ich keine gute Laune haben?"

„Weil ich nicht dahinsieche."

„Ich bin froh, dass du auf dem Weg der Genesung bist, Garrick. Habe ich dir meine Ehrlichkeit nicht bewiesen? Ich war bei dem Duell dein Sekundant. Ich habe mich, als du dem Tod nahe warst, fast einen Tag lang um dich gekümmert, bis dann der Doktor kam. Grundgütiger Gott, was hätte ich sonst noch tun sollen?"

„Was mich betrifft, so hast du mir nichts bewiesen", antwortete Garrick, ballte die Hände und spürte die Zornesröte in die Wangen steigen.

„Mein Lieber, lass das", flüsterte Eleanor und streichelte sein Gesicht. „Noch geht es dir nicht gut. Bitte, ein Wutausbruch ist nicht dazu angetan, die Heilung zu beschleunigen."

Lionel betrachtete Garrick kühl. „Ich kann dir nicht glauben, wirklich nicht! Aber du hast dich ständig angegriffen gefühlt, schon seit unseren Kindertagen. Habe ich nicht Recht, Mutter?"

„Ich will nicht, dass ihr euch jetzt streitet", entgegnete sie bekümmert.

„Warum gehst du nicht?" stieß Garrick zwischen zusammengebissenen Zähnen hervor. Wie immer, wenn Lionel plötzlich eine Behauptung aufgestellt hatte, die unheimlich wahr klang, empfand Garrick Bestürzung und Selbstzweifel.

„Mutter hat Recht. Wir sollten uns nicht streiten", sagte Lionel in verändertem Ton. „Lady Ashburn weilt wieder auf Ashburnham."

Garrick erstarrte.

Lionel lächelte. „Das ist allgemein bekannt."

Garrick sehnte sich verzweifelt danach, sich zu erkundigen, ob Hannah sich auch dort befände, brachte es indes nicht über sich.

„Weißt du, ich habe eine wunderbare Idee", fuhr Lionel fort. „Warum suche ich Lady Ashburn nicht an deiner Stelle auf? Ich wäre mehr als glücklich, ihr eine Nachricht von dir zu überbringen."

In diesem Augenblick flammte Garricks Zorn erneut auf. Er lächelte boshaft und entgegnete: „Ich brauche keinen Boten."

„Nun, zumindest kann ich ihr mitteilen, dass du auf dem Weg der Genesung bist", sagte Lionel fröhlich. „Sie ist nämlich auch sehr um dein Wohlergehen besorgt." Er verneigte sich, ging zur Tür und verließ den Raum.

Schweigen trat ein. Garrick malte sich aus, wie der Bruder auf Ashburnham empfangen wurde, während er selbst schwach und hilflos auf Stanhope Hall ans Bett gefesselt war. Verdammt!

„Bitte, Garrick! Reg dich nicht auf!" flehte Eleanor leise.

Er blickte ihr in die ihn besorgt anschauenden Augen. „Ich kann nichts dafür. Olivia befindet sich in den Händen eines grausamen Menschen, Mutter!"

„Sie ist Arlens Gattin."

Garrick verspürte ein Pochen in den Schläfen. Auch die Schmerzen in der Seite waren schlimmer geworden.

Eleanor zwang sich zu einem strahlenden Lächeln. „Wichtig ist jetzt nur, dass du lebst und dich erholst."

Das war in der Tat wichtig, aber nur, damit er Olivia beschützen und die Wahrheit über den angeblichen Lionel herausfinden konnte. „Ich weiß instinktiv, dass Lionel ein Betrüger ist."

„Was?" Eleanor wurde bleich.

Garrick versuchte, sich ein wenig aufzurichten. Als die Mutter hinter ihn griff und ihm das Kissen in den Rücken stopfen wollte, hielt er sie davon ab. „Lass das! Hör mir bitte zu."

„Bitte, Garrick", flüsterte sie.

Mit der Linken hielt er ihre Hand fest. „Ich bin mir durchaus der Tatsache bewusst, Mutter, dass dieser Mann eine starke Familienähnlichkeit aufweist und sehr viel über uns alle weiß. Aber was denkst du wirklich über ihn? Wie kannst du die Wahrheit nicht kennen?"

Eleanor starrte den Sohn an. „Was macht dich so sicher? Was hast du herausgefunden?"

Er fand ihre Fragen befremdlich, ging indes nicht auf sie ein. „Ich möchte wissen, was du über Lionel denkst."

Sie ließ ihre Hand sinken und wich zitternd einen Schritt zurück. „Was ich über Lionel denke?"

„Er ist dein Sohn, das heißt, falls es sich bei ihm wirklich um Lionel handelt. Wenn es jemand spürt, dann müsstest du das sein!" schrie Garrick.

Ihr Gesicht verdüsterte sich. „Ich weiß nicht. Du lieber Gott! Ich weiß nicht, was ich denken soll!"

Garrick sah sie sich abwenden und die Hände vors Gesicht schlagen. „Was verbirgst du?" rief er, plötzlich argwöhnisch geworden.

Sie schüttelte den Kopf, und die Tränen schossen ihr in die Augen.

„Mutter!" Garrick klopfte das Herz jetzt zum Zerspringen. Er ahnte ein schreckliches Geheimnis, und das versetzte ihn in Bestürzung.

„Ich weiß nicht", antwortete Eleanor und hob den Kopf. „Ich weiß nicht", wiederholte sie. „Lionel ist nicht mein Sohn. Ich bin nicht seine Mutter."

24. KAPITEL

„Wie bitte?“ Garrick glaubte, sich verhört zu haben.

Langsam wandte Eleanor sich wieder ab und blickte aus dem Schlafzimmerfenster auf die vom Morgendunst eingehüllte Landschaft. „Dein Vater bringt mich um, wenn er erfährt, was ich dir soeben gestanden habe.“

Garrick hatte richtig gehört und bezweifelte nicht, dass die Befürchtung der Mutter sich bewahrheiten würde. Fassungslos beugte er sich vor. „Du bist nicht Lionels Mutter?“

Sie schaute ihn an. Ihr betroffen und verlegen wirkendes Gesicht war blass, und Tränen schimmerten in ihren Augen. „Lionel war sechs Monate alt, als ich deinen Vater heiratete, Garrick. Ich habe ihn jedoch wie einen eigenen Sohn aufgezogen.“

Garrick war sprachlos und erschüttert. Es dauerte einen Moment, bis er sich gefasst hatte. „Das ist absurd!“ sagte er. „Die ganze Welt muss das wissen. Wer ist dann Lionels Mutter?“

„Die erste Frau deines Vaters“, antwortete Eleanor.

Wieder war Garrick verblüfft. „Ich war stets der Annahme, dass er nur dich geheiratet hat. Ich hatte keine Ahnung, dass er vorher schon einmal vermählt war. Wie ist es möglich, dass seine erste Ehe ein Geheimnis blieb? Und warum hat er sie geheim gehalten?“

Eleanor schüttelte den Kopf, und eine Träne rann ihr über die Wange. „Als ich auf Stanhope Hall eintraf, war vorher das gesamte Personal ausgewechselt und das Dorf verlegt worden. Damals habe ich mir nicht viel dabei gedacht. Viele Familien haben angrenzende Dörfer – oder zumindest Teile davon – verlegt, wenn sie beschlossen hatten, ihre Landsitze wieder herzurichten. Ich habe angenommen, Carston wäre umgesiedelt worden, weil der Ort der Aussicht im Wege war, oder aus irgendeinem anderen unsinnigen Anlass. Aber ...“ Eleanor hielt inne.

Garrick wollte das Bett verlassen, war jedoch viel zu verstört, um aufstehen zu können. Er spürte ein Pochen in den Schläfen, starke Stiche in der Seite und heftige Kopfschmerzen. „Vater hat also, um seine erste Ehe geheim zu halten, das früher auf Stanhope Hall tätige Personal vollständig entlassen und dann das Dorf verlegt. Offenbar wollte er damit einige Dorfbewohner, die etwas über ihn wussten, aus der Nähe haben. Aber weshalb? Warum hat er sich solche Mühe gemacht? Wusste nicht der gesamte Adel über seine Ehe Bescheid?"

„Das weiß ich nicht. Ich habe keine Ahnung, warum er sich so verhalten hat, glaube jedoch, dass man im Adel nicht über seine Ehe mit Meg MacDonald Bescheid wusste."

„Meg MacDonald?"

Garricks Mutter nickte. „Sie war eine MacDonald. Die Mitglieder ihrer Familie sind Hochländer aus dem Norden Schottlands. Vielleicht hat dein Vater Vergeltung befürchtet. Ich weiß es nicht."

„Seine erste Frau war Schottin?" fragte Garrick scharf. „Welche Vergeltung hätte er befürchten müssen? Warum hätte es dazu kommen sollen?"

Endlich wandte Eleanor dem Fenster den Rücken zu und sah dem Sohn in die Augen. „Ich vermute, dass Megs Eltern gegen die Ehe waren. Schließlich sind Schotten ebenso gegen Engländer eingenommen wie Engländer gegen sie."

„Mein Vater hat heimlich eine Hochländerin geheiratet!" murmelte Garrick. „Warum hat er das getan? Hat er sie aus Liebe geheiratet?" Noch während er die letzte Frage stellte, wusste er, dass bei dieser Ehe Liebe gewiss nicht im Spiel gewesen war.

„Frag mich nicht, wie ein Mädchen aus dem Hochland deinen Vater kennen gelernt hat", erwiderte Eleanor. „Er hat mir nie etwas über seine erste Ehe erzählt, und ich habe nicht gewagt, ihn auszufragen."

„Du weißt also nichts."

Sie zögerte. „Ich weiß, dass Margaret MacDonald kurz vor der Niederkunft stand, als sie deinen Vater heiratete. Jedenfalls ist mir das zu Ohren gekommen."

Die nahe liegendste Schlussfolgerung war, dass der Vater sich genötigt gesehen hatte, diese Frau zu heiraten. Garrick konnte sich jedoch nicht vorstellen, dass sein Vater sich zu der Hochzeit mit Meg MacDonald hatte zwingen lassen – es sei denn, ihm war eine Pistole auf die Brust gesetzt worden. „Wie ist Vaters erste Frau gestorben?"

Eleanor schwieg.

„Wie, Mutter?"

Sie atmete tief durch. „Sie hat sich umgebracht, indem sie sich aus dem Dachbodenfenster stürzte."

„Verzeiht die Störung, Mylord, aber ich muss mich mit Euch unterhalten", sagte Sir John mit hochrotem Kopf.

Der Earl of Stanhope betrachtete den stämmigen Baronet, der sichtlich verlegen an der offenen Tür zur Bibliothek stand. Die Perücke war verrutscht, eine Spitzenmanschette des Hemdes im Ärmel der hellroten Jacke stecken geblieben. Richard klappte das Kontobuch zu, mit dem er sich befasst hatte. Er hatte wahrlich Wichtigeres im Sinn als die Prüfung der Abrechnungen. „Bitte, kommt herein, Sir John", forderte er ihn auf und erhob sich.

Als der kräftige Baronet in den Raum kaum, sah Richard, dass die bleiche blonde Tochter dem Vater folgte. Ihre Augen und die Nase waren vom Weinen gerötet. Ihre Tränen hatten auf dem hellblau und weiß bestickten Kleid Flecke hinterlassen. Richard unterdrückte ein Seufzen. Er ahnte, warum Sir John ihn sprechen wollte. Was die bevorstehende Hochzeit betraf, hatten seine Ansichten sich nicht geändert.

Das Herz krampfte sich ihm zusammen. Garrick wäre beinahe gestorben. Dieser Narr! Dieser Dummkopf! Wie hatte er sich mit Ashburn duellieren können, obwohl er ihm nicht gewachsen war? Gott sei Dank war ein Wunder geschehen. Garrick lebte.

„Darf ich offen mit Euch reden?" fragte Sir John.

„Bitte, nehmt Platz", erwiderte der Earl of Stanhope.

„Ich ziehe es vor zu stehen", entgegnete der Baronet.

„Ich werde die Tür schließen", sagte Richard und machte Anstalten, seinen Schreibtisch zu verlassen.

„Das ist nicht nötig", meinte Sir John scharf.

Jäh blieb der Earl stehen und drehte sich langsam um. „Gibt es ein Problem, Sir John?" erkundigte er sich freundlich.

Sir John wandte sich um und zerrte Susan zu sich, die jetzt in ein besticktes Taschentuch weinte. Richard war befremdet. „Meine Tochter wurde von Eurem Sohn verführt!" verkündete Sir John.

Der Earl war bestürzt, verbarg indes geschickt sein Erstaunen. „Dann müssen wir das Hochzeitsdatum vorverlegen."

„Nein!" brüllte Sir John und streckte bebend den Zeigefinger aus. „Ich meinte Euren älteren Sohn Lionel. Er hat meine Tochter verführt! Zum Teufel, ich erwarte, dass er sie heiratet!"

Es dauerte einen Moment, bis Richard seine Überraschung überwunden hatte. Das hätte er sich denken können! „Erwartet Ihr wirklich von mir, dass ich auf diese ... diese ... List hereinfalle, mit der Ihr bezweckt, die Verlobung Eurer Tochter mit Garrick zu lösen, damit sie Lionel heiraten kann?"

„Das ist keine List! Der Bastard hat Susan gestern Nacht geschändet. Das hat sie mir heute früh erzählt!" Sir John ergriff Susan am Arm und zerrte sie noch einen Schritt vorwärts. „Hat Lionel De Vere dich gestern Nacht verführt oder nicht?"

Sie machte den Mund auf, brachte jedoch keinen Laut heraus.

„Susan!" brüllte Sir John sie an.

Sie sank in einen Sessel und schlug hysterisch schluchzend die Hände vors Gesicht.

Der Earl of Stanhope verschränkte die Arme vor der rehbraunen Weste und schaute Miss Layton gleichgültig an. „Hysterische Weinkrämpfe und theatralisches Gehabe machen keinen Eindruck auf mich!"

Drohend stellte Sir John sich vor den Earl. „Meine Tochter war unschuldig, bis Euer älterer Sohn ihr gestern Nacht im Aussichtspavillon Gewalt angetan hat. Sie lügt nicht, Sir!"

Richard starrte Sir John einen Moment an, dann ging er zur Tür und winkte einen Lakai herbei. „Sucht meinen Sohn Lionel, und richtet ihm aus, er habe sich unverzüglich bei mir in der Bibliothek einzufinden", befahl er.

Susan schnappte erschrocken nach Luft. „Oh nein!"

„Oh ja!" erwiderte Richard grimmig.

Jäh verstummte ihr Schluchzen, und in der Stille konnte man das Ticken der in einer Ecke des Raums stehenden Pendeluhr hören. Sir John Layton und der Earl of Stanhope warteten schweigend auf Lionel, der kurz darauf unbekümmert lächelnd in den Raum kam.

Er warf einen Blick in die Runde, und sein Lächeln schwand. „Guten Morgen. Ist etwas nicht in Ordnung? Ist Miss Layton krank?"

Susan schaute ihn aus weit aufgerissenen Augen voller Hoffnung und Hingabe an und brach sofort wieder in Tränen aus. Mit einem Wutschrei stürmte Sir John in unmissverständlicher Absicht auf Lionel zu. Hastig stellte Richard sich zwischen ihn und seinen Sohn.

„Ihr werdet sie heiraten!" schrie Sir John.

„Wen soll ich heiraten?" fragte Lionel konsterniert.

„Meine Tochter!"

„Beruhigt Euch", warf Richard ein und sah Lionel an. „Miss Layton behauptet, du hättest sie gestern Nacht verführt. Stimmt das?"

„Nein", antwortete Lionel ohne jedes Zögern.

Sie hörte zu weinen auf und starrte ihn ungläubig an.

Er wandte sich ihr zu. „Verführung würde ich das nicht nennen, meine liebe Miss Layton."

Susan war so fassungslos, dass sie kein Wort über die Lippen brachte.

Der Earl of Stanhope und Sir John drehten sich zu Lionel um.

„Hier gibt es ein Missverständnis", sagte Lionel leichthin. „Ich habe sie gestern Nacht im Aussichtspavillon getroffen. In den zwei

Wochen seit meiner ersten Begegnung mit ihr hat sie keinen Hehl aus ihren Gefühlen für mich gemacht. Ich habe ihre Avancen jedoch zurückgewiesen, Sir John, Vater. Gütiger Himmel, sie ist mit meinem Bruder verlobt! Es tut mir Leid, Miss Layton, dass ich das sagen musste", fügte Lionel in freundlicherem Ton hinzu.

Sie sprang auf und sah ihn offenen Mundes an.

„Er ist ein unglaublicher Lügner!" rief Sir John aus. „Meine Tochter hat sich vielleicht in ihn verliebt, würde sich ihm jedoch nie auf unziemliche Weise anbieten! Niemals!"

„Ich befürchte, wir sind an einem toten Punkt angelangt, Sir John", warf Richard hart ein. „Wie gesagt, Eurer Hinterlist ist kein Erfolg beschieden."

Sir John lief hochrot an.

„Papa", flüsterte Susan ängstlich.

Er brachte sie mit einer Geste zum Schweigen und musterte den Earl kalt. „Die Verlobung ist beendet", verkündete er. „Ich löse sie jetzt. Und bei Gott, ich werde aller Welt von der Perfidie dieser Familie erzählen! Komm, Susan!"

Unfähig, den Blick von Lionel zu wenden, gehorchte sie unter Tränen.

„Wollt Ihr Euch wirklich mit mir und meinen Angehörigen anlegen?" fragte Richard, als Sir John schon fast bei der Tür war. Jäh blieb der Baronet stehen. „Glaubt Ihr, gewinnen zu können? Falls Ihr das annehmt, begeht Ihr einen großen Fehler."

Sir John warf dem Earl einen ungläubigen Blick zu. „Ich liebe meine Tochter", erwiderte er. „Ihr wurde ein Unrecht angetan. Manche Dinge sind es wert, dass man ihretwegen kämpft, ganz gleich, um welchen Preis."

„Ich werde Euch vernichten, Sir John", meinte Richard herablassend.

Der Baronet nahm seine Tochter am Arm und schob sie aus der Bibliothek. Die nun folgende Stille wurde nur durch das langsame, laute Ticken der Pendeluhr durchbrochen.

„Du Narr!" äußerte Richard schließlich.

Lionel setzte eine unschuldige Miene auf und zog die Augenbrauen hoch.

Richard ging an ihm vorbei und schlug die Tür geräuschvoll zu. „Spiel mir nicht den Gentleman vor! Ich weiß, dass du Miss Layton verführt hast. Sie hat nicht die mindeste Ahnung, wie man einem Mann Avancen macht. Dazu wäre sie nicht einmal im Stande, wenn ihr Leben davon abhinge."

„Vater ..." Lionel wirkte plötzlich nicht mehr ganz so unbekümmert.

„Warum?" unterbrach Richard. „Warum hast du das getan? Zugegeben, sie war leichte Beute für dich, aber du hättest hundert andere Frauen haben können, ohne schwer wiegende Folgen befürchten zu müssen."

Lionel zuckte die Schultern. „Sie ist ziemlich hübsch. Es tut mir Leid. Die Lust hat mich überwältigt. Und Miss Layton hat mich seit unserer ersten Begegnung ständig angehimmelt. Außerdem frage ich dich, ob ich Garrick nicht einen Gefallen getan habe."

„Verdammt, ich wollte, dass diese Ehe zu Stande kommt!" schrie Richard.

Klugerweise schwieg Lionel.

Richard ging auf und ab, blieb nach einer Weile stehen und stemmte die Hände in die Seiten. „Und was ist, wenn Sir John seine Tochter von einem Arzt untersuchen lässt?"

„Ich werde alles abstreiten und behaupten, dass Garrick mit ihr zusammen war."

Richard schüttelte den Kopf und lachte leise auf. „Wir beide wissen, dass Garrick sie verabscheut und sie vor der Hochzeit nie anfassen würde. Ich bin ganz sicher, dass er nur auf die Auflösung der Verlobung wartet." Richard fluchte, und seine Miene verfinsterte sich.

Lionel verzog das Gesicht. „Es tut mir Leid, Vater. Was ich getan habe, war falsch, aber ich habe mich mitreißen lassen."

Richard kehrte zum Schreibtisch zurück und warf dabei Lionel einen vernichtenden Blick zu. „Ach, wirklich? Im Gegensatz zu deinem Bruder habe ich dich für keinen sonderlich leidenschaftlichen Mann gehalten, Lionel. Ich glaube nicht, dass du dich je von irgendetwas oder irgendjemandem mitreißen lässt."

„Der Apfel fällt nicht weit vom Stamm, nicht wahr, Vater?" konterte Lionel nach einer kurzen Pause.

Richard lachte kurz und trocken auf.

Lionel schien zu überlegen. „Vater, es mag ein wenig voreilig sein, aber warum konzentrierst du dich auf Garrick, wenn du so dringend einen Erben brauchst? Ich bin nicht so aufsässig wie er."

Richard lächelte Lionel an. „Sei unbesorgt, ich denke an dich. Ich habe auch deine Zukunft im Sinn und werde sie bald regeln."

„Dann bin gespannt darauf zu hören, was du für mich planst."

„Morgen werde ich eine öffentliche Erklärung abgeben", erklärte Richard in beiläufigem Ton.

Lionel zuckte zusammen. „Eine öffentliche Erklärung?" wiederholte er hoffnungsvoll.

„Ja! Morgen werde ich dich als Viscount Caedmon Crag und meinen lange verschollenen ersten Sohn anerkennen."

Im Morgenmantel schritt Arlen in seinem Schlafzimmer auf und ab, blieb nach einer Weile stehen und zog die Vorhänge zurück. Das morgendliche Wetter sah nicht einladend aus, da leichter Regen fiel. Verstimmt durch den endlos langweiligen Anblick, schloss er die dunkelblauen Draperien wieder. Zum Glück würde er in einigen Stunden mit der Schwester nach London abreisen – der Aufenthalt auf dem Land konnte einen Mann in den Wahnsinn treiben. Bevor Arlen indes zu seinem gewohnten Leben zurückkehren konnte, musste er noch über die Strafe für Olivia befinden.

Zur Hölle mit dieser Schlampe!

Es klopfte an der Tür. Arlen drehte sich um und rief: „Herein!" Sein Herz klopfte unwillkürlich schneller, als er die Schwester in einem Morgenkleid aus altrosafarbener Seide ins Zimmer kommen sah.

Sie lächelte ihn an, und in diesem Moment war sie für ihn die strahlendste, schönste Frau, die er je zu Gesicht bekommen hatte. Das dachte er allerdings schon seit ihrem zwölften Lebensjahr. „Guten Morgen, mein Lieber", begrüßte sie ihn, durchquerte rasch den Raum und zog die Fenstervorhänge auf.

Sogleich eilte Arlen zur Tür, die sie hinter sich geschlossen hatte, und machte sie auf. „Es ist erst halb elf. Wir sind beide keine Frühaufsteher. Hältst du es für klug, dass du hier bist?"

Sie machte eine gelangweilte Geste. „Niemand würde wagen, uns zu stören, Arlen. Sei nicht solch ein Moralapostel! Jeder hier weiß, wie gern du mich hast. Schließ die Tür wieder, damit wir uns unterhalten können."

Arlen lächelte gezwungen, kam Elizabeths Bitte jedoch nach. „Ich bin überzeugt, niemand weiß, wie gern ich dich habe, meine Liebe."

Elizabeth hob eine Braue und lachte, als wäre es ihr vollkommen gleich, was das gesamte Personal oder der ganze Adel dachte. Aber so war sie eben. Sie war sehr selbstsicher. „Wir reisen heute in die Stadt", verkündete Arlen.

„Ich weiß. Ehrlich gesagt, fühle ich mich seit einer Weile nicht gut und habe daran gedacht, noch einige Tage hier zu bleiben."

Sogleich durchquerte er den Raum, ergriff die Hände der Schwester und erinnerte sich, dass sie auf der schrecklichen, endlos erscheinenden Reise nach Caedmon Crag krank gewesen war. Ihm fiel an, dass sie auch gleich nach dem Duell auf der Rückfahrt von Cornwall über Unwohlsein geklagt hatte. „Aber du verabscheust das Leben auf dem Land doch noch mehr als ich!"

„Ja, aber es ist mir ernst. Die Landluft scheint die Krankheit vertrieben zu haben, an der ich litt. Ich weiß indes nicht, ob ich schon fähig wäre, einen ganzen Tag in der Kutsche zu verbringen. Du kannst ohne mich nach London fahren, Arlen. Das würde mich nicht stören. Ich würde mich einfach noch einige Tage hier ausruhen und dir dann in die Stadt folgen", sagte Elizabeth lächelnd.

„Ich könnte bei dir bleiben", erwiderte er zögerlich, während er daran dachte, wie gelangweilt er bereits war und wie glücklich ihn die Aussicht gestimmt hatte, Ashburnham zu verlassen. Andererseits war er stets dort am zufriedensten, wo Elizabeth sich aufhielt.

„Mein Lieber ..." Sie legte ihm die Hand auf die Wange. „Mein Gatte verweilt noch zwei Tage in London. Gestern habe ich seinen Brief bekommen. Hast du das vergessen?"

Arlen hatte keinen Gedanken daran verschwendet.

„Anschließend reist mein Mann mit Freunden zu seinem Jagdsitz nach Schottland. Dann hast du mich in London ganz für dich." Der Blick, den sie dem Bruder zuwarf, war höchst verheißungsvoll.

Arlen erwog die Situation und nickte schließlich. „Dann reise ich voraus, meine Liebe, und vergnüge mich bis zu deiner Ankunft mit Freunden. Aber ich erwarte, dass du dich ausruhst, damit wir uns am Ende der Woche nach deiner Rückkehr in die Stadt amüsieren können."

Elizabeth lächelte und küsste den Bruder auf die Wange. „Sei unbesorgt! Was könnte ich hier auf dem Land anderes tun als schlafen und essen?"

Er lachte.

„Hast du schon beschlossen, was du mit deiner treulosen Frau tun wirst?" erkundigte sie sich.

Er straffte die Schultern. „Musst du mich an ihren Verrat erinnern?"

„Noch dazu mit Garrick De Vere!" Elizabeth wirkte belustigt.

„Fast hätte ich ihn getötet. Jemand hat mir ein Bein gestellt. Ich bin nicht ausgerutscht", beteuerte Arlen und war wütend, weil er Caedmon nicht umgebracht hatte.

„Ich habe mit Manion alles beobachtet. Niemand hat dir ein Bein gestellt, Arlen. Aber Caedmon dürfte es genossen haben, dir Hörner aufzusetzen."

Arlen hasste es, wenn die Schwester stichelte, da er wusste, dass sie das absichtlich tat. „Vielleicht setze ich ihm Hörner auf, nachdem er Miss Layton geheiratet hat", erwiderte er zornig.

„Ich bezweifele, dass er sie heiraten wird. Außerdem begehrst du dieses Kind doch nicht wirklich, Arlen!" Elizabeth zog eine Augenbraue hoch.

Die Bedeutung ihrer Worte war klar. Er fluchte und ging wieder auf und ab.

„Nun, ich kann Olivias Interesse an Garrick durchaus nachvollziehen", meinte Elizabeth und lachte.

Arlen wirbelte herum. „Warum kommst du jetzt auf die Vergangenheit zu sprechen?" fragte er schroff. „Muss ich nun an deine Treulosigkeit erinnert werden? Ist das nötig?"

Elizabeth war gekränkt. „Ich war damals sechzehn Jahre alt, und Garrick ein Jahr jünger. Er war jedoch sehr erfahren und hat mich verführt, Arlen. Ich merkte kaum, was geschah. Aber darüber haben wir beide doch schon so oft gesprochen!"

Arlen ging zu ihr und blieb vor ihr stehen. Er musste die Wahrheit erfahren. „Hat es dir gefallen? Hat er dich vor Wonne – und vor Schmerz – zum Schreien gebracht?"

„Wie kannst du wagen, mir solche Fragen zu stellen!" entrüstete sich Elizabeth.

Einen schrecklichen Moment lang fürchtete Arlen, er könne sie verlieren. „Ich entschuldige mich, Elizabeth. Es tut mir Leid, vergiss bitte, was ich gesagt habe."

Sie ging zur Tür. „Ich werde dich rufen lassen, wenn ich wieder in der Stadt bin, wann immer das sein mag", äußerte sie eisig.

Arlen eilte ihr hinterher und verstellte ihr den Weg. „Ich muss meine Frau bestrafen", sagte er eindringlich.

„Ich habe den perfekten Vorschlag", erwiderte Elizabeth lächelnd. „Ich habe in der Nacht darüber nachgegrübelt. Du wirst Hannah fortschicken und so das Problem lösen, ein so abscheuliches Kind zu haben. Sperr sie ein. Ich kenne genau den richtigen Ort dafür."

„Und Olivia?"

Elizabeth zuckte die Schultern. „Lass sie hier. Sie genießt es doch sehr, auf dem Land zu sein."

„Glaubst du wirklich, dass sie hier bleibt, Elizabeth? Nein, das wird sie nicht tun, sofern ich sie nicht in Ketten legen lasse. Und das ist gegen das Gesetz.“

„Betäub sie, Arlen. Lass morgens, mittags und abends ihr Trinkwasser, ihren Wein und ihren Tee mit Laudanum versetzen, damit sie nicht mehr klar denken kann. Bald wird sie nur noch vor sich hin dämmern und wie ein Geist in diesem Haus herumwandern. Und wer wird je die Wahrheit erfahren? Ich lasse meine Zofe hier, die Olivia das Laudanum in die Getränke geben kann“, fügte Elizabeth hinzu.

„Das ist ein brillanter Vorschlag“, erwiderte er beeindruckt. „Auf diese Weise gehe ich jedem weiteren Skandal aus dem Weg.“

„Genau!“ Elizabeth nickte selbstgefällig. Doch dann veränderte sich ihre Miene, und ihr Gesicht nahm eine grünliche Farbe an. Entsetzen spiegelte sich in ihrem Blick wider.

„Was hast du, Elizabeth?“ rief Arlen erschrocken aus.

Sie rannte durch den Raum und erbrach sich in die Waschschüssel.

Arlen widerte zwar jede Art von Krankheit an, aber er liebte seine Schwester und ging daher zu ihr. Als ihr Magen sich wieder beruhigt hatte, stützte er sie, brachte sie dann zu einem Sessel und reichte ihr ein Glas Wasser.

Geduldig wartete er, bis sie es geleert hatte. „Mein Gott! Du bist immer noch krank!“ Auf der Fahrt nach und von Caedmon Crag war ihr ständig übel gewesen.

„Ich bin nicht krank.“

„Nein?“

„Ich bin schwanger“, erklärte sie ohne das geringste Bedauern.

Arlen starrte sie an. „Nein!“

„Doch!“

Seine Gedanken überschlugen sich. „Houghton ...“, murmelte er, wenngleich diese Annahme nicht zutreffen konnte, da der Mann Elizabeths Worten zufolge impotent war.

Sie drehte sich um und sah den Bruder an, als hätte er den Verstand verloren. „Sei nicht so dumm!“ erwiderte sie.

In den fünf Tagen seit der Rückkehr nach Ashburnham war Olivia so klug gewesen, sich nur in ihren Räumen aufzuhalten. Während sie auf die Entscheidung über ihr zukünftiges Los wartete, kam ihr jede Minute wie eine Ewigkeit vor.

Lebte Garrick? Keiner der Dienstboten hatte auf ihre geflüsterten Bitten reagiert, nach Stanhope Hall zu reiten und Neuigkeiten über Garrick in Erfahrung zu bringen. War er auf Caedmon Crag geblieben? War er tot? Hatte das Begräbnis schon stattgefunden? Oh Gott!

Sie schlug die Hände vors Gesicht und ermahnte sich, nicht zu weinen und stark zu sein. Er konnte nicht tot sein. Aber er hatte so stark geblutet. Niemals würde sie den Anblick vergessen, den er zusammengekrümmt am Fuß der Turmmauer in seinem Blute liegend, den Oberkörper und die Breeches voller Blut, geboten hatte. Und alles war ihretwegen geschehen!

Es war müßig, jetzt daran zu denken, dass Garrick inzwischen mit ihr und Hannah in Frankreich sein könnte, wenn er vor ihrem Gatten geflohen wäre, statt sich dessen Forderung zu stellen.

Sie musste über ihn Bescheid wissen, die Wahrheit erfahren, und hatte bereits überlegt, ob sie nach Stanhope Hall reiten oder den Weg zu Fuß zurücklegen solle. Falls sie keines von Arlens Pferden stehlen konnte, würde sie nach Stanhope Hall laufen müssen. Olivia wagte jedoch nicht, die Tochter zurückzulassen, da sie ihrem Mann nicht traute.

Sie musste Hannah und sich selbst vor Arlens Wutausbruch schützen, der unweigerlich kommen würde. Das war nur eine Frage der Zeit.

Seit dem Duell waren mittlerweile fünf Tage vergangen, und sie wagte fast zu hoffen, verschont zu bleiben. Vielleicht ließ er ausnahmsweise einmal die Dinge auf sich beruhen, damit der Skandal sich von selbst legte, und verzichtete darauf, sich an ihr und dem

Kind zu rächen. Nach reiflicher Überlegung gelangte sie allerdings zu der Erkenntnis, dass er nur dann keine Rache nehmen würde, wenn Garrick tot war.

Sie brach in Tränen aus.

Als sie schließlich versiegten, hatte sie zum hundertsten Mal das Bild von Garricks blutigem Körper vor Augen. Es hatte keinen Sinn zu beten. Sie hatte schon bis zur völligen Erschöpfung gebetet, bis die Knie ihr wehtaten, der Rücken steif und die Glieder gefühllos geworden waren. Sie konnte nicht mehr beten.

Wenn sie doch keine reife, erwachsene Frau wäre! Wenn sie doch an Wunder und Märchen glauben könnte! Aber das tat sie nicht. Sie hatte nie an so etwas geglaubt.

Sie fuhr sich mit dem Handrücken über die tränenfeuchten Augen, ging zur Schlafzimmertür und presste das Ohr daran. Da sie aus dem Korridor kein Geräusch vernahm, öffnete sie behutsam die Tür und lugte durch den Spalt. Niemand war zu sehen. Rasch überquerte sie den Flur und betrat Hannahs Zimmer. Die Tochter saß auf dem Bett und spielte mit zwei Porzellanpuppen. Hannah hob den Kopf und lächelte die Mutter an.

Olivia eilte zu ihr, setzte sich neben sie und drückte sie fest an sich. „Ich liebe dich so", flüsterte sie impulsiv.

„Das weiß ich, Mama", erwiderte Hannah. „Auch ich liebe dich sehr."

„Was hattest du zum Frühstück?" erkundigte Olivia sich leichthin. Der Ton, in dem sie gesprochen hatte, kaschierte die Traurigkeit ihres Herzens.

Hannah wusste Dinge, von denen ein Kind noch gar nichts ahnen sollte, und hatte gesagt, sie halte Lord Caedmon nicht für tot. Andererseits hatte sie gestanden, durch all das, was passiert war, verstört zu sein und sich nicht mehr darauf verlassen zu können, die Wahrheit zu erkennen. Olivias kleines Mädchen wurde erwachsen und war doch erst acht Jahre alt.

Hannah schnitt eine Grimasse. „Eier, Mama. Ich vermisse Miss Childs."

„Das weiß ich, Schätzchen." Olivia strich der Tochter über das Haar.

Plötzlich wurde die Tür geöffnet, und Arlen erschien auf der Schwelle. Erschrocken schrie Olivia auf. Im nächsten Augenblick bemerkte sie den Hass in seinen Augen, die Genugtuung, zog Hannah an sich und hielt sie fest umschlungen. Der Zeitpunkt war gekommen, sich dem Zorn des Gatten zu stellen.

„Ich möchte mit dir in deinem Zimmer reden", sagte Arlen ruhig.

Er würde ihr etwas Furchtbares antun. Langsam erhob sich Olivia.

„Geh nicht weg, Mama", flüsterte Hannah und ergriff ihre Hand. „Ich habe Angst."

Olivia drehte sich um, sah das erschrockene Gesicht der Tochter und erstarrte.

Arlen ergriff sie beim Ellbogen und riss sie von Hannah fort. „Komm!" befahl er barsch.

„Nein!" schrie Olivia und versuchte, bei ihrer Tochter zu bleiben.

„Mama!" rief Hannah kläglich. „Geh nicht weg, Mama!"

Arlen zerrte Olivia durch die Tür. Im Korridor standen mehrere Dienstboten, darunter die neue Gouvernante der Tochter, eine schreckliche, gefühllose Person, die der Gatte eingestellt hatte.

Hannah! Man würde ihr Hannah wegnehmen!

„Nein!" schrie sie, als Arlen sie in ihr Zimmer stieß, ihr folgte und die Tür hinter sich versperrte.

„Sei still!" herrschte er sie an.

Keuchend wandte sie sich zu ihm um, krümmte die Finger und war bereit, ihm die Augen auszukratzen.

„Warum bist du so außer dir, Olivia? Ich möchte nur mit dir reden."

„Was hast du mit Hannah vor?" fragte sie.

„Habe ich gesagt, dass ich meiner Tochter etwas antun will?" Arlen ging zur Kommode und schenkte aus der darauf stehenden

Karaffe Wasser in ein Glas. Er kehrte zu Olivia zurück und hielt es ihr hin. „Vielleicht hilft dir das, dich etwas zu beruhigen."

Gedankenlos nahm sie es entgegen. „Ich bin nicht durstig. Du wirst Hannah kein Leid antun? Du wirst sie nicht fortschicken?"

Arlen betrachtete die Gattin, ohne mit der Wimper zu zucken. „Nein."

Tapfer erwiderte sie seinen Blick. Der Ausdruck in seinen Augen war unergründlich. Beklommen dachte sie daran, wie rachsüchtig und grausam er sein konnte.

„In etwa einer Stunde reise ich nach London zurück. Ich überlasse dich hier dem einfachen Leben auf dem Land, meine Liebe."

Ganz langsam begann sie sich zu entspannen. „Du kehrst in die Stadt zurück und lässt Hannah und mich hier?"

Er lächelte leicht. „Warum bist du so überrascht?"

Olivia kam ein schrecklicher Gedanke. „Ist Garrick tot?"

„Nein", entgegnete Arlen verächtlich. „Er lebt und befindet sich, wie ich hörte, auf dem Weg der Genesung. Allerdings habe ich auch vernommen, dass sein Vater endlich aller Welt bekannt geben will, Lionel sei sein Erbe."

Den letzten Satz hatte Olivia kaum wahrgenommen. Sie war ungemein erleichtert darüber, dass es Garrick besser erging. Am ganzen Leibe zitternd, wandte sie sich ab und sank auf den am Fußende ihres Betts stehenden Settee. Mit bebender Hand hob sie das Wasserglas an die Lippen und bemerkte überrascht, dass man ein Stück Zitronenschale hineingetan hatte, um den Geschmack des Wassers zu verändern. Rasch trank sie zwei Mal einen Schluck. Garrick lebte! Gott sei Dank! Er lebte!

Plötzlich erwachte ihr Argwohn. Warum benahm der Gatte sich so vernünftig, da Garrick lebte? „Ich begreife nicht."

„Nein? Was begreifst du nicht?"

„Warum willst du Hannah und mich hier lassen?" erkundigte sie sich misstrauisch.

Er näherte sich ihr und starrte sie an. Sein Blick war nie so feindselig gewesen. „Eigentlich lasse ich dich hier allein, Olivia."

Sie zuckte zusammen. Also hatte sie sich nicht getäuscht.

„Hannah ist fort."

„Nein!"

„Überzeug dich selbst", erwiderte er.

Von grenzenloser, nie gekannter Angst erfasst, hastete sie zur Tür und stieß sie auf. Die Tür zu Hannahs Zimmer war weit geöffnet. Die Tochter war nicht im Raum. Olivia schrie auf und meinte, hinter sich den Gatten leise lachen zu hören.

Der schlimmste Albtraum im Leben einer Frau war Wahrheit geworden.

Olivia wirbelte herum. „Was hast du mit Hannah gemacht? Was hast du meinem Kind angetan?" schrie sie ihn an.

Sichtlich belustigt zuckte er die Schultern.

Sie drehte sich um und rannte durch ihr Schlafzimmer zu den Fenstern, durch die man den vorderen Teil des Parks sah. Sie klammerte sich an das Fensterbrett, spähte durch die Scheibe und entdeckte eine Kutsche, die schon halb die Auffahrt hinuntergerollt war. „Hannah!"

„Keine Sorge, meine Liebe. Du bleibst hier", sagte Arlen hinter Olivia. „Du bleibst allein auf dem Land zurück."

Sie wandte sich zu ihm um. „Wohin lässt du Hannah bringen?" schrie sie.

„In die Irrenanstalt."

25. KAPITEL

Olivia war klar, dass sie aufstehen musste. Dafür gab es einen dringenden Grund. Doch sosehr sie sich auch bemühte, es wollte ihr nicht einfallen, warum sie das Bett verlassen sollte.

Sie schaffte es immerhin, langsam den Kopf zur Seite zu drehen und die Augen zu öffnen, auch wenn ihr das unnatürlich schwer fiel und es eine ungeheure Anstrengung für sie war. Wie steif und eigenartig sich der Hals anfühlte! Der Kopf schmerzte. Sie blinzelte gegen das grelle Licht an und fragte sich, warum die Augen ihr wehtaten. Die Sonne schien durch einen Spalt zwischen den zugezogenen Fenstervorhängen. Olivia versuchte sich zu konzentrieren. Musste sie aufstehen, weil es mindestens schon später Vormittag war?

Das Denken fiel ihr schwer. Sie war außer Stande, einen klaren Gedanken zu fassen. Das Zimmer verschwamm vor ihren Augen. Ihr Mund war so entsetzlich trocken. Sie stemmte die Hände auf das Bett und richtete sich mühsam auf. Es schien eine Ewigkeit zu dauern, bis sie endlich eine sitzende Position erreicht hatte. Langsam drehte sie sich halb um und starrte auf die Wasserkanne aus blauweißem Wedgwood-Porzellan. Sie starb vor Durst und hatte einen üblen, bitteren Geschmack im Mund.

Eine innere Stimme befahl ihr, das Bett zu verlassen.

Jäh versteifte sie sich. Die Stimme hatte fest und klar und eindringlich geklungen. Olivia musste sich erheben. Und der Grund dafür hatte wenig mit der Uhrzeit zu tun.

Olivia konnte sich nicht erklären, warum ihre Hand so stark zitterte, als sie nach der Kanne griff. Immerhin gelang es ihr, etwas Wasser in ein Glas zu gießen. Warum fiel ihr das so schwer? Weshalb fühlte sie sich so schläfrig, so benommen? Wieso war es so schwierig, einen klaren Gedanken zu fassen?

Hannah!

Einen Augenblick lang war Olivia sich mit erschreckender Klarheit bewusst, dass ihre Tochter in Schwierigkeiten war und sie dringend brauchte. Im nächsten Moment hatte sie diesen Gedanken bereits wieder vergessen. Was war so entsetzlich gewesen, so dringend und eilig? Warum konnte sie sich nicht erinnern?

Die Schlafzimmertür wurde geöffnet, und ein Hausmädchen, das Olivia fremd war, kam munter lächelnd mit wehenden marineblauen Röcken in den Raum. „Guten Morgen, Mylady. Ihr habt schon wieder den halben Tag verschlafen." Die Frau war doppelt so alt wie Olivia und dünn wie eine Bohnenstange. Das rote Haar war im Nacken zu einem Knoten geschlungen.

Wie durch Nebel sah Olivia sie auf sich zukommen und ihr ein Tablett mit dem Frühstück auf den Schoß stellen. Sie starrte das Essen an, auf das sie keinen Appetit hatte. Das Hausmädchen zog die Chintzvorhänge auf und drehte sich um. „Ihr solltet essen, Mylady. Dann werden wir Euch waschen und ankleiden."

Irgendetwas war nicht in Ordnung. Olivia starrte die Frau an, als hätte sie Chinesisch gesprochen, eine Sprache, die Olivia nicht beherrschte. Sie fühlte sich nicht wohl, konnte sich nicht regen, nicht einmal denken. Sie aß nie Steak und Rührei.

„Wer ... seid ... Ihr?" Sie erkannte ihre Stimme nicht wieder, die rau und belegt geklungen hatte. Es war ihr sehr schwer gefallen, die Worte zu finden und zu formen.

„Wie bitte, Mylady?" Das Hausmädchen kam näher, beugte sich vor und füllte Rührei auf die Gabel. „Ich kann Euch nicht verstehen, wenn Ihr so undeutlich sprecht. Bitte, esst jetzt!"

Ehe Olivia richtig begriff, was geschah, hatte sie das Rührei im Mund, kaute automatisch und schluckte es hinunter. Es schmeckte bitter und war viel zu stark gesalzen. Instinktiv wandte sie den Kopf ab, ehe das Hausmädchen ihr noch einen Bissen in den Mund schieben konnte.

„Ihr müsst essen!" sagte die Hausangestellte in einem Ton, den kein Dienstbote je seiner Herrschaft gegenüber anschlagen würde.

Irgendetwas war nicht in Ordnung. Warum wurde Olivia gefüttert? Wer war diese Frau? Wo war Olivia?

Hannah!

„Meine ... Tochter", flüsterte Olivia und hatte plötzlich wieder den Mund voll Rührei.

Sie hob die Hand, obwohl es sie ungeheure Anstrengung kostete, und stieß, während sie das widerwärtig schmeckende Rührei schluckte, den Arm der Frau beiseite. Im gleichen Moment vergaß sie erneut, woran sie gedacht hatte. Unvermittelt standen ihr die Tränen in den Augen. Was widerfuhr ihr? Hatte sie den Verstand verloren?

„So ist es recht, Mylady", lobte das Hausmädchen.

„Ich ... werde ... essen", brachte Olivia unter großen Schwierigkeiten heraus. „Ich ... muss ... nicht gefüttert ... werden."

Die Frau verschränkte die Arme vor der Brust und schaute sie skeptisch an.

Schwitzend bemühte sich Olivia, gegen die Benommenheit anzukämpfen. „Warum ... bin ... ich ... krank?"

Die Bedienstete wandte sich ab. „Ich komme in einer halben Stunde zurück, Mylady, und helfe Euch dann beim Waschen. Esst alles auf, was auf dem Teller ist."

Olivia machte sich nicht die Mühe, der Person zu antworten. Sie war ungemein erleichtert, als die Frau aus dem Zimmer ging und die Tür einen Spalt offen ließ.

Wieder schaute sie das auf ihrem Schoß stehende Tablett an. Sie würde nicht essen, weil sie nicht hungrig war. Etwas war mit dem Essen nicht in Ordnung. Außerdem aß sie nie Rührei und Steak.

Sie hörte ein Miauen und zuckte zusammen.

Der rötliche Kater, den Hannah so gern hatte, sprang zu Olivia aufs Bett. Olivia lächelte und hatte das Gefühl, die Lippen würden ihr platzen. Ihr Lächeln schwand. Sie musste die Tochter sehen.

Ihr blutete das Herz, und ein schreckliches Grauen erfüllte sie. Hannah. Irgendetwas war nicht in Ordnung.

Der Kater miaute wieder und rieb laut schnurrend den Kopf an Olivias Bein.

Was war nicht in Ordnung? Olivia schossen die Tränen in die Augen. Sie war kurz davor gewesen, eine sehr wichtige – eine schreckliche, entsetzliche – Entdeckung zu machen, der Gedanke war ihr jedoch entfallen. Du lieber Gott! Was geschah mit ihrem Verstand?

Mit zitternden Händen ergriff sie das Tablett und entsann sich der ihr unsympathischen Hausangestellten, die versucht hatte, sie zum Essen zu zwingen. Olivia schob das Tablett aufs Bett und sagte sich, sie müsse aufstehen. Sie war sicher, dass es etwas gab, was sie tun musste, ohne jedoch zu wissen, worum es sich dabei handelte.

Der Kater hörte zu schnurren auf und beäugte sehnsüchtig den Teller.

Olivia lächelte leicht und schob ihm das Tablett hin. „Bitte, bedien dich“, sagte sie spröde und schaute zu, wie er das Rührei zu fressen begann. Dann hob sie die Bettdecke an, die tonnenschwer zu sein schien, und schlug sie zurück. Sehr behutsam und bewusst streckte sie die Beine aus dem Bett, stellte die Füße auf den Fußboden und richtete sich auf.

Beinahe wäre sie gestürzt, hielt sich jedoch noch rechtzeitig am Pfosten neben dem geschnitzten Kopfteil des Bettes fest. Sie war krank, schwach und benommen und konnte sich kaum bewegen. Sie begriff nicht, was mit ihr geschah, und ängstigte sich.

Sie holte tief Luft, ließ den Bettpfosten los und ging schwankend zur Kommode. Dort angekommen, klammerte sie sich an der Kante fest, um das Gleichgewicht nicht zu verlieren, und atmete tief durch. Die wenigen Schritte erschienen ihr wie ein meilenlanger Marsch über die Felder. Unversehens erblickte sie sich im Spiegel und schnappte nach Luft.

Die Frau, die ihr entgegenstarrte, war kaum zu erkennen. Sie war blaß und dünn. Das Gesicht sah verhärmt und eingefallen aus, und unter den Augen lagen tiefe dunkle Ringe. Das lange blonde Haar war zerzaust und wirr, als hätte Olivia wochenlang mit geflochtenen Zöpfen geschlafen. Oh Gott! Die Frau im Spiegel war ein hässliches altes Weib. Aber es war ihr Ebenbild, das sie erblickte. Was war geschehen?

Es kam ihr vor, als befände sie sich mitten in einem absonderlichen und schrecklichen Albtraum.

Hannah.

Unwillkürlich straffte Olivia die Schultern. Sie musste zu ihrer Tochter. Verzweifelt klammerte sie sich an diesen Gedanken, weil sie befürchtete, er könne ihr gleich wieder entgleiten. Sie drehte sich um, durchquerte das Zimmer und zwang sich dabei, sich etwas schneller zu bewegen. Ihr Ziel war die immer noch etwas aufstehende Tür. Sie richtete fest den Blick auf den schimmernden Messingknauf und biss entschlossen die Zähne zusammen. Die Tür! Sie musste die Tür erreichen! Der Schweiß brach ihr aus, troff ihr von der Stirn und rann ihr zwischen die Brüste.

Als sie die Tür erreichte hatte, lehnte sie sich matt an den Rahmen und begann, hilflos und enttäuscht zu schluchzen. Nachdem die Tränen versiegt waren, schaute sie sich verwirrt um. Sie konnte sich nicht mehr erinnern, was sie vorgehabt hatte. Warum stand sie im Nachthemd an der Tür?

Wie in Trance drehte sie sich um. Und dann erblickte sie den Kater.

Er lag wie tot auf dem Bett.

Tot.

Mit einem leisen Aufschrei taumelte Olivia zum Bett zurück. Der Weg kam ihr endlos lang vor. Sie sank auf das Bett und griff nach Hannahs Kater. Zu ihrer grenzenlosen Erleichterung stellte sie fest, dass er nicht tot war, sondern nur fest schlief.

Dem Himmel sei Dank!

Sie nahm ihn in die Arme und wiegte ihn hin und her. Er wachte nicht auf.

Sie erstarrte.

Und dann blickte sie von dem bewusstlosen Kater auf das Tablett mit dem zur Hälfte verschwundenen Frühstück.

„Welch prächtigen Appetit Ihr heute früh hattet, Mylady."

Noch immer schweißüberströmt setzte Olivia sich aufs Bett

und sah das Hausmädchen an. Verzweifelt bemühte sie sich, ihre Gedanken auf ein einziges Wort zu konzentrieren – Gift. Das Tablett stand neben ihr, und die Teller waren leer. Den in der Tasse verbliebenen Rest Tee hatte sie aus dem Fenster geschüttet, das angeknabberte Steak sowie das Rührei in eine Chemise gewickelt und unter dem Bett versteckt, wo jetzt auch der bewusstlose Kater lag. Sie hatte den Eindruck gehabt, Stunden für diese einfachen Tätigkeiten zu benötigen.

Gift! Jemand versuchte, sie zu vergiften!

Sie hatte Todesangst. Das Hausmädchen half ihr vom Bett und führte sie zum Waschtisch. Im Stillen wiederholte Olivia unablässig das Wort „Gift", bis es sich ihr unauslöschlich eingeprägt hatte. Sie wagte jedoch nicht daran zu denken, wer einen so schändlichen Plan ersonnen haben mochte.

„Ihr habt Besuch, Mylady. Fühlt Ihr Euch wohl genug, um ihn zu empfangen?"

Olivia starrte die rothaarige Frau an und wiederholte dumpf: „Besuch?"

„Seine Lordschaft hat geäußert, Ihr dürftet Besuch empfangen, und mir eine Liste mit Namen von Leuten hinterlassen, die zu Euch können. Lord Caedmon wünscht Euch zu sehen." Die Bedienstete lächelte, während sie Olivia das Nachthemd auszog und dann auf den Fußboden fallen ließ.

Olivia schlug das Herz wie wild. Lord Caedmon? Sie gestattete der Frau, sie mit lauwarmem Wasser und einem Schwamm zu waschen, und versuchte sich zu erinnern, wer Lord Caedmon war. Unvermittelt sah sie in Gedanken ein goldbraunes Augenpaar vor sich.

Garrick!

Ihr Herz klopfte, als wollte es zerspringen. Die Erinnerungen schienen zurückzukehren, denn in diesem Augenblick wusste sie, dass sie den Mann mit den goldbraunen Augen liebte. Alles war ihr plötzlich gegenwärtig. Flüchtig hatte sie sein Bild vor sich, wie er sie liebte, gefolgt von einem anderen, wie er sich mit ihrem Gatten duellierte. Und dann waren diese Erinnerungsfetzen verschwunden.

„Ihr erinnert Euch doch an Lord Caedmon, oder?“ fragte die Hausangestellte und zog ihr ein seidenes Unterhemd an. „Er ist Lord Stanhopes Erbe.“

Olivia benetzte ihre Lippen und merkte, dass der bittere Geschmack im Mund nicht mehr so stark war. Lord Stanhopes Erbe ... Garrick De Vere ... Hannah ... Die Erinnerungen kehrten zurück. Eines war Olivia jetzt ganz klar: Sie liebte Garrick und ihre Tochter.

Sie zuckte zusammen, als das Korsett ihr viel zu eng geschnürt wurde. „Bitte nicht!“ sagte sie, aber dann entsann sie sich der Katze.

Sie wurde langsam vergiftet, doch Stück für Stück schienen die Erinnerungen zurückzukehren. Sie musste vortäuschen, noch immer benommen und betäubt zu sein.

„Wie bitte?“ fragte das Hausmädchen scharf.

„Bitte, nicht so fest“, flüsterte Olivia betont stockend.

„Es tut mir Leid, Mylady“, erwiderte die Dienerin und lockerte die Verschnürung. „Also, werdet Ihr mit Lord Caedmon den Tee einnehmen? Ich habe ihm gesagt, dass Ihr vor einiger Zeit erkrankt und noch immer nicht genesen seid.“

Olivia hatte den inständigen Wunsch, Garrick zu sehen. Sie wurde langsam vergiftet und brauchte Hilfe. Zitternd murmelte sie: „Ja.“

Im gleichen Moment, da ihr der Unterrock über den Kopf gestreift wurde, sah sie in Gedanken die Kutsche des Gatten vom Haus abfahren. Die Erinnerung war entsetzlich.

Hannah!

Lionel traute seinen Augen kaum, als Olivia an der Tür zum Salon stehen blieb und sich mit einer Hand am Türrahmen festhielt.

Sie sah den Mann an und erinnerte sich sogleich an ihn. Wo war Garrick? Suchend schaute sie sich um, konnte ihn indes nirgendwo entdecken.

„Guten Tag, Lady Ashburn", begrüßte Lionel sie herzlich, nachdem er seine Überraschung verwunden hatte, und eilte mit ausgestreckten Händen auf sie zu.

„Mylord", erwiderte sie leise, während er ihre Hände ergriff. Das ihr verhasste Hausmädchen, dessen Name ihr inzwischen eingefallen war, stand hinter ihr. Bei der Frau handelte es sich um Miss Livingstock, die bei ihrer Schwägerin im Dienst war.

Lionel hob Lady Ashburns Hand zum Kuss an die Lippen.

„Ich bin ... verwirrt", brachte Olivia heraus. „Ich dachte, ... Miss Livingstock hat gesagt, Lord Caedmon sei zu Besuch gekommen."

Lionel schmunzelte. „Ich bin jetzt Viscount Caedmon Crag. Mein Vater hat endlich seinen bedauerlichen Irrtum korrigiert und mich als seinen ältesten Sohn und Erben anerkannt."

Olivia blickte Lord Caedmon an. Es fiel ihr schwer zu begreifen, was er soeben geäußert hatte. Sie fasste die Bedeutung seiner Worte nicht und wusste nur, dass irgendetwas ganz und gar nicht in Ordnung war.

„Es tut mir so Leid, dass Ihr krank wart", fuhr Lionel fort. „Es freut mich jedoch zu sehen, dass Ihr Euch so weit erholt habt, um mich empfangen zu können."

Sie nickte. Einerseits wunderte sie sich über die maßlose Enttäuschung, die sie auf einmal empfand, und andererseits war sie sich mit erschreckender Klarheit bewusst, dass die verräterische Miss Livingstock direkt hinter ihr stand. Die Erkenntnis, dass Miss Livingstock diejenige war, von der sie langsam vergiftet wurde, traf sie wie ein Schlag. Kein Mitglied des Personals von Ashburnham würde je so etwas tun, ganz gleich, ob der Gatte das befohlen haben mochte oder nicht. Steckte Elizabeth hinter der Sache? Olivia krampfte sich das Herz zusammen.

„Kommt, lasst uns Platz nehmen. Ihr wirkt müde", sagte Lionel und legte ihre Hand in seine Armbeuge.

Sie war schwach und konnte noch immer nicht vollkommen klar denken. Daher war sie dankbar, dass Lionel De Vere sie zu einem Sessel geleitete. Sie stützte sich auf ihn und versuchte, sich zu konzentrieren. Garrick war nicht gekommen. Vor Enttäuschung wurden ihr die Knie weich. Sie brauchte Hilfe. Ja, das war es! Und das war sehr wichtig. Aber sie entsann sich nicht mehr genau, warum sie Hilfe benötigte. Der Gedanke, die Schwägerin könne versuchen, sie zu vergiften, erschütterte sie.

Wenn sie doch nur gesund wäre! Wenn sie doch nicht so schwach und schrecklich verwundbar wäre!

Zuerst musste sie das Hausmädchen loswerden. Sie setzte sich und richtete den Blick auf Miss Livingstock. „Lasst uns allein", sagte sie in einem Ton, dessen matter Klang nur zum Teil vorgetäuscht war.

„Ich glaube nicht, dass ich gehen sollte. Die Anweisungen Seiner Lordschaft waren sehr deutlich." Miss Livingstock trat hinter Olivia und richtete ihr die Kissen im Rücken. Dann wandte sie sich Lord Caedmon zu. „Ich befürchte, Mylord, dass Ihr den Besuch auf zehn Minuten beschränken müsst. In dieser Hinsicht hat Seine Lordschaft strikte Order erteilt, da er sehr um die Gesundheit seiner Gattin besorgt ist."

„Sehr wohl", erwiderte Lionel höflich.

Olivia atmete tief durch. Jemand versuchte, sie zu vergiften. Sie musste mit Hannah fort und benötigte Lionel De Veres Hilfe. Plötzlich schien eine eiskalte Hand nach ihrem Herzen zu greifen.

Hannah war fort!

Erneut entsann sie sich der abfahrenden Kutsche, und ihr Herz raste derart, dass sie sich einer Ohnmacht nahe fühlte. Hannah war in dem Wagen gewesen! Was sollte Olivia nun tun? Wo befand sich ihre Tochter? Was hatte der Gatte geäußert? Oh Gott! Sie musste klar denken.

„Lady Ashburn." Lionel De Veres besorgter Tonfall riss sie aus den wirren Gedanken. „Ihr seid so bleich geworden! Was stimmt nicht?"

Sie schaute Lionel an und versuchte verzweifelt, ihm mit Blicken zu verstehen zu geben, dass sie Hilfe benötigte, dass sie fliehen und Hannah finden musste. Sie durfte nicht zulassen, dass das Gedächtnis sie wieder im Stich ließ. Das durfte nicht passieren!

„Mylady?“ fragte Lionel ehrlich betroffen.

„Ich ... bin ... nur ... schwach, ... erinnere ... mich ... aber ... nicht, warum“, log sie.

Miss Livingstock schien zufrieden zu sein. Sie entfernte sich, ging zu einem der Doppelfenster und schaute hinaus. Sie war jetzt vielleicht zwanzig Schritte von Olivia entfernt und hatte ihr und Lionel den Rücken zugewandt.

Hastig streckte Olivia die Hand aus und ergriff Lionel De Veres. Lord Caedmon riss die Augen auf. Sie beugte sich zu ihm und flüsterte: „Helft mir, bitte! Benachrichtigt Garrick!“

Sie ließ die Hand sinken. Instinktiv hatte sie Lionel gebeten, Garrick zu informieren. Sie brauchte Garrick und niemand anderen. Hatte Lionel das begriffen? Sie schaute zum Hausmädchen hinüber. Miss Livingstock schien nichts bemerkt zu haben, da sie immer noch den in voller Blüte stehenden, prächtigen Garten betrachtete.

Rasch wandte Olivia den Blick wieder Lionel zu und stellte überrascht fest, dass er sie eindringlich musterte. War er verdutzt? Hatte er begriffen, was sie von ihm wollte? Wie konnte sie ihm das begreiflich machen, bevor er sich verabschieden musste?

„Meinem Bruder geht es gut“, äußerte er unvermittelt. „Heute Morgen war er auf den Beinen. Er hinkt und hat noch Schmerzen, wird jedoch bald wieder ganz gesund sein. Jedenfalls nimmt jedermann das an.“

Vor Olivias geistigem Auge erschien die Duellszene. Sie hatte den mörderischen Zweikampf fast vergessen gehabt, entsann sich nun jedoch, dass Garrick schwer verletzt worden war und sie um sein Leben gefürchtet hatte. Wieder empfand sie große Erleichterung. Er lebte, und seine Genesung machte Fortschritte. Aber sie brauchte seine Hilfe. Konnte er ihr helfen, wenn er noch immer auf dem Weg der Besserung war? Lionel hatte offenbar ihre Bitte nicht verstanden, und das bestürzte sie.

„Richtet … Eurem … Bruder … aus, dass ich ihm … meine besten … Er … soll mich … aufsuchen.“ Wenn Garrick zu ihr kam, würde er im Nu begreifen, dass etwas ganz und gar nicht in Ordnung war.

Unvermittelt drehte die Dienerin sich um und verkündete laut: „Ich befürchte, Lord Caedmons Bruder steht nicht auf der von Eurem Gatten hinterlassenen Liste. Im Gegenteil, Seine Lordschaft legt größten Wert darauf, dass Mr. Garrick De Vere nicht vorgelassen wird, Mylady.“

Olivia sank das Herz.

In diesem Moment schaute der Butler in den Raum und lächelte Olivia an. „Ich bin ungemein erfreut, Euch wohlauf zu sehen, Mylady.“

Würde er ihr bei der Flucht helfen? „Vielen Dank, Willowby.“

„Miss Livingstock, Lord Ashburn hat Euch eine Nachricht aus London geschickt.“

„Entschuldigt mich“, erwiderte das Hausmädchen und verließ raschen Schritts den Raum.

Willowby erkundigte sich, ob die Herrschaften eine Erfrischung wünschten, doch Olivia schüttelte den Kopf, weil sie wollte, dass der Butler sich umgehend zurückzog. Sobald sie mit Lionel De Vere allein war, legte sie ungeachtet aller Anstandsregeln die Hand auf sein Knie. Er zuckte zusammen.

Sie beugte sich vor und flüsterte eindringlich: „Meine Tochter ist in Schwierigkeiten. Mein Gatte hat sie fortgeschickt.“ Entsetzen überkam sie, da sie sich nicht erinnerte, wohin Hannah gebracht worden war. Sie wusste jedoch, dass Arlen ihr das gesagt hatte – sie musste sich nur genug konzentrieren, dann würde es ihr wieder einfallen. „Bitte, richtet Eurem Bruder aus, er solle mich aufsuchen.“

Lionel ergriff ihre Hand. „Gewiss übertreibt Ihr, Madam.“

Täuschte sie sich, oder streichelte er sie tatsächlich? „Nein! Arlen hat etwas Schreckliches getan!“ rief sie, und die Tränen traten ihr in die Augen. „Bitte!“

Lionel hob ihre Hand zum Kuss an die Lippen und lächelte sie an. „Natürlich werde ich Garrick die Botschaft übermitteln“, versprach er, ohne den Blick von Olivia zu wenden.

Vage wurde Olivia sich bewusst, dass er ihr Avancen machte, doch das war ihr gleich. Sie war erleichtert und erschöpft und einem Zusammenbruch nahe. „Vielen Dank.“

„So, so“, spottete Elizabeth von der offenen Tür her. „Welch reizender Anblick!“

Lionel wurde weiß im Gesicht, ließ Lady Ashburns Hand fallen, als habe er sich daran verbrannt, und sprang auf.

Elizabeth schlenderte in den Salon. „Ich habe beschlossen, noch einige Tage auf dem Land zu bleiben“, erklärte sie und lächelte beide an.

Garrick verfügte über keinen Kammerdiener, da er stets den Standpunkt vertreten hatte, ein erwachsener Mann brauche keine Hilfe beim Ankleiden. Er war jedoch nie zuvor so verletzt gewesen. Die Seite tat ihm unaufhörlich weh, und er fühlte sich am ganzen Leib steif und wund. Es war ein langwieriges, ärgerliches und schmerzhaftes Unterfangen gewesen, sich anzuziehen. Doch nun war er angekleidet und musste Olivia sehen.

Inzwischen wusste er, dass sie auf Ashburnham weilte, während ihr Gatte nach London zurückgekehrt war.

Langsam stieg er die Treppe hinunter und verfluchte die Wunde, weil sie ihn bei jeder Bewegung behinderte. Er ging wie ein alter, kranker Mann. Unvermittelt bemerkte er Lionel, der am Fuß der Treppe stand und ihn anlächelte. Garrick geriet ins Straucheln und hielt sich hastig am Geländer fest, um nicht das Gleichgewicht zu verlieren. Jäh kam ihm der Gedanke in den Sinn, dass er schnell gesunden musste, da er von Feinden umgeben war.

„Wie wunderbar, dich wieder auf den Beinen zu sehen!“ rief Lionel aus.

Treve stellte das Nackenfell auf. Die Tatsache, dass der Hund Lionel als Feind empfand, erfreute Garrick. „Ruhig, mein Junge“, murmelte er und verzichtete darauf, Lionel etwas zu erwidern. Es war anstrengend, die Treppe hinunterzugehen, und der Schweiß brach ihm aus, aber er war entschlossen, sich durch nichts und niemanden daran hindern zu lassen, in eine Kutsche zu steigen und zu Olivia zu fahren.

Endlich erreichte er das Erdgeschoss und stand, den Setter zur Seite, dem Bruder gegenüber. „Ich habe erst vor kurzem Lady Ashburn erzählt, wie rasch du dich erholst", meinte Lionel beiläufig, „und dass du bald wieder gesund sein wirst."

Garrick stockte das Herz. „Wann? Wann hast du sie gesehen?"

„Gestern Mittag", antwortete Lionel lächelnd.

Garrick war verblüfft. Die unterschiedlichsten Gefühle erfassten ihn. Lionel war bei Olivia gewesen! Garrick war verärgert, eifersüchtig, unschlüssig und dennoch begierig, Neuigkeiten zu erfahren. „Was hat Olivia gesagt? Wie ergeht es ihr und ihrer Tochter?"

Lionel zog eine Braue hoch und bedachte den Bruder mit einem hochmütigen Blick. „Beiden geht es ausgezeichnet. Wir sind gemeinsam durch den Park geschlendert und haben über Blumen geplaudert."

Garrick befürchtete, seine Überraschung, in die sich zunehmend Bestürzung mischte, würde sich auf seinen Zügen widerspiegeln. „Bestimmt hat Olivia sich nach mir erkundigt. Hat sie dir eine Nachricht für mich mitgegeben?"

„Ich habe ihr von mir aus erzählt, dass du dich sehr gut erholst. Nein, sie hat sich nicht nach dir erkundigt und lässt dir auch nichts ausrichten. Vielleicht ist sie nach allem, was geschehen ist, anderen Sinnes geworden?" Lionel lächelte gelangweilt, doch seine Stimme hatte belustigt geklungen.

Garrick hatte das Gefühl, man habe ihm einen wuchtigen Schlag auf die Brust versetzt, und einen Moment lang verschlug es ihm die Sprache.

„Meinst du nicht, dass du etwas diskreter sein solltest, Garrick? Die ist nur ein Rat unter Brüdern. Offenbar weiß der gesamte Adel darüber Bescheid, dass du und Lady Ashburn wie ein Ehepaar auf Caedmon Crag gelebt habt."

Erneut war Garrick verblüfft, doch diesmal aus einem anderen Grund. „Wir haben uns nur zwei Nächte dort aufgehalten."

Lionel zuckte die Schultern. „Ich bin nicht dafür verantwortlich, was andere Leute reden und denken."

Grenzenlose Wut erfasste Garrick, weil er in diesem Moment glaubte, Lionel trage die Schuld daran, dass dieses Gerücht kursierte. Sein Vertrauen in Olivias Gefühle für ihn kehrte zurück. Lionel hatte nur versucht, ihn zu verunsichern, und hätte beinahe Erfolg gehabt. „Kümmere dich um deine eigenen Angelegenheiten", entgegnete er kühl. „Ich kann gut auf mich Acht geben."

Lionel musterte ihn herablassend. „Ach, wirklich? Du leidest nicht nur unter dieser Verwundung, sondern auch unter einem Mangel an Verstand und einem aufbrausenden Naturell. Das sage ich dir unter Brüdern."

Garrick lächelte verächtlich. „Du bist nicht mein Bruder."

„Fang nicht wieder mit dieser lästigen Debatte an! Hast du es denn noch nicht gehört? Vater hat mich offiziell als seinen Erben anerkannt."

Lionels leichthin und in selbstzufriedenem Ton geäußerte letzte Bemerkung war für Garrick wie ein Schlag. Zum dritten Mal hatte Lionel ihm an diesem Vormittag einen gut gezielten Hieb versetzt. Eigentlich hätte er nicht verblüfft, bestürzt und überrascht sein sollen. Im Gegenteil, er müsste sich freuen, da er jetzt die längst ersehnte Freiheit hatte. Er konnte nach Barbados aufbrechen und musste nie zurückkehren.

Er konnte endlich mit Olivia und ihrer Tochter abreisen.

„Lass mich dir eins sagen!" erwiderte er leise und nachdrücklich. „Du bist nicht mein Bruder, und ich habe vor, das zu beweisen."

„Du irrst dich", entgegnete Lionel seelenruhig.

„Nein!" Garrick ballte die Hände zu Fäusten. „Ich werde dich entlarven, und wenn ich sonst nichts mehr tun kann." Er ergriff die

Schlinge, in der er den linken Arm trug, riss sie ab und schleuderte sie Lionel vor die Füße. „Du unterschätzt mich, und das ist dein großer Fehler!"

„Garrick!"

Er hörte den Ruf des Vaters, als er im Begriff war, mit Unterstützung eines Dieners in die Kutsche zu steigen. Der Earl eilte die Freitreppe herunter. Garrick straffte die Schultern. Eingedenk der schockierenden Eröffnungen, die Lionel und die Mutter ihm gemacht hatten, war er auf das Schlimmste gefasst.

Der Vater blieb neben ihm stehen. „Dein Bruder hat mir soeben erzählt, dass du nach Ashburnham willst. Hast du den Verstand verloren?"

„Zum einen ist Lionel nicht mein Bruder. Ich weigere mich, das zu glauben. Zum anderen bin ich ganz sicher, dass ich meinen Verstand beisammen habe, Vater!"

Richard presste die Lippen zusammen. „Ich bin überzeugt, dass Lionel dein Bruder ist! Meinst du, ich hätte nicht gründlich darüber nachgedacht, ob er wirklich mein Sohn ist? Glaubst du, ich hätte ihn offiziell anerkannt, wäre mir auch nur der leiseste Zweifel geblieben?"

Garrick trat näher zum Vater. „So stark könnte Lionel sich nicht verändert haben."

Ihre Blicke trafen sich. Der Vater schüttelte den Kopf. „Du bist nach wie vor der starrsinnigste und streitsüchtigste Mensch, den ich kenne. Du glaubst, du könntest dich mir so widersetzen, wie du das als Junge getan hast. Wir beide wissen, dass dir nichts am Titel liegt. Lionel hingegen legt Wert darauf. Zumindest er ist darauf bedacht, mir Ehre zu machen und seine Pflicht zu erfüllen."

„Wenn ich starrsinnig bin, dann nur, weil ich diesen Charakterzug von dir geerbt habe", entgegnete Garrick boshaft. „Aber mit deiner anderen Behauptung hast du Recht. Mir liegt nicht das Mindeste am Titel. Ich habe nie Wert darauf gelegt. Ist das der Grund, warum du Lionel anerkannt hast? Weil er jetzt dein Lakai ist?"

Richard starrte Garrick an. „Ich zweifele nicht an Lionels Identität. Und du lässt nur zu, dass deine Gefühle wie immer dein Urteilsvermögen trüben."

Garrick schüttelte den Kopf. Er wäre der Erste gewesen, der eingestanden hätte, dass die übergroße Empfindlichkeit ihm leicht das Urteilsvermögen trübte. Aber in diesem Fall traf das nicht zu. In diesem Fall irrte der Vater. „Dieser Mann ist ein eigensüchtiger, habgieriger und verschlagener Betrüger."

Richard seufzte. „Wann gedenkst du, nach Barbados zurückzukehren?"

Garrick zuckte zusammen. „Jetzt, wo du keine Verwendung mehr für mich hast, kannst du mich nicht schnell genug loswerden."

„Das habe ich nicht gesagt."

„Ich werde erst dann nach Barbados zurückreisen, wenn ich bewiesen habe, dass meine Lionel betreffende Behauptung stimmt. Wann wirst du meine Verlobung mit Miss Layton beenden?"

„Sir John hat sie bereits gelöst, Narr, der er ist", antwortete Richard.

Garrick lächelte. „Gut!" Zumindest war er das dumme Geschöpf jetzt los. Mehr noch, er war endlich frei und konnte Olivia mit ihrer Tochter fortbringen. Das war eine überaus verlockende Aussicht, obgleich es nunmehr eigentlich nicht mehr in seinem Interesse sein konnte, den Betrüger zu entlarven.

Er wusste jedoch, dass er keine Ruhe haben würde, bis er den Hochstapler überführt hatte. Aber was war, falls er sich irrte? Der Gedanke, dieser Mann könnte tatsächlich Lionel sein, war erschreckend. Falls dieser Mann wirklich Lionel war und sich so drastisch und vollkommen verändert hatte, dann wäre zumindest der Gerechtigkeit Genüge getan, und Garrick könnte abreisen, ohne von unbeantworteten Fragen und anhaltenden Zweifeln geplagt zu werden.

„Kennt Lionel die Wahrheit?" fragte er und sah dem Vater in die Augen. „Weiß er, dass wir nicht dieselbe Mutter haben? Ist ihm bekannt, dass seine Mutter sich umgebracht hat?"

Richard wurde blass.

Garrick war sehr zufrieden, weil er den Vater zum ersten Mal im Leben überrumpelt hatte.

„Eleanor hat dir also alles erzählt."

„Ja. Sie hat mir berichtet, dass deine erste Frau sich hier aus dem Dachbodenfenster gestürzt hat und ums Leben kam, als Lionel erst fünf Monate alt war. Einen Monat später hast du dann meine Mutter geheiratet. Wie unglücklich Margaret MacDonald gewesen sein muss! Warum war das in all diesen Jahren ein Familiengeheimnis?"

Richard hatte sich von der Überraschung erholt und setzte eine grimmige Miene auf. „Margaret hätte in Schottland bleiben sollen", erwiderte er bedächtig.

„Die Ehe mit ihr war also arrangiert worden? Oder hat man dich dazu gezwungen, weil Margaret ein Kind erwartete?"

„Sie war sehr schön und ich noch sehr jung." Der Earl mied Garricks Blick. „Sie war wild und temperamentvoll und entschlossen, zu einem jungen Hochländer zurückzugehen, der sie sitzen gelassen hatte. Ich war ihr zweckdienlich, obwohl ich das damals nicht wusste. Sie starb, weil sie Schottland verlassen hatte, denn das brach ihr das Herz, Garrick. Sie hasste England, und ich glaube, dass sie auch mich gehasst hat. Sie wollte sterben. Aber letztlich war das zum Besten. Wir passten nicht zusammen. Im Nachhinein ist mir das jetzt klar. Ich hätte nur eine kurze Affäre mit ihr haben sollen."

Garrick vermochte kaum zu fassen, dass der Vater wegen eines Mädchens aus dem schottischen Hochland den Kopf verloren und es geheiratet hatte. Vielleicht kannte er ihn doch nicht so gut, wie er das bisher angenommen hatte. Andererseits lag die Sache so lange zurück, dass er sich fragte, ob sie wirklich noch von Bedeutung sei. „Aber warum hast du diese Ehe geheim gehalten?"

„Mit dieser Verbindung, auch wenn sie nur von kurzer Dauer war, habe ich einen schweren Fehler begangen. Meg hat einen Narren aus mir gemacht. Und dann nahm sie sich das Leben." Richard hielt inne und fuhr nach kurzer Pause fort: „Ich habe mich geweigert, die Ehe annullieren zu lassen."

Nur eine sehr unglückliche Frau würde sich das Leben nehmen. Garrick empfand plötzlich tiefes Mitleid für die junge Frau, die er nie gekannt hatte und die längst verblichen war. Er gelangte zu der Erkenntnis, dass der Vater sich aus falsch verstandenem Stolz veranlasst gesehen hatte, diese tragische Geschichte zu verheimlichen. Er glaubte, Bedauern in dessen Augen zu erkennen. „Kennt Lionel die Wahrheit?"

„Ja. Ich habe sie ihm gesagt, als er acht Jahre alt war. So, ist dieses Thema jetzt erledigt?"

„Ja", antwortete Garrick und dachte plötzlich an ganz neue Möglichkeiten.

„Du kannst nicht nach Ashburnham fahren", erklärte Richard barsch.

Derart grob aus seinen Überlegungen gerissen, schaute Garrick ihn an. „Ich habe schon vor langer Zeit aufgehört, Vater, mir von dir etwas befehlen zu lassen."

„Ashburn hätte dich beinahe getötet. Verdammt, über die ganze Affäre, einschließlich der Zeit, die du mit seiner Gattin allein auf Caedmon Crag verbracht hast, wird in allen Salons und Kaffeehäusern von London lebhaft diskutiert. Was glaubst du, jetzt erreichen zu können? Willst du den Skandal noch vergrößern? Willst du bei einem weiteren Duell sterben?" fragte Richard in schneidendem Ton.

Garrick war verärgert. „Ich habe nicht den Wunsch zu sterben. Als ob es dir etwas ausmachen würde, wenn ich tot wäre!"

„Düpiere Ashburn nicht noch einmal!" warnte Richard.

Garrick musste zugeben, dass der Vater Recht hatte. „Ich mache mir nur Sorgen um Olivia", sagte er wohl wissend, dass er die wahren Gefühle für sie dem Vater nie enthüllen durfte. „Ich möchte mich lediglich vergewissern, dass es ihr gut geht."

Richard seufzte. Es war klar, was er dachte. Garricks Beziehung zu Olivia war hoffnungslos. „Schick einen Boten mit einer Nachricht. Außerdem war Lionel bei Lady Ashburn und hat einige Zeit mit ihr verbracht. Es geht ihr gut, Garrick. Wenn du sie aufsuchst, verschlimmerst du die Situation nur. Bitte, glaub mir wenigstens dieses eine Mal! Ich weiß, was das Beste ist.“

Garrick rieb sich die Schläfen. Instinktiv hatte er das Bedürfnis, zu Olivia zu fahren, doch der Verstand riet ihm, Arlen nicht noch mehr zu reizen. Aber er musste sich mit eigenen Augen überzeugen, dass mit ihr alles in Ordnung war.

Er würde die Mutter zu ihr schicken. Das war ein brillanter Einfall, denn zu ihr hatte er volles Vertrauen.

Vorausgesetzt, sie griff vorher nicht nach der Portweinflasche.

„Ausnahmsweise stimme ich dir zu“, erwiderte er.

Überrascht sah Richard ihn an. „Hört, hört!“ murmelte er.

Bedlam

Der Raum wirkte sehr klein, weil so viele Frauen und Kinder darin eingepfercht waren. Hannah saß wie erstarrt mit dem Rücken an der rauen, schmutzigen Wand. Der sie umgebende Gestank erzeugte ihr einen Brechreiz. Schreckliche Gerüche belästigten sie, von ungewaschenen Leibern, Erbrochenem und Exkrementen. Sie regte sich nicht, weil sie Angst hatte, sich zu bewegen. Sie wusste nicht, wohin sie hätte gehen können.

Der Lärm war Furcht erregend.

Sie schlang die Arme um den Oberkörper, und die Tränen strömten ihr über die Wangen. Ihr Herz klopfte rasend, und verzweifelt wünschte sie sich, die Mutter möge herkommen und sie von diesem schrecklichen Ort fortbringen. Nicht weit von ihr entfernt saß eine Frau, die kurz vor der Niederkunft stand und vor Kummer und Angst jammerte. Das unaufhörliche Klagen war einschüchternd. Aber alles hier war so Angst einflößend. Eine alte Frau kauerte neben Hannah und murmelte vor sich hin. Auch wenn sie unzusammenhängend redete, begriff Hannah jeden ihrer Gedanken. Die Alte war nicht verrückt. Sie verfluchte nur die Frau, die ihr den Mann und die Kinder weggenommen und veranlasst hatte, dass sie an diesen Schreckensort gebracht wurde.

Weinen und Stöhnen drang von überall zu Hannah herüber. Sie war von Gegreine und Ächzen umgeben, der ganze Raum davon erfüllt. Leute schrien, kreischten, gingen aufeinander los. Eine junge Frau – ein halbes Kind noch – wiegte sich still hin und her. Hannah wurde von dem Kummer des Mädchens überwältigt, der ihr in mächtigen, fast greifbaren Wellen entgegenschlug. Von Zeit zu Zeit weinte auch sie mit der jungen Frau und um sie, und dann vergaß sie einen Moment lang ihr eigenes Leid. Die junge Frau war ebenfalls gesegneten Leibes und betrauerte den Tod ihres Mannes und eines anderen Kindes. Ihr Arbeitgeber hatte sie ins Irrenhaus schaffen lassen, weil sie zu niedergeschlagen gewesen war, um arbeiten zu können.

Mama! Mama! Wo bist du?

Es gab noch ein Kind, ein kleines Mädchen, das unaufhörlich schluchzte und einen Schluckauf hatte. Hannah spürte, dass dieses Mädchen taubstumm, aber nicht blind war. Sie wollte dessen Freundin sein. Sie suchte verzweifelt eine Freundin, weil sie so allein und verängstigt war. Aber die Furcht und Verzweiflung der Frauen rings um sie verstörten Hannah derart, dass sie nicht wagte, zu dem Mädchen zu kriechen. Die Tränen rannen ihr unaufhörlich über die Wangen.

Mama, bitte komm! Bitte, bitte, bitte, komm! Ich will meine Mutter haben! Bitte!

Nie hatte sie sich mehr nach der Mutter gesehnt. Sie war nie von ihr getrennt gewesen und vermisste sie so sehr, dass die Trennung ihr körperliche Schmerzen bereitete. Wiewohl sie den Vater nicht mochte und Angst vor ihm hatte, war ihr Leben bisher sicher und behütet gewesen. Sie hatte nicht gewusst, dass es so etwas wie diesen Ort gab. Aber in der letzten Zeit, im vergangenen Monat, war sie von scheußlichen Träumen geplagt worden, in denen sie die Mutter verloren und eigenartige, hässliche, stinkende Frauen gesehen, sich einsam, verloren und verängstigt gefühlt hatte. Durch die

Albträume war sie immer wieder aufgewacht, hatte sie jedoch nicht der Mutter erzählt, weil sie wusste, dass die Schreckensbilder auf ihren eigenen hellseherischen Fähigkeiten beruhten.

Sie hatte solche Angst! Nie im Leben hatte sie sich derart gefürchtet. Sie brauchte die Mutter. Warum kam die Mutter nicht zu ihr und rettete sie?

Wo war sie?

„Mama“, flüsterte Hannah. „Bitte, Mama! Ich vermisse dich so!“

„He, Mädchen, rück näher. Bist so sonderbar. Hältst dich immer für dich!“

Als Hannah klar wurde, dass jemand mit ihr redete, drückte sie sich noch fester an die Mauer und hätte sich am liebsten unsichtbar gemacht. Diesen winzigen Winkel hatte sie vor Tagen erobert und sträubte sich, ihn zu verlassen. Sie wollte der Frau sagen, sie möge verschwinden, und brach wieder in Tränen aus. Sie war so verschüchtert, dass sie kein Wort herausbrachte.

Faulig riechender Atem schlug ihr entgegen, als die ältere, ausgemergelte Frau sich zu ihr beugte. „Bist so ’n hübsches Kind, so niedlich und traurig.“ Plötzlich begann die Frau hart und krächzend zu lachen und war nicht im Stande, damit aufzuhören. Ihr Lachen klang wie das einer Verrückten.

Es hallte in dem Gewölbe wider, in dem nichts war außer den Frauen und den zahlreichen Strohmatten auf dem Fußboden, und wurde immer lauter.

Hannah zog die Knie an und weinte leise vor sich hin. Sie war nicht im Stande, damit aufzuhören.

Plötzlich straffte die Frau sich, und das irre Gelächter verstummte. „Was?“ äußerte sie wie zu sich selbst. „Was?“ Dann wandte sie sich, Unverständliches murmelnd, ab und schlurfte fort.

Hannah sank erschöpft gegen die Wand.

Alles wird gut.

Der Gedanke war plötzlich da. Aber er hatte nichts mit ihrer Gabe des zweiten Gesichts zu tun.

Sie zuckte zusammen, als sie gewahr wurde, dass jemand sich neben ihr niederließ.

Es war jedoch keine der Frauen oder eines der Kinder, die in dieser Bewahranstalt eingesperrt waren. Das Wesen war nicht greifbar, seine Nähe jedoch tröstlich, warm und vertraut, so menschlich, dass Hannah sich sehr beruhigt fühlte.

Sie weinte nicht mehr. Eine Hand bedeckte ihre und vermittelte ihr Hoffnung und ein Gefühl der Sicherheit. Ihr Herz schlug langsamer, ihre Ängste begannen sich zu legen.

Alles wird gut.

Sie war nicht mehr allein.

26. KAPITEL

Elizabeth stand vor einem Wandspiegel und lächelte leicht, während sie die Verschnürung ihres weißen Korsetts aufzog.

Die Fischbeinstäbchen lockerten sich. Sie zog das Mieder hoch, streifte es sich über den Kopf und ließ es zu Boden fallen. Nun trug sie nur noch eine knielange lavendelfarbene Chemise und darüber einen Unterrock und dazu ein Diamantkollier.

Langsam bückte sie sich, und ihre Brüste zeichneten sich unter dem dünnen Stoff deutlich ab. Die festen Knospen waren sehr groß und dunkel. Während sie den brokatenen Unterrock abstreifte, blickte sie erneut in den Spiegel. Sie hatte lange, wohlgeformte Beine, ihre samtige Haut schimmerte wie Elfenbein.

Sie berührte ihre üppigen Brüste und ließ die gespreizten Finger darüber gleiten, bis die Spitzen sich steil aufrichteten. Aufreizend langsam strich sie sich über die Hüften, lächelte ihrem Ebenbild zu und drehte sich gemächlich im Kreis.

Ihre Augen glänzten.

„Du bist die schönste Frau, die ich je gesehen habe", sagte Lionel rau und näherte sich ihr. Seine Erregung war unverkennbar.

Elizabeth lachte sinnlich und hielt den Blick auf seinen Schritt gerichtet.

Er legte ihr die Hände auf das Gesäß und zog sie an sich.

Sie stöhnte leise auf, als er vor ihr auf die Knie sank, einen Arm um sie legte und das Gesicht an sie drückte. Mit dem Daumen liebkoste er sie auf höchst erotische Weise. Breitbeinig vor ihm stehend, umfasste Elizabeth seinen Kopf und schrie wild auf, als er mit der Zunge fortsetzte, was seine Finger begonnen hatten.

Er griff in ihr langes, offenes Haar, hielt es fest und ließ sich zurückfallen. Sie stürzte nach vorn und stützte sich mit Händen und Knien ab. Ihre Blicke traf sich.

Er lachte. „Wer erteilt hier die Befehle?" fragte er leise und zerriss ihr die seidene Chemise.

„Du“, antwortete sie. „Bitte ...“, flehte sie.

„Mach meine Breeches auf!“ verlangte er.

Schwer atmend richtete sie sich auf. Das breite Diamantkollier funkelte an ihrem Hals. Während sie ihm die Hose aufknöpfte, umschloss er eine ihrer Brustspitzen mit den Lippen und zupfte mit den Zähnen daran. Dann drückte er Elizabeth den Kopf nach unten und gab einen heiseren Schrei von sich, als er ihren Mund auf sich spürte.

Ein unbeschreibliches Triumphgefühl durchströmte ihn. Mochte Elizabeth auch noch so sehr betteln, er würde sie auf die ersehnte Vereinigung warten lassen. Als er schließlich dazu bereit war, drang er tief in sie ein. Sie schlang ihre Beine um seine Hüften und passte sich willig seinem Rhythmus an. Schweißüberströmt und vor Erleichterung laut aufschreiend, erreichten sie den Gipfel ihrer Wollust.

Danach hielt Lionel sie fast zärtlich in den Armen.

Sie schob ihn indes von sich, richtete sich auf und warf ihm einen herausfordernden Seitenblick zu. Sie war sich wieder ihrer großen Macht bewusst und durchquerte ruhig das Zimmer – völlig nackt, bis auf das Diamantkollier. Es war ein Geschenk gewesen. Lionel setzte sich auf und beobachtete jede Bewegung ihres vom Schweiß glänzenden Körpers.

Sie kehrte aus dem Ankleidezimmer zurück, wo sie sich ein Paar silberne Pantoffel mit zierlichen Absätzen angezogen und sich Parfüm hinter die Ohren getupft hatte, ließ sich in einem Sessel nieder und schaute Lord Caedmon an. Er starrte zu ihr hinüber. Ihre langen Beine waren weit gespreizt.

„Ich werde meines Gatten überdrüssig“, erklärte sie. „Am liebsten würde ich ihn gar nicht mehr sehen.“

Lionel stand auf, ging zu ihr und kniete sich vor ihr hin. Er vergrub das Gesicht zwischen ihren Schenkeln, und sogleich seufzte sie auf, als er sie wieder mit der Zunge zu reizen begann. Sie dachte kaum noch an den Gatten, ließ den Kopf zurückfallen und gab sich ihrer Lust hin.

Plötzlich hob Lionel den Kopf und schaute sie an. Elizabeth hatte die Lider geschlossen, und ihre Wangen waren stark gerötet. „Gut! Auch ich bin deines Gatten mit der Zeit überdrüssig."

Eleanor stand vor dem Dachbodenfenster, blickte auf den Rasen vor dem Haus und dachte an Margaret MacDonald. Ihren Augen bot sich ein friedliches Bild, das einem Landschaftsgemälde von Poussin glich. Der Himmel war wolkenlos, und die Sonne brannte gnadenlos auf den Rasen. Es war ein sehr ungewöhnlicher Spätsommertag, der bisher heißeste des Jahres. Auf dem Dachboden stand die Luft, und es war stickig und unerträglich warm. Eleanor zitterte und fragte sich, ob es ein solcher Tag gewesen sei, an dem Meg MacDonald Selbstmord begangen hatte.

Sie klammerte sich an das Fensterbrett, starrte in den weit unter ihr liegenden Park und meinte, den zerschmetterten, blutenden Körper des jungen, schönen schottischen Mädchens auf der Erde liegen zu sehen.

Meg war schön gewesen. Vor langer Zeit hatte Eleanor im Schreibtisch des Gatten das kleine Porträt gefunden und sogleich gewusst, dass die abgebildete hinreißend schöne, junge Blondine mit den faszinierend blauen Augen seine erste Gemahlin gewesen war.

Wie traurig diese Augen auf dem Bildnis blickten!

Eleanor beugte sich vor. Der Hof lag vier Stockwerke unter ihr, aber es sah nicht sehr weit aus. Starr hielt sie den Blick nach unten gerichtet, bis die Büsche und das Gras ihr vor den Augen zu verschwimmen begannen und Schweiß ihr über das Gesicht rann. Hätte Meg sich nicht umgebracht, wäre Eleanors Leben ganz anders verlaufen. Richard wäre nicht in all diesen Jahren Eleanors Gatte gewesen, und sie hätte auch nicht Garrick zum Sohn gehabt. Viele schmerzliche Erinnerungen gingen ihr durch den Sinn, und die meisten betrafen den arroganten, verletzenden und grausamen Gatten. Jahrelang hatte sie sich eingeredet, wie glücklich sie sich schätzen könne, den Earl of Stanhope geheiratet zu haben, einen der mächtigsten und reichsten Männer des Landes. Aber sie konnte sich jetzt nichts mehr vormachen. Er sollte für alles, was er ihr angetan hatte, zur Hölle fahren, vor allem wegen des Lebens voller Einsamkeit und Kummer, zu dem er sie verurteilt hatte – und weil Garrick von ihm enterbt worden war.

Sie presste die Hände fester um die Kante des Fensterbretts. War Lionel von den Toten auferstanden? Oder war er, wie Garrick behauptete, ein Betrüger?

Aber Richard war bei weitem der klügste Mann, den sie kannte! Er hätte nie den Fehler begangen, einen Hochstapler als seinen Sohn anzuerkennen.

Eleanor schwitzte stark. Tränen raubten ihr die Sicht. Plötzlich ließ sie das Sims los, machte das Fenster auf und beugte sich hinaus.

Würde sie eines Tages denselben Schritt wagen wie Meg MacDonald?

Sie schluchzte auf. Meg war so mutig gewesen, sich umzubringen, um einem elenden, unglücklichen Leben zu entrinnen. Eleanor wusste, dass sie nicht so mutig war. Sie war ein Feigling, der Zuflucht zum Portwein nahm.

Leeren Blicks starrte sie in den Park, und unwillkürlich sah sie den blutenden, zerschmetterten Körper einer Frau vor sich. Die Frau war jedoch nicht Meg MacDonald, sondern sie selbst.

Abrupt richtete sie sich auf und spürte das Herz bis zum Hals schlagen. Einen Augenblick lang war sie versucht gewesen, sich aus dem Fenster zu stürzen und jeden Kummer und Schmerz und alle Schuldgefühle hinter sich zu lassen.

Mit zitternden Händen berührte sie die geröteten Wangen. Wenn sie sich doch nur an die Vergangenheit erinnern könnte! Wenn der Portwein, dem sie seit fast zwei Jahrzehnten verfallen war, ihr doch nicht den Verstand umnebelt hätte!

„Mutter!“

Sie drehte sich zu ihm um und sah Garrick an der offenen Tür stehen. Unverhohlenes Entsetzen spiegelte sich auf seinen Zügen wider.

Sogleich entfernte sie sich vom Fenster, doch genau in diesem Moment berührte etwas sie von hinten. Sie erschrak und wandte sich um, aber es war nur einer der vom Wind bewegten Vorhänge gewesen, der ihren Rücken gestreift hatte.

Keuchend von der Anstrengung, die das Gehen bereitete, bewegte Garrick sich zur Mutter und ergriff sie am Ellbogen. „Was machst du?“ rief er aus. „In Gottes Namen, was machst du hier oben?“

Tränen füllten ihre Augen. „Ich ... es ist nicht so, wie du annimmst“, flüsterte sie.

„Nein? Und was nehme ich an?“ wollte er wissen, ohne ihren Arm loszulassen. Sein Gesicht war immer noch aschfahl.

„Ich ... ich bin heraufgekommen, um nachdenken zu können.“

„Von hier hat Margaret MacDonald sich in den Tod gestürzt.“ Verärgert gab Garrick die Mutter frei, ging an ihr vorbei und schloss das Fenster.

„Es ist zu heiß. Ich hatte es geöffnet, um Luft zu bekommen“, log sie zitternd.

Nach kurzem Zögern drehte er sich um und machte es wieder einen Spalt weit auf. „Du hast geweint. Bitte, Mutter! Du hattest doch hoffentlich nicht vor, ein Ereignis aus der Vergangenheit zu wiederholen!“

Eleanor sah seine Besorgnis, bemerkte die Liebe und Angst in seinen Augen und streckte die Hand aus, um seine Wange zu berühren. „Nein, das hatte ich nicht vor.“

Prüfend schaute er sie an und nickte nach einer Weile. „Ich möchte nicht, dass du hier heraufkommst.“

Schweigend feuchtete sie sich die trocken Lippen an. Es war ihr nie stickiger auf dem Dachboden vorgekommen.

„Begleite mich nach unten. Ich möchte dich um einen Gefallen bitten.“

Sie nickte und folgte dem Sohn. Er hielt ihr die kleine Tür auf, doch sie blieb davor stehen.

„Hast du das gehört?“ wisperte sie.

„Ich habe nichts gehört", antwortete er und warf ihr einen befremdeten Blick zu.

Sie regte sich noch immer nicht, weil sie glaubte, ein leises Geräusch vernommen zu haben. Vermutlich hatte sie es sich jedoch nur eingebildet, oder das alte Holz hatte geknarrt. In den verflossenen zwanzig Jahren war sie jedoch sehr häufig auf dem Dachboden gewesen, weil sie die Einsamkeit gesucht hatte, um weinen und nachdenken zu können. Und manchmal hatte sie das Gefühl gehabt, als würde sie beobachtet. Bei anderen Gelegenheiten hatte sie nur ihre Einsamkeit und ihren Kummer empfunden. Nun jedoch überlief sie eine Gänsehaut. Sie drehte sich um und ließ suchend den Blick durch den Raum schweifen.

Das Fenster war zu.

Davor bewegte sich kein einziger Ast oder Baum, kein Blatt oder Grashalm. Der Wind hatte sich gelegt.

Olivia war nicht mehr benommen, sondern geistig vollkommen klar. Tagsüber hatte sie bisher nur die beiden Bissen vergifteten Rühreis zu sich genommen und war in die Küche gegangen, um frisches, reines Wasser trinken zu können. Sie war nicht mehr schwach. Innerlich tobte sie vor Wut und war entschlossen, zu fliehen und ihre Tochter zu retten. Endlich hatte sie sich erinnert, dass Hannah ins Irrenhaus geschickt worden war.

Der Gedanke entsetzte sie. Das zweite Gesicht hatte sich wieder eingestellt und plagte sie mit einer Vision der von wahnsinnigen Frauen umgebenen kleinen blinden Tochter. Obwohl sie keine Zeit verlieren durfte, musste sie vorsichtig und besonnen vorgehen. Es würde schwer sein, Ashburnham zu verlassen, und deshalb beabsichtigte sie, dies in der Nacht zu tun. Aber wie sollte sie es schaffen, ihre Tochter aus der Bewahranstalt zu holen? Wie?

Sie konnte sich kaum beim Pförtner melden, sich vorstellen und verlangen, dass man Hannah entlasse. Mit pochenden Schläfen ging Olivia rastlos auf und ab. Ihr Mund war noch immer wie ausgedörrt – vermutlich eine Folge der tagelangen Vergiftung.

Würde Lionel De Vere seinem Bruder ihre Nachricht übermitteln? Würde es ihm gut genug gehen, damit er ihr helfen könne? Warum weilte die Schwägerin immer noch auf Ashburnham? In dem Moment, da Olivia dem Herrenhaus den Rücken kehrte, würde Elizabeth einen Boten zum Bruder schicken, falls sie nicht sogar persönlich die Verfolgung aufnahm. Olivia war klug genug, Arlens Schwester nicht zu unterschätzen.

Sie brauchte Garrick dringend, benötigte seine Hilfe. An das Dilemma, in dem er sich durch seine Enterbung befand, durfte sie jetzt nicht denken.

Die Schlafzimmerfenster waren weit geöffnet. Sie hörte den Kies auf der Auffahrt unter einer nahenden Kutsche knirschen. Neue Hoffnung keimte in ihr auf. Sie atmete tief durch, stützte sich auf das Fensterbrett und entdeckte zu ihrer grenzenlosen Freude die mit dem Stanhope-Wappen geschmückte Karosse. Garrick war gekommen.

Doch dann sah sie die Countess of Stanhope aus dem Fahrzeug steigen. Der Wagenschlag wurde von einem Diener geschlossen. Lady Stanhope war allein hergekommen.

Olivia war verblüfft und so enttäuscht, dass ihr die Tränen die Sicht raubten, als die Countess auf das Haus zuging. Ihre Bestürzung verwandelte sich indes jäh in wilde Entschlossenheit. Sie musste Garrick benachrichtigen und würde ihm durch seine Mutter eine Botschaft senden.

Als sie wieder klar sah, bemerkte sie, dass Lady Stanhope unsicher auf den Beinen war, und ihr sank das Herz. Hatte die Countess bereits zu viel Portwein getrunken? Olivia hoffte inständig, das möge nicht der Fall sein.

„Meine liebe Lady Stanhope."

Olivia erstarrte beim Klang von Elizabeths Stimme, die von unten heraufgedrungen war. „Wie wunderbar, dass Ihr zu Besuch kommt!" Die Schwägerin kam aus dem Haus und blieb am Rande der Auffahrt stehen, direkt unter dem Fenster, von wo aus Olivia das Geschehen beobachtete. Graziös streckte Elizabeth die Arme aus und ergriff Lady Stanhopes Hände. „Welche Überraschung!“ flötete sie.

„Oh, Lady Houghton! Ich hatte keine Ahnung, dass Ihr hier seid“, erwiderte Eleanor sichtlich irritiert. „Wie nett, Euch hier einmal auf dem Land anzutreffen!“

„Ich habe mich ein wenig unwohl gefühlt und beschlossen, noch einige Tage zu bleiben“, erklärte Elizabeth. „Aber auch Ihr haltet Euch doch nicht sehr oft in dieser Abgeschiedenheit auf, Lady Stanhope.“

„Nein, im Allgemeinen nicht.“ Eleanor wirkte verlegen. „Wie reizend!“ sagte sie dann lächelnd. „Ich werde Gesellschaft haben, da Ihr und Eure Schwägerin hier seid.“

Olivia ahnte, was nun unweigerlich folgen würde.

„Olivia ist leider krank und bettlägerig. Sie empfängt keine Besucher. Vielleicht könnt Ihr später in der Woche wieder kommen, wenn Ihr meine Schwägerin sehen möchtet – das heißt, falls Ihr dann noch auf dem Land seid.“

Die Countess wirkte verwirrt. „Lady Ashburn empfängt keine Besucher? Wie krank ist sie?“

„Das weiß ich nicht genau, da sie kaum mit mir geredet hat, als ich mich heute Morgen nach ihrem Befinden erkundigte. Aber kommt doch herein, und lasst uns eine Tasse Tee trinken.“ Elizabeth ergriff Lady Stanhopes Arm und schritt mit ihr die Freitreppe hinauf. Einen Moment später waren die Frauen Olivias Sicht entzogen.

Olivia drehte sich um, machte einige Schritte und ließ sich in einen Sessel fallen. Heiße Tränen traten ihr in die Augen, und sie dachte an die in der Irrenanstalt eingesperrte Tochter. Hart umklammerte sie die Armlehnen des Sessels und grub die Fingernägel in den geblümten Bezug. Jeder Atemzug kostete sie ungeheure Anstrengung. Sie würde es nicht schaffen, Garrick eine Nachricht zu übermitteln. Er würde nicht zu ihr kommen.

Er würde nicht zu ihr kommen.

Jetzt war sie ganz auf sich allein gestellt.

27. KAPITEL

Olivia lag im Dunklen auf ihrem Bett. Noch war es sehr früh, nicht einmal neun Uhr. Sie hatte die Fenstervorhänge absichtlich nicht zugezogen. Die Nacht war sternklar und mondhell. Olivia war in Schweiß gebadet und völlig verkrampft.

Es klopfte einmal kurz an die Zimmertür, und dann betrat die Schwägerin, einen Leuchter hoch in der Hand haltend, den Raum. Olivia hatte rasch die Augen geschlossen, die geballten Hände geöffnet und atmete ruhig und gleichmäßig. Sie horchte, während Elizabeth sich mit leise raschelnden Seidenröcken dem Bett näherte. Ein matter Lichtschein fiel auf Olivias Gesicht.

„Schläfst du, Olivia?" fragte Elizabeth.

Langsam schlug Olivia die Lider auf. „Wer ... wer ... wer?" fragte sie betont schläfrig.

Elizabeth starrte sie an. Sie lächelte nicht, und ihr Gesicht wirkte hart, kalt und grausam. „Ich bin es, Elizabeth", erklärte sie nach einem Moment.

Olivia gab vor, Mühe zu haben, die Augen offen halten zu können. „Wer?" flüsterte sie mit schwerer Zunge, als wäre sie stark betäubt worden.

Elizabeth beugte sich über sie und musterte sie eindringlich.

Sogleich schloss Olivia die Augen, weil sie befürchtete, die Schwägerin könne ihre List durchschauen und merken, dass sie hellwach war. Eine schwierigere Aufgabe hatte sie nie im Leben zu bewältigen gehabt, doch es gelang ihr, sich nicht zu regen und langsam und gleichmäßig zu atmen. Sie hatte unbeschreibliche Angst, aber es stand sehr viel auf dem Spiel – nämlich Hannahs Leben.

Elizabeth richtete sich auf, und nun fiel das Kerzenlicht nicht mehr so grell auf Olivias geschlossene Lider. Einen Moment später verließ die Schwägerin den Raum und zog hinter sich die Tür zu. Olivia war bestürzt, als sie hörte, wie der Schlüssel herumgedreht wurde.

Zitternd setzte sie sich auf und merkte, dass ihr Nachthemd vollkommen durchgeschwitzt war. Sie hatte gehofft, fliehen zu können, sobald alle im Haus schliefen, doch das war jetzt offenbar nicht möglich.

Sie verließ das Bett. Unter dem Nachthemd trug sie eine Chemise. Sorgsam darauf achtend, kein Geräusch zu machen, zog sie das Nachtgewand aus und ging in ihr Ankleidezimmer. Im Dunklen kleidete sie sich rasch und routiniert an, ständig an die Tochter denkend und voller Angst. Dann durchquerte sie ihr Schlafzimmer und stieß das Fenster auf. Ihr Herz schien einen Schlag lang auszusetzen. Die einzige Möglichkeit zur Flucht war die Eiche, die jetzt noch weiter vom Haus entfernt zu stehen schien.

Doch Olivia hatte keine andere Wahl.

Niemand kam ihr zu Hilfe. Sie musste sich selbst retten. Sie musste ihre Tochter retten.

Sie raffte die Röcke und wünschte sich, ein Mann zu sein, der Breeches trug. Erst schwang sie das eine, dann das andere Bein über den Sims, und als sie endlich sicher auf dem Fensterbrett saß, ließ sie die Beine an der Hauswand herunterhängen. Trotz des Schwindelgefühls, das sie beim Anblick des zwei Stockwerke unter ihr liegenden Erdbodens befiel, konzentrierte sie sich mit aller Kraft auf den Baum. Sie musste ihn mit einem einzigen gewaltigen Satz erreichen und den Ast packen, der ihr am nächsten war. Er sah dick und kräftig aus. Olivia hatte nur diese eine Chance, und falls ihr Versuch scheiterte, würde sie sich beim Sturz wahrscheinlich die Beine und Arme brechen, wenn nicht sogar den Hals. Gütiger Himmel! Dann würde niemand Hannah retten!

Olivia keuchte, schloss die Augen und flehte den Himmel um Kraft und Ruhe an. Als sie die Lider wieder öffnete, schien der Baum noch weiter weg zu sein als vorher. Sie beging den Fehler, flüchtig in die Tiefe zu blicken. Das hatte genügt. Sie starb fast vor Angst.

Aber dann stellte sie sich die Tochter in dem kalten, öden Irrenhaus vor, umgeben von geisteskranken, gefährlichen Frauen ... Entschlossen umklammerte sie den Fenstersims und biss die Zähne zusammen. Sie stemmte die Füße gegen die Hausmauer und sprang.

Sie hatte sich indes nicht kräftig genug abgestoßen und verfehlte den Ast. Es gelang ihr jedoch, den Stamm zu fassen zu bekommen. Verzweifelt versuchte sie, mit den Füßen Halt zu finden. Vergeblich.

Olivia stürzte in die Tiefe.

Sie schrie auf, als sie am Baum hinunterfiel. Die raue Rinde zerschrammte ihr die Hände und Wangen. Ihre Röcke verfingen sich in den Zweigen und zerrissen. Einen Wimpernschlag später prallte sie rücklings hart auf die Erde.

Die Luft wurde ihr jäh aus den Lungen gepresst.

In ihrem Körper knackte es verdächtig.

Die Sterne am Himmel schienen in einem wahren Funkenregen zu bersten.

Ein scharfer Schmerz durchzuckte sie vom Kopf bis in die Zehenspitzen.

Wie betäubt lag sie da und wartete, bis die Benommenheit langsam nachließ und sie wieder klarer sehen konnte. Der Mond stand hell am Himmel. Sie sog vorsichtig die Luft ein, wagte es jedoch nicht, tiefer einzuatmen oder sich gar zu regen. Stattdessen starrte sie auf das Geäst der über ihr aufragenden Eiche. Du lieber Gott! Sie war aus der Höhe heruntergestürzt, die sie am Baum hatte herunterklettern wollen! Sie wusste nicht, wie schwer sie verletzt war, doch alles schien ihr wehzutun.

Zaghaft drehte sie den Kopf zur Seite. Der Hals war jedenfalls nicht gebrochen. Ihr dröhnte der Schädel. Behutsam bewegte sie die Finger und Zehen und spreizte dann die Hände. Die Arme schienen in Ordnung zu sein, und auch die Beine waren unversehrt geblieben. Furchtsam tastete sie den Kopf ab. Am Hinterkopf bildete sich eine große Beule, aber Olivia entdeckte keine Spuren von Blut. Langsam und sehr bedächtig setzte sie sich aufrecht hin.

Sie hatte den Sturz überlebt und empfand trotz aller Pein grenzenlose Erleichterung.

Vorsichtig stemmte sie sich hoch, stand auf und hätte fast ob des stechenden Schmerzes, der sie vom Fußgelenk bis zum Knie durchzuckte, laut aufgeschrien. Auf wackligen Beinen wankte sie zum Baum und hielt sich daran fest. Tränen raubten ihr die Sicht, während sie sich bemühte, aufrecht stehen zu bleiben.

Sie hoffte, sich durch den Sturz das Fußgelenk nur verstaucht zu haben. Es tat jedoch so furchtbar weh, dass sie befürchtete, es könnte gebrochen sein. Falls diese Vermutung zutraf, würde Olivia den Fuß nicht voll belasten können.

Sie biss die Zähne zusammen, humpelte von der Eiche fort und begann, hinkend zu laufen. Jeder Schritt bereitete ihr unsägliche Qualen, doch sie durfte jetzt nicht aufgeben. Bis zum Stall waren es ungefähr hundert Schritte. Die Nacht war hell, und leider standen zwischen den Scheunen und dem Haus nur wenige Bäume, die Olivia Schutz boten. Tapfer bemühte sie sich, den grauenhaften Schmerz zu ignorieren. Tränen strömten ihr über die Wangen, doch kein Laut kam über ihre Lippen. Nachdem sie die Seite des Stalls erreicht hatte, stützte sie sich heftig keuchend an die Wand und spähte furchtsam zum Haus zurück. Dort blieb alles dunkel. Der Salon im Parterre, in dem die Schwägerin sich jetzt vermutlich aufhielt, lag hinter den vorderen Räumen. Olivia entspannte sich etwas, erstarrte jedoch erneut vor Furcht, als sie Stimmen im Stall hörte.

Sie lauschte angestrengt und gelangte zu der Schlussfolgerung, dass zwei Reitknechte sich bei Gin und Würfelspiel die Zeit vertrieben. Olivia verzweifelte. Sie konnte kaum laufen und war gezwungen, sich ein Pferd aus dem Stall zu holen. Was sollte sie nun tun?

Sie überlegte fieberhaft. Entweder wartete sie, bis die Männer die Zecherei beendet hatten, oder sie musste zu Fuß verschwinden. Ihr war klar, dass sie nicht warten konnte, da das viel zu riskant war.

Sie wandte sich vom Stall ab, entschlossen, den langen Weg zum Dorf anzutreten. Dabei streifte ihr Blick zufällig das Haus. Wie gelähmt vor Entsetzen sah sie, dass Licht durch die Scheibe ihres Schlafzimmerfensters fiel.

Einen Moment später war es wieder dunkel im Raum. Nur einige Augenblicke verstrichen, bis es plötzlich hinter den Fenstern der im Erdgeschoss gelegenen Zimmer hell wurde. Olivias Verschwinden war entdeckt worden.

Hastig drehte sie sich um und rannte, die Röcke raffend, heftig pochenden Herzens und nach Atem ringend über den Rasen. Unerbittlich zwang sie sich vorwärts und stolperte mehrmals. Panik erfasste sie und machte sie halb benommen. Schluchzend und atemlos erreichte sie die erste Wiese und kroch wie ein gejagtes Tier unter dem Bretterzaun hindurch. Plötzlich begriff sie, wie Frettchen und Füchse sich fühlen mussten, wenn sie erbarmungslos gehetzt und in die Enge getrieben wurden. Halt suchend klammerte sie sich an den Zaun und sah zum Haus zurück.

Ungefähr ein Dutzend Bedienstete mit Laternen und Fackeln rannten die Freitreppe herunter.

Olivia schrie auf.

Selbst aus der Entfernung konnte sie inmitten der Diener die Schwägerin in einem eisblauen Kleid erkennen, das im Dunkel der Nacht fast weiß wirkte.

Verzweifelt drehte sie sich um und lief auf die Bäume am anderen Ende der Wiese zu. Sie befürchtete, bereits gesehen worden zu sein, und wartete darauf, hinter sich Schreie zu hören. Vor ihr lag ein dichter Wald. Sie stolperte oft auf der unebenen Erde über Steine und Furchen, und merkte, dass ihre Kräfte schwanden. Die Luft brannte ihr in den Lungen, aber keuchend rang sie um Atem. Schließlich verfing sie sich mit den Füßen in trockenem Geäst und stürzte.

Schluchzend richtete sie sich auf Händen und Knien auf und blickte zurück. Die Gruppe der Bediensteten hatte sich geteilt. Einige von ihnen liefen zum Stall, andere rannten die lange, gewundene Auffahrt hinunter. Mit schier übermenschlicher Willenskraft stand Olivia auf und biss sich auf die Unterlippe, um nicht vor

Schmerz aufzuschreien. Sie hastete in den Schutz der ersten Bäume und presste sich an den schlanken Stamm einer Birke. Das Fußgelenk tat jetzt so furchtbar weh, dass ihr die Tränen über das Gesicht strömten.

Sie flehte zu Gott, er möge ihr helfen, und bat inständig darum, nicht gefunden zu werden. Sie durfte nicht entdeckt werden, musste fliehen, denn das Leben der Tochter stand auf dem Spiel.

Die Augen schließend, versuchte sie, innere Kraft zu finden. Ihr war klar, dass sie sich zusammennehmen musste, der Angst, dem Schmerz und der Ermüdung nicht nachgeben durfte. Sie musste sich verstecken und es bis nach Stanhope Hall schaffen. Sobald sie meinte, genügend Kraft und Mut zu haben, öffnete sie die Augen und sah eine Kutsche, in der die Schwägerin saß, rasch über die Auffahrt rollen.

Sie duckte sich und klammerte sich voller Angst an die Birke. Der Wagen fuhr schnell an ihrem Versteck vorbei. Elizabeth und die Bediensteten, die sich ebenfalls im Fahrzeug befanden, hielten Fackeln in den Händen, beleuchteten die Straße und suchten die Umgebung ab.

Olivia duckte sich noch tiefer, als die Barouche in Höhe des Wäldchens anhielt. „Ich will, dass mein Bruder unverzüglich benachrichtigt wird", rief Elizabeth aus. „Wir müssen meine Schwägerin finden, Harold, noch heute Nacht!"

Die von Fackeln beleuchtete Kutsche fuhr weiter und rollte die Allee hinunter, bog schließlich in die Hauptstraße ein und nahm die Richtung nach Norden, nach Sussex, wo Stanhope Hall lag. Olivia wischte sich die Tränen aus dem Gesicht.

Man hatte sie nicht bemerkt.

Sie drehte sich um und begann durch den Wald zu hinken.

Garrick ritt sehr schnell. Die Schmerzen, insbesondere in der kaum verheilten linken Seite, wurden immer heftiger, und allmählich bedauerte er, dass er keine Kutsche genommen hatte. Er war jedoch durch den Bericht der Mutter derart beunruhigt worden, dass er

Stanhope Hall einige Stunden zuvor in aller Eile verlassen hatte. Angeblich war Olivia krank und bettlägerig – Garrick glaubte kein Wort davon. Er hielt es vielmehr für weitaus wahrscheinlicher, dass ihr Gatte sie eingesperrt hatte.

Wütend preschte er auf seinem Jagdpferd durch die sternklare Nacht. Falls Arlen Olivia oder Hannah etwas angetan haben sollte, würde er ihn rücksichtslos töten. Er würde ihm die Hände um den Hals legen und ihn ganz langsam erwürgen. Zum Teufel mit Duellen! Garrick würde Arlen nie mehr die Möglichkeit einräumen, ihm gegenüber im Vorteil zu sein.

Er hätte schon längst nach Ashburnham fahren sollen, aber Narr, der er war, hatte er sich vom Vater, der nicht die leiseste Ahnung hatte, was es bedeutete, eine Frau zu lieben, von seinem Vorsatz abhalten lassen. Doch nun war es zu spät, seine Schwäche zu bereuen. Er konnte nur hoffen, dass es noch nicht zu spät war, etwas Schreckliches zu verhindern.

Ein Frösteln erfasste ihn. Etwas Furchtbares war bereits geschehen. Je näher er Ashburnham kam, desto überzeugter war er davon, dass sich etwas sehr Erschütterndes ereignet hatte. Er war krank vor Angst, aber fest zum Handeln entschlossen. Zum Glück war er nicht mehr weit von Ashburnham entfernt. Außer ihm war niemand auf der Straße gewesen, da der Adel aus Angst vor Wegelagerern und Räubern nachts nicht zu reisen pflegte. Garrick hielt das Pferd zu langsamem Trab an, spähte angestrengt in die Dunkelheit und sah in einiger Entfernung ein Fahrzeug auftauchen.

Er ließ den Braunen im Schritt gehen und tätschelte ihm den schweißnassen Hals. Treve lief hechelnd neben dem Pferd. Bei der Kutsche handelte es sich, wie Garrick nun erkannte, um eine stattliche Karosse, die nur einem Adeligen gehören konnte. Er war jetzt ungefähr noch eine Meile von Ashburnham entfernt, dem einzigen Herrenhaus in der Gegend. Garrick hielt das Pferd an und blieb gespannt im Sattel sitzen.

Die Barouche näherte sich und war bald vor ihm. Obwohl

er wusste, dass Arlen in die Stadt zurückgereist war, rechnete er insgeheim damit, ihn im Wagen zu sehen. Er erblickte jedoch dessen Schwester, die mit vier bewaffneten Dienern in der Kutsche saß.

Als Elizabeth ihn erkannte, machte sie ein überraschtes Gesicht. „Anhalten!" befahl sie.

Sofort gehorchte der Kutscher.

Garrick lenkte sein Pferd näher an den Wagen.

„Welch seltsame Überraschung!" rief Elizabeth aus und lächelte. „Guten Abend, Lord Caedmon. Oje! Ich meinte, guten Abend, Mr. De Vere!"

Er war nicht in der Stimmung, sich mit ihr auf einen Disput einzulassen. „Was macht Ihr mitten in der Nacht hier draußen auf der Straße, Elizabeth? Ihr wollt doch wohl nicht etwa zu dieser späten Stunde nach London!" Sein einziger Gedanke war, dass Olivia etwas passiert sein musste.

„Für Euch bin ich immer noch Lady Houghton, Mr. De Vere", erwiderte sie kühl.

„Ich weiß genau, welchen Titel Ihr tragt. Wo ist Olivia?" wollte Garrick wissen. „Und behauptet nicht, sie sei krank!" Er ritt noch näher an die offene Kutsche heran.

„Olivia ist krank und liegt im Bett", antwortete Elizabeth frostig. „Du meine Güte, liebt Ihr die Gattin meines Bruders? Vielleicht sollte er Euch wieder zum Duell fordern?"

„Bedauert Ihr, dass ich am Leben geblieben bin? Es tut mir Leid, dass ich Eure Erwartungen nicht erfüllt habe!" Garrick empfand nur Abscheu für Lady Houghton.

„Es ist mir ziemlich gleich, ob Ihr am Leben seid oder nicht!" entgegnete sie scharf. „Am Ende werdet Ihr doch kleinlaut zu dieser kleinen Insel zurückkehren, während Euer Bruder alles erbt", fügte sie spöttisch hinzu.

Garrick konnte sich nicht mehr beherrschen. „Ich bin nicht hier, um mit Euch über diesen Betrüger zu reden, und außerdem habe ich zufällig diese kleine Insel sehr gern."

„Das wundert mich nicht. Ihr habt Euch in einen Wilden verwandelt, Mr. De Vere, und seid schlimmer als ein Kolonist. Aber Ihr wart schon immer höchst eigenartig und seltsam."

„Kann es sein, teuerste Elizabeth, dass Ihr noch immer in der Euch eigenen ungewöhnlichen Art eine Schwäche für mich hegt?" erkundigte er sich süffisant.

„Da täuscht Ihr Euch, Mr. De Vere! Ich habe Euch nie gemocht!" widersprach sie heftig.

„Nein?" Unverhohlene Ironie schwang in seiner Stimme mit. „Also war es der Abscheu vor mir, der Euch veranlasst hat, splitternackt zu mir ins Bett zu kriechen?"

Scharf sog Elisabeth die Luft ein und erbleichte. Ohne auf die Bediensteten zu achten, äußerte sie kalt: „Das ist eine Lüge!"

„Mir tut nur Leid, dass ich mich dessen, was Ihr mir so freizügig dargeboten habt, derart leichtfertig bediente. Und in all den folgenden Jahren war mir mit erschreckender Klarheit bewusst, dass Ihr es mir nie verziehen habt, nicht so um Euch scharwenzelt zu sein wie Euer Bruder oder andere Männer." Garrick stieß einen verächtlichen Laut aus. „Schönheit, meine Liebe, ist nur äußerlich. Ein fauliger Kern lässt selbst die scheinbar makelloseste Frucht mit der Zeit unansehnlich werden."

Elizabeth funkelte ihn wütend an. „Ihr seid nicht nur ein Wilder und Narr, sondern auch ein rückgratloser Feigling! Ihr und diese Hexe habt einander verdient!"

„Ihr betretet gefährlichen Boden, Elizabeth!" warnte Garrick so leise, dass man ihn kaum hatte hören können.

Sie starrte ihn an und zuckte nach einem Moment geringschätzig die Schultern. „Fahrt zur Hölle, Mr. De Vere!"

Die Beschimpfung brachte ihn nicht sonderlich aus der Ruhe. Er betrachtete die Bediensteten. Die Männer starrten mit ausdruckslosen Mienen auf die Straße – wie Taubstumme, die nicht in der Lage waren, auch nur ein einziges Wort der Unterhaltung zu verstehen. „Wo ist Lady Ashburn? Warum befindet Ihr Euch hier auf der Straße?"

„Olivia liegt im Bett, wo sie zu dieser nächtlichen Stunde zu sein hat, und was ich vorhabe, geht Euch nichts an!"

Lady Houghton hatte den Satz kaum beendet, als Garrick dem Pferd die Fersen in die Flanken presste.

„Wohin wollt Ihr?" rief sie bestürzt.

„Natürlich nach Ashburnham", antwortete er über die Schulter.

Olivia glaubte nicht, dass sie es bis zum Dorf schaffen würde. Seit sie die Flucht aus dem Haus angetreten hatte, war sie noch nicht sehr weit gekommen. Hinkend schleppte sie sich die Straße entlang. Alles tat ihr weh, und das Fußgelenk schmerzte besonders stark. Der trockene Ast, den sie im Wald gefunden hatte und auf den sie sich nun stützte, verschaffte ihr beim Gehen nur wenig Erleichterung. Sie brauchte dringend ein Fahrzeug. Zu dieser Stunde würde jedoch vermutlich der einzige Reiter, den sie unterwegs treffen mochte, ein Straßenräuber sein.

Hannah. Olivia musste sich auf ihr Vorhaben konzentrieren, denn allein der Gedanke daran trieb sie voran.

Plötzlich vernahm sie sich rasch nähernden Hufschlag und erstarrte vor Angst. Sie zweifelte nicht eine Sekunde daran, dass sogleich ein Räuber vor ihr auftauchen würde, ganz so, als wäre er durch ihre Gedanken herbeigelockt worden. Der Albtraum, den sie in dieser Nacht erlebte, konnte nicht schlimmer werden. Olivia erwachte aus ihrer Lethargie, und mit einer Behändigkeit und Geschwindigkeit, die sie sich nicht mehr zugetraut hatte, rannte sie von der Straße in den Wald, wo sie sich in ein Gebüsch zwängte. Keuchend warf sie sich auf die Erde und verbarg das Gesicht zwischen Laub und Zweigen.

Das Geräusch der Hufe wurde lauter.

Atemlos, von Schmerzen gepeinigt und dem völligen Zusammenbruch nahe, richtete sie sich auf und wischte sich den Schmutz vom Gesicht. Auf Händen und Knien kroch sie zum Rand des Unterholzes, hinter dem sie sich versteckt hatte, bog dornige Zweige auseinander und spähte zur Straße hinüber. Der Reiter galoppierte an ihr vorbei, und die Hufe seines Pferdes wirbelten Erdbrocken und Staub auf.

Als der Mann sie passiert hatte, seufzte sie erleichtert auf. Auch diesmal war sie nicht entdeckt worden. Wie es schien, war Gott in dieser Nacht auf ihrer Seite.

Schon im Begriff, wieder ermattet zu Boden zu sinken, erhaschte sie einen Blick auf den Hund, der neben dem Pferd herrannte. Es war ein irischer Setter.

Sogleich wandte sie ihre Aufmerksamkeit erneut auf den kräftigen Reiter.

Sie torkelte vorwärts und sah ihn, begleitet vom Hund, in die Richtung reiten, in der Ashburnham lag.

Erst jetzt begriff sie, wer er war, stolperte auf die Straße zurück und bemerkte, dass er sich inzwischen fünfzig, nein, sechzig oder siebzig Schritte entfernt hatte. „Garrick!" schrie sie. „Garrick!"

Der Reiter preschte weiter. Tränen raubten ihr die Sicht, während sie ihm reglos, ungläubig und vollkommen verzweifelt hinterherblickte. Und dann setzte sie sich in Bewegung und rannte hinter ihm her, obwohl sie wusste, dass sie ihn nie einholen und er sie nicht hören konnte. „Garrick!"

Er hielt nicht an. Die Sache war sinnlos.

„Garrick", flüsterte Olivia schluchzend, lief langsamer und gab alle Hoffnung auf.

Plötzlich blieb der Hund stehen, drehte sich um und bellte. Und hörte nicht auf zu bellen.

Einen Augenblick später riss der Reiter das Pferd so jäh an den Zügeln herum, dass es sich aufbäumte.

Einen Moment lang stand Olivia da und starrte das wild mit den Vorderhufen in die Luft schlagende Pferd und den in ein weites Cape gehüllten Reiter an. „Garrick!" Sie winkte heftig.

Der Hund bellte erneut. Und dann galoppierte Garrick auf sie zu, schwang sich aus dem Sattel des weiterstürmenden Pferdes und lief zu ihr. Im nächsten Augenblick lag sie in seinen Armen, klammerte sich an ihn, schloss die Augen und fühlte sich endlich geborgen.

Vor Erschöpfung und Angst, aus Verzweiflung und Erleichterung kamen ihr die Tränen, und sie weinte an seiner Brust.

„Olivia! Oh Gott! Ich hatte solche Angst um dich!“ sagte Garrick, küsste sie immer wieder aufs Haar und hielt sie fest umschlungen.

Sie schluchzte herzzerreißend. „Hannah ...“ Mehr brachte sie nicht über die Lippen.

Er berührte ihr Gesicht und schaute Olivia schockiert an. „Was ist passiert?“ fragte er bestürzt.

Sie konnte sich lebhaft vorstellen, wie verschmutzt und zerschrammt ihr Gesicht sein musste. „Sie haben mich betäubt ... Aber ich habe gemerkt, was mit mir geschah, und nichts mehr gegessen. Wegen der Katze ... Ach, Garrick, ich habe darauf gewartet, dass du zu mir kommst. Ich hatte Lionel eine Nachricht für dich mitgegeben.“ Ihr versagte die Stimme. Bei dem Gedanken an die Tochter brach sie erneut in Tränen aus. „Hannah!“

„Mein Gott“, murmelte Garrick. Fassungslos betrachtete er ihre Finger. „Deine Hände sind zerschunden. Das Blut ... dein Kleid ... dein Gesicht.“

„Ich bin aus dem Fenster gesprungen. Man hatte mich in meinem Zimmer eingeschlossen“, erklärte sie.

Erschüttert drückte er sie an die Brust. Unabsichtlich hatte er sie dabei genötigt, einen Schritt nach vorn zu machen und den verletzten Fuß zu belasten. Vor Schmerz schrie sie leise auf.

„Was hast du?“ fragte Garrick erschrocken und stützte sie.

„Mein Fußgelenk ist stark verstaucht oder vielleicht sogar gebrochen.“

„Du musst zu einem Arzt. Mir wird übel, wenn ich nur daran denke, was Arlen dir angetan hat.“

„Er hat Hannah ins Irrenhaus schaffen lassen“, rief Olivia aus. „Wir haben nicht die Zeit, um jetzt einen Arzt aufzusuchen. Wir müssen meine Tochter befreien.“ Sie klammerte sich an Garricks

Umhang. „Hilf mir, Garrick! Hilf mir! Hilf mir, Hannah aus diesem grässlichen Loch zu holen. Hilf uns, meinem Gatten zu entfliehen!“

Sie sah, dass Garrick flüchtig die Augen schloss, und seine Miene grimmig wurde. Dann zog er sie wieder an sich. „Wir werden Hannah retten. Sei unbesorgt!“ versicherte er in festem und doch zärtlichem Ton.

„Wie?“ wollte Olivia wissen. „Wie? Arlen hat sie dort einliefern lassen. Man wird sie uns wohl nicht übergeben.“

Garrick schaute Olivia an. „Doch, man wird sie uns übergeben. Das schwöre ich dir!“

Plötzlich glaubte Olivia ihm. Sie vertraute vollkommen auf seine Kraft, seine Loyalität, seine Entschlossenheit. Halt suchend lehnte sie sich an ihn und nickte stumm. Obwohl sie völlig erschöpft war, wusste sie, dass sie nicht die Zeit hatte, sich zu erholen.

„Wir müssen uns beeilen“, fuhr Garrick entschieden fort. „Elizabeth sucht nach dir“, fügte er hinzu und schaute die Straße hinunter.

„Meine Schwägerin hat einen Boten zu Arlen geschickt“, erklärte Olivia und sah in dieselbe Richtung, weil sie befürchtete, Elizabeths Kutsche könnte jeden Moment um die Kurve biegen.

„Wir brauchen zwei frische Pferde oder einen Wagen“, meinte Garrick, hob Olivia in den Sattel und schwang sich hinter ihr aufs Pferd. Er legte einen Arm um ihre Taille, und sie schmiegte sich an ihn. „Wir werden das, was wir benötigen, bestimmt im Dorf finden.“

Sie nickte, fürchtete jedoch, sie könnten auf Elizabeth stoßen, noch ehe sie den Ort erreicht hatten.

Garrick ahnte, was sie dachte. „Ängstige dich nicht mehr. Du hast schon genug durchgemacht“, äußerte er leise, doch es hatte wie ein Befehl geklungen. „Ich werde mich um alles kümmern. Du wirst bald mit deiner Tochter vereint sein.“

„Das weiß ich“, flüsterte Olivia und drehte sich halb um, damit sie ihm ins Gesicht sehen konnte. „Ich habe dich so gebraucht, Garrick. Ich liebe dich.“ Überwältigt von ihrer grenzenlosen Zuneigung für ihn, kämpfte sie gegen die aufsteigenden Tränen an.

„Auch ich liebe dich“, erwiderte er, „mehr, als du ahnst.“

28. KAPITEL

„Mylady!“ rief der Lakai erstaunt. „Wir haben Euch nicht erwartet, Mylady.“

Elizabeth hastete an dem bestürzten Diener vorbei und stürmte in das Entree von Arlens Stadtresidenz. Ihre nassen Röcke hinterließen eine feuchte Spur auf dem Fußboden. Sie war übermüdet und schlecht gelaunt, schmutzig und ziemlich durchnässt, da es seit der Ankunft in den Außenbezirken von London unaufhörlich geregnet hatte. Eine Reise bei Nacht war eine unerfreuliche Angelegenheit, insbesondere bei so scheußlichem Wetter.

„Ist mein Bruder noch im Bett?“ herrschte Elizabeth den Butler an, der am anderen Ende des Foyers erschienen war.

Der sichtlich verwirrte Mann wurde leichenblass.

„Ja, ich glaube, Mylady“, antwortete der Lakai unbehaglich und wurde rot.

„Lady Houghton.“ Der Butler hatte sich von der Überraschung erholt und näherte sich ihr eilig. „Lasst mich Euch bitte den Umhang abnehmen, und gebt mir Eure Handschuhe. Ich werde veranlassen, dass man Euch unverzüglich ein warmes Frühstück zubereitet, und dann Seine Lordschaft wecken. Gewiss wollt Ihr Euch ein wenig erfrischen?“

Verdrossen sah sie den Butler an, zog die ursprünglich weißen, jetzt fast schwarzen Handschuhe aus und schleuderte sie ihm gegen die Brust. Dann nahm sie den feuchten Kaschmirschal ab und ließ ihn vor dem Mann zu Boden fallen. „Ich werde meinen Bruder selbst wecken!“ Rasch begab sie sich zur Treppe.

„Mylady!“ rief der Butler ihr nach und eilte ihr nach. „Das schickt sich nicht! Bitte, lasst mich das tun!“

Elizabeth hatte im Vorübergehen einen Blick auf sich im Spiegel erhascht und schrie angesichts ihres derangierten Äußeren auf. Sie blieb wie angewurzelt stehen. Nicht nur ihr Gesicht war voller Schmutz, Ruß und Morast, sondern auch ihr wunderbares hellblaues Kleid. Überdies war ihre Frisur hoffnungslos ruiniert. „Zur Hölle mit Olivia!“ schimpfte sie halblaut und versuchte vergebens, sich das Haar zu richten. Da ihr das nicht gelang, rannte sie die Treppe hinauf.

Der Butler hastete ihr hinterher. „Lady Houghton! Ich rate Euch dringend, ins Esszimmer zu gehen und Seiner Lordschaft Zeit zu lassen, um aufstehen und sich ankleiden zu können.“

Elizabeth beachtete den Butler nicht und riss, ohne vorher anzuklopfen, die Tür zu Arlens Schlafzimmer auf. Die Arme vor der Brust verschränkt, verharrte sie auf der Schwelle stehend und betrachtete das im großen Baldachinbett liegende Paar.

Die rothaarige Frau wachte auf, stieß einen Schrei aus und zerrte die Decke über die Brüste.

Seufzend hob Elizabeth ein hauchdünnes Kleidungsstück vom Fußboden auf, das, wie sie bemerkte, zerrissen war, und beugte sich drohend über die Frau. „Verlasst das Bett!“ befahl sie und warf ihr das Gewand zu.

Plötzlich schlug ihr Bruder die Augen auf, bemerkte die Schwester und setzte sich aufrecht hin. „Elizabeth!“ Die Augen schienen ihm aus dem Kopf zu quellen, und er wurde leichenblass.

„Kommt endlich aus dem Bett, ehe ich Euch herauszerren lasse!“ herrschte Elizabeth die andere Frau kalt an.

Die Rothaarige riss die blauen Augen auf, sprang rasch von dem zerwühlten Lager auf und hielt das seidene Kleidungsstück vor sich, um ihre Blöße zu bedecken. Dann rannte sie an dem fassungslosen Butler vorbei hinaus auf den Flur.

„Ich bitte um Entschuldigung, Mylord“, murmelte der Butler betreten.

Elizabeth drehte sich zu ihm um. „Sie können jetzt gehen, Barnes“, wies sie ihn an.

Zustimmung heischend schaute er Lord Ashburn an, der jedoch nicht reagierte. Daraufhin wandte er sich um und verließ rasch das Zimmer. Elizabeth ging zur Tür, schloss sie und drehte sich wieder zum Bruder um.

Splitternackt stieg er aus dem Bett, zog einen Morgenmantel an und verknüpfte mit zitternden Händen den Gürtel. „Ich kann dir alles erklären, Elizabeth ..."

„Sei still!" unterbrach sie ihn. „Glaubst du, ich würde mich wegen deiner französischen Schauspielerin aufregen? Olivia ist geflohen, und ihr Liebhaber ist bei ihr!"

Arlen starrte die Schwester an, als hätte er sie nicht begriffen.

„Arlen!" schrie sie ihn an. „Ich habe die halbe Nacht darauf verschwendet, Olivia zu suchen. Da ich sie nicht finden konnte, habe ich die andere Hälfte der Nacht damit zubringen müssen, in aller Eile herzukommen! Garrick De Vere ist mir auf der Straße nach Ashburnham begegnet! Man muss kein Hellseher sein, um zu wissen, dass er zu Olivia will. Was gedenkst du jetzt zu tun? Die beiden haben offensichtlich vor, gemeinsam zu verschwinden! Du Narr!"

Arlen atmete tief durch, wandte sich ab und wischte sich mit einem Taschentuch die Stirn ab.

„Das, was wir getan haben – genauer gesagt, das, was wir vorhatten –, kann uns in arge Schwierigkeiten bringen, Arlen", fuhr Elizabeth fort. „Was willst du tun, wenn Olivia sich an die Polizei wendet und behauptet, wir hätten versucht, sie zu ermorden?"

Langsam drehte Arlen sich kalt lächelnd zur Schwester um. Sein Blick war hart und glänzend, sein Gesicht nicht mehr bleich. „Sei unbesorgt! Ich weiß genau, wohin Olivia will, meine Liebe, und werde sie und Garrick De Vere dort empfangen."

„Ja, richtig ... Die Irrenanstalt!" Elizabeths Augen begannen zu leuchten.

Elizabeths Kutsche bog in die Auffahrt von Houghton Place. Der Morgen war düster und grau, Regen trommelte auf das Wagendach. Sie hatte den Schnappvorhang aufgezogen und verrenkte sich fast den Hals, um das Haus sehen zu können. Ein Lächeln umspielte ihre Lippen, als sie die stattliche Karosse entdeckte, die vor dem Gebäude wartete. Lionel hatte die Nachricht erhalten und war gekommen. Elizabeth war so ungeduldig, dass sie am liebsten selbst den Wagenschlag geöffnet hätte, als die Kutsche schließlich stehen geblieben war. Sie raffte den verschmutzten, fleckigen Rock, eilte die Freitreppe hinauf und hastete in die Eingangshalle.

Diener erschienen und nahmen ihr mit undurchdringlichen Mienen Handschuhe und Umhang ab. Niemand schien sich über ihre unangekündigte Heimkehr und ihr derangiertes Äußeres zu wundern.

„Wo ist mein Gatte?" fragte sie einen Lakai.

„Oben, Mylady. Er schläft."

Fast hätte sie zufrieden gelächelt. Sie begab sich in den Salon und schloss die Tür hinter sich. „Lionel!"

Er stand vor dem Fenster und schaute in den hinter dem Haus gelegenen Teil des Parks. Beim Klang ihrer Stimme drehte er sich zu ihr um, betrachtete sie und erwiderte, während er auf sie zuging: „Ich habe deine Nachricht erhalten und bin sofort hergekommen. Du siehst schrecklich aus. Was ist passiert?"

„Ist das die ganze Begrüßung?" fragte Elizabeth, stellte sich auf die Zehenspitzen und gab ihm einen Kuss. Ihr fiel auf, dass er, obwohl er ebenfalls eine anstrengende Reise hinter sich hatte, nicht sehr unordentlich aussah. Er erwiderte ihren Kuss jedoch nur flüchtig. „Olivia ist geflohen und mit deinem Bruder zusammen", erklärte sie. „Arlen ist überzeugt, dass beide jetzt zum Irrenhaus unterwegs sind, um Hannah zu befreien." Elizabeth legte Lionel die Hände auf die Brust und streichelte ihn.

Seine Miene blieb unverändert abweisend, und er schien auch nicht zu bemerken, dass Elizabeth die Finger unter seine Weste schob. „Das ist absolut inakzeptabel", murmelte er.

Sie reckte sich erneut und liebkoste seinen Hals mit der Zungenspitze. Elizabeth malte sich aus, wie Lionel sie hier im Salon nahm, und ihre Lust erwachte.

Er zuckte zusammen, ergriff ihre Handgelenke und schob sie von sich. „Hast du den Eindruck, dass ich Verlangen nach dir habe?"

Verwundert schaute sie ihn an. „Nein. Aber mein Gatte schläft wie ein Toter", fügte sie lächelnd hinzu. „Entschuldige das Wortspiel."

Flüchtig presste Lionel die Lippen zusammen. Er lächelte nicht, und sein Blick war hart. „Zum Teufel, was ist passiert? Deine verdammte Dienerin hat nicht getan, was ihr aufgetragen war, Elizabeth!" sagte er kalt und verärgert.

Ihr Lächeln schwand. „Sprich nicht in diesem Ton mit mir, Lionel!"

Er starrte sie an, und sie wich seinem Blick nicht aus. Schließlich gab er nach, zog sie in die Arme und drückte sie an sich. „Ich entschuldige mich."

„Gut!" Sie küsste ihn auf den Hals. „Ich habe die Zofe bereits entlassen. Du hast Recht, sie hat eindeutig bei der Erfüllung ihrer Aufgabe versagt. Aber dein Plan war brillant, Lionel." Elizabeth presste ihm die Lippen auf den Hals und ließ langsam die Hände an seinem Oberkörper bis zum Bund seiner Breeches entlanggleiten. Sie zögerte nur kurz, langte tiefer und legte ihm die Hand in den Schritt. Zu ihrem Entzücken spürte sie, dass er sogleich erregt wurde. „Sei unbesorgt", flüsterte sie und atmete schneller. „Arlen beabsichtigt, Olivia und deinen Bruder abzufangen. Er wird die schmutzige Arbeit für uns erledigen."

Grob hielt Lionel Elizabeths Hand fest. „Dein Bruder ist nicht unfehlbar."

Sie lächelte ihn verführerisch an. „Lass uns doch jetzt nicht über ihn reden."

Fluchend stieß er sie so heftig zur Seite, dass sie beinahe gestürzt wäre. „Lionel!" rief sie empört.

„Für so etwas habe ich jetzt keine Zeit!" Er eilte zur Tür.

Elizabeth hielt ihn zurück. „Halt! Warum ist dir so viel an Olivia gelegen? Ich glaube nicht, dass Sehnsucht nach ihr der Grund ist. Also, welches Motiv hast du?"

„Warum hast du gewollt, dass sie eingesperrt und vergiftet wird, meine Liebe?" fragte Lionel kühl.

„Dafür habe ich viele Gründe. Aber weich meiner Frage nicht aus“, setzte Elizabeth lächelnd hinzu. „Du hast Angst vor meiner Schwägerin, nicht wahr, mein Lieber? Du fürchtest sie und ihr Kind.“

Lionel sah Elizabeth verächtlich an, und es dauerte einen Moment, bis er erwiderte: „Du bist eifersüchtig, weil Garrick Olivia liebt und ihr Gefühle entgegenbringt, die er für dich nie empfunden hat.“

„Das ist nicht wahr!“ Elizabeth ließ Lionels Arm los. „Du hast meine Frage nicht beantwortet, Lionel. Warum hast du Angst vor Olivia und ihrer Tochter?“

Er lächelte schwach. „Ich habe keine Angst vor ihnen, meine Liebe.“

„Das Kind ist wie seine Mutter eine Hexe“, erklärte Elizabeth nachdrücklich. „Darüber haben wir schon oft geredet. Hannah besitzt mehr hellseherische Fähigkeiten als ihre Mutter. Du kannst dich mir anvertrauen. Schließlich trage ich dein Kind unter dem Herzen.“

Lionel lächelte verächtlich. „Bitte! Halt mich nicht zum Narren! Ich weiß sehr wohl, dass dieses Kind ebenso gut von Arlen sein kann.“

Sie erbleichte. „Bist du verrückt? Er ist mein Bruder! Wie kommst du nur dazu ...“

„Sei still!“ Lionel legte ihr den Zeigefinger auf die Lippen. „Ich kenne die Wahrheit, doch dein Geheimnis ist bei mir gut aufgehoben.“

Elizabeth begann zu zittern.

„Du hast doch Vertrauen zu mir, Elizabeth, oder?“

„Vielleicht“, antwortete sie langsam. „Vielleicht müssen wir uns gegenseitig vertrauen.“

Lächelnd ließ Lionel den Blick über sie schweifen, doch der Ausdruck in seinen Augen war ernst. „Warum sollte ich Vertrauen zu dir haben, meine Liebe?“

„Weil wir einander so ähnlich sind“, antwortete sie schlicht.

Er ignorierte diese Bemerkung und sagte stattdessen: „Wir reden später weiter. Ich habe jetzt etwas zu erledigen."

Sie sah ihm hinterher, als er den Raum verließ, und folgte ihm einen Augenblick später. „Du willst zur Irrenanstalt", rief sie ihm nach.

Vor der Haustür drehte er sich um und erwiderte, sich knapp verneigend: „Seid eine gute Ehefrau, und kümmert Euch um Euren Gemahl." Keiner der Lakaien, die reglos wie Statuen zu beiden Seiten des Portals standen, zuckte auch nur mit einer Wimper. „Guten Tag, Mylady."

„Guten Tag, Mylord." Während er rasch das Haus verließ, schlang sie fröstelnd die Arme um sich.

Lionel wusste zu viel, und das flößte ihr Unbehagen ein. Aber vielleicht wusste sie auch ebenso viel über ihn. Dieser Gedanke beruhigte sie ein wenig. Auf jeden Fall würde Lionel sich mit Olivia und Hannah befassen, und dann blieb ihr beider Geheimnis gewahrt. Als sie sich zur Treppe umwandte, dachte sie an den Gatten und das, was sie tun musste. Ihr Blick wurde hart.

Blitze zuckten über den Himmel. Garrick zog Olivia enger an sich, um sie vor dem strömenden Regen zu schützen, doch es half nicht viel. Mittlerweile waren sie vollkommen durchnässt. In Ashburn hatte er einen kleinen Phaeton gekauft, und der Wind peitschte den Regen in die offene Kutsche. Aus nicht allzu großer Entfernung war Donnergrollen zu hören.

Obgleich Garrick nicht abergläubisch war, dachte er unwillkürlich, dass dieser Tag wie ein Omen sei. „Wir sind fast da", sagte er. „Wie fühlst du dich?"

Olivia hielt die Kapuze des Mantels fest, den er für sie erstanden hatte, und flüsterte: „Ich fürchte mich."

„Du hast nichts zu befürchten. Ich zweifele nicht daran, dass ich im Stande sein werde, Hannahs Entlassung zu erreichen."

Seine Entschlossenheit war groß, auch wenn er jetzt gelogen hatte. Er hielt es für sehr wahrscheinlich, dass Elizabeth Arlen gewarnt hatte. Nun blieb ihm nichts anderes übrig, als zu hoffen, dass der Bote sich bei diesem scheußlichen Wetter Zeit ließ und womöglich sogar in irgendeinem Schankraum vor dem warmen Kaminfeuer saß.

Vor ihnen tauchte das Irrenhaus auf. Garrick brachte den Phaeton zum Stehen und spähte durch den Regen. Die Bewahranstalt war ein niedriger Steinbau, und über der großen Holztür waren zwei Worte in den grauen Stein gemeißelt: Bedlam Hospital. Vor dem Gebäude befand sich ein kleiner, verwaister Platz, ein eisernes, mit einem Vorhängeschloss gesichertes Tor versperrte den Zugang zu der kurzen, schmutzigen Auffahrt. Die flachen, strohgedeckten Hütten, von denen die Anstalt umgeben war, gehörten den Ärmsten der Armen von London. Rauch stieg aus den zahlreichen Schornsteinen auf. Es roch nach Kartoffeln und Zwiebeln. Trotz des Windes und Regens war der Gestank des Unrats in den Straßen unerträglich. Niemand war zu sehen, doch aus einem nahe gelegenen Haus drang das Geschrei von zwei Leuten.

„Oh Gott!" flüsterte Olivia und umklammerte Garricks Hand, als er ihr aus der Kutsche half. Treve sprang vom hinteren Sitz und folgte ihr.

Ein weiterer Blitz zuckte vom Himmel und tauchte Bedlam Hospital in gleißendes Licht. Garrick biss die Zähne zusammen, führte Olivia über die schmutzige Straße und betätigte den neben dem geschlossenen Tor angebrachten Klingelzug. Treve winselte.

Die Eingangstür der Irrenanstalt wurde geöffnet, und ein düster gekleideter Mann mit einer Mütze eilte auf Garrick und Olivia zu. „Wer seid Ihr?" erkundigte er sich mürrisch und musterte sie argwöhnisch.

„Ich bin Lord Caedmon", behauptete er dreist und unterließ es absichtlich, Olivias Namen und Titel zu nennen. „Wir wollen mit dem Leiter der Anstalt sprechen."

Der stämmige Mann beäugte ihn misstrauisch.

Garrick drückte ihm einige Münzen in die Hand.

Das Geld war im Nu in der Tasche des Mannes verschwunden. Dann wurde der Schlüssel im Schloss umgedreht und das Tor geöffnet. „Folgt mir, Mylord, Mylady“, sagte der Mann und senkte des Regens wegen den Kopf.

Sie überquerten den Vorplatz, und Garrick befahl dem Setter, vor dem Haus zu bleiben, ehe er das Gebäude mit Olivia betrat. Der Wächter machte hinter ihnen die Tür zu, und als sie ins Schloss fiel, hallte es laut und Unheil verkündend durch den Raum.

Rasch schaute Garrick sich um, aber viel gab es nicht zu sehen. Die Halle war bis auf einen Kamin und zwei wacklig wirkende, abgestoßene Bänke leer. Ein Korridor, an dessen Ende sich eine dicke, verriegelte Tür befand, führte ins Innere des Hauses. Durch einen Spalt unter der Tür fiel Licht in den Gang.

Der Wächter winkte die Besucher weiter, und sie folgten ihm bis zur Türschwelle eines kleinen Raums, in dem ein behagliches Feuer im Kamin brannte. Dem Kamin gegenüber saß ein Mann an einem Schreibtisch, auf dem eine brennende Öllampe stand. Der Raum war düster und schlecht beleuchtet, da die Funzel nur wenig Licht verbreitete.

„Ihr habt Besuch, Mr. Hepple, einen Lord und seine Frau“, meldete der Wächter.

Garrick ging an dem Mann vorbei und warf Olivia einen Blick zu, der ihr zu verstehen gab, sie möge still sein und bleiben, wo sie war. „Ich bin Garrick De Vere, Sohn des Earl of Stanhope, Sir“, stellte er sich vor und verneigte sich leicht.

Der hoch gewachsene, schlanke Mann stand auf und strich sich den fleckigen Gehrock glatt. „Guten Tag, Mylord. Welche Überraschung! Ich habe nicht sehr oft so hohen Besuch.“ Er lächelte. Unter dem buschigen Schnurrbart kam ein gelbliches Gebiss zum Vorschein. Ein Schneidezahn fehlte.

„Das kann ich mir denken“, erwiderte Garrick und lächelte flüchtig. „Ich bin hier, weil kürzlich ein achtjähriges blindes Mädchen bei Euch eingeliefert wurde. Es heißt Hannah. Vielleicht kennt Ihr es.“

„Hm!“ Mr. Hepple starrte nachdenklich vor sich hin. „Ein solches Mädchen kenne ich nicht, Mylord. Ihr sagtet, es sei blind und ungefähr acht Jahre alt?“ Er schüttelte den Kopf. „Ich befürchte, dass ich so ein Kind nie gesehen habe, obwohl ich persönlich mit allen Neuzugängen spreche.“

Olivia gab einen Laut der Verzweiflung von sich.

Garrick warf ihr einen kurzen Blick zu, trat näher an den Leiter des Irrenhauses heran und blieb drohend vor ihm stehen. „Vielleicht hilft Euch das weiter, Sir.“ Er zog eine Bankanweisung aus der Innentasche seines Gehrocks und legte sie auf den Schreibtisch. Ein Donnerschlag dröhnte über dem Haus. Der auf zehntausend Pfund lautende Betrag auf dem Wechselbrief war selbst im matten Schein der Öllampe deutlich zu lesen. „Hilft das Eurem Gedächtnis auf die Sprünge?“ erkundigte Garrick sich kalt.

Mr. Hepple starrte schweigend auf die Bankanweisung.

Plötzlich hörte Garrick hinter dem Leiter der Anstalt Stoff rascheln, und einen Augenblick später trat Arlen aus dem Schatten. „Ich befürchte, damit erreicht Ihr nichts!“ sagte er harsch zu Garrick und schaute dann die Gattin an. „Du Hure!“

In diesem Moment empfand Garrick Mordgelüste. Jetzt wäre es ein Leichtes, Arlen umzubringen. Garrick spielte bereits mit dem Gedanken, Ashburn zu erwürgen und seine Leiche irgendwo zu verstecken, da stellte sich auch schon der stämmige Wächter neben Mr. Hepple und Arlen. Das genügte, um Garrick zur Vernunft zu bringen.

Er atmete tief durch. „Ich bin nicht sonderlich überrascht, Euch hier zu sehen.“

„Bitte, Arlen, lass mich Hannah mitnehmen! Ich werde alles tun. Alles! Bitte!“ rief Olivia flehend und kam näher.

Garrick hielt sie fest und zog sie an sich, ehe sie sich dem Gatten vor die Füße werfen konnte. „Lass das!“ herrschte er sie an. „Ich werde diese Angelegenheit regeln.“

Olivia schaute ihn an, und die Tränen strömten ihr über das Gesicht. „Wirst du das tun? Wirst du das tun?“

„Nun, das Kind bleibt hier, wohin es gehört", äußerte Arlen kalt. „Das ist die gerechte Strafe dafür, dass du mir eine so loyale und liebevolle Gattin warst, Olivia."

„Bestrafe mich, aber nicht Hannah! Wie kannst du nur so etwas tun, ganz gleich, wie sehr du mich hassen magst! Hannah ist auch dein Kind ..."

„Nein!" unterbrach Arlen wütend. „Sie ist nicht mein Kind, wie du und ich sehr wohl wissen."

Schockiert starrte Olivia ihn an.

Garrick stellte sich schützend vor sie. „Ich werde Euch töten, Ashburn, irgendwann, irgendwie, falls Ihr nicht einwilligt, dass Eure Tochter entlassen wird."

Arlen lachte und sah Mr. Hepple an. „Habt Ihr das gehört? Mr. De Vere bedroht mich! Ist das nicht gegen das Gesetz? Ihr werdet Euch etwas Besseres einfallen lassen müssen, De Vere. Eure Drohungen schrecken mich nicht."

„Ich werde Euch bloßstellen", erwiderte Garrick in leisem, wütendem Ton, „und publik machen, dass Ihr Frauen und Kinder misshandelt und fast zum Mörder geworden seid. Ihr werdet derjenige sein, der hinter Gittern sitzt, wenn ich mit Euch fertig bin."

Arlen lachte belustigt. „Glaubt Ihr, dass Euer Wort mehr wiegt als meines? Das Wort eines Wilden aus Barbados, des schwarzen Schafs der De Veres, des Verführers unschuldiger Frauen, eines Mannes, den sogar sein eigener Vater verabscheut? Ich bin der Earl of Ashburn. Ihr könnt nichts gegen mich ausrichten."

Das Herz klopfte Garrick zum Zerspringen. Wütend ballte er die Hände. Sosehr er auch überlegte, eine passende Erwiderung wollte ihm einfach nicht einfallen. Ashburn hatte Recht mit seiner Behauptung, niemand würde ihm glauben oder ihn unterstützen – abgesehen vielleicht vom Vater, doch diesem würde Garrick sich zuvor bedingungslos unterwerfen müssen. In diesem Moment erkannte er, was er tun musste. Eine andere Wahl blieb ihm nicht.

„Garrick mag vielleicht nicht im Stande sein, etwas gegen dich auszurichten, aber ich bin dazu fähig", äußerte Olivia plötzlich in scharfem Ton.

Überraschtes Schweigen folgte ihren Worten, bis Arlen auflachte.

Sie ging an Garrick vorbei und zog die Kapuze vom Kopf. „Falls du nicht dafür sorgst, dass mein Kind entlassen wird, werde ich aller Welt von deiner Liaison mit Elizabeth erzählen!" fuhr sie leise und drohend fort.

Garrick traute seinen Ohren kaum. Olivia wusste gewiss nicht, wovon sie sprach.

Sie beachtete ihn nicht, hob die geballte Hand und warnte den Gatten: „Ich werde allen Leuten berichten, wie sehr du deine jüngere Schwester liebst und wie oft du mit ihr zusammen warst."

Arlen starrte Olivia an. Fassungslos sah Garrick ihn an, und plötzlich begriff er die eigenartige Beziehung, die Ashburn zu Elizabeth hatte. Aber wie hätte jemand das ahnen können?

Selbst bei der schlechten Beleuchtung im Raum wirkte Arlens Gesicht erschreckend weiß. „Du weißt gar nichts, Olivia! Deine Behauptungen sind absurde Lügen!"

„Ich habe schon seit unserer Hochzeit Bescheid gewusst. Mein Gott, du und deine Schwester habt Euch unter meinem Dach, obwohl ich soeben erst mit dir getraut worden war, wie Tiere aufgeführt! Jahrelang habe ich so getan, als wüsste ich von nichts. Ich habe mir etwas vorgemacht. Es war so abscheulich! Aber nicht nur ich weiß Bescheid. Der ganze Haushalt ist informiert, Arlen. Und aus dem, was ich gehört habe, schließe ich, dass dein Verhältnis mit Elizabeth schon sehr lange andauert. Wann wurdest du ihr Vormund?"

Arlen schwieg.

„Damals war sie zehn Jahre alt, nicht wahr? Hast du sie zu diesem Zeitpunkt zum ersten Mal besessen?" fragte Olivia mit bebender Stimme.

Niemand sprach oder regte sich.

Auch Garrick brauchte eine Weile, bis er den ersten Schock überwunden hatte. „Das also ist der Grund, warum Ihr mich seit unserer Kindheit gehasst habt! Elizabeth hat mir dauernd nachgestellt, und das konntet Ihr nicht ertragen."

Olivia brachte Garrick mit einer Geste zum Schweigen. „Wenn ich mit dir und deiner Schwester fertig bin, Arlen, werden ihr alle Türen in der Gesellschaft verschlossen bleiben. In jedermanns Augen wird sie die verabscheuungswürdige Hure sein, die sie tatsächlich ist. Und wahrscheinlich werden alle Leute zu Recht glauben, dass du der Vater des Kindes bist, das sie jetzt erwartet."

„Du Schlampe!" sagte Arlen.

„Gib mir meine Tochter. Dann verschwinden wir aus deinem Leben, und du siehst uns nie wieder. Andernfalls wird deine kostbare Schwester alles verlieren. Dafür werde ich dann sorgen!"

Garrick schaute Olivia in das schöne Gesicht und war der Einzige, der wusste, wie viel Mut und Selbstüberwindung diese Worte sie gekostet hatten. „Gut gemacht", raunte er ihr zu.

Sie sah ihn nicht an und hielt die grauen Augen auf den Mann gerichtet, mit dem sie seit neun Jahren verheiratet war.

„Wir hätten dich töten sollen!" schrie er sie an. „Also gut, nimm deine Tochter, bring sie außer Landes und so weit wie möglich von mir weg! Ich lasse unsere Ehe annullieren, Olivia. Ich werde Gründe dafür finden. Das verspreche ich dir. Von mir bekommst du nichts!"

Sie biss sich auf die Unterlippe, und plötzlich traten ihr die Tränen in die Augen.

Impulsiv streckte Garrick die Hand nach ihr aus, um sie zu stützen. „Bringt uns zu dem Kind!" befahl er dem Leiter des Irrenhauses.

Mr. Hepple nickte und eilte an Garrick und Olivia vorbei auf den Korridor, dicht gefolgt von dem stämmigen Wächter. Garrick hielt Olivia am Arm fest, während er hinter Mr. Hepple herging. Sie zitterte vor Angst und Erschöpfung – eine Reaktion, die Garrick nur zu gut nachvollziehen konnte. Niemand sprach auch nur ein Wort. Die Schritte hallten dumpf im Flur wider. Mr. Hepple zog ein Schlüsselbund hervor, schloss die versperrte Tür auf und öffnete sie.

Olivia begann zu stöhnen, und Garrick drückte sie fester an sich. Rechts und links des Ganges erstreckten sich vergitterte Zellen, die voller dreckiger und zerlumpter Männer waren.

„Sieh nicht hin", flüsterte Garrick ihr zu und folgte mit ihr Mr. Hepple zu einer weiteren Tür.

Hinter dieser Pforte herrschte das blanke Chaos. Die Eingesperrten brabbelten vor sich hin und kämpften miteinander, andere wiederum hielten salbungsvolle Reden und lausten sich wie Affen. Ein Mann erleichterte sich durch die Gitterstäbe. Ein anderer versuchte, einen Mitgefangenen zu küssen. Jemand weinte laut.

„Hannah!" Garrick hielt Olivia fester und drängte sie durch die nächste Tür. Er wusste, dass er die Szenen, die sich ihnen hier boten, im Leben nicht vergessen würde.

Sie gelangten in einen rechteckigen Raum, in dem es keine Gitter und keine Zellen gab. Er war voller Frauen jeden Alters, alten und jungen, dicken und dünnen, ungepflegten und verrückten. Stöhnen, Gebrabbel, unzusammenhängendes Gerede, Schreie und irrwitziges Gelächter erzeugten einen ohrenbetäubenden Lärm. Die Luft roch modrig und stickig. In den Ecken des Raumes standen zwar Kübel, aber der Boden war mit Unrat und Exkrementen bedeckt. Garrick konnte Hannah nirgendwo entdecken.

Plötzlich warf eine junge Frau, die verfilztes braunes Haar hatte, sich Garrick und Olivia vor die Füße. „Gott segne Euch beide. Gott segne Euch beide", rief sie, faltete die Hände und reckte Olivia das Gesicht entgegen.

Olivia starrte sie an. „Oh Gott!"

Rasch gab Garrick der jungen Frau einige kleine Münzen und drängte Olivia beiseite.

„Mama."

Sie erstarrte.

Hastig drehte Garrick sich um und sah Hannah vor der Mauer sitzen. Ihr Gesicht wirkte angespannt und reglos. „Hannah!"

Olivia hatte sie im gleichen Augenblick wie er bemerkt, schrie auf und rannte zu ihr. Langsam erhob sich Hannah und streckte die Arme aus. „Mama!" wiederholte sie und brach in Tränen aus.

Weinend schloss Olivia sie in die Arme. „Das werde ich mir nie verzeihen", sagte sie schluchzend. „Bitte, bitte, sag mir, dass mit dir alles in Ordnung ist", fügte sie hinzu und wiegte die Tochter hin und her.

„Mama, Mama! Ich hatte solche Angst", jammerte Hannah unter Tränen und klammerte sich an die Mutter.

Garrick strich ihr über den Kopf. Nie im Leben war er erleichterter gewesen. „Wir sollten jetzt gehen", schlug er vor, löste Olivias Hände von ihrer Tochter und hob Hannah auf die Arme. „Beruhige dich", bat er, während Olivia seine Jacke ergriff. „Gehen wir, Mr. Hepple!"

Rasch durchquerten sie den überfüllten Raum, ohne auf die ihnen entgegengestreckten Hände oder die sich herandrängenden Menschen zu achten. Der Leiter der Anstalt machte die Tür auf, durch die man in dieses Gewölbe gelangt war. Garrick stand hinter ihm und bemerkte, dass am gegenüberliegenden Ende des Ganges, hinter den vielen vergitterten Zellen mit den wahnsinnigen Männern, die Tür geöffnet wurde, um jemanden hereinzulassen. Unwillkürlich zuckte er zusammen und wurde jäh von bösen Vorahnungen und Unbehagen überkommen.

Hannahs Befreiung war zu leicht gewesen, um sich jetzt schon in Sicherheit zu wähnen.

Als die Tür ganz geöffnet war, sah er den Bruder am anderen Ende des Ganges stehen. Mit kalter, harter Miene starrte Lionel zu ihm, Olivia und Hannah herüber, und der Ausdruck seiner Augen verhieß nichts Gutes.

29. KAPITEL

Einen Augenblick lang sahen Garrick und sein Bruder sich verblüfft durch den Gang an. Dann drehte Garrick sich um, ergriff Mr. Hepple am Arm, zog die schwere Tür zu und fragte: „Gibt es einen anderen Weg aus dem Haus?"

„Ja, aber er wird nie benutzt."

„Zeigt ihn uns sofort!" Garrick schüttelte Mr. Hepple. „Verdammt, ich habe die Bankanweisung auf Eurem Schreibtisch liegen lassen. Sie lautet auf zehntausend Pfund!"

Rasch wandte Mr. Hepple sich um und zwängte sich durch den überfüllten Raum. Garrick folgte ihm mit Hannah auf den Armen und Olivia. Mr. Hepple schloss eine andere Tür auf und hielt sie weit auf. „Geht einfach diesen Flur entlang", sagte er. „Er endet auf der Straße hinter dem Haus."

„Den Schlüssel!" forderte Garrick grimmig.

Mr. Hepple zögerte, zog dann jedoch den an einem Band um den Hals hängenden Schlüssel über den Kopf und murmelte: „Ihr feinen Pinkel seid so verrückt wie die Insassen hier."

Garrick hatte ihn nicht gehört, da er bereits mit Olivia durch den dunklen und sehr engen Gang eilte. Die Luft war stickig und abgestanden, als wäre das tunnelartige Gewölbe seit Jahren nicht benutzt worden, der Fußboden rau und uneben. Garrick hörte hinter sich die Tür zufallen, und der Knall hallte laut von den steinernen Wänden wider.

„Was machen wir, falls das eine Falle ist?" fragte Olivia hinter Garrick. „Lionel ist der Erbe deines Vaters, Garrick, und sobald Mr. Hepple das erfahren hat, wird er eher ihm helfen als uns."

„Bis dahin sind wir verschwunden", versicherte er. Sie gelangten zum Ende des Ganges. Eine massive Holztür versperrte den Weg. Garrick reichte Olivia den Schlüssel und drückte Hannah an die Brust. Er beobachtete, wie Olivia den Schlüssel mit bebenden Händen in das verrostete Schloss steckte. „Wie fühlst du dich, Hannah?" erkundigte er sich sanft.

„Er will mir wehtun", flüsterte sie und klammerte sich eng an ihn.

„Dein Vater kann dir jetzt kein Leid mehr zufügen", entgegnete Garrick.

„Nein. Euer Bruder will mir wehtun."

Garrick versteifte sich. „Dazu bekommt er keine Gelegenheit!" Flüchtig traf sein Blick Olivias.

Der Mann, der sie bis in die Irrenanstalt verfolgt hatte, war ein Betrüger, oder nicht? Garrick war erschüttert. Hannah schien nicht den mindesten Zweifel an der wahren Identität seines angeblichen Bruders zu haben.

Der Riegel schnappte zurück. Olivia stemmte sich gegen die Tür, die sich quietschend öffnete. Im Freien war es fast dunkel, da es immer noch stark regnete. Laut pfiff Garrick dem Hund. Olivia schaute ihn furchtsam an, während sie auf Treve warteten, der kurz darauf um die Seite des Hauses gerannt kam und einmal bellte.

„Komm!" schrie Garrick und rannte mit Olivia über die leere Straße.

Hastig warf er einen Blick über die Schulter und sah, dass sie noch nicht verfolgt wurden. Einen Moment später stiegen Olivia, Hannah und er geschwind in den Phaeton, und der Setter sprang hinterher. Garrick hielt das Pferd zu raschem Trab an, und schnell entfernte die Kutsche sich von der Irrenanstalt.

Caedmon Crag

Der Himmel war grau und wolkenverhangen. Das Meer am Fuß der Klippen sah schwarz und unheilvoll aus. Wild kräuselte sich die Gischt um die dunklen Felsbrocken, die auf dem braungrauen Strand lagen. Die Wind heulte und blies Garrick, Olivia und Hannah ins Gesicht. Garrick saß auf dem Vordersitz des Phaetons und hielt die Zügel des Wallachs.

Olivia hatte mit Hannah auf der hinteren Bank Platz genommen und drückte die schlafende Tochter an sich. Die Erleichterung darüber, Hannah gefunden und gerettet zu haben, war längst anderen, weitaus aufregenderen und hoffnungsvolleren Gefühlen gewichen. Falls Arlen die Ehe tatsächlich annullieren ließ, war Olivia frei und konnte Garrick heiraten und ihm Kinder schenken, vorausgesetzt, er brach mit seinen Eltern. Die Zukunft sah so rosig aus, dass Olivia das Herz lachte. Trotz ihrer Freude war sie sich aber auch einer dumpfen Furcht bewusst, die einfach nicht weichen wollte.

Sie durfte jetzt jedoch nicht über diese vage Angst nachdenken.

Garrick drehte sich halb um und schaute sie an. Sie lächelte ihm zu und sagte leise in bewegtem Ton: „Das kann ich dir nie vergelten."

In diesem Augenblick heulte der Wind um den Wagen, und Garrick wartete, bis der Sturm etwas abgeflaut war. Dann erwiderte er: „Doch, das kannst du, Liebes. Du wirst mich heiraten, sobald dein Mann eure Ehe hat annullieren lassen."

Sogleich spürte Olivia die Augen feucht werden. „Im Moment ist es mein größter Wunsch, dich zu heiraten. Aber was machen wir, falls Arlen die Ehe mit mir doch nicht für ungültig erklären lässt? Wird es reichen, wenn ich dir alles, was du für Hannah und mich getan hast, durch meine ewige Liebe vergelte?"

„Ja", antwortete Garrick schlicht.

Er wandte seine Aufmerksamkeit wieder der Straße zu und trieb den Wallach zu einem schnelleren Tempo an. Olivia betrachtete die schlafende Tochter und bemühte sich, die aufsteigenden Tränen zu unterdrücken. Ihr Herz war voller Liebe, Hoffnung und Freude, und sie fühlte sich fast geneigt, an Wunder und ein glückliches Ende zu glauben. Trotzdem hatte sie immer noch Angst und konnte sie nicht verdrängen. Ihrem Glück stand eine dumpfe, deprimierende Furcht gegenüber, die sie nicht loswurde und sich nicht erklären konnte. Sie scheute indes davor zurück, länger darüber nachzudenken. Garrick hatte sie soeben gebeten, ihn zu heiraten, und vielleicht würde Arlen sie freigeben und die Ehe annullieren lassen. Dann würde ein Wunder geschehen. Eigentlich hätte sie nichts als Liebe und Zuversicht empfinden sollen – warum, um alles in der Welt, verspürte sie dann diese schreckliche, quälende Furcht?

Meinte das Schicksal etwa, dass alle Beteiligten offenbar noch nicht genug gelitten hatten? Es kam ihr vor, als wäre ihr sehnlichster Wunsch, mit Garrick zusammen zu sein und die Tochter sicher an ihrer Seite zu wissen, viel zu leicht in Erfüllung gegangen. Aber so einfach, wie es im Nachhinein scheinen mochte, war es nicht gewesen. Im Gegenteil, sie hatten Schmerzen und Seelenpein durchleiden und schier unüberwindliche Hindernisse bewältigen müssen.

Olivia hauchte der Tochter einen Kuss auf die Stirn und wünschte sich, die dumpfe Angst möge sie verlassen. Hannah regte sich nicht. Sie war erschöpft, und das konnte Olivia gut verstehen. Verzweifelt wünschte sich Olivia, genau zu erfahren, was sich in der Irrenanstalt ereignet hatte, und nicht minder inständig hoffte sie, es nie herauszufinden. Tief in ihrem Herzen würde sie sich stets Vorwürfe machen, weil sie zugelassen hatte, dass Hannah ins Tollhaus geschafft worden war.

Sie spürte eine Träne über die Wange rinnen, während sie Garricks breite Schultern und seinen kräftigen Rücken betrachtete. Sie musste das Schuldgefühl abschütteln und nur an die Zukunft denken. Aber warum fürchtete sie sich? War Lionel De Vere der Grund? Sie konnte den eigenartigen, unversöhnlichen Ausdruck seines Gesichtes nicht vergessen, als er vom anderen Ende des Ganges zu Garrick, ihr und Hannah herübergestarrt hatte.

Plötzlich waren die Dächer von Caedmon Crag zu erkennen, die sich scharf vor dem dunklen, wolkenverhangenen Himmel abzeichneten. Olivia strich sich das Haar aus der Stirn, das der Wind ihr immer wieder ins Gesicht wehte. Die Böen waren so heftig, dass Laub und kleine Zweige aufgewirbelt wurden, und die wenigen Bäume in der Heide schwankten unheimlich. Jetzt war nicht der richtige Zeitpunkt, um über Amerika nachzudenken.

Olivia zitterte. „Du hast die Absicht, Lionel als Betrüger zu überführen. Falls du mit deiner Vermutung Recht hast, bist du der legitime Nachfolger deines Vaters, Garrick. Kannst du wirklich auf dein Erbe verzichten?"

„Ja, das kann ich", antwortete er, hielt den Braunen an und drehte sich zu Olivia um. „Ich habe Caedmon Crag nie haben wollen. Es ist mir nie wie mein Zuhause vorgekommen. Mein Heim ist dort, wo du und Hannah seid, Olivia."

Sie begann zu weinen, nickte und drückte die Tochter fester an sich, die dadurch wach wurde. „Ich muss dir etwas sagen", flüsterte sie. Die innere Angst drohte sie zu überwältigen und machte ihr das Atmen schwer. Eine dunkle Vorahnung überschattete die Hoffnung auf künftiges Glück.

„Was?" fragte Garrick grimmig.

Sie benetzte sich die Lippen. „Noch ist es nicht vorbei. Ich habe versucht, mir einzureden, das schreckliche Gefühl, das ich empfinde, wäre nur abklingende Angst und daher ganz normal, aber das stimmt nicht. Ich weiß, die Sache ist noch nicht beendet. Es wird noch mehr Leid geben, Garrick." Tränen strömten ihr über die Wangen.

Garrick blickte sie betroffen an. „Weine nicht", bat er zärtlich. „Wir werden gemeinsam beenden, was zu Ende gebracht werden muss, und zu dritt alles durchstehen. Das verspreche ich dir, Olivia."

Außer Stande, ihn auch nur einen Moment länger anzuschauen, beugte sie sich über die Tochter und strich ihr, Trost bei dem achtjährigen Kind suchend, über das Haar. Am liebsten hätte sie sich zu Garrick gesetzt und sich in seine Arme geschmiegt, als wäre sie ein Kind.

„Mama?" murmelte Hannah schläfrig.

„Du bist wach, Liebling!" rief Olivia aus, als die Tochter sich gähnend aufrichtete, und umarmte sie fest. „Wir haben etwas Brot und Käse, Liebling. Bist du hungrig? Es gibt auch frische Milch."

Plötzlich sah Hannah die Mutter an. Ihre Miene war nicht mehr verschlafen, sondern sehr aufmerksam. „Wir sind in Cornwall und in der Nähe von Caedmon Crag."

„Ja“, bestätigte Olivia angespannt.

„Mama!“ Hannah richtete sich kerzengerade auf. „Wir müssen uns beeilen!“

„Ich begreife dich nicht“, flüsterte Olivia. „Warum müssen wir uns beeilen, Liebes?“

„Lionel“, antwortete Hannah und wandte den Kopf in Garricks Richtung. „Er kommt und will uns aufhalten. Aber da ist etwas ... Das weiß ich genau.“

Olivias und Garricks Blicke trafen sich. „Was, Hannah? Was ist da?“

Hannah zögerte mit der Antwort. „Er wird es mir zeigen“, sagte sie schließlich.

„Wer?“ drängte Olivia. „Wer wird dir etwas zeigen?“

Hannah schwieg, und ihre Miene war angespannt. Nach einem Moment fragte sie: „Können wir jetzt zum Herrenhaus fahren?“

Garrick presste die Lippen zusammen, nickte und ruckte an den Zügeln. Als das Pferd sich in Bewegung setzte, sagte er: „Ich muss dich um einen Gefallen bitten, Hannah.“

Olivia schaute ihn an, und in ihre Angst mischten sich Bestürzung und Resignation.

Hannah blieb nicht vor dem Schlafzimmer stehen, das Lionel bis zu seinem Verschwinden benutzt hatte. Sie steuerte geradewegs auf das Bett zu, während Garrick und Olivia vor der offenen Tür angehalten hatten. Versonnen berührte das Kind die ausgeblichenen, alten und staubbedeckten Vorhänge. Einen Moment lang verweilte Hannah beim Bett, ging dann durch den Raum zu der geschlossenen Truhe, bückte sich und öffnete sie.

Garrick schlug das Herz schneller, und er empfand Unbehagen. Er eilte zu ihr, da er befürchtete, sie könnte sich verletzen, falls der schwere Deckel der Truhe herunterfiel. Sie kniete sich hin und griff in die Truhe. Gespannt beobachtete Garrick sie. Der Kasten enthielt Lionels verblasste Linonhemden, Breeches, Strümpfe und Unterkleidung.

Garrick stockte der Atem, und seine Sicht trübte sich. Er empfand die alte Seelenpein, doch nun stellte er sich dem Schmerz, statt ihn wie früher zu verdrängen oder davor wegzulaufen. Er bemerkte nicht einmal, dass Treve ihn mit der Nase anstupste. Wann war er zum letzten Mal in Lionels Zimmer gewesen? Plötzlich erinnerte er sich daran, wie der Bruder und er noch klein gewesen waren und er zu ihm ins Bett gekrochen war, bis die Gouvernante ihn erwischt und in sein Zimmer geschickt hatte. Ein sonderbares, beklemmendes Gefühl erfasste ihn.

Es gab so viele Erinnerungen. So deutlich, als wäre der Vorfall erst tags zuvor geschehen, entsann er sich, wie er beim zerfallenen Turm mit Lionel auf den Klippen gewesen war und mit ihm über die Schmuggler geredet hatte. Lionel hatte ihm die spanische Münze schenken wollen. Was war passiert? Und warum?

War Lionel tot? Oder lebte er noch?

Unvermittelt erhob sich Hannah. „Hier ist nichts. Ich fühle nichts“, sagte sie ernst.

Garrick empfand zugleich Erleichterung und Enttäuschung.

Olivia ging zu ihm und der Tochter. „Lasst uns nach unten gehen und uns eine Weile vor das Feuer setzen. Wir sind alle sehr müde.“ Sie lächelte, ergriff Hannahs schmale Schulter und schaute dabei Garrick an.

Plötzlich drehte Treve sich um und sah winselnd zur Tür.

Im gleichen Moment verkrampfte sich Hannah und wandte sich ebenfalls in diese Richtung. Olivia zuckte zusammen.

„Was ist los?“ fragte Garrick, und war sich bewusst, dass etwas im Zimmer sich verändert hatte. Eine sonderbare Spannung schien auf dem Raum zu lasten, die beinahe greifbar, aber nicht Angst einflößend war. Obwohl er keine hellseherischen Fähigkeiten besaß, spürte Garrick, dass etwas oder jemand sich im Zimmer befand.

Er hatte den Eindruck, als würden Olivia, Hannah und er beobachtet.

„Wir sind nicht allein“, äußerte Olivia leise.

Ehe er eine Erklärung erbitten konnte, rannte Hannah an der Mutter vorbei in den Korridor.

„Hannah!“ schrie Olivia und hastete hinter ihr her.

Garrick folgte ihnen rasch. Hannah stürmte die Treppe hinunter und lief zielstrebig durch die dunkle, leere Eingangshalle, dicht gefolgt von Treve. Mühelos gelangte sie an dem Tisch und den wenigen Stühlen vorbei. Ein Dutzend Fragen lagen Garrick auf der Zunge, doch angesichts Olivias Miene wagte er nicht, sie zu stellen. Er befürchtete, er könne das, was jetzt geschah, stören, und ahnte, dass der Augenblick der Wahrheit gekommen war.

Die Eingangstür stand offen. Garrick war indes sicher, dass er sie geschlossen hatte, wie an jenem nunmehr einige Wochen zurückliegenden ersten Abend auf Caedmon Crag. Hannah rannte ins Freie, ohne sich durch den böigen Wind ablenken zu lassen. Sie beschleunigte die Schritte, und Treve sprang neben ihr her.

Garrick und Olivia eilten ihr nach, um sie einzuholen, folgten ihr und dem Hund über die Zugbrücke und durch die Barbakane, hinter der Hannah plötzlich von der Straße abbog. In der Ferne zeichnete sich vor dem grauen, wolkenverhangenen Himmel der zerfallene Turm ab.

Garrick war der Erste, der das Geräusch hörte. Er lief langsamer, und der sich nähernde donnernde Hufschlag lenkte seine Aufmerksamkeit von Hannah und dem Hund ab. Rasch drehte er sich um, hielt nach dem Reiter Ausschau – und erschrak, als er das Pferd auf der Straße heranpreschen sah.

„Garrick!“ rief Olivia aus und ergriff ihn am Arm.

Er wusste sofort, wer der Reiter war.

Lionel riss so hart an den Zügeln, dass der Grauschimmel sich aufbäumte, und schwang sich aus dem Sattel, noch bevor das Tier sich beruhigt hatte. Mit langen, ausgreifenden Schritten und wehendem Umhang rannte er auf Garrick zu.

Garrick wappnete sich innerlich für die unvermeidliche Auseinandersetzung mit ihm. „Geh außer Reichweite, Olivia“, raunte er ihr zu.

„Was willst du tun, falls er bewaffnet ist?“ flüsterte sie.

„Zieh dich zurück!“ zischte Garrick ihr zu. Sie beide wussten schließlich genau, warum Lionel sie nach Cornwall verfolgt hatte.

Olivia entfernte sich von Garrick, und er ahnte, welche Angst sie hatte.

Kurz vor ihm verlangsamte Lionel den Schritt. „Du hast das Tollhaus ziemlich überstürzt verlassen, Garrick.“

„Olivia und ich hatten es offensichtlich sehr eilig“, erwiderte Garrick ironisch.

Lionel blieb stehen. „Um hierher zurückzukehren – an diesen öden Ort?“ Er lächelte, doch sein Blick war kalt. „Wo ist das Kind, Mylady?“ wollte er von Olivia wissen.

„Was wollt Ihr von Hannah?“ rief sie und eilte zu den Männern. Der Wind zerrte an ihrem Mantel und ihren Röcken.

Garrick stellte sich vor sie und versperrte ihr den Weg. Er vermied es, in die Richtung zu blicken, in der Hannah verschwunden war. „Hannah ist weg weit, an einem sehr sicheren Ort“, sagte er schroff und unverhohlen drohend.

Lionel betrachtete ihn prüfend. „Ich glaube dir nicht“, entgegnete er barsch. „Sie ist hier. Wo ist sie? Befindet sie sich im Haus? Das nehme ich jedoch nicht an, da du sie dort gewiss nicht allein gelassen hättest.“

„Und weshalb, mein lieber Bruder, liegt dir so viel daran, den Aufenthaltsort des kleinen blinden Mädchens zu erfahren?“

„Hannah ist verrückt und hat wirre Gedanken“, antwortete er nach kurzem Zögern. „Es passt mir nicht, Gegenstand ihres Geschwätzes zu sein. Sie hätte in der Irrenanstalt bleiben müssen.“

Olivia schrie auf, und wieder stellte Garrick sich vor sie, damit sie nicht vorwärts laufen und sich möglicherweise auf Lionel stürzen konnte. „Vermutlich hast du Angst vor Hannah – dazu hast du auch allen Grund!“ erwiderte Garrick grimmig. „Und nun solltest du auch mich fürchten.“

Lionel nahm eine aggressive Haltung ein. Plötzlich umrundeten die Männer sich lauernd. Olivia schnappte nach Luft, doch sie beachteten sie nicht. „Vor dir habe ich keine Angst", entgegnete Lionel. „Ich bin Vaters Erbe. Das hat Vater offiziell bekannt gegeben. Du solltest mich fürchten."

Garrick lachte auf. „Du wirst nicht mehr sehr lange der Erbe sein", erklärte er hitzig. „Hören wir doch mit dieser Scharade auf. Du bist nicht Lionel. Wir beide wissen genau, warum ich hier bin und weshalb Hannah eine Bedrohung für dich darstellt. Wir werden dich entlarven, du Bastard!"

Lionel lächelte boshaft. „Nie!" sagte er grinsend.

„Gesteh die Wahrheit!" forderte Garrick ihn auf und stellte sich innerlich darauf ein, seinen Gegner anzugreifen. „Ich habe genug von deinen Lügen."

„Ich bin dein Bruder. Das ist die reine Wahrheit", erwiderte Lionel.

„Erzähl mir etwas über Margaret MacDonald", verlangte Garrick.

Lionels Miene blieb reglos. „Was willst du wissen?"

Wider Willen bewunderte Garrick die kühle Gelassenheit, mit der Lionel reagierte. „Erzähl mir, in welcher Beziehung du zu ihr standest."

„Warum?"

„Wärst du tatsächlich mein leiblicher Bruder, dann wüsstest du, dass sie die wichtigste Frau in deinem Leben war", antwortete Garrick ruhig.

Ein Leuchten – Erleichterung? – erschien in Lionels Augen. „Ich habe Margaret MacDonald sehr geliebt, wie du sehr wohl weißt. Was soll ich dir noch berichten?" fragte er zornig. „Du verabscheust mich offensichtlich, und deine Machenschaften waren eindeutig nicht erfolgreich."

„Margaret MacDonald war deine Mutter."

Einen Moment lang riss Lionel überrascht die Augen auf.

„Vater hat dir die Wahrheit erzählt, als du acht Jahre alt warst."

Lionel schüttelte den Kopf. „Wie hast du das herausgefunden?"

Garrick erstarrte. Ein paar Sekunden lang war er überzeugt gewesen, der Mann vor ihm sei ein Hochstapler und wisse nichts über Meg MacDonald.

Lionel schien Garricks Zweifel zu bemerken und lachte. „Du kannst nicht gewinnen, Garrick."

Garrick verlor die Beherrschung und warf sich mit einem Aufschrei auf seinen Widersacher.

Lionel sprang ihm entgegen. „Niemand wird dir glauben!" schrie er, packte ihn und rang mit ihm.

„Nein?" Garrick trieb ihn dank seiner kräftigen Gestalt und seines größeren Gewichts mühelos zurück. „Olivia ist meine Zeugin."

Schließlich versetzte er ihm einen harten Stoß, der Lionel rücklings zu Boden schleuderte. Garrick warf sich auf ihn und nahm im gleichen Moment wahr, dass Lionel einen Dolch unter dem Cape hervorzog. Olivia musste die Waffen ebenfalls gesehen haben, da sie laut aufschrie.

Es war zu spät. Garrick landete in dem Augenblick auf Lionel, als dieser mit dem Dolch zustieß. Es war ein Wunder, dass nicht er getroffen, sondern nur seine Jacke zerfetzt wurde.

Vor Wut brüllend, presste er Lionel auf die Erde und umklammerte dessen rechte Hand mit eisernem Griff, bis er glaubte, ihm alle Finger gebrochen zu haben. Lionel schrie auf und ließ den Dolch los.

Garrick streckte die Hand danach aus, ergriff die Waffe und schleuderte sie so weit wie möglich fort. Einen Moment lang befand sein Gesicht sich sehr nah an Lionels.

„Niemand wird dir und deiner Hure je glauben!" schrie Lionel keuchend. „Der Titel steht rechtmäßig mir zu!"

Garrick versetzte Lionel einen Fausthieb ins Gesicht. Es gab ein grässliches Knirschen, und Blut spritzte aus Lionels Nase.

Garrick stand auf, riss Lionel mit sich auf die Füße und befahl, während er ihn am Hals gepackt hielt: „Gesteh die Wahrheit! Ich will die Wahrheit wissen!"

Lionel grinste ihn hämisch an, und sein Blick war hasserfüllt. „Nein!“

Garrick schlug zu, versetzte ihm einen wuchtigen Hieb in den Magen und beobachtete zufrieden, wie Lionel sich vor Schmerzen krümmte. „Gestehe!“ wiederholte er. „Oder ich prügele das Geständnis aus dir heraus!“

Lionel richtete sich auf und erntete dafür sogleich einen dritten Schlag, diesmal wieder ins Gesicht. Sein Kopf flog zurück, und durch die Wucht des Hiebes torkelte er rückwärts, taumelte und stürzte zu Boden. Keuchend und blutend blieb er auf der Seite liegen.

Drohend beugte Garrick sich über ihn. „Ich reiße dich in Stücke“, versicherte er, „und das wird mir ein Vergnügen sein!“

Lionel schaute ihn an. „Dann wird man dich wegen Mordes hängen“, erwiderte er wütend.

Der Hund kläffte.

Garrick richtete sich auf, und sein Blick traf Olivias. Wieder bellte Treve, laut und hoch.

Beunruhigt nahm Garrick Olivia bei der Hand und verschwendete keinen Gedanken mehr an Lionel. Er drehte sich mit ihr um und rannte durch den Stechginster zur Turmruine. Kaum hatten sie die Hügelkuppe erreicht, tauchten die zerfallenen Mauern vor ihnen auf.

Hannah stand in einer Ecke des geborstenen Turms. Treve rannte vor ihr hin und her. Garrick dankte Gott dafür, dass mit ihr alles in Ordnung zu sein schien.

„Komm!“ forderte er Olivia auf und lief schnell den Abhang hinunter, hin und wieder stolpernd, Staub und kleine Steine hinter sich aufwirbelnd.

Hannah drehte sich mit erwartungsvoller Miene zu ihnen um.

„Hannah!“ rief Olivia aus und schloss sie in die Arme. „Was hast du? Ist mit dir alles in Ordnung?“

„Er ist hier, Mama“, antwortete Hannah.

Olivia furchte die Stirn und erstarrte.

„Nein. Da!" Hannah wies auf den Boden. „Da liegt die Leiche. Da müsst Ihr graben, Mylord."

Er betrachtete den von Gras überwucherten Platz in der Turmecke. Ein eiskalter Schauer rann ihm über den Rücken. Instinktiv hob er den Kopf und blickte zum Hügel.

Lionel stand auf der Kuppe, mit bleichem Gesicht, das rehbraune Cape voller Schmutz und Blut, und starrte zu Garrick, Olivia und Hannah herunter.

30. KAPITEL

Garrick sah Olivia an, die Lionel ebenfalls bemerkt hatte. Schützend legte sie den Arm um Hannah, als Lionel hinkend und mit ungelenken Bewegungen den Hügel herunterzusteigen begann.

Garrick richtete die Augen auf Olivias Tochter und raunte ihr beruhigend zu: „Sag nichts, Hannah, und hab keine Angst!“

Sie nickte, rückte jedoch enger an die Mutter.

Regungslos beobachtete Garrick den sich nähernden angeblichen Bruder.

Lionel brauchte eine kleine Ewigkeit, bis er schließlich ins Innere der Turmruine humpelte. Er blieb stehen und schaute spöttisch zu Garrick, Olivia und Hannah herüber. „Also, was soll das ganze Theater?“ fragte er belustigt, doch der harte Blick strafte seinen amüsierten Tonfall Lügen.

Garrick war verblüfft. Wie es schien, wusste dieser Mann nicht, dass, falls Hannahs Behauptung zutraf, der echte Lionel hier begraben war. Garrick kamen Zweifel. Andererseits gab es keine Gewissheit, dass sein Gegenüber kein Mörder war.

Jemand berührte ihn am Rücken. Er drehte sich um und bemerkte verwirrt, dass nicht Olivia sich bemerkbar gemacht hatte. Er stand außerhalb ihrer Reichweite. Offenbar war er einer Sinnestäuschung erlegen. Nichtsdestotrotz überlief ihn eine Gänsehaut. Er blickte Olivia in die Augen, die ihn anzuflehen schienen, ihrer Tochter Glauben zu schenken.

„Mein richtiger Bruder liegt hier begraben“, sagte er langsam und gewann mehr und mehr die Überzeugung, dass Hannahs Behauptung zutraf.

Zunächst sah Lionel ihn höchst verblüfft an, dann lachte er laut und spöttisch.

„Wenn du dich so sicher fühlst, hast du bestimmt nichts dagegen, dass wir den Leichnam ausgraben“, fuhr Garrick kühl fort, zitterte jedoch innerlich.

„Wie willst du, falls hier tatsächlich ein Mensch begraben liegt, beweisen, dass es sich um einen seit vierzehn Jahren verstorbenen Jungen handelt?“

„Er ist also doch tot!“

„Das ist deine Behauptung. Ich habe das nicht gesagt. Ich weiß genau, wer ich bin“, erwiderte Lionel.

Garrick musste sich eingestehen, dass das Argument des Mannes nicht von der Hand zu weisen war. Dennoch fühlte er sich gezwungen, seine Absicht in die Tat umzusetzen. Ein Zurück gab es nicht mehr. Und auf der anderen Seite des Ozeans erwartete ihn die Freiheit.

„Gestern habe ich einen Boten mit der Bitte zu Vater geschickt, mich hier zu treffen“, verkündete er. „Ich rechne jeden Moment mit seiner Ankunft. Wir werden das Grab ausheben, sobald er hier ist.“

Lionel kniff die Augen zusammen. „Du bist ein Narr“, entgegnete er. „Hier ist kein Grab.“

Garrick hoffte inständig, Lionel möge sich irren.

Es regnete leicht, als Garrick sich mit dem Vater, Olivia, Hannah und Lionel erneut in der Turmruine eingefunden hatte. Der Earl hatte Garrick vorgeworfen, er schenke dem wirren Geschwätz eines blinden Mädchens Glauben. Garrick hatte alle Einwände abgetan, darauf bestanden, dass man Hannahs Behauptung überprüfe, und begann, an der von ihr bezeichneten Stelle zu graben.

Nach einer Weile stieß er auf ein halb verrottetes Stück blauen Tuchs, sank auf die Knie und grub mit bloßen Händen weiter. Schweiß rann ihm über die Stirn. Teile eines Skeletts kamen zum Vorschein. Der Körper war längst vermodert, aber von der Kleidung des Toten waren noch Stofffetzen erhalten.

Tränen traten Garrick in die Augen und raubten ihm die Sicht.

„Gütiger Himmel!“ rief Richard, kniete sich neben ihn und begann ebenfalls mit bloßen Händen, den Fund auszuscharren. „Bei der Leiche kann es sich um irgendeinen Menschen handeln.“

Garrick schüttelte den Kopf. „Das ist kein Erwachsener", erwiderte er und legte das Skelett noch mehr frei. Als er in die leeren Augenhöhlen blickte und die Löcher, wo einst die Nase und der Mund gewesen waren, wandte er sich ab und erbrach sich.

„Das ist tatsächlich ein Junge", flüsterte der Earl. „Ein Junge! Oh Gott!"

Garrick spürte, dass Olivia ihn sacht berührte. Seine Tränen versiegten, und sein Blick wurde wieder klar. Erst jetzt bemerkte er die schmale Goldkette um den skelettierten Hals der Leiche. Auf den schmutzigen, verfärbten Lumpen lag die spanische Münze.

Auch sein Vater sah sie. „Die Münze!" schrie Richard.

Jäh sprang Garrick auf und drehte sich zu dem Betrüger um. „Das wart Ihr!"

„Ich habe nichts mit der Sache zu tun", beteuerte dieser. Sein Gesicht war kreidebleich, und die Angst stand ihm in den Augen. „Ich bin kein Mörder. Ich würde nie meinen Bruder umbringen."

Garrick erstarrte.

„Ja, Garrick, der Junge dort war auch mein Bruder", fuhr der angebliche Lionel mit undurchdringlicher Miene fort. „Er hat mich nie gekannt, und auch ich habe ihn nie gesehen. Ich war nicht gut genug, Teil dieser Familie zu sein. Habe ich nicht Recht ... Vater?"

Richard blieb reglos über das Skelett gebeugt.

„Du bist ein Bastard", sagte Garrick schockiert. „Deshalb siehst du uns De Veres so ähnlich."

Der Mann nickte. „Ich heiße Richard", erwiderte er, und sein Blick wurde gehässig. „Meine Mutter hat mich nach ihm benannt", fügte er hinzu und wies mit zitternder Hand auf den Earl of Stanhope.

Richard mühte sich auf die Füße und starrte, noch immer bestürzt über die Entdeckung von Lionels Leichnam, den unehelichen Sohn an.

„Hast du über ihn Bescheid gewusst?" wandte Garrick sich in vorwurfsvollem Ton an ihn.

Der Vater wirkte verwirrt und sah plötzlich um Jahre gealtert aus, als er Garrick anschaute. Dann strafften sich seine Gesichtszüge, und er war wieder der Mann, den Garrick kannte. „Vor sehr langer Zeit, kurz vor Lionels Geburt, kam ein Hausmädchen zu mir und behauptete, ein Kind von mir zu erwarten", erklärte er. „Ich habe die Geschichte nicht geglaubt."

Er wandte sich ab und blickte auf das in Lumpen gehüllte Skelett. „Oh Gott! Mein lieber, lieber Lionel! Mein Sohn, mein lieber Sohn!"

„Du wusstest also Bescheid", sagte Garrick in anklagendem Ton.

Der Earl atmete tief durch, rang um Fassung und schaute ihn an. „Ich habe von Anfang an geargwöhnt, dass dieser Mann mein unehelicher Sohn ist."

Ungläubig schüttelte Garrick den Kopf.

„Erinnerst du dich noch, wie das Hausmädchen hieß, Vater?" fragte Richard verbittert und stellte sich zwischen ihn und den Halbbruder.

„Offen gestanden, nein", antwortete Richard tonlos. „Die Frau war eine Schlampe."

Richard sprang auf ihn zu, doch Garrick hielt ihn zurück. „Du hast sie mittellos fortgeschickt!" schrie Richard den Vater an. „Sie erwartete deinen Sohn – mich! –, und du hast sie davongejagt. Sie hatte nichts als die Kleider, die sie am Leibe trug. Sie hieß Molly Nelson."

„Sie war nicht mehr unberührt, als sie mit mir schlief", entgegnete Richard kalt. „Deshalb glaubte ich ihr nicht und war überzeugt, nicht der Vater zu sein, falls sie tatsächlich ein Kind erwartete. Natürlich war ich in dem Moment, als ich dich sah, anderer Meinung. Da habe ich gewusst, dass du mein eigen Fleisch und Blut bist."

„Aber du bist ein illegitimer Sohn", warf Garrick ein. „Wie kommt es, dass du so viel über mich, Lionel und meine Familie weißt?"

Richard schaute den Halbbruder an. „Ich bin in Carston aufgewachsen. Meine Mutter hat einen Ortswechsel nie in Betracht gezogen. Du hast mit Lionel auf Stanhope Hall gelebt. Ich habe euch beobachtet, beim Spielen, beim Reiten, sogar beim Unterricht, die ganze Zeit. Ich habe euch nachspioniert und bin auf dem Besitz herumgeschlichen, weil ich sehen wollte, was meine hochwohlgeborenen Halbbrüder taten."

„Du hast uns gehasst und tust das immer noch", sagte Garrick verächtlich.

„Als ich älter war, bin ich dir im Sommer nach Caedmon Crag gefolgt. Wenn du und Lionel euer Spiel in den Schmugglerhöhlen beendet hattet, habe ich dort gespielt und mir eingeredet, ich wäre ehelich." Hasserfüllt starrte Richard Garrick an. „Ich habe so getan, als wäre ich Lionel, der Bruder, dem ich so ähnlich sehe. Auch ich habe Rechte!" fügte er wütend hinzu.

„Du hast kein Anrecht auf den Titel!" erklärte Richard entschieden. „Du bist ein Bastard, nicht mein Erbe. Garrick ist mein Nachfolger."

Richard ballte die Hände und zitterte am ganzen Leib. „Du willst mich jetzt also enterben?"

„Nein, das werde ich nicht tun. Ich werde dich gut versorgen, dir jedoch weder den Titel noch meine Besitzungen oder mein Vermögen hinterlassen", antwortete Richard und schaute Garrick an.

„Wenn du die ganze Zeit gewusst hast, dass Richard dein Bastard ist, warum hast du dann vorgegeben, ihn für Lionel zu halten?" fragte Garrick. „Wieso hast du ihn zu deinem Erben bestimmt? Ich bin sicher, dafür hattest du einen guten Grund, aber ich hoffe, du weißt, was du meiner Mutter angetan hast!"

„Das war meine Art, dich zur Vernunft zu bringen. In Anbetracht der Tatsache, dass du mir gegenüber kein Pflichtgefühl kennst, blieb mir keine andere Wahl, als die sich mir bietende Möglichkeit zu nutzen."

Garrick öffnete den Mund, um etwas Unfreundliches zu erwidern, doch im gleichen Moment ergriff Olivia seine Hand, und er unterließ es, die Boshaftigkeit auszusprechen. Er schlang den Arm um Olivia, an deren anderer Seite Hannah stand „Nun, deine Strategie war nicht erfolgreich, Vater. Ich bin keine Marionette, die du nach Gutdünken manipulieren kannst. Den Titel will ich nicht. Ich verlasse mit Olivia und ihrer Tochter das Land, und es ist mir vollkommen gleich, wer den Grafentitel bekommt."

„Garrick!" rief sein Vater schockiert aus.

Garrick hatte ihm jedoch bereits den Rücken zugewandt und sah seinen Halbbruder an. „Sag mir die Wahrheit, Richard. Habt ihr, deine Mutter und du, Lionel umgebracht?" Er ahnte jedoch, dass die Antwort Nein lauten würde. Es hätte keinen Sinn ergeben, wenn Richard und dessen Mutter die Tat begangen und dann so viele Jahre gewartet hätten, um eine derartige Täuschung zu inszenieren.

Unbeirrt hielt Richard dem Blick des Halbbruders stand. „Nein", antwortete er ohne jedes Zögern. „Meine Mutter und ich sind keine Mörder. Ich weiß nicht, wer Lionel getötet hat, oder was damals passiert ist. Erst als du aus Barbados zurückgekehrt warst, wurde mir bewusst, dass ich ins Geschehen eingreifen und den Titel für mich beanspruchen müsse. Wäre ich Lionels Mörder, hätte ich damit nicht vierzehn Jahre gewartet. Mehr noch, ich hätte dich niemals seine Leiche ausgraben lassen."

Die Mutter, die mit dem Earl nach Caedmon Crag gekommen war, diesen aber nicht zur Turmruine begleitet hatte, erfuhr von Garrick, dass Lionels sterbliche Überreste gefunden worden waren und ordentlich begraben werden sollten. Sie brach in Tränen aus, und tröstend legte er den Arm um sie.

„Der Mann, den wir für Lionel hielten, heißt in Wirklichkeit Richard Nelson und ist Vaters unehelicher Sohn", erklärte er. „Es tut mir Leid, dass ich dir das mitteilen musste."

„Ich wusste, dass Lionel tot ist", erwiderte Eleanor schluchzend, befreite sich vom Arm des Sohnes und stand auf. Sie ging zu einem Seitenkabinett, machte es auf und entnahm ihm ein ledergebundenes Buch. „Nimm es!“ sagte sie. „Ich kann die Schuldgefühle nicht länger ertragen. Es ist mein Tagebuch, das ich vor vierzehn Jahren zu führen aufgehört habe.“ Dann wandte sie sich um und schenkte sich ein Glas Portwein ein.

Unbehagen erfasste Garrick, als er das Buch entgegennahm. Wider Willen schlug er es auf, blätterte es durch und stieß auf die letzte, vom 23. April 1746 datierte Eintragung, die somit von der Mutter zwei Wochen nach Lionels Verschwinden vorgenommen worden war. Rasch überflog er den Text, bis ihm der Name MacDonald begegnete. Er ging an den Anfang des Satzes zurück und las: „Der neue Laird, Ross MacDonald, Megs kleiner Bruder, hat Rache genommen.“

Garrick klappte den Band zu und fragte bestürzt: „Was, um alles in der Welt, bedeutet das?“

Weinend schaute die Mutter ihn an und antwortete nach einer Weile kläglich: „Sie wussten nichts. Er wusste nichts. Als Megs Bruder Lionel entführte, wusste er nicht, dass der Junge mit ihm blutsverwandt war, und das hat er auch nie erfahren. Er ahnte nichts davon, als er ihn tötete“, flüsterte Eleanor bedrückt.

Ein Frösteln überkam Garrick. Jäh ergriff er sie bei den Schultern und schüttelte sie. „Ich begreife nichts!“ herrschte er sie an, obwohl er sie durchaus verstanden hatte. Oh Gott! Er hatte sie sogar sehr genau verstanden.

„Ross MacDonald liebte Meg und hat Lionel entführt, um ihren Tod zu rächen. Er glaubte, Lionel wäre mein Sohn, nicht ihrer. Ich fand eine Nachricht, in der er beschrieb, wie er Lionel entführt hatte. Ich habe diesen Brief vernichtet.“

Schockiert, unfähig zu fassen, was die Mutter soeben gesagt hatte, ihre Falschheit nicht begreifend, starrte Garrick sie an. „Warum?“ fragte er dumpf. „Warum? Du hättest Lionel das Leben retten können!“

„Ich hasste deinen Vater“, antwortete sie und entzog sich dem Sohn. „Ich hasste ihn dir zuliebe, denn er bevorzugte Lionel und machte dich damit sehr unglücklich. Ich hätte nie gedacht, dass die

MacDonalds Lionel umbringen würden. Gütiger Himmel! Ich war froh, dass Ross MacDonald ihn mitgenommen hatte. Ich war sehr zufrieden, weil ich dachte, dass dein Vater, da Lionel nicht mehr bei uns war, dich eines Tages besser behandeln und dich vielleicht sogar ins Herz schließen würde, Garrick.“ Mit feuchten Augen schaute sie ihn an.

Er fühlte sich wie betäubt und brachte kein Wort heraus. In seinen Ohren dröhnte es.

„Bis heute wusste ich nicht einmal, dass Lionel tatsächlich tot war“, fuhr sie weinend fort. „Ich hatte so sehr gehofft, er wäre tatsächlich zu uns zurückgekommen. Dadurch wäre der Fehler, den ich in der Vergangenheit begangen habe, wieder gutgemacht und aus der Welt geschafft worden.“ Flüchtig schloss sie die Augen. „Ja, ich habe die Nachricht vernichtet. Ich war meist angetrunken und konnte nicht klar denken. Und was wäre geschehen, wenn man dich und nicht Lionel entführt hätte? Sieh mich nicht so an! Ich bin für mein Verbrechen hart bestraft worden. Täglich habe ich mit meinen schrecklichen Schuldgefühlen leben müssen und ständig Reue empfunden!“

Garrick hatte sich nie elender gefühlt als jetzt. Er blickte auf das Tagebuch und beschloss, es dem Vater nie auszuhändigen. Langsam, innerlich völlig erschöpft, durchquerte er den Raum und dachte daran, wie Recht Olivia gehabt hatte. Bei der Tür angelangt, verspürte er plötzlich einen Luftzug. Zu spät wurde ihm klar, dass die Mutter ein Fenster geöffnet hatte.

Er wirbelte herum und schrie: „Nicht, Mutter!“

Eleanor kletterte auf den Fenstersims und stürzte sich, ohne einen Blick zurückzuwerfen, in den Tod.

Stanhope Hall

Olivia hatte gewusst, wo sie Garrick finden würde. Er stand mit dem Rücken zu ihr vor der Familiengruft, in der seine Mutter drei Tage nach ihrem Selbstmord zur ewigen Ruhe gebettet worden war, und hatte den Kopf gesenkt. Wie immer, wenn sie ihn sah, machte ihr Herz einen Sprung. Sie liebte ihn über alle Maßen. Er hatte ihr wunderbarerweise die Freiheit und neue Hoffnung geschenkt.

„Wie fühlst du dich?“ erkundigte sie sich leise.

Ihre Blicke trafen sich. „Ich habe dich und Hannah“, antwortete er nach einem Moment.

„Ja, du hast uns. Ich wünschte, ich könnte etwas sagen oder tun, das dir hilft, dich besser zu fühlen.“

„Dich hier bei mir zu haben ist alles, was ich brauche“, erwiderte er und nahm ihr Gesicht zwischen die Hände. „Ist mit dir alles in Ordnung?“

Sie nickte und lächelte flüchtig, weil ausgerechnet er sich nach ihrem Wohlbefinden erkundigt hatte. „Hannah und ich wohnen im Mayfair, aber nichts hätte mich davon abhalten können, heute herzukommen. Es tut mir so Leid, was geschehen ist, Garrick.“

Tränen schimmerten in seinen Augen. „Ich werde meine Mutter immer vermissen, aber nie begreifen, warum sie die Nachricht vernichtet hat. In gewisser Weise bin ich froh, dass sie endlich Ruhe und Frieden gefunden hat. Sie hatte keinen schlechten Charakter und war nicht bösartig.“

„Sie war ein Mensch“, äußerte Olivia weich und berührte Garricks Lippen mit dem Zeigefinger. „Sie hat dich von ganzem Herzen und aus ganzer Seele geliebt. Und ich liebe dich, Garrick. Ich werde dich immer lieben.“

Er zog Olivia an sich und barg das Gesicht in ihrem Haar. „Wie schnell kannst du mit Hannah zur Abreise bereit sein?“

Überrascht schaute sie ihn an. Er hatte diese Frage ernst gemeint! „Wir könnten sofort reisefähig sein, wenn du innerhalb der nächsten Stunde aufbrechen möchtest.“

Er lächelte, und der trübe Ausdruck in seinen Augen schwand. Sein Blick wurde lebhaft und leuchtend. „Nur du kannst mir eine solche Antwort geben“, sagte er leise.

„Ich habe ein Leben lang darauf gewartet, jemanden wie dich zu finden, Garrick. Ich bin des Wartens überdrüssig.“

„Mir ergeht es genauso", erwiderte er schlicht.

„Es kann einige Zeit dauern, bis Arlen unsere Ehe annullieren lässt, aber das ist mir gleich. Mir liegt nur daran, dass du und ich und Hannah zusammen sind."

„Es hat so viel Leid gegeben, doch ich glaube, dass wir sehr viel Glück vor uns haben. Ich habe gründlich nachgedacht und möchte dich und Hannah nach Amerika mitnehmen."

Vor ihrem geistigen Auge erstand die Vision eines exotischen Paradieses. Wie oft hatte sie Abbildungen in den Zeitungen oder Gemälde bewundert, die dichte Wälder und rothäutige Eingeborene zeigten! Sie träumte von schimmernden weißen Stränden, smaragdgrünen Seen und azurblauem Himmel.

Olivias Herz klopfte, als wollte es zerspringen. Von Freude überwältigt, sagte sie: „Ein fremdes Land, wo niemand etwas über uns weiß. Das ist der beste Ort, um ein neues Leben zu beginnen."

„Das denke auch ich", meinte Garrick. Liebevoll umfasste er ihr Kinn und gab ihr einen zärtlichen Kuss. „Man sagt, Amerika sei das Land der unbegrenzten Möglichkeiten."

„Oh Garrick!" Sie ergriff seine Hände. „Amerika! Wie wunderbar!"

„Nein, Olivia", entgegnete er und zog sie erneut an sich. „Du bist wunderbar!"

Einen Monat später

Es war ein warmer Tag. Ein lauer Wind wehte, und weiße Wölkchen trieben am blauen Himmel dahin.

Garrick blickte zum Oberdeck der Fregatte hinauf, die zu den amerikanischen Kolonien segeln und in Jamestown anlegen würde, und entdeckte Olivia mit ihrer Tochter an der Reling. Garrick winkte ihnen zu, und sie erwiderten seinen Gruß.

„Wie kann ich dich umstimmen, Garrick?" fragte Richard.

Garrick wandte sich ihm zu und fand, dass der Vater um mindestens ein Dutzend Jahre gealtert war. Die Entdeckung von Lionels sterblichen Überresten und der Selbstmord seiner Gattin hatten deutliche Spuren hinterlassen.

„Ich besinne mich nicht eines anderen", antwortete Garrick fest. „Hier gibt es nichts, was mich halten könnte."

„Sehe ich dich je wieder?"

„Das bezweifele ich."

„Weißt du, ich habe dich sehr gern."

Garrick traute seinen Ohren kaum. „Taten sind deutlicher als Worte. Und deine Worte kommen sechsundzwanzig Jahre zu spät."

„Wie du meinst. Aber eines möchte ich dir sagen. Solltest du je zurückkommen, bist du mir mehr als willkommen. Dann werde ich aller Welt die Wahrheit über Lionel bekannt geben und dich zu meinem Erben machen."

„Überlass die Gesellschaft ihrem Irrglauben", entgegnete Garrick.

Bis jetzt hatte der Vater die Wahrheit über den Halbbruder verschwiegen und den Adel im Glauben gelassen, Richard Nelson wäre Lionel De Vere. Der Betrüger war somit noch nicht entlarvt worden, wenngleich in Cornwall viele Gerüchte über ihn kursierten. Garrick war das gleich. Er war endlich frei. Mochte Richard den Titel und alles andere erben!

„Es wird Zeit, dass ich gehe", meinte er, schaute Richard an, der sich immer noch Lionel nannte, und nickte ihm zu. „Ich wünsche dir nichts Böses."

Richard zuckte die Schultern. „Gute Reise", erwiderte er. „Es tut mir Leid, dass du bei meiner Hochzeit nicht anwesend bist." Sein Tonfall verriet indes, das er nicht das geringste Bedauern verspürte.

„Ich wünsche dir und Elizabeth ein lange und glückliche Ehe", sagte Garrick, bemüht, nicht allzu spöttisch zu klingen.

Die beiden passten zueinander und hatten sich verdient. Nach dem überraschenden Ableben von Elizabeths Gemahl stand den beiden nun der Weg offen, sobald das Trauerjahr verstrichen war.

Mit nicht unerheblicher Genugtuung dachte Garrick daran, wie diese Verbindung Arlen quälen und peinigen würde.

„Ich werde schreiben, sobald Olivia und ich uns häuslich eingerichtet haben“, fuhr Garrick an den Vater gewandt fort.

Richard zögerte einen Moment, schaute vom Sohn zur Fregatte und wieder zu Garrick. „Ich bin es dir schuldig, dafür zu sorgen, dass Ashburn seine Ehe annullieren lässt, damit du Olivia heiraten kannst.“

Erstaunt sah Garrick den Vater an. „Und was mache ich, wenn du einen Ausgleich für die Schuld verlangst, in der ich dir gegenüber dann stehe?“

Richard schmunzelte. „Dann bist du mir etwas schuldig, nicht wahr?“

Garrick wusste, dass unweigerlich der Tag kommen würde, an dem der Vater eine Gegenleistung einforderte. „Du änderst dich nie“, sagte er trocken.

„Nein, dafür bin ich schon zu alt. Aber ich bin kein schlechter Mensch, Garrick, vielleicht schwierig, aber mehr nicht. Ich werde meinen Erben bekommen“, setzte er lächelnd hinzu. „Es gibt nichts, was ich mir mehr wünsche.“

„Ausnahmsweise sind wir einmal einer Meinung.“ Garrick war überzeugt, dass der Vater seinen Willen bekommen würde. Er dachte daran, dass Olivia eines Tages seine Frau sein und ein Kind von ihm unter dem Herzen tragen würde. Unbeschreibliche Freude erfüllte ihn bei dieser Vorstellung. „Lebe wohl, Vater“, fuhr er fort und verneigte sich.

Richard nickte, schloss ihn jedoch nicht in die Arme. Eine solche Geste wäre nicht nur ihm, sondern auch Garrick peinlich gewesen.

Garrick wandte sich ab und war sicher, dass er Tränen in den Augen des Vater entdeckt hatte. Bei aller Rührung war er sich bewusst, dass die große Kluft zwischen ihnen beiden immer bestehen würde.

Die Zukunft lag vor ihm.

Olivia winkte ihm immer noch strahlend von der Reling aus zu und bedeutete ihm, schnell zu ihr zu kommen. Aufgeregt hüpfte Hannah von einem Bein auf das andere. Treve bellte und wedelte heftig mit der Rute. Eilig ging Garrick die Gangway hinauf und lief mit jedem Schritt schneller. Er sprang an Deck, schloss einen Moment später Olivia und Hannah in die Arme und wirbelte beide im Kreis, während sein Setter wie wild kläffte.

Die Zukunft – Olivia und Hannah und ein neues, wildes Land.

Ein Land voller Hoffnungen und Verheißungen, ohne Vergangenheit, die jemanden an seiner freien Entfaltung hätte hindern können. Die Freude überwältigte Garrick, als die Taue gelöst wurden und die Fregatte sich langsam von der Kaimauer entfernte, aus dem Hafen fuhr und zu dem weit entfernten Land namens Amerika in See stach.

– ENDE –